SVEND FLEURON

Das Leben der Tiere

Svend Fleuron

In Wald und Feld

Tjo *Die Geschichte eines Rehbocks*

Die rote Koppel *Eine Fuchsgeschichte*

Meister Lampe

Schroff der Waldgesell *Die Geschichte eines Dachses*

EUGEN DIEDERICHS VERLAG

Übertragen von Thyra Dohrenburg
Mit 32 Bildtafeln
Der Roman »Tjo« wurde für
die vorliegende Ausgabe leicht gekürzt

CIP-Titelaufnahme der Deutschen Bibliothek

Fleuron, Svend:
In Wald und Feld : vier Tierromane / Svend Fleuron. Aus d.
Dän. übers. von Thyra Dohrenburg-Jakstein. - München :
Diederichs, 1989
ISBN 3-424-00981-4

Neuausgabe 1989

Schutzumschlag: Ute Dissmann, München
Produktion: Tillmann Roeder, München
Druck und Bindung: Kösel, Kempten

ISBN 3-424-00981-4
Printed in Germany

Tjo

Die Geschichte eines Rehbocks

Tjo entdeckt das Leben

Ein kleiner Sprung Rehe

In dem offenen, allseitig von den Höhenzügen des Hochwaldes umgebenen Birkenbruch äste ein kleiner Sprung Rehe zu Abend, zupfte an dem jungen Gras und den feinen Birkenreisern. Ringsum rauschten die Kronen, und droben in der spröden, kalten Frühlingsluft, die im schwindenden Schein des Sonnenuntergangs zartgolden schimmerte, scharten sich die Krähen zur Nacht. Die Drossel sang zum Abschied eine reine, starke nordische Weise, dann polterte ein Fasanenhahn in seinen Schlafbaum hinauf, und andere Hähne am Moor entlang fielen mit ihrem Keckern ein: ein gellender, mißklingender Chor erscholl. Doch das Waldecho warf den Lärm wohlklingend zurück, dann verebbte es und hinterließ eine tiefe, reine Stille. Noch ein Drosselschlag – und das goldene Licht um den obersten Birkenwipfel, in dem der Sänger saß, erlosch. Die Drossel strich dann in das nahe Tannendickicht ab und zog gleichsam einen langen, schwarzen Streifen hinter sich durch die Luft. Die Tiere warfen auf und äugten witternd um sich. Die Kitze sprangen zu ihren Müttern hin; doch als sie sich mit dem jähen Übergang ausgesöhnt hatten, ästen sie ruhig weiter an ihren Zweigen.

Den ganzen Winter hatte der Sprung zusammengehalten, und er wollte noch eine Zeitlang gemeinsam äsen – bis die beiden Ricken abermals Kitze setzen würden. Die beiden waren sehr verschieden. Die eine hatte lange Lauscher und einen dünnen Hals. Der hellgraue Fleck unterhalb der Kehle, den man nur bei vollentwickelten Tieren findet und der mit dem Alter heller wird, verriet, daß sie schon lange verstand, den Schlingen und dem Blei der Wilderer zu entgehen. Das andere Reh war jünger und schlanker. Doch beide waren auffallend dickbäuchig und hatten hohe, dünne, sehnige Läufe, deren hintere sie wie Hängsel unter sich hochziehen konnten. Kiesätig wählten sie unter den Gerichten aus, nippten gleichsam zögernd an den allerobersten Grasspitzen und nahmen nur das Zarteste. Zwei richtige Zimperliesen in ihrer Art zu äsen! Die alte Rieke mit den langen Lauschern und den braunen, sanften, fast melancholischen Lichtern nahm sich mit Erfahrung und ruhiger Würde des

Schmalrehs »Sonnenstrählchen« an, während das jüngere Reh, Riekes Tochter aus einem früheren Jahr, mütterlich für den jungen Rehbock mit dem kleinen Gehörn sorgte.
Die unruhigen Kitze, die nach der schmalen Winterkost und während der jetzigen Härung reichlichere Nahrung brauchten, trabten immer wieder vor den Alten her und versuchten sie mit sich zu ziehen. Sie sehnten sich danach, hinaus aufs Feld zu kommen, um sich an den zarten Keimen der Wintersaat und den jungen Blättern des Neuklees dick und rund zu äsen.

Noch hörte man aus dem Hochwald ein zartes, unsicheres, etwas knarrendes Lied – der Zwielichtsänger der großen Waldestiefe, das Rotkehlchen, beschloß den Tag. Auf einmal aber warfen alle Rehe auf und äugten nach oben: dicht über den Birkenwipfeln unter dem kalten, blassen Sternenhimmel taumelten die Schnepfen gleich Eulen in wunderlich schwarzen Klumpen umher, mit vereinzeltem »Puitz« und tiefem, schnarchendem »Ork«.
Sonnenstrählchen sprang zur Mutter hin, und unter Führung der Alten trollte sich die kleine Rehfamilie zuversichtlich in die Nacht hinaus.
Ein plötzlich knackender Zweig oben im Hochwald ließ die Tiere verhoffen. Doch während der Kitzbock, der kleine Schnellspringer *Gluf*, noch unsicher, fragend und furchtsam in Richtung des Lärms schielte, zogen die anderen gleichgültig im flüchtigen Äsungsschritt weiter –
Es knackte lauter – und ein starker Sechserbock kam zum Vorschein. Trotzig und mit stolz erhobenem Haupt trabte er geradewegs auf Gluf zu, ihn unverwandt anstarrend. Da machte Gluf schleunigst kehrt.
Der alte Sechser schloß sich dem Sprung an, der die Einfriedigung überfiel und sich auf dem Feld zerstreute, wo der Tisch mit jungem Gras, allerlei wohlschmeckenden Kräutern, frischen Roggenkeimlingen und Neuklee für sie gedeckt ist.
Sie kommen zur Wasserkuhle, wo die Kröten zum polternden Getümmel der Kiebitze quaken. Der Sechsender reibt sein Gehörn an den Weidenruten, und Sonnenstrählchen duckt sich ins Gebüsch. Die Jungen werden übermütig und springen umher, so daß der Krötenchor verstummt. Ein kleiner Mümmelmann mit steifen Löffeln richtet sich aus dem Roggen oben am Hügel auf.
Die Tiere stehen die ganze Nacht bis weit in den Vormittag hinein

draußen in der Wintersaat. Dann ziehen sie zu Holze, wo sie nach Sauerklee fahnden, der aus dem laubbedeckten, grasfreien Boden hervorkeimt. Erst wenn der ärgste Winterhunger gestillt ist und die Äsung reichlicher wird, werden die Tiere ruhiger. Dann äsen sie bis gegen Mitternacht, ruhen bis zum ersten Morgengrauen, äsen wieder, legen sich nieder und sonnen sich wiederkäuend im Schein der aufgehenden Sonne. Noch ein Geäse voll, und dann in den Tag hinein.

Noch ist der Mai nicht da!

Der Taunebel verhüllt den Wald, macht die nackten Baumstämme blank und weicht das hartgefrorene Laub auf. Der dumpfe Fall von Schneeklumpen verstummt, und es tropft überall; das ehedem so bleiche Rotlaub an den Stangenbuchen ist wieder von seinem starken Lächeln überglänzt. Das erste Holztaubenpaar gurrt, und die Dohlen lärmen und kämpfen miteinander. Sonnenstrählchen und ihre Mutter, die äsend weiterziehen, vernehmen nur ihr Geschrei; es ist zu diesig, um sie zu erkennen.

Durch den dampfenden Schnee, den ersten wundersamen Atemhauch des Waldes, jagen sich die Amselmännchen, stürzen sich auf die kahlen Erdstellen am Fuß der alten Bäume, stehen in den Blättern kopf und schleudern das dunkle, feuchte Laub mit ihrem Schnabel in die Höhe, daß es nur so stiebt.

Die herrliche Schmelze! Wie sie mit sanftem, warmem Streicheln lindert und erquickt – Rieke atmet heftiger und trinkt die milde Luft, die sie wieder stark macht. Diese Luft ist nicht wie die klamme Herbstfeuchte; Verheißungen von Sonne und Trockenheit schlummern in ihr. Wieder die Tropfen in der Zweigeflut der Birken sehen, wieder das Reine, Klare, Regenfrische der Sprossen schmekken – mit den Schalen tief in den Waldboden dringen und eine Anemonenwurzel hervorholen – beim Äsen im Moor wieder im offenen Becken der Quelle staunend sich selbst erblicken: alles ist neu und verheißungsvoll!

Sonnenstrählchen springt und tummelt sich, leicht und mühelos sind ihre Sprünge – das anmutigste aller Waldgeschöpfe. Der Körper ist schon stattlich gerundet, und der kleine Kopf sitzt auf einem festen, kurzen Hals. Ihr Gesicht spiegelt die Unschuld und Neugierde des Kitzleins; und wie im spähenden Blick des Kitzbocks das Lebhafte, Frohschelmische überwiegt, drücken auch ihre Lichter

Lebensmut und Freude aus. Sie ist der Inbegriff des ganzen wilden Frühjahrs, unberührt, hold, licht und vielversprechend, die Verheißungen des Apriltages spuken in ihr, sie ist die Seele des Sommerwaldes in seiner ersten Entfaltung – ein kleines anmutiges Schmalreh.

Ein grüner Wechsel läuft durch den Hochwald an einem steinigen Erdwall entlang, auf dem einige Buchen Wurzel geschlagen haben. Die schlanken, blanken Stämme treten zögernd aus dem Taunebel hervor. Nicht lange und der Farn wird sich zwischen den Steinen entrollen, den mit Waldmeister geschmückten Wallhang hinaufsteigen oder siegesstolz in grünen Prachtstrahlen aus dem Waldboden emporspringen. Nun liegt herabgewehter Plunder von trokkenen Ästen quer über dem Wall, Luftwurzeln versperren den Wechsel, und zusammengewirbeltes Laub deckt alles zu; aber eine Stelle ist wie gefegt und läßt die nackte Erde sehen – ein Fuchsbau gähnt hier aus dem Wall hervor.

Gock! Gock! ruft es dort von einem Baumstumpf her. Und das Wild eräugt Goll, den alten Fasanenhahn, der mit zorngeschwollenem Kamm in weiten Kreisen um den Stumpf herumstelzt, auf dem Reineke mit seinen bösen, grüngoldenen Lichtern sitzt. Plötzlich hüpft Goll in die Höhe, schlägt mit den Flügeln und schreit.

Alle Fasanenhähne im Gehölz kollern und zerren ihre schrillsten, schneidendsten Töne hervor; es hört sich an, als feilten die Holzfäller hinter dem Dickicht an einer widerspenstigen Säge – und dumpf kreischend rollt das Echo in die Ferne.

Goll hat kein bißchen Achtung vor dem Fuchs – wie alle Vögel hat er jene, die keine Flügel haben, nicht auf Rechnung.

Als aber Rieke den alten Waldstrolch eräugt, beginnt sie zu schmälen. Das überraschte und erregte Geschrei mischt sich mit dem Hahnlärm. Böw! Böw! Und die Lauscher zurückgelegt, stampft sie wie ein bissiges Pferd auf den Baumstumpf zu. Mit ein paar langen Sprüngen rettet sich der Fuchs in seinen Bau.

Alles Wild eines Belaufs kennt sich. Und es kennt den hier ansässigen Reineke, den Standfuchs *Kuluk,* ebenso wie die wildernden Hunde, die Nachtvögel und das am nächsten wohnende Raubvogelpaar, die Holzhacker, den Holzfuhrmann und den Revierjäger.

Spät am Nachmittag, als die Sonne durch die Stämme flutete und die Einfriedigung dicht am Waldrand enthüllte, fing das Rehwild gerade einen Schimmer vom Grünrock.

Der Sprung hatte sich wieder zusammengefunden und stand stolz aufgerichtet im Unterholz des Hochwaldes. Die graue Winterdecke der Tiere wurde so bleich und hell, und die Lauscher waren bis zur kleinsten Spitze und Windung wie geschnitzt. Sie äugten unentwegt nach der aufrecht gehenden, zweibeinigen Gestalt, die mit einem Hund hinter sich, an der Hecke entlangstapfte.

Der Revierjäger Jensen verstopfte Hasenpässe und sah genau nach, ob nicht etwa Martin Kleinhans, der Schuhmacher oben im Dorf, wieder ein paar seiner niederträchtigen Schlingen im Zaun angebracht hatte. Könnte er den Dieb bloß einmal fassen! Er zählte den kleinen Sprung, zwei Ricken, ein Schmalreh, der große Kitzbock und dann der alte Sechser, nach dem ihm der Zeigefinger juckte. Sie hielt sich übrigens gut, die alte Ricke, und würde wohl auch in diesem Jahr wieder ihre drei Kitze setzen. Wenn bloß das Wetter gut bleiben würde! Im vorigen Jahr war ungewöhnlich viel Regen gefallen. Damals sah er sie mit ihren Kitzen; sie sprangen über den Graben. Zwei schafften es, das dritte kam kaum hinterher, und seine Lauscher hingen wie bei einem Dackel nieder.

Der Bursche kam aber doch durch. Später sah Jensen sie wieder. Sie waren auffallenderweise gleich groß und alle drei frisch und munter.

Dem Schützen Jensen gingen Gedanken durch den Kopf, die ihm nicht gerade angenehm waren – er fand selbst, daß er einen Fehler begangen habe.

Eines Tages, vor etwa einem Monat, sollte er einen kleinen Bock liefern. Draußen, nach der Pachtjagd zu, wo die gräfliche Herrschaft jährlich gegen eine entsprechende Abgabe zwei Treibjagden für eine Gesellschaft von Stadtjägern abhielt, stand am Rande einer Kiesgrube das, wonach er suchte. Päng! – während er den kleinen Bock schoß, stand ein anderer auf, genau wie der erste, ein kleiner, hübscher junger Kerl. Der mag gleich mitgehen, dachte der Jäger. Wozu ihn für die Pachtjäger aufheben! Und dann, als der Bruderbock heimgegangen war, tauchte aus der Kiesgrube eine alte Bekannte auf, die Rieke, die er mit den drei kräftigen Kitzen gesehen hatte. Waren es ihre Kitzböcke? Ja – Ricke und Kitzgeiß gingen flüchtig ab in den Wald.

So weit die Rehe äugen konnten, folgten sie dem Revierjäger mit den Blicken.

Dieser stille, einsame Waldraschler war nicht wie die Menschen, die

sie tagsüber im Walde trafen. Die pfiffen und erzählten und rangen mit den Bäumen; man hörte es, wenn sie kamen; sie meldeten, wo sie waren – ihr ganzes Benehmen fiel auf. Aber der Revierjäger ging lautlos wie auf Pfoten, er war ein Schleicher, verdächtig war sein Fell – eins mit Stamm und Zapfen, Knospe und Blatt. Nie hustete oder schnaufte er; aber mitunter, wenn plötzlich ein Blaunebel ihn in Dunstwolken hüllte, ließ er einen Knall los, wie der Wald nicht einmal im Sturm seinesgleichen kannte, und dann spie er weit. Beim ersten Tagesanbruch, in der späten Dämmerung traf man ihn, immer plötzlich und unerwartet.
Und der Hund, der vierbeinige Helfer hinter ihm? Ja, den kannten sie, aber nicht wie sie die schlaue Standfähe kannten oder den unechten Terrier des Waldarbeiters drüben hinter der Rodung. Sie wußten nur instinktiv, daß sie ihn zu fürchten hatten.

Der April schritt fort. Die Anemonen spreizten die Blütenblätter, richteten den gelben Stempel zur Sonne auf und öffneten sich, daß die weißen Blüten wie Schirme an den Stengeln hingen. Der Waldmeister duftete, und aus der feuchten, diesigen Morgenluft schälte sich das erste zarte Grün der Dornbüsche. Die Fasanenhähne stolzierten in all ihrer Pracht auf den Steinwällen, mit aufgerichteten Federohren und blutigrot schimmernden Augenringen, und immer wieder hüpften sie auf einen Grashügel, warfen sich in die Brust und krähten. Aus den Sonnendämpfen und Regennebeln über den grünen Tiefen der nahen Wintersaat drangen nun andere klatschende Flügelschläge und warnende »Ööks« und »Gorks«. Auch dort waren Hähne; doch keiner konnte den Anblick der anderen ertragen.
Die Bluthänflinge zwitscherten, und das kleine, rasche Tongeriesel der Buchfinken mündete in den starken, reißenden Singbächen von Amsel und Drossel, und es schien, als wenn selbst die welken Blätter auf der Erde in all diesem Leben und dieser Frische wieder ergrünen wollten. Das grüne Waldgras schlug über den Anemonen zusammen, und die neuen Blätter verdeckten die schwarzen Äste – Dianas Maiengewand wurde aus warmer blauer Luft gewoben! Der Mäusebussard hatte es mit seinem großen, schwarzen Reisighorst gar eilig, und in der Gabel der Großbuche schickte sich der Hühnerhabicht zu brüten an. Mißtrauisch schlüpfte die Amsel aus dem Versteck des vergessenen Spänehaufens, flog nicht hin und her, sondern kam

zu Fuß – so schien es wenigstens. Und die Holztauben stiegen in stolzen Wellenbogen über den Lichtungen auf, wodurch sie in vornehmer Anmut ihrer Wonne Ausdruck gaben.

Ein alter Hofdeich, auf steinernem Grund und von Haselbüschen überwuchert, schob sich vom Wald ostwärts über das Feld. Hier hatten Rieke und ihre junge schöne Tochter ihren Morgenstand. Die wilden Lilien in dem zarten Perlgrau lockten die zottigen Hummeln herbei, die mit tiefem Fliegerbrummen von einer Blüte zur anderen zogen. Plötzlich mischte eine sonnenfarben lackierte Fliege ihre Stimme in das Gesumm – da wirft Rieke auf: der erste verheißende Sommerton! In den stillen Morgenstunden genießen Mutter und Tochter das Behagen, schließen halb die Lichter und schlummern ein. Sie kennen nicht den weiten Blick der Beflügelten, nicht den unendlichen Horizont des Habichts, die Verschwiegenheit zwischen den Bäumen prägt sie, und das Geheimnisvolle des Dickichts wohnt in ihrer Seele. Am heimatlichsten fühlen sie sich an windgeschützten, warmen Plätzen.

Nun quillt es aus der Erde, aus den Bäumen hervor: Blätterschirme, Blätterverstecke – Gebrumm und Gesumm erzählen davon.

Sonnenstrählchen legt den Kopf ganz auf die Seite und folgt mit den Lichtern einem großen Fasanenhahn, der mit seinen drei Hennen um sie herumstelzt.

Plötzlich stürzt Goll über das Feld: ein Stück vor ihnen ist eine Henne in die Saat eingefallen. Sein Gefieder glänzt, und während er dahinbraust und die Schöne umkreist, entbreitet er das Spiel und schwingt es in die Luft.

Die Henne scheinen seine Höflichkeiten kaltzulassen, sie macht aber doch einen kleinen Bummel mit ihm übers Feld und verschwindet dann wieder in der Hecke. Goll kehrt zu seinen eigenen Damen zurück; aber immer wieder muß er einen Abstecher auf den Knick machen und gucken – er kann die fremde Henne nicht vergessen.

Da kollert es auf einmal in dem halb aufgesprungenen Erlenbusch über ihm. Er fährt auf, die Wut steigt ihm zu Kopf: da hängt er ja über einem Zweig, dieser *Girk,* mit seinem lodernden, funkelnden Schild. Den ganzen Winter haben sie zusammengehalten und sich beim Schein der Frostsonne jeder im Gefieder des anderen gespiegelt, nun mißgönnen sie sich gegenseitig jedes bunte Federchen: Willst du mit meiner Henne anbändeln?

Und schon geraten sie sich in die Federn und kämpfen nach Hahnenart mit Schnabel und Sporen. Viertelstunde auf Viertelstunde fahren sie fort, bis sie japsend und mit gesträubtem Gefieder sich kaum noch aufrecht halten können. Aber kein Gedanke, den Kampf abzubrechen, sie stöhnen und stützen sich auf ihre Flügelränder.

Da wird Rieke ihres Lärmens müde und trollt davon. Auf steifen Läufen folgt sie der Hecke in den Wald hinein. Es sieht aus, als ob es ihr allmählich schwerfiele, sich fortzubewegen. Aber die Junge steckt voller Winkelsprünge und hat viele kleine Abstecher im Kopf, auf den Wall hinauf und in den grünen Roggen, wo sie ein Blatt kostet und knaupelnd wieder zum Vorschein kommt. Sonnenstrählchen hat einen großen Überschuß an Kräften und guter Laune.

Der Rehsprung ist nicht mehr beieinander. Die Ricken sondern sich ab, und ihre Kitze folgen ihnen.

Der starke Sechserbock fegt, und überall tauchen neue Rehe und Böcke auf – Unruhe, Wachstum und Geschäftigkeit ergreift alles in der Natur.

Weit über den Zaun hinaus, bis ins Birkenbruch reichen nun die bleichen Blüten der Waldveilchen, und unter Spierstauden verstreut folgt ihnen das Bingelkraut, dann richtet der Hahnenfuß seine gelben Blütenbüschel zwischen schwarzen Maulwurfshügeln auf, bis die leberfleckigen Blätter des Knabenkrautes sich einstellen.

Täglich zieht Rieke am Rande des Bruchs entlang, als suchte sie eine Wohnung, gerät mit anderen Rehen aneinander, in deren Bereich sie eindringt, und kehrt zu ihrem Standort zurück.

Feister und dickbäuchiger denn je, doch immer noch von dem großen vorjährigen Kitz begleitet, äst sie vom Sauerklee in der Schlucht. Bei dem geringsten Geräusch wird sie flüchtig, schwerfällig die Läufe spreizend – und bleibt dann zwischen den Stämmen stehen und verhofft. Der lange Hals glänzt rot, die Stirn rostfarben, über Rükken und Lenden und Flanken liegt auch ein bräunlicher Schimmer. Sonst ist ihre Decke von einem zerrissenen, wolligen Grau und fast immer noch winterlich dick. Das Frühjahr ist auch kalt mit jähen Übergängen von Mittagssonne zu Mitternachtsnebeln, mit Nässe und Frost in den Niederungen – sie braucht das Winterkleid, um die noch ungeborenen Kitze zu wärmen. Da belaubt sich auch die Eberesche, und aus den geschwollenen Fruchtknospen des wilden Apfelbaums, dessen Fächerwurzeln in den weichen Moorgrund greifen, schlüpfen rotgrüne Blattbüschel. Rieke kostet jede Blattsorte, die der Mittsommer hervorbringt.

Ein wenig sorgenvoll kann die »alte Schachtel« aussehen, wenn sie so mit ihren weit auseinanderstehenden Lauschern am frischen Grün zerrt – wirft sie aber auf, so bekommt die Schachtel Beine. Immer liegt es wie Tau und Feuchte in ihren Lichtern, und man spürt eine seltsame Angst in ihnen. Sie ist aber auch der Hüter der Familie! In ihrer Brust schlägt des Waldes zärtlichstes Mutterherz; drei Kitze hat sie jährlich gebären, verstecken, beschirmen und aufziehen müssen – und als ob sie verstünde, was jetzt kommen wird, liebkost sie noch ein letztes Mal das große Kitz, das sie leergetrunken hat.

Die Zeit nähert sich, daß sie sich trennen müssen. Sie ahnt, daß sie hart sein muß, wenn sie dem Gebot der Natur folgen will.

Eine brausende Hoffnung schlägt dem ersten Kuckuck entgegen, der rufend durch den Wald jagt. Die Spechte suchen ihn mit ihren Liebeswirbeln zu übertönen. Die jungen Birkenblätter jubeln zwischen den schwarzen Tannen auf, während die Fasern in den alten Baumstümpfen faulen und noch kraftloser auseinanderfallen. Abgerackert und erschöpft, gähnend und mit zottigen, abgehärten Flanken fängt die Fähe auf den Rodungen ihre Mäuse. Die Buchenknospen stülpen heftig ihre Hüllen herunter – auf der Sonnenseite des Waldrandes bricht das daunige, krause Laub hervor. Aber die Eschen und die Eichen stehen noch schwarz und verschlossen und saugen und saugen nur. Den Wald erfüllt der Duft von Holundertrieben und jungen Nesseln, von frischgelegten Drosseleiern; Harz und Tanne mischen sich darein, Maiglöckchen und Waldmeister –

Schneller und schneller belauben sich die Bäume. Vor langem schon hob der Hochwald seine neubekrönten Großbuchen stolz über das Unterholz, in der blaufeuchten Luft treiben gleichsam grüne Blattwolken umher, ballen sich zusammen und bedecken den Himmel. Die Zeit der Anemonen ist vorbei, sie wissen es und verschwenden sich in einer letzten, süß duftenden Pracht. Die Nebelkrähe füttert ihre Jungen, der Mäusebussard bricht geschäftig grüne Zweige, um den Richtkranz auf seine neugebaute schwarze Reisigwohnung zu legen – dann endlich, als das Reh seine Kitze setzt, welken die Anemonen.

Sie ist wirklich wunderlich geworden, die alte Rieke, fällt gegen ihr eigenes Kind aus und fährt es häufig an.

Sonnenstrählchen erblickt in dem Verhalten der Mutter Strafe und Ermahnung, wie sie sie als Kind bekam, wenn sie Lust verspürte, allzu selbständig umherzustreifen. Der junge Sommer, all der Überfluß im Wald, die Üppigkeit der Felder und Wiesen machen sie schwindlig und ausgelassen, und sie weiß wohl, daß sie jetzt mehr getrieben wird, ihrem eigenen Willen zu folgen; aber darum braucht doch ihre Mutter nicht so ungewöhnlich streng mit ihr zu sein. Sie hat doch niemand anderes, mit dem sie ziehen und zu dem sie ihre Zuflucht nehmen kann, wenn der Schreck ihr in die Läufe fährt – und jedesmal, wenn die Alte die rauhe Seite hervorkehrt, fühlt sie noch tiefer ihre Zugehörigkeit zu ihr.

Bald wird es dämmerig, und das Laub, das in der Abendsonne glühte, wird nun erst richtig grün und bekommt seine wirkliche Farbe. Die obersten Wipfel, auf denen die Sonne noch verweilt, schimmern golden, und hier sitzt die Drossel auf einem dürren Ast und singt. Bald darauf fällt die Amsel ein – weitherum tönt ihr Abendgesang im Wald. Dann dunkelt es in den Tannen, die Eulen beginnen ihr Tagewerk, während das kleine Rotkehlchen seine letzte Zwitscherweise zusammenstückelt. Düfte von frischgeflochtenen Nestern, von Himbeerschößlingen und jungem Farn, von goldenen Birkenkätzchen, Schlehen und Salweide mischen sich zu einem starken Gewürz.

Warum gehen wir nicht aufs Feld? lockt Sonnenstrahl – die jungen Keime der Frühlingssaat schmecken jetzt so gut!

Geh du nur! scheint die Alte zu sagen, wenn Sonnenstrahl ausgelassen den Wechsel einschlägt. Aber sie hat ja noch nie allein geäst, immer wurde sie so unsicher, wenn sie zu weit fortsprang - welches Glück, dann zurückzukehren und die langen Lauscher und das große Haupt auf dem dünnen Hals zu gewahren, das einzige Rehhaupt im ganzen Wald, das sie richtig kennt.

Wollen wir denn nicht einen Ausflug aufs Feld machen? Nein, die Mutter bedeutet ihr immer noch, daß sie am liebsten ungeschoren bleiben will. Sie hat etwas vor, immer geht sie so herum und sucht sich Lagerstätten aus, kostet am Gras und läuft auf die Wechsel hinaus, die dem ausgewählten Platz am nächsten liegen – und wieder zurück.

Sonnenströhlchen wird zärtlich und will zu ihrer Mutter, um sie zu liebkosen – da stampft die Alte mit den Läufen, fährt zornig auf sie los und stößt sie in die Flanke. Die Junge ist ganz erschrokken, was bedeutet das denn nur?

Sie nimmt ihre Abendmahlzeit im Wald ein und vergißt bald ihren

Kummer. Gluf und *Rea*, die Mutter des Kitzbocks, ziehen vorbei; der Platz gefällt ihnen, und sie äsen bei ihr. Wie ist das lustig! Sie jagt mit Gluf im Karussell herum und sieht, wie hübsch er in seiner neuen Rotlaubdecke ist. Aber nun hängen keine Tauperlen mehr an den beiden kleinen Kolben, die seinen Kopf schmücken; die ganze Zeit will er sie ihr zeigen – und einmal, als er sie sie auch fühlen läßt, wird ihr ganz angst – das sind ja Hörner.
Die Sonne ist untergegangen; aber das Licht flutet noch kraftvoll von oben her zwischen die vollbelaubten Bäume. Ein kleiner Wassertümpel, bestreut mit braunen Knospenschuppen der Buche, spiegelt die schwarzen Stämme des Hochwalds. Die Fasanenhähne steigen schreiend zu Baum – dann Stille –, nur in der Ferne hört man die Drossel im Dickicht. Von den Wiesen am Bach, wo das erste zarte Grün der Eichen hervorbricht, tönt ein starkes, anhaltendes Bauw – Bauw!
Die helle Nacht bricht an, und die Nachtmotten beginnen ihren geheimnisvollen Dämmerungsflug. Alle Singvögel haben ihre Schnäbel zugemacht. Die Holztaube schläft getrost in ihrer Tannenfestung und die Amsel in ihrer Dornenburg und der Specht in seinem Baumloch – nur die Eulen huschen überall durch den Wald und foppen das Kalb des Waldhüters auf seinem einsamen Weideplatz. Über den Lichtungen jagen sich die Fledermäuse, die großen Raubhechte plätschern in dem Röhricht am Bachufer, wo ausladende Erlenkronen ihr vom Dunkel eingefangenes Laub spiegeln. Nur der Weg leuchtet schwach durch die Blätterfülle – und dort zogen schon vor langem Rea und der junge Bock entlang. Einsam, mit ängstlich klopfendem Herzen, bleibt Sonnenstrahl zurück.

Die Knaupler

An den Waldwiesen um den Bach, deren grüne Grasdecke durch Gräben entsäuert wird, streifte Rieke entlang und sah sich nach einem geeigneten Wochenbett um. Rehlauscher neben Rehlauscher starrten wie Mühlenflügel aus dem Gras hervor. Die Tiere saßen und schliefen mit hochgereckten Köpfen auf den schlanken Hälsen und geschlossenen Lichtern, aber dennoch vernahmen sie. Rieke traf Goll. Lautlos und mißtrauisch strich der goldgesprenkelte Fasanenhahn in einem Abzugsgraben dahin; auf diesem gedeckten Weg sicherte er sich klüglich gegen den Hühnerhabicht. Wenn er mitunter in einen neuen Graben überwechseln mußte und dann oben sichtbar wurde, wo er sich wie ein Haufen welker Blätter im Grase buckelte, machte er rasch. Seine Farben glänzten fettig, er hatte jetzt ein Gefieder, an das kein Ast zu rühren wagte.

Gock! sagte Goll, als Rieke ihn einholte, und war sehr verärgert, weil er ausweichen mußte.

Schließlich näherte sie sich der abgelegenen Hütte des Waldarbeiters an der Biegung, wo der große Hauptweg das Bachtal schneidet. Immer ertönte von dort Hahnengeschrei und Hundegebell, und es wimmelte von krabbelnden, schreienden Kindern in allerlei bunter Kleidung. Doch diese Wiese war die fruchtbarste. Drei Wechsel, viel begangen von Hasen und Fasanen, führten zu dem nahen Feld. Und gleich dahinter verkleidete das Dickicht die Stammauer des Hochwaldes; weiter oben bauten die schwarzen Waldameisen ihre Haufen zwischen morschen Baumstümpfen und winddürrem Reisig. Oben in jener Ecke, wo Rieke ihre Kitze setzte, standen Disteln voller aufspringender Blüten.

Der Regen tropfte nieder. Wie feuchte Federflocken fielen die Tropfen, aber in ihnen barg sich die linde Milde des Juni und teilte sich Wurzeln und Blättern mit. Während des Ereignisses knabberte Rieke das erfrischende Wiesengrün und schaute bisweilen nach dem Häuflein Zukunft aus, das da im Grase lag und zappelte.

Wesen von der Größe kleiner Kaninchen, doch mit wunderlich kalbähnlichen, stark zugespitzen Köpfen und Ohren von der Länge eines Fingers. Verzinnte, schwarze Augen perlten hervor und blinzelten verwundert in dem eckigen Gesicht, dessen Nase gleichsam plattgedrückt war.

Der Wald summte über ihnen sein Morgenlied, ganz zart und fein – denn es war ja nur diesiges Wachswetter, und aufklarende Tage standen erst bevor; kein Grund, die Posaunen anzustimmen. Die alte Rieke lauschte den Tönen und prüfte jeden einzelnen, fand das ferne Gegurr der Holztaube, das Piccolo-Gezirp der Mönchsgrasmücke und Bruchstücke der dünnen, tröstendsanften Weise des kleinen Bluthänflings. Sie kannte das große Baumwesen dort drinnen, das in stärkstes Gebrüll ausbrechen konnte – jetzt nahm es dankbar den Nektar des Himmels hin und schnurrte dabei leise und getrost wie eine Katze.

Die feuchten, lebendigen Klumpen kullerten um ihre Vorderschalen herum; vorsichtig kniete sie sich hin und legte das Gras flach um, so daß eine Kuhle entstand, ein ganzes kleines Bett. Sie beschnupperte die Kitze von allen Seiten, leckte und trocknete sie. Auf den einfarbigen, fast schwarzbraunen Haufen begannen die fein abgestimmten Farben des Waldbodens hervorzutreten. Das welke Gelb des alten vorjährigen Laubes floß in einem breiten Streifen vom Nacken über den Rücken hin, aber an den beiden Flanken, über dem zarten Stich und den stark eingezogenen Leisten waren die Kitze wie in eine weißgesprenkelte Decke gehüllt.

Trotz des lichten, lauen Regens bekamen sie zusehends Farbe und Glanz der gesunden Haardecke; die von der Geburt noch feuchtdunklen Decken, kraft derer sie in der ersten halben Stunde drei frisch aufgeworfenen Maulwurfshaufen mitten im Grün der Wiese glichen, trockneten in der Luft und wurden hell.

Noch lagen die Kitze so, wie die Erde sie empfangen hatte, als sie vor einer Weile ihren ersten Wildsprung aus dem Mutterleib heraus taten: die Vorderläufe in ganzer Länge vorgestreckt und den Kopf in Richtung der knorpeligen, weißen Gelenke. Aber schon bald strebten sie danach, auf die wunderlichen Stelzen zu kommen, die ihnen als Läufe dienten.

Am meisten Kräfte hatten sie in den Hinterläufen, und als es einem von ihnen gelang, eine Stelze aufzustemmen und so das Hinterteil zu heben, kam der Bauch plötzlich so weit hoch, daß ein ganzer Wiesenstreifen unter ihm hervorschimmerte, und eine große Erdhummel, deren Loch der neue kleine Waldbewohner lange versperrt gehalten hatte, benutzte den Augenblick, um zu entschlüpfen.

Die Schmetterlinge schaukelten über ihnen, ließen sich auf ihnen nieder und brachten die Wiegengaben der Elfen: das Leichte und Anmutige, das Flüchtige und nicht zu Greifende – und dann erhob eine Drossel ihre metallene Stimme und sprach weise und mahnend aus der Waldtiefe; Pan war auch zugegen und saß der alten Rehmutter am nächsten.

Die mageren, zitternden, winzigen Kleinen rollten und krochen unter ihren Läufen hervor, während sie damit beschäftigt war, die widerspenstigen Haare ihrer Decke zurechtzulegen. Es war nicht leicht, die durch die Geburt entstandenen Wirbel zu glätten! Plötzlich tönte Hundegebell vom Holzfällerhaus herauf; sie schrak zusammen – ach, es war ja nur die Gaunerfratze dort unten, deren Gebell sie tagtäglich an stürmischen Wintertagen wie im heißen Sommer vernahm.

Eines der Bündel kam auf einen Lauf und fiel auf die Seite, dann stemmte es den zweiten Lauf auf und kippte nach der entgegengesetzten Richtung. So kamen sie wankend, rollend und sich vorwärts schiebend an das Gesäuge. Hier bot der größte seine ganze Kraft auf – er »segelte« noch, stützte sich aber, um nicht zu fallen, auf den Hinterlauf der Mutter, während er gleichzeitig geleckt und gesäugt wurde.

Allmählich machten die anderen es ihm nach, lutschten, knaupelten und tranken – zufrieden schüttelte Mutter Rieke den Regen aus der Decke.

Jetzt trägt sie ihr leichtes, rotbraunes Sommerkleid. Nur die Lauscher und das Gesicht, in dem Lichter und Geäse schwarze Flecken bilden, schimmern noch immer in Grau; ein wenig weiß scheint hier und da hindurch.

Hungrig beginnt sie zu äsen, besonders haben es ihr die herben, saftreichen Stengel des Wiesenampfers angetan. Dann wittert sie, und je nach der Stellung der Lauscher bekommt ihr Gesicht einen anderen Ausdruck: achtsam, fragend, ängstlich, entschlossen oder vollkommen abwesend.

Nachmittags um die Zeit des Drosselsangs – schon schlägt sie, und auch alle Holztauben gurren von neuem –, beginnt das Gehölz zu dampfen. Die Sonne ist durchgekommen und trocknet nun den Wald nach dem Regenbad. Lange Lichtstreifen tanzen wieder schräg durch das Laub und drücken weiße Zeichen auf die Stämme, und das Spinngewebe in den dürren Zweigen der Tanne hängt seine Regenbogenfarben aus. Der braune Bachlauf füllt sich mit goldenen Strömen, die Mücken tanzen und schwirren. – Eine Wildente, die während des Regenwetters mit ihren jüngst geschlüpften Küken Rast gehalten hat, nimmt ihr Nomadenleben wieder auf, die stete Wanderung zu Sumpf und See.

Vom Wald her tritt ein Reh nach dem anderen auf die Holzfällerwiese aus, und Rieke fängt an, wie eine Ziege dicht am Haus zu äsen. Das liegt an diesem Nachmittag von allen Kindern verlassen; sie sind mit den Eltern ins Moor zur Torfarbeit gegangen. Die Hühnerschar sammelt sich vor der Steintreppe um den Hahn, nur die an ihre Tonne gebundene »Gaunerfratze« bellt.

Gegen Abend, als die Leute heimkehren, bekommt der Hund Erlaubnis, sich ein wenig zu tummeln.
Was ist denn das? Das Hundegebell ändert ja den Ort – schon ist Rieke bei ihren Knauplern. Sie stößt ein kurzes Böw aus und stößt mit der Nase nach ihnen. Da werden sie so ängstlich und mutlos, besonders die kleine zukünftige Ricke legt sofort die Lauscher ganz an den Nacken entlang an, streckt den Hals und drückt das Geäse gegen den Boden; die beiden anderen, von denen das eine so auffallend mager und etwas zurückgeblieben aussieht, schieben die langen Stelzen dicht an den Körper, so daß die Knochen unheimlich hervortreten, zittern in einer Angst, die sie nicht verstehen, und bitten die Erde, sie vor allen Gefahren zu verstecken.
Mutig springt Rieke dem Lärm entgegen, steht hoch aufgerichtet, den Kopf zur Seite gewandt, flüchtig in den Hufen, Geräusche und Witterung mit Lauschern und Nase verschlingend.
Der Hund, der das Reh nicht bemerkt, jagt weit an dem Winkel vorbei, in dem die Kitze liegen, als er aber im Moor verschwindet, setzt Rieke ihm nach. In stolzer Haltung und mit vorgerichteten Lauschern kundschaftet sie ihn aus, um zu sehen, was er im Schilde führt.
Der Hund macht aber nur seinen Abendausflug und vergnügt sich damit, Maulwürfe und Wasserratten zu fangen; Rieke weiß das sehr wohl, sie hat es früher schon so oft gesehen. Jetzt aber ist es das beste, er nimmt unverzüglich von dem großen Ereignis Kenntnis, daß sie Kitze gesetzt hat und darum nicht mehr sein Gerenne über die Wiesen haben will.
Sie braucht sich denn auch nur zu zeigen, da ertönt schon ein Geheul – der kleine, jähzornige Terriermischling wurde, wenn er zu aufdringlich wurde, regelmäßig von dem alten Reh nach Hause begleitet; diesmal begnügte es sich aber nicht damit, ihn durch die Gartenpforte zu treiben, sondern jagte ihn die Steintreppe hinauf.
Schon am nächsten Morgen hatten die kleinen Knaupler nähere Bekanntschaft mit ihren eigenen Läufen gemacht. Immer wieder wollten sie aufstehen und die Glieder rühren. Ja, einer von ihnen hatte auch entdeckt, daß man sich, wenn es hinter dem Lauscher juckte, mit einem Hinterlauf dort kratzen konnte.
Das übrige ging dann sehr schnell.
Um die Säugezeit, als die Sonne am Schornstein des Waldarbeiterhauses hing und rotes Licht an den Stämmen hinaufwarf, eilte Rieke

zu den Neugeborenen zwischen den Disteln und ließ schon von weitem ein feines, ein wenig schleppendes Fiepen aufzittern.

Ringsum trat das junge Rehwild aus dem Wald, und Sonnenstrählchen verfolgte nun mit größtem Interesse, wie drei winzige, braune Dinger mit Sonnenflecken in Reihen an den Flanken aus dem Gras auftauchten und sogleich Erlaubnis bekamen, bei ihrer Mutter zu saugen. Als sie satt waren, wurden sie ausgelassen – höchst verwundert über ihre eigene Fertigkeit liefen sie über das Gras von der Mutter fort. Hei, wie das ging! Ein Sprung – drei – zehn; die kleinen Erdknollen verschwanden unter ihnen, und die Blumen blieben weit hinter ihnen zurück.

Einer von ihnen kam dem schwarzen Schlagschatten, den der nahe Waldsaum drohend auswarf, näher und näher. So, nun war es nur noch ein Sprung bis dorthin, da schlug plötzlich das Abendgeschrei der Dohlen, die oben in den Baumkronen vor ihren Nestern saßen und an der Seite ihrer Weibchen den Abendfrieden genossen, laut an seine Lauscher. Mit bebenden Nüstern blieb er stehen und starrte in das Unbekannte, in des Waldes Seltsamkeit und war ganz fassungslos. Dann schnaufte er hörbar, machte vorsichtig kehrt und schlich sich kleinlaut zu seiner Mutter in die Abendsonne zurück.

Windewicht war der Älteste und Mutigste, Lauschelchen dagegen, seine Schwester, vorsichtiger und wachsamer; sie verstand schon das Schmälen von Mutter Rieke und drückte sich auf die Erde, sobald sie den harten, befehlenden, seltsam häßlichen Ton vernahm. Kuttel, der Kleinste, ein Kitzbock, dessen Fähigkeiten weder an die des Bruders noch der Schwester heranreichten, schlief meist und überließ den Wald sich selbst.

Das Gras auf der Holzfällerwiese gehörte zum besten überhaupt, die Wiese stand voller herber, saftiger, würziger Kräuter, die das junge Rehwild besonders gern mochte. Wieviel Mutter Rieke sich auch mit ihnen abmühte, sie konnte die jungen Rehe doch nicht von der Wiese fernhalten. Sobald die Abendkühle kam und die Drosseln ihr Lied anstimmten, begann die Wallfahrt dort hinaus.

Sonnenstrählchen in Gesellschaft zweier Kitze verschwindet schon im Gras; ihre roten Rücken flimmern um die Wette mit den Ampferbüscheln. Rieke springt auf sie zu, auf den Hinterläufen galoppierend und auf den Vorderläufen trabend und schlägt gleichzeitig mit ihnen nach den Kitzen aus; sie weichen ihr aber behende aus. Und wenn sie auf der einen Seite eins in den Wald getrieben hat,

dann tauchen gleich auf der anderen Seite zwei Lauscherpaare im Geflimmer der gelben Ranunkeln auf. Da gibt sie es schließlich auf und kehrt zu ihren Kitzlein zurück.
Die Sonne sinkt. Die Insekten füllen die Luft mit Spiel und Tanz, und die Forellen unten im Bach huschen plätschernd hin und her –, da stehen plötzlich zwei junge Böcke mitten auf der Wiese. Unaufhörlich befragen sie den Wald und wittern in seine Richtung; mit den Lauschern schlagend, umherspähend und sich gegenseitig beruhigend, äsen sie – bis plötzlich der eine den Windfang in die Höhe reißt. Angst packt sie, dumm verwirrt stürmen sie davon, bleiben dann stehen und entdecken, daß gar nichts geschehen ist.
Sie müssen sich nicht nur vor der Waldhexe von einem Altreh hüten; der Jäger kann unterwegs sein, denn jetzt ist Pirschzeit – und dann sind ihnen die alten Böcke auch nicht freundlich gesonnen.
Dort kommt der Sechserbock. Mit finsterer Miene und hoch aufgerichtet tritt er aus dem Gehölz. Das lebendige Feuer des Sonnenuntergangs spielt auf seiner Sommerdecke. Grimmig zieht er das Kinn ein und ruckt mit dem Gehörn, als wollte er prüfen, wie schwer es ist. Dann schreitet er weiter, langsam und feierlich – er nimmt sich selbst sehr wichtig.
Mit einem Male plätzt er, er scharrt mit dem einen Vorderlauf die Erde auf, wirft auf und steht in stolzer, kraftvoller Haltung. Der gedrungene kurze Hals verrät Stärke, Körper und Keulen schwellen von gespannten Muskeln – dann fährt er auf eine Distel los und zerfetzt sie mit seinen Stangen, von dort zu einer kleinen Birke, der er alles zukommen läßt, was ihr gut ist.
Die Kitzböcke haben sich in den Wald zurückgezogen und äugen von dort nach dem »Satan«. Er forkelt sie, und das tut weh, am liebsten machen sie einen Bogen um ihn, und auch jetzt suchen sie ihm schleunigst aus dem Weg zu springen.
Das Sonnenlicht des Juniabends ist schon längst erloschen; kühl streicht die Nachtluft durch die neubelaubten Eschenwipfel und hindert behutsam die alten Eichen am Ausschlagen. Das blühende Dorngestrüpp und die wilden Kirschen heben sich gespenstisch von dem dunklen Vorhang des Dickichts ab und grüßen mit ihrem Widerschein den Silberglanz der Mondsichel. Die süßen Düfte des Waldmeisters und Sauerklees steigen mit Nebel und Dunst vom Waldboden auf und mischen sich mit der schweren, herben Feuchtigkeit der Moore. Aus den Erlenbüschen und dem farnversponnenen

Versteck des Geißblatts winden Nachtigallen ihre hohen Triller über die tagmüde, schon schlummernde Erde. Die Knaupler schlafen, aber ihre wachsame Mutter steht noch immer dem letzten Schimmer des Sonnenuntergangs zugewandt und blinzelt mit den Lichtern – matt und überanstrengt von des Tages Mühen, braucht sie eine Zeit, um zur Ruhe zu kommen.

In dieser Nacht traf Sonnenstrählchen ihren Jugendfreund wieder. Diesmal war Gluf an der Reihe, sich das Rufen nach der Mutter abzugewöhnen. Einsam und ein wenig kleinlaut trippelte er umher, schrak beim geringsten Laut zusammen und schlug nervös mit den Lauschern. Seit dem Abend, an dem sie sich getrennt hatten, war er weiter hinter seiner Mutter hergetrabt. Dann hatte auch Rea eine von Gebüsch geschützte Wiese gefunden, auf der die Morgen- und Mittagssonne den Saft in die Kräuter und Gräser lockte; diese Wiese war ihm von früher her nur flüchtig bekannt, und er hatte sich richtig auf einen Sommeraufenthalt dort gefreut; doch gestern hatte er plötzlich keine Blume mehr anrühren dürfen, Rea zeigte ihm mit zurückgelegten Lauschern ihre Abneigung, war genauso mürrisch wie die alte Rieke und ging schonungslos mit erhobenem Vorderlauf und stoßender Stirn auf ihn los.
Er hatte es ja gleich im Gefühl gehabt, daß da nichts zu machen war. So blieb ihm nichts übrig, als sich zu trollen.
Freund Bock wurde munter, als er Sonnenstrahl eräugte, voll übermütiger Sprünge und guter Laune – er verfiel darauf, die Stirn in einen Baumstumpf zu rennen, stand natürlich kopf, war aber schnell wieder oben, hob sich auf die Hinterläufe und fing von vorne an. Holz und faule Späne stoben um den Stumpf, er zerpulverte ihn und fühlte sich überlegen.
Plötzlich hätte es fast ein böses Ende genommen: in dem Stumpf waren Bremsen, die ihm Hals und Kopf zerstachen – also ließ er den Baumstumpf in Frieden und tobte seinen Übermut an tief herabhängenden Zweigen aus.
Vom Jäger wußte Gluf noch wenig, mehr nahm er sich vor zwei wildernden Hunden in acht, die er unangenehm ermüdend für seine Läufe fand. Noch war er ein Feigling, der nicht nur bei einem Hundegebell, sondern auch bei jedem Schnauben eines größeren Bocks flüchtig wurde; er konnte nicht einmal Hohn in seine Stimme legen, wenn er schmälend vor ihnen durch den Wald flüchtete.

Mondblumen sprangen zwischen dem Laub auf. An manchen Stellen war das ganze Unterholz in ein bleiches, fahles Licht eingetaucht. Schwere Würze und leichte, luftige, feine Gerüche umwogten die Rehe und streiften ihre witternden Nüstern.

Die beiden jungen Rehe schlossen sich sofort aneinander an und zogen auf einsamen Moorwechseln entlang, über denen die Erlen ihre Laubtunnel wölbten. Das Dunkel schlug um sie zusammen, und hoch über den Wipfeln triumphierte der weiße Mond – Glufs zweiter Bocksmond, seit er seine Gehörnenden blank geschliffen hatte. – Vorn, wo der Wiesenzug begann, stand das Licht wie Staub aus einem Scheunentor, ein starres, blindes Licht – der Sonne gebrochener Blick. Aber um sie herum in dem feuchten Dunst zwischen den verzauberten Farnfedern zündeten Johanniskäfer ihre grünen Lichter an. Ein lebendiges und erstaunlich starkes, fesselndes Glühen strömte von dem Liebesfeuer der kleinen männlichen Würmchen in die Nacht hinaus. Wie Sterne funkelten sie aus dem Dunkel der verwilderten Gräben und aus den Löchern der alten, morschen Stümpfe hervor.

Leer und tot wurde die Nacht, als die winzigen Insekten bei einem Scharren der Bockschalen die Lichter auslöschten; noch starrer und geisterhafter steckten nun die Mondblumen ihre Phantasieblüten aus dem Erlenlaub heraus; nichts besaßen sie, was die Hummeln und Bienen, Motten und Nachtschmetterlinge anziehen konnte. Nur die Glühwürmchen in den nassen Tiefen des Moores besaßen das lebendige Licht und die starken Strahlen, die fesselten und selbst ein Paar Rehlichter anzogen.

Rea setzt Tjo

Lauschelchen und Windewicht und ihr kleiner Bruder sprangen schon auf ihren Läufen umher, als Glufs Mutter endlich auch einen kräftigen Kitzbock setzte.

Er lag auf einer der anderen Bachwiesen, nicht weit von der Stelle, wo die drei kleinen Kerle zur Welt gekommen waren, ringsum vom Wald geschützt.

Starenbrut jagte in kleinen Schwärmen dicht über ihn hin und sauste ihm bisweilen unbeholfen um die Lauscher. Dann strich ein

Haufen grüner, abgerissener Blätter taumelnd, wirbelnd vom Wald herüber, der an diesem Tage von einem kräftigen Sommerwind durchgerüttelt wurde. Ein Haselgebüsch, das an dem gegenüberliegenden Bachufer hochkroch, griff wogend mit seinen Laubkronen um sich, und einige frei stehende Tannen krümmten ihre Stämme zu Flitzbogen und wickelten ihre Äste wie weiche Lappen um sich. Allerlei Geräusche meldeten sich, Brodeln, Sausen und dazwischen ein engbrüstiges Brüllen vom Hochwald her; und obgleich *Tjo* nur ein winziger Bock war, der die Erscheinungen des Lebens noch nicht kannte, strengte er sich doch an, jeden Laut aufzufangen, der seine Lauscher erreichte.

Er war schon zu Kräften gekommen!

Das sonnige Wetter, der frische Wind hatten ihn schnell von dem engen, feuchten Geburtsmantel befreit, nun richtet er sich auf und schlürft den Willkommenstrunk der Erde aus dem warmen, lebensprudelnden Gesäuge. Einen Augenblick später stolpert er umher, schnuppert an den Blumen, purzelt dann um und schläft sofort ein, während Rea äsend über seinen Schlaf wacht. Doch jedesmal, wenn er erwacht und wie ein Faun aus dem Gras auftaucht, begehrt er gestillt zu werden und – weil mehr da ist, als er trinken kann, wächst er fast sichtlich von Stunde zu Stunde.

Ein kleines, anmutiges Geschöpf, gleichsam mit allen Erdtupfen des Laubwaldes bedeckt. Ein Spielzeugtier, wenn er auf seinen Läufen steht, mit Farben, die von unbeholfener Hand aufgemalt wurden, doch mit allem zusammenfließen, selbst mit dem grünen Gras, wenn er wieder umfällt und wie hingegossen auf der Wiese liegt. Der Körper hat die Dicke eines Männerarms, den Hals kann man mit der Hand umspannen, die Läufe sind dünner als Finger und vier-, fünfmal so lang.

Aber der Kopf ist und bleibt das Herrlichste! Unschuld und Anmut haben miteinander gewetteifert, ihn zu formen – ein Tiergesicht, wie es schöner keine Tierjugend im ganzen Wald aufweisen kann! Die Lauscher gleichen zwei Weidenblättern, innen weich und zottig wie die Kätzchen, die Stirn einem struppigen, verfilzten Moosbüschel und die tiefen, dunklen Lichter ganz kleinen Teichen, in denen sich die herabhängenden Augenwimpern und der ganze Laubbehang spiegeln. Und dann ganz vorn, wo es immer bebt und zuckt und die schmale Geäsespalte soviel herumzuzupfen hat, schimmert ein mausweiches, ganz erdschwarzes Nasenkissen. Es ist so drollig

ans Ende des runden, kurzen, kleinen Hauptes gesetzt, ganz wie ein blanker Erdklecks!
Zögernd verläßt ihn Rea für einen Augenblick, immer wieder kurz zurückäugend, bis sie sich schließlich bei etwas frischem Grün beruhigt.
Er ist aber nicht gewillt, seine Mutter so ohne Widerspruch ziehen zu lassen, mit gespreizten Läufen steht er im hohen Gras und begehrt auf. Er fiept und klagt so jämmerlich und herzzerreißend, daß Rea schleunigst zu ihm laufen muß, um den Schreihals mit einigen wohlgemeinten Stirnpüffen zum Hinlegen zu bringen.
Es ist hohe Zeit. Die Nachbarn beginnen für das Kind Partei zu nehmen, andere Rehe fern im Walde schmälen, und nun hört man den Baß des Sechserbocks.
Endlich schlummert Tjo ein und liegt wie ein braunwelker, blumengesprenkelter Büschel im Gras.
Eine Krähe fällt dicht neben ihm ein und beginnt umherzuschwänzeln, sicherheitshalber wird sie aber schnell weggefegt. Scheltend verschwindet sie im grünen Wald.
Bald darauf stelzt ein stolzer Fasanenhahn über die Wiese. Mit dem Kopfe nickend und überlegen spähend, nähert er sich dem braunen Blumenhügel.
Goll ist der erste, der das Rehkitz findet und besucht.
– Gockgock!
Es ist, als ob die ganze Farbenfülle der Erde, in einem einzigen Tiergefieder vereint, sich Tjo offenbart.
Und nun bekommt er wieder einen Trostbesuch von seiner Mutter.

Mehrere Tage lang hat ihn die Sommersonne bebrütet und die schwere, schwüle Luft des Verstecks auf ihm gelastet. Japsend, mit offenem Geäse und auf- und niedergehenden Flanken hat er auf dem duftenden Wiesengrund gelegen und nachts die Kühle des Taus und des Mondes doppelt genossen. Jetzt geht es ihm wie seiner Mutter und allen anderen Rehen, wie dem Springinsfeld mit einem Hasenleib, dem Gabelbock – wie selbst dem Sechserbock: bei dem veränderlichen Wetter und dem wechselnden Licht, bei dem Lärm des beginnenden Sommerwindes fällt es ihm schwer, sich ruhig zu verhalten. Er steht auf, doch das Gras erlaubt ihm nicht hinüberzugucken, und nur unwillig scheiden sich die Halme und schließen wieder schnell und geheimnisvoll den Spalt hinter ihm.

Wie er so davonstolpert, vernimmt er plötzlich ein vielfaches, feines Piepen um sich herum; es kommt unten von seinen Schalen her – er ist mitten in einem jüngst geschlüpften Fasenengesperre. Langhalsige, gelbgeständerte Geschöpfe, in die schmutzige Farbe des weißen Klees gehüllt, fegen wie kleine, welke Blätter um seine Läufe und schlüpfen unter ihm durch, noch tiefer im Gras versteckt als er.

Das scharfe, feine Piepen verliert sich draußen in der Brandung des Grasmeeres.

Da verdunkelt sich die Luft gerade über ihm, die alte Henne, die zu ihren Küken zurückkehrt, gibt ihm im Vorbeifliegen für alle Fälle eins auf den Deckel.

Er purzelt um und liegt und schnauft und horcht nach der Henne, die aufgebläht und gekränkt mit ihren Kleinen davongluckt, bis sein Bekannter von neulich hinter ihm auftaucht, »die Säge feilt«, kräht, und mit den Flügeln um sich schlägt. Das klingt nach Alarm, einer Warnung, dic er instinktiv versteht, und er drückt sich tief ins Gras hinein. Bald darauf kommt Rea mit allen Zeichen von Unruhe angesprungen – aber nur der Wind saust, und kein Räuber ist auf der Wiese zu sehen.

Sie nimmt ihn mit sich. In solchem Wetter lauern immer Gefahren, und das Raubtier ist unterwegs. Sie muß ihn in ihrer Nähe haben, und es tut ihm auch nur gut, den Sommersturm im Walde kennenzulernen. Der geht dort oben durch die Kronen, schwingt sich von Ast zu Ast oder bahnt sich taumelnd den Weg und wühlt sich tief in den Laubbehang. Hie und da bläst er ein Dröhnen in die Stämme, ein Klatschen in die Kronen und Gepolter ins alte Holz, und die Rehe spüren ihn in den Schalen, wenn sie auf die Wurzeln treten, die fester die Erde umspannen, um die laubigen Besen dort oben auf ihrem Platz zu halten.

Die alten, bemoosten Baumstümpfe – zerspalten und mit Sauerklee auf dem Kopf stehen sie in die Erde versunken, oder mit kümmerlich siechen Wurzeltrieben, die ihre letzte Hoffnung entfaltet haben. Doch horch – es zuckt und bewegt sich unter ihnen, es ist, als ob sie lebten und noch in der großen Baumgemeinschaft mitwirkten.

Keine Nachtmotte, kein Nachtfalter findet noch Schlaf; obgleich es mitten am Tag ist, müssen sie immer wieder aufsteigen und umherfliegen. Abgerissene Blätter rieseln überall zur Erde, an manchen Stellen in großen Büscheln. Die längst schon graubraun gewordenen, schrumpligen Knospenhüllen der Buchen und die neu sprießenden Zweigkappen der Tannen fegt der Sommersturm zusammen und rollt sie als lange, zottige Würmer vor sich über die Wechsel. Dann erheben sich plötzlich auf den Wegen mitten im Hochwald bis zu den Spitzen der alten Buchen weißgraue Staubmassen – schrecklich für ein junges Geschöpf, diese weiße, wirbelnde Staubschlange, auf ihren Schwanz erhoben, auf sich zukommen zu sehen!

Ängstlich drückt Tjo sich an die Mutterflanke, die Lauscher klappen unentwegt. Er vernimmt und wittert eine Menge und kann doch nichts begreifen.

Schließlich wird er auf einer sonnigen Lichtung in einem Dickicht zurückgelassen; hier liegt er mitten im Waldesbrodeln, hat es von allen Seiten um sich, so daß er ganz in ihm verschwindet.

Und der Sturm jagt und der Wald saust und schnurrt, während die Sonne von einem wolkenfreien Himmel ihr gleißendes Licht durch das grüne Laubgewölbe sendet; und alles um ihn herum ist ein flimmerndes Glitzern von welkem Laub und hüpfenden, tanzenden Sonnenflecken – da nähert sich ein Mensch; plötzlich vernimmt er Fußtritte; er ist eingeschlummert und hat allzu fest geschlafen; nun aber hoch –

Ich fand einen kleinen Kitzbock, erzählte der Jäger später, als er nach Hause kam. Er stand auf, ging auf mich los und knallte mit den Vorderläufen laut auf die Erde. Der tapfere Kleine wollte mich wohl einschüchtern. Und das glückte ihm begreiflicherweise auch! fügte der Jäger hinzu und lachte.

Tjo muß seine Sinne daran gewöhnen, trotz des Sturms alles zu erfassen, trotz seines Sausens und Brüllens ihn zu durchforschen – während des Sturmes pflegt sich das Unheil hinterrücks an ein Reh heranzuschleichen.

So verhängnisvoll wie für manchen Bock war es für seine Mutter noch nicht geworden; aber immer kam es doch vor allem bei Wind und Sturm vor, daß Rea plötzlich dicht neben sich einen Jäger auftauchen sah.

Hin und wieder in ihrem Leben war sie bei der Morgenäsung mit auf einer Wiese gewesen, zu dritt um einen Bock, bis sich auf einmal der Sturm zu einem Knall verdichtet hatte, und späterhin hatte keiner mehr ihren alten Waldgesellen gesehen.

Sobald der Jäger gegangen ist, stürmt sie zu ihrem Kitzbock hin und beschnuppert ihn eifrig – er ist gesund, er richtet sich auf.

Es war ihr früher begegnet, daß ihr kleiner Kitz-Liebling von Menschen gefunden und befummelt wurde – sie kam angesprungen, um ihre warme Milch zu geben, da hielt sie an, stutzte, konnte nicht, eine abschreckende Raubtierwitterung ging von ihm aus. Entsetzt umkreiste sie ihn schmälend, ihr Gesäuge spannte, doch jedesmal wenn sie näher kam, stieß die Menschenwitterung sie ab. Er mußte die Nacht über hungern, erst mit dem Morgentau wurde er wieder in ihren Kitz-Liebling verwandelt, da aber war er steif und tot.
Der Mensch hatte viel von der erstickenden, häßlichen Witterung des Dachses an sich, er roch nicht streng wie der Fuchs, nicht scharf wie Iltis und Marder – Mistkäferwitterung hing an ihm wie am Dachs.
Am nächsten Morgen wogt der Wald noch unter der Dünung des Wetters; die Sonne aber bricht durch die Kronen und drückt ihren Stempel auf jeden Baum. Platsch! – da steht er gleichsam mit einem Knall. Immer mehr Sonnenflecke springen auf den Stämmen hervor, der ganze Hochwald von der Wurzel bis zum Wipfel zittert und erglüht in dem Strahlenspiel. Der Goldpirol singt dort oben im Laub versteckt, ein anderer antwortet mit klingendem »Bülow«. In einem der Oberständer des Buchengehölzes auf dem Hügel sitzt der Kamerad, wechselt dann den Baum und sprüht, als er durch einen Sonnenstreifen fliegt, Funken aus seinem Gefieder.
Tjo steht auf und trinkt sich an dem prallen Gesäuge warm; er leert es von beiden Seiten, versucht noch ein paar Züge und Stöße, springt dann in der ersten belebenden Wärme der aufgehenden Sonne umher, die den Wald wieder hell macht.
Und plötzlich wird er übermütig; mit zurückgelegten Lauschern in schwankenden, unsicheren Sprüngen setzt er vor dem Reh her, er will mit – das Licht dort vorn zieht ihn an.
Von dem warmen Ruheplatz im dichten Dickicht kreuzen sie die lange seltsame Lichtung des Waldwegs, die voll ist von zartem Gras und der Witterung vieler Spuren, und wieder geht es fort in das lauschige Dämmer der Blätterlaube. Der kleine Kerl mit den stets aufgerichteten Lauschern erlebt den Wald –
Viele Blumen stehen in Reihen auf seiner Decke, große und kleine durcheinander, wie auf einer Wiese – und sie sind weiß wie richtige Blumen.
Rea folgt, mütterlich stolz, jung und froh, mit erhobenem Haupt und klappenden Lauschern, während er losstürmt. Alle die rich-

tigen Blumen wollen so gern mit ihm spielen, vom Wind getragen kommen sie auf ihn zu, laufen wieder zurück – aber er läuft ihnen allen davon.
Durch den Hochwald springt es sich leicht; aber jetzt müssen sie durch ein kleines Erlenbruch. Hier ist ein anderes Reich. Der zottige Boden ist voller Geheimnisse, und plötzlich fällt das Laufen schwer. Aber dann sind sie da. Was für ein schöner, offener Platz! Die Sonne umschmeichelt ihn – doch, hier würde er wohl gern ein wenig ruhen.

Auf der noch ungemähten Waldwiese wiegen sich die reifen Gräser und öffnen freie Tummelplätze für lebensgierige Insekten. In einer der vielen Vertiefungen, von den Rehen als Bett benutzt, wird Tjo niedergelegt, und Rea verläßt ihn nun auf ein Weilchen, um auch die Forderungen ihres Magens zu befriedigen. Er hebt das Haupt, als wollte er mit, da aber vernimmt er ein Stampfen und duckt sich schnell – und wieder liegt er allein im Wald, an dessen düstre Großartigkeit er sich gewöhnen muß.
Die Halme rings um ihn neigen sich, Ähren zittern, Grasrispen beben wie seine Wimpern, und fortgesetzt muß eine aufdringliche Fliege ihm ihre Neuigkeiten erzählen. Die zottige Hummel mit dem roten Hinterteil tastet sich brummend von Pechnelke zu Pechnelke; ein Vogelspritzer auf einem Blatt entpuppt sich als eine Motte, sowie sie die Flügel hebt; eine Wolke winzig kleiner, schwarzer Falter hüllt Tjo ein, der so von ihrem Anblick gefesselt ist, daß eine Mücke Zeit hat, ihn kräftig in die Nase zu stechen.
Da fährt er auf; aber er ahnt nur eben die Baumkronen über den Gräsern, und in der Ferne sieht er einen blühenden Weißdornbusch drohend seine Blumenaugen auf sich heften – huh! Seine Mutter hatte richtig gerechnet, als sie ihn hierher setzte! Er versucht ein paar Schritte, doch das Geflecht des Grases ist zu stark. Also wieder hinunter und schön artig auf dem Wiesengrund gesessen. Ein wenig später rollt er sich wie ein Hund zusammen, legt das Haupt auf die Seite und schlummert in dem irdischen Paradies der kleinen Waldwiese ein.
Die hohen Wiesengräser bewegen sich hin und her, und eine der Disteln beginnt sich plötzlich zu schütteln – ein ganz junger, äußerst geschmeidiger und durchtriebener Fuchs ist im Anmarsch.

Noch etwas schlaff und träge nach der faulen Winterszeit, nun aber angeregt von den ersten leichten Fängen des Frühjahrs schnürt er herbei. Kein Aasfuchs, kein Misthaufengast – nein, des Waldes größte Hoffnung von einem guten Stöberer, Überrumpler und erstklassigen Wildfänger.
Immer schnürt er mit lauernd eingeknickten Knien oder kriecht auf dem Bauch umher. Andere Reinekes, die er kennt, schnüren gemütlich aufrecht auf allen vieren, sie schleichen, schlendern umher – und fangen einen Maikäfer oder eine Fliege. Er findet immer etwas Gutes, einen brütenden Vogel, ein Häschen, ein Küken – seine Fangart verrät Begabung und Verstand. Er ist auch überzeugt, daß einmal ein rechter Fuchs aus ihm wird!
Haps! Eine Maus läuft ihm sozusagen gerade in den Fang – einen Augenblick lang spielt er mit dem Opfer wie eine Katze. Runtergeschluckt – und fort ist der Braten.
Er schleicht sich weiter. Die gesperrt stehenden Branten seiner schwarzen Vorderläufe greifen vor sich, die schattenbestrumpften Hinterläufe schieben nach. Ein Gestöber steigt von seinem wolligen, buschigen Sommerbalg auf.
Aber Jäger Jensen sollte bloß einmal die Lunte gesehen haben, die seine wurmähnliche Gestalt hinten abschließt. Wolkenzüge ziehen sich durch die brausende Haarstandarte, bilden dunkle Schattenstreifen und Sonnenstrahlen und schaffen wilde Fetzen Horizont, von dem das dunkle Rot der Abendsonne leuchtet. Die weiße Luntenspitze ist nach oben gebogen und sieht genauso unschuldig aus wie der weiße Flaumballon des Löwenzahns. Er lauert – die erdschwarzen Gehöre heben sich unmerklich empor, und die weichen, flockigen Gehörtrichter betasten die Töne – und wieder scheuern Brust und Bauch über den Boden hin, während das Kinn ein Stück über das Gras gehoben ist. Die braunen Seher fahren ruckweise umher, der spitze Windfang zittert und stülpt sich unaufhörlich nach außen; vom Fang ahnt man einen Spalt – käme doch bald wieder ein leckerer Bissen!
Es ist sein unerhörtes Glück, daß er plötzlich, ohne an so einen Streich gedacht zu haben, geradewegs auf ein kleines Rehkitz zukriecht. Gerade seine einzig dastehende Art, eine Wiese anzunehmen, hat das Reh, das er in einiger Entfernung äsen sieht, daran gehindert, ihn zu entdecken.
Leider kommt er diesmal nicht dazu, den Handstreich auszuführen

– just als seine feuchte Nase die süße Witterung des kleinen, warmen Rehkitzes in heftigen Zügen trinkt und das Wasser ihm im Munde zusammenläuft, als sein schlauer, wild begehrender Fuchsblick, blitzend im Siegesfunkeln des Triumphes, dem furchtsamen Blick eines einfältigen, braunen Lichterpaares begegnet, kreuzt zufällig ein großer Fasanenhahn seine Schneckenbahn, der ebenso heimlich wie er auf Heuschreckenfang aus ist.
Im Umsehen stößt Goll Warnungsrufe aus, und der rote Zyniker dreht sich in Angriffsstellung auf sprungbereiten Branten zum Hahn um. Aber indem er draufspringt, setzt der Hahn in seiner ganzen Länge über ihn weg, kommt hinter ihm auf die Erde und stellt sich hoch aufgerichtet, mit halb gebreiteten Flügeln wieder zum Kampfe bereit auf.
Blitzschnell macht der Räuber kehrt und wiederholt den Angriff. Dieselbe Übung wie vorher, nur daß der Hahn ihm einige ordentliche Schläge mit den Flügeln verpaßt, während er über ihn hinwegsetzt.
Das geht so weiter – und je häufiger und zielsicherer die klatschenden Ohrfeigen des Hahns fallen, desto hitziger und wütender tobt der Fuchs. Er will den Sprung abkürzen und kriecht näher heran; aber Goll ist auf seinem Posten. Mit gestrecktem Hals steht er vor dem Fuchslümmel, reizt ihn und zieht ihn mit sich.
Andere Hähne hören seine Flügelschläge, fliegen herbei und beginnen zu krähen. Auch der Häher meldet sich und zwei laut zikkernde Amseln. Wenige Augenblicke später dröhnt die Erde unter den Sprüngen scharfer Hufe – da aber war der Friedensstörer schon im Riedmoor, keiner wußte wo.

Der junge Schleich-Fuchs vergaß diesen Augenblick nie: ein Rehkitz, von dem Größten, davon seine Räuberseele je geträumt! Er kam wieder und wieder – aber nur seinen Zuchtmeister, den niederträchtigen Goll, und nicht den kleinen leckeren Tjo traf er auf der Wiese.

An Mutters Schürze

Eine Reihe von seltsam sonnigen Ruhetagen folgte auf die Verwüstungen des Sommersturms.
Blaue Luft, vom Himmelsgewölbe droben herabgeholt, lagerte dick über den Lichtungen und drang zwischen alle Wipfel und in alle Gräben. Das Buchenlaub verlor in diesen Tagen seinen klaren Frühlingsglanz, sein letzter Pfirsichflaum verschwand. Doch die jungen Triebe der Tannen schluckten Sonne zuhauf; und wenn der Jäger von der Pirsch heimkehrte und, von den zahllosen Mücken gepeinigt, sich über Nacken und Wangen strich, ritzten ihn die Nadeln nicht wie sonst mit kalten, harten Nägeln, sondern streichelten ihn warm und weich. Ein erstickender Duft von Nadeln und Harz quoll aus den immergrünen Tiefen; dorthin sehnte sich der Jäger, wo die Nacht ihren Sommerschlaf hielt, eingewiegt vom Gurren der Holztauben.
Brumm! Brumm! Hummeln taumeln in Windungen durch die Luft. Summ! Summ! Fliegen in grünspangrünen, gelben und grauen Wolken schwirren auf die Aasreste der Habichtmahlzeit nieder. Wohlig nimmt die Natter ihr Bad im Bach, auf einem glühenden Stein heilt die Eidechse ihren kürzlich verstümmelten Schwanz, und die Blindschleiche träumt in dem friedlichen Paradies des Waldweges, zusammenfließend mit dessen gesprengten Knospenhüllen und dem leuchtenden Staub des Laubbodens.
In all dieser Fruchtbarkeit des Vorsommers zieht Mutter Rieke mit ihren Säuglingen umher – Kuttel, Lauschelchen und Windewicht! Kleine, wollige Geschöpfe mit Köpfen, wie alle Kitze sie haben, und doch hat jeder etwas Besonderes.
Lauschelchens Stärke liegt in den Ohren, die fortwährend in Bewegung sind und daher am meisten auffallen; Windewicht legt mehr Gewicht auf seinen Windfang, der wie ein kleiner Rüssel vorspringt. Das Brüderchen läßt den Dingen ihren Lauf, vernimmt, was er nicht überhören kann, und wittert, was ihm paßt – meist die Milchtropfen, nach denen nicht ohne Grund ein steter Wettlauf ist. Wenn er sich durch irgend etwas vor den anderen auszeichnet, dann sind es ein Paar allerliebste Gucker.
Aber blank und kahlköpfig sind alle drei, die langen Haare beginnen erst richtig unterm Kinn und am Hals entlang und bedecken Körper und Keulen. Drei kleine Waldkitze, braun wie das vorjährige Laub

auf dem Boden, doch wie Tjo mit Anemonen und Gänseblümchen überwuchert.
Sie folgen nun getreulich »Mutters Schürze«, ihrem weißen Spiegel. Täglich macht sie mit ihnen kleine Ausflüge. Dann pflegen sie vor ihr herzulaufen, und sichernd wacht sie über die Kitze, während sie äsen. Dann stehen die Lauscher mit den langen, schmalen Trichtern senkrecht in die Höhe und wippen bei den ruckweisen Bewegungen unaufhörlich, während die kleinen, geschäftigen Nasen tief im Grase begraben sind. Nur die gesprenkelten Rücken liegen in einer Höhe mit den Kräuterspitzen, doch alle wilden Blumen sorgen für deren Tarnung.
In den sumpfigen Niederungen ringsum im Wald äst sie mit ihnen, am Bach entlang, an dem Rinnsal des Grabens und zwischen den Schwertlilien des Bachsumpfes. Von der Brust ihrer Mutter beschirmt, nippen die Kitze an zarten Kräutern und schütteln die Tropfen von ihren Läufen.
Regelmäßig bekommen sie Besuch von dem einen oder dem anderen Fasanenhahn, oder sie vernehmen sie auch im Röhricht auf der anderen Seite des Baches. Und hie und da gocken Girk oder Goll zu ihnen hinüber, wenn sie auf einen Stein oder eine Landzunge treten, um zu trinken, und sie und der Hahn strecken sich die Hälse entgegen.
Doch an anderen Plätzen geschieht es, daß sie gar keinen Hahn eräugen; stoßen sie aber versehentlich eine Henne vom Nest, oder jagen sie eine aus ihrem Sandbad hoch, so daß sie schwerfällig mit den Flügeln schlagend aufsteigt, dann setzt sogleich ein schrecklicher Hahnenlärm ein. Gereizt schießt Girk aus dem Waldmoor zum Sandbad hinüber und in schneller Flucht mit erhobenem Spiel auf dem Wechsel dahin – was sind denn das für Tolpatsche, die hier entlangziehen?
Mitunter bleibt Rieke stehen und äugt nach ihren Sprößlingen, die sich wie alle Rehkitze seit je und je die Zeit vertreiben. Windewicht kniet sich mit den Vorderläufen nieder, legt die Lauscher zurück und zieht das Kinn ein – bitteschön, nun liegt er mit vorgeschobener Stirn bereit. Kuttel kommt ganz langsam herbei, bringt vorsichtig seine Stirn an die des Bruders heran, diese berührend – dann stoßen sie drauflos und verspüren dabei ein angenehmes Jucken.
Bald haben sich die Kinder müde gestoßen und tun sich nieder, um

ein wenig zu ruhen – und nun schmaust Rieke. Mückenschwärme summen um sie herum, während sie rasch und energisch am Grase reißt; sie schlägt fortwährend mit den Lauschern nach dem garstigen Geziefer, hebt den Windfang in die Luft und sichert, während sie knaupelt. Sie hat das Geäse voller Gras, kaut auch ein wenig und stillt ihren Hunger; aber im Kopf hat sie nur die Kinder.

Sie gehen durch Laubwald und Tann, zwischen hohen Eichen, die Socken von Haselbüschen und Jungbuchen anhaben. Die launischen Windungen des Wechsels führen sie quer durch Bingelkraut-Wüsten, um grüne Farnquellen und über waldmeisterduftende Oasen, wo ihre Blumendecke eins wird mit den hopfenumsponnenen Kräutern des Sommers. Ein Eichhörnchen raschelt um einen Baumstumpf, den Besenschwanz an den Rücken angelegt; sich vorwärts witternd, springt es Satz für Satz wie eine Ratte über den Waldboden, dann ein schnelles Scharren und eine unterm Laub versteckte Nuß wird hervorgeholt. Irgendwo steigt eine Amsel von der Wurzel eines Haselbusches auf; das Nest liegt mitten zwischen dem Reisig, da unten gerade in Höhe ihrer Schalen; die Kleinen mit den safranfarbenen Daunen reißen die Schnäbel auf, als die Drillinge an ihnen vorbeitrippeln.

Sie nähern sich dem Waldsaum und bleiben, als Rieke plötzlich aufwirft, hinter ein paar einzelnen Jungtannen stehen. Selbst Brüderchen vernimmt etwas und setzt davon, den Windfang in die Luft gestreckt – so hat es sich erschrocken. Und dabei ist es nur die alte Frau des Waldarbeiters mit einer Tracht Brennholz; Mutter Rieke wendet sich zu ihr um, und nach einer Karussellfahrt kommt auch Kuttel zurück und steht dabei. Gedeckt durch die jungen Tannen beobachten sie alle die alte Grete, der der kleine häßliche Hund gehört.

Sonnenflecke flimmern um sie herum, an den Stämmen hinauf und in ständigem Wechsel über den Waldboden hin. Sie wollen sie beschnuppern, doch die glänzenden Lichtblumen sind nicht zu fassen. Die tun das ihre, um die Knirpse zu verstecken, sie in den Wald aufzunehmen und dort zu verbergen; doch gleichzeitig bewirken sie, daß auch die Kitze nicht mehr scharf äugen können, immer wieder verwirrt das Sonnenspiel ihre Sinne.

In den Mittagsstunden dösen sie alle und schlagen sich mit den Fliegen herum; doch gegen Nachmittag sind die Blumenkitzlein wieder auf den Läufen, begierig, Neues zu eräugen, die Umgebung zu er-

forschen und hinauszukommen – übermütige Sprünge wechseln ab mit jähem Halt und Sichern.
Sie müssen über einen kleinen Erdwall, und Rieke springt voraus – die Kitze kommen etwas später nach, so geschäftig schnuppern und beißen sie in alles. Sie bleibt stehen und ruft sie heran. Doch gleich ist wieder etwas los. Ein Paar große, dunkle Flügel sausen plötzlich über ihnen nieder; der Mäusebussard greift sich seine Maus und hebt sich schwer empor – so ein Geschöpf hatten sie nie zuvor geäugt, und nun bekommen sie plötzlich Beine.
Auf langen, wackligen Stelzen spielen sie um Rieke herum – und bleibt sie sichernd stehen, dann wittern zwei Nasen gleich mit, während der kleine Knaupler auf seinen dünnen, eckigen Läufen steht und vor sich hindöst. Und wagt er sich endlich vor, dann nur, um sich zärtlich am Hals der Mutter zu reiben.
Nun beginnt ein Häher ihnen eine Menge zu erzählen, wovon sie noch nichts verstehen; dann aber kommt er auf den Gedanken, den Schrei des Mäusebussards nachzuahmen, um ihnen gleichsam Angst zu machen. Bei diesem Laut merkt das kleine Eichhörnchen auf, zornig schlägt es mit den Hinterpfoten, als wären es Trommelstöcke, gerade über ihren Köpfen gegen einen Ast – kurr, kurr, kurr.
Dort ist aber doch etwas! Gespannt lauschend unterscheiden sie Hundegebell, ein hohes Gellen begleitet von tiefem Baß. Da ruft Rieke sie zu sich und befiehlt ihnen, schnell vor ihr herzuspringen, indem sie sie mit den Knien stößt. Sie schnaubt eifrig und gibt ihnen damit zu verstehen, daß sie sich beeilen sollen. So, nun sind sie in Deckung. Ein Puff! Tut euch nieder!
Doch Rieke braucht an diesem Tag ihren Mut nicht zu beweisen.
Da vorn murmelt ein Bächlein – und gleich darauf überfallen sie einen Graben mit herrlichem kalten Wasser und kohlschwarzem Schlamm. Nun werden die Mücken wild. Alle Lauscher fächeln und die Hinterläufe zappeln unaufhörlich – und jetzt kommen die Gesprenkelten folgsam hinterher. Hier ist es ja nicht auszuhalten!
Endlich geht der Tag zur Neige, und Waldklee und Farnkraut, die die Sonnenglut nicht vertragen können, beginnen sich nach dem Licht zu strecken. Sichernd schlüpft ein Fuchs aus seinem Versteck hervor auf den Waldweg, wo er in seinen Zuckeltrab übergeht. Plötzlich stößt eine Amsel auf ihn nieder, doch geschieht es nur, damit er stehenbleibt, während der Vogel ihn ausschilt.

Rieke entdeckt Reineke nicht, aber sowie sie die Bäume am Waldsaum erreicht und seine Witterung in den Windfang bekommt, trifft sie ihre Maßnahmen. Mit schallendem Gelächter streicht der Kuckuck über die Wiese und verschwindet in den Nebelschwaden des Baches, wo ihn eine quakende Ente übertönt. Ein vom Sturm gefällter Baum erweckt die Neugierde der Kitze, Windewicht führt an; doch der alten Mutter ist es nicht recht, sie bei diesem Wetter so weit fort zu wissen – ein Stampfen mit dem Vorderlauf, und Lauschelchen kommt gehorsam zurück, auch Kuttel folgt; doch zweimal muß sie aufstampfen, bis endlich der dritte kleine Wichtigtuer mit seinen übermütigen Sprüngen einhält.

Dann versteckt sich die Sonne, und das Buchenlaub scheint in der stillen Sommernacht zu leuchten. Der ganze Hochwald wird in ein graues Stammgewimmel verwandelt, darin ein warmes, wolliges Dunkel sich verbirgt. – Jetzt ruft Rieke die Kitze näher zu sich heran, und sie ziehen unter die Kronen und tun sich nieder.
Zögernd und gleichsam vorsichtig kommt ein kaltes Licht ähnlich den Johanniswürmchen hinter einem Stamm hervor – der Mond ist aufgegangen, der Fleck auf der Rinde leuchtet. Und der Lichtfleck wächst und wird größer und klarer; die Mondstrahlen zittern über den Waldboden und fallen mit starrem Schein auf die vermummten Stämme. Bald beginnen schwarze Schlagschatten zu flakkern, und die Stille scheint mit der Luft verwachsen. – Die Nacht ist überall geschäftig. Ganze Bäume werden hell erleuchtet, und die Kitze äugen nach ihren eigenen Schatten. Doch Kuttel, dessen Umrisse gerade pechschwarz auf einen Baum geworfen werden, packt plötzlich das Grauen – ein kleines Schreckgefauch – und im selben Augenblick sind sie alle von einem Lichtschauer von Mondflecken umsponnen, die durch das Laub zu ihnen herniederdringen.

Auch jetzt wandert Rieke mit ihnen auf breiten, bleichen Wegbahnen, über enge, verborgene Wechsel, durch düstere Schluchten und über Lichtungen, wo der Nebel gaukelt und ein einsam blühender Weißdornbusch im Dunkel geistert. Eichenschonungen, deren gezacktes Laub aus den Knospenschuppen hängt, haben noch Frühlingsträume; jedoch von dem buschigen Wipfel der verblühten Traubenkirsche stürzen Gefälle von langen und duftenden Blütentropfen. Nun geht's den Hügel hinauf – da taucht ein Stück vor ihnen ein pechschwarzer Haufen drohend aus dem gleichmäßigen Dunkel des Hochwaldes auf, wird größer und erhält Gestalt – wie ein unheimlicher Riesenwurm sperrt er ihnen den Weg. Das Ungeheuer wird immer schwärzer und dichter – dann sind sie auf der Höhe, das Oberlicht fällt hier anders, und das Nachtwesen enthüllt sich als ein Brennholzstapel, den die Sonnenflecken im Tageslicht vor ihnen verbargen.

Immer unterhalten sich Rieke und die Kitze mit einem feinen Fiepen, das bei den Jungen ein wenig schwächer klingt, und in der Nähe der Mutter äugen sie beruhigt nach den garstigen Löchern hin, die rings um die Rodung aus dem Waldsaum hervorgähnen, und sie entdecken, daß die schwarzen Schlünde nur zu neuen, geheimnisvollen, lichtgedämpften Verstecken führen. Sie äugen nach den Hasen, die die Waldwege entlanghoppeln und oft anhalten, um zu sichern, und zwischen dem »Güh« der Nachtigall und dem Heulen der Eule vernehmen sie das Sausen des zitternden Sommerlaubes. Der Wald bei Nacht im bleichen Licht des Mondes trägt ein ganz anderes Gesicht als am Tag – doch auch mit diesem müssen sie sich schnell vertraut machen.

Auf diese Weise belehrt und erzieht Rieke sie, wie sie schon vier Gruppen vor ihnen belehrt und erzogen hat – die gute, alte Rieke, treu ihrem Wald, treu dem Jäger, dem sie jedes Jahr drei Kitze liefert! Zärtlich wacht sie über ihrem Treiben, läßt sie ihre Neugierde befriedigen und kleine Erfahrungen sammeln. Wenn dann Spiel und Bewegung und das Grün den Durst brennend gemacht haben, gewährt sie ihnen willig den Labetrunk, der wieder ihre Freßlust anregt.

Doch nun färbt sich der Himmel, und wilde Rosen springen aus der Wolkendecke am Horizont. Die Froschchöre in allen Bachwieken, die piepsenden Eulenjungen, ja selbst die Nachtigallen, die seit dem Abend gesungen haben, verstummen. Das erste Tageslüftchen raschelt im Laub. Formen und Farben treten gleichzeitig mit dem ersten zaghaften Vogeltriller heraus. Das Rotkehlchen beginnt, die Drossel folgt, und von allen Seiten fallen Kuckucke ein. Es jubelt in den Knauplern; kalt und klamm wie feuchte Laken klatschte ihnen das hohe Gras um die Flanken, und als sie durch Schierling und Sauerampfer ziehen mußten, stürzten Regengüsse auf sie nieder – nun wirkt das Morgengrauen wie Erlösung.

Am Osthang einer Bachwiese tritt Rieke mit ihnen aus dem Gehölz.

Sie schüttelt sich, ihre Decke ist feucht und von Rinnsalen zerklüftet wie bei einem Flußpferd. Feiste Amseljunge und behende kleine Sänger schlüpfen würmend umher. Alles füttert! Und die Sonne hängt rot über dampfenden Nebeln und hat noch nicht angefangen zu brennen.

Sie bekommen ihren Morgentrunk; doch die Wiese lädt nicht gleich zum Niedertun ein. Wohin sie die Köpfe drehen, funkelt und glitzert es; wie weiße Quallen treiben pudelnasse, tauig perlende Spinnweben umher. An einer Ecke hat der Waldhüter indessen schon geheut – und hier tummeln sich jetzt die Riekejungen, laufen sich trocken und warm – und dann auf einmal, als die Müdigkeit sich meldet, schimmert das Grasmeer blank; nun wollen sie gern schlafen. Im hohen Gras, vor einem großen, frei stehenden Wacholderstrauch, richtet Rieke das Bett – hier sollen sie von der Vormittagssonne schlecken. Schöneres weiß ein Rehkitz nicht! Sie selbst macht erst einen Ausflug in ihre nächste Umgebung und geht den Disteln und Krauseminzwurzeln gehörig zu Leibe.

Alles atmet Frieden. Die Insekten versichern es, das Knistern ihrer hauchzarten Flügel flüstert davon.

Die ganze Lieblichkeit der sommerlichen Waldwiese ist in den kleinen Drillingen verkörpert – sie sind die Hoffnung des Maiwaldes, der sichtbare Ausdruck für den Jubel und die Erwartung des Lenzes. Und nun sitzen die kleinen Rehkinder in ihrem Grasbett, und ihre drollig eckigen Köpfe mit den immer aufrecht stehenden Lauschern nicken im Schlaf um die Wette mit den Blumen ringsumher.

Plötzlich erwacht Lauschelchen mit einem Ruck. Wie ein Stiel steigt der Hals in die Luft, dünn und zerbrechlich – aber welcher Wuchs, welche Haltung! Ein goldgelber Schmetterling setzt sich einen Augenblick auf ihre Stirn, schlägt mit den Flügeln und merkt, daß er sich getäuscht hat, dann tanzt er in die Luft hinaus, dicht über den fingerhutkleinen Windfang weg. Sie dreht das Haupt, gerade als das Gras vor ihr sich lautlos auseinanderschiebt und eine andere Nase, schwarz wie die ihre, doch mit einem ganz anderen Sinn für Blumendüfte, hervorlugt. Unmerklich wird sie länger. Die Lücke im Grasteppich wächst unter dem Druck der buschigen Kiefer des dicken Hinterkopfes.

Lauernd, bedrohlich erscheint dieser Kopf. Unheilverkündend gleitet er gleichsam aus der Erde hervor, in einen erstickenden und ab-

stoßenden Gestank gehüllt. Doch als Lauschelchen die beiden grünen Stichflammen eräugt, die voller Raubgier sich in ihren Blick einbrennen, schreit sie.
Da duckte sich der Fuchs schleunigst so tief wie möglich ins Gras, die Lücke schloß sich vor seiner schreckenerregenden Fratze; er lag, falls es brenzlig werden sollte, zu eiliger Flucht bereit oder aber zu einem einzigen langen, blitzschnellen Sprung. Wenn der Schreihals nur endlich ruhig sein wollte!
Rieke, die drüben auf der anderen Seite des Busches saß, sprang herbei – da bekam er seinen ersten Nasenstüber von einer Rehschale. Das zuckte bis zu den Sehern hinauf. Aufgerichtet vor ihm stehend und mit den Vorderläufen blitzschnell nach ihm schlagend, tänzelte ein wütendes, schmälendes Muttertier – und er bezog wahrlich eine ordentliche Tracht Prügel! Er wich zurück, fauchend, knurrend – seine Seher waren nur noch Ritzen, seine Lauscher verschwanden im Pelz, und die zusammengefalteten Knurrhaare lagen wie Striche über den Lippen – zuletzt sah er keinen anderen Ausweg, als sich mit einem mächtigen Sprung in den Wacholderbusch zu retten.
Gelegenheit macht Diebe, das wußte Rieke sehr wohl, und darum blieb sie immer in Hörweite ihrer Kitze. Sie wußte, daß die Füchse, die man nicht eräugt, die gefährlichsten sind.
Laut schmälend, mit langsamen, federnden Schritten und hoch erhobenen Hauptes stelzt sie um den Busch; doch der schlaue Lümmel hatte die Lunte eingezogen und verhielt sich ruhig – er knurrte nicht einmal.
Aufs neue genoß Rieke ihr Mutterglück, beugte ihr schönes Haupt über die verängstigten Kitze und leckte ihnen mit ihrer warmen Zunge den Windfang. Das gab den kleinen, von Mücken zerstochenen Nasenlöchern Linderung; die Kitze reckten sich ihrer Mutter entgegen und wurden froh und übermütig.
Äußerst gekränkt zog sie dann schließlich mit ihnen davon. Doch oben am Waldsaum blieb sie stehen, wandte sich um und schalt den Fuchs noch ein paarmal aus, daß es über die weiten Flußwiesen dröhnte.

Der große Laubfall

Der Septembermond schiebt seine Strahlen durch eine kühle, herbe Luft. Ringsum springen die Butterblumen des Frühlings aus dem Himmelsraum heraus; an Grabenrändern und auf den Wiesen kann man sie nicht mehr finden. Ein fahler Schein liegt über den Blößen des Waldes und dringt durch die Spalten des Blätterdaches.

Doch immer noch sind es die Felder, die locken! Das Getreide steht in Hocken, ein gelber Haufen taucht neben dem anderen auf und wirft schwarze Mondschatten hinter sich. Die Schlagschatten des Waldsaums reichen auf das rostige Stoppelfeld hinaus und lassen nur ungern drei muntere Riekenkitzen los, die abendhungrig vorausgeeilt sind und auf eigene Faust viele kleine Ausflüge machen. Rieke kann es nicht leiden, daß sie ihr so davonspringen; doch sie sieht ein, daß es bald keinen Sinn mehr hat, sie zurechtzuweisen; sie muß sich halbwegs dareinfinden, von den großen Kindern geführt zu werden.

Die gelbe Kornfläche glänzt weiß in der Nacht. Die Selbstbinder, an denen sie vorbeikommen, stehen halb von Garben verdeckt und schlafen mit steifen, hochgestreckten Flügeln. Die Kitze knabbern an den Haferhalmen, deren Ähren die Spitzen der Hocken mit schweren Körnern füllen. Sie unterscheiden eine dunkle, weite Fläche, und in der nächtlichen Beleuchtung erkennen sie den Rübenacker. Sobald Rieke der Saft des ersten mürben Stengels ums Geäse spritzt, trappeln die Kitze zu ihr hin – und während die Kinnladen arbeiten und die schrägen Lichter blinzeln, wird das pechschwarze Geäse oft über Hals und Rücken geschleudert, wo die letzte standhafte Zecke zwickt.

Eine besondere, verdichtete Stille umfängt sie – kein Vogellaut, kein Insektenspiel, kaum ein Hundegebell. Doch jedesmal, wenn sie auf einen luftgefüllten Halm treten, ertönt ein kleiner Knall, und Tau spritzt ihnen um die Nase.

Die Äsung ist noch reichlich und kräftig – und die Nacht lang. Darum treten sie spät am Abend aus dem Gehölz und kehren am frühen Morgen zurück – und als sie im ersten Morgengrauen über die kahlen Felder galoppieren, stoßen sie gerade vor dem Wald auf Goll und seine gesprenkelte Bruderschaft.

Mit gesträubten Rückenfedern und schleppenden Spielen, wie Erdhügel aussehend, lesen die Hähne auf dem stoppligen Haferfeld, das sich unter ihre Nachteiche schiebt, Körner auf. Erschreckt recken sie die Hälse und keckern mißbilligend zu Riekes Schar hinüber, die lärmend vorbeispringt – fallen dann aber wieder über ihre Körner her. Und weder sie noch ihre hochbeinigen Freunde entdecken das geringste von dem roten Zuchtmeister des Waldes, der gerade vor ihrer Nase, klug die struppigen Gräben ausnutzend, mit seiner Fasanenjagd begonnen hat.

Mit diesen Hähnen, denen das Blut immer gleich zu Kopfe stieg, hatte Ran noch eine alte Rechnung zu begleichen! Er kennt sie genau, nicht zuletzt von seinen Nachtwanderungen, wenn der Mond scheint; das dort oben auf den kahlen Ästen sind keine verwunschenen Besen! Der eine oder andere pflegt den Hals zu recken und sieht herab, und wenn Ran zu laut raschelt, schilt ihn unweigerlich ein großer, schwarzbäuchiger Federballen aus und bringt den ganzen Wald zum Kollern. Ruhe – aber nicht nur Nachtruhe, auch Tagruhe verlangen sie. Diese beflügelten Wächter des Waldfriedens sind hellhöriger, empfindlicher als irgendein anderes Wild.

Wie ein hinsiechender Schatten schleicht Ran sich in der Grabensohle vorwärts, ganz vorn auf den Branten kriechend. Beim geringsten Laut fahren seine Gehöre herum. Nase auf Nase voll köstlichen Fasanenduftes zieht er ein und kommt fast bis auf Sprungweite heran – als er von einem Krähen gerade neben sich überrascht wird.

Gespannt beobachtend, mit erhobenem Vorderlauf und gesträubten Knurrhaaren wendet er den Fang herum – da gibt ihm ein besonders langsporiger Schreihals, den er vorher nicht bemerkt hat, im Aufstieg eins auf die Nase.

Im Nu rasselt es von Schwingen, und die Bruderschaft macht ihren innersten Gefühlen Luft, Hals über Kopf ergreift sie die Flucht, teilt sich senkrecht nach oben oder halb laufend, halb flatternd nach allen Seiten.

Ran setzt sich auf sein Hinterteil und blickt beherrscht und gleichgültig in die entgegengesetzte Richtung: warum schalten sie ihn denn so, er schlich doch nur den Heuschrecken nach, an Fasanenbraten hatte er nie gedacht!

Waren die Schwungfedern daran schuld, die ihm neulich um die Gehöre peitschten? – Nach und nach meldete sich eine Erinnerung aus seiner Anfängerzeit. Der große Schwarzbäuchige – ja, *er* war es! Den Unverschämten wollte er schon noch erwischen. Gegen

Nachmittag hört er ihn im Birkenbruch, wo viele dichte Jungtannen seine Pirsch begünstigen. Er hat guten Wind, und sofort beginnen die Fuchsbranten zu schleichen. Immer tiefer sinkt er in die Knie und Hachsen, jetzt kriecht er auf dem Bauch – die erste kleine Tanne.

Goll hält Selbstgespräche, zupft am Gras und lugt nach einem herabfallenden Blatt. Der Wald rauscht –

Die nächste Tanne! Jetzt muß er nur noch diese hinter sich lassen und dann, wenn »der Wächter« den Kopf dreht, der Sprung! Da trollt zufällig ein Kitzbock mit langen Läufen vorbei. Böwä! schreckt er und bringt den Hahn auf die Flügel.

Ran schleudert dem kleinen Kerl einen verächtlichen Blick zu, kommt aber dann wie ein Blitz auf die Läufe, als er die Waldhexe sieht.

Schöne Tage folgten den kalten Nächten des September, ein letzter Sommergruß mit glühender Hitze und stiller Luft! Vereinzelte Stare segelten über die leeren Felder, flogen wie Schwalben in anmutigen Bögen, mit jähen Wendungen und Stößen die schläfrigen Fliegen und Mücken fangend. In den dichten Hecken, wo Winde und Klette in ihrer Umarmung schlaff herabhingen, geisterten bei jedem fallenden Blatt die Vorahnungen des Laubfalls umher.

Eines Morgens schließt der Oktobernebel plötzlich den Wald ein; es regnet nicht – aber doch vernehmen die Riekejungen ein fortwährendes Tropfen. Die wollige, graue Feuchtigkeit steht wie ein tiefer See unter den Kronen. Und schlüpfrig und verschleiert wanken die Stämme umher. Oben kämpft die Sonne mit dem kalten, klammen Dunst –

Da strahlt ein gelbroter, welker Ast wie eine Kerze auf, einer von denen, die im obersten Wipfel zuerst in die Frühlingssonne und am längsten in den Sommertag blickten, jetzt streckt er sich seinem Herbstschein keck entgegen.

Tjo kennt den Ast.

Blank wie Eis wölbte sich der Himmel hinter ihm, wo der Tag im Nebel versank. Totenstille herrschte. Gräser und Laub schwiegen, alles hing so müde. Dann dunkelte es, und wie eine geheimnisvolle Macht, die man fühlen und wittern konnte, schlich sich der Nachtfrost durch die Luft. Die starken, widerstrebenden Sonnenuntergangsfarben wurden in einer kalten, bisher unbekannten Finsternis erstickt. Erdrückend hielt sie das Blattgehänge des Hochwaldes

unter ihrem schwarzen Eulenflügel fest, kein blasser Mondstrahl drang in dieser Nacht hindurch – doch aber leuchtete, an den Tag gemahnend, noch der gelbrote, welke Ast.
In dieser Nacht zogen alle Rehe aus den Sumpfniederungen und Senken zum Wald hinauf, und die, die von Hunden oder alten, bösartigen Böcken vertrieben, die sich Tage im Gestrüpp und kleinen Grenzgehölzen aufgehalten hatten, kehrten nun für den Winter ins Heimatrevier zurück. Eine eiskalte Nacht, die Tjos lange Winterhaare wachsen ließ! Aber schlimmer noch wirkt das klamme Tropfenmeer des Morgengrauens, das herb und faulig roch, sich drückend auf die Brust legte und ihm wie feuchtes Gespinst gegen die Nase klatschte.
Schnell kroch er unter die Blattdecke, wo es warm und trocken war – und hier stehen sie nun wieder und vernehmen, wie der Nebel tropft und sehen, wie der Ast, *sein* Ast, das Tageslicht verkündet.
Ein toter Morgen. Ein Nebelschwaden nach dem anderen senkt sich auf den Laubbehang nieder, verstopft die Lichtungen und füllt die Moore – erst gegen Mittag bekommt die Sonne Macht.

Die große Unruhe der Blätter, die jetzt zu fallen beginnen, und all das Neue, das ihre Kinderwelt verändert, trägt viel dazu bei, die jungen Rehe fester zusammenzuschließen. Sie sind nicht mehr im gleichen Sinne wie früher Kitze. Lauschelchen und Windewicht saugen noch aus alter Gewohnheit und um bequem den Durst zu stillen; doch Tjo hat sich davon abgekehrt – Tau und Regen ersetzen ihm vollauf die dünne Milch.
Von Riekes Führung macht er sich jedoch nicht ganz frei!
Obgleich die kleinen Rosenstöcke, die auf seiner Stirn emporschießen und auf denen sich nun winzig kleine Gehörnknospen zu bilden beginnen, zeigen, daß er ein Kitzbock von besonders starkem Wuchs ist, so binden ihn doch die Lebensverhältnisse, die sich mit der Jahreszeit tagtäglich verändern, immer noch an ihre Schürze.
Er tut sich ein wenig wichtig, wirft häufig auf und dreht und wendet seinen kaum sichtbaren Schmuck oft in der Sonne – er ist der einzige Kitzbock hier im Walde, der so mächtig aufgesetzt hat! Aber wenn auch die Gehörnknospen ihm etwas Draufgängerisches verleihen, so hat er doch seinen guten, kindlichen Gesichtsausdruck behalten, und er ruft sein Böwä, dünn und sehr eifrig, wenn die alte Rieke zuerst geschmält hat. Darauf ist er besonders stolz!

Schon seit langem ist die letzte kleine Blume auf seiner Decke verblichen, und nun quellen auch schon die Winterhaare zwischen dem Braun hervor. Und während er und die beiden anderen »Laubhaufen« ihre Sommerfarben verlieren, fällt auch das Sonnenrot von Rieke ab. Alle entfärben sich, junge und alte Rehe, und kleiden sich in dunkle, diesige Nebelgewänder; in ihnen werden sie eins mit den Stämmen des Waldes, mit den Schollen des Sturzackers – in ihnen werden sie eins mit der Herbstluft.
Der Oktober tastet sich zwischen den Bäumen vor; er kommt nicht stürmisch wie der Frühling, nicht mit der Eile der Sommerblüte – vorsichtig schleichend, langsam und träge wie eine Raupe schlängelt er sich umher, sieht in die Wipfel hinauf, hinein in die Stämme, ist überall.
Und wo er hinkommt, verläßt das Grün die Farben und wird fahl. In den Mooren hängt das Birkenlaub schon lose an den Zweigen.
Da füllt sich der Wald mit einem schweren, abgestandenen Geruch; und Windewicht mit seiner feinen Nase glaubt, er wittere überall Hummel- und Wespennester. Ein beißender Gestank wie von steifen, windgetrockneten Hundebehängen, wie er sie von seinen Schlendergängen durch gewisse weiche Laubgräben kennt, in die alle erschossenen Hunde geworfen zu werden pflegten, mischt sich auch darein. Die sauren Moore und alle Fäulnis in dem morschen Kernholz scheinen jetzt, wo die roten Blätter der Kronen flimmernd in der Luft stehen, alles zu beherrschen.
Doch der Wicht ist nicht der einzige, der den Laubfall wittert. Alle spüren ihn in der Nase, jeder auf seine Art. Farngewürz und Pilzräucherwerk steigen aus dem welken Laub auf und durchdringen die Bachnebel.
Eines Morgens nach der Äsung zieht Rieke mit den Kitzen tief in den Wald und findet einen geschützten Platz auf einer kleinen Blöße; hier sitzen sie mit zuckenden Lauschern und vernehmen das Brausen des Herbststurms.
Wieder die alte, bekannte Melodie, die die Kitze nun zum ersten Male hören! Sie kuscheln sich um die Alte herum, dösen mit halb geschlossenen Lichtern und sichernden, nach vorn gestellten Lauschern; doch oft hört das wiederkäuende Geknaupel auf, und sie drehen furchtsam die Köpfe und äugen – der Wald brüllt so bedrohlich laut; was verbirgt sich nur hinter der Rede des Herbststurms?

Gelbe Blätter ziehen unaufhörlich von den Wipfeln über die sonnenklare, aber kalte Lichtung; sie sehen aus wie ein Finkenzug – und Stunde um Stunde hält der Laubregen an.
Rutsch! kommt ein abgebrochener Zweig mit seinem ganzen Blätterbesen; er kommt gerade in einem Augenblick, wo das welke Laub kreuz und quer über die Lichtung jagt; der Zweig springt förmlich auf der Grasdecke hoch, solchen Schwung hat er – dann rollt er ein paarmal herum und duckt sich wie eine Eule ins Gras.
War Tjo auch unter dem Wüten eines Sommersturms geboren – so war der doch zahm gewesen gegen diesen hier, der sich vorgenommen hatte, den Wald in Fetzen zu reißen.
Gepolter wie von vielen Holzwagen! Gedröhn wie von einem getriebenen Sprung! Und dazwischen kleine Entladungen und dann ein kurzes Krachen und Spritzen von Blättern, wo die dürren Äste aufprallten.
Und das Brüllen des Herbststurmes schwillt noch an, als die sturmgejagten Wolkenfetzen über das Blau der Lichtung eilen und Kälte zu ihnen herablassen. Faules Holz zersplittert im Fall um sie her, dürre Reiser, die dort oben übersommert haben, sausen und peitschen herab. Dünungen wie nach gewaltigen Brechern beherrschen den Wald; Töne, die die Kitze nie zuvor vernommen haben, überfallen sie plötzlich ohne Ankündigung und sind im nächsten Augenblick fort, bevor sie noch die Lauscher drehen konnten.
Sie müssen auf die Läufe –
Da füllt sich die Luft vor ihnen auf einmal mit Reisern und Laub, und ein Sturzregen prasselt nieder, als sollten sie erschlagen werden – sie kriechen hinter dem alten Reh dahin, um Schutz zu finden.
Für Mutter Rieke war es alles so, wie es sein mußte: der Gang des Lebens und Gesetz der Erde. Sonnenstrahl ahnte dies auch schon – die Jungen stutzten und forschten mit allen Sinnen.

Im Winterpelz

Der November kam – der bald so nasse, milde, und dann so kälteklirrende November; neue Stürme durchrüttelten den Wald, und die Regenschauer plünderten die Wipfel von der letzten Herbstpracht. Das Laub, das sich auf Buchen und Eichen hielt, wurde braun wie der dunkle Honig wilder Bienen.

Die Schnepfen waren auf dem Rückflug; Riekes Familie vernahm, wie sie in der Dämmerung aufstiegen und abstrichen. Überall auf den breiten, laubbedeckten Wegen trafen sie Dachse, die Blätter fürs Winterbett sammelten; schnaufend fegten sie mit ihren Schnauzen Haufen zusammen, stießen dabei zufällig auf einige Bucheckern und fingen an zu knabbern, vergaßen dabei das alte Laubbett und begannen ein neues zu sammeln. Wenn Tjo sich neugierig näherte, schnaubten sie Zorn aus dem Fang, griffen dann mit einer Vorderpranke um den Haufen, drückten ihn gegen die Brust und zogen mit ihrem Bündel rückwärts zu Bau.

Am Morgen fielen die Holztauben über die Dachswechsel her und durchsuchten das aufgewühlte Laub – nach ein paar Tagen waren auch sie verschwunden.

Bald hörte man nur noch das Schnickern eines einsamen Rotkehlchens in den Tannen und das Zirren der Meisen in Gebüsch und Erlenmooren. Die Buchfinkenpaare haben sich getrennt, und Männchen und Weibchen vereinigen sich zu großen Schwärmen, nach Geschlechtern getrennt.

Eines Tages setzte das schwere, traurige Naßgrau ein, das wochenlang anhielt. Es regnete nicht, alles war still; aber doch erzählte der Waldboden von einem ewigen Tropfenfall – es war gerade, als ob es im roten Nebelwald spukte. Blaugrüne Algen krochen wieder die Stämme hinauf, und das Moos breitete sich üppig über Baumstümpfe und Wurzeln; und während das Rotlaub in einem alles überspülenden Blätterstrom über Hänge und Hügel trieb, strahlte das Winterlaub an den Ästen und Knorren ein geheimnisvoll aufgespeichertes Sonnenlicht aus.

Dieses Wetter mochte Rieke am allerwenigsten. Die Feuchtigkeit drang aus den Stämmen sogar in ihre Decke – es war, als ob man über den Fluß schwämme!

Und welche Finsternis in den Nächsten! Keine Sterne, keine Wolken – unbeweglicher Nebel und Dunst über dem ganzen Himmelsgewölbe, als stünden sie unter einer ungeheuren, nassen Tanne.

Doch eines Abends bekam plötzlich alles einen seltsamen Glanz. Draußen, wo die Sonne unterging, schrien die wilden, hungrigen Farben des Winters: feuriges Rot, rauchiges Schwarz und flammendes Schwefelgelb; aber keine Glut kam von dort – es war so kalt, so kalt.

An der steilen, erstarrten Nebelmauer kroch wie eine Katze an

einem Bretterzaun der Vollmond herauf. Und wieder blickte er zum erstenmal seit dem Frühling durch nacktes Astwerk und schwarze Kronen; von seinem fahlen Licht, seinem klammen Atem rührten die geheimnisvollen Töne im Fallaub her.
Und so starrte er dem altvertrauten Bild getrost entgegen — jetzt kam und ging er während langer Winternächte und blickte in die kahlen Verstecke. Die knotigen Wurzeln der Altbuchen würde seine Strahlen besuchen, sich liebkosend um Zweigansätze und Auswüchse legen. Dunkle Schatten würde er aus dem Wald zaubern, geistern und gaukeln, wie er gerade Lust hatte. Er trug die ewige Kälte in sich – jetzt endlich gab der Wald sich ihr wieder hin.
Dann wurde es winterlich frisch auf Wiesen und Ebenen, der Tau erstarrte zu Reif, und das Wasser bekam eine harte Haut – es spiegelte sich darin.
An diesem Abend mußten Tjo und Lauschelchen sich wieder mit etwas Neuem vertraut machen. Als sie sich, von der Hochwaldkuppe kommend, den blanken Pfützen des Moores näherten, um nach den fetten Bucheckern, die sie zu Abend geknabbert hatten, den Durst zu stillen, sahen sie zwei Monde: einen über den Pfützen und einen tief unten unter den Erlenstümpfen; der phantastisch gelbe und fahle Gespenstermond starrte sie an wie ein gieriger Fuchsseher – das war ein allzu ungewohnter Anblick, und sie drehten sich beide ruckartig herum und warteten auf Rieke. Rieke mußte ihnen auch zeigen, wie man mit den Schalen Wasser aus dem Eis schlug.
Doch nun war das Dunkel aus dem Wald gewichen, mit Leichtigkeit fand sich das Wild überall zurecht – und als der Mond höher stieg, glitten seine Strahlen wie ein kaltes Feuer an den Rehen hinab. Sein launisches Schattennetz wand sich über Wechsel und Wege. Hu! Wie die Dachspranken in dieser Nacht in dem gesammelten, starren Laub raschelten – und oft vernahmen sie das Pfeifen der ziehenden Tauchenten.
Da nahm Rieke Sonnenstrählchen wieder zu sich. Auch Gluf schloß sich ihr an und ein paar jüngere Rehe und ein neuer starker Bock, der unverhofft nach dem großen Ragnarök* auftauchte. Ihrer Mütterlichkeit und Fähigkeit, einen Sprung zu führen, konnte es gar nicht genug werden. Und der Schnee, der sich oft durch ein Surren der Wipfel ankündigte, sah wieder einen kleinen Sprung Rehe beisammen.

* Götterdämmerung

Doch einsam zog eine alte Kitzmutter auf unverhältnismäßig langen, fast hochgebogenen Schalen. Alle älteren Tiere kannten sie gut. Immer war ihre Decke im Frühjahr noch lange zottig, und auch jetzt, wo alles Rehwild im Wald schon längst das Winterkleid trug, war sie noch nicht ordentlich verfärbt. Viele sommerrote Haare hingen noch im Pelz.

Das Alter zeigt sich zuerst im Äser. Die Zähne wackeln und fallen aus – und das Reh kann das Gras nicht mehr knabbern. Darum wagte sich jetzt Schnabelhuf auch bis zum Waldzaun hinaus und in den Hochwald hinein, wo sie Beeren und Kerne zupfte und sich mit Bucheckern füllte. Nachts suchte sie sich die großen Kastanien des Försters – die konnte sie doch in den Äser bekommen! Und obgleich sie noch lange nicht hungerte, schlang sie auch die Hüllen mit hinunter. Auch die scharfsauren Äpfel des wilden Apfels schlang sie begehrlich und knaupelte sie ganz hinten mit ihren Backenkiefern, so daß der Saft heraustroff; die starke, saure Herbheit der wilden Waldfrucht erinnerte sie an die Anemonenstengel des Frühlings.

Natürlich war ihr Vorhandensein dem Revierjäger seit der Treibjagd bekannt. Doch anderes beanspruchte seine Gegenwart. Er konnte nicht Tage damit verbringen, einem lungenkranken Reh mit rostigen Hachsen nachzulaufen – er mußte es schießen, wenn es zufällig einmal vor den Lauf kam. Aber solches Wild hat eine besondere Fähigkeit, sich zu verstecken – und Schnabelhuf wich nicht von der Regel ab.

Eines Nachmittags um die Dämmerung, als sie durch den Tann zum Feld trollte und schwer auf die stille Nadeldecke auftrat, wird sie vergrämt. Sie wußte nicht warum. Oft mußte sie stehenbleiben und sich zurückwenden – ihr war immer so, als ob jemand hinter ihr herschliche!

Das Wetter war ganz still. Kein Windzug regte sich, und die Tannenwipfel standen unbeweglich; die zerknüllten Blätter der Jungbuchen, die sonst immer schwatzten, hingen schlaff und stumm – nicht einmal ein Grashalm schaukelte!

Woher also die Unruhe, die sie noch immer beschlich?

Und wieder verhofft sie und sichert. Ja, da ist irgend etwas um sie herum, was sie unruhig macht – und nun schlägt ihr eine Witterung entgegen und gleichzeitig vernimmt sie ein Rascheln.

Waren es Vögel, die ringsum in den Tannen schlafen gingen? Jetzt

vernimmt sie den Abendschrei der Krähen, die hoch über ihrem Kopf heimwärts segeln: Krak, krak, eil dich! Eil dich!
Die wunderlich gellenden Töne, die sie immer bei stillem Wetter, kurz bevor sie austrat, aus der Ferne vernahm, sind auch heute zu hören – dingdang! Und noch während sie erklingen, taucht ein langer, funkelnd roter Reineke mit brandrotem Kreuz auf.
Augenscheinlich ist er nur auf Mäusefang aus und will natürlich einem alten Reh nichts tun. Übrigens findet Schnabelhuf, daß er auffallend wild nach ihr äugt; doch das ist ja bei einer Fuchsbegegnung etwas Alltägliches.
Groß und stark ist Ran geworden und sieht bis auf die Läufe wie ein kleiner Wolf aus; Rücken und Schenkel strotzen von Muskeln und der Fang von kreideweißen Zähnen. Doch die Schnauze ist die des listigen Fuchses und ebenso die auffallend kurzen Läufe mit den runden Branten, auf denen er um sie herumschleicht.
Eine Tugend waren diese Läufe, denn in Wirklichkeit konnten die Läufe eines Fuchses, der sich heutzutage kümmerlich durchschlagen mußte, gar nicht kurz genug sein, da er sich in allen möglichen engen Schlupflöchern und Röhren verstecken mußte.
Aber waren auch die Läufe dieses vierfüßigen Mephisto kurz, so konnten sie sich dennoch schnell wie Trommelstöcke bewegen und über das Reisig sausen, ohne daß selbst der wachsame Fasan einen Laut vernahm.
Lange hat die alte Schnabelhuf denn auch Ran hinter sich her gehabt, aber kaum mehr als eine Ahnung von seiner Gegenwart gespürt.
Sie setzte ihren Weg fort und er folgt – lauernd und beobachtend.
Die Jagdzeit ist beendet. Die Jäger helfen ihm nicht mehr, indem sie ihm die angeschossenen, halblahmen Kümmerer überlassen; jetzt muß er seine Beute ganz allein machen.
Das alte Schalentier hat er ebenso wie die Puttchen im Dornengebüsch lange im Auge gehabt. Immer trollt sie so verdächtig allein umher, hält oft an und steht gekrümmt mit hängendem Kopf – die schlappen Lauscher heben sich kaum, als er wie zufällig zum Vorschein kommt.
Er bekommt einen mörderischen Appetit auf dieses Reh, bleibt frech vor ihm sitzen, aber doch in gebührendem Abstand von den gefährlichen Schalen.
Schnabelhuf würdigt ihn nicht eines halben Blickes –

Da wagt er sich näher – doch jetzt wird ihr der Fuchsbalg zu aufdringlich. Aus alter Gewohnheit schlägt sie mit den Vorderläufen und fällt gegen ihn aus – und aus alter Gewohnheit trollt er sich sofort davon.

In seinem durch Not und Hunger geschärften Sinn setzte sich an diesem Abend eine sichere Ahnung fest. Durch solche Ahnungen hatte er oft große Beute gemacht, und durch sie hatte er Wind von manch einem mutterlosen Rehkitz, von mancher setzenden Häsin bekommen und hatte die Hilflosigkeit manches angeflügelten Fasanen entdeckt. Versuchen, warten, frecher und frecher werden – das brachte den Erfolg.

Draußen am Waldesrand unter einem wilden Apfelbaum fand Schnabelhuf Gesellschaft. Sechs Rehe ästen friedlich im Neuklee. Plötzlich hob ein Reh den Kopf und eräugte den roten Fuchsbalg – und nun erteilte ihm Rieke die gewöhnliche Lehre, diesmal von den beiden anderen Rehen unterstützt. Sie umringten den Straßenräuber – er wurde beschuldigt, Windewicht umgebracht zu haben, den kleinen Kuttel und noch ein paar Kitze von anderen Rehmüttern.

Doch er war an diese Überfälle gewöhnt; wenn er sich nur in der Dämmerung zeigte, um irgend etwas zu schleckern, fuhren sie schon auf ihn los. Es war wirklich keine Art, jetzt um diese Jahreszeit! Außerdem hatte er ein gutes Gewissen. So schnell wie er früher mit einem neuen Rehkitz davonjagte und es im Stich ließ, sowie die Erde hinter ihm unter den Mutterhufen dröhnte – ebenso gleichgültig und altgewohnt war ihm jetzt ihr Stampfen. Er schlüpfte zwischen den Läufen der alten aufgeregten Friedensstörerin hindurch, und sobald sie sich beruhigt hatte, schlich er unangefochten weiter, um dem nächsten Angriff mit der gleichen Gemütsruhe zu begegnen.

Es stand in den Waldgesetzen, daß jeder das Recht hatte, einem Fuchs zu mißtrauen – das war eine Folge seines Handwerks und seines Rufes!

In den folgenden Tagen schneite es anhaltend, doch nicht in großen Flocken, sondern dicht und fein wie Staub. Die Bäume bekamen schwere Lasten zu tragen und schwankten noch schwerfälliger, langsamer und vorsichtiger, und die Zweige der Tannen hingen wie lange, weißglänzende Federn herab. Das Wild hörte an dem Ächzen der Äste, wenn sie nahe am Krachen waren. Das weiße Kronen-

gewölbe hoch oben in den Buchen glänzte. Das Reisig wurde wie alles ringsumher lebendig – und die Triebe, die Tjo willig ihre saftigen Knospen dargeboten hatten, lagen ineinander verfilzt und klebten an der Erde.
Alles zugeschneit – und alles voller Zauberei! Der Winter nahm es in seine Arme – seine weiße Unfruchtbarkeit sah aus den Blößen, aus verschneiten Spänehaufen, aus zugewehten Rübenmieten, aus den Feldern hervor, von denen Roggen und Neuklee verschwunden waren.
Karge Zeiten! Bis das Licht Macht bekam, stand der kleine Sprung dicht zusammengedrängt in der Tannenschonung und zerrte und zupfte an den weißen Zweigen, so daß Lücken entstanden und zwischen den Bäumen wieder kleine Himmelsfetzen sichtbar wurden – da entdeckten sie den Winter über sich, unter sich und rings um sich. Er glitzerte kalt, streng, abweisend – und er härtete Lauschelchen und Tjo ab, so daß sie in des Sommers Dunstnächten nicht mehr frieren würden.
Die ehedem so fruchtbare Kornfläche liegt weiß in der Morgendämmerung – der junge Kitzbock ist vorausgeeilt; die Felder lokken ihn genau wie früher. Nur die Haferstoppeln sehen heraus – so weiß er wenigstens ungefähr, wo er den Neuklee suchen muß. Hier liegt der Schnee voller Fuchs- und Hasenspuren; doch ohne auf Rehfährten zu stoßen, stolpert er auf dem unwirtlichen Sturzacker umher.
Die tiefen Gräben erdunkeln mit dem Sumpflächeln des Bruches – ein Satz, und er ist hinüber. Vor ihm dampft ein Maulwurfshügel in fetten unterirdischen Farben – abermals ein Lächeln aus der Zeit, als der Tisch gedeckt stand.
Ein schmaler Wechsel von tief eingetretenen Schalentritten kreuzt seinen Weg; in dessen Witterung kann man sich nicht täuschen – komm, mein Freund, lockt die Fährte, hier sind Rehe vor dir gegangen!
Viele Räderspuren führen im Bogen um die Rübenmiete. Hier treten die Schalen weich. Die Räderfurchen sind noch nicht wieder zugefroren. Er bleibt stehen und äugt einen Augenblick nach Rieke, die mit Lauschelchen folgt, und arbeitet dann geschäftig mit seinen Schalen.
Die Rüben liegen ringsum in zugeschneiten Mieten, aus denen alte Halme heraushängen; doch dort, wo die neuen, goldenen Halme

hervorsehen, die der Nachtschnee noch nicht zugedeckt hat – dort ist der Eingang.
Der Wald rauscht dicht hinter ihm – und das ist sein Trost. Nicht zu weit auf das offene, kahle Land hinaustreten; die weiße Ebene kommt ihm unfreundlicher vor als früher die dunkle – die verschmolz doch mit ihm und seinem grauen Pelz!
Gluf und Sonnenstrahl sind schon an der Rübenmiete, und vieles andere Wild kommt hinzu. Sie äugen lange, eine tiefe Kuhle in der Erde, an deren einem Ende man begonnen hat, die Rüben abzutragen. Drinnen im Rübenversteck ist ein richtiger Kellerraum – und eins nach dem anderen steigen die Tiere nun unter die festgefrorene Erdwölbung. Dann wird es allmählich Tag. Ein Wagen poltert heran, und ein Reh nach dem andern schießt wieder aus der Tiefe herauf.
Es ist schwer, nachts satt zu werden; es ist auch schwer, sich warm zu halten; darum knabbern sie den ganzen Tag in Mooren und Niederungen an Heidekraut und Porsch, Bandweiden und Birkenbüschen.
Für das Heu in den Fütterungen rings im Wald sorgt der Revierjäger – das beste Heu, sonst rühren sie es nicht an!
Und wenn er die Fasanen füttert, lehnt er Hafergarben mit dicken Körnern an die Baumstämme oder steckt sie unten in die Büsche. Tjo und Lauschelchen werden ganz ängstlich bei dem starken Gelb; doch Gluf und Sonnenstrahl und die alten Tiere traben sofort darauf zu – und da bekommen die Jungen gleich doppelt soviel Lust und Mut.
Frisch geschlagene junge Weiden- und Espenzweige schafft Jensen auch heran. – Rinde hilft, den Magen gesund zu erhalten!
Und der Schneepflug pflügt – und viele Vögel sammeln sich dort, wo sie scharren: Finken und Rotkehlchen, die die Kitze kennen; aber ein großer Dompfaff ist auch dazwischen, und nach ihm äugen die beiden lange. Seine Brust leuchtet wie Frostsonne und Ebereschen.
Sie knabbern an den Edeltannen, den Spitzen der Rottannen und jungen Eichen; doch solange sich noch Brombeerblätter finden, ziehen sie diese vor.
Der Tag geht zur Rüste und die Dämmerung naht. Da scharrt sich Rieke ein Bett im Schnee. Das rostfarbene Laub kommt hervor. Das Bett ist kalt, aber trocken – und sie tut sich nieder. Lauschelchen

scharrt weiter, wo die Alte aufhörte, und setzt sich mit dem Kopf in die entgegengesetzte Richtung und drückt sich an ihre Flanke, so wärmen sie sich gegenseitig. Tjo schüttelt sich noch ein wenig – dann findet auch er einen Platz an der mütterlichen Lende.
Da sitzen sie eng zusammengedrängt, jeder den Kopf nach einer anderen Richtung gewandt, so daß sie die ganze Umgebung im Gesicht behalten. Aber keiner sitzt so, daß die Läufe der anderen ihn hindern, wenn sie hoch müssen – ein Satz, und sie stehen!
Auf einer kleinen, geschützten Waldwiese hinter den Hügeln genießen sie die erste Nachtruhe, denn sie treten spät aus. Der Wind jagt den feinen Schneestaub über die Lichtung, doch ein paar alte Eichen, um deren Wurzeln Buchenreiser stehen, schützen vor Zug. Das welke Rotlaub raschelt trocken, das morsche Kernholz knackt, und in der Ferne auf den Höhen braust das ernste Winterlied des Hochwalds.

Der Frühling kommt

Der Schnee füllt noch die Senken und das Eis pflastert die Wechsel; doch das Schmelzwasser schlängelt sich durch die festgefrorenen, ausgehöhlten, schmutzigen Kristalle; an Feldrain und Hecken quillt das Gras hervor, und die ersten Blätter des Windkerbels ziehen die grüne Fahne des Frühlings herauf.
Die Luft ist so weich – Rieke, das anmutige Lauschelchen und der große Tjo atmen schneller, das Blut pulst rascher, und die Winterhaare rieseln von ihnen nieder. Unsichtbar trillt die Lerche oben in den warmen Nebeln, der Kiebitz poltert, und die Krähe pickt in der keimenden Erde.
Die Rehe sind draußen auf dem Feld – wie dicker Brei quillt die Erde um ihre Läufe auf. Jup, so kluckert es hinter ihnen – und manchmal hängen die Schalen fest, als schritten sie durch Lehm.
In allen Ackerfurchen rieseln Bäche, in allen Kuhlen stehen Seen. Die Wildgänse streichen aus dem Roggen ab und die langhalsigen Wildenten aus den Büschen am Bach. Der Nebel vergrößert seltsam das Vogelwild: es schnattert und jagt sich, fliegt und steigt –
Doch drinnen im Wald, wo Hunderte von kleinen Quellen Leben und Sprache bekommen haben, kämpfen die jungen Fasanen,

die Verkünder des neuen Frühlings, hitzig miteinander; die blanken Federn funkeln in der Sonne und entfachen ein Feuer in den braunen Hühnern, die zum Zeichen ihres Entzückens die Nackenfedern sträuben. Über den Kuppeln der Großbuchen liegt schon ein schwellendes Braun, und an dem Südhang, wo der starke Bock plätzt, gucken aus der Tiefe des Waldbodens die wolligen Blütenknospen der ersten blauen Anemone hervor.

Die Decke des neuen Waldherrn bekommt dunkle Schatten, und tiefe Schluchten ziehen sich durch seine dichten Haarmassen; er verfärbt sich und sieht aus, als hätte er einen mottenzerfressenen Pelz an. Aber die Haltung ist selbstbewußt, stolz und ragend, und schwarzer Bast hängt in Fetzen an dem schweren Gehörn.

Eine Drossel im Bachmoor läßt ihre Stimme erschallen – auch sie kam zugleich mit dem ersten zaghaften Lenz.

Die Abhänge sind noch schneefleckig, und in den Torflöchern lauert festes Eis unter dem Schmelzwasser, keine Schale dringt auf den Grund; und der harte Wiesenboden trägt selbst die ausgelassenen jungen Pferde, die frühlingstoll und wiehernd mit reinen Hufen über ihn hinweggaloppieren.

Und die Drossel schlägt unverdrossen ihre hohe Frühlingsleier an. Zwischen dem braunen, welken Rohr und den Nadeln des Moorbodens, zwischen den schwarzen, eingefallenen und bereiften Maulwurfshügeln huscht sie eilig umher, hackt in den gefrorenen Boden, richtet sich dann plötzlich kerzengerade auf ihrem Schwanz auf, blickt frei umher und singt einige verzückte Töne.

Das tut sie nur an den ersten frohen Tagen, wenn Lebenslust, Wiedersehensfreude und Frühlingshoffnungen sie überwältigen – da muß sie abwechselnd fressen und singen.

Wo blieben denn die Lerchen – die Kiebitzschreie, das Drosselflöten? Wo das Kreischen des Mäusebussards und das triumphierende Krähen der Fasanenhähne? – Fort, vom Nachtdunkel verschluckt. Nur das Wasser sickert und rinnt, rieselt und überstürzt sich im Lauf. Aus dem toten Schnee springt das lebendige Naß und singt in tausend Zungen seine übermütige, unbändige Frühlingsweise.

Es taut und regnet – alles ist so richtig grau und naß. Die Tropfen hängen wie Knospen an allen Zweigen, und Tannenadeln und ganze Baumkronen sind in Tropfen erblüht. Kleine Rinnsale rieseln die Stämme hinab und ziehen ein Adernetz über die Rinde; an vielen Bäumen rinnt dort, wo der Stamm sein größtes Gefälle hat, ein breiter, reißender Bach – fließt über Knorren und Knäste, kommt ganz oben vom Wipfel und läuft den ganzen Stamm herunter, und sammelt sich unten am Fuße zu einem großen See. Doch manchmal hält der Bach nicht genügend zusammen, sondern rinnt bei einer Krümmung des Stammes in die freie Luft hinaus und sprüht in Tropfen nieder.

Plötzlich ändert sich das Wetter: die Sonne brütet und die Kätzchen stäuben – und dann nieselt es wieder.

Da werden Grabenrand und Wallhang grün – ein Glücksschimmer liegt über ihrem bleichen, welken Laub. Da, wo viel Wildkerbel steht, leuchten ganze Flecken hell auf – und wie es duftet, dieses erste zarte Grün! Vor allem, wenn die Rehe an ihm zupfen, wenn sie die Stengel brechen und der Saft ihnen aus dem Geäse läuft, dann wird der frühjahrsfrische Duft frei.

Das sprießende Blättergewimmel des Gierschs begräbt schon das vorjährige Laub – nichts duftet schöner als Gierschblätter! Doch Gluf und Sonnenstrahl, die man jetzt oft zusammen sieht, kennen etwas, was noch süßer ist: den Saft des Neuklees und der jungen Roggenkeimlinge.

Gluf strahlt förmlich vor Kraft und Gesundheit. Und oft kommt Sonnenstrahl und reibt ihm die losen Haare am Hals weg, dann freut er sich seines Daseins. Den jungen, fröhlichen Bock mit dem leierförmigen Gehörn – wie gern mochte Sonnenstrahl ihn noch immer!

Die kleine Ricke ist nicht so rund und drall wie er; die bevorstehende Mutterpflicht fordert ihren Zoll, macht den Hals schlotterig und den Leib schwer. Man sieht es, wenn sie zusammenstehen – doch er bemerkt es nicht.

Der Grashüpfer besitzt kein Erinnerungsvermögen, es gibt für ihn ja auch noch nicht viel zu erinnern – und doch war da das seltsame Gefühl des früher Erlebten, das bald hier, bald dort in ihm geweckt wurde.

Draußen in dem entlegenen, verwilderten Teil des Moores vermißte er ein kräftiges »Bauw-Bauw« und ein Paar weißgeschliffene Enden – wo war der alte Sechserbock? Am Rande des Tannenwaldes, nach dem offenen Feld zu, sprang er nun ebenfalls ungehindert umher – absonderlich und gar nicht zu verstehen! Warum ließ er sich

denn nicht sehen, der mit dem Kranz um die große Gehörnkrone? Es gab solche, die *gewesen* waren, begriff er – nun aber nicht mehr da waren.
Auch Gluf fühlt jetzt ein Jucken im Aufsatz; die Enden haben sich gebildet, und der zottige Bast, der sie bedeckt, will herunter. Um nachzuhelfen, fegt er übermütig alle möglichen dünnen Stämme, die am Wege stehen. Bald werden die hellroten Gehörn-Enden hervorgucken.
Nicht weit von dem Wechsel weiß dieser junge Wichtigtuer eine schlanke Esche, die er zu gern schält – und schon ist er auf dem Weg dorthin!
Aber dabei wird er überrascht: plötzlich schnelle Flügelschläge – und vom Waldboden wirbelt, wie ein großes, abgefallenes, welkes Blatt schwankend und torkelnd, eine Schnepfe auf, und im nächsten Augenblick stürzt das Männchen hervor und taumelt mit gespreiztem Steiß hinter ihr her in seltsamen, mutwilligen Schwüngen.

Es wird Abend –
Der Frühlingsmond glänzt über dem Bachmoor, wo der ganze kleine Sprung geht und knabbert. Im Bach spiegeln sich zwischen den Birkenstämmen die struppigen Kronen der Weiden. Aus ihren kahlen Ruten springen, das Künftige kündend, runde, kugelige Kätzchen, flaumig wie die junge Brut der Wildgänse. Oben vom Buchenhang kommt mit den langen Windwellen feiner, würziger Duft von keimendem Waldboden. Rieke wittert zarte, halb entfaltete Anemonenblätter und die kleinen, aufrechten Waldmeisterkränze.
Die Bekassinen meckern oben in dem veilchenblauen Dunst, und plötzlich kommt auch Leben in die schlammigen Gewässer des Moores. Es bullert und kluckert ganz schwach und dumpf, während Blasen zum Wasserspiegel aufsteigen und zerplatzen.
Ein großer Fuchsrüde, der, in Gedanken vertieft, zwischen den Tümpeln umherstrolcht, findet, daß es sich anhört, als ob ein großer Wurf blinder Fuchsjungen saugt. Die winseln, lutschen und winseln wieder, schluchzen dann vor Ungeduld in Mutters Bauchpelz hinein, sich gegenseitig schubsend.
Wie er nur auf so etwas kommen kann! Sicher weil er Kröten nicht leiden mag!
Sonst aber interessiert er sich für alles. Er besitzt auch eine bei-

spiellose Erfahrung, kennt sogar so erhabene Wesen wie den Jäger und den Fallensteller und tritt gern als ihr Henkersknecht auf.
Ran findet im Bachmoor keine Arbeit für sich; der Krötenchor ist nicht zum Aushalten, und das Wild steht aufwerfend in bester Gesundheit. Und lautlos wie er gekommen war, verduftet er. Aber er macht seine nächtliche Runde, sein Plan liegt fest –
Die Dornenhecke mit den Hühnern!
Vermutlich dachte der Waldhüter, als er die Dornenbüsche fällte, daß er auf diese Weise sein widerborstiges Federvieh am leichtesten in den Stall bekäme. Aber er hatte die Rechnung ohne den Wirt gemacht – jetzt sitzen die Hühner in dem niedrigen, knorrigen Apfelbaum, dessen winklige Zweige mit den langen, spitzen Dornen zu einem dichten Netz verwoben sind.
Die Entdeckung will Ran an diesem Abend ausnutzen – das Abenteuer im Winter mit dem flügellahmen Hahn spornt ihn dazu an.
Nun prüfte die Natur *ihn*. War er übermütig und frech geworden, kehrte er sich nicht mehr an die Absicht seines Schöpfers, der ihn als Gesundheitspolizei eingesetzt hatte, mißbrauchte er die Rolle, die ihm von der Natur zugeteilt war? Waldstöberer war er – doch auf der Erde, kein Waldstöberer in den Bäumen wie der Marder – und da kam die Strafe.
Es ist nicht schwer, auf den wilden Apfelbaum hinaufzuspringen, wo ihn die Astgabeln der Krone umfangen wie ein Korb; ein Gewirr von Zweigen ist um ihn herum und unter ihm, das ganze Astgefilz trägt und stützt ihn; schwierig ist es nur, hindurchzukommen.
Er stürmt die dornigen Treppen hinauf, schneller und schneller, denn das Flügelschlagen macht ihn schwindlig, und die Hühner fangen an zu lüpfen. Da verliert er plötzlich das Gleichgewicht und stürzt hinab.
Das war ja kein großer Sprung weiter!
Doch seine üppige Lunte mit den vielen Kletten und der verfilzten Wolle bleibt in den dichten, dornigen Ästen hängen. Er baumelt an seiner Lunte von der Baumkrone herunter, zappelt, faucht und knirscht mit den Zähnen, mitunter erreicht er den Stamm und reißt an der Rinde. Er vermag sich aber nicht zu befreien, und am nächsten Morgen, als der Waldhüter kommt, muß er sein Leben lassen.

Mutter Rieke rechnete Lauschelchen nicht mehr zu den Kitzen, sie war zu groß, ein richtiges, selbständiges, kleines Wesen. Und Tjo konnte mit seinen nicht mehr ganz so winzigen Stangen wohl den Anspruch erheben, Bock genannt zu werden. Nach dem Gesetz der Natur sollte das alte Reh der Erde eine neue Generation schenken – darum hinaus in die Welt mit den Kindern!

Wohlgemut, doch nicht so ganz getrost, trollten sie auf gut Glück davon. Der geringste ungewöhnliche Laut – und gleich machten sie seltsame, linkische Bewegungen. Sollten sie davonspringen oder stehenbleiben? Sie waren nicht gewohnt, allein umherzuziehen.

Sie kommen an alle bekannten Plätze am Bach; doch überall hatte ein Reh das Gras für sich und das kommende Geschlecht in Besitz genommen.

Da zogen sie sich in den dichten Wald zurück.

Tjo fand sein liebstes Spielzeug, einen herabhängenden Ast. Er ging auf ihn los, von vorn, von der Seite. Er war ein vorgetäuschter Gegner. Huh! Ein Gegner mit einem großen Gehörn. Je mehr der Ast schaukelte, um so stärker forkelte der kleine Bock. Auch ein langhalmiges Riedgrasbüschel wurde das Ziel für seinen Aufsatz. Tjo sprudelte vor Mutwillen.

Seine gut entwickelten Stangen stachen indessen Gluf bald in die Lichter. Er wurde für älter und gefährlicher gehalten, als er war – und schnaubend vor Eifersucht hetzte ihn eines Tages sein früherer Retter in wildem Galopp durch den Wald. Da eräugte er auf einer Wiese, wo er sich einen Augenblick verschnaufen durfte, einen anderen Retter aus seiner hilflosen Kitzzeit: Sonnenstrahl, die ihn von der jagenden Koppel befreit hatte. Mit ihrem Erstgeborenen zog sie vorüber.

Mütterliche Formen rundeten ihre Flanken und ihren Leib. Ihr großes Blumenkitz zeigte den gleichen üppigen Reiz – doch als Tjo stehenblieb, richtete es sich auf.

Der Waldschrat begrüßte flüchtig sein altes Kindermädchen. Als er sich aber dem Kitz näherte, rief Sonnenstrahl es zu sich heran.

Bald darauf steckte Gluf sein angehendes Großbock-Gesicht hervor – ein Schnauben – und Tjo galoppierte davon, wie Gluf selbst einmal hatte rennen müssen.

Am Wiesenrand überraschten sie einen Reineke. Seine kranke Brante war noch nicht ausgeheilt, er konnte sie aber wieder benutzen. Als Tjo bei der Verfolgung plötzlich zur Seite abbog, eräugte er dessen

pfiffige Fratze, die aus dem Versteck in der Dickung spähte – was ging hier vor?
Im selben Augenblick aber richtete sich ein Kapitaler aus dem Gras auf. Der neue Waldherr hatte am schattigen Wiesenrand unter dem ausladenden Astwerk gesessen und halb geschlafen, als er plötzlich das Knacken von Zweigen vernahm – und nun wurde Gluf im Handumdrehen auf seinen Platz verwiesen.
Weit draußen in einem Winkel, wo die Blätter flüsterten und die Zweige bebten und alles in tiefer Harmonie in der Abendstille ausklang, fand Tjo seine treue Pflegeschwester wieder. Und ein neues Paar der Waldjugend tat sich für kurze Zeit zusammen.
Die Drossel sang in einem Wipfel dem Tag ihren Abschied, und vom großen Bachweiher rief der Haubentaucher sein »Kar! Kar!« Dann wurde es dämmerig – und ringsum im Revier baumten die Fasanen auf. Ein junger Hahn, nicht ganz so schwarzbäuchig und langsporig wie Vater Goll, kollerte hinter den beiden Rehen auf einem Baum. Tjo hob das Haupt, und mit frischem Grün im Geäse lauschte er seinem Warnvogel.
Doch nun rief die Eule die Fledermäuse heraus, und weiße Nachtschmetterlinge erzählten von den schwindenden Farben des Tages. Groß und erdbeerrot glitt der Vollmond herauf.
Verwundert starrte der Mond auf den laubverhangenen Wald. Sechsmal war er seit jenem Abend gewandert, als er sich plötzlich selbst in den Tümpeln des Waldmoors sah – jetzt verdeckte wieder ein Blattzipfel sein Bild, seine beste Geisterzeit war vorbei.
Die letzten Zotteln des Winterpelzes hängen an den beiden Rehen, die, kiesätig am Grase zupfend, in einem Graben entlangtrollen.
Gelb scheint der Mond auf das junge Laub. Die Kinnlade eines Rehs, vom Regen geleckt und vom Wind getrocknet, doch mit scharfer Schneide wie jene, mit der Kain den Abel schlug, blinkt aus dem Laub. Grüner Schimmel hat den Knochen angenagt, doch abgewetzte, vergilbte Backenzähne mit Löchern im Schmelz sitzen noch auf ihm – Zähne, die bis zum Schluß Kräuter zermahlen und zerrieben haben.
Dies Reh hatte einmal seinen Frühling erlebt – jetzt sprangen Tjo und Lauschelchen in den ihren.

Tjo sucht Abenteuer

Der junge Tjo

Auf einem kleinen, grasreichen Platz zwischen dichtem Buchenjungwuchs äste ein junger Rehbock. Er hatte die linkischen Kitzbewegungen noch nicht ganz abgelegt; aber ein Gehörn hatte er doch an der Stirn. Die Stangen reichten bloß bis knapp an den oberen Rand der Lauscher und hatten zwei Enden – äußerst zart und schwach war der kleine Aufsatz. Und doch brannte Tjo vor Lust, Gebrauch davon zu machen. Da er sich aber, jung wie er war, hauptsächlich dadurch hervortat, daß er über alle Steinwälle und Zäune in hohen Fluchten hinwegsetzte, wenn ein andrer Bock hinter ihm her war, zog er es vor, sich mit weniger gefährlichen Gegnern einzulassen.
Am Saum des Buchengestrüpps wuchsen gerade ein paar Dornbüsche. Lange hatte er zu ihnen hinübergeschielt. Jetzt fuhr er darauf los, zerrte und bohrte, daß die Blätter ihm um die Lauscher stoben und daß Gehörn und Nase ganz schwarz von Erde wurden. Dann ging er gegen einen größeren Widersacher vor: von einem Baum hing ein gabelförmiger Zweig herab. Er nahm einen Anlauf, stürmte los und forkelte – er zog sich etwas zurück, maß den Gegner mit den Lichtern und ging darauf wieder auf den Zweig los, bis er des Spieles müde wurde und weiterzog. Ein großer, frischer Maulwurfshügel am Rande des Waldweges erregte seine Phantasie von neuem; er machte einen Satz und stieß das Gehörn tief in das weiche Erdreich hinein. Oh, welche Lust war es, mit den Stangen zu bohren – aber Herrgott, er hatte sie ja auch eben erst bekommen!
Kurz darauf war er unten in einem kleinen Bruch, wo die Weidenlaubsänger nisteten und die Birke mit ihren kleinen, gekräuselten Herzblättern spielte. Hier traf er seine Fegebäume wieder und bearbeitete sie alle. An einem der Bäume saß zwischen den Zweigen ein neugebautes Drosselnest. Er wurde sofort fürchterlich ausgescholten, als er daran schnupperte – und noch weit davon entfernt, ein Held zu sein, zog er es vor, sich schleunigst dahin zurückzuziehen, woher er gekommen war.
Es war mitten im Mai. und die jungen Buchen vertauschten gerade das braune Winterlaub mit ihrem grünen Kleid.

Die Maisonne hauchte auf all die langen, schwellenden Knospen – sss, sss – und alle Reiser schoben die welken Hüllen beiseite; es tuschelte und raschelte, sooft der Wind darüber hinging – und wenn ein richtiger Stoß daherkam, so daß das ganze Gestrüpp erbebte, dann wirbelte das welke Laub von den Büschen herab, wie während der Härung das Gefege vom Bock. Einmal wurde er verscheucht und mußte schleunigst zu den Läufen seine Zuflucht nehmen – da erschrak er vor seinem eigenen Lärm, so heftig raschelte um ihn das lose Rotlaub; und er fühlte sich erst wieder vom Wald schützend umfangen, als er sich im leichten, luftigen Versteck eines Edeltannendickichts verbergen konnte.

So rannte er umher und tummelte sich, bange vor sich selber, vor dem Geräusch seiner eigenen Hufe und dem Knistern der Blätter, vor allem aber vor den langen, blinkenden Spießen des starken Sechsenders; der stille Raschler mit dem Todesrohr über der Schulter hatte seine Kunst noch nicht an ihm erprobt.

Als Tjo eines Nachmittags auf einem grünen Wechsel äste, wo dunkle Fichten und heller Laubwald einander begegneten, machte er zum erstenmal diese Bekanntschaft.

Eichkätzchen baumten vor ihm auf und guckten ihn an, ein Fasan krähte sein »Kokkokkok«, eine Waldtaube strich von einem Wipfel ab; aber er war viel zu sorglos, diesen Zeichen irgendwelche Beachtung zu schenken.

Plötzlich machte ein morscher Ast ein großes Geschrei; doch Tjo sah und merkte immer noch nichts. Der Wind rüttelte an den Kronen, wo die neuen Blätter soviel zu schwatzen hatten – und während Tjo ganz mit sich beschäftigt war, schlich der Jäger hinter einen Baum in Deckung.

Was schüttelte sich da hinterm Eichstamm? Die Nase verriet nichts, das Gehör auch nichts, obwohl er nach bestem Können windete und horchte, und dann trollte er neugierig hinter dem wehenden Rockzipfel her, um die Erscheinung in den Wind zu bekommen. Er war längst verworfen; er sah so aus, als hätte er Stöcke zwischen den Lauschern – schmächtig, knochig und farblos war noch das ganze Gehörn. Auf einmal erstarrte er mit einem Ruck, machte einen langen Hals und sah aus wie ein Schmalreh. Der stille Raschler blakte ihm seine Witterung in die Nase. Tjo sah ihn sogar in voller Gestalt, bärtig wie ein Keiler und ihn anstarrend durch eine Haut, die aussah wie geronnener Waldschneckenleim – seine Brille.

Kehrt, eine Flucht gemacht, das war eins, den Feind mit dünnem, spitzem »Böw« ankündigend.

In der Kitzzeit hatte seine Mutter alles besorgt: sie hatte ihn behütet und gewarnt, Gefahren entdeckt und deren Ernst geprüft. Längst war das alles ihm nun selber überlassen. Kein Wunder, daß ihn nach dieser Begegnung das aufrecht gehende Wesen mehr beschäftigte als bisher.

Seltsam unheimlich wirkte es auf ihn; es hatte ja gar keinen Hinterleib, die Hälfte des »Tiers« war weg. Und dann ragte es auf, schritt immer gleich frei, als ob es sich bäumte, durch das höchste Gras und das dichteste Farngewirr. Seine Witterung brannte ihm in der Nase, seine Stimme hatte einen gefährlichen Klang, einen leisen, drohenden Ton.

Daß es die weniger Gefährlichen waren, von denen er auf diese Weise Wind bekam, sollte er allmählich erfahren. Vorläufig hatte der alte Waldgott, der in seinem Sinn spukte, ihn bloß gnädig etwas erleben lassen, woraus er lernen konnte.

Da war immer etwas nicht in Ordnung, wenn Zweige, die schlafend auf der Erde lagen, geweckt wurden, wenn Waldtauben plötzlich von einem Wipfel abstrichen, wenn Krähen zu krächzen und Fasanenhähne zu keckern begannen – das wußte er doch nur zu gut!

Im vorletzten Jahr, als die Schlehenknospen aufsprangen, war er geboren. Er setzte über alle Gräben, als der Weißdorn blühte. Ein warmer Juni hatte ihn mit des Sommers starken Kräften umarmt; die zartesten Wiesenkräuter hatten seine verwöhnte, milchgelabte Zunge mit ihrem Saft gesüßt.

Und unter dem aufgehenden gelbleuchtenden Mond war der quakende Froschchor der Sommerabende von stillen, irisumsäumten Waldseen zu ihm gedrungen. Der Sänger der Dämmerung, das kleine Rotkehlchen, mit Augen, ausdrucksvoll und perlenartig wie die seinen, hatte ihm von seinem Zweiglein unter der Blätterkuppel der Buche die Wunder anderer Geheimnisse zugeraunt –. Er war der Faun, der im Farnversteck raschelte; der rote Abendsonnenfleck auf dem Laub des Waldbodens; sein schmaler, schlanker Kopf mit den gestreckten Lauschern war's, der in den Elfennebeln der Heuwiesen geisterte, hervoräugte aus Eschenmooren, Buchendickicht und tiefem Tannenjungwuchs –

Ausgelassen war er, voll Übermut und Frühlingsfreude; aber gleich ihm gab es viele andere im Gehölz. Das große Jagdrevier von Trollnäs setzte jährlich eine Menge Böcke in die Welt; der Revierförster räumte unter ihnen auf, und andere Büchsen halfen ihm jetzt in der Pirschzeit dabei – trotzdem blieben aber immer noch mehr übrig, als den Böcken im Holz lieb war. So ein langer, leichtfüßiger Springinsfeld mißfiel ihnen und war ihnen im Wege – Tjo hatte genügend Erfahrung darin.

Wechselte er ins Bachmoor hinüber, so verscheuchte ihn gleich schnaubend ein schwarzfarbener Wüterich mit starkem Gehörn aus dem Ried. Wollte er sich im Tannenwald verstecken, vertrieb ihn dort ein noch gefährlicherer Vielender. Im Buchenjungwuchs, woher er kam, lauerte immer irgendwo ein grimmiger, behender, wenn auch kaum so stark gehörnter Standbock, aber viel gefährlicher als die anderen, weil er die Läufe gehörig gebrauchte. Was hatte ein Gabelbock im Dickicht der starken Herren zu suchen? Hier genossen sie den Wiederkäuerfrieden und das Wehen sommerlicher Kühle. Hier verbargen sie sich vor dem gefährlichen Raschler, der sich selten ohne den Tod im Gefolge sehen ließ. »Scher dich weg, du Tölpel!« Er konnte da draußen im Licht der Wiese äsen, auf den offenen Wechseln, wo das Jägerauge ihn so leicht gewahrte.

Es fror Tjo in all der Luft und Sonne; er wollte sich verbergen, wollte für sich sein, sich eines Sommerverstecks erfreuen. Mit den andern jungen Böcken tollte er in den Waldwinkeln umher und in den schmalen Zipfeln, die sich mit lichtem Gestrüpp von Holz und Bruch in die Felder vorschoben. Aber da saßen die Greise, die grauköpfigen, ganz dunkelfarbenen Waldherrscher mit dem gewaltigen Gehörn, mit denen nun ganz und gar nicht zu spaßen war. Sie haßten den Anblick so eines Grünschnabels, der vor ihnen Witterung nahm, schneller sprang, glatte Gelenke, flinke Läufe hatte und keck und übermütig war – eine unerwartete Begegnung mit einem von ihnen konnte leicht verhängnisvoll werden.

Den ganzen Winter über, während der Wald schlief, war Tjo der ständige Begleiter eines Sprungs Rehe. Niemand dachte daran, den anderen die Äsung zu neiden, geschweige denn den geschützten Platz, an dem der einzelne Gefallen fand. Da loderte seine Decke nicht so sonnenrot wie jetzt; der dicke Winterpelz, der in der Kälte noch mehr wuchs, war düstergrau anzusehen wie die gefrorenen Ackerschollen.

Der Schnee vermummte die Bäume und fraß sich hoch hinauf um die kleinen Tannen. Das Rotlaub überm Waldboden war fort, und kein scharrender Huf vermochte auch nur eine Beere herauszugraben. Der Frost hatte die Herrschaft; in der lautlosen Tiefe der Nächte war er am Werk, daß alles knirschte und vor Trotz oder Schwäche ächzte und die Zweige und Äste unter der Schneelast seufzten.

Miteinander ertrugen sie Kälte und Not. An einer gefällten Eiche knabberten sie einträchtig, starke Böcke und Ricken mit großen Kitzen. Ja selbst der stärkste Graunacken, ein rechter Teufel im Forkeln und Schreckeinjagen, war erhobenen Hauptes herbeigekommen. Die Lauscher gespreizt und frei von den rauhhaarigen Stangen, so fand er sich im Morgengrauen an der Hauerstelle ein und äste mit gutem Appetit.

Später am Tage sah man das Rehwild ringsum am Südhang des Hügels sitzen und die Wintersonne genießen. Schweigend stand um sie der froststarre Wald, schwarz hoben sich vom Schnee die Zweigklumpen ab. Fern am Horizont, am hellblauen Himmel hing eine blasse Mittagssonne, deren Strahlen die Wimpern der Tiere mit Sommerfarben umgaukelten und sie selbst mit Wohlbehagen durchströmten.

Von den Holzhauern drüben schollen Axthiebe herüber, und von Zeit zu Zeit fiel ein Baum; in der Nacht konnten sie sich an ihm sättigen. Ein ziehendes Dompfaffenpaar kreischte wie ein rostiger Wetterhahn. Sonst hörte man nur das dumpfe, ferne Rauschen des Winterwaldes.

Zur ersten Frühjahrsschmelze aber, wenn die Märzzonne die Felder frei gemacht hatte, waren sie in der Regel beim Neuklee und beim Roggen zu finden. Den zottigen Winterpelz hatte der Frühjahrsost nun getrocknet; blank und perlgrau leuchtete er in der Sonne; an den Flanken schimmerte von den langen Deckhaaren ein goldenes Ährenspiel und überm Rücken ein schwarzer Erdglanz.

Um diese Zeit hatten eines Tages Tjo und zwei alte Böcke es sich wie gewöhnlich beim gemeinsamen nachmittäglichen Wiederkäuen wohl sein lassen; die Kiebitze um sie her waren eingeschlafen, Hasen buckelten ihre Hinterteile in die Luft – kurzum, hier herrschte eitel Einvernehmen und Friedfertigkeit. Waren sie ausgeruht, so ästen sie, wo es ihnen paßte; die alten Burschen mit dem Bast am Gehörn hielten sich wie auf stillschweigende Verabredung jeder auf einem Flügel des Sprungs; keiner aber machte Aufhebens davon, daß Tjo mit im Rudel umherzog. Im Winter hatten sie an andere Dinge zu denken als ans Forkeln – Tjo kam eigentlich nicht einmal auf den Gedanken, daß sie forkeln *konnten*. Nur ein einziges Mal, als sie aufgeschreckt wurden und doch kein Grund war zu flüchten, gerieten infolge ihrer Ratlosigkeit die großen Herren zufällig aneinander; sie wurden böse und pufften; und da sie wegen des Bastes am Gehörn nicht miteinander anzubinden wagten, ließen sie ihre Bosheit sofort an Tjo aus.

Er wurde gestoßen, getreten und verjagt. Und sooft er wiederkam, behandelten sie ihn ebenso. Warum? Er wußte nicht, daß er, der stämmige kleine Bursche – schlanke hohe Läufe und lange Lauscher, froh über sich selber und froh übers Leben – ihnen allein wegen seiner Jugend, Leichtfüßigkeit und Beweglichkeit ein Dorn im Auge war.

Wie alles Hochwild erneuern die Rehböcke alljährlich ihr Gehörn – die alten, starken zuerst, die jüngeren und geringeren später. Die Natur hält auf die Vorrechte des Alters, bis die Stärke verebbt und die Grenze des reifen Alters überschritten ist.

Nun war die Zeit da, wo der Paarungstrieb erwachte, wo der bisher so empfindliche Stirnschmuck langsam verknöcherte und die Unruhe in den beiden Raufbrüdern wuchs. Alter Groll und Neid erwachte von neuem, alter Unglimpf sollte gerächt werden. Die Rikken halten täglich Abrechnung miteinander, sie schieben nichts auf – ein Kopfstoß in die Flanke, ein Schalentritt – zum Dank fürs letztemal! Das starke Geschlecht beißt's in sich hinein, speichert's auf – warte nur! Du bist frech gewesen, du hast höhnisch dreingeschaut, bist auf dem Wechsel weitergetrollt, obschon du mich kommen sahst. Es gehört so ungeheuer wenig dazu, und man hat ein so lächerlich gutes Gedächtnis.

Der Same des Hasses ist ausgesät – nun wächst er und entwickelt sich und bereitet seinem Besitzer bittere Stunden, zuweilen Not und Untergang.

Tjo nahm seine Zuflucht zu einem kleinen Gehölz, durch das der Bach floß; und hier traf er zu seiner Ermunterung einen Leidensgefährten. Unter der gewaltigen Krone einer der Friedenseichen, die in langer Reihe den Windungen des Wasserwegs folgten, äste ein lustiger Bock, ein rechter Strolch voller Narrenpossen und toller Streiche. Er war gut ein Jahr älter als Tjo, und ein großes Gehörn

hatte er aufgesetzt – ein so großes, daß er noch gar nicht wußte, was er auf dem Kopf hatte.
Gluf war selber vor kurzem aus seinem Wintersprung verjagt worden und nahm daher den Kleinen mit einer gewissen Herablassung auf; jedenfalls duldete er ihn, und nach und nach zeigte er sich ganz erfreut über seine Gesellschaft.
Tjo seinerseits hatte lang genug gelebt, um das ungeschriebene Gesetz des Waldes zu kennen: Jeder Gehörnträger, der älter war als er, war der geborene Herr, der über all die Böcke abwärts uneingeschränkt herrschte. Ab und zu plumpsten Maiskörner von den Eichenkronen herab, und die beiden Böcke kamen allmählich dahinter, woher die Leckerbissen rührten.
Im Walde dicht bei der Wiese lag die Fasanerie. Die Stammfasanen, die sie mit Bruteiern versorgen sollten, waren schon eingefangen, und hier holten sich die Meisen die harten, rotgelben Früchte, die sie fallen ließen, sobald sie den Keim herausgeklopft hatten.
Morgens und abends fütterte der Revierjäger. Die Böcke standen draußen auf der Wiese und horchten auf seinen Pfiff, und sobald der Futterkasten zugeschlagen wurde – das Zeichen dafür, daß er fortging –, waren sie sofort zur Stelle. Die vielen um Kasten und Käfige verstreuten Körner versüßten ihnen das Dasein und mehrten ihre Stärke.
Inzwischen wurde es Frühling –
Das Gehölz dampfte – wie erhitzte Tiere standen die Tannen da, bläulichviolette Nebel verschleierten die Erlensümpfe.
Tropf, tropf. Der kleine Knall war ein so willkommenes Geräusch nach dem Knarren des Frostes in Holz und Rinde, nach dem todesstillen Flüstern der Schneeflocken.
Ein Eichhörnchen raschelte in den Eichen, sein Leib war naß, die Pfoten dreckig. Es war nicht vom roten Laub zu unterscheiden. Erst als es weghuschte, sahen die Rehböcke es.
Tropf, tropf – der dampfende Wald – das lauschende Eichhörnchen! Dann schlug der Buchfink seinen langen Triller: »Trippe, trippe!« Es klang wie der frohe Befreiungsruf des Schmelzwassers –
Wasser und Wasserlärm, wohin Tjo kam – Sickern, Glucksen, Rieseln. Regen und Chaos. Dohlengeläut und Hohltaubenrucksen. Das anhaltende »Dien din Tid« der Kohlmeise, ein vereinzeltes

tastendes, vorsichtiges Starengepfeif – und ein schmetternder hoher Tenor: Drosseltöne von irgendwoher aus dem Nebelwald –

Das Schicksal wollte es in diesem Frühjahr, daß Tjos Stirnschmuck zuerst fertig wurde. Er fegte Bast von den neuentsprossenen Enden, während sein älterer Kamerad die seinen noch in den Bastscheiden trug. Die Empfindlichkeit der Stangen schwand, sie verknöcherten von unten nach oben, und als auch die Enden hart waren, bekam er Lust, sie zu erproben. Vorläufig noch in aller Unschuld an jungen, frei stehenden Bäumen, die er zum Fegen gebrauchte und in Krüppel verwandelte. Bald aber begann er seinesgleichen anzugreifen, und er konnte recht rücksichtslos gegenüber den Ricken sein. Dafür bekam er dann plötzlich hinreichend mit den Zecken zu tun: die hatten jetzt, wo die Winterdecke in Büscheln von seinem Körper abfiel, gute Gelegenheit zum Beißen. Der größte Teil seiner freien Zeit verging damit, an den alten, rauhstämmigen Eichen den Hals zu reiben.

Eines Tages liefen er und Gluf um die Wette nach einem Maiskern. Gluf schnappte Tjo den Kern vor der Nase weg; und übermütig, ausgelassen und sprudelnd vor Kampfeslust stieß Tjo seinem Waldgefährten, der noch den Bast auf den Enden hatte, das Gehörn in den Hals. Er hatte Prügel für seine Frechheit erwartet – aber es geschah etwas, was er noch nie erlebt hatte: der viel stärkere Bock machte Flucht, ohne sich auch nur mit einem Tritt zur Wehr zu setzen.

Mit diesem Tag entstand ein gespanntes Verhältnis zwischen den beiden.

Sie lebten im selben Belauf, ästen auf derselben Wiese und trafen sich nach wie vor, aber Gluf räumte Tjo den Platz ein, auf dem er bisher den Vorrang gehabt hatte. Für ihn kam es darauf an, die Zeit in die Länge zu ziehen und sich Gefahren nicht allzu offen auszusetzen.

Tjos Frechheit nahm in verblüffender Weise zu, und eines Nachts machte der Kamerad sich unsichtbar – er kam erst zurück, als die gefährlichen Waffen auf seinem Schädel klar zum Gebrauch waren.

Eines Morgens stand er zufällig wieder unter den alten Eichen. Scheinbar äste er eifrig, jedoch nach Rehbockart lauerte er, die Nase an der Erde.

Das Wasser rann so klar in dem schmalen Waldbach. Gluf hörte das reine, hellklingende Rieseln bis zur Wiese hin, wo er äste. Ein bläulicher Schein stieg von dem nassen Grün auf. Endlich hob er den Kopf – der freche Springinsfeld, dem seine ganze Aufmerksamkeit galt, zog von der Fasanerie herüber. Ein überraschender Anblick bot sich Tjo dar. Mit einem Vorderlauf plätzend, den Kopf stolz zurückgeworfen, so erwartete Gluf das Erscheinen des jungen Wichtigtuers.

An der herausfordernden Haltung erkannte Tjo die Feindseligkeit, und er nahm die gleiche drohende, herausfordernde Haltung an.

Zögernd, stampfend kamen sie einander näher. Mit hochaufgerichteten Köpfen, steif stolzierend, einander von der Spitze des Gehörns bis zum Spiegel messend, begannen sie einen seltsam abgemessenen Kreislauf. Eins-zwei! Eins-zwei! Wie Zirkuspferde in der Hohen Schule. Sie bewegten sich ganz auf dem äußersten Rand der Hufspitzen, strafften den Hals, bogen den Nacken und schielten zueinander hin. Der Kreis wurde immer kleiner, bis sie sich, fast wie Hunde, gegenseitig den Spiegel berochen. Dann endlich ging es los.

Aber da bekam Tjo gehörige Prügel! Ebenso plötzlich wie unerwartet warf ihn ein Stoß zu Boden; er fuhr wieder auf und ging vor, gleich hatte er jedoch einen Spieß in der Flanke. Im Nu merkte er den Unterschied zwischen Spiegelfechterei und blutigem Ernst. Er war nicht gesonnen, das Schicksal herauszufordern – ein Sprung zur Seite. Kehrt und eine Flucht gemacht!

Drohungen und höhnisches Schnauben folgten ihm. Er lief – und kein Maiskorn fiel mehr für ihn ab. Im Dunkel der Nacht schlich er sich von neuem heran, wurde aber wieder unsanft verjagt.

Er wechselte nach einem kleinen Hang hin, wo nur Steine und Gestrüpp waren. Aber jeden Morgen in der Frühe, wenn alle Tiere sich am wohlsten fühlten, umhertrotteten und ihr Lieblingsfutter ästen, getraute er sich heim. Zuerst in leichtem, schnellem Trab, dann zögernd im Schritt, die Lauscher gespitzt und weit vorgestreckt. Ob er wohl da war, der Kamerad?

Am Waldsaum blieb er stehen und horchte ins dichte Versteck, das ihm jetzt so ungastlich entgegentrat. Da hörte er das Getrappel von Glufs Schalen – aber lange bevor er ihn eräugte, hatte er Reißaus genommen.

Plötzlich war es ihm klargeworden, daß sein Gehörn nur schwanken kleinen Eschen und herabhängenden Zweigen gewachsen war.

Der Herrscher des Waldes

Eine lange, tiefe Schlucht wand sich von dem größten der Gehölze ins Land. Alte Buchen und Eichen faßten diesen vor Jahrhunderten von Kriegsgefangenen gegrabenen Abzugskanal ein, von den Feldern bis hinab zum See, an dessen Ufer hoch auf dem Hügel Trollnäs lag. An einem Knick entlang fand Tjo eines Tages den Weg hierher.

Den Boden der Schlucht hatte die Natur mit Hilfe von allerlei natürlicher Besamung zu einer fast undurchdringlichen Wildnis verwoben. Graubärtiges Schlehengestrüpp schob seine Blütenwehen zwischen den hohen Bäumen hindurch, und überall kroch pferdeköpfiger Feldampfer mit roten Blüten und großen, wogenden Blättern umher. Trotz tiefen Pflügens und gründlichen Eggens und trotz des Pächters Verwünschungen half der Lattich dem Gestrüpp bis weit auf die Felder hinaus Fuß fassen.

In diesem entlegenen Winkel lebte ein kapitaler Bock, den ganzen Tag saß er hier; erst wenn die Dunkelheit anbrach, trat er aus.

Es gibt Böcke, die man niemals sieht und die selbst der achtsamste Revierjäger nicht kennt, geheimnisvolle Waldtiere, von Pan aufgezogen. So einer war der ›Alte Satan‹. Er kannte genau den Unterschied zwischen Sprengschüssen und dem Knall einer Jagdbüchse; er kannte den armen, einsam arbeitenden Steinklopfer, der im blaugewürfelten, geflickten Arbeitswams den Wald mit seinem Lärm erfüllte und vom Morgengrauen bis zum Abend seine Steine schlug, und ebenso vertraut waren ihm der Oberförster, der Revierförster, ja der Graf selbst in seinem tadellosen Jagdanzug mit den gestickten Sportstrümpfen.

Wie er so geworden war? Nicht nur durch Erfahrung. Nein, er war weit herumgekommen, von dem einen großen Binnensee der Landschaft zum andern, und überall hatte er viel erlebt. Hatte schleichende Tritte vernommen, die ganz anders klangen als der feste Schritt der Hauer; er hatte sichernde Kameraden eräugt, wie sie, nachdem sie lange einen Verdacht nach einer bestimmten Richtung hin gehabt hatten, plötzlich einen Luftsprung machten, davonstürzten und fielen. Er hatte selber zwischen dem Zischen der Kugel und dem Summen der Biene unterscheiden gelernt, zwischen der stummen Linie der Schützenkette und der lärmenden der Treiber. Es war ihm das Verständnis aufgegangen für Gewitter, für schönes Wetter und für fruchtbares Wetter. Er hatte gespürt, wie der Sinn sich an schweren, nassen Regentagen verfinsterte und wieder froh wurde, wenn die Sonnenstreifen das düstere Dickicht erhellten. Nun saß er hier fern der Welt, verschlagen und allwissend, soweit es sich um Dinge handelte, die innerhalb seines Horizontes lagen. Zwischen den Schlehenreisern dicht am Waldsaum, wo der Zugwind die Fliegen vertrieb, hatte er sich niedergetan – und schlummerte mit halbgeschlossenen Lichtern.

Helle Stirn, dicker, kurzer Hals, nach dem Nacken hin anschwellend. Ein großes, dunkles Tier – mit einem vielendigen Gehörn auf dem Schädel.

Düster wie ein Unwetter mit vier flammenden Blitzen jede Stange. Ein Achterbock, wie er zuvor im Holz nicht gesehen ward. Aus jeder Stange schossen zuerst die drei Enden auf, sie streckten sich hoch in die Luft, wölbten sich aber gleichzeitig, als wollten sie ein Straußenei betten. Und hinter ihnen kam unten das vierte, doppelt so lange, runddolchartige Ende hervor, glänzend vor Wildheit und Trotz. Mit diesen Waffen rückte er den Gegnern zu Leibe, seine stahlharten Stangen an denen der andern erprobend. Aber um den Halt zu sichern, wenn sie sich endlich mit dem Gehörn gepackt hatten, wenn sie ineinander verflochten waren und die starken Nakken miteinander rangen, wuchsen ringsum von der Stirn herauf nicht Perlen wie auf anderen starken Aufsätzen, nein: Kranz an Kranz von Knoten und Absätzen; wie schwere Risse in alter Eichenrinde standen sie hervor und bildeten ein fürchterliches Reibeisen für den, dessen Lauscher hier in die Klemme kamen.

Tjo zuckte zusammen, als er, nichtsahnend mit dem Kopf um sich schlagend und mit den Lauschern die Fliegen wegwedelnd, plötzlich den Kapitalbock eräugte. Ein unfreiwilliges »Böw« entschlüpfte ihm, und sofort wirbelte er auf den Sprungstöcken herum. Aber der Alte ließ das kleine Wesen ganz unbeachtet. Er murrte bloß und machte eine finstere Miene, zufrieden damit, daß der Grünschnabel sich unverzüglich entfernte. Sich mit einem solchen Burschen abzugeben, lohnte noch nicht der Mühe. Mit dem geheimnisvollen und entlegenen Wald machte Tjo diesmal keine nähere Bekanntschaft, dazu stürmte er zu eilig hindurch – und es sollte lange dauern, bis er die »Höhle des Satans« wiedersah.

Tjo war am Saum einer Waldwiese geboren worden; sie fiel nach einem großen See hin ab, dessen Weite für ihn unendlich war. Das moorige Ufer war von Sumpfweiden und Erlenstümpfen umkränzt.

Nach dieser Wiese sehnte er sich immer wieder zurück, wenn ihm angst und beklommen zumute war; denn von dort aus hatte er zum erstenmal den Wald erlebt. Die ersten zarten Schritte, die er als Kitzbock getan, waren auf diesem Rasen unternommen worden, bis er sich endlich, geführt von der alten Ricke, auf verschiedene Streifzüge hinausgewagt hatte – bis zum Bachtal hinab und auf den Bergrücken des Hochwaldes hinauf, wo er eine neue, helle, kleine Wiese in dem dichten Blätterversteck antraf. Nach und nach hatte er so entdeckt, daß die Waldwiesen feste Anhaltspunkte waren, kleine Gras-Oasen in der Baumwildnis, die von den Wildwechseln durchkreuzt wurden wie die Wüste von Karawanenstraßen.

Schließlich kannte er das Gehölz am See; er wußte Bescheid, wie die Wiesen zueinander lagen und wie sie durch die verschiedenartigen Waldbestände miteinander verbunden waren. Indem er sie zum Ausgangspunkt nahm, hatte er auch die Tanneninseln kennengelernt und all die anderen Dickungen, diese Zufluchtsstätten ringsum im Gehölz.

Wie er so an diesem Nachmittag umherstrolchte, getrieben von Eingebungen und aus Furcht, einem der großen Herren zu nahe zu treten, tauchte die friedliche Umgebung seiner Heimat plötzlich in seinem Bewußtsein auf. Noch war er so wenig Bock, daß er sich gern an diese oder jene alte Ricke hängte; und als gerade so eine vorbeikam und nach der gewünschten Richtung abtrollte, zog sie ihn mit.

Hurtig ging es über die nach Minze duftenden Suhlen, wo die gelbe Iris knospte und der Kuckucksspeichel dick an allen Gräsern hing. Die großen Weinbergschnecken, die er oft nachts wandern sah, schliefen noch in ihren Häusern auf der Schattenseite der Eschenstämme. Aber als er hinter seiner Führerin durch das Moor stob, durch all das Gewirr von Schachtelhalmen, Dill und Kletten, da jagte er eine Menge anderer lichtscheuer Wesen auf, die so schnell wie möglich in Deckung zu kommen suchten. Rings um sie raschelte es, Laub und Kräuter flogen.

Als die Wiesenlichtung durch den Hochwald schimmerte, blieb die Ricke stehen und schloß sich anderen Tieren an, die vorsichtig sichernd ihren Austritt aus dem Holz vorbereiteten. Bei seiner Ungeduld und seinem Mangel an Erfahrung legte Tjo indes nicht weiter Gewicht auf dergleichen Dinge.

Er war hungrig – die Wiese lockte, und drei Hasen saßen schon da draußen und ästen – es dauerte nicht lange, so hatte auch er den Kopf gesenkt und äste mit.

Unaufhörlich fächelten die Lauscher, um Fliegen und Bremsen fernzuhalten, und mit gekrümmtem Rücken glitt er übers Gras, die geschmeidigen Hinterläufe hochgezogen. Er war bereit, beim geringsten Anlaß eine Flucht zu machen.

Plötzlich begannen die Ricken im Wald zu schmälen – er warf auf und sicherte.

Die Schwarzdrosseln sangen ihr Nachmittagslied, und die kleinen Holztauben schluchzten süß von den Eichen herüber. Starenpfeifen und Finkengezwitscher, eine vereinzelte meckernde Bekassine überm Bruch, das füllte von Zeit zu Zeit die Leere – aber Tjo witterte nicht den geringsten verdächtigen Geruch, noch hörte er ein gefahrkündendes Geräusch.

Da erhob sich nicht weit von ihm aus dem Gras ein starker Sechserbock, lodernd rot, mit einem widersinnigen, eigentümlich abwärts gekrümmten Ende hinten auf der einen Stange. Beinahe wäre er in seiner Verblüffung gegen ihn gerannt. Steif von dem langen Stillsitzen begann der Sechserbock verschlafen zu gähnen. An seiner ganzen Art erkannte Tjo sofort den einen von den alten Böcken wieder, mit denen er im Wintersprung zusammengelebt hatte.

Tjeik, der wegen eines Unfalls beim Aufsetzen, während das Gehörn noch weich war, mit dem Fegen hinterherhinkte, beachtete den einstigen Gefährten nicht im geringsten. Nicht aus Rücksicht auf ihn unterbrach er seine Siesta. Es kam ihm bloß bedenklich vor, noch länger die Ruhe zu genießen. Die alten Ricken pflegten ja nicht ohne Grund den Wald zu warnen – und gebeugt, so daß Hals und Geäse das Gras streiften, trollte er in der dem Lärm entgegengesetzten Richtung davon.

Ein Ast am Rande des Eichengehölzes, zu dem Tjeik seine Zuflucht nahm, streifte tastend mit den Zweigen seine Stangen, deren letzter Bast in blutigen Resten hing – in vorsichtigen Nackenstößen bewegte er das Gehörn hin und her. Das Jucken wurde stärker, es war ihm angenehm, und die Stöße nahmen zu. Tjeik kämmte Enden und Stangen, so daß die Krone zwei nackten, blutigen Knochen glich.

Die Tauben schwangen vom Felde mit pfeifenden Schwungfedern

ein, die Täuberiche klatschten mit ihren Flügeln, spreizten die Schwanzfedern zum Rad und strichen in langen, wogenden Flugwellen über die Wiese. Der Abendgesang der Vögel schwoll an – der Alarm der Rehe mußte falsch gewesen sein.

Als der Sechserbock zärtlich Geäse und Enden gegen die schlanken Stämme der jungen Stangeneichen rieb, gab schließlich auch Tjo es auf, von der Umgebung eine Antwort darauf zu erzwingen, warum die alten Ricken schmälten. Die Nase vertiefte sich wieder in das junge Gras, und er und die Hasen und ein aufgeblasener Fasanenhahn, der mit Kennermiene umherging, den Wachstrieb eines jeden Halmes betrachtend, fanden nicht wenige wohlschmeckende Stellen. In größter Verträglichkeit begegneten zufällig die drei einander und fanden Gefallen an demselben Büschel – bis Tjeik ihren Eifer gewahrte und plötzlich hervorschoß.

Mit einem achtungsvollen Satz brachte der Gabelbock sich in Sicherheit. Die Hasen folgten ihm weniger willig, der Fasan halb gekränkt.

Plötzlich kam ein anderer Hahn über die Wiese daherstolziert, und es zeigte sich bald, daß die beiden gefiederten Herren es ebensowenig wie die beiden Böcke vertragen konnten, zusammen zu äsen. Sie fuhren aufeinander los, und ein heftiger Kampf entbrannte.

Immer mehr Hasen rings zwischen den blassen, dürren Büscheln wurden wach und fingen an, drauflos zu knabbern – und im Äsungsdrang zog alles Wild immer weiter auf die Lichtung hinaus.

Ein neues, plötzliches Schmälen von dort, wo die Ricken im Versteck gestanden – und im selben Augenblick war alle Äsungsfreude verschwunden. Die Hasen richteten die Löffel auf, die Böcke sicherten, die alten Kampfhähne begruben die Zwietracht. Da tauchte ein anderer von Tjos Quälgeistern aus dem dunklen Winterwald auf mit schwerem, braunem Körper und neugefegtem Lyra-Gehörn.

Vielleicht war *er* die Ursache der ganzen Unruhe?

›Breitbrust‹ blieb vor dem Tannendickicht stehen, aus dem er gekommen war. Der Anblick all des verhoffenden Wildes nahm ihm vorläufig die Lust, etwas zu genießen – aber da trat der Revierjäger, die wirkliche Ursache des ganzen Lärms, hinter einem Stamm vor und ging zu seiner Kanzel hin. Er hatte am Wiesenrand versteckt gestanden und von da aus das Wild gezählt, das auf dieser Seite des Holzes austrat. Da erscholl der Chor der Böcke – die stolzen Gehörnträger im Baß, Tjo im Diskant.

Und nun wurde es ernst für sie alle.
An einem der folgenden Abende hatte der stille Raschler mit dem Todesrohr auf der Schulter seinen Posten beizeiten eingenommen – von allen Seiten begann das Wild aus dem Gehölz zu treten.
In einer Ecke, die im Halbkreis vom Wald umschlossen war, standen zwei wohlgenährte Ricken für sich. Sie legten die Lauscher zurück – von dieser Wiesenecke sollte Tjo sich fernhalten! An einer anderen Ecke hatte er mehr Glück: dicht am Waldrand, bereit, sich jederzeit sofort zu verstecken, nahm ein kleiner Bock seines Alters das Vesperbrot ein. Tjo sprang zu ihm hin, und die beiden Jungen ästen und ließen es sich wohl sein, hüpften umeinander herum und schnupperten an jedem Kraut, das sie sich dann ins Geäse steckten.
Unten am Rande des Bruchs, hinter Eichenstämmen verborgen, so daß nur der Kopf hervorragte, zog der rote Tjeik, und während er am Gras riß und zerrte, wippten seine Stangen auf und ab. Er war vorläufig ganz mit sich beschäftigt, rieb sich die Decke wegen der Zecken und äugte, wenn das Geschrei der Kinder des Holzfällers von dem kleinen Haus im Wald besonders laut herübertönte, zuckte dann beruhigt mit den Lauschern, die Mücken dadurch abwehrend, und widmete sich alsbald wieder der abendlichen Äsung.
Die beschlagenen Ricken drüben in der Ecke standen nur kurze Zeit äsend, dann taten sie sich nieder. Die jungen Böcke wagten sich immer weiter vor.
Die Sonne war gesunken, ihr letztes Glühen auf den Stämmen war zu den Wipfeln hinaufgeglitten. Einen Augenblick hüllte der Wald sich in ein reines, klares Grün. Die reine Farbe schlug eine Brücke von dem Laub der Kronen bis zum Perlgras auf dem Grund. Der Hochwald verwandelte sich in eine grüne Grotte, die aus sich heraus leuchtete.
Plötzlich wurde es dunkel da drinnen; das Licht wich von der Grotte, und das Spiel verschwand in dem Grün der Bäume. Stellenweise starrte dürres Laub hervor, und Storren und Steine verfinsterten sich – die Nacht kam.
Als Bote der Nacht übertönte das Entengequak manchmal den Drosselschlag. Eine Ente fiel auf dem Wassergraben vor Tjeik ein, er riß den Kopf hoch und stand lange sichernd, frisches Grün ums Geäse.
Die Schwalben, die in zerstreuten Scharen überm Wasserspiegel

Mücken gejagt hatten, sammelten sich zu großen Schwärmen und fielen wie ein Schauer ins Uferschilf ein, um sich unter lautem Gezwitscher zur Nachtruhe zu setzen. Beim Lappentaucherpaar draußen herrschte munteres Leben; im letzten Abendschein genoß es die Freude der Paarung.

Rings um den ganzen See krähten Hähne, Wildgänse stiegen schreiend auf, und die Lappentaucher plätscherten laut nach dem Hochzeitsfest. Eine große Stille, ein tiefer Naturfrieden – fern vom Rattern der Eisenbahn, von Autohupen und Arbeitslärm. Tjeik, der jetzt endlich auf seinem grünen Platz weiteräste, hörte nur das Knirschen der eigenen mahlenden, schneidenden Zähne.

Drei Schmalrehe brachen nach der Wiese aus – ein letztes brausendes Rot in dem schwindenden Grün. Als sie aus dem deckenden Wald heraus waren, begannen sie sofort am Wiesenrand zu scherzen und einander mit koketten Sprüngen zu stoßen.

Hochaufgerichtet, mit blitzenden Lichtern glitt Tjo an sie heran – jeder Muskel seines gedrungenen Körpers forsch gespannt nach ihren Freundlichkeiten. Das nächste der Schmalrehe hört ihn und dreht achtsam den Kopf; der Schein des Westhimmels fällt auf sein Gesicht und glänzt in den langen, steifen Wimpern der Lichter –. Voneinander angezogen und verdutzt, mustern sie sich gegenseitig.

Da hebt der Bock an den Eichen mit einem Ruck den Kopf, vergißt wiederum sein saftiges Grün und steht in stolzer Haltung, die Gehörtrichter nach den beiden Jungen hin vorgeschlagen.

Das alles sieht der Revierjäger von seiner hohen Kanzel am Rande der Wiese. Er kennt seine Böcke und steht nicht hier, um dem ersten besten das Lebenslicht auszublasen. Wiederholt hat er den merkwürdigen roten, der im Fegen so auffallend zurück ist, und auch den breiten, dickhalsigen im Fernrohr gehabt. Und ebenso hat er nach dem feisten Rohrbock im Hintergrund gespäht, einem starken Gesellen, der ungewöhnlich gut durch den Winter gekommen ist. Den einen oder andern von ihnen könnte er wohl nehmen, das würde Platz schaffen!

Da geschieht etwas Unerwartetes.

Die kleinen Böcke gehen nach der anderen Wiesenecke hin flüchtig ab, selbst die drei starken Sechserböcke werden unruhig. In kurzen Zwischenräumen heben sie den Kopf und wittern nach dem Erlendickicht hin.

Das Gras lockt, sie äsen weiter – aber auf einmal wirft der Rohr-

bock heftig auf: die Kinnladen halten inne, er dreht das Haupt, legt die Lauscher um – alles an ihm ist ein Forschen und Äugen.
Nicht der Mensch ist's, den er ahnt. Dann würde er zum Hochwald hinüberäugen, zu dem nahe gelegenen Weg. Auch den Revierjäger kann er nicht gewittert haben – dann wäre er längst auf und davon gewesen. Er beginnt die Läufe zu erproben, macht ein paar Seitensprünge, hält an und macht wieder kehrt – wird plötzlich flüchtig und verschwindet in der dem verdächtigen Versteck entgegengesetzten Richtung.
Im nächsten Augenblick steht der Alte Satan auf der Wiese.
Er selbst, jawohl. Er, den sie alle erwarteten und fürchteten. Die Sonnenröte in den Waldwipfeln ist längst erloschen, die Dämmerung kriecht empor von Stubben und Gräben, und endlich hat der starke Achterbock sich aus seinem abgelegenen Schlupfwinkel aufgemacht und ist durch die Schlucht zu seinem geheimen Waldwechsel getrollt.
Die Nebel steigen, und in dem dichten Holz, das er durchzieht, trübt die Dunkelheit schon das rote Laub; aber nicht ein Schalentritt, nicht ein Knacken der Zweige ist zu hören – still und ohne Rascheln ist er den Steig entlanggezogen.
Lange hat er gestanden und im Erlenholz nach dem See hin gelauert, nach der Wiese geäugt, von wo ein schwacher, aber noch hellgrüner Schimmer ins Dunkel zu ihm hineinschlug.
Es rief nach ihm; er hatte auch den Drang, seinen Hunger zu stillen. Aber er widerstand immer noch.
Die herrliche Wiese! Die einzige, aus der er sich etwas macht wegen des reichen Gehänges und des feinen, minzduftenden Grases, das nie herbe und schweflig ist.
Aber stets lauern Gefahren auf dieser Wiese; Böcke treten heraus, die nie wieder hereinkommen – und er ist den Rand entlanggeschlichen und hat darauf gewartet, daß der Schein ganz erlöschen würde.
Der Brunfthirsch ist ein Waldgespenst, furchteinflößend, böse – er dagegen, der starke Bock, offenbart sich in seiner harmonischen Schönheit als Verkörperung aller Rätsel des Waldes: die forschenden Lauscher, das ragende Gehörn, das männliche Tier mit der selbstsicheren und mutigen Wachsamkeit.
So sieht er also aus –: Das Wunder des Dickichts, der innerste Geist des Waldgeheimnisses; dem stillen Raschler ist es, als wären

plötzlich die vielartigen Unfaßlichkeiten der Tiefe des Waldes sein eigen. Trotz der aufrechten Haltung und dem gehobenen Vorderlauf ist Flucht in dem Hünen. Der Jäger begreift, daß dieser Kapitalbock im nächsten Augenblick fort sein kann. Das männliche Aufbegehren in der Haltung wechselt mit Scheu und Furcht. Der Mensch muß den Atem anhalten – so flüchtig ist jener, daß er nicht einmal des Menschen Blick erträgt.

Graue Dünste steigen um seine Läufe auf, hüllen ihn ein und geben ihn wieder frei. Sie treiben vor ihm, tauchen hinter ihm auf, wirbeln empor und füllen die ganze Wiesenzunge unter den zerstreut stehenden Birken.

Wer ihn fortjagt, so tröstet sich der Mann mit der Büchse, besitzt ihn noch. Vor dem inneren Auge wird er leibhaftig in seiner Waldglorie stehen. Aber wer ihn greift, um ihn zu besitzen, bekommt nichts als einen Rumpf mit Kopf und trocknen, welken Stangen – und still wie ein Nachtgespenst schleicht sich der Revierjäger vom Hochstand herunter.

Alle Nachtigallen schlagen – es umschwirrt seine Ohren: »Dukduk« und »Hüp«. Einsam glüht der rote Maimond am wasserblauen Abendhimmel –. Das Rauschen eines ziehenden Entenschwarms tönt aus den Lüften, und dunkle Vogelkeile jagen am leuchtenden Himmel dahin zum See.

Spät trat der Alte Satan aus dem Holz, und nie stand er still, sondern trippelte immerzu äsend umher. Beim kleinsten Geräusch fuhr das Haupt empor und drehte sich, stolz ragend der Richtung des Geräusches zugekehrt. Scheinbar äste er von den Kräutern; aber plötzlich riß er wieder die Nase hoch, ein paarmal schnappten die Kinnladen, und von neuem senkte sich das Geäse ins Futter. Schnell macht er zwei-, dreimal hintereinander dasselbe überraschende Manöver –. Alles ruhig! Und so trippelt er weiter, knaupelnd, knabbernd, unsicher, immer seinen Spiegel den Stellen zukehrend, wo sich ein Jäger verstecken könnte. Er weiß, der Spiegel ist unverletzlich. Niemand legt darauf an.

Er erreicht den entgegengesetzten Waldrand. Wieder ein hastiges Aufrichten, Kopfdrehen, ein stolzer, forschender Blick – und Laubgehänge und Nebel schließen sich um ihn.

Von Bach und See steigt Nebeldampf auf, vom Birkenholz tönt der Doppelschlag der Kuckucksmännchen. Die Taukühle erfüllt das

Moor mit Wohlgeruch, die Wasserpfützen blinken – die ersten weißen Wollgrasbüschel hüllen sich in den Moordampf. Irgendwo in einem Tümpel brodelt es, aus einer grünen Laubhülle wirbelt es auf – ein armes Lüftchen, ein Rest der sonnengesättigten Luft des Tages, tastet in die klamme Kühle hinein. Pst, was war das? Nur ferne Schritte des heimkehrenden Jägers – dann steigt der Froschchor aus einem Sumpf auf.
Und die Kinder der Tiefe mit dem kalten Blut wetteifern mit den warmblütigen Sängern der Nacht, die Wonne der Liebe und des Lebens zu preisen. Um krause Nußblätter, um betautes Gras und die zarten Blättersträuße der Eiche hüllt die klare, kühle Mittsommernacht ihren weißen Schein – und alles duftet feucht und stark.

Die Freundin – und anderes Unglück

Tjo blieb in dieser Nacht und auch in den nächsten, mehrere Wochen lang, auf seiner Heimatwiese. Die Wiese war groß und vielzüngig, und die Waldedlen, die hier ästen, nahmen das Dasein noch von der geruhigen Seite. Jeden Abend, wenn die Buchten am See zu dampfen begannen und die wilden Waldfasanen einschwangen, zog er zu seiner Freundin hin, die er immer häufiger vom Sprung wegzulocken wußte.
Sie genossen die Süße des Mailaubs und kosteten von den neuen Graskeimen, sie schwärmten auf ihre Weise und empfanden eine feine Freude aneinander.
Eine anmutige kleine Rehgeiß – das hüpfende Herz des Waldes, grau zur Winterzeit, mit weichen Tönen von Eschenzweigen, Birkenrinde und den bleichen Waldgrashalmen, überzogen vom Schneedunkel eines schweren Dezembertags. Jetzt im Sommer flammte ihre Decke glühendrot und sonnenfarben. Wie er, hatte sie den weißen Daunenflaum der Wiesenwolle in den offenen, immer sichernden Lauschern, die von den schwarzen Schlagschatten des Sommerwaldes dunkel umrandet wurden.
Tjo kannte sie von der schweren, dunklen Notzeit des Winters her – nun sahen sie einander mit ganz anderen Augen an.
Aber wenn der Mond durchs Laub zu spielen begann, wenn die

Nebelschwaden von den sumpfigen Tiefen des Erlenmoors herübertrieben, sie beide verschleiernd und langsam wieder freigebend, wenn die eine oder andere Nachtigall im Schlehengestrüpp dicht an ihren Lauschern plötzlich im hohen Auftakt zum schwellenden Triller verstummte, dann zuckte es in ihren Hinterläufen – und sie wußten, daß sie sich trennen mußten. Jetzt kam *er*, der den ganzen Waldteil in Aufruhr versetzte.

Die Waldedlen flüchteten zu ihnen ins Dickicht; der warme Hauch ihrer Nüstern strahlte in den Nebel hinein, während sie verhoffend den Weg des hohen Herrn zu erraten suchten. Er machte seine gewöhnliche Runde und besuchte all die verschiedenen Wiesenzipfel. Die unwirschen »Bow«-Rufe der alten Ricken sagten ihm ja von Zeit zu Zeit, daß sein Erscheinen auch da unwillkommen war.

Knurrig und verdrießlich zog er umher. Tjo und der andere kleine Bock wurden von ihm nur mit einem kurzen Kopfrucken bedacht; aber die drei starken Sechserböcke duldete er nicht. Der Riedbock, Tjeik und sein breiter Widersacher mit dem plumpen Gehörn wurden oft gejagt, daß sie stöhnten.

Ein gefährlicher alter Schleicher – er verstand die Kunst, mit der Nase im Gras zu äugen und zu hören; anscheinend von seiner Äsung in Anspruch genommen, spähte er sie aus und kam über sie wie ein böses Wetter. Sie freuten sich, wenn sie ihn beim Morgengrauen nach den Erlensümpfen hin verschwinden sahen, wo er sich zur Tagesruhe niedertat in seiner langen, tiefen Schlucht am Rande des Reviers.

Während die Tage vergingen und der rote Tjeik geschliffene, dunkelgebeizte Stangen bekam, begann seine Hetze gegen Tjo. Machte Tjo dann nach dem anderen Ende hin eine Flucht, so war Breitbrust schnaubend hinter ihm her. Sie spielten Ball mit ihm, so daß er hier bald ebenso friedlos war wie auf den Wechseln, auf denen er sich früher aufgehalten hatte.

Ein breiter Graben durchschnitt die Wiese der Länge nach und führte das Wasser durch die Erlensümpfe in den See. Wie nach stillschweigender Übereinkunft hatten die beiden alten Raufbrüder, die einander aus und ein kannten und im Laufe der Jahre manchen Strauß ausgefochten hatten, die Grasebene nach diesem Graben unter sich geteilt. Sie kannten genau die Grenze, und besonders jetzt zu Beginn der falschen Brunft gingen sie nur bis gerade zu ihr hin, aber nie darüber weg.

Es kam vor, daß sie an verschiedenen Waldrändern standen und einander herausforderten, plätzten, Büsche fegten und sich wie Ziegenböcke auf die Hinterläufe stellten. Plötzlich nahmen sie einen Anlauf. Tjo glaubte, daß sie im nächsten Augenblick zusammenprallen würden – nein, in zwei, drei Schritt Entfernung bogen sie jäh ab. Es war, als wüßten sie, daß es zu ernst werden könnte, wenn sie aneinandergerieten.

Der alte Herrscher des Waldes, der sie in Zucht hielt, zeigte sich immer seltener – und zuletzt blieb er ganz fort. Dafür schmälten die Ricken häufiger und warnten vor dem stillen Raschler, der angefangen hatte, zu allen Tageszeiten um die Wiese herumzuschleichen. Das Wild überraschte ihn hinter Baumstämmen, es sah ihn versteckt im Graben liegen oder in der Dickung auf allen vieren umherkriechen. Der Jäger konnte den starken Bock mit dem großen Gehörn nicht vergessen.

Wer ihn verjagt, so tröstete er sich immer noch, sooft er vergebens ging, besitzt ihn noch. Nur wer ihn schießt, bemächtigt sich seines Gehörns –

Und gerade um den Besitz dieser Trophäe war ihm zu tun.

Aber er erkannte bald, daß er andere Wechsel aufsuchen mußte – der verschlagene Alte Satan hatte Unrat gewittert und neue Äsungsplätze gefunden.

Eines späten Abends – als schwarze Schatten über die verlassenen Wechsel flossen, traf Tjo wieder seine schlanke Rehgeiß.

Über ihnen rauschten die bronzenen Eichenkronen – hoch oben glänzte ein einsamer, matter Sommerstern.

Sofort kreuzten sie die Hälse und rieben einander Ziemer und Flanken; dann scherzten sie wie Kitzchen, standen voreinander auf den Hinterläufen, während sie die Vorderläufe herabhängen ließen, und machten Fluchten in ausgelassenem, übermütigem Haschen. Ab und zu jedoch hielten sie jäh inne und schlugen die Lauscher nach derselben Richtung – die elastischen Hinterläufe zitterten unter ihnen: War er es, der Rote, von den Eichen drüben? Oder der bedächtigere Bursche vom Tannendickicht mit dem plumpen Gehörn? Oder der Alte selber? Nie wußten sie sich sicher!

Nur Meister Reineke auf seinem Nachtgang, ein raschelnder Igel oder ein schneckenknaupelnder Dachs in geruhsamem Trabe! Die strenge Witterung hing ja hinter ihnen in der Luft. Wenn der Lärm vorbei war, scherzten sie wieder.

So verging die Nacht.
Und als das erste goldene Morgengrauen am Horizont hervorsickerte, folgte der verliebte kleine Rehbock immer noch der Schönen. Und er merkte gar nichts davon, wie das kalte Mailicht, das die erste Brut von Wildente und Schwarzdrossel stählt, sich langsam herausspann aus der hellen Nacht. Eine Meile weit durchs Waldmoor am See entlang jubelte Nachtigall an Nachtigall, und der Kuckuck schlug, lachte und kicherte und schwamm auf zitternden Flügeln in den vom Morgenwind zerrissenen Nebeln umher. Ein goldenes Brausen erfüllte die neubelaubte Eichenpflanzung, und überall lagen die langen, hellgrauen Strahlen der ersten Morgenstunden und guckten dahinein, wohin die Mittagssonne niemals kam.
An diesem Morgen wurden sie von dem roten Sechserbock überrascht und Tjo bekam Prügel nach Noten, er mußte wieder fort von der heimatlichen Wiese, ja ganz fort aus dem Gehölz am See. Er mußte sich mehrere Wochen lang allein oder in Gesellschaft dieses oder jenes verjagten Gabelbocks in Hecken und Schuppen herumdrücken.
Als Wildfremder kam er dorthin – waren diese Stellen schon besetzt? Erwarteten ihn böse Tage? In der Regel mußte er es sehr gerissen anstellen, wenn er dableiben wollte. Keine Forderungen stellen, sich nicht zu viel zeigen – mit Gleichmut dulden, daß man ihn übersah oder hetzte. Nicht bloß der Standbock nahm ihn in Behandlung; auf manchen Plätzen, wo Ricken mit Kitzen lebten, gönnte man ihm nicht einmal die Äsung.
Inzwischen vereckten die großen Herren ihr Gehörn, die Stangen wurden hart und stark wie Stahl. Er sollte bald den Unterschied zwischen den Stößen früher und den jetzigen zu spüren bekommen – die Wolle flog, wenn er getroffen wurde, die geringste Berührung tat weh.
Bei seinem Umherschweifen besuchte er eines Tages auch Gluf – sehr vorsichtig kam er und nicht um des tollen Burschen willen. Aber er hatte eine so trauliche Zeit in dem kleinen Fasanenhain verbracht, wo der Bach rieselte und die kleinen Meisen mit Leckerbissen herumflogen. Damals, ja – jetzt fiel von der Fasanerie kein Maiskorn mehr ab für irgend jemand. Die Käfige waren leer, die Stammfasanen waren freigelassen. Nur Gluf regierte immer noch, schlich sich im Laufe der Nacht heran, fauchte ihn an und jagte den alten Kameraden von dannen.

Tjo nahm sein Nomadendasein wieder auf, machte sich in den entlegenen Ecken zu tun und erweiterte seine Kenntnis vom Revier, in dem er geboren war. Er fand den Weg zur Einfriedigung, lief daran entlang und merkte, daß es von anderer Art war als die Kulturgehege, die er von den Wäldern kannte und vor denen er so große Angst hatte. Auf das große blaue Wasser, dessen Ende er nicht absehen konnte, äugte er von offnen, kornumsäumten Hügeln her, und er kostete auch von dem Wasser an den mit Heidekraut bewachsenen kleinen Landzungen, die den flachen Fuß der hohen Hügel bildeten.

Platz hatte er genug und auch Äsung im Überfluß – eine reiche Wildbahn hatte ihn großgezogen. Hasen hüpften durch Korn und Klee. Überall gockten Fasanen. Rebhühner riefen, wenn das Gegurr der Waldtauben aufhörte. Enten zogen, und der Hühnerhabicht kam auf steifen, ausgebreiteten Flügeln, erstaunt über all die reiche Beute.

Ein trüber Morgen Ende Juni während der falschen Brunft –. Als die starken Böcke die Schmaltiere jagten und voll Ungeduld einander bedrängten, versuchte er seine Kräfte an einem kleinen Gabelbock in einer Ecke des Waldes am See, wo sie Zuflucht vor dem Regen gesucht hatten. Es war nur ein Spiel und mutwillige Kampelei, die alle Augenblicke unterbrochen wurde, weil die Böcke die Lust zu äsen überkam. Dann gingen sie wieder ausgelassen gegeneinander los – beide gleich unerfahren und gleich sorglos.

Da jagte ein aufgeregter dunkelfarbiger Waldgesell plötzlich seine Spieße dem Kameraden in die Flanke, und beide flüchteten, als gälte es das Leben. Es war dicht am Waldgehege, und davor lag ein Gehöft; der Unglückliche wurde bis zum Torweg verfolgt – da empfingen ihn die Hunde.

Tjo hörte das Bläffen und Bellen – er hielt einen Augenblick an und drehte den Kopf: »B-au-w«, schlug er an. »B-au-w. Bauw. Bauw. Bauw.« Die beiden ersten Schreie langgezogen, wobei der Hals in die Richtung der Gefahr gestreckt war, die drei letzten herausgestoßen, während er durch den Wald davonstob.

Aber bevor er es ahnte, hatte auch er den zornigen Herrscher dieses Reiches hinter sich – und nun ward ihm das zuteil, was dem Kameraden zugedacht war. Aus Leibeskräften machte er Fluchten und sprang in langen, hohen Sätzen durch die Luft.

Von einem Bockstand wurde er zum anderen gejagt. Wo immer er sich zeigte, lauerten neue Verfolger, bereit, sich seiner anzunehmen. Er lief Spießruten auf seiner Flucht. So kleinlaut, verwirrt und benommen war er schließlich, daß er die Richtung ganz verlor und auf seiner Heimatwiese landete.

Der rote Tjeik und der andere Don Juan der Wiese standen just da, beide gleich eifrig damit beschäftigt, seiner jungen, leichtgeschürzten Freundin den Hof zu machen – und mochte es nun daran liegen, daß Tjo sooft das künstliche Gleichgewicht zwischen den beiden Nebenbuhlern gestört hatte, oder daran, daß er so frech und am hellen Tage den starken Herren wieder auf der Nase herumzutanzen wagte – ohne Besinnen fuhren sie auf ihn los, jagten ihn von beiden Seiten und überschritten dabei die festgesetzte Grenze. Bis in die Erlensümpfe verfolgten sie den Springinsfeld, und als er sich ins Uferrohr hineinrettete und in den See sprang, waren sie so erregt, daß sie mit einem Krach aufeinander losfuhren.

Der erste Angriff wurde ganz alltäglich geführt. Leicht und elegant drehten sich die Ziemer herum, die schlanken Läufe hüpften und tanzten über Steine und kleine Erdhügel. Auf einmal aber machte Breitbrust nach der Seite einen Ausfall, die Gehörnkronen der beiden Gegner trafen sich nicht wie vorher, die eine knorrige Stange des braunen Herrn aus dem Tannenwald fiel von oben in die linke Kronengabel, die andere glitt zwischen den Stangen des Eichwaldbockes hinab; und als Breitbrust das merkte und sich zurückziehen wollte, verkeilte sich das Gehörn unter Tjeiks gefährlichem Hakenende.

Um das Maß vollzumachen, paßten in dieser Stellung die Perlen in den Aufsätzen beider ineinander und wirkten wie ein Schnappschloß – der Zufall hatte sie unlösbar zusammengespannt.

Diese beiden, die es nicht hatten ertragen können, einen Schimmer voneinander zu sehen, waren nun plötzlich verkettet. Aber vorläufig forkelten sie nach Herzenslust weiter. Der wohlgenährte Tannenbock fand Gefallen daran, daß er nun endlich einmal mit diesem fuchsroten, behenden Spirrewipp, der immer so zudringlich war, abrechnen konnte.

Sie keuchten und stöhnten, während sie einander umtanzten, ohne das traurige Ende zu ahnen. Die langen, freien Augsprossen des Eichbocks bohren und reißen in Breitbrusts Nacken, pflügen Haut und Wildbret heraus und legen den Schädel bloß. Wild vor Schmerz schleudert der viel stärkere Gegner mit Stangen gleich Eichenknorren Tjeik auf die Erde nieder, reißt ihn durch Stöße zurück und jagt dann plötzlich vor, so daß das Opfer sich zu einem buckligen Bündel zusammenrollt und Läufe und Leib eins werden. Aber so sehr Breitbrust sich auch abmüht, wippt und ruckt, um den Kopf gerade zu drehen – er kommt von seinem Nebenbuhler nicht los.

Die Nachtigall schnarrt dicht daneben von ihrem Zweig, sie hat ihr Laubnest hier, wo die beiden aneinandergeketteten Recken die Erde von Blättern und Reisern reinfegen. Ohne einen einzigen Klagelaut fahren sie, nach Luft keuchend, fort. Zwischendurch verschnaufen sie und stehen lange mit gebeugtem Nacken, das Weiße aus den Lichtern hervorkehrend, während der Speichel in Bächen herabfließt.

Breitbrust sammelt seine Kräfte; er legt alle Energie in den Vorderkörper, hebt Tjeiks Kopf in die Höhe und rüttelt ihn. Aber die Verdrehung der Stangen und die ganze ungeschickte Kopfhaltung beginnen Schmerz zu verursachen; der Nacken ist wund, und keins der zusammengekeilten Enden bricht. Im nächsten Augenblick ist Tjeik an der Reihe zu versuchen, dem Gegner den Hals umzudrehen. Aber in diesem Punkt sind die Widersacher gleich stark.

Stunde auf Stunde vergeht. Der Haß läßt nach, der Wunsch, loszukommen, erfüllt beide. Sie fassen vorsichtig zu, rasen und bewegen sich wieder vorsichtig; sie fallen voreinander auf die Knie; sie sind plötzlich die besten Freunde.

Aber das Schicksal ist unbeugsam.

Unter ihnen bildet sich eine große Mulde; so matt sind sie jetzt, daß sie nicht mehr aufrecht auf den Vorderläufen stehen können, sondern kniend unten am Boden forkeln müssen. Bei ihren Anstrengungen wird das Loch im Boden immer tiefer, die Erde umfängt sie inniger – bald werden sie auch von ihrer Oberfläche verschwinden.

Die Nacht brach an, und als der Morgen kam, saßen sie noch und zerrten aneinander, Stirn an Stirn, die Läufe ganz eingezogen. Alle Kampflust ist längst erloschen und abgelöst von Schreck und Schmerz.

Oft gleiten sie aus, fallen auf die Seite und zappeln krampfhaft mit allen vieren, bis sie wieder hochkommen. Der Hunger meldet sich und der fürchterliche Durst; aber noch sind sie ganz und gar nicht bis aufs letzte erschöpft.

Niemand kommt hierher in den Sumpf, niemand außer der Nachti-

gall hört ihr Stöhnen. Im Leben haben sie einander nicht ausstehen können, nun im Tode umarmen sie sich.
Ein neuer Tag schleicht langsam dahin, Schwindelgefühl packt sie häufiger, und die Ohnmachten dauern länger und länger. Kaum vermögen sie sich noch zu regen, wenn sie wieder zu sich kommen.
Unlösbar war der knorrige, verflochtene Gehörnverschluß. Als Tjo aus dem Wasser entkam und zufällig einige Tage später auf sie stieß, hatte die Verwesung längst eingesetzt.

Der Alte Satan

Ein kilometerbreiter Moorgürtel streckte sich am Südende des großen Sees hin. Ein Land voll kleiner Erdhügel und Wollgras, ein Gewirr durch natürliche Besamung entstandenen Buschwerks, das nie die Axt kennengelernt hatte. Dicht und verfilzt selbst im Winter, im Überfluß des Sommers eine grüne, verborgene Wildnis.
All das vertriebene, junge oder gealterte Wild, das sich nicht hatte behaupten können, fand früher oder später Zuflucht in diesen Sümpfen, wo zwar die Äsung karg war, aber die Gefahr von Übergriffen der Starken kaum so drohend.
Eines Morgens ganz früh hörte Tjo ein feines, klagendes Pfeifen, über das kein Bockgehör sich täuschen konnte. Er stürmte in der Richtung des Geräusches vorwärts und siehe: seine Geiß! Allein trollte sie hier umher, von den Freundinnen getrennt, von der Mutter verstoßen, die jetzt für neue Kitzchen zu sorgen hatte. Halb noch Kitzkalb und unerfahrener als Tjo, nahm sie ihn mit dem Entzücken der Unschuld auf.
Still und heimlich gesellten sie sich zueinander, die beiden jungen Rehe. Ließen sich von der Sonne auf dem warmen Hügel bescheinen oder suchten vor den Fliegen Schutz auf den luftigen Landzungen. In der Dämmerung, wenn der Mond die lauernde Eule sichtbar werden ließ und alle Reiher fischten, traten sie vorsichtig äugend mit waagerecht gestreckten Hälsen aus der Wildnis und stahlen etwas Gras auf der Wiese, die jetzt zu ihrer großen Verwunderung unbewacht dalag.
Zwei flüchtige Geschöpfe, anmutig, empfindsam, nervös – ein Spiel feiner Muskeln! Sie verhofften ständig mit Lichtern, Lauschern und

Windfang – fragten mit dem ganzen Gesicht. Zapplig, sprudelnd vor Leben und Ungestüm gleich einem Wildbach, leicht wie die Wiesennebel – beim kleinsten verdächtigen Laut wurden sie flüchtig.

Der große Achterbock saß draußen in seinem Waldwinkel und verfolgte mit Nas und Ohr den Gang der Dinge.
Er hörte den Gesang der Vögel, sah das Spiel der Insekten, erfaßte nicht jedes einzelne Geräusch, nahm aber die ganze Mannigfaltigkeit in sich auf. Mit ruckenden Lauschern und halbgeschlossenen Lichtern, den Windfang fest gegen die Erde gestützt, so genoß er seinen kleinen, traumlosen Wildschlaf, war für kurze, stärkende Augenblicke in der tiefen Ruhe des Vergessens versunken, hörte aber doch dabei das Waldkonzert.
Nach und nach begann er sich zu langweilen; feurige Erlebnisse von den früheren Jahren drangen mahnend auf ihn ein – und er merkte, daß er allein war.
Eines Abends spät, als die Julinacht sanft über Felder und Wiesen glitt, trollte er über den Wechsel, auf dem er im Frühjahr hierhergekommen war. Der Wechsel war überwachsen von Storchschnabel und Nesseln und kaum erkennbar; aber schließlich kam er doch auf einen Steig hinaus, der ihm vertraut war. Auf der einen Seite rauschten die schwarzen Tannen in dem kleinen Wäldchen um das Torfmoor, wo kein Rehwild zu dieser Jahreszeit hinkam, weil hier allzuviel Gerenne von Menschen und Hunden war. Auf der andern Seite neigte sich ein Hang, wo er auf einen Wildsteig treffen mußte. Der Steig war umgepflügt, Hafer wuchs hier im Überfluß – wo war der Wechsel?
Jedes Stück Wild, das aus der »Höhle des Teufels« kam und nicht dem Grunde der Schlucht bis zu den Brüchen am See folgen wollte, wechselte, seinem angeborenen Triebe folgend, auf dem jetzt umgepflügten und besäten Wildsteig.
Solange in dieser Gegend Rehe gelebt hatten, benutzten sie den Steig. Mit seiner Mutter war er als Kitzbock hier vor vielen Jahren entlanggetrippelt, und oft hatte er als starker junger Bock hier gewechselt. Ganz mechanisch bogen die Hufe da ab, wo der Steig gewesen war – er trat ihn wieder aus durch den Hafer, querfeldein und hügelan bis zur Höhe. Nach einem roten, schlanken Schmalreh äugte er aus.

Tjo und seine Freundin hatten viele eigenwillige Steige durch die Bruchufer des großen Sees. Sie wanden sich unter Kaprifolienranken zwischen Birkenstämmen hindurch, wo oft nur ein einziger Rehleib Platz hatte. Ihre Schalen traten tief hinein in die weiche Erde, und es hingen starke Witterungen in den Fährten – die ganze Wildnis verriet sie bald.

Von nun an hatten sie Tag und Nacht den alten Gauner um sich.

Das Schmalreh trippelte umher und genoß die Süße der Sumpfpflanzen. Es prüfte ringsum alle Hügel. Aber während der ganzen Zeit äugte und lauschte es – wo immer es ging, unterm Faulbaum, auf den kleinen Wollgraswiesen oder im Goldlicht unter den braunbelaubten Erlenstümpfen, immer tauchte ein grauschimmliger Bockkopf auf. Die junge Schöne sah sein schweres, haselnußbraunes Gehörn; die Enden glänzten, wenn er sie drehte. Gaffend belauerte er sie.

Eines Morgens, als sie stand und trank, merkte sie plötzlich seine strenge Witterung dicht bei sich. Er strömte über vor Ritterlichkeit, vermochte aber ihr Interesse nicht im geringsten zu erregen –

Ihren jungen Waldgefährten sieht sie nun immer seltener. Furchtsam um sich äugend, taucht Tjo hie und da auf; aber es ist, als ob er bewacht würde. Der Alte sitzt auf der Lauer – wie der Wolkenschatten an windigen Tagen den Sonnenstreif jagt, so ist er da, sooft die Jungen sich treffen.

Eines Abends äste das Paar in aller Friedlichkeit, als er plötzlich vor ihnen stand. Entschlossenheit leuchtet aus seinen Lichtern, sein schwarzroter Stirnschmuck mit den vielen Enden blitzt; der eine halbe, zerschlissene Lauscher, an den sich Tjo von der ersten Begegnung an so deutlich erinnert, ist nach vorn gestellt.

Ein Schnauben der Überraschung entschlüpft beiden; sie wirbeln herum, Tjo verschwindet wie ein Blitz. Aber der große Achtender fährt außen herum und stellt sich der Freundin in den Weg.

Die ganze Nacht folgt er seiner kleinen Waldjungfer und findet oft Gelegenheit, mit zitternder Kehle und knurrend vor Wohlbehagen mit seinem Geäse an ihren Flanken entlangzustreichen. Erschrocken, ein wenig schnippisch, springt sie beiseite, aber im Innersten ist sie ganz stolz darauf, die Aufmerksamkeit des großen Gehörnträgers zu erregen. Schließlich geht er jedoch zu weit – schwupp, ist sie dem galanten Liebhaber entwischt. Er äugt hinter der stolzen Tugend her und setzt ihr kopfschüttelnd nach.

Ständig kehrt Tjo zu seiner Freundin zurück. Zu ihr hin getraut er sich nicht mehr; er ist zufrieden, wenn er sie bloß von weitem anbeten darf, und in der Regel steht er in ihrer Nähe, ohne sich zu rühren. Aber immer wieder wird er überrumpelt – sein gefährlicher Nebenbuhler jagt auf ihn los. Den Hals gestreckt, die Nase geradeaus und die Lauscher zurückgelegt, so ergreift Tjo in Todesängsten die Flucht. Der Alte Satan ist nicht hinter ihm her, dazu läßt er sich noch nicht herab; aber er ist niederträchtig und sucht ihm gelegentlich den Weg zu versperren. Oft hat Tjo seine Not und keucht – führt aber doch den Alten an der Nase herum. Das unschuldige kleine Reh hat sich auf dem blumigen Rasen mit gespitzten Lauschern niedergetan – es geht ihm ein Licht auf.
Eines Tages wurde Tjo allen Ernstes vor die Tür gesetzt; an diesem Tage begnügte der Herr des Waldes sich nicht damit, ihm in den Weg zu treten. Wutentbrannt über die beispiellose Frechheit des Burschen, blieb er ihm auf den Fersen. Von dem Wettlauf hallte der Wald wider; der tolle Alte bellte und orgelte, und das Wild auf seinem Weg flüchtete Hals über Kopf. Tjo merkte kaum, ob er durch Moor oder Tannen rannte; er rannte noch, nachdem er längst entkommen war. Als er endlich stillstand und wieder zu sich kam, war er weit draußen an der Grenze des herrschaftlichen Jagdreviers, fern von seinem heimatlichen Gehölz, seinen bekannten Äsungsplätzen – und hier, wo alles ihm neu und fremd war, gesellte Schaden sich zum Spott.
Einmal in der Woche hatte der Revierjäger ein Reh für die Herrschaftsküche zu liefern. Es sollte mit der Kugel geschossen sein, nicht mit Schrot; denn die Gräfin hatte sich einmal beim Genuß eines bleigespickten Rehrückens einen Zahn abgebrochen. Das Küchenreh wurde immer an den Grenzen der Gemarkung erlegt – und noch hatte der Jäger ein paar Tage für die Bockjagd zur Verfügung.
Früh und spät pirschte der Jäger, aber ohne Erfolg. Er wurde fast von den Mücken aufgefressen und mußte in der Regel seine Zuflucht zum Tabak nehmen. Aber er hielt aus, ging, wo das weiche Gras seinen Schritt dämpfte, wohl wissend, daß ein Bock nicht nur beim Knacken eines Zweiges schreckt, sondern auch bei den Erschütterungen der Erde, die dem Menschen vorauseilen.
Obwohl das Glück Tjo immer noch hold war und ihm Gelegenheit bot, sich alter Warnungszeichen wie der Alarmrufe des Fasanenhahns, des plötzlichen Abstreichens der Waldtauben und anderer

Schulweisheiten, die ein junger, leichtsinniger Bock zu überhören pflegt, zu erinnern, drang der stille Raschler gewöhnlich doch bis zu ihm vor.

Eines Morgens überraschte er Tjo, während er sich hinter einer Hecke am Klee gütlich tat; und am Mittag des nächsten Tages, als er im hohen Gras schlummerte, wäre der Jäger beinahe auf ihn getreten.

War Tjo aber drinnen, mitten im Revier, zu gut und vielversprechend gewesen, um diese Erde schon zu verlassen, so erschien er dem Jäger hier draußen zu gering; die Küche wollte lieber größere Rehböcke haben – und noch waren zwei Tage Zeit. Tjo durfte daher weitere Erfahrungen sammeln.

In dem großen Tannenstück an der Südwestecke des Belaufs, wo eine öffentliche Straße durch den Wald führte, traf er den Raschler am nächsten Abend wieder. In Hochstellung und wie ein Wurzelknast aussehend, kauerte er an der nächsten großen Tanne. Er war nicht zu wittern, denn jetzt wie stets sonst hatte er den Wind in seine Rechnung gestellt; und ihn von seiner Umgebung zu unterscheiden, war auch nicht möglich, denn der feurige Himmel da draußen, der durchs Dunkel hereinflimmerte, blendete Tjos Lichter. Plötzlich nahm er vor einem größeren Spießgesellen Reißaus und wäre beinahe auf den »Knast« gerannt – da eräugte und witterte er ihn gleichzeitig, und er hörte ihn auch schelten über den vergeblichen Versuch, zum Schuß zu kommen.

Es hat immer seine Schwierigkeit, innerhalb einer gewissen Zeit ein bestimmtes Stück Wild liefern zu müssen – und jetzt war nur noch ein Tag übrig.

Eine Stunde vor Sonnenaufgang war der Jäger auf dem Pirschgang; er ging über den Hügel zum Gestrüpp hinab, schlich in Deckung vor und sah die Wiese voll von Rehwild. Sollte kein Bock darunter sein? Gewiß, trotz der Nebeln sagte das Fernglas, daß da wirklich ein Bock äste; aber er war gering und von dieser Seite her nicht zu erreichen. Starker oder geringer Bock – gleichviel! Und eine mühsame Pirsch zurück und außen herum begann.

Tjo blieb ab und zu in gespannter Haltung stehen, den Hals halb gedreht und die Hinterläufe gespreizt; der weiße Haarkranz am Ende des feisten Ziemers war zu einem Querstrich ausgezogen. Etwas erregte seinen Verdacht –: Warum sprangen die beiden vor ihm äsenden Ricken auf die offene Wiese hinaus? Einen Augen-

blick verspürte er Lust, ihnen zu folgen, gab es aber auf – Ricken führten ihn um diese Zeit leicht in einen Hinterhalt, wo starke Böcke lauerten.
Im übrigen hat er sich von der unsanften Behandlung durch den zornigen alten Burschen längst wieder erholt, und er sprudelt wieder über vor Ausgelassenheit und Mutwillen. Die hohen Disteln schlagen ihm ein paarmal beim Äsen die stacheligen Blüten in die Nase – in blitzschnellen Stößen kehrt er das Gehörn mit leichten, verdrehten Sprüngen gegen die Disteln, zerfetzt eine Blütenquaste nach der andern und wirft sie hoch in die Luft. Im Brodem des fruchtbaren Lenzregens, inmitten der aufspringenden Blattknospen hatten Elfen seine Wiege umtanzt und ihm einen Warnvogel geschenkt, und nun hörte er dessen Alarmruf. Da wich der lenzhafte Übermut aus seinem jungen Bockgesicht, Kummer und Zweifel verfinsterten die Tiefe seiner Lichter – ein Knall, ein Streifschuß, der nur eben den Haarbüschel über dem Gehörnzapfen wegnahm.
Von diesem Tage an lag für immer ein neuer Ernst auf seinem Gemüt.

Verjagt

Glücklich überstand der Alte Satan die gefährlichen Bockmonate. Sie waren alle hinter ihm her: der Graf, der Forstrat, der Revierjäger und der Wilddieb. Mit der großen Herbststille kam seine verwegenste Zeit; boshafter als je jagte er jeden Nebenbuhler, den er im Dunkel der Nacht traf, aus dem Gehölz.
Ihn zu halten, war kostspielig; aber man hielt ihn nicht aus freien Stücken.
Und wie mit ihm, so war es mit allen starken Böcken des Reviers. Wenn die letzte Drossel verstummte und selbst das Gegurr des ewig verliebten Waldtäuberichs aufhörte, dann nahmen sie ihre stolzeste Haltung an. Vor der Kugel des Jägers waren sie sicher; aber jetzt bedurften sie eigentlich nicht so dringend einer Schonzeit. Die Natur entzog sie den Blicken durch ihren üppigen Überfluß. Korn und Gras, Schilf und Rohr, sie alle nahmen sich ihrer an und verbargen sie. So genossen sie denn ihre starke Zeit in dunklen, dichten Lauben, in kühlen, luftigen Getreidetunneln – wenn die Luft wie

mit Sonne geladen war und die Windwellen den Glanz des reifenden Korns zum Himmel emportrugen, sprangen sie außer Rand und Band in sinnbetörenden Hochzeitstänzen.
Mehr als früher mußte nun ein junger Bock sich zu drehen und zu wenden wissen. Es genügte nicht, daß er damit vorliebnahm, in den Winkeln herumzutrollen oder sich wie Tjo im Grenzgehölz zu verstecken. Entthronte Waldherrscher, verjagte Edle fanden sich und nach auch hier ein und stellten bei dem Versuch, sich ein neues Reich zu erkämpfen, alles auf den Kopf.
Heiseres, rasselndes Keuchen drang aus den Tiefen der Getreidefelder und überhängenden Büsche. Kraftgeschwellt schossen sie mit einem Anlauf aufeinander los. Vorder- und Hintersproß dienten zum Parieren, der Knochenkranz der Rosen als Schild. Aber die Krone, die den Angriff ausführte, war immer gegen die Stirn des Feindes gerichtet. Sie rangen, wirbelten herum – aber oft sprang der Geschwindeste jäh zurück und seitwärts auf den anderen, ihm das Gehörn in Hals, Flanke oder Bauch bohrend – gleichviel wohin, wenn die Enden nur zufassen konnten.
Der Jäger fand die Abgekämpften tot oder umherhinkend, blutend, und die Sieger mit langen, haarlosen Streifen an Kopf und Flanken.
Eines Tages traf er den Riedbock mit gebrochenem Gehörn, die eine Flanke aufgerissen; an einem andern Tage begegnete er zu seiner großen Überraschung ganz draußen in der dunklen Waldecke, um die der Zaun herumführt, dem vielgesuchten alten Recken, hinter dem in der Pirschzeit alle hergewesen waren.
Den mächtigen Aufsatz und den halbzerfetzten Lauscher machte der Jäger leicht im Fernglas aus.
Das Zusammenleben des alten Graunacken mit dem anmutigen kleinen Schmaltier war kurz; ein jüngerer, feuriger und stets kampffroher Sechser war nun Herr, wo Tjeik und Breitbrust, die beiden Heimgegangenen, bis dahin ihre Domäne hatten. Er kam vom offenen Land her, voll unbezwinglicher Kraft und Wildheit.
Viele drahtumzäunte Schonungen erschwerten das Umherstreifen im Tannenwald, und die Einfriedigungen waren nicht alle gleich gut gehalten. Tjo kannte von der ersten Jugendzeit her das starre Netzwerk, aber noch nicht von seiner gefährlichen Seite. Eigentlich waren es die Drahtzäune, die ihm zuerst das Angstgefühl beigebracht hatten. Gegen dieses im Finstern unsichtbare Netz, das am Tage

die Lichtbrechung und das funkelnde Spiel eines Spinngewebs hatte, war er gerannt, und an ihm hatte er sich die Vorderzähne locker geschlagen. Am meisten fürchtete er dieses Netz, wenn er von Bökken gejagt wurde, die ihm keine Zeit ließen, sich ordentlich vorzusehen.

Eines Abends kam er quer über eine Lichtung gesprungen, auf einem offenen Pfad, den die Adlerfarne mit ihrem frischen Duft erfüllten. Würzige Rindendüfte drangen vom Hochwald zu ihm herüber, und dann stieg ihm die stinkende, Übelkeit erregende Luft eines Röhrenschwamms in die Nase; ihm war, als röche er Aas. Als er das überstanden hatte, kam ein Hügel mit Tannen an die Reihe, die ihn mit Dunstschwaden von sonnegeglühtem Harz begrüßten, bis er endlich ein Stück weiter die nachtkühlen Nebel der Waldwiese witterte.

War es, weil er ein Gabelbock geworden war, daß die starken Herren nach und nach schlimmer wurden als im vorigen Jahr? Sie duldeten seinen Anblick nicht. Und sie zum besten zu halten, war ganz unmöglich. Witterten sie ihn nicht heute, so würden sie ihn schon morgen zu fassen bekommen. Du Lump, weg mit dir!

Er fuhr in einen Graben hinab und entkam dem Platzherrn, indem er unter allerlei Schurrmurr schlüpfte. Die ganze Nacht über blieb er im Gehege und traf eine Ricke mit ihrem Kitz. Morgens kam zufällig ein Mann vorbei und sah die beiden. Die Ricke hob den Kopf, stand da mit ihrer weißen Schürze und den sichernden Lichtern. Dann machte sie eine Flucht – sie kannte den geraden Weg zum Grabenloch unter dem Zaun. Einen Augenblick blieb sie davor stehen, wie um den Mann zu fragen, ob es auch nötig sei auszureißen. Ja, er klatschte in die Hände und scheuchte sie: da zwängte sie sich unter dem Drahtnetz durch und verschwand mit ihrem Kitz in der Tiefe des Waldes.

Kurz darauf begann das Netz zu knirschen: Ein Bock war dagegen gelaufen und saß mit seinem Gehörn vollständig fest. Der Mann lief herzu und löste den Draht von den Pfählen, so daß der Durchgang frei war. Den um den Aufsatz verwickelten Draht schnitt er mit seinem Messer weg.

Kaum merkte Tjo die Erleichterung, da riß er sich los und flüchtete mit einem großen Stück Drahtnetz auf dem Gehörn.

Zunächst einmal war er glücklich entkommen. Verängstigt jagte er durch den Wald, und während die Tage vergingen, verwandelte die aparte Vergrößerung seines Stirnschmucks sich in ein langes, starres Drahtseil.

Eines Tages wickelte er es um eine armdicke geschmeidige Buche legte sich so selber an die Kette. Da stand er angebunden – und soviel er auch sprang und zappelte, das Tau schnürte ihn bloß dichter an die Buche.

Knacks! Vor seinen Lichtern wurde es dunkel, und der Kopf wirbelte. Das Ende, das das Seil hielt, sprang ab – und er flog vom Baum weg, unter Einbuße des obersten Endes der linken Stange.

Aber trotz dieser Verringerung seines Bockaussehens war er nach wie vor gleich unwillkommen. Und nach und nach, während er immer weiter zur Grenze hin gedrängt wurde, kam er von stärkeren zu geringeren Böcken. Ihre Miene und ihr Auftreten schreckten wohl, aber die Flüche klangen nicht mehr ganz so grob; er sollte bald zu spüren bekommen, daß sie durch Hitzigkeit und Gewandtheit ersetzten, was ihnen an Stärke fehlte.

Nur dadurch, daß sie fortwährend aneinandergerieten, wenn sie mit ihm anbanden, blieb er von einer täglichen Tracht Prügel verschont.

Mehrmals versuchte er umzukehren. Er wollte zurück, mehr nach der Mitte des Reviers hin, zur Heimatwiese, deren traute Waldwinkel er nie vergessen konnte; aber es war, als preßte ihn etwas von da zurück.

Der Bestand war zu groß in seinem Heimatrevier. Überall stieß er auf Unruhe und Unfrieden. Er konnte keine Äsung und keine Ruhe finden. Er war im Wege, wie unter den Menschen, so auch unter dem Wild. Das Leben erfordert Beweglichkeit und täglichen Kampf. Wohin? Wie bei allen vor ihm hieß es: hinaus in die Fremde, in neue Gegenden, in andere Verhältnisse, um zu wachsen, Erfahrungen zu sammeln und sein Schicksal zu erleben. Die einen streifen in der Nähe umher, die anderen ziehen weit hinaus, und wieder andere verschwinden. Aber die meisten gehen unterwegs zugrunde und haben damit eine der Bestimmungen der Natur erfüllt.

Eines Morgens, als Tjo von einem neuen Vielender verfolgt wurde, in dessen Gebiet er höchst unwillkommen auftauchte, lief er mit solcher Kraft gegen die Einfriedigung, daß er sich eine blutige Nase holte. Im letzten Augenblick entschlüpfte er durch eine Wegöffnung und verschwand.

Das offene Land

Ein verhangener Herbstmorgen. Dem Bersten nahe, streckten die Wolken ihre prallen Glieder über den Himmel hin. Schon regnete es im Norden, wo sich drei schwarze Laubwäldchen aus dem Tagesgrauen herausschälten. Weiter in der Ferne sah Tjo andere Waldspitzen schimmern, die sich in Verbindung mit Gärten, kleinen Gehölzen und Baumgruppen verschiedener Art am Horizont hinzogen, rings um ein gleichmäßig ansteigendes, stark hügeliges Land, wo Dörfer und Häuser abwechselten mit Äckern und Höfen. Kühle Morgenlüfte brachten den Tag in Gang und nahmen den frischen Tau vom Klee, während sich das Pfauenrad der aufgehenden Sonne über Tjos Heimat entfaltete.

Vertrauensvoll sprang er fort von seinen bekannten Wäldern. Er konnte mehrere hundert Sprünge weit wittern, und seine Lauscher vernahmen weiter, als eine Büchse reichte.

Ein Stück folgte er dem Weg so hastig, daß der Staub hinter ihm aufwirbelte. Aber dann wurde er sich klar darüber, daß der Hinausschmeißer die Verfolgung eingestellt hatte. Erleichtert sprang er über den Graben ins Korn hinein.

Auf keinen Wechsel traf er, auf kein Wild der eigenen Art. Das Land war ihm fremd – Getreideschläge und Hecken kannte er nicht.

Als die Arbeit rings auf den Feldern den Tag mit Leben zu füllen begann, schlug er die Richtung auf das nächste grüne Versteck ein und verbarg sich in einem kleinen Buschwäldchen.

Scheu und mit spähendem Blick wagte er sich hinein, gefaßt auf dieselbe üble Behandlung, die ihm in der Regel zuteil wurde; aber niemand tat ihm etwas zuleide. Ungestört tat er sich hier für den ganzen Tag nieder und lauschte der Musik des Wetters. Eine rauschende Pappel, ein singender Pfahl, das Zischeln des Getreides und das Schwirren der Brombeerranken – alles erfüllte ihn mit Frieden und ließ ihn die Einsamkeit erquickend empfinden.

Kurz vor Sonnenuntergang trat er aus dem Holz und tat sich an den Rübenblättern gütlich. Er traf mehrere Hasen und ein paar blaßfarbene Fasanenhähne, die eine auffallende Scheu verrieten, als sie ihn sahen – und zog dann aufs Geratewohl weiter.

In weiter Ferne trieb der Abendwind die zerfaserten Regenwolken vor sich her und streute die nassen, grauen Fetzen über einen großen,

schaumbedeckten Binnensee. Das Licht des fernen Wassers wirkte heimatlich auf ihn; aber ein beißender Gestank von Menschenhöhlen stieg vor ihm auf und veranlaßte ihn umzukehren.
Wie sollte man sich in diesem stark bebauten Land zurechtfinden? Der Hund Judas warnte ihn, den Mauern mit dem Menschengeruch näher zu kommen. Wo der Hund und die Hähne des Hofes um die Wette lärmten – da galt es, einen großen Bogen zu machen! Aber da war der Platz besetzt, die beiden Wechsel der Menschen liefen nach allen möglichen Richtungen, und eingezäunte Bahnstrecken, wo die Schrecken breiter Eisenschlangen einen bedrückten, verscheuchten ihn auch. Alle Augenblicke lief er gegen Stacheldrahtgeflecht und Lattenabsperrungen – überall war die freie Flucht behindert. Er mußte auf die Höhen hinauf und den steinigen, mit Gestrüpp bewachsenen Hügelhängen folgen, oder er mußte hinab in die Moore und an den weidenumsäumten Rinnsalen hinziehen – hier krähten bei weitem nicht soviel Hähne, und Hund Judas war selten zu hören.
Tjo wurde zum Feldtier, er streifte des Nachts umher und verbarg sich am Tag im Korn. Die Ähren neigten sich über den Enden seines Gehörns, die Halme wogten vor seinen Lichtern und die dunklen Knoten an den steifen Stengeln legten sich in den Windwellen um ihn – hier blieb er von Fliegen verschont. Nur ein schwaches, erfrischendes Lüftchen drang selbst an Sturmtagen bis zu ihm herab.
Und die Ringeltauben strichen von den Gehölzen, die er verlassen hatte, zu den großen Lagerstätten des Wildes im Getreide. Mit hastigen Flügelschlägen arbeiteten sie sich gegen den Wind vorwärts, stiegen und fielen, strichen mit pfeifendem Schwarren oder segelten flatternd über ihn hin. Kein Vogel fliegt so ungleich wie sie, so launisch und faunisch. Und keiner hält einem Schrotschuß stand wie sie –
Nun nahm Tjo die Dinge ruhig; er war träge geworden und bewegte sich ungern; aber eines Tages war auch das vorbei – der Herbst stahl ihm seine Verstecke und brauste von allen Seiten lärmend über ihn herein.
Er hatte sich in einem Weizenfeld niedergetan, war für diesen Tag zur Ruhe gegangen, als ein storchähnliches Geklapper begann. Die Töne der Mähmaschine wirkten allmählich wie eine Treiberkette auf ihn. Er drückte gemäß seiner Erfahrung beharrlich, bis er deut-

lich gewahrte, wie es vor ihm hell wurde. Da machte er eine Flucht – unmittelbar auf den Lärm zu. Die Pferde vor der Maschine fuhren vor Schreck zurück. Der Knecht schalt und rief hinter ihm her – und nun sprang er davon über eine Fläche, die früher so reich an lauschigen Verstecken war.

Er machte lange, beherrschte Sätze, die es ihm ermöglichten, plötzlich stillzustehen und sich beim geringsten verdächtigen Geräusch herumzuwerfen. Seine Nüstern zitterten, und die langen Lauscher drehten sich unabhängig voneinander, um den Weg vor ihm auszukundschaften. Er hatte eine Erfahrung gemacht, und die saß fest: vorn lauerte immer die Gefahr.

Man grölte hinter ihm her und trieb seine Läufe zu größerer Geschwindigkeit an, aber wohlbehalten erreichte er endlich das Riegelholz, das nächste der drei Wäldchen, die in Zwischenräumen von zehn Kilometern über die Landschaft verstreut lagen.

Voller Begier nach dem schützenden Versteck des Waldes nahm er die Einfriedigung in einem einzigen Satz. Da überkam ihn plötzlich die alte Angst. Geduckt, mit langem Hals, vernehmend, äugend, so schlich er sich durchs Gehölz. Die Lichter drehten sich jeweils nach den Geräuschen hin, daß sich das Weiße hervorkehrte.

Nur einen Lauf bewegte er jedesmal, und er blieb häufig witternd stehen, während an dem einen Hinterlauf für eine lange Minute das Fesselgelenk, bereit, den Schritt fortzusetzen, anmutig gebeugt überm Gras herabhing.

Aber die Brunftzeit war nun vorbei, und der ganze Wald war ruhig geworden. Es war keine Rede mehr von Verfolgung durch seinesgleichen. Jeder Platzbock ließ ihn äsen, wo er wollte.

Die Septemberabende begannen kalt und windig zu werden. Er merkte, daß der Sommer zur Neige ging. Der Wind raschelte in den Kronen, und hie und da strich ein Blatt in weitem Bogen über die Wiesen. Hier war das Gras hoch und überreif und wogte bei jedem Windstoß; in den Winkeln am Waldsaum brütete düster das Walddunkel. Aber ein schwüler Tag brach an, mit Fliegengesumm und einer stechenden Sonne zwischen Gewitterwolken. Noch hatte er eine kurze Spanne Zeit, sein rotes Wams spazierenzuführen.

Mehr und mehr fing das Wäldchen hier draußen auf dem offenen Land das Wild ein; es kam flüchtig, kam getrollt und gesprungen: Rehwild, Hasen und der buntscheckige Fasan. In den Waldspitzen, wo Sumpf und Gesträuch in die Felder einschnitten, in den gewundenen Gestrüppschluchten hielten sie sich noch eine Weile auf – dann fiel das Laub, und sie zogen tiefer in den Wald.

An einem nebligen Oktobermorgen zupfte er sich Beeren aus dem Dornengestrüpp am Wiesensaum. Die Häher lärmten in den Eichenkronen, und ab und zu fiel eine Eichel zu Boden. Dann hob sich der graue Regenschleier, und er sah das sonnengoldene Birkenlaub flammen.

Er zog in seinem täglichen Trott umher, auf dem Rücken vor Nässe glänzend, stolperte dahin, zupfte und äste, juckte sich mit einer Hinterschale hinter den Lauschern und warf von Zeit zu Zeit den Hals herum, um ein Spinngewebe von der Nase zu reiben. Eine kleine, schlottrige Gestalt, der man weder Raschheit noch Geschmeidigkeit zutrauen mochte.

Feucht saß der Mäusebussard auf einem Zaunpfahl. Die Amseln mischten ihren Lärm in den Spektakel der Häher; mit schwerem Gepolter schwangen sie sich hervor aus Dorn und Holunder, aus flammendem Spindelbaum und scharlachroten Zaunrübenbüschen, die durch Hopfenfäden ganz miteinander versponnen waren. Da hat er auf einmal Witterung, der Boden bebt unter ihm, und im selben Augenblick ist er völlig verwandelt. Seine ganze Kraft sammelt sich vorn an der Brust, die einen stolzragenden Hals und Kopf emporgetrieben hat.

»Jetzt müssen Sie ihn nehmen«, ruft eine scherzende Stimme.

»Gleich ist er weg.«

Drei Kraftwagen voller Jäger knattern zum Sammelplatz hin. Die Schonzeit ist vorbei, und die Grafschaft, die die Jagd in diesem Wäldchen am Wildgehege und auch in dem am weitesten draußen gelegenen Waldstück besitzt, findet sich ein, um niederzuknallen, was ihr vor den Lauf kommt. Jedesmal, wenn der Lärm besonders kräftig anschwillt, schnarren die Fasanen Alarm, neues Hahnengeschrei ertönt und trägt den Warnungsruf weiter.

Tjo verschwindet schnell im Dickicht – Ruhe kehrt im Wald ein.

Da lärmt plötzlich eine Treiberkette los; all die Hasen, die im Lager sitzen und schlafen, kommen auf die Beine. Tjo sucht dem Lärm zu entgehen und springt in kurzen, elastischen Sätzen dahin, als auf einmal der Rauch aus einer Morgenzigarre ihm in die Nase beißt. Er wirbelt herum, während im selben Augenblick ein paarmal ein kurzer, heftiger Knall um ihn einen Schrotschauer auslöst.

Es sticht in dem Lauscher und in der einen Keule, und er geht rückwärts, flüchtig, an der Kette der Treiber entlang, die noch nicht weit genug gelangt sind, so daß es ihm gelingt, durchzukommen.
Er läuft, was das Zeug hält, quer über eine Lichtung und hinein zwischen junge Tannen.
Dicke dichtnadlige Zweige klatschen auf seine Flanken. »Kok«, sagt es plötzlich neben ihm, und einer seiner alten Bekannten aus dem Kerngebiet des Reviers reckt den Kopf aus dem geheimen Baumversteck.
Er stürzt an ihm vorbei, an einem seichten Waldweiher voll schwimmender Distelflocken und Daunen entlang. Hier liegt zwischen den Laichkrautbänken und den schwimmenden Seerosenblättern ein großer Schwarm Wildenten und genießt die Süße des Binnenwassers nach dem nächtlichen Schwelgen in den trocknen Kernen auf der Stoppel im Land. Die meisten schlummern, den Kopf unterm Flügel; aber als sie Tjos flinke Schalen hören, fahren die Schnäbel empor.
Da schmettert das Jagdhorn, und neue Knalle durchschneiden die Luft.
Der ganze Entenschwarm reckt die Hälse und lauscht: vereinzelt hallt das Blasen im Sausen des Windes wider und erstirbt. Der Fasan streicht vorbei – beängstigende Tonwellen hängen an seinem Spiel.
Da platschen die Wildenten auf und davon, ein scheckiger Schwarm; weißgrüne Erpelhälse, braune Entenrücken, »Raprap«.
Tjo nimmt die Einfriedigung in ein paar Sätzen und jagt über die Felder davon.
Es ist kalt hier auf der freien Fläche, wo große Löcher in dem früher so dichten Gehege gähnen. In einer rotbraunen Dornhecke findet er für eine Weile Zuflucht. Hier hat er oft am Morgen gestanden und den Schützen von der Krähenhütte auf der Anhöhe schießen hören. Heute ziehen die Krähen frei dahin.
Neue Schüsse fallen im Wald und jagen Tjo weiter hinaus über das von Unkraut überwachsene Stoppelfeld, wo es raschelt, als liefe er zwischen welken Blättern, und wo die kurzen Halme mit den scharfen Spitzen ihn in die Hinterklauen stechen. Lerchen steigen mit sprödem Herbstgetriller von dem großen, hügelwelligen Ackerland auf.
Tjo folgt den Bodensenken, stockt in einer Schlucht und wittert

nach rückwärts. Bumm! brüllt die Luft und ein Hase jagt ihm nach im Galopp, hinter sich einen Hund.
Da setzt er mit langen, hohen Sprüngen geradewegs durch die Wegöffnung in einem Steinwall.
Neue Äcker legt er hinter sich, bis er endlich hinter einem dichten Schlehengebüsch verschnauft, über dessen runden, tiefblau leuchtenden Beeren die letzten Mückenmännchen tanzen.
Hier, fern vom Jagdgetümmel, von dem nichts mehr zu vernehmen ist, findet er endlich einen stillen, sonnigen Winkel, wo er in Ruhe seine schrotzerstochne Keule lecken und sich für den Rest des Tages aufhalten kann.

Gegen Abend, als der Dunst sich über die Hügel legte und alle Sträucher mit dem Acker in eins verschmolzen, hinkte er zurück, bis er auf einem Feld, das mit schwachem, grünlichem Schein in der Dämmerung leuchtete, den Hasen traf. Mit ihm äste Tjo die ganze Nacht.
Am nächsten Morgen versteckte er sich wieder im Gesträuch und setzte, als die Schmerzen sich verzogen, seinen Zug in die Landschaft fort. Er erreichte eine große Baumpflanzung an ein paar verlassenen Kiesgruben und fand Aufnahme bei einer Ricke mit einem Kitzbock. Ein umherstreifendes Gelttier, das während der Treibjagd aufgescheucht worden war, schloß sich ihnen später an. Sie waren nun ein richtiger kleiner »Sprung«.
An einem der nächsten Tage ging der Revierjäger dieser Gegend vorbei und sah vier Tiere statt der üblichen zwei. Er wollte etwas beim Pfarrer besorgen und hatte bloß den Stock in der Hand, aber er machte sofort kehrt, um seine Büchse zu holen.
Friedlich ästen die Rehe zwischen Tannen und Birken, als das Gelttier plötzlich schmälend den Kopf emporriß. Es hatte einen kleinen, graugrünen Hut eräugt, der hinter der nahe gelegenen Böschung plötzlich auftauchte. Um auch die anderen aufmerksam zu machen, hob und senkte es den Kopf einige Male und schmälte. Mißtrauen breitete sich aus und verjagte alle Lust am Äsen; und die gelte Ricke, die der Böschung am nächsten stand, drehte sich langsam um, um sich mit den anderen zu vereinigen. Da richtete das graugrüne Hügelchen sich auf – ein Knall, und das Gelttier fiel auf die Knie, kam jedoch wieder auf die Läufe. Noch ein Knall – und die anderen sahen das Reh nie wieder.

Sie hielten tief drinnen im Dickicht an und verharrten dort unentschlossen eine lange Zeit. Dann flüchteten sie einen alten Wechsel entlang, hinaus auf die Felder.
Die Ricke kannte den Rückweg nach den sicheren Wäldern. Hier draußen getraute sie sich doch nicht, es mit dem Winter aufzunehmen.
Ihr unfreiwilliges Sorgen für Tjo war aber nur von kurzer Dauer.
Ein Hund versprengte sie – und als Tjo endlich loskam, war er wirklich ganz allein auf seiner Streife.

Bei den Grenzricken

Der Oktoberwind fährt hin über die nackten Gräben und kahlgefegten Hecken; aber es läßt sich gut auf den Feldern umherstreifen. Ein einsamer Pflüger beunruhigt Tjo nicht, weil der Mann hinter seinem Gespann verborgen bleibt. Es ist viel Wintersaat da; frei leuchtet sie auf inmitten der feuchten Äcker und zieht sich um die kleinen Buschwälder herum. In diesen steht er über Tag; er ahnt den neuen Schutz und sehnt sich doch nach dem alten, den er nicht mehr finden kann. Er nimmt seine Lebensweise vom letzten Sommer auf, streift in den Nächten umher, vom Winde getrieben, und baut auf die kleinen Verstecke, sobald der Tag sein graues Licht über den Horizont schwingt. Er sichert schärfer und vernimmt weiter hin als früher; eine immer wache Unruhe erfüllt ihn.
Wer kommt? fragt eine innere Stimme. Und dann ist es nur der Wind. In den Wäldern fürchtete er seinesgleichen. Hier trägt er die Angst in sich, mit sich ganz allein zu sein.
Er streicht an Hecke und Bach entlang, wo dunkle Kiebitzschwärme ihn in dichten Klumpen umtanzen, wo in der Nacht die Lattenzäune knarren und offene Wiesengatter in rostigen Angeln kreischen. Wetterbäume und Telefonleitungen schrecken ihn mit unbekannten Geräuschen – und er hat noch sehr viel anderes zu lernen. Das Gebell der kleinen Hunde, das Gepolter der Bahn vom Schienenweg her, die Lichter der Nacht, die Scheinwerfer der Autos – lauter Rätsel, die er durch Erfahrung lösen soll.
Am ärgsten aber fühlt er das ungewohnte Offene um sich, die nackte Erde, das große Himmelsgewölbe und die treibenden Wolken;

eine Unsicherheit, ein Grauen, an das er sich gewöhnen muß. Jede Traulichkeit einer Baum- oder Strauchgruppe ruft nach ihm, und mit Rohrdickichten und Schlehenhecken schließt er Freundschaft. Aber es fällt ihm schwer, die Vertrautheit mit den Gärten aufzugeben.

Der Nebel der Novemberdämmerung verbarg ihn und machte die junge Roggensaat so feucht, daß die nassen Halme ihm hoch um die Fesseln schlugen. Da witterte seine Nase auf einmal eine heimische Fährte, Holz- und Blätterdüfte erstickten den Geruch der armseligen Schlehenhecke, an der er entlangzog. Er wurde eifrig und lief zu. Nun spürte er Tannenduft, und kurz darauf tauchte ein Waldsaum wie ein Hügel vermummt aus dem Nebel auf.

Er hätte schnurstracks in einen Büchsenlauf der vielen auf dem Anstand lauernden Schützen rennen können, so eifrig und unbekümmert stürmte er drauflos; aber niemand saß da, wo er an diesem Abend hinkam.

Unter alten Eichen und Birken schirmten Haselnußsträucher das dichte Unterholz, und alle die herabgefallenen Blätter der großen Bäume hingen schwarz und grau oben in ihren Zweigen. Schwer und betäubend schlug der Brodem um ihn zusammen, er zog die ihm vertraute Moderluft ein und schmiegte sich an die Stämme. Ein Seufzer ging wie ein Willkommensgruß durch die Kronen; eine Menge von dem losen, großgefiederten Eschenlaub fiel herab. Er watete durch Gelb und Braun und hörte es wohlig um sich tropfen. Er fühlte sich wieder zu Hause, mit einem Dach überm Kopf und einer geheimnisvollen Hülle ringsum, in der er sich bergen konnte.

Auch wenn der Ausblick hier drinnen wegen der Dämmerung begrenzt war, so war er mit ihm doch durchaus zufrieden; die Seufzer und das Kreischen der Äste schlugen an sein Ohr wie die Stimmen alter Freunde.

Er blieb innerhalb des Waldrands stehen, überwältigt und beklommen von alldem, was er so lange entbehrt hatte; dann ging er und bereitete sich eine ordentliche Lagerstätte, scharrte das Laub beiseite, so daß es wie ein Kranz um den kahlen Fleck Erde herumlag, und tat sich ruhig auf sein Bett nieder.

Als er am nächsten Morgen vorsichtig sichernd durchs Gehölz trollte, traf er endlich auf ein Wesen seiner eigenen Art.

Alles war lang an der alten Grenzricke, Kopf, Lauscher und nicht zuletzt der Hals, auch Kreuz und Läufe, die sich, wenn sie zum Sprung ansetzte, wie Zickzack-Blitze an Knien, Fersen und Fußknöcheln krümmten. So eine Waldhexe hatte Tjo noch nie gesehen!

Sie führte ihn zu ein paar anderen Ricken hin, die durch ihren schimmelgrauen Kopf und große graue Flecken am Hals verrieten, daß auch sie betagt waren.

Sie nahmen ihn auf, als ob er erwartet wäre, obwohl er mit seinen anderthalb Enden alles andere als heldisch aussah. Ihr Bock war vor kurzem durch den Schuß eines Wilddiebes erlegt worden, und auch sie selbst wären längst im Jenseits gewesen, wenn sie es nicht verstanden hätten, sich höllisch vorzusehen.

Immer schwebten sie hier draußen in Gefahr. Jäger-Wichte mit alten, rostigen Flinten lauerten das ganze Jahr am Waldzaun. Diese Leute gaben den Tieren im Wald Äsung auf ihren Feldern, da wollten sie dafür auch von Zeit zu Zeit einen Braten haben. Die Rüben und der Klee und die grüne Wintersaat übten ihre Anziehungskraft aus, das wußten sie und setzten sich daher in der späten Abenddämmerung bereit.

Alle drei Ricken, von denen die eine hinkte, hatten denn auch mehrere große Schrotkörner unter der Decke; die Tiere spürten sie beim Reiben als Knoten.

Von diesen ortsvertrauten, erfahrenen Tieren sollte Tjo viel fürs ganze Leben lernen, er sollte nach und nach erkennen, daß auf dem großen, offenen Land andere Gesetze galten als im Gehege.

Die dunklen Nächte nahten – da war es schön, daß der Mond leuchtete. So, das meinte er! Die Grenzricken dagegen kannten gerade die Gefahr des Mondscheins. Besonders jetzt im Dunkel des Winterhalbjahrs zeichnete er sie scharf ab, wenn er auf ihre blanke Decke fiel. Sie sahen es einer am andern. Sie standen nicht wie am Tage dank ihrer matten Färbung in der Landschaft geborgen: im Mondlicht erschienen sie weiß und unwirklich, und sie erkannten sich selbst erst wieder, wenn sie unter die schirmenden Bäume am Waldrand schlüpften.

Niemals durfte Tjo sich auf den Mond verlassen, vielmehr mußte er vor Mondaufgang aus dem Holz treten und wieder zurückkehren, sobald jener sein fahles Gesicht zeigte. Mochte der Wald auch noch so licht sein, in ihm war man am sichersten.

Schalentritte in die Flanke und Gehörnstöße in die Keule, das war

nichts im Vergleich zum »Bienenschwarm«, der dröhnend von den Menschenarmen aufflog. Niederträchtig bissen die Enden des alten Bocks, und die harte Stirn des Mutterwilds stieß die Flanke wund – aber selten ging man davon ein. Vor dem im Hinterhalt lauernden Schützen – vor ihm mußte man sich in acht nehmen.
Es wurde einem jungen Bock, so einem rechten Leckermaul, nicht leicht, seine Begierde zu bezähmen und gegen seine Natur anzugehen; aber der Zufall kam ihm zu Hilfe und verschaffte ihm die Erfahrung am eigenen Leibe.
Eines Abends hatten die Rehe lange sichernd am Waldrand gestanden. Sie wollten aufs Feld, um sich an der Wintersaat gütlich zu tun. Mehrmals pufte Tjo voll Ungeduld die Gefährtinnen; aber sie zögerten immer noch.
Es war heller Mondschein. Der Mond stand so, daß die Bäume Schatten über den Waldrand warfen. Ohne sich mit einem Laut zu verraten, näherten sie sich im Gänsemarsch einer der vielen Öffnungen, durch die sie zu schlüpfen pflegten. Sie standen dicht vor dem Zaun und brauchten bloß einen Satz zu tun, um bei der Äsung zu sein; aber die Leitricke zögerte immer noch.
Da trat Tjo, des Zauderns müde, schnell hervor. Aber kaum hatte er die Schalen auf den Wall gesetzt, als eine dachsdumpfe Menschenwitterung ihm in die Nase stieg – er wirbelte herum, ein Feuerstrahl stieg vor seiner Nase empor. Halb geblendet durch den Schein, prallte er gegen einen Baum, kam aber dann wieder zu sich und verschmolz in eins mit der Nacht.
Er sauste in den Wald zurück, betroffen, ganz außer Atem. Die Lauscher wippten und drehten sich in einem fort. Er versteckte sich in dem dichten, stockfinsteren Tann und konnte sich von der Überraschung kaum erholen.
Die langohrigen Ricken hatten doch mehr Vernunft als er – das war alles, was er an diesem Abend von seinem Gang in die Felder hatte!
Aber viele andere Gefahren lauerten in den Herbstnächten, wenn die Tiere in das offene Land hinauszukommen suchten.
Die Bahn schnitt einen Zipfel vom Grenzwald ab. Sie zogen jede Nacht an den Schienen dahin und gewöhnten sich allmählich so an die Züge, daß sie den Instinkt gegenüber der ihnen drohenden Gefahr verloren.
In einer stürmischen Winternacht, der Schnee hatte Gräben und

Dämme eingeebnet, zogen sie auf dem Schienenweg wie auf einem Waldwechsel dahin. Es war gerade in einer Kurve, und der Sturm verschlang das Prusten der Maschine und das Poltern des Zuges – da leuchtete plötzlich die große blendende Laterne auf, und die Tiere sahen einander wie am hellichten Tag. Ratlos standen sie da und wußten weder vorwärts noch rückwärts. Endlich sprang die Leitricke ab, und sie alle jagten vor der Lokomotive her, gerieten zwischen zwei Hecken, stürzten durch ein Gatter und entkamen glücklich.

Tjo entdeckte so mancherlei während seines Zusammenseins mit den Ricken. Allein ihre Art zu äsen frischte in ihm eine alte Weisheit aus der Kinderzeit auf. Oft hoben sie sichernd den Kopf, senkten ihn dann wieder, ästen nur zum Schein und führten den Kopf sofort wieder in die Höhe, wie um zu überraschen. Er begriff sogleich das Zweckmäßige dabei, so über die Wiese zu ziehen – wie ihnen, so fiel es ja auch Tjo schwer, alles was stillstand, zu erkennen.

Januar – tiefer Schnee! Er bekam ein dickes Haupt, und der helle Fleck am Hals wurde ganz weiß. Stand er, so kniff er die Keulen zusammen. Kein stolzes Aufrichten, kein Aufsatz, bloß ein paar kleine Rohrkolben, denen gegenüber die Lauscher unverhältnismäßig lang erschienen – ein trauriger Zug um die Nase, Trostlosigkeit im Blick.

Es schneit in der Nacht, und zwischen Wolkenschleiern leuchtet der Mond. Eisige Windstöße zausen an den dunklen Tannen. Eine Glocke läutet – Neujahrsnacht.

Und der Sturm hüllt die hohen Tannen in seine weißen Wirbel, er biegt die Wipfel und taucht sie in Schnee; brausend stiebt er empor unterm Nadelkleid; die jungen Bäumchen umarmen einander und verschwinden in den Wehen. Ein wildes Wetter donnert von den Höhen nieder und trifft auf tiefe Seufzer aus den Tälern. Die alten Götter scharen sich zum Fest – im Ästegeknack, im Knarren der Stämme, im Sausen der Zweige und Krachen der Wipfel bekamen sie Leben und Atem.

In der Nacht, in der die Natur ihre große Prüfung abhielt mit Hunger und Frost und schneidendem Sturm, ging die alte Hexe ein. Sie lag in den Schnee gebettet, die mageren Läufe von sich gestreckt. Und der Schnee stob und fraß die flinken, allzeit zum Sprung bereiten Läufe – nur ein wenig von der Flanke ragte noch heraus und die steifen, immer wachen Lauscher.

Auf den Feldern war nicht mehr viel Äsung, und nur mit der größten Vorsicht getrauten die Tiere sich hinaus, um vereinzelte Rübenblätter herauszuscharren oder bis zur Wintersaat unterm Schnee vorzudringen; bei dieser Arbeit blieben sie warm. Sonst mußten sie Holz knabbern. Zwischen den Holzstößen, die hoch aufragten und weithin im Walde sichtbaren waren, huschten sie umher und bissen die Knospen von dem Reisig. Oder sie suchten die spärlichen kleinen Heidemoore in ihrem Revier auf; die Gerbsäure im Heidekraut half ihnen bei der Verdauung.
Eines Tages stürzte eine Rieseneiche am Rand eines Waldmoors um. Da lag sie mit Marderlöchern und Spechtnestern hingestreckt im Morast. Ihren Erbfeind, die Buche, die an ihrem Fuße Wurzel geschlagen hatte und die in hundert Jahren zu einem ebenso starken Baum geworden war wie die Eiche in dreimal hundert Jahren, hatte sie im Fallen mit sich gerissen. Die schweren Äste hatten sich tief in den Schlamm gebohrt, andere ragten hoch in die Luft; so lagen sie beide zerschmettert, zerschlagen da – eine willkommene Hilfe für die notleidenden Tiere.
Solch ein Baumsturz brachte Leben in den mutlosen Sprung, jede Knospe wurde gefressen – selbst die hinkende Ricke ohne Vorderzähne, die schon lange Mühe gehabt hatte mitzukommen, schlug sich den Wanst voll und entging so dem Hungertod.
Aber die grauen Tage, an denen es Stunde um Stunde schneite in feinem Geriesel, so daß Flocke für Flocke sichtbar blieb – solche Tage waren lang; die Tiere standen irgendwo geschützt und ließen die Köpfe hängen. Ein Glück wenigstens bei all dem Schnee, daß sie die Wechsel hatten – wären nur etwas mehr Tiere da, sie auszutreten. Nun mußten alle im Gehölz, Freund und Feind, sich vereinigen: Hasen und Fuchs, Tjo und seine Ricken – ja selbst der Forstgehilfe, der hier die Aufsicht über die Jagd hatte, folgte den Wildsteigen.
Wochenlang fror es, aber schließlich machte sich die Milde des Tages bemerkbar, und es kam die schlimmste Zeit. Festgestampft und hart lag der Schnee noch über Feldern und Gräben, hie und da waren die Gänge der Spitzmaus sichtbar und die tiefen Fährten der Wildtritte. Raspelrauhe, scharfe Schneekrusten deckten an vielen Stellen den gefrorenen roten Schweiß von zerfetzten Ballen und zerschundenen Läufen.
Bei jedem Schritt traten die Schalen der Tiere durch die Schnee-

kruste, und nach einigen Tagen war die Haut dicht über der Schale aufgeschlissen. Bei dem hinkenden Gelttier bildete sich um den ganzen Lauf herum ein entzündeter Rand, und die Entzündung dehnte sich nach oben durch den Lauf bis zu den Leisten aus. Das Tier wurde immer siecher und ging dann nach großen Leiden ein.

Es dauerte einige Zeit, bis man sich wieder erholte, endlich aber kam der Frühling, und die Schneeschmelze legte die Wintersaat frei. Nacht für Nacht ästen Tjo und seine letzte Ricke von ihren Gaben. Lange folgten sie dem Steig am Zaun entlang vorm Wald und äugten nach einem sicheren Ausfallstor. Dann rasch drüber weg und mitten aufs Feld! Da wurde man nicht so leicht überrumpelt.

Ein Hase war ihr Kundschafter. Wenn der auf dem Feld saß und Männchen machte, dann war keine Gefahr. Lampe ging immer etwas vor ihnen hinaus; aber oft geschah es, daß er kopfüber zurückgestürzt kam – und bald danach witterten sie Menschen und hörten diesen oder jenen Schützen sich an seinen Platz schleichen. Später im Lenz, wo sie vor allem junges Roggengrün nötig hatten, wurden die Kiebitze ihre Helfer und zeigten sich noch zuverlässiger als Meister Lampe; die hielten sich an die Pfützen in den Senken und waren Tag und Nacht auf dem Posten.

Einmal sahen sie den Wächter-Hasen eine ganze Woche lang nicht. Er ging auf Freiersfüßen in dem hasenarmen Land umher, um ein Gespons zu finden. In einer mondhellen Nacht, als sie an einem Hügel von dem jungen Saatgrün ästen, tauchten plötzlich auf dem Gipfel ein Knopf und zwei verdächtige Ohren auf. Ein Männlein schob sich höher und höher – es ging ein Ruck durch die sonst so erfahrene alte Grenzricke, und Tjo entschlüpfte ein »Böw«.

Es war bloß der heimkehrende Freund. Er sah sehr siegesbewußt aus, obwohl kahle Streifen an der Brust zeigten, daß ihm ordentlich der Balg gegerbt worden war.

Die gefährliche Pirschzeit

Das vorher so winterstille Grenzgehölz war endlich frühlingswach; es hallte wider von Geflöt und Geschrei, während das helle Buchenlaub mit dem zarten gelblichen Ton hervorbrach. Der Waldgrund ließ von neuem die frischen Keime sprießen, die auch das

hinfälligste Alttier nie vergißt: bei diesem Geäs kamen die beiden einzigen Rehe, die noch übrig waren, wieder zu Kräften.
Nun war der Wald wieder reich. Sie brauchten nicht jede Nacht im Roggen und im jungen Klee das Leben aufs Spiel zu setzen; sie traten aus dem Dickicht, sooft sie wollten: sieh, die Hügel des Hochwaldes leuchteten in stärkerem Grün als das Feld irgendeines Bauern.
Die Härung zur Frühjahrszeit bedarf nur weniger Tage, im Herbst dauert sie länger – und sooft Tjo im Lauf einem Ast oder Stamm zu nahe kam, strich er ganze Haarbüschel ab.
Ein schöner junger Bock, mit einer Gehörnkrone von sechs Enden auf dem Kopf, aber die Lauscher waren doch das Gewaltigste an ihm. Seine Lauscher waren richtige Lauerschüsseln, steif, behaart, großtrichtig; sie schlugen emsig nach den Mücken und vernahmen rechtzeitig jedes Geräusch. – Da war so vieles im Holz, worüber Tjo noch nicht Bescheid wußte. Seine Bewegungen hatten immer noch etwas Kitzartiges, und besonders der Gesichtsausdruck war einfältig, die Züge verschwommen. Forstaufseher Jens sagte eines Tages, als er ihn zufällig sah: ein staunender Bursche!
Sorglos war er innerhalb der Einfriedigung zwischen Vieh und Mensch herumgebummelt; hier stand das Leben auf dem Spiel, wenn er sich sehen ließ; aber er hielt sich vernünftigerweise an seine Gefährtin, folgte ihren Gewohnheiten, trat regelmäßig und an ganz bestimmten Stellen, die sie aussuchte, aus dem Holz. Sie war betagt und hatte ihre Fruchtbarkeit verloren. Zur Zeit der springenden Knospen erwachte ihr Muttergefühl aufs neue, und sie nahm ihn zu sich wie ihr eigenes Kitzchen. Früh und spät waren sie zusammen. Tjo fand in ihr eine zweite, kaum so verführerische, aber desto wertvollere Freundin.
Während eines langen Lebens in diesem gefahrvollen Grenzrevier hatte sie eine Fülle von Erfahrungen gesammelt; und sooft sich ein Anlaß bot, leitete sie ihn durch einfachen Anschauungsunterricht an.
Überall gab es nun ein Versteck. Erde und Bäume gaben Schutz. Warum dann wie im Winter flüchtig sein und sich beim geringsten Laut davonmachen? Sieh mich an! So hätte sie sagen können. Nun galt ein anderes Gesetz.
Der Sommerwald schließt sich um einen, nimmt einen auf. Steht man still und verharrt auf seinem Lauf, ist man geborgen. Ein

Mensch geht auf dem Steig vorüber – nur stehenbleiben, einfach stehen! Der Mensch macht vielleicht halt und guckt: Stehenbleiben, nichts als stehenbleiben! Die Bäume sind um dich, das Versteck in dir, du verschwindest!
Auf blaubeschatteten Spuren, wo das Gras um die Läufe zusammenschlägt, wo der Boden immer voll Feuchtigkeit ist und der Tau bis zum Mittag liegenbleibt, im dichten Tannenwald, wo die Nacht am Tag schläft, den flockigen, wolligen Leib auf der trockenen Nadelstreu ausstreckend – im hopfendurchschlungenem Erlenbruch: immer dasselbe Gesetz der Sicherheit: Stand er nur still, so war er unsichtbar und geborgen. Das war die Stärke des Wildes im Sommerwald.
War das was Rechtes, ewig mit ihr umherzuziehen? Tjo trug eine geheime Sehnsucht in sich – eine kleine, helle, sonnenfunkelnde, rote Freundin hätte besser zu ihm gepaßt!
»Nap« war wohlgestalt, rund, voll mütterlicher Formen, und er war kein Kitzböckchen mehr, das geschützt werden mußte. Ihre regelmäßigen Gewohnheiten, ihre ewige Vernunft und ihre Gemächlichkeit langweilten ihn. Der Possenreißer hatte seine Nöte vom vorigen Jahr vergessen, es verlangte ihn nach anderen Gegenden, jüngeren Tieren mit flinken Sprüngen voller Schabernack und Übermut.
Nun hatte er die Decke gewechselt, und er zeigte so recht sein Jungburschengesicht, lebensoffen und voller Neugier. Ein schmaler schwarzer Streifen lag über der Nase, aber sonst strahlte das Gesicht sommermäßig, und die braunen, schmächtigen Stangen leuchteten mit hellen Enden.
Oft ging Tjo zum Waldmoor hinunter oder auf die Wiese hinaus, bloß um nach den schlanken, jungen Eschen oder den hohen Disteln zu sehen, die er krummgefegt hatte.
Einmal in der Dämmerung genoß er den Schein der untergehenden Sonne vom Wall am Waldesrand aus, wo er stand und über die offenen Felder äugte. Ein Stück vor ihm äste der Wächter-Hase, und weiter draußen stolzierte ein Fasan umher, der noch beim Abendfutter war. Das Blut stand ihm in den Backen, und hornartig stand das Gehör nach hinten ab. Waldtauben mit langen Schwanzfedern hasteten herein und entschwanden im Vorholz. Tjo hörte auf das Pfeifen der Schwungfedern und machte ein paar Anläufe zu einem Sprung.

Der stille Abend, das Verrinnen des Tages hüllten ihn in friedvolle Stimmung.
Ein kühler Hauch strich über die Blätter, der Bart des Hasen bewegte sich, eine lose Daunenfeder flog auf von dem Fasan, der noch bei seinem Futter war, Gras und Getreidehalme zitterten, und die verschleierten Farben meldeten das Nahen der Nacht.
Jetzt schoß der Fasan aufs Waldgehege zu, zwei Hennen drüben auf einem gewalzten Ackerstück liefen ihm nach – mit langen Schritten und langer Schleppe eilten sie ins Dunkel hinein. Ein Drosselflöten, Rotkehlchenzwitschern, dunkle Amselstrophen, helle, leichte, spielende Kuckuckslaute und gellendes Gurren balzender Täuberiche –. Die Anemonen schlossen ihre süßen Honigläden, und ein Eulenschrei aus den alten Buchen verkündete die Nacht.
An diesem Abend machte er sich davon, schlich sich an dem vom Dunkel verschlungenen Hochwald hin; er folgte dem weißen Schierlingsflor der Gräben oder den Daunenballons des abgeblühten Löwenzahns an den Rainen.
Er sprang und sprudelte vor Übermut, fühlte sich leicht und stark. Die Sehnsucht trieb ihn; nicht das Sehnen der Winternächte, das niederdrückte und nach Äsung verlangte und vom Wanst ausging; nein, ein wilderes, heftigeres Verlangen loderte in seinem Blut.
Der Mond kam aus den Abendnebeln hervor. Der letzte grüne Schein im Gras erlosch. Das Laub der Pappeln am Wege wurde still und schlummerte ein. Das offene Land erschloß sich der Nacht, und das Kornmeer trank vom Tau.
Schritt für Schritt, bald ein wenig äsend, bald das ferne Dunkel erforschend, zog er vorwärts; er lauschte dem Gesang der Telefonpfähle und dem Hundegebell. Von einer Hecke tönte das zarte Gezwitscher eines Sumpfrohrsängers: »düüü, düüü«.
Als er das nächste Mal beim Äsen den Kopf hob, war der Abendstern angezündet, die Wiesenzüge dampften. In wolligem Dunkel zerflossen die Einzelheiten des hügeligen Horizonts, und drüben leuchtete schneeweiß die Seefläche auf.
Lebhafte Erinnerungen wurden in ihm wach beim Anblick des großen Wassers – Erinnerungen an das Revier, wo er mit den vielen Gefährten zusammen gewesen war. Und als er mit vorgestreckten Lauschern, eifrig und neugierig, drauflos galoppierte und inmitten der ewigen Klagetöne des Kiebitzes das »Karkar« der Lappentaucher auffing und das »Ticktack« der Bekassinen, als er

das Schnattern der Wildgänse hörte, da erkannte er den großen Binnensee wieder.
In diesem Augenblick stieg ihm ein Duft in die Nase; er sprang sofort rechtwinklig von seiner ursprünglichen Richtung ab und folgte, das Geäse am Boden, dem leichten Huf. Es ging ihm plötzlich auf, hinter wem er her war.

Als es tagte, stand er vor einem großen Blätterversteck.
Das Blut brauste, vor den Lauschern klapperte es, und in ihm hämmerte und tickte es, als er über den Zaun in das fremde Gehölz absprang.
Er lief schnurstracks in eine kleine Familie hinein, und die Ricke warnte auf der Stelle ihre Kitzchen durch ihr fiependes Pfeifen. Ein fremder Gesell! Sie merkte es sofort; seine Unrast, das nervöse Zucken der Lauscher und das unentschlossene Trippeln verrieten ihn.
Er wollte sich niedertun und bei ihr verweilen; aber davon wollte Mutter Ricke nichts wissen. Halb galoppierend, warf sie die Vorderläufe gegen ihn vor. Nun, es war wohl Platz genug auch für ihn!
Er setzte über einen Quergraben, nahm eine Dickung im Sturm und rannte einem glücklichen Paar in die Arme. Ein Schmalreh und ein starker Sechserbock wurden aufgesprengt, beide waren gleicherweise verdutzt, und nun wäre es ihm beinahe schlecht ergangen. Hätte nicht die liebe kleine Rote ihren Freiersmann zurückgehalten, so wäre sein Besuch im Holz von kurzer Dauer gewesen – nun durfte er vorläufig davontrollen.
Ein gefährlicher kleiner Wald! Von der Hand der Natur so recht für Rehwild eingerichtet, mit dichtem Gesträuch und kleinen fruchtbaren Wiesen, auf denen der Waldpächter, der die Jagd von der Grafschaft gepachtet hatte, des Wildes wegen Buchweizen und Klee baute. Er bildete nicht wie der Riegelwald und das Grenzgehölz die Fortsetzung der großen Gutswälder, lag vielmehr etwas abseits gleich am See und war deshalb ein beliebter Aufenthaltsort für alle Böcke, die verdrängt oder von Wanderlust gepackt, den umzäunten Wald verließen. Den Ricken, die sich hier einfanden, geschah nie etwas, und nur auf einer kleinen Treibjagd brachte der Jagdbesitzer alljährlich einige Kitzböcke zum Abschuß; die Streifböcke aber, besonders die starken, nahm er ohne Ausnahme – hatte er das Gehölz doch gerade als Pirschwald eingerichtet.

Tjo fand den Weg zur Ricke zurück und gesellte sich eine Zeitlang zu ihr, wenn auch in ehrerbietiger Entfernung.
Eines Abends trat er wie gewöhnlich zusammen mit der kleinen Familie aus dem Holz. Sie zogen unter den Buchen dahin, aber das Gras war weiter draußen, wo die Tannen in einem Zipfel vorsprangen, saftiger. Er fand bald den Weg hinüber, ohne den Jäger zu wittern, der sich beizeiten auf den Anstand begeben hatte und ihn nun durchs Fernglas beobachtete. Großes Entzücken erregte er nicht: ein Schwächling von einem Sechserbock, ohne Perlen und mit dünnen Stangen, vielleicht etwas für später, aber *jagdbar?* – nein!
Es war nicht Tjos Schuld, daß er, als die Dämmerung dichter wurde, plötzlich in die Feuerlinie sprang. Der alte Bock, der ihm, von den Tannen versteckt, in die Flanke fiel, zwang ihn und warf ihn in langen Sätzen vor sich her. Sie spielten Haschen um eine kleine, alleinstehende Kiefer, die der Platzherr, um ihm seine Verachtung zu zeigen, rücksichtslos zu schlagen begann, wobei er böse plätzend die Torferde weit hinter sich emporwarf. Da tauchte ein Blitzschein aus dem Tannendunkel auf, ein Krachen folgte, wie wenn der Sturm durch das Gewölbe der Baumkronen geht, und der fegende Gegner stürzte mit einem Luftsprung vor ihn hin und fiel der Länge nach ins Gras, so daß Tjo über ihn springen mußte, als er in voller Flucht davonjagte.
Die große Gehörnkrone, die Tjo immer vor sich zu haben trachtete, damit er sich durch Schnelligkeit und Beweglichkeit von ihren Enden in Sicherheit bringen konnte, sah man von jenem Abend an nicht mehr im Holz.
Aber wo das Wild sein will, da *will* es sein – und gerade zu dem kleinen Moorloch, wo er sich am allerliebsten aufhielt, kamen, noch während der Kuckuck rief und der Buchweizen blühte, drei andere Böcke. Er kannte sie gut genug, um sich von ihnen fernzuhalten. Da waren der Riedbock und aus dem stillen Versteck seiner jungen Buchen der krakeelerische Sechserbock und noch ein dritter aus dem schnaubenden Sprung, der ihm hinterm Wildgatter niemals Ruhe zum Äsen gegönnt hatte. Einer mit zerbrochenen Enden, ein anderer hinkend – er begriff, daß der alte Tollkopf daheim ständig wütete.
Alle verstanden es, sich darauf einzustellen, ihm sein Umherschleichen abzulauern und sich an seiner Fratze und seinem stolzen Gehabe krank zu ärgern. Dann verschwanden sie spurlos.

Zwei Tage lang war er allein – eine zu kurze Zeit, als daß sein Glück ihm hätte richtig zum Bewußtsein kommen können. Am Abend des dritten Tages stand dann mitten in den milchweißen Nebeln ein fegender junger Rehbock und durchforkelte mit seinen Gabelenden ein kleines Tannengebüsch.

Der Ankömmling hat noch die Wiese für sich im Besitz; aber er fühlt sich nicht sicher, äugt fortwährend und duckt wieder den Kopf. Mehrere Ricken ziehen zwischen den ganz kleinen Rehkitzen umher, die sich auf dem schönen Blumenteppich weich gebettet haben – ohne sich beunruhigen zu lassen, fängt dazwischen die Eule ihre Mäuse.

»Die Gabel« war vor kurzem verjagt worden. Die große Reise, die schon Tjo und so mancher junge Bock der früheren Jahrgänge hatte antreten müssen, hatte für den neuen Wanderer ihren Anfang genommen. Er mußte das Leben kennenlernen oder den Wilderern und jagenden Bauern in die Hände fallen. Im Laufe der Nacht trafen sich die beiden Verjagten zufällig und fanden bald wie alle jungen Wesen, über denen die Zuchtrute hängt, Gefallen aneinander. Vertraulich ästen sie Seite an Seite, spielten zusammen, bekamen Raufgelüste und stellten sich mit gesenkten Köpfen in Positur, galoppierten los, hielten aber an, wenn sie auf Sprungweite nahe waren.

Das Schicksal wollte, daß der alte Weidmann, der mit seinem Sohn auf dem Pirschgang war, sie im Tagesgrauen überraschte. Der Sohn sollte seine erste Büchse einweihen, und starke Böcke waren nicht anzutreffen. Behende sprang Tjo soeben vor einem Angriff beiseite, fing den Stoß des Gegners auf, stellte sich auf die Hinterläufe und schlug aus. Im nächsten Augenblick standen sie von neuem bereit, das Kampfspiel fortzusetzen.

Keinem Jägerauge konnte es entgehen, daß Tjo vielversprechend war. Sein Rumpf war breit und feist, seine Haltung stolz – er sprudelte vor Kraft – kurzum, er hatte das echte Gepräge des Rehbocks. Der andere erschien zarter und dünner.

Tjo hätte den Knall nicht so schnell vergessen sollen. Aber noch war er trotz der Schulmeisterei durch die Grenzricken ein kecker Bursch, der sich mit offener Stirn auf der Wiese zeigte, wenn nur keiner von den großen Kerlen in der Nähe lauerte. Psst! flüsterte eine Kugel ihm am nächsten Morgen ins Ohr. Ich bin ein Gruß von einem andern Lauerer, gib vor allem auf mich acht!

Tjo hob den Kopf und äugte fest eine Goldammer an, die nicht weit von ihm singend im Gras saß. Da ertönte der eigentümliche Knall wieder – und die Goldammer wurde zu einem blutenden Federklumpen.
Die unheilvolle Begegnung wurde für den jungen Mann ein Abenteuer. Er hatte Blut geleckt seit seinem Glück mit der »Gabel«, und nun pirschte er allein – er erzählte es weit und breit. Die Leute nannten seine Reden Jägerlatein.
Tjo mußte zu den Böcken gehören, die ein Segen für jede Jagd sind. Sie altern und liefern schließlich doch einmal einen Aufsatz, wie ihn nicht jeder Jäger an seiner Wand hängen hat.
Wachsamer zog Tjo von nun an umher, aufmerksamer trat er an kühlen Sommermorgen zum Äsen auf die nassen Wiesen. Und wenn der Sonnengesang verstummt war und die Tauben aufs Feld einfielen, wenn die Hasen in den Wald hüpften, um sich zur Ruhe zu begeben, wenn die Sonne über die obersten Wipfel emporstieg – dann knabberte er noch ein Weilchen, bevor auch er im grünen Versteck verschwand.
Aber der gefährliche Knall, dessen stechenden Schmerz er wiederholt gespürt hatte, war immer von neuem überraschend für ihn.
Den Stärksten erging es wie ihm – er sollte es bald erfahren!

Mit sanftem West wehte der Sommer übers Land. Am vierzehnten Tage schon versank die Sonne glührot und zögernd in einem violettblauen Horizont, und am entgegengesetzten Horizont zeigte sich ebenso glührot der Mond.
Tjo genoß sein Waldglück und begann sogar, als Platzbock aufzutreten; aber eines Abends, als er mit gespannt vernehmenden Sinnen am Wiesenrand lauerte, galoppierte prasselnd eine neue Gehörnkrone heran – Tjo gewahrte einen kurzen, dicken Hals und hörte die Schalen klappern; das sagte viel, viel mehr als das Gehörn, und er machte spornstreichs eine Flucht. Zwei flüchtige Schatten – Schalendonnern, Schnauben und angestrengtes Luftschnappen erzählten, daß die Pirsch-Au wieder einen Waldherrn hatte.
Im Galopp ging es über raschelnde Laubteppiche hin. Graue Falter und große plumpe Nachtschmetterlinge stiegen unter den Schalen des Gejagten vom Gras auf, langbeinige Mücken schaukelten über den leuchtenden Gehörnenden des Verfolgers.
Die Ricken schmälten, und die Kitzchen fuhren verwirrt umher.

Jetzt ging's an dem einen Ende los und dann am anderen. Mit weithin dröhnendem Krachen nahm Tjo den Buchenjungwuchs und blieb dann eine Zeitlang sichernd stehen. Auf einmal war der zornige Achilles wieder zur Stelle, sein Kreuzgehörn, seine dunklen, anscheinend von Fliegen besetzten Narben quer über der Stirn schimmerten im Mondlicht, und der kleine Schnelläufer mußte weiter.

Nacht auf Nacht war der Gebieter unterwegs. Dieses Dünnhorn, diese Kahlstirn mußte zuallererst geknechtet werden. Aber gegen Morgen versteckte er sich und ruhte aus. An Getreiderändern und in dichten Nesseln, in Gesträuch und hohem Gras nickte er sich in Schlaf. – Tjo wußte genau, wo er sich jeweils aufhielt.

Der schlaue Jäger erwischte den Gebieter des Holzes weder durch List, Pirschen oder Hetzen mit dem Hund – er bekam ihn nicht in den Rucksack. Aber nun rief das Schmalreh sein süßestes »Fi-fi!« und dieser ihn betörende Ton ließ sich nachahmen. Beinahe hätten beide Böcke dran glauben müssen – im letzten Augenblick ging ein Streifbock, der in der vergangenen Nacht ins Revier gekommen war, unbedacht und darauf erpicht, erster Kavalier zu sein, statt ihrer ins Feuer.

In der Pirsch-Au konnte Tjo nicht bleiben; er zog auf die Felder, streifte umher und landete drüben im Riegelwald, aus dem die Treibjagd ihn im Jahre vorher vertrieben hatte.

Er kam vom Regen in die Traufe –. Der alte Bursche hier hatte keine Lust zu galoppieren, jedenfalls nicht hinter den geringen Böken her. Er liebte Überfall und Hinterhalt, damit ihm der Anblick der Grünschnäbel erspart blieb.

Sein Reich war ein gestrüppreiches, weites Moor, voll Röhricht und kleiner Wiesen. Tjo kannte das ganze Idyll von seinem Aufenthalt während der ersten großen Streife. An demselben Morgen gewahrte er einen Schimmer seines neuen, auffallend schwarzen Waldvetters und machte sich schleunigst zur Flucht bereit.

Dieser beachtete ihn anscheinend nicht. Doch am nächsten Tag, als der junge Gesell beim Äsen sorgloser war, raschelten plötzlich die Büsche – ein Sausen, ein Blinken, dann ein Stoß halb von hinten, noch ehe Tjo die Flucht ergreifen konnte – und er lag und zappelte mit allen vier Läufen in der Luft.

Im nächsten Augenblick war er auf und davon, den Moorbock dicht hinter sich. Er stürmte in den Wald, bis das Schnauben hinter ihm verstummte. Wieder beruhigte er sich, vergaß die schmähliche Behandlung – und spät an einem andern Abend wurde sie ihm wieder zuteil.

Weichgeprügelt, hinkend und kleinlaut machte er sich noch in derselben Nacht auf den Weg zum Grenzwall. Es war ihm genauso ergangen wie im vorigen Jahr. Er war dem Alten im Wege, wo immer er sich zeigte.

Mit dem Sommer wuchsen die Verdrießlichkeiten, die Lust, den verschiedenen Waldherren einen Streich zu spielen, ließ allmählich nach; es ging zu grob her. Als verschlagener Schelm hatte er seinen Spaß daran gefunden, sich da zu zeigen, wo diese bösen Kerle die Alleinherrschaft hatten. Es war ihm ein Genuß gewesen, die Überraschung im gekränkten Gesicht des Stolzen zu sehen, und er hatte Lust gehabt, ihn nur immer mehr zu reizen – nun nahm er sich in acht!

Sich zu verstecken, das hatte er gelernt, auch schnell zu äsen und außer Sehweite zu kommen, sobald er nur ein Schnauben hörte – aber das machte ihn unsicher, mutlos und verstört. Er, der es liebte, andere zu foppen, hatte genug.

Der Kümmerer

Der Fasanenhahn, der Tjo als einer der letzten im Mai Lebewohl gesagt hatte, meldete seine Rückkehr. Aufgeblasen und sich's im Insektengewirr wohlsein lassend, trippelte er knurrend am Waldrand umher. Sein Bronzegefieder flammte noch golden mit braunen Schildfedern und weißen rautenförmigen Flecken; die vorstehenden Federohren an den Schläfen gaben dem seltsamen Vogelgesicht einen teuflischen Ausdruck. Als der Fasan Tjo sah, stieg er auf einen Baumstumpf, reckte das Spiel hoch, schlug mit den Flügeln und verkündete mit heiserem Krächzen seine Anwesenheit, schüttelte sich dann und fiel zusammen, hing schlaff und armselig über dem Sumpf –. Jetzt, wo die Hennen nicht mehr nach ihm hinhören mochten, war das Ganze gar nicht mehr recht unterhaltend.

Ein paar rammelnde Hasen trieben ihr Spiel; die Häsin war ihnen entkommen, und nun galt es, sie zu finden; aber der eine gönnte dem andern keine Ruhe zum Suchen. Ein Lauf von hinten in den Rücken gab das Zeichen zu einer Karussellfahrt; sie endigte mit

Kratzen und Reißen, daß die Wolle stob. Einen Augenblick waren die beiden in gemeinsamer Not Freunde, dann wurden sie wieder von Eifersucht gepackt und hieben aufeinander ein.

Zögernd, sichernd, mit gestrecktem Hals näherte Tjo sich seinem jetzt so dichten und daher kaum wiederzuerkennenden Winterholz. Da traf er seine alte Nap wieder – oben auf dem Graswall, wo das Morgenlicht ihre Gestalt umspielte. Der magere Hals, die langen Lauscher, der runde Bauch – ja gewiß, sie war es. Sie erkannte ihn, sprang ihm entgegen, befolgte dann aber die Taktik alles Weiblichen und entwich dem »Herrn« mit demütigen Gebärden.

Das rührte Tjo, seine Ehre schien ihm wiederhergestellt. Schmerz und Unbill waren vergessen. Wozu rennen und herumlaufen? Hier war ein Wald, ein Reh, ein stiller Winkel – und er richtete sich dementsprechend ein.

Wie im Winter zogen sie in den Nächten umher, und ihm kam wieder ihr Unterricht zustatten. Und als das Getreide höher und höher wurde und ihnen ein immer sicheres Versteck bot, blieben sie auch den Tag über draußen auf den Feldern. Erst jetzt nahm die alte Grenzricke ihn richtig in die Schule.

Starr und unbeweglich stand sie mit ihm in kleinen Wäldchen und an feuchten Moorplätzen, während man vor ihrer beider Nase pflügte oder Torf stach, ohne auch nur ihr Vorhandensein zu ahnen. Er tat sich mit ihr auf Saatstücken, die so groß wie eine Waldlichtung waren, ganz in der Nähe von einigen kleinen Gehöften nieder, und beklommen hörte er das Kläffen eines Köters – bis er wie Nap den Burschen kennen und verachten lernte.

Tjo ließ sich erziehen. Ein Bauer kam mit der Mistgabel auf dem Nacken, er trat schwer auf und pfiff von Zeit zu Zeit vor sich hin. Immer hörte man ihn, auch ohne daß man besonders danach horchte. So zogen also solche Wesen einher. Und im Gehölz –. Weswegen war er flüchtig? Er hörte ja nun eine Axt krachen. Er hätte des Jungen wegen, der sich mit der Keule näherte, ebensogut stehenbleiben können – der pflöckte bloß die Kühe um. Aber in dem, was hinterrücks kam, lauerte die Gefahr!

Eines Morgens liefen sie zusammen durch eine dichte Hecke auf dem Feld, sie voran, er hinter ihr her. Warum sie plötzlich zurückblieb, verstand er nicht – er zog weiter dem Wald zu. Das grüne Tageslicht schlug von der Blätterwölbung auf ihn nieder. Er hob den Kopf – der weiße Streifen über der erdschwarzen Nase fiel dem Waldhüter in die Augen. Und er bekam Lust, mit ihm ein wenig Spaß zu treiben. Wer da? fragte Tjo, mit dem Vorderlauf schlagend. Er warf den Kopf und schlug von neuem. Wer da? Dann machte er kehrt und tat einen Satz in die Luft. »Bauw!« Er hatte den Wald gewarnt und wandte sich wieder, auf seine alte Nap wartend.

Er wollte die Dinge bis auf den Grund erforschen, wollte ordentlich Bescheid haben. Die Gestalt blieb ja stehen, sie stand und versteckte sich zwischen den Stämmen. Gefährliche Gründlichkeit! »Bauw!« Ein komischer Sprung in die Luft, ein Anlauf zur Flucht. Aber Tjo bereute, kehrte um, trippelte, in den Knöchelgelenken federnd, stapfte und äugte, den Kopf emporwerfend – lauter Dinge, dazu bestimmt, der versteckten Gestalt ein Lebenszeichen zu entlocken.

Da endlich brachte der Wind Kunde. Kein Gegner wie sonst, ein gefährlicherer: Der Mensch! »Bauw – Bauw – Bauw!« Ein Tierpark-Bock! lachte Waldhüter Jens.

Tjo hatte noch viel zu lernen.

Die Sonne blies ihren heißen Atem durch die Luft und färbte das Laub dunkel. Die Mücken standen dick in den Sonnenstreifen über den Waldwegen, wo Krähe und Goldammer nach Luft schnappend umherliefen und Tjo mit offenem Geäse seines Weges zog.

Hatte er seine kluge Alte wieder einmal satt bekommen? Der Waldhüter sah sie nicht mehr zusammen – allein zog er suchend umher.

Eines Tages fand er den Weg in eine von Nesseln umstandene Erlendickung. Zwischen Storchschnabel und Adlerfarn ragte vor ihm ein Bockkopf mit einem Stirnschmuck auf, der ihn bedenklich stimmte.

Er beeilte sich, ihn zu vergessen, sah ihn aber an einem der folgenden Tage am selben Ort wieder. Und so ging es weiter – der Bock saß hier versteckt im Dickicht, Tag und Nacht. Allabendlich, wenn Tjo aus dem Holz trat, um zu äsen, machte er einen Bogen um zwei dunkle, langspießige Gehörnstangen, die sich drohend aufrichteten, während die steifen Lauscher betrübt nach beiden Seiten hinabhingen.

Zuletzt war ihm der Anblick ganz vertraut geworden. Er wagte sich näher heran – der Bock wich nicht von der Stelle.

Endlich eines Abends sah er ihn umherhumpeln. Der linke Hinterlauf war weg, dicht oberhalb des hinteren Kniegelenkes weggeschossen – der abgeschnittene Stumpf war endlich verheilt. Der Kümmerer hatte gelitten und gehungert; aber nun war er darüber hinweg und äste heftig, um wieder Fleisch auf seine dürren Knochen zu bekommen.

Trübgestimmt und geschwächt war der Invalide vom langen Stillsitzen. Ihn verlangte nach Gesellschaft, und Tjo hatte seinerseits dasselbe Verlangen; seine jugendlichen Gebärden und sein Aussehen regten den Armen nicht auf, er fühlte sich vielmehr sicher dabei.

Die Begegnung mit dem Kümmerer brachte dem jungen Wanderer Glück; er befand sich ja abermals in den gefährlichen Randgebieten des Reviers, wo die Jagd auf den lockenden Feldern in gierigen, unkundigen Händen lag. Er lebte mit ihm zusammen für den Rest des Sommers, und er wiederholte und erweiterte während dieses Zusammenseins die Lehren der alten Grenzricken.

Spät, sehr spät trat der Kümmerer aus dem Holz.

Der Sommermond kämpfte mit dem warmen Nebeldunst des Tages, verschleierte und umwölkte sich und war ganz verschwunden, um dann plötzlich wieder mit seinem fahlen Licht durchzubrechen. Über dem Wiesenzug vor dem Wald, wo das Vieh graste, mischte sich das Gebrüll der Tiere mit dem zarten Geläut der Dorfkirche.

Jetzt war es wirklich an der Zeit, meinte Tjo. Er war ungeduldig, und es fiel ihm schwer, seine Äselust zu bezwingen.

Aber der alte Waldveteran zauderte. Vernehmend untersuchte er den kühlen Abendhauch, der gegen den dunklen Waldrand schlug, und ließ zuerst eine Fähe mit quiekenden Jungen vorbeiziehen.

Sie hörten die Kiebitze aufsteigen und verfolgten den Weg der Familie Reineke nach dem Klagen der Vögel und dem nassen Schnaufen der Kühe – endlich, als Licht und Schatten zusammenglitten und alles Grün schwarz wurde, gab der Bock humpelnd das Signal, und Tjo sprang davon.

Aber nie blieben sie bei Tageslicht draußen. Schon bevor der Mond ihnen seinen Beistand leisten konnte, den ausgetretenen Wechsel zu finden, zogen sie zu Holze und ließen sich unter der schützenden Blätterdecke nieder; sie wurden eins mit dem Dunkel.

Am Tage hielten sie sich in einer großen Eichenpflanzung auf, wo die schlanken Stämme Reih auf Reih ab standen. Hier konnte der

Invalide sich schnell unsichtbar machen, wenn Gefahr im Verzug war – und hier war Äsung genug. Sie saßen und käuten wieder, mit gestreckten Lauschern; einen Augenblick hielten sie inne zwischen dem Schlucken der Klumpen und begannen dann von neuem. Aber selbst im Schlaf sollte Tjo instinktiv unterscheiden können, von wo die Geräusche stammten und welche Bedeutung sie hatten, ohne daß er deshalb aufzuwachen brauchte. Das Rauschen des Waldes, das Trippeln der Regentropfen konnte voll Hinterlist sein; weniger arglistig war dagegen das hohle Stiefelknarren der Holzarbeiter, die des Weges kamen, das dumpfe Rumpeln der Brennholzwagen oder die Alarmschreie anderen Wilds und der Vögel.

Dösend saß der Veteran da, ab und an den Kopf schüttelnd, der beim Krähen eines Fasanenhahns mit einem Ruck emporfuhr und dann wieder herabsank. Der Bock träumte weiter.

Plötzlich stellte er die Lauscher vor, die langen Trichter drehten sich unabhängig voneinander und richteten sich langsam empor. Seine schlaffe Miene bekam einen wachen, entschlossenen Ausdruck. Schließlich richtete er sich bedächtig auf und hinkte davon.

Tjo schlummerte noch halb, als ein großes, rotes Ding vom Waldweg aus in den Eichenbestand einbrach. Noch eins und dann ein andres Wesen: ein alter Mann, der seine Pfeife rauchte. Die Kühe des Waldhüters waren es, gehütet vom Schwiegervater, von dem immer eine Witterung wie von einem Stinkschwamm ausging.

So hatte der Kümmerer seine Umgebung bis ins kleinste ausgekundschaftet, nicht bloß im Wald, auch in der Umgegend: die Bauern in der Nachbarschaft, ihre Knechte und Hunde. Er kannte den Geruch jedes einzelnen, seine Gewohnheiten und seine Lebensweise. Über den Waldarbeiter, der morgens und abends auf seinem Holzschuhwechsel dicht an der Stelle, wo er saß, vorübertrottete, wußte er genau Bescheid, über seinen schleppenden Gang, sein Priemspucken und Husten. Beim Äsen auf der Wiese des Waldhüters nahm er nur ein einziges Mal vor dessen Frau Reißaus, als sie bei nassem Wetter nicht in Holzschuhen kam, sondern die schlurfenden Gummistiefel ihres Mannes angezogen hatte.

»Ich kann ihm auf zwanzig Schritt nahe kommen«, behauptete die Frau.

Aber kein Jäger kam bis auf Schußweite an ihn heran.

Der Revierjäger vom Gut, der gleichwohl hier draußen unmöglich Frieden halten konnte, bekam es satt, dem Invaliden nachzulaufen; er überließ es dem Waldhüter, den Leiden des Bocks ein Ende zu machen. Hatte er doch außerdem einen Nachfolger!

So zog Jens nach dessen Weisung eines Morgens Bluse und Rock seiner Frau an, setzte sich ihre Kapuze auf und nahm die Flinte wie eine Tüderkeule, den Kolben nach vorn, in die Hand.

Der Bock sah ihn kommen – machte aber doch eine Flucht. Jens hatte keinen rasselnden Eimer bei sich wie die Frau!

Nein, keine Vogelscheuche konnte dem Invaliden nahe kommen. Er hatte den Schreck im Leibe; er war ebenso vorsichtig wie verschlagen. Aber eines Morgens hing er steif und kalt im Wald – wie Nap war er in eine Wilddiebschlinge geraten.

Einsam und traurig zog Tjo suchend umher – aber niemand kam. In ihm nagte die flüchtige Erinnerung an eine Zeit, die vorbei war.

Er sehnte sich nach dem Rehsprung, sehnte sich danach, mit den anderen ringsum am Hügel in Deckung zu sitzen, einen sichernden Rehkopf auf jeder Seite. Zusammen mit Gefährten auf Äsung zu ziehen – das gab ein Gefühl der Sicherheit, des Geborgenseins! Wenn bloß ein Fasan Alarm schlug: alle Köpfe hoch! Wie viele gab es da, die Witterung zu erforschen, wie viele, zu lauschen und zu vernehmen – hier hatte er außer sich selbst nur Krähen und Kiebitze.

Und wieder packte ihn die Wanderlust. Aber hinter ihm war so vieles, was ihn bedrohte. Drum schlug er nicht den Weg ein, sondern ging vorwärts. Er folgte Hecken und Wällen, hielt sich an Stellen, die ein wenig Schutz boten, und zog wie alle anderen Tiere auf Pfaden, Wegen und an den Feldrainen entlang. Es war kein Plan in seinem Ziehen. Ein starkes Hundegebell von der einen Seite trieb ihn zur entgegengesetzten hin. Stieß er da auf Menschen, so ging er zurück, bis er wieder vorwärts gezwungen wurde.

Und doch schweifte er nur scheinbar ziellos umher. Eine Hauptrichtung gaben ihm höhere Mächte an. Die Zugrichtung der Tiere, die seit undenklichen Zeiten zwischen den Wäldern um die beiden großen Seen, die mitten in der Landschaft lagen, hin und her gewandert waren, wurde bestimmt von Gelände, Windrichtung, Wohnplätzen der Menschen und von der den Tieren angeborenen Gewohnheit. Es konnte vorkommen, daß manche, deren Instinkt nicht scharf war, ausbrachen und für ihre Wanderung eine andere Richtung wählten; aber sie kamen selten mit heiler Haut zurück.

Auf der Streife

Mitternacht – alle Höfe schlafen. Nur eine Gestalt weit vorn auf dem Weg; aus der Dunkelheit der Schlagschatten taucht sie auf; ein bleiches Gesicht, die Schultern, die schlotternden Arme – das große, aufrecht gehende Vieh. Der Knecht, der dem Nachbarhof einen Besuch abgestattet hat, ist auf dem Nachhauseweg. Mit einem Satz bringt sich Tjo in Sicherheit. Abseits von dem trockenen Wechsel, wo er leicht und lautlos dahinschritt, flüchtet er durch das tautriefende Korn. Die Menschentritte verlieren sich hinter ihm in dem blinden bleichen Dunkel.

Mondseen rings auf allen Feldern, eingefaßt von flachen Schattenufern. Der Feldweg drüben ist ein gelber, dampfender Mondfluß. Halbwegs im Graben unten äst ein Tier von der Art, die immer überrascht. Er nähert sich vorsichtig – eine Feldwalze!

Gerade nach vorn ist's klar und sichtig und doch nicht ganz zu fassen; aber er weiß, es sind Bäume und Büsche. Und der Mond liebkost die weißen Giebel. Er wird nicht gegen die Häuser der Menschen rennen.

Ein Fuchs schnürt über den Weg, wollig, verschwommen – an seinen strengen Geruch erinnert Tjo sich von der Kitzzeit her. Vor dem ist er oft genug gewarnt worden – Fuchs, Dachs, Hund – sie haben alle das an sich, was abstößt! Die Witterung von Hasen und Hirschen ängstigt ihn nicht; es beruhigt, da seines Weges zu ziehen, wo friedliche Pflanzenliebhaber ihre Spur zogen.

Fern im Land leuchtet es von einem Hügel her. Der Mond ist herabgestiegen und fährt über die Erde dahin. Ein wildes, strahlendes Licht schneidet die Stämme der Straßenbäume scharf aus. Er bleibt stehen und hört das Brummen der Autos. Er kennt das und ist ruhig.

Schwatzende Pappeln, wisperndes Schilf. Rinderbrüllen von frostkalten Niederungen her, wo das Jungvieh sich schauernd zusammenpreßt, wie Flöhe auf der klammen, mitternachtschwitzenden Haut der Erde. Er hört und wittert sie – seine Nase ist überall dabei.

Plötzlich ein grauer Schatten zwischen den vielen schwarzen! Der bewegt sich, hoppelt herum, macht sich im Grabendunkel zu tun und taucht wieder auf – ein graues, spitzköpfiges Männchen betrachtet den Bock. Dachte der es sich doch: der Wacht-Hase war's – ein letzter Gruß aus dem Grenzholz!

Den nächsten Tag verbringt er in einem abseits gelegenen Gebüsch und zieht dann im Nachtdunkel weiter.
Er wollte die Kost wechseln. Er äste den Klee nicht, wenn er hart wurde, das Gras nicht, wenn es in Ähren schoß. Er war wählerisch – und aus diesem Grund rückte er fortwährend langsam vor.
Hin und wieder setzte dieser oder jener streunende Hund ihm nach – und vor denen hatte er noch Angst. Nicht, daß er kein Vertrauen zu seinen Läufen gehabt hätte, aber die Zäune der Menschen erlaubten ihm nicht immer, sie frei zu gebrauchen. In einem bekannten Revier war das anders.
Da wußte er einigermaßen, in welcher Richtung die Hindernisse lagen; auf unbekanntem Gebiet sprang er überall zwischen Gefahren umher.
Er trollte auf ein Blattgehänge zu, hinter sich scharfe Zähne und Geläut, alles Unbehagen der Welt. Da stand ein hohes, starkes Flechtwerk rings um den Garten, und er mußte abbiegen.
Zurück! Nach der Seite! Und nun Beine gemacht, in ein Versteck hinein, wie er es von der alten Ricke gelernt hatte. Leicht zu machen, solange das Korn noch wogt – Übung macht den Meister –, und der Köter verhalf ihm zu dieser Übung. Sein gellendes Bellen verliert sich nach und nach.
Den nächsten fertigte er schneller ab. Und den dritten foppte er. Er lockte den Kläffer auf weitverzweigten Wechseln umher, machte Abstecher, zwängte sich durch Gestrüpp und Moordickicht, strich in die Ferne und ließ den Köter klagend, obdachlos zurück.

Hoch, klar, erquickend – auf einmal ist die Herbstluft da. Es hat geregnet und gestürmt, hat gewüstet in Wald und Feld. Eines Morgens liegt die Natur in vollkommener Ruhe, und der blaue Himmel schält sich langsam aus feinen, leichten, weißen Dunstschleiern heraus.
Auf seinem Wege hat er bisher genug Tagesverstecke gefunden. Aber jetzt ändert sich das Land: wenig Pflanzungen, weniger Hänge mit Gestrüpp, hier und da ein Wäldchen oder eine Tannenschonung. Er ist nicht mehr auf vertrauten Pfaden. Sein feuchter Windfang befragt den Wind um Rat.
Tjo hat eine gefährliche Stelle zu überqueren; und er erreicht sie, gerade als die Bockjagd aufgeht.
Auf dem meilenweiten ebenen Land liegt ein kleiner Gutshof. In

seinem Treppenhaus, das durch beide Stockwerke geht, hängen die Wände von oben bis unten voll von düsteren, im Moor gefundenen Geweihen. Aber unten über den Türen sitzen kleine Gehörne, meist Gabler und einzelne Sechsender. Von denen wird viel Wesens gemacht – denn ein Rehbock ist in diesen Gegenden ein seltener Gast. Fand er sich aber ein, so entging er seinem Schicksal nicht; dafür sorgten die schießlustige Jugend und die alte erprobte Jagderfahrung des Gutsbesitzers und seiner Leute.

Der Angeber, der das Ganze ausgeknobelt hatte, war ein alter Holzknecht. An dem Morgen, als er mit einer Fuhre Buschholz auf den Hof kam und den Verwalter anrief: »Nun ist wieder ein Stück Wild da!« rannte man, um die Flinten zu holen. – Tjo hätte hinter einem der Knicks stehenbleiben sollen, die das Revier spärlich durchkreuzten, oder er hätte sich in einer der großen Mergelgruben verstecken können – da ließ der Schnüffler sich selten sehen. Aber ein paar Wäldchen gehörten zum Gehöft, und in das größte zog er ein wie alle früheren Streifböcke.

Seit zwei Jahren hatten die Wechsel in dem Gehölz keine Wildschalen zu sehen bekommen, aber er findet sie sofort; sie laufen in der Länge durch den Wald, um so lange wie möglich Nutzen aus seinem Schutz zu ziehen, schwenken hier und da ein wenig, um Übersicht zu schaffen, und führen dann ins Feld.

Drei Tage lang stand er hier. Weder Fellhaare noch irgendeine kleine gefegte Esche ließen sich entdecken – und es waren doch so viele da, die Tjo für einen Bocknacken zu diesem Zweck geeignet schienen. Trotzdem fing er an, sich heimisch zu fühlen, und meistens äste er auf einem schmalen Wiesenstreifen, der sich in den Wald vorschob.

Aber eines Tages kam Fahrt in seine Läufe –

Die Posten waren besetzt, und der Gutsbesitzer, der den Bock zu schießen pflegte, stand da, wo der Wechsel über den Wiesenstreifen ging. Ein kleiner Kläffer war Tjo auf den Fersen. Tjo blieb auf dem Wechsel, er wollte nach der Gewohnheit des Rehwildes bei der ersten besten Gelegenheit quer über die Lichtung schlüpfen, um seinem Verfolger schneller zu entkommen. Wenn er das tat, mußte er wie alle seine Vorgänger der Büchse des alten Herrn zum Opfer fallen. Im letzten Augenblick änderte er jedoch seinen Entschluß, setzte über die Umzäunung am Waldrand und verschwand auf den Feldern.

Überall, wo er sich danach zeigte, erregte er Aufsehen. Als ein

freies Stück Wild sprang er umher und wurde vom Zufall bald auf das Gebiet des einen, bald auf das des anderen schießenden Wesens getrieben.
Er löste das verborgene Abenteuer in den Menschen aus, die im Alltag mürrisch umhergehen; aber sie wollen das Abenteuer an der Wand haben, auf der Gabel oder als klingende Münze in der Tasche. Ein Lauffeuer geht – wo er seinen wippenden Spiegel sehen läßt – ein Reh, ein Braten! – und Jäger und Nichtjäger stürzen aus dem Bau.
In diesem Herbst lernte er gehörig Fluchten machen und troff richtig von Schweiß.
Von seinesgleichen hörte er nichts. Kein Bock forkelte ihn in die Keulen, keine alte Hexe sprang ihm halb im Galopp mit gehobener Schale entgegen – und doch war es ein Hundeleben hier. Die Äsung knapp und wenige Stellen nach seinem Geschmack. Offene Felder, keine Wäldchen, nur unfruchtbares steiniges Gestrüpp und nasse Brüche.
Wie sehnte er sich nach einem Laubversteck, nach der hohlen Rundung eines Wechsels unter dem braunwelken Mantel des Waldes –. Ihn verlangte danach, unter die Decke der wärmenden Blätter zu kommen, wieder einmal ganz zu verschwinden wie in der Nacht, mit Bäumen und Wald zu verschmelzen.
Aber bis dahin hatte es noch gute Weile. Tjo hatte soeben mit dem Abenteuerleben des wandernden Rehbocks begonnen und hatte sich noch kaum an sein Los gewöhnt: von Ort zu Ort getrieben zu werden, auf eigenen Läufen zu stehen und Trost, Stärke und Vergnügen in der eigenen Gesellschaft zu finden. Er mußte die Dinge nehmen, wie sie kamen, und sich darein fügen, im Tagesversteck mit allem möglichen sich umhertreibenden Getier zusammenzuhocken. Jedes kleine Gebüsch, jede Mergelgrube und jedes Versteck waren ja des gesamten Wanderwildes Herberge, auf die der eine nicht mehr Anrecht hatte als der andere.
Eines Tages traf er an einem Röhrichtmoor mit einem Dachs zusammen, der auf der Suche nach einer Winterwohnung war. Da lagen schon vier Füchse im Quartier. Eine Woche lang wohnten sie alle da. Eines Vormittags, als sie im besten Schlaf lagen, wurde das Bruch umstellt, ein Hund räumte die »Stuben«, scharfe Knalle ertönten. Daß so etwas stach, bekam er von neuem zu spüren. Er kriegte seinen Teil ab, entwischte aber doch zum Ärger der Fuchs-

jäger, die in diesem einsamen Gebiet niemals einen Dachs, geschweige denn einen Bock gesehen hatten. An einem anderen Tag saß er in einem Rübenfeld an einer Stelle, wo die Rüben ins Kraut geschossen waren.
Ein Hund stand vor dem alten Reineke, der Tjo durch seine bloße Anwesenheit den Glauben beibrachte, daß man hier tagsüber ebenso sicher sei wie draußen zwischen den Schlehenreisern auf dem öden Hang. Die Oktobersonne schien mild – in den Rüben schwatzten die Leute wie je. Plötzlich wurde gerufen, und Reineke suchte sich davonzustehlen, wo die Rüben am dichtesten waren, während der Hund ein wenig oberhalb schräg vor ihm stand, die Rute senkrecht in die Luft streckend.
Der Jäger schlich heran und gewahrte etwas Rotes; hielt es aber für einen Hasen, und Hasen hatten sie an diesem Tag genug bekommen. Da mußte der rote Schleicher zu einem bestimmten Zeitpunkt von der einen Rübenreihe zur anderen hinüber. Ein gleitender, unbestimmter Schatten, von dem der Jäger gerade noch den gekrümmten, weißen Luntenzipfel auffing – dann fiel der rote Waldstrolch.
Aber zwei Schüsse waren nötig, und bei dem Knall, den nicht einmal ein Spießbock für Zweigeknacken oder Stammeskrachen halten konnte, sprang Tjo auf und davon.

Tagelang war er mit dem Wind gezogen; nun wehten die leichten, spitzen Wolkenfahnen in eine andere Richtung; unbewußt wie alles ziehende Wild trieb er mit.
Das Land stieg an und wurde karg, eine kühle Feuchte setzte ein, und Kiefernhügel brachen aus dem grünen Erdreich hervor. Die Kiefern breiteten sich aus, und bittere Erika und hochstengliges Gras, an dem er nicht schnuppern mochte, gesellten sich zueinander; eine lose, offene Erdschicht löste die weiche, in sich zusammenhängende ab. Er hatte die großen Sandhügel draußen an der Küste in der Nähe eines Städtchens erreicht.
Frische Böen und Regenschauer hüllten die Kiefern ein, die tief über die Erde hinkrochen. Auf einem ausgetretenen und von vielen Menschen benutzten Pfad, der sich durch Schluchten und zwischen den Anhöhen dahinschlängelte, erreichte Tjo einen Vorsprung und äugte über ein Gewässer hin, wie er noch nie ein ähnliches gesehen hatte. Es brandete und brüllte – er machte kehrt und sprang

zwischen stechende Büsche hinein, die gut rochen und ihm wohlschmeckend vorkamen. Immer mehr und mehr von den Ginstersträuchern waren beknabbert, und dazwischen lief er auf eine gefegte junge Buche – lauter Zeichen und Grüße, die er verstand.
Es war auch ein Bock in diesem Ginsterhain, sogar gleichaltrig mit ihm. Dank der Zeiten Gunst hatte er sein Reich in Besitz gehabt, seit er ernstlich aufzusetzen begonnen hatte – drum war sein Selbstgefühl groß; und er war bereit, jedem Nebenbuhler die gebührende Abfuhr zu erteilen. Seine Enden waren spitz und gefährlich genug für jeden, der keine längeren und spitzeren hatte.
Tjo trug gerade seinem Alter gemäß den rechten Aufsatz mit ganz kurzen, tiefsitzenden Sprossen, so daß die Endspitzen wie Speere aufragten. Er ließ sich anfangs verscheuchen, beugte sich wie jedes fremde Wesen vor dem selbstverständlichen Besitzrecht des Standbocks; aber im Laufe der Zeit machte der geringe Altersunterschied sich geltend.
Der kleine, selbstbewußte Eingesessene hatte sonst durchaus keine Angst vor solchen vielgereisten Gesellen; aber der Ginsterhain, der ein Durchgangsholz für die streifenden jungen Böcke war, hatte noch keinen starken Bock angelockt.
Hier gab es keinen Kampf um das Besitzrecht auf diese oder jene Schönheit, denn es gab kein Schmaltier in dem ganzen Hügelland – der Streit galt ganz einfach dem Recht, hier zu sein und sich frei auf dem Platz zu bewegen.
Der gekränkte kleine Platzherr hatte einen Kniff, den er bei jedem Gegner anwandte, der angreifend zu Werke ging. In voller Fahrt und anscheinend auf Kampf erpicht, stürmte er gegen den Feind, sprang aber dann im entscheidenden Augenblick zur Seite. Nun wiederholte er diesen Kniff Tjo gegenüber so oft, wie der andere schnaubend über seine Frechheit auf ihn losfuhr.
Eines Tages war Tjo aufs höchste gereizt. Er kannte die Gefahr des Reisens, die kahlen Felder und die Unwirtlichkeit der nassen Brüche. Sollte er hierbleiben dürfen oder nicht? – Es drängte zur Entscheidung.
Er nahm den Anlauf kürzer und wollte sich nicht mehr zum besten halten lassen!
Da bäumte sich der Platzbock vor seiner Nase auf und versetzte ihm mit den Vorderschalen ein paar Ohrfeigen. Das war wieder ein Benehmen, das der vertriebene Sohn aus edlem Stamm als Hohn auf-

fassen mußte. Er hetzte den Laffen, sprang hinter ihm her, daß jener den Atem verlor und alle seine Kräfte zusammennahm. Als Tjo ein andermal oberhalb des Gegners zu stehen kam und den Vorteil hatte, hügelab anzugreifen, da ging es los.

Der Kampf war kurz. Schon beim ersten Zusammenstoß rannte Tjo dem Bock den einen Spieß durch die Gehirnschale. Dicht hinter dem Gehörn in der Verlängerung des den Schädel verbindenden Saums ging die eine spitze Stange auf Grund. Er merkte eine Last, die ihm den Kopf herumwand und den Nacken zu Boden zwang: verendend hing der geforkelte Gegner auf der Stange.

Er begriff es nicht recht – als er sich jedoch zurückziehen wollte, blieb der tote, schwere Bockkörper an ihm hängen.

Er mußte sich von diesem Klumpen befreien, der ihm den Kopf verdrehte; und er hieb um sich und schüttelte sich verzweifelt wie damals, als er an dem Baum angebunden stand. Da surrte es drinnen hinter seiner wehen Stirn, und diesmal kam er nicht so billig davon. Er verlor nicht nur eine Sprosse, sondern die ganze rechte Stange, die eingedrungen war, flog vom Rosenstock ab, und ohne sie wurde er flüchtig, weg von dem stummen, schweren, willenlosen Klumpen.

Nun war er der Bock des Hains, er besaß das Ganze. Aber was war das wert? Eine Öde ohne Äsung, ohne ein einziges Wesen seiner Art. Bisher hatte er doch einen gehabt, mit dem er sich herumprügeln konnte!

Standbock im ›Fang‹

Entschwunden waren die hellen Nächte des Sommers, die Tage wurden grau und kürzer. Es fror auf den Tümpeln, und das früher so blanke Gras wurde flockig vom Reif. Das Meer brauste, und die scharfe Nachtluft des Spätherbstes kühlte die sommerwarme Erde. Der Wind strich die Hügel hinauf durch das Ginstergestrüpp.

Da wurde Tjo von neuer Unruhe gepackt, er unternahm weite Streifzüge, um einen geeigneteren Aufenthaltsort für den Winter zu finden, mußte aber jeden Morgen zu seinem notdürftigen Versteck zurückkehren.

In fetten, fruchtbaren Wäldern war er geboren. Zwischen hohen, schlanken Eichen hatte er einst seine Sommerfarbe verborgen, und sein Wiederkäuerschläfchen hatte er auf dem grünen Wechsel gehalten, wo das Gras ihm bis über den Kopf reichte. In alten Holzschlägen mit riesigen Buchen, die freigebig ihre Eckern ausstreuten, hatten seine Kitzlippen Sauerklee und Anemonenstengel gepflückt. Wie lange das her war!

Da rettete das Schicksal ihn nochmals.

In einem langen, schmalen Waldstück – der ›Fang‹ genannt – an steinigen Hügelrücken und Hängen entlang, eine Meile Wegs ins fettere Land hinein, hatte eine Treibjagd unter dem Bockbestand aufgeräumt. Ein paar jüngere Rehe waren ausgewandert; sie kannten den Weg zu und von den Ginsterhügeln und kamen, um den verblichenen Platzherrn zu holen.

Sie führten Tjo im Triumph heim.

Endlich sah er ein Revier wieder, das bekannt und vertraut auf ihn wirkte: Dezemberwald, nackt und stumm – und immer naß. Statt der Blätter hingen Regentropfen an den Zweigen. Und immer war es, als ob jemand käme. Die Tropfen trieben ihren Spuk im fallenden Laub.

Tjo entsann sich des Ganzen, er erkannte Geräusche und Stimmungen wieder – erinnerte sich der Nebel, die sich röteten, wenn sie über die jungen Buchen trieben und einen milden, grünlichen Schein annahmen, wo Tannen wuchsen – der nasse Herbstwechsel, zottig vom Tau auf den Höhen, aber voll von Reif und zarten Frostdaunen in den Niederungen. Behutsam mußte er dort treten.

So recht ein Gehölz nach seinem Geschmack! Dicht und verfilzt, mit Buchengestrüpp auf den grünen Hängen, umgeben von bestellten Feldern mit Klee und Rüben. Er richtete sich ein, erleichterte sich das Hin- und Herziehen durch neue Wechsel und trat alte aus. Der Wald am Höhenrücken wurde sein Winterheim.

Und wieder zog er den Winterpelz an, den nebelgrauen, an dem die beiden weißen Flecken vorn am Hals voll sichtbar waren. Aus den Rosenstöcken ragten bloß ein paar fingerlange Daumen auf, und die waren ebenso behaart wie der Rumpf. Er erschien größer als in seiner roten Sommerdecke und schwer und plump von Gestalt.

Der Winter wurde hart und schneereich, Roggen und Gras versteckten sich; im Wald aber lagen Brombeerranken zuhauf – er brauchte nur seinen schlanken Hals zu beugen, dann fand er ein grünes Blatt.

Und er setzte mehr und mehr auf, während die Kälte lastete. Um ihn her war alles unfruchtbar; in ihm wuchs es, die Stangen schwollen wie überreife Rohrkolben; aus den dumpfen, klumpigen Spitzen brach es hervor, und die Verzweigungen auf den Gehörnstämmen waren zu ahnen.

Seine beiden Ricken hinter sich, hielt er sich an den Wald und lebte so viel wie möglich nach Naps Beispiel. Kein Mond sah sie jemals auf den Feldern, aber in dunklen, schneeschweren Nächten zogen sie umher.

Der Frost herrschte, trocken in der Luft wie auf dem nächtlichen Lager, wenn sie den Schnee weggescharrt hatten. Der hohe, klare Frost war wärmer als der klamme Nebel. Dann fanden sie einen Südhang, auf den die Vormittagssonne schien – da ließ sich so gut an den Zweigen knabbern!

Im Laufe des Nachmittags taten sie sich gern nieder und warteten auf einen Sonnenstreifen. Die Wolken öffneten sich in der Regel, aber der Schnee war scharf, spitzig und trocken anzufühlen. Und der Wald murrte, die Tiere hörten das Seufzen, Knarren und Klagen der alten Bäume.

Schließlich aber zerbarst die ewige Schneewolkenmasse, die den Februarhimmel eingehüllt hatte, in gleitende, flüchtige Wolken. Ein Rosaschein ergoß sich über bereifte Dickungen und entzündete eine feine, goldene Glorie in all den Deckhaarspitzen auf dem Bockrücken. Er reckte den Kopf und sonnte sich in dem seltsamen Gebrause –. Es lag im Licht, man merkte es an der Luft: das Ende der Winternot war nahe. Tagelang regnete es, die Schneedecke sank, zerbarst auf den Wiesen, die Maulwurfshügel tauchten wieder auf, und die Grashügel streckten befreit die Stengel.

Mit Eschenknospen und Brombeerblättern hatte er sich durch den Winter gebracht; er hatte die Rübenmieten besucht, sooft er zu ihnen kommen konnte. Trotzdem sah er etwas mager aus, als die Anemonen ihre anmutig gebeugten Knospen hoben mit dem sich rötenden Schimmer über den weißen Blütenblättern. Seine Gestalt war so schmächtig wie die eines Rennpferdes im Training; aber es wurde besser, als der April die Versprechungen auf üppigeres Futter erfüllte. Während der Bast von dem starken Gehörn flatterte, sprang er feurig aus der Kälte der dunklen Zeit der Sonne entgegen. Jetzt handelte es sich darum, Fegebäume zu finden, um an ihnen den Aufsatz blankzuwetzen.

In diesem Jahr war Tjo Sechserbock mit zwei langen, prächtigen Stangen. Die Gabelung begann erst ein Stück oberhalb der Lauscherspitzen. Der Gehörnstamm war dunkelbraun, die runden Enden leuchteten weißgelb.
Noch hatte er Frieden und konnte unangetastet umhertrollen, konnte sich an dem Blattgrün des Hochwaldes gütlich tun und am Abend die Waldwiesen oder die Kleefelder besuchen. Aber das sollte bald anders werden.
Der alte Weidmann von der Pirsch-Au hatte Freude an seinem Sohn, der seinerzeit zweimal an Tjo vorbeigeschossen hatte.
Er wohnte jetzt in der Stadt. Da die Bockjagd bevorstand, hatte er die Jagd im »Fang« übernommen mit der Bedingung, den Ertrag mit dem Besitzer zu teilen. Die Leute aus der Gegend gaben dem Nimrod Winke, und von nun an stand das Fahrrad nicht still; sobald er nur einen Nachmittag frei hatte, fuhr er seine fünfzehn Kilometer zu Holz. Und oft blieb er die Nacht über da, schlief auf dem Speicher des Försters oder in einem Heuschuppen. Er entdeckte Fährte und Fegung; gewann Gewißheit darüber, wo der Bock zog – und endlich sah er ihn auch.
Es war eines Morgens ein paar Stunden nach Tagesanbruch.
Aus dem Glast und Brodem eines fruchtbringenden Wetters entfaltete der Lenzwald seine frischgrünen Farben.
Tjo hatte lange bei der morgendlichen Äsung verweilt und sich eine Weile von der Sonne schmoren lassen; dann zog er ein wenig umher. Er war satt und sicherte aufmerksam; beim geringsten Anlaß wurde er flüchtig.
Der junge Jäger merkte bald, daß er zu spät aufgestanden war. Die Aussicht auf einen Schuß schwand mehr und mehr. Er fing bloß gelegentlich einen Schimmer auf und sah im Fernglas einen Kopf mit gutem Gehörn.
Die vernehmenden Lauscher mit ihren wolligen Trichtern drehten sich unruhig um die walnußbraunen Stangen. Wie eine Gabel sprangen sie aus den Rosenstöcken hervor, wölbten sich dann schwach leierförmig, die sonnenweiß glänzenden Enden zueinander neigend. Ein schönes Bockgesicht – aber wie aufmerksam es sicherte! Es war beinahe, als ob die dunklen Lichter mitlauschten. Sie zogen sich in die schiefen Höhlungen hinaus und glommen gespannt beobachtend mit violettem Schimmer. Ziegelrotes Gekräusel rahmte sie oben ein –.

Wupp, und das Bild war weg, aber der Jäger blieb, ärgerlich und enttäuscht, doch zitternd vor Spannung, zurück.
Von diesem Tag an war es ganz toll. Er träumte von dem Bock und sprach von dem Bock. In Sonne und Sturm, in Dreck und Regen trat er die Pedale, fuhr mit den sichersten Hoffnungen aus und kehrte heim mit verbissenem Trotz – den Bock mußte er haben!
Tjos Waldwiese lag draußen nach einem Feld zu und wurde von einem Bachlauf durchströmt. Hierher kamen des Abends die langbeinigen Reiher. Stumm, bis zum Leib im Wasser, wateten sie um ihn herum, während er an den Minzpflanzen roch und sein Gras fand. Sie stiegen auch in den Gräben entlang und hielten in der Regel wachsam wie er inne, lauschten in den Wald hinein und spähten nach den Feldarbeitern, die über die Hügel heimschlenderten.
Eines Abends hing Tjos Leben wieder an einem Faden.
Seit zwei Tagen goß es in Strömen vom Himmel, erquickend fiel das Naß auf Feld und Wald. Tjo war in Gesellschaft seiner beiden Ricken; die ästen ein Stück von ihm entfernt, ganz mit sich selbst beschäftigt, rieben sich wegen der Zecken und schlugen mit den Lauschern nach den Mücken.
Das Tropfwetter hörte auf, und die Erde hatte Zeit zu trinken. Alle Grashalme funkelten. Durch die stille Luft schwang fernes Hundebellen und Hähnekrähen zum Wild hin. Wenn seine Aufmerksamkeit geweckt wurde, schlug es die Gehörtrichter nach der betreffenden Richtung um; die langen Hinterläufe zog es ganz unter sich.
Es fehlte noch ein Schritt, dann hatte der hitzige junge Gesell, der nach seiner eigenen Ansicht so unvergleichlich sicher schoß, die Eiche erreicht, von der aus er, wenn er auf eine der Wurzeln trat, den Stich des Rehbocks frei sehen konnte – aber da stieg der nächste Grabenreiher mit schwerem Flügelschlag auf, und die andern reckten forschend den Hals. Ein paar scharfe »Quack«-Töne, und Tjos Schulweisheit, die durch den Anschauungsunterricht der alten Grenz-›Nap‹ aufgefrischt war, bestand sofort die Probe.
Warum sind sie alle auf einmal aufgestiegen? Und er machte in dieselbe Richtung eine Flucht.
Die Zeit verstrich. Vollbelaubt stand der Wald. Felder und Wiesen, Hecken und Gräben prangten in saftigem Grün. Der Vollmond glitt rot und rund herauf –. Es folgten Tage voll Windgebraus. Die Anemonen setzten ihre Nußfrüchte an, der Sauerklee bekam Eile und streckte die weißen Sackblüten mit den blauroten Adern über

das Blattherzbündel aus. Es quoll hervor: das Unterholz, der Buchenjungwuchs und die kleinen Ebereschen; es galt, sich zu sputen, bis das Mittsommerlaub in den großen Kronen sich schloß. Und das Moos kroch um die alten Wurzeln zusammen und schrumpfte ein zu trocknem, langbärtigem, tristem Grau und bereitete sich auf den langen Sommerschlaf vor.

Der Jäger verfolgte die Entwicklung des Waldes, und sein Eifer kühlte sich nicht ab. Je größer die Schwierigkeit, desto größer der Sieg. Gerade im Unvorhergesehenen lag das Vergnügen beim Jagen. Er stieß auf den Bock, wo er ihn am wenigsten erwartete, traf ihn zur Unzeit und hörte sein Hohnlachen. Oder der Bock überraschte ihn, rief ihm spottend sein »Bauw« zu und verschwand. Über zweihundert Kilometer hatte er zurückgelegt, um seine erste Trophäe zu erringen, und als er sie endlich eines Abends aufs Korn nahm, versagte die Büchse.

Fieberhaft handhabte er den Ladegriff, aber Tjo vernahm das Geräusch und wurde flüchtig. Der junge Nimrod ließ sich jedoch nicht verblüffen, er wollte den Bock im Sprung schießen und folgte ihm im Visier. Ja; diesmal knallte die Büchse – und gründlich vorbei.

Von nun an gab Tjo es auf, sich den Ricken anzuschließen, regelmäßig und an bestimmten Stellen aus dem Holz zu treten. Er zeigte, daß er etwas gelernt hatte; und je mehr er sich beunruhigt fühlte, desto unsteter wurde er, und zuletzt kannte nicht einmal der Förster, der Zuträger des jungen Jägers, seine Gewohnheiten.

Von anderen Böcken unbehelligt hatte Tjo bisher unter seinen Ricken gelebt, und den ganzen Vorsommer war er Herr im »Fang« gewesen. Nun war die Streifzeit gekommen, und sein alter Kampf ums Dasein begann von vorne.

Eines Tages, als er sich im Hochwald auf dem Kamm eines kleinen Hügels niedergelassen hatte, mit freiem Ausblick nach allen Seiten, stellte sich der erste vor.

Tjo vernahm feste Tritte; die sagten ihm viel; sie erinnerten ihn an schweres, kreuzförmiges Gehörn, das von einer dunklen Stirn mit einer anscheinend fliegenbesetzten Narbe emporragte. Aber diesmal ergriff er nicht die Flucht wie damals, als der zornige Achilles in der Pirsch-Au so übel mit ihm umsprang. Er erhob sich trotzig, bog die Lauscher zu Tüten ein – und während eine gelbe Hahnenklee-Blüte ihr Leben zwischen seinen Kiefern beendete, wurden seine Lichter herausfordernd blank.

Dem Kreuzbock folgte eine muntere Schöne des Waldes, die jedesmal, wenn das Licht auf sie fiel, ihr rotes Sommerwams überraschend zeigte. Die Anwesenheit beider stachelte Tjo auf. Was der eine hatte, fehlte dem andern – dort der Wald, jedenfalls der Anspruch auf ihn, hier die Waldzierde, nach der er sich unbewußt gesehnt hatte.

Bedächtig griff der Wind mit langen Zügen in die Kronen, die Drossel sang ihr Nachmittagslied, und launisch flimmernde Sonnenflecke hüpften unweit davon am Drahtnestgehege einer Birkenpflanzung auf und nieder – aber die beiden Gesellen konnten nicht einmal warten, bis sie einander beschnuppert hatten. Voll Kampfeslust schossen sie vorwärts und legten alle Kräfte in den Stoß. Sie wollten einander in die Flanke treffen, in Stich und Brust, hatten aber gleich viel Glück beim Parieren mit dem Gehörn. Ein neuer Angriff, ein trockenes Knallen – und Tjo wurde auf der Stelle von dem viel stärkeren Gegner zu Fall gebracht. Mit einem Satz aber war er auf den Läufen und stürmte wieder drauflos; er wurde ebenso abgefertigt, machte mehrere Fluchten, bereute es aber und stellte sich halb am Hang hoch auf.

Der kampfgewohnte Kreuzbock kam, so schnell er konnte, herbei. Die Lauscher zurückgelegt, das spitze Gehörn nach vorn gerichtet; der Frechdachs sollte erdolcht werden.

Seiner Überlegenheit sicher, wartete Tjo den Angriff ab; aber diesmal rollte er wie ein Knäuel übers Gras.

Sie kugelten umeinander und hinab zur Birkenpflanzung, wo sie gegen den Drahtzaun prallten. Jedesmal, wenn der Draht klirrte, ging ein Schauder durch Tjo; deutlich erinnerte er sich des niederträchtigen Menschengespinstes und hatte gräßliche Angst davor. Aber weg konnte er nicht, er hatte keine Wahl – *kämpfen* mußte er.

Stirn an Stirn wirbelten sie herum, und so rutschten sie gegen den Sperrdraht. Sein alter Zuchtmeister schonte ihn nicht, und er selbst zahlte ihm gehörig heim; auf einmal aber blieb der Aufsatz des alten Bockes im Drahtnetz hängen. Nun hatte Tjo einen fürchterlichen Helfer.

Der Kreuzbock zappelte und konnte nicht loskommen. Tjo stieß ihm in die Wammen, riß ihn, daß die Decke in Fetzen davonflog, und forkelte ihn zweimal.

Noch warm hing er da, als der eifrige Nimrod in seiner ewigen Rennerei nach dem Bock kurz nach Sonnenaufgang auf ihn stieß.

Dieser Sieg verschaffte Tjo Selbstvertrauen und flößte ihm Mut ein; er wuchs und fühlte sich – da schickte das Schicksal ihm die rechte Zuchtrute.
Eines Morgens hatte er sich in einem niedrig liegenden Baumbestand niedergetan, er saß nicht weit vom Rand, dicht hüllte das Laub ihn ein, und die Ostsonne wärmte ihm den Rücken. Mit halbgeschlossenen Lichtern und mit mahlenden Kiefern wiederkäuend saß er da.
Wiederum hätte es an diesem Morgen beinahe ein schlimmes Ende genommen.
Der Schießwütige rackerte sich weiter ab, aber nicht wie bisher, mit gebeugtem Rücken, krummen Knien und auf den Zehenspitzen, nein. Der Jäger scheute weder Naß noch Nesseln; er kroch auf Knien und Händen, ja er schob sich auf dem Bauch vorwärts. Die weiche, blätterlose Erde begünstigte das Vorrücken, und der Wind tobte in den sich aufwärts reckenden Erlen- und Eschenreisern – trotz seiner Unvollkommenheit schlich der Mensch wie eine Katze.
Schon stand das Korn scharf auf Tjos Blatt, als der verschlafene Blick hinter den Lidern plötzlich wach wurde; wie der Blitz fuhr Tjo in dem Augenblick empor, als der Finger sich krümmte und der Schuß sich nicht mehr zurückhalten ließ. Wo noch eben das Visier auf das Herz stand, war jetzt Luft – ein dahinstreichender Wind hatte ihn im letzten Augenblick gerettet.
Den verhältnismäßig gleichaltrigen Jäger, den hatte Tjo zu fürchten – den jungen Kerl, froh und furchtlos und ebenso ausdauernd wie rücksichtslos; ihn, dessen Wille es war, Wild zu erlegen.
Der Jäger hörte das hohle Geräusch der Sprünge über den weichen Moorgrund, zwei kurze und einen langen, zwei kurze und einen langen, hörte sie zum letztenmal, während Tjo bellte und brüllte, daß es im Wald widerhallte. – Er hatte sich überraschen lassen und erkannte das. Wie gut er auch den Wind geprüft und gemäß der Lehre des Kümmerers gesichert hatte, während er ein paar Stunden verdöste – die feiste, fade Menschenwitterung dampfte ihm plötzlich wie der Stinkhauch des Bovistes in die Nase, und nun machte er Flucht auf Flucht.
Aber ein Angstgefühl blieb ihm; er war aufgeschreckt, daß es für lange ausreichte; sein Mißtrauen und seine Vorsicht steigerten sich.
Abend für Abend wanderte der schießwütige junge Gesell, mürbe

von der Radfahrt, zu den Lieblingsstellen des Bocks ringsum. Vergebens spähte, lauerte und schlich er – der Lehrling der Grenzricken war längst zu sicheren Gefilden unterwegs.

Beim schwarzen Moorbock

Tjo war als Tagtier geboren; daher sorgte die Natur dafür, ihn der Jahreszeit gemäß zu kleiden; er sollte vor neugierig spähenden Blicken dadurch geschützt sein, daß er mit der Umgebung in eins verschmolz. Aber wenn das Land offen dalag, all dessen bar, womit er eins werden konnte – was dann? Dann mußte er sich in Dunkel und Finsternis hüllen und wie alle andern Schutzlosen Nachttier werden.

An taufeuchten Getreidefeldern entlang und durch weiße Nebel schlich er. Die Wiesen dunsteten, und ferne Waldkämme standen schwarz gegen den Widerschein des Abendhimmels. Große, schwere stumme Pferdeköpfe, die wie auf Schäften saßen, folgten ihm mit den Ohren auf seinem raschelnden Weg durchs Korn. Stiergebrüll und Kuhgebrumm erscholl aus dem Nebel –. Und hoch über allem stand der Mond.

Bei seinem Umherstreifen zieht er bald vorwärts, bald rückwärts. Einmal kommt er ganz bis zu dem kleinen Gutshof hin, wo kleinbeperlte Bockaufsätze der vornehmste Schmuck des mit Hirschgeweihen bekränzten Vestibüls sind. Er wäre ein willkommenes Ziel der schießlustigen Jugend jetzt zu Beginn der Ferienzeit gewesen; aber die flache, kahle Gegend wirkte bald abstoßend auf ihn.

So machte er denn kehrt und kam an einem gewundenen Moorzug entlang, der nach der entgegengesetzten Richtung führte, zu einem kargen, steinigen Kiefernwald.

Alle Gehölze kamen ihm bekannt vor. Erst wenn er drinnen war, fragte etwas: Wohin? Drum war es am besten, sich an andere, ortskundige Tiere zu halten und sich führen zu lassen, bis einem das Wegenetz der Wildwechsel aufgegangen war.

Er plätzte sich gleich am Rand des Gehölzes ein Bett von Nadeln frei und tat sich nieder. Hier hielt der Zugwind die Fliegen ab.

Täglich kam er hierher, und immer scharrte er sich eine neue, kühle Stätte. Da saß er dann, bis die Stämme im Scheine des Sonnen-

untergangs sich röteten und der Hochwald seine langen Schatten warf. Wenn die Schnaken mit ihrem langen feinen Stachel emporstiegen, erhob er sich und trollte die paar Schritte auf die Felder hinaus.
Aber kein Tier seiner eigenen Art zeigte sich, kaum ein Hase – er muß sich selber Eingang in die grünen Nadelberge verschaffen, die jede Dickung bildet, muß umherlaufen und eine Stelle zum Hineinschlüpfen suchen.
Ganz so vorsichtig wie früher brauchte er doch nicht zu sein. Er fühlte, daß er etwas auf dem Kopf trug und nicht einfach über den Haufen zu rennen war. Aber wohin er kam, überall war es tot und leer.
Es blieb ihm noch ein steiniger Gestrüppvorsprung übrig, und hier zwischen den dichten Disteln sah er sich plötzlich einem völlig staubgrauen Bockgesicht gegenüber. Über der Stirn, an den Kinnbacken entlang und über der Nase – ein Grau in Grau, das seltsam hervorleuchtete aus dem Grün. Ein großer entfalteter Gehörtrichter verdeckte zwei verkrüppelte, weit zurückgebogene Gehörnstangen. Sie verschwanden beinahe zwischen den Trichtern. Der Bock drehte das Gesicht – und wie zwei Schächte in der mondfahlen, weißen Masse: die schwarzen, eingesunkenen Lichter. Alte Lichter – ausdruckslos, müde.
Der Alte Satan war es, Tjos verschlagener, niederträchtiger Zuchtmeister von jenen Feldern, die er nie vergaß. Er erkannte ihn an Miene und Blick und an dem einen zerschlissenen Gehörtrichter.

Der starke Achterbock hatte endlich auswandern müssen. Er vermochte seinen Platz nicht mehr zu behaupten. Natürlich war er nicht vor die Tür gesetzt worden wie Tjo, freiwillig hatte er das Revier verlassen. Er war voll Stolz und Trotz, und es paßte ihm nicht, die Emporkömmlinge zu dulden, die ihn, den Waldherrn, an die Wand drückten. Nun hatte er einen Stand gewählt, wo er selber Herr im Hause war. In höherem Maße, als er es wünschte, hatte er sein Ziel erreicht. Er hätte Visionen haben müssen, wenn er andres Rehwild als sich selber hier im Gehölz hätte eräugen wollen.
Im Gegensatz zu allen anderen Standböcken, denen Tjo seine Gesellschaft angeboten hatte, war der altersschwache Einsiedler nicht abgeneigt, sich mit ihm einzulassen. Er schnob nicht und wurde nicht heftig, er warf nur den Kopf in die Höhe und äugte über ihn hin.

Sie ästen eine Zeitlang nahe beieinander, aber es wurde dem Alten schwer, den Wanst zu füllen; selbst das Grün der Kräuterspitzen entschlüpfte den schadhaften Zähnen.
Fünf Sommer hindurch hatte der Alte Satan seine volle Kraft genossen, dann verebbte sie schon. Er knaupelte länger und länger beim Wiederkäuen, und in den folgenden Jahren konnte er einen grünen Roggenbüschel nur mit der Mitte des Äsers fassen; das kurze, rasche, seitliche Schnappen, womit ein Reh nachzufüllen pflegte, wenn es durch den Wald dahineilt, gab nichts auf den Lecker. Und nun entging ihm all das kurze Gras.
Tjo war befriedigt und ermuntert durch die Begegnung; er kam näher, aber daraus machte der Sonderling sich nichts. Sie waren einmal ein Stück zusammen zu sehen, aber sonst tat er sich am liebsten für sich allein nieder.
Längst hätte ihm wie anderen Böcken eine Kugel den Garaus gemacht – aber er war zu verschlagen, und hierher, in sein jetziges Gebiet, kam selten ein Jäger – den ganzen Tag blieb er sitzen, wo er sich niedergelassen hatte, und so würde er wohl auch verenden.
Die richtige Gesellschaft für Tjo war dieser alte, absterbende Bock auf die Dauer nicht, und das Revier selber war gar zu kümmerlich. So gab Tjo sich wieder seiner Wanderlust hin, strich in der Nähe umher und stand den Tag über in Hecken und Hainen und kehrte dann zurück, als ob er den alten Einsiedler mitnehmen wollte. Der Alte begleitete den Jungen auch ein Stück Wegs, gab es dann aber auf, ihm weiter zu folgen, und trat bald den Rückweg an. Er verspürte keinen Abenteuerdrang mehr, sondern zog seinen Frieden und seine melancholische Einsamkeit vor.

Den ganzen Sommer über war Tjo umhergetrollt, bis er endlich im Laufe des Herbstes ein Revier erreichte, das nach seinem Sinne war. Er witterte Nässe und frischen Brodem – und sprang vorwärts durch dichten Hochwald auf ein blitzendes, graublaues Wasser zu. Vor ihm flüsterten Röhricht und Ried, eine Bucht des großen Sees schob ihren Wasserarm ins Land hinein, und zwischen ihm und dem Gehölz fand er Sumpf und Bruch wie in seinem Heimatwald. Die ganze Wildnis lief in ein altes, undurchdringliches Torfmoor aus mit Heidekraut und Weidengebüsch um Binsen und Torfland herum.
Zwischen den Torfmieten, die geisterhaft in dem weißen Dunste

schwebten, sprang ihm gleich in der ersten Nacht ein schwarzer Gefährte entgegen.
An Unfreundlichkeit war er gewöhnt; und schnell sorgte er dafür, daß ein Torfstapel zwischen jenem und ihm zu liegen kam. Aber so schlimm wurde es nicht.
Die eine Stange des Moorbocks war abgebrochen, und das war der Grund für seine Umgänglichkeit. Schon längst hatte er zu spüren bekommen, was der Schaden ihn kostete. Die ersten Male hatte er in der Hitze des Gefechts seines Gebrechens nicht geachtet und war in den entscheidenden Augenblicken seinem angreifenden Gegner gegenübergetreten, wie es sich für einen Bock geziemt. Zuletzt aber hätte er beinahe seine gesunden Knochen eingebüßt. Nun versteckte er sich in der Erkenntnis, daß er ausgeschaltet war.
Ein grauhaariger, schlauer Alter, der jahrelang das Blatt zu hüten gewußt hatte, der vertraut war mit den Blütenleuchtern des Wollgrases und dem Tanz der Elfen in der hellen Nacht wie mit jeder Arglist des Menschen.
Zwei flachgedrückte Schrotkörner saßen in seinem Kiefer, ein Schuß Hühnerschrot im Stich und drei, vier grobe Schrotkörner unter der Haut des Rückens; schließlich saß noch eine Kugel dicht neben der Wurzel seines Wedels. Kein Wunder, wenn er so scheu war, daß schon der Flügelschlag einer Wildente ihn aufscheuchte.
Brüderschaft zwischen zwei starken Böcken sieht man nie; aber ein starker Bock kann außerhalb der Brunftzeit einen jüngeren bei sich haben – so blieb Tjo als Gefolgsmann bei dem Schwarzen.
Eines Morgens zogen sie zusammen. Ein Torfwagen lärmte im Moor – und sofort verschwand der Moorbock im Schilf. Der Schrecken übertrug sich schnell auf Tjo; er wurde immer scheuer und wachsamer.
Verschlagen schleichend, mit niedrigem Rücken, mit fast krummen Kniegelenken und vorgestrecktem Hals, so daß er sich blitzschnell verstecken konnte – so bewegte sich der Einhörnige durchs Moor. Er schrie nie, und es entschlüpfte ihm selten ein »Bauw« der Überraschung – stumm beobachtend war er, lauernd wie ein Fuchs oder ein alter, gerissener Rammler; das war seine Art.
Und selten forderte er das Schicksal lange heraus; bei der geringsten verdächtigen Witterung nahm er flugs die Nüstern voll; sie wurden beim Einsaugen so groß, daß sie in Blasen hervorstanden – in der nächsten Sekunde trat die Luft wieder aus, er machte sich klein und

niedrig, bis er ein Versteck erspähte und dann in drei Meter langen Sätzen dröhnend flüchtete.
Bei den Grenzricken hatte Tjo die Angst vor dem Menschen kennengelernt. Im Zusammenleben mit ihnen war seine natürliche Scheu verstärkt und gesteigert worden. Der Kümmerer hatte ihn vor dem Mann mit der Büchse gewarnt und ihm überhaupt erst das Gefühl beigebracht, daß das Leben stets gefährdet war. Hier beim Moorbock bekam er den letzten Schliff, seine vielen allgemeinen Erfahrungen wurden mit Nachdruck unterstrichen; hier wurde er eingeweiht in das Geheimnis des starken Bocks:
Sich nie überraschen lassen von dem stummen Waldraschler, ihm nur an Stellen begegnen, wo er nicht schießen kann! Am Rande der Gehölze stehen und lauernd äugen, bevor man aus dem Holz tritt – und wurde man trotzdem überrascht, so galt es, die Hufe auf der Erde klingen zu lassen!
Tjo blieb den ganzen Winter mit dem Kapitalbock zusammen, aber als die Knospen sprangen, begann er, verdrießlich und boshaft zu werden. Ihm nachlaufen mochte er zunächst nicht. Der Schwarze liebte Überfall und Hinterhalt, ganz wie ein gewisser dunkelfarbener Geselle, mit dem Tjo früher zu tun gehabt hatte. Bevor es aber ganz schlimm wurde, widerfuhr dem vertriebenen Alten aus dem Riegelwald ein Bockgeschick.
Es war mitten im Mai. Des Herrn Gehörn war neu gefegt; aber die Kolben waren noch zu empfindlich zum Gebrauch. Sein junger Gefährte gefiel ihm nach wie vor; wenn sie am Abend aus dem Holz traten, sprang Tjo voran. Der Standbock wartete gern und gab sich den Anschein, als wäre er nicht sonderlich hungrig. Aus der feineren Witterung des Jüngeren zog er Nutzen, und beim geringsten Anzeichen von Unruhe seitens des Gefolgsmannes verschwand der Herr in langen Sätzen.
Die knorrigen, scharfspitzigen Stangen des Alten, für deren Ungewöhnlichkeit selbst Tjo ein Auge hatte und denen er nicht ohne Grund die größte Achtung entgegenbrachte, wurden sein Tod. Um diesen Schatz zu besitzen, reiste ein leidenschaftlicher Jäger und Sammler von Rehkronen fünfundzwanzig Meilen weit.
Eines Morgens in der Frühe gerade vor Sonnenaufgang ästen sie im weißen Nebel der Talsenkung. Ein Schimmer, so rot wie Preiselbeeren, fingerte über den Wald hin, breitete sich über den Kronen aus und sank zu Boden.

Die Nebel begannen zu wogen, die spähenden Menschenaugen unterschieden Tier und Moorbirke. Wo war er, der Kapitalbock? Dort! – und das Fernrohr traf auf Tjo. Unmöglich, nicht *der* Bursche!
Die Sonne zerteilte den Nebel, ein Schacht tat sich auf, und an seinem Ausgang stand der ungerade Achterbock mit dem widersinnigen Pans-Gehörn.
Dreimal warf der Wald den Knall zurück, während Tjo davonstob. Ein wenig später war er ohne Herr.

Selber Herr

Er hatte die jungen Birken mißhandelt und lange Zeit zum Fegen gebraucht, bis er endlich die letzten Fetzen abgerieben hatte. Und nun putzte er den Aufsatz nach, während der Wald sich ganz belaubte und die Eichen ausschlugen. Das Gehörn ragte eine Handlänge über die Lauscher. Seine starken, reichen Lebensjahre kamen heran. Die Rosenstöcke begannen zu schwellen, dick und mit großen Rosen umkränzt, stiegen sie von der Schädeldecke empor.
In diesem Jahr war sein Aufsatz tannenschlank und reichbeperlt, die Enden spitz wie die Fänge der Füchsin; aber später wurde der Kopfschmuck immer kürzer, immer knorriger und fester. Das Forsche und Schlanke wich dem Starken, Massigen. Er bekam eine Gehörnkrone, die einen Zusammenprall wohl aushalten konnte.
Sobald all die wirren losen Haare der Winterdecke weggescheuert waren, kamen seine feste Form und sein kurzer, dicker Hals zu ihrem Recht! Gleichzeitig fuhr die alte Unrast in ihn – er entbehrte etwas, wofür sein alter, einsamer Wintergefährte ihm nie Ersatz geboten hatte. Waren es die Schmalrehe, die jetzt ganz in ihrem roten Sommerkleid steckten und abends am Wiesenrand scherzten, einander nach Bockart spießten und kokette Gemssprünge machten? Erinnerte er sich des ausgelassenen, munteren Spiels? Und hatte er den Augenblick vergessen, als der starke Bock aus seinem Versteck auftauchte und alle Rivalen verjagte?
Ja, er vermißte den frohen, munteren Sprung. Hier war das Revier zu arm an Rehen, als daß ein junger Sechserbock hätte gedeihen können, wenn die Drossel schlug und die Nachtigallen schluchzten – und Tag für Tag wurde er unruhiger. Er mußte weiter.

Er kam zu dem steinigen Vorgehölz auf den Hügeln. Dort war es leerer als im vorigen Jahr: bloß ein Haufen Haare unter einem überhängenden Hang und ein Haufen zersplitterte, von Füchsen benagte Knochen eines großen Stücks Fallwild. Ein Dorf versperrte ihm den Weg auf der einen Seite, drum zog er nach der entgegengesetzten hin und stand eines schönen Morgens ganz draußen in der Nähe des »Fangs«.

Es war ungefähr seine Schlafenszeit, und er trippelte müde und unaufmerksam umher, als er plötzlich ein Fiepen durch die Luft schwirren hörte.

Er war noch nicht sonderlich begierig darauf, die Rufe der Schmalrehe zu vernehmen; aber er war neugierig – und das war des Blattenden Glück.

Der junge Jäger fuhr fort zu musizieren – er hatte sich auf den Rücken geworfen, einen Grashalm zwischen den Daumen ausgespannt, und zauberte den hohen klagenden Laut hervor, der dem Schmalreh eigen ist. Einen Augenblick darauf stand ein starker Sechserbock, stolz aufgerichtet mit funkelnden Lichtern da, um sich witternd: Hier in der Nähe mußte es sein!

Infolge eines glücklichen Zufalls war Tjo von hinten an den Musikanten herangekommen und blieb so von seinem streifenden Blei verschont; hellhöriger, gewitzter und scheuer als bisher, verschwand er.

Sehnsuchtsvolle Fieptöne einer der Waldschönen luden Tjo noch zweimal zum Stelldichein in den paar Tagen, die er im »Fang« verbrachte. Aber beizeiten entdeckte er die Unechtheit. Er ging nicht gerade darauf zu, er umkreiste den Jäger und suchte zu winden – und von der Zeit an war es vorbei mit dem Lauschen auf die Sirenengesänge des gefährlichen Raschlers; sie vermochten *ihn* nicht mehr zum verstörten Liebhaber zu machen.

Er hatte nun die Gegend satt, und noch in derselben Nacht zog er fort und prägte sich, Witterung nehmend, zur Warnung die Landschaft ein. Die weichen Weißdorndüfte, der fade Dunst der abgeblühten Schlehen, der süße Geruch der Minze und der starke Harzduft sonnendurchglühter Bergkiefern – alles zusammen strich ihm mit den Windstößen in die Nase – ein Husch, und fort war es, bis neue Schwaden aus Waldesinnerem heranschwebten. Er witterte Eichenlaub und Himbeerreiser, roch die süßlichen Dünste der Adlerfarne – und endlich kam das, wonach er lief: zwei Edel-

tannen mit abgenagten Spitzen zeigten es ihm deutlich genug – er wußte sich in der Nähe von Wild, Wild seiner Art.
Auf einem durch einen Querbaum gesperrten Waldweg sprang er ins Jungholz. Hohe Tannen mit starkem Rauschen. Sonnenflecken auf bemoosten Steinen. Der erste Wechsel! Auf diesem geheimnisvollen Pfad drang er durchs nächste Laubdickicht und gelangte an ein Birkenmoor, wo der Wildsteig im offenen, sonnigen Raum endete.
Ein Bussard hing spähend über einem Ast, lautlos schwebte er zwischen den Stämmen fort –. Bald darauf stand Tjo vor einem weißen, sandigen Menschenweg. Als er mit einem Satz darüber weg sprang, summte ein Fliegenschwarm von einem Kuhfladen auf. Vorsicht! Kuh und Hahn kündigten den Hund an – und alle drei den Menschen!
Gurgelnde, geifernde Rachenlaute von oben aus einer Buche – ein Krähenpaar fütterte seine Jungen. Lagerstätten von Rehen und Wollbüschel von zwei Hasen in Rammlerwut. Hier auf einem Waldhügel stand er still und tat sich im Jungwuchs nieder.
Den ganzen Tag saß er hier, sichernd und äugend. Als die Schatten länger wurden, erhob er sich und schüttelte die Fliegen ab.
Bei bedecktem Himmel stand er in der warmen Abendluft am Waldrand und wartete auf die Dunkelheit, um aus dem Holz zu treten. Die Mücken waren zudringlich, und vor seinen Lichtern standen dichte Schwärme von kleinen schwarzen Fliegen. Ungeduldig stampfend, trollte er ein paar Schritte weiter. Draußen von den Feldern her tönte die Klage des Kiebitzes. Tauben flogen zur Wasserkuhle am Waldrand hin und wieder fort, und in weiter Ferne gellte von einem Gutshof der Schrei der Pfauen in die anbrechende Nacht.
Endlich getraute er sich vor, um sich in Ruhe in dem fremden Gehölz umzuschauen. Ein Altreh, das bald den spärlichen Bestand vergrößern sollte, nahm ihn freundlich aber scheu auf. Er blieb bei dem Tier, das ab und zu nach der nächsten Lichtung schielte – da sauste ein graues Ding plötzlich von da heran, und gleich darauf war Tjo der erste vorweg im Wettlauf die ganze Nacht hindurch.
Er entkam dem Standbock in ein Moor, das voll von Hornsträuchern war, saß den Tag über im Kornfeld, verzehrte früh sein Abendbrot und bekam wieder Mut. Was war das für ein Bursche, der da drinnen im Waldesdunkel herrschte? Sein Schalenklang, sein

Schnauben ließ einen leisen Zweifel in dem kampfbereiten Herumstreicher aufkommen – und mit ganz gestreckten, weit vorgerichteten Ohrtrichtern trollte Tjo wieder über die Waldhecke in die Dämmerung.
Er fand den Hügel, wo die Ricke stand; jetzt war sie mit ihren neugeborenen Kitzchen beschäftigt; er kam auch zu Wiesengründen, wo noch tragende Ricken sich schon auf ihre Lagerstätten gebettet hatten; aber bei ihnen zu bleiben, machte ihm keinen Spaß.
Er wußte gut, worauf es ankam: zu ziehen und zu äugen und wieder zu ziehen; denn wer den andern zuerst entdeckt, hat den Vorteil, den Anfang zu machen; und es *konnte* ja doch sein, daß er selber der Stärkere war!
Da hörte er seinen Feind aufspringen. Wo in aller Welt steckte er? Jener hat ihn also zuerst gesehen; aber Tjo hat einen Vorsprung, und er nimmt ihn wahr. Draußen auf der Wiese bleibt er stehen und äugt zurück. Ja, der Gegner flößt Achtung ein, dunkelrot ist er wie Eichenzunder und voll Leidenschaft und Kraft – die schwarzroten, knorrigen Stangen zeigen es. Trotzdem senkt Tjo den Kopf und stürmt mutig vorwärts, um im letzten Augenblick herumzuwirbeln und weiter flüchtig abzugehen.
Es geht an einem Erdwall entlang und quer über eine neue Wiese. Eine Ricke ruft mißvergnügt über die Störung ihrer Nachtruhe: »Wohw« – »Wohw« – Die verrückten Böcke! Dann spritzt Schlammwasser unter beiden auf, die Schalen sinken ein, die Knie waten durch schwarzen, weichen Morast; aber jetzt spürt der Verfolgte festen Boden und bedient sich des Vorteils, höher zu stehen. Im Nu machte er kehrt und greift an. Aber das tut Tjo nur einmal, er wird an den Hang gedrängt, wo er sein Hinterteil ins Nasse pflanzt. Dann schnellt er wie eine gespannte Stahlfeder in einem Satz zur Seite – und nun zeigte es sich: Würde er schon nicht kämpfen, *rennen* konnte er wenigstens!

Jungwald war wie anderer Wald. Offenes wechselte mit Verborgenem, grüne Pfade liefen quer durch niedrige, dichte Tannen. Tjo konnte sich nicht dazu verstehen, aus diesen Dickungen zu treten, und als der Alte gegen Morgen den Grimm gegen den frechen Naseweis herunterwürgte und zu äsen anfing, da übte der Freche unerhörte Vergeltung. Nicht nur, daß er im Gehölz blieb, sondern er begann umherzustolzieren und mit einem jungen, goldgelben

Rehlein anzubändeln. Von alledem weglaufen, das konnte er immer – war er doch seinerzeit vor schlimmeren Gehörnböcken davongerannt –, nun wollte er versuchen, den Kampf aufzunehmen! Da sah er bei einer plötzlichen Drehung des Kopfes seinen Verfolger *zuerst*, der Gebieter des Waldes stand am Rande des dichten Holzes, sichernd, mit gehobenem Vorderlauf – grüne Grashalme hingen ihm aus dem Äser.
Schmetternd meldete die Drossel den verschlagenen Überrumpler; ein friedlich der Morgenäsung nachgehender Hase drückte sich in der Sasse, als Tjo über ihn hinwegsetzte. – Wie ein Sturmwind sauste er aus der Tannengruppe hervor – gekränkt stieg ein Fasanenhahn darob mit großem Lärm auf – und jagte geradeswegs auf den Alten zu. Der Bock setzte schleunigst den Vorderlauf auf die Erde und sprang beiseite. Einen Augenblick standen sie beide gleich überrascht und unentschlossen mit gesenktem Gehörn da und maßen einander. Ein Plätzen begann, ein Scharren in den Blättern. Der Waldbock ging vor, Tjo wich zurück; gleich unwillig schienen sie beide, einen Strauß zu wagen. So viel hatten ihre Wettläufe sie schon gelehrt.
Schließlich stürmten sie los; führten einander aber an – und es endigte damit, daß sie den Wald anscheinend unter sich teilten.
Tjo hielt sich in einem kleinen Erlenmoor mit Nesselgrund auf. Erst lange nachdem die letzten waagerechten Strahlen der Sonne in der krummen Erlengruppe verschwunden waren, verließ er sein Tagesversteck und trat in die Nacht hinaus. Und beim ersten Lichtschimmer versteckte er sich wieder zwischen schwankendem Röhricht und Buschhaufen. Schrittweise ging es oft vorwärts; die alten Baumstümpfe interessierten ihn nicht sonderlich; aber er konnte sich nie enthalten, mit dem starken Aufsatz zur Probe durch jede herabhängende Eichenkrone zu fahren. Eines Morgens, als er sich niedergetan hatte, wurde er von dem Nebenbuhler aufgestöbert – ohne Scheu und allzu wenig auf die eigene Sicherheit bedacht, traten die beiden Raufbrüder auf die Lichtung. Mit gesenktem Gehörn, stampfend, einander herausfordernd, begannen sie wie gewöhnlich das einleitende Scheingefecht – da erhoben sie plötzlich die Köpfe mit einem Ruck. Ein lautes Sturmkrachen dröhnte durchs Holz, und der dicke Schwarzgehörnte stieg mit dem Vorderteil hoch in die Luft und tat einen Sprung. Dann schnellte er mit den Läufen und machte den Wedel kraus.

Tjo setzte über ihn weg und stellte sich wieder bereit, setzte sich auf die Hinterläufe, um die rechte Kraft zum Stoß zu haben – da entdeckte er endlich den Tod hinter einem Baum und verschwand aus der gefährlichen Nachbarschaft.

Der stille Raschler hatte ihn nicht nur überrascht, sondern auch zu ihm gesprochen. Den leichten Lufthauch menschlicher Witterung – durch den Tjo sich früher gerettet hatte – verspürte er danach immer häufiger, und noch war er jung und stark genug, ihn nicht außer acht zu lassen. Jede alte, breitkronige Eiche am Moorrand oder Waldsaum sah er sich mißtrauisch an, und er legte aufreizende Langmut an den Tag, bevor er sich am Rand einer Pflanzung zu erkennen gab.

Die Gefahr zu leben war ihm ernstlich aufgegangen. Die Gefahr, die ihm von seiner eigenen Art drohte, die rechnete er nicht weiter – der rätselhafte, immer Schrecken einflößende Menschenraschler war es, den er von jetzt an fürchtete.

Und abermals verließ er ein Gehölz, worin er gern geblieben wäre. Die Rastlosigkeit des starken Rehbocks packte ihn; er begann sein Los zu ahnen: Nie durfte er eine bleibende Stätte haben.

Den Windfang am Boden, schweifte er in der Nacht umher. Dabei kam er oft zu den Standquartieren, wo er vor Wochen gewesen war. Verblüfft erkannte er seinen Irrtum und war gleich wieder flüchtig. Vorwärts mußte er, vorwärts.

Leichteren Herzens, ruhiger als früher, betrat er Brüche und kleine Gehölze. – Es hatte sein Gehörn gebrauchen gelernt. Kleine Hunde, die ihn jetzt anfielen, bekamen es mit den blinkenden Enden zu tun und kamen dann bald zur Besinnung. Häufig begegnete er Füchsen auf dem Wechsel, und er ging sofort mit gesenktem Kopf gegen sie los. Sie stutzten, starrten einen Augenblick erstaunt in die Lichter, machten einen Bogen um ihn und setzten ihren Weg in dem gewohnten Trott fort.

Er konnte sie nicht ausstehen, diese Stänker, deren er sich aus seiner Kitzbockzeit entsann, wo sie Schrecken und Gefahr bedeuteten. Nun nahm er sich vor, den Reinekes mit gleicher Münze heimzuzahlen. Oft erwachte er aus dem Schlaf, wenn er die strenge Witterung merkte. Dann erhob er sich und machte sich den Spaß, den Waldschleichern nachzustellen. Haß erfüllte ihn gegen die kurzbeinigen Nachträuber; ihre Frechheit und ihr aufdringliches Rascheln reizten ihn – wie es in seinem Revier bei den Böcken üblich war.

Nach und nach, je weiter er vorwärts kam, veränderte sich die Landschaft. Sie war voller Verstecke und bot reichlichere Äsung. Tierstimmen wurden laut – er zog über die Felder eines großen Gutes, auf dem das Wild geschont war. Weite Waldungen dehnten sich zwischen kleinen Höfen aus; kleine, von Gebüsch umsäumte Binnenseen voller Holme unterbrachen die hügeligen Felder, und ein Knick kreuzte den andern. Im Schutz der Waldbäume grünte das Gras in den Viehhürden; und lange rote Gatter öffneten den Weg zu Klee- und Rübenfeldern. Ein Hase konnte sich in so einem Rübenfeld müde laufen.
Eines Tages folgte er einem kleinen, erlenumsäumten Bachlauf, der sich durch das grüne Land schlängelte. Hier zogen und fielen Wildenten ein; drüben zwischen den Erdhaufen würmte eine Entenmutter mit ihren gespiegelten Jungen; sie watschelten drollig umher mit langen, gekrümmten Hälsen. Eine Ricke stand mit ihren großen Lauschern vor einem Wegübergang und knaupelte an einem Büschel Klee, das ihr aus dem Geäse hing. Auf einmal vernahm er seinen Warnvogel von damals, als er Kitzbock war. Der Fasanenhahn plärrte ein langes und breites drüben in einer kleinen Tannenschonung, wo er nach Ameiseneiern suchte; er war wählerisch und wollte sich nicht mit kleinen Arbeitereiern begnügen, suchte vielmehr nach den fetten, sahnigen Königinnenpuppen. Kurz darauf, auf dem Weg durch die Schonung, verscheuchte Tjo den Fasan; und mit gespreizten Schwingfedern, vier in jeder Reihe, baumte er schwerfällig und laut krähend auf. Ein alter Bussard, der einen Gürtel hoher, dunkler Tannen umkreiste, miaute seiner Gefährtin zu, als er den dunklen Klumpen auf den klappenden Flügeln sah.
Oben an der Waldecke nach dem Feld zu stieß er auf eine Sperre: das Gatter um den Wildpark Nordborg.

Auf Freiersfüßen

Die Tauben hatten sich müde gegurrt, nur Drossel und Rotkehlchen sangen – vom Feld kamen die letzten Fasanen herangestelzt, daß der Staub um sie aufstob.
Tjo erhob sich und zog bei Eulengeschrei und Feldermaushuschen zum Äsen. Flüchtig trollte er umher, mit der Nase auf dem Boden

suchend, hier und da einen Bissen schnappend. Aus dem schützenden Holz kam mehr Wild, eine Ricke stellte ihm ihr schönes Töchterlein vor, das im Heiratsalter war.

Er war in guter Gesellschaft.

Wachsam umsprangen sie ihn, schlugen häufig die Köpfe hoch und durchforschten die Luft; zusammen mit ihnen zog er über die Lichtung hin, wo die Kiebitze aus dem goldenen Zwielicht auftauchten, einen Schimmer Weiß sehen ließen und sogleich verschwunden waren.

Zwischen den stacheligen Drähten des Geheges krochen die Tiere kundig hindurch und folgten den Gräben mit langem Hals und nach außen gedrehten Lauschern.

Die ganze Nacht blieb er bei dem Paar. Ganz benommen hafteten seine schönen, blanken Lichter auf dem hellen, kleinen Schmalreh; und hinter dem nußbraunen Gehörn spielten die feinen, leichtbeweglichen Lauscher.

Seit diesem Abend hatte er eine Geliebte. Immer sah man ihn in der Nähe der Kleinen mit der hellen Decke. Sie gewöhnte sich an ihn und gefiel sich auch darin, ihn ein wenig zum besten zu haben.

Eines Tages, als sie im Erlenbusch umhergebummelt war, machte es ihr Spaß zu sehen, ob sie ihn *hatte*; sie rief nach ihm durch ein feines, schleifendes Fiepen: »Piäh! Piäh!« Da schossen außer ihm noch zwei andere hervor, die sie nicht kannte. Aufgerichtet, die Ohren vorgeklappt, windend, trollten sie herbei, indem sie im ersten Augenblick nicht aufeinander achteten – bis Tjo sie durch seine bloße Anwesenheit verstehen ließ, daß er der Auserwählte der schlanken Unschuld war.

Danach begann er, sie im Auge zu behalten.

Abend für Abend trat er aus dem Holz und sicherte über die Felder. In der Gerste versteckt, etwa zweihundert Meter von ihm entfernt, saß einer der Nebenbuhler; und er sprang, ohne ihn zu eräugen, bloß dem Winde nach, gerade auf ihn zu und verscheuchte ihn. Drehte sich dann – und bekam die Witterung des anderen, der sich im Haferfeld auf dem entgegengesetzten Hang versteckt hatte. Eine kurze Abfuhr auch ihm! Stumm und still ging das Ganze vor sich. Wie ein Stöberhund verfolgte er nun die Fährte der Erkorenen und trat ihr einen Augenblick später vor die Augen.

Jetzt kannte sie seine Zudringlichkeit. Etwas schnippisch kam sie auf den Einfall, ihn abzuweisen und einen kleinen Abstecher ins

Holz hinein zu unternehmen, wo plötzlich ein Büschel Sauerampfer, der besonders wohlschmeckend und saftig war, ihre Aufmerksamkeit erregte.
Kurz darauf hörte sie den gekämpften Aufschlag seiner Schalen. Sie traten behutsam – na, dann tat sie es auch. Bis es ihm gefiel, stillzustehen und der Spröden einen langen Blick zuzuwerfen. Da fand sie Interesse an ein paar mit Kernen gefüllten spitzen Samenkapseln.
Wieder das Dröhnen. Nein, nun war es genug – und fort huschte sie in leichten Sprüngen.
Sie verschwand zwischen den Eichen. Er stand einen Augenblick unentschlossen da, machte ein langes Gesicht, warf dann den Nacken zurück und trollte hinter ihr her.
Er war ebenso weit wie vorher.

Eines Morgens traf er sie in Gesellschaft mit einem der jungen Böcke – da packte ihn so schnaubende Wut, daß auch sie Angst bekam: sie begann zu laufen – er hinter ihr her. Den halben Tag war sie flüchtig und führte ihn schließlich hinters Licht, glaubte es jedenfalls.
Sie rannte zwischen die Adlerfarne in einer Wildremise auf dem Felde; da würde sie in Frieden äsen können. Es war steinig und halb naß da drinnen.
Tjo mochte nicht mitlaufen; er blieb draußen und schlug klatschend mit dem Gehörn gegen den Rand. Von Zeit zu Zeit hielt er an und stand mit gehobenem Vorderlauf, witternd, um sich zu vergewissern, daß er sie immer noch bei sich hatte.
Am Ende des Feldes ragte ein Paar Hasenlöffel auf. Nun kam noch ein Hase hinzu. Noch zwei. Es waren jetzt vier. Drüben von einem Hause her bellte und kläffte es – sie hoben ihre eckigen Köpfe, mümmelten eine Weile und schwatzten über das Thema Hund.
Lange blieb sie da drinnen. Tjo zeigte seine Ungeduld, indem er einen unschuldigen Beifuß abschälte, der sich aus dem Gewirr der Adlerfarne herausreckte. Begriff sie, daß er wartete?
Also nicht! Dann hinein – kurz darauf rannten sie alle Hasen über den Haufen.
Da half alles nichts, so war nun einmal das Gesetz im Wald für ein kleines Schmalreh. Mit den Annäherungen war es jetzt vorbei – sie *war* seine Braut.

Von nun an ließ er sie nie in Frieden, tat sich nieder, wenn sie sich niedertat, und stand, sobald sie aufstand. Gleichgültig wie nur je konnten sie ziehen und äsen; aber es war alles nur Verstellung.

An einem windstillen, sonnenblanken Vormittag kam er, wie von der Waldestiefe geboren und von ihrem geheimen Zauber geprägt, plötzlich zum Vorschein. Er trug den prächtigen Kopf hoch, witterte voll Erstaunen und Neugier. Er hob den einen Vorderlauf, wippte mit der Nase und sprang mit einem Satz ins Versteck zu ihr.
Da beschloß sie zu flüchten.
Mit gestrecktem Hals, die Lauscher zurückgelegt, ihre Witterung in sich saugend, so jagt er hinter ihr her in frohem, wildem Spiel. Durch Hochwald und über Waldwege – durch abgestandene Wasser und irisbewachsene feuchte Senken. Krachen und Knacken – sie brechen durch eine Nesseldickung. Laub wirbelt, Schalen dröhnen. Flanken beben. Ein Pusten und Blasen, Keuchen, Ächzen und Stöhnen –. Zuletzt war sie so atemlos, daß sie sich niedertun mußte.
Sofort nähern sich die jüngeren Böcke, die dem Paar gefolgt sind; aber kaum lassen sie sich sehen, da jagt der Stärkere sie davon.
»Miw!« und von dannen geht es wieder.
Einen Augenblick ist er dicht hinter ihr, im nächsten Augenblick streift er bei einem eleganten Seitensprung ihre Weiche und kitzelt sie mit der Nase. Bald zur Rechten, bald zur Linken dreht er seine Wirbel. Über ihnen rauschen die Eichenkronen, und das Sonnengeflimmer hüllt sie ein, während das Gras die Bauchdecke striegelt.
Schließlich geht's zu den Feldern hin –
In langen Sätzen, ganz außer Atem, Schaum ums Geäse, setzt das Schmaltier über die Hecke am Waldrand. Die Lauscher liegen am Hals, das Weiße in den Augenwinkeln leuchtet auf, und die Pupillen drehen sich rückwärts nach dem Verfolger.
Im Westen glüht die Sonne, der Himmel gießt Wärme nieder. Der Bock tanzt den Hochzeitstanz mit ihr, mit gehobenem Kopf und blitzenden Lichtern.
Sie sprengen durch das Kornfeld. Das Korn schlägt hoch, und die sonnenwarme Erde dröhnt unter den flüchtigen Hufen. Wild und mit betörten Sinnen folgt er ihrem Brautkleid, hebt bei den Sprüngen die Knie bis zum Halse hoch und streckt diesen vor, so daß der Kopf wie der Bugspriet eines Schiffes über der brandenden, auf-

gerührten See steht. Die horchenden, offenstehenden Gehörtrichter, die weit vors Gehörn vorgeschlagen sind, wetteifern mit den Lichtern, dem hitzig schnaufenden Windfang und dem halbgeöffneten Geäse, dem Gegenstand seines Begehrens nahe zu kommen.
»Piju! – Piju!« pfeift und stöhnt sie.
Schließlich geht es im Karussell herum.
Die Abendsonne wirft ihre Lichtstreifen über zwei bebende, muskelgespannte Körper. Farben flammen auf, Schalen, Lichtergruben und maulwurfschwarze Nasenkissen fahren im Wirrwarr durcheinander.
Auf einmal blitzt es aus dem Getreide. Ein Paar aschweiße Enden auf einem Gehörn, anderthalbmal so lang wie der ganze Kopf, kommen zum Vorschein. Der Gehörnträger bäumt sich senkrecht, wirft den Nacken zurück und verschwindet hintenüber in der Tiefe der Saat.

Im Wildpark Nordborg

Die Sommermüdigkeit hatte sich eingestellt. In den reifen Gräsern und den hängenden Disteln gab sie sich zu erkennen. Nichts hatte mehr Willen – nur den einen: die Blütezeit in die Länge ziehen, bis der nahe Herbst überall die Samen reifen ließ.
Eines Morgens zu dieser Zeit stand gleich innerhalb des Gatters im Wildpark Nordborg – einem großen Forst, nur für Rehwild bestimmt – ein äsendes Reh, als eine graue Tiergestalt außerhalb der Einfriedigung heranschlich. Sie suchte mit der Nase nach Löchern, wollte herein, so wie die Ricke hinaus wollte. Gerade vor ihr blieb die Gestalt stehen – seltsam schwarz leuchtete der dunkelbraune Stirnschmuck im Mondlicht. Ein Bock stürmte gegen die fremde Gestalt vor, und sie spießten einander trotz des Gatters, das zwischen ihnen war, bis ihnen die Zwecklosigkeit ihres Tuns endlich aufging.
Tjo zog weiter, sich fortwährend mühend, hineinzukommen. Drüben in einer finsteren Ecke, wo das Feld steil abfiel, traf er noch eine Ricke, die ihn ortskundig zu einem Einsprung im Gatter führte. Im nächsten Augenblick sprang er, ohne es zu wissen, in den Wildpark hinein.

In Fußsäcken von Brombeeren und Haselnuß standen die Eichen; in den Mooren schossen Ebereschen, Tannen und wilde Kirschen zwischen den Birken empor. Eine dichte und wohlgeschützte Strecke von Bäumen aller Art und jeden Alters – sie füllten Täler, dehnten sich über die Hügel aus und schufen geheime Verstecke für das Wild. In diesen Wald kam kein Verfolgter ohne das Gefühl, daß er mit offenen Armen empfangen wurde. Die Verstecke lachten ihm entgegen, ließen ihn verschwinden – kleine Teiche, Wiesen, Suhlen. Hier konnte er verweilen.

Je weiter Tjo eindrang, desto besser wurde es. Vollblättrige Eichenpflanzungen mit angenehmen Halbschatten wechselten ab mit dichten, kühlen Buchendickungen, in die sich Zittergraswiesen voll gewundener Buchten vorschoben. Geheimnisvolle grüne Spuren drangen in schwarzes Nadeltief, und helle, in Farne eingehüllte Steige führten zu Winkeln hinaus, in die selten Menschen kamen und in denen alle Arten von Obstbäumen wuchsen. Stille! Stille! Nur das Seufzen der eigenen Schalen auf dem Boden und die hohle Stimme alter verfaulender Knüppel. Taubengegurr, Meisengezwitscher und helle ewige Töne von Insekten, die einen spätblühenden Ginsterwipfel umschwirrten.

Mitten im Zentrum lagen im Abstand von einem Kilometer zwei für das Wild bestellte Äcker von Bauernhofgröße, die den eingeschlossenen Tieren ihre natürlichen Lebensbedingungen bieten sollten.

Hier auf den kleinen, aber fruchtbaren Äckern traf er des Abends denn auch den größten Teil des Standwilds im Wildpark beisammen; und nach und nach wurde ihm der gewohnte Empfang zuteil. Die Platzböcke witterten sofort, daß er ein Fremder war.

Aber er ging mit einer Wildheit und einem Ungestüm vor, das die Eingesessenen nicht gewöhnt waren. Einer der großen Herren, ein Bock mit so weit auseinanderstehendem Gehörn, daß er Eschen von Armesdicke fegte, stürzte von zwei Stößen dicht hinters Blatt um. Zwei andere fielen Tjo sofort an; aber es gelang ihm, sich glücklich in einen Winkel zu retten.

Herrscher in diesem Reich war ein alter, starker Bock, den die Jäger viele Jahre hindurch übersehen hatten, weil ihm das Gehörn fehlte. Er *war* ein Bock. Tjo wußte es sofort, als er ihn sah. Der Geruch, der von ihm ausging, die Haltung, sein ganzes draufgängerisches Auftreten, alles das ließ keinen Zweifel aufkommen. Eine grimmige Miene, ein mürrisches Schnaufen; aber er war ungehörnt wie eine Ricke und hatte keine Rosenstöcke auf dem Schädel.

Der Bock hier in dieser entlegenen Gegend war ein »Mönch«, und als Tjo gegen ihn vorstürmte, überraschte jener ihn dadurch, daß er vor ihm bäumte und ihm mit den Vorderschalen auf den Kopf schlug.

Tjo warf ihn hin. Jener stand wieder auf und ging mit der Stirn gegen ihn los. Und nun bekam Tjo es zu spüren, daß unter der Decke zwei harte Knöpfe versteckt saßen, bei deren Stößen es in seinem Schädel jedesmal zu brummen begann. Er gewann jedoch schnell die Oberhand über den Mönch; mit dem Gehörn striegelte er ihn am Halskamm entlang, mit seinen spitzen Enden stach er ihn in Kopf und Stich – da verzog jener sich, und Tjo nahm seine Stelle ein.

Besitzrecht verleiht Rückgrat, und die Ecke als Ausfalltor benutzend, lernte er die nächste Umgebung, ihre Schlupflöcher und Geheimnisse, genau kennen.

So traf er auf den »Mörder«, dessen Gehörn auf niedrigen, schweren Rosenstöcken saß und lang und gemsenartig war, ohne Augsprossen oder Enden. Sie endigten in ein paar halbgebogenen, spitzen Stacheln.

Der Mörder war gefährlich; die anderen Böcke mit Forken konnten sich nicht gegen ihn wehren, sein Angriff schlug durch. Aber Tjo kam ihm glücklich in die Flanke und bohrte seine Enden in die weiche Wamme. Jener rettete sich und hatte noch Kraft genug, davonzuspringen, so daß der verblüffte Sieger ihn aus den Augen verlor. Aber er ließ sich nicht mehr sehen. Die Fliegen und eine Entzündung in der durchforkelten Flanke machten schließlich seinem Leben ein Ende.

An solchen abnormen Böcken war der Wildpark Nordborg reich – Böcken mit schiefem oder tiefliegendem Gehörn, Tieren, die gegen Gatter gerannt waren oder Schrotkörner in den Aufsatz bekommen hatten, während noch der Bast ihnen an den Stangen saß. Auch Inzucht war an vielem schuld. Diese Außenseiter waren auf Randgebiete des Wildparks angewiesen, wo Tjo sich vorläufig aufhielt, und eines Tages wurde er der Nachbar eines solchen Herrn.

Die Stangen waren an den Seiten des Kopfes entlang umgebogen und verdreht; die eine verdeckte das Licht. Wenn der Bock äste, pflügten die Endspitzen den Rasen.

Eines Tages rollte ein Federwagen ohne Führer durchs Holz. Vom Nachbar verleitet, betrachtete Tjo den rasselnden, pfeifenden Kauz; und während der Wagen vorbeifuhr, ertönte plötzlich ein Krachen. Das Krachen kannte er sehr gut, nur nicht in Verbindung mit einem Wagen – er hatte immer noch etwas zu lernen.

Wieder fuhr der alte Schreck in ihn, jene Angst, die betäubt worden war durch die Vertrauensseligkeit der anderen Tiere der Witterung und dem Lärm des gefährlichen Raschlers gegenüber. Er erkämpfte sich seinen Platz in einer anderen Ecke, einer tiefen Waldschlucht, wo ein Bock mit zwei kleinen Schaufelstangen hauste. Aber seine Gesellschaft erschien ihm zu gefährlich – in seinen Spuren war immer die Witterung des Raschlers. Und besser erging es ihm nicht, als er in einem der Birkenmoore seinen Stand nahm, wo anscheinend alles eitel Frieden war. Hier verbarg sich der lächerlichste Bursche, den er je eräugt hatte.

Über dem Kopf dieses Bockes hing etwas, das Bienenwaben oder Brombeerbüscheln ähnelte; ein Büschel deckte das andere, hing sogar über die Lichter herab und baumelte vorn auf der Nase: Der Perückenbock konnte beinahe das Gras nicht äugen, konnte es kaum ins Geäse befördern. Er zog immer mit halbverdrehtem Kopf und schielte, wie Tjo glaubte, nach ihm.

Noch spät im Jahr nötigte jener ihm seine Gesellschaft auf, und Tjo war nicht stolz auf seinen Sklaven.

Aber nun war der Herbst vorgeschritten. Das Wasser platschte wie von schmutzigen Scheuerlappen vom Himmel herab, wogte über die sich neigenden Kronen des Wildparks hin und ging in dichten Schauern über den Wiesen nieder – ein Sickern, Rieseln und Seufzen. Unablässig spritzte der Regen durch die Luft.

Die Wildenten sammelten sich auf den Waldteichen und schnatterten, daß den großen Fuchsjungen das Wasser im Fang zusammenlief; überall waren sie im Röhricht zu finden. Die Fasanen versteckten sich im Schutze der Tannen, und manch alter, verschlagener Rammler folgte ihnen. Wie die Tage verstrichen und das Gras an Geschmack verlor, fand auch Tjo seinen Platz zwischen dem Standwild. Früh fiel der Schnee; aber an Nahrung war kein Mangel; hier wurde gefüttert, und zum Überfluß hatte die Natur selber durch ein Eicheljahr den Tisch gedeckt. Kein Wunder, daß er gewaltiger aufsetzte als je; es war, als führe ihm die ganze Kraft in den Kopf, wo das Gehörn in dicken, schwellenden Kolben emporschoß.

Als die vielen durch Inzucht geschwächten Böcke im Wildpark längst ihr goldrotes Sommerkleid angelegt hatten, ging er noch zottig und rauh umher. Aber die Decke hing so lose an ihm, daß es ihm nicht zu warm war. Und Eichelkraft war auch in der Farbe, ein guter, dunkler Ton – schließlich stellte er sich in einer Haarschicht vor, so blank, daß sie von Wohlsein glänzte.

Er hatte gefegt und war voll Unruhe. Alle Ricken waren mit ihren Kitzen beschäftigt – Tjo langweilte sich. Da draußen wuchs das Getreide, Ackergräben und Hecken lockten mit geheimen Verstecken – er mußte aus seinem Winterholz hinaus, wie es seine Gewohnheit war.

Da entdeckte er ernstlich, daß er in einem abgesperrten Revier lebte; aber dann hatte er an andere Dinge zu denken.

Der Schleicher in dem laubähnlichen Pelz, ganz anders als alle anderen Menschen – er, den er am meisten von allen fürchtete, hatte mit dem Pirschen begonnen. Und er war hier gefährlich, gefährlicher als sonst jemand seiner Art, auf den er anderswo gestoßen war. Äußerst selten erzählte der Wind von ihm; er verstand sich nämlich auf die Kunst und ging *gegen* ihn. Kein Reisig, Tjos sonst so wachsamer Meldeposten, verriet das Kommen des gefährlichen Wesens. Lautlos traten die Gummisohlen die Erde, und die sie führenden Läufe wußten, wohin sie treten sollten. Tjos sechster Sinn sagte ihm oft, daß da jemand sei, er riß den Kopf empor – nein, er sah nur den Waldrand rings um die Wiese und die dunklen Ausschläge, wo ein Baum gefällt war. Aber just solch einen dunklen Fleck wählte der Schleicher gern als Hintergrund. Hier wie in allen anderen Gehölzen kamen die Leute schwatzend und lärmend daher, der stille Meucheljäger im Wildpark des Grafen hatte nicht einmal ein Husten im Halse.

Tjo stellte sich sofort darauf ein und wurde vorsichtig; es war, als kenne er den Wert seines Gehörns. Er versteckte diesen Schmuck und damit sich selbst. Er verbarg sich in Dickungen und stand unbeweglich, während drüben auf dem Steig der Jäger vorbeiging. Verschwand dann in entgegengesetzter Richtung. Die Ricken halfen ihm; die erste, die den Jäger bemerkte, fing an zu schmälen, die nächste in Hörweite fiel ein – und dann durchflog die Botschaft den Wald. Tjo kannte das Zeichen und versteckte sich abermals.

Sie stellten ihn früh und spät auf die Probe. Bald stand er in einem

Graben, die scharfen Jägeraugen entdeckten das Gehörn, aber der Kopf war vom Gras verdeckt. Ein hohes Pfeifen, und er fuhr auf – er hatte längst an den Wagen und den Aufsatz an der Wand gedacht; aber er sprang davon, gerade bevor der Finger abdrückte. Bald wurde er auf einer Wiese überlistet; ein Ruck ging durch den Jäger: wahrhaftig, das war der stärkste Bock, den er gesehen hatte oder je zu sehen bekommen würde. Tjo hörte den Knall, ließ sich auf die Knie nieder, wie vor einer Bremse, die an seinen Lauschern vorübersummte. Zu hoch geschossen, dachte der Schütze.

Auf schmalen Waldsteigen, von niedrig hängenden Zweigen ganz beschattet, witterte er rechtzeitig die Gefahr und entkam. Dem Schrot hielt er stand; er hörte den Förster, der ihn vorwärts trieb, sein warnendes »Achtung« rufen, bekam Witterung von dem Rauchpilz, der im Munde des Menschen wächst, und bog zur Seite ab. Schläfrig und matt war er, wenn sie ihn von der Mittagsrast zwischen den dichten Eichen aufjagten, ihm an bitterkalten Morgen nachschlichen oder gar wenn der Regen strömte. Einmal hatte er es seinem Spiegel zu verdanken, daß er gesehen wurde, ein andermal, daß er gerettet wurde, weil die Jäger nichts anderes sahen. Und schlechte Schützen waren sie nicht. Besonders war ein alter Nimrod von Arzt hinter ihm her, ein Meisterschütze; aber Göttin Diana verzauberte das Fadenkreuz in seinem Visier – und seine Kugeln klatschten rings in die Bäume.

Eines Juniabends geschah es, daß viel Wild auf einer der Wiesen äsend zog, darunter drei Böcke; aber ohne irgendwelchen Beistand suchte ein junges Muttertier vergeblich einen unverschämten Fuchs von ihren kleinen Kitzen fernzuhalten. Laut schmälend fuhr sie immer wieder gegen den Fuchs los, schlug mit den Vorderläufen nach dem Freibeuter, der augenscheinlich an dergleichen kleine Verdrießlichkeiten gewöhnt war und fortfuhr, sie zu bedrängen.

Die Kleinen drückten sich um sie, standen und zitterten, wenn sie vorwärtsstürmte; sie waren einen Tag alt und konnten kaum aufrecht stehen. Der Fuchs kam ihnen näher und näher, und das Klagen des Rehs klang immer ängstlicher – da erhob sich Tjo drinnen in seiner Dickung; es waren keine Schmälrufe, die ertönten, kein Warnruf: Hund oder Jäger; Not barg der Ton, und nun mischte Tjo seinen Baß in das laute, hitzige »Böw«. Kurz darauf stand er mit seiner vollen Gestalt mitten auf der Wiese. Alle Rücksicht auf die eigene Sicherheit außer acht lassend, stürmte er vorwärts und pflanzte die gesenkten Gehörnstangen dem Erbfeind mitten ins Gesicht.

Aber der Fuchs, der es gewohnt war, sich hier im Tierpark als Wilder zu benehmen, riß die Zahnschere auf. Tjo ging trotz alledem vor und bekam von seinen Fängen eine Streifwunde an der Nase; aber da geriet er in Wut; mit beiden Vorderläufen sprang er auf den Fuchs los, der zu Boden rollte; und nun hagelten die Gehörnspitzen auf ihn nieder; er wurde gespießt und gestochen, und scheltend humpelte er von dannen.

Ein Menschenauge beobachtete durchs Fernglas den ganzen Auftritt. Abend für Abend, seit dem Auftauchen des fremden Kapitalbocks im Wildpark, hatte es auf ihn gelauert; nicht mehr auf den Kitzräuber zielte die Büchse, sondern auf den Gehörnträger, sobald der sich sehen ließ –. Nun erhob sich der Jäger und strich den Hut ab.

Und Tjo war von diesem Tag an schußfrei.

Und wieder kam die Zeit, wo die Ricken des Waldes Pans Zauberspiel gehorchten und Tjo in der Brunfthitze stöhnte.

Als großes, kräftiges Tier, ein Bock im besten Alter, so polterte er umher. Das rote Sommerhaar lag funkelnd über Rücken und Wammen, in sonnengoldenen Tönen glitt es über Brust und Keule hinab. Stolz trug er sein hohes, reichbeperltes Gehörn, das über die Nesseln hinausragte, während er ununterbrochen mit dem Nacken zuckte und die Lauscher schüttelte, um Fliegen und Mücken zu vertreiben.

Der Wendepunkt des Lebens war erreicht. Bis jetzt, die ganze karge Jugendzeit hindurch, war Tjo vorangesprungen, verfolgt von diesem oder jenem rachedurstigen Wicht. Jetzt sprang er hinterher und vergaß, daß er selber einmal der Gejagte gewesen war. Mißgünstiger, gehässiger als irgendeiner von den Staatsburschen, in deren rechtmäßigen Bereich er eingedrungen war, sauste er hinter frechen Wagehälsen her, die seinem Gebiet nicht fernbleiben konnten. Über Tannenhügel empor, durch Buchenschluchten hindurch –. Nun, er wird dich auf dem grünen Wechsel narren und im Dickicht verschwinden; ja, er soll's nur tun! Die Geschwindigkeit wird erhöht. Weg mit dir, Hase! Und was sitzt du da im Wege, alte Ricke? Rot leuchtet es drüben vom Bruch – andere Rehmütter mit fiependen Kitzen – macht, daß ihr fortkommt!

Warum konnte er nie an die Lümmel herankommen?
Nun wußte er auch gut, daß ein jagender Hund nicht das Gefährlichste in dieser Welt war; es kam einer hinter dem Hund, ihn galt es zum besten zu haben! Aber der Anblick des Jägers quälte ihn bei weitem nicht so wie der Anblick jedes andern noch so kleinen Artgenossen; er duldete sie nicht. Ihnen gegenüber war er übermütig und frech, polterte los und lachte laut, wenn er sie aus dem Holze hinausprügelte; stumm und still zog er für sich allein umher.
Weit war er umhergestreift, rings durch das ganze langgestreckte Seengelände. Alle guten Böcke nahmen in ihrer Jugend so Reißaus –. Das förderte die Entwicklung.
Von einem Revier gings ins andere, vielerlei Kämpfen und Gefahren ward er ausgesetzt; ja, das Leben war der Einsatz, wohin er auch kam. Aber diesem Walde haftete etwas an, was ihm nicht gefiel. Jetzt, wo er nach der Brunft nüchterner wurde, brauste ihm eine andere Unruhe durchs Blut: er wollte in die Freiheit hinaus.
Eines Nachts gegen Ende des Winters war er in Gesellschaft von zwei Ricken diesem Drange gefolgt; die beiden Rehe waren es gewohnt, über den zugefrorenen See, der den Wildpark Nordborg auf der westlichen Seite ahschloß, hinüberzuwechseln. Vertrauensvoll brachen die drei auf, ohne in Betracht zu ziehen, daß das Tauwetter längst eingetreten war.
Ein glückliches Schicksal ließ Tjo übers Eis gelangen; wohlbehalten erreichte er ein paar Buschhänge unmittelbar außerhalb des Gatters. Beide Ricken aber plumpsten ins Wasser. Die eine lag am nächsten Morgen ertrunken und steifgefroren da, die andre schwamm noch umher. Von einem bewaldeten Hügel aus sah der Schütze sie, holte seine Büchse und machte den Leiden des Tieres ein Ende.

Der Sonderling

Von den Buschhängen, die meilenweit einen breiten, dichtbewachsenen, aber trockenen Waldgürtel um die Gutsäcker bildeten, zog Tjo, noch bevor die Frühjahrshärung überstanden war, in die Umgegend hinaus.
Eine Zeitlang stand er im Jungwald, den er von früher kannte. Aber er äste nicht auf den Wiesen, hielt sich dagegen auf den Lichtungen

auf. Nur anhaltender Regen vermochte ihn aus dem Dickicht zu treiben. Seine dicken Fegebäume verrieten ihn schließlich.

Nun galt es, seinen Standort zu finden.

Er hatte keinen. Es war gerade seine Taktik, immer den Ort zu wechseln, ja manchmal allen weiszumachen, daß er wieder ganz aus dem Revier verschwunden war, um plötzlich in der Mittagshitze oder in später Dämmerung aufzutauchen. Überhaupt führte er jetzt ein Dasein im Verborgenen.

Der Kopf war nichts als Gehörn: ein paar trotzig knorrige Berggipfel mit schimmernden Zinnen. Unter ihnen furchte die Fortsetzung der Rosenstöcke die Stirn; sie war breit, stark, flach und ließ reichlich Platz für die großen Lichterhöhlen. Ein Wirbel von dichtem, hellem Haar füllte die steifen, weitgeöffneten Lauscher, die sich nicht die geringste Spur eines Geräusches entgehen ließen.

Es war merkwürdig, daß er während des größten Teils des Jahres niemals Menschen im frühen Morgengrauen oder in der späten Dämmerung traf; aber so oft er glücklich ein neues Gehörn aufgesetzt hatte, waren sie wieder hinter ihm her. Und sie benahmen sich ganz anders als diejenigen, die er am Tage traf; sie schlichen nach Fuchsenweise an Stellen umher, zu denen Menschen sonst niemals kamen – und alle anderen Tiere und Vögel waren sich rührend einig darin, einander vor ihnen zu warnen.

Der Raschler, der Raschler – der einzige in der Welt, der ihm Angst einflößte. Wieder weiter!

In Gräben mit wildem Kerbel duckte er sich nieder, in Schlehenhecken fand er Zuflucht, er saß im Klee oder im Getreide und hörte die Ähren über sich wachsen. Die Holunderblüten spannten ihre Schirme über ihm aus, unter frei stehenden Eichen in einer Ecke der Hürde genoß er den angenehmen Mittagsschatten.

Beruhigende Stille! Windesbrausen und Wogenschimmern von den blanken Gräsern der Wiesen. Zart schwang das Lied der Gartengrasmücke über den duftenden Heckenrosen, und auf einem Baumstumpf mitten im stärksten Licht saß leuchtend wie ein loderndes Feuer halb aufgereckt ein Fasanenhahn.

Eines Tages tauchte er im »Eicheneck« auf, das über zehn Kilometer von der Stelle entfernt lag, wo er zuletzt gesehen wurde. Der Oberförster, der seine Zeit verstand und ihren Drang, etwas anderes zu sehen als wohldurchgeforstete Baumbestände, hatte das Eck aus dem Betriebsplan herausgenommen. Hier kamen weder Axt noch Säge hin; es sproß und wuchs alles auf eigene Faust. Unter hundert alten, großknorrigen Eichen, die frei standen, ohne einander zu belästigen, wucherte dichtes Unterholz von Haselsträuchern und Weißdorn, kleine Sumpflöcher mit gelben Iris leuchteten dazwischen auf, und von dem mit Anemonen bedeckten Boden sprossen in üppigem Reichtum Hahnenfuß, Maiglöckchen und großstenglige, vielblättrige Salomon-Siegel.

Die Nachteule nistete in den hohen Stämmen, die kleine Hohltaube heulte tief aus dem Bauch eines Eichenriesen, und die Stare vermehrten sich hier in Massen; sie füllten den alten Prachtwald mit Pfeifen und Schreien, wie mit Bruchstücken vom Lärm der großen Welt.

Schließlich wurde er gesehen – ein Mann mit einer Feder am Hut sah ihn. Von diesem Morgen an tauchte Tjo mindestens einmal am Tag in den Gedanken dieses Mannes auf. Er sah Tjo vor sich mit einem »Kopfzeug«, wie er es bisher niemals auf einem Bock gesehen hatte – und er schwor sich, daß er diesen Aufsatz in seinen Besitz bringen werde. Es begann ein spannender, aber aufreibender Kampf!

Menschenschritte schlichen um im Eicheneck zu Tageszeiten, wo Tjo sonst keinen Menschen traf; es war immer die gleiche Witterung, die er beim Winden in die Nase bekam. Er begriff, daß er verfolgt wurde.

Als er ein junger Bock war, lärmte er und versetzte das ganze Gehölz in Aufruhr durch sein Rufen und Bellen, sobald er den Raschler entdeckte, und noch bevor das gefährliche Menschengespenst ihn hinterrücks überfallen konnte. Jetzt gab er keinen Laut von sich, trat wie ein Sonnenstreif hervor und glitt weg wie ein Schatten, stumm, verschlagen, scheu.

Natürlich wechselte er sofort nach einer ersten Begegnung in der Frühe, wo der Wind ihm günstig war, den Ort und verschwand in einen anderen Teil des Gehölzes. Und als die geschwätzigen Ricken meldeten, daß man sie beschlich, hielt er sich während der ganzen gefahrvollen Tageszeit im Dichten auf. Morgens und abends hatte ihn Unglück ereilt – Morgen und Abend waren immer verhängnisvoll gewesen für diejenigen, denen er sich zugesellt hatte. Alle Unruhe, die andere Tiere seiner Art schreckte und verjagte, knüpfte sich an diese Übergangszeit von Tag zu Nacht. In ihnen lauerte die Gefahr – gut, so blieb er für sich, in den Tiefen der Erlen oder der dichten Buchen, und zog überhaupt nicht fort.

Bei Regen und Sonnenschein lief der Mann ihm nach; er übernachtete in Torfschuppen und Heudiemen und war so erschöpft, daß er einmal mitten am Tage zu Bett gehen und vierundzwanzig Stunden hintereinander schlafen mußte. Aber jedesmal, wenn er wieder zu Kräften gekommen war, trieb das Verlangen nach der schönen Trophäe ihn wieder hinaus.

Einmal stieß der Jäger auf ihn, aber natürlich im weiten Stangenholz, wo Tjo gute Gelegenheit hatte, ihm zu entkommen; und ein andermal hörte er Tjo gerade zur Mittagsstunde, als er hinter der Hecke im allerschönsten Schlummer lag. Das Schrecken eines starken Bockes weckte ihn. Schlaftrunken erhob er sich – da stand der Bock dreißig Schritte vor ihm im Hafer. Hielt das Tier ihn zum besten?

Ursprünglich hätte Tjo recht gut in der Nähe von Menschen gedeihen können; jetzt versteckte er sich und getraute sich erst in der Nacht hinaus. Das war gegen seine Natur; das Tun und Lassen seiner Art ließ sich am hellen Tag leicht beobachten; aber all die Feindseligkeit und Ungunst des Schicksals veränderten sein Wesen.

Er gewann die Einsamkeit lieb und wurde heimlich. Auf sumpfigen, schilfbewachsenen Waldwiesen – unter Traubenkirschen und Sumpfweiden schlich er umher. Niemand erwartete, in diesem sauren, schwefeligen Gras auf Rehwild zu treffen. Hier wechselte er eines Abends, während es noch schußhell war. Am Grenzwall blieb er einen Augenblick stehen – da knallte es, und die Erde spritzte vom Wall unter ihm auf.

Wieder zitterte der Telefondraht rings in den Behausungen der Jäger.

Tjo war der sagenhafte Bock, der berühmte oder berüchtigte Grenzbock, das Märchentier mit dem gewaltigen Gehörn und ausgestattet mit allem andern, was die Phantasie einem Revierjäger vorgaukeln kann.

Eines Morgens wurde Tjo in einem kleinen Gehölz dicht an dem südlichsten Pachthof des Gutes gesehen, nur ein einziges Mal gesehen. Vierzehn Tage lang rannten die Jäger waldwärts und wieder fort. Er war längst weg.

Ostwärts in einem neuen Wald landete er; und er wurde auch dort spätabends beobachtet. Der Graf, der junge Graf, der Arzt, der Schütze – hinter jedem Baum lauerte eine Flinte. Aber er wurde seither nie mehr gesehen.

Das Leben hatte ihn zu einem vorsichtigen Herrn gemacht; und merkte er, daß man ihm nachstellte, so wurde er heimlich. Er liebte Regelmäßigkeit: dasselbe Tagesversteck, den gewöhnlichen Äsungsplatz, zu dem er am liebsten auf demselben geheimen Wechsel zog. Kam ihm aber das geringste in die Quere, so änderte er sofort das Ziel und fand sichere Orte. Erst wenn die Fledermäuse auf lautlosen Flügeln in verwegenen, ausgelassenen Schwüngen die Mücken jagten, erhob er sich von seiner Lagerstätte, um auszuziehen. Selbstbewußt, mit hocherhobenem Kopf stand er sichernd am Waldrand – schon früher hatte er zwischen den Stämmen plötzlich Feuer aufleuchten sehen.

Die Jahre vergehen. Tjo zieht umher und nimmt zu an Reife und Urteilskraft. Ein Erlebnis in jedem Gehölz! Tut sich nieder im Lager anderer Böcke und wittert an Fegebäumen, die von würdigen Wettbewerbern geschält wurden. Waldeinsamkeit voll Taubengegurr wechselt mit Feldfrieden und Lerchentrillern. Hier der Waldruf des Pirols, dort der Wolkenschrei des Reihers. Von Krähenparadiesen und mit Füchsen gesegneten Bauernwäldchen zu den großen Brüchen der Pfeifenten und den stillen Sümpfen der Rohrsänger!

Aber jetzt ist er jenseits des Hochsommers seines Lebens. Der lange, gerade Rücken, der kräftige Hals und Vorderkörper beweisen es, ebenso die tiefe Brust, der starke Kopf, von Entschlossenheit, Härte und Festigkeit geprägt.

Er hat keinen Nutzen von seiner rotbraunen, laubfarbenen Sommerdecke. Sooft er sich sehen läßt, wird er verfolgt und gejagt; in immer höherem Grade muß er zum Nachttier werden – und er erlernt die letzte schwere Kunst, seinen Hunger zu bezwingen. Auf sein Gehör und seinen feinen Geruchssinn baut er, wenn er sich hinauswagt – mit dem Gesicht ist es weniger gut bestellt.

Wie sein ehemaliger Herr, der schwarze Moorbock, so ist auch er nach und nach arg zugerichtet worden; in der Regel hat er einmal im Jahr eine Kugel abbekommen – er ist auf der Hut. Der würdige Lehrling der Grenzricken und des dreibeinigen Invaliden.

An einem Hochsommertag, als das Hochzeitsspiel des Rehwilds in vollem Gange ist, schleicht sich ein kapitaler Bock ins Ostgehölz ein, dicht oberhalb des Wildgatters nach Trollnäs zu.

Abendglut leuchtet in den Waldkronen und huscht mit einem tiefen, dunkelbraunen Schimmer über Tjos früher so funkelnde Decke. Die Dämmerung vom Waldesrand her hat schon die Farben um den schönen Kopf gelöscht, nur die Spitzen der schweren Gehörnenden flammen; und als Tjo über eine Lichtung zieht, läuft ein Feuerstreifen rings an den wippenden Rändern der Schüsseln hinab über Nacken, Nasenrücken und Brustlinien. Mit immer stärkeren Kontrasten schlagen die schweren Schatten des Waldes über ihm zusammen, Kopf und Hals tauchen vollständig ins Dunkel – dann verschwindet er mit einem Satz in die herbstfarbenen Schatten hinein.

Er gehört nicht hier ins Gehölz, und doch ist ihm die Luft vertraut – er wittert den Bach und viele Rehe; aber das liegt alles vor ihm.

Der Nachtwald duftet nach Tannen und Kiefern, kein Wind regt sich. Plötzlich aber leuchten die Sterne bei weitem nicht mehr so klar wie zuvor – die ersten Anzeichen des Tages. Aus den Wollnebeln der Büsche wickeln sich die Blätter heraus; die Stämme bekommen feste Formen, alle Senkungen atmen, und der Bock tritt aus und verschwindet im Dunstschleier. Hier äst er schnell; und dann tut er sich, bevor der Nebel steig, auf einem der Kiefernhügel nieder, zwischen denen sich alte, überwachsene Moorstücke hineinschieben.

Die flügge gewordenen Jungen des Sperbers sausen mit schleppendem Pfeifen über Tjos Kopf zwischen den Wipfeln umher; wenn die Mutter sich zeigt, stürzen sie ihr mit ausgebreitetem Schwanzfächer heuland nach.

Sie zwitschert ihr »Kikki«, bevor sie sich zeigt. Weit in der Ferne schlagen die Hunde des Försters an und jaulen; Tjo kennt auch diesen Chor.

Dösend liegt er auf dem kühlen Kiefernhügel. Der Lärm draußen auf den Äckern, das Surren der Maschinen und das Rattern des Garbenbinders, gefällt ihm nicht. Nun im höheren Alter hockt er ständig tief im Wald trotz der Mücken und Fliegen und der gefährlichen Zecken – in einem Winkel versteckt, wohin niemand kommt – so verschläft er den Tag, bis die Eulen zu schreien beginnen.

In der nächsten Nacht findet er eine Stelle zum Einsprung und steht wieder, wie schon so mancher starke Streifbock vor ihm, auf altvertrautem Boden.

Vor Jahren ist Tjo am anderen Ende des Reviers hinausgetrieben worden; nur ein Gabelbock war er damals, der sich lediglich auf seine Behendigkeit und seine flinken Läufe verlassen konnte, wenn er einem der alten Sechserböcke begegnete. Weit ist er herumgekommen, hat die langen Irrfahrten der vielversprechenden Böcke rings um die Seen gemacht – nun kehrt er zurück.

Als die Sonne an diesem Morgen aufging, fand der Hochzeitstanz seines alten Kameraden Gluf mit einer schlanken jungen Ricke einen jähen Abschluß. Das Paar hatte sich an einer kleinen Mergelgrube tief in dem großen Weizenfeld niedergetan, als es plötzlich im Korn raschelte und ein Nebenbuhler, der bisher nie im Revier gesehen worden war, hervorpreschte, anscheinand genau darüber unterrichtet, daß die beiden hier waren. Es war ein älterer Bursche, die Decke ohne feurige Glut und der Kopf voller Narben und Schrammen – aber noch ein Bock im kräftigen Alter. Sofort kam es zum Kampf. Keine umständliche Herausforderung oder Spiegelfechterei. Kein Schnauben, kein Plätzen – ein Sprung von drei Metern – und Stirn und Gehörn klatschten zusammen. Ein einziges Krachen und nicht mehr – und der lange, gefährliche Kampf zwischen zwei ebenbürtigen Gegnern begann.
Sie spreizen die Vorderläufe, die feisten Hälse setzen sich, die Lendenknochen treten bucklig hervor, und der Oberkörper wird gesenkt – so ringen sie, ohne voneinander zu lassen, zerren vor- und rückwärts, stöhnen und schnauben, daß es weithin zu hören ist. Ein jeder sucht seinerseits den Nacken des Gegners zu verdrehen, der steif und muskelgespannt ist, während sich Schaumblasen an den schwarzen Äsern bilden und die Spitzen der Lecker fortwährend beim Drehen zum Vorschein kommen. Die Lauscher verstecken sich weit hinterm Hals, als fürchteten sie, in die Klemme zu geraten. Die Lichter drehen sich nach den Augenwinkeln, bald aufwärts, bald abwärts – die Tiere sperren das Geäse auf, geifern, spreizen die Hinterläufe weit. Stunde um Stunde tobt der Kampf.
Die Leichtigkeit und Behendigkeit der Jugendzeit – wo sind sie? Wo die Finten und Paraden der starken Manneszeit? Sie ringen schlechtweg, ohne Humor, ohne viel Aufhebens, zäh, ausdauernd, massiv – solange sie können.
Gegeneinander stehen sie geneigt mit verhaktem Gehörn, den Windfang am Boden. Sie sinken in die Knie, stemmen sich in die Höhe, die Läufe unter ihnen zittern – und während der Ruhepausen, die immer länger und länger werden, stöhnen sie vereint.
Und wieder gehen sie gegeneinander vor, bis es Gluf durch plötz-

liches Vorwärtsstürmen gelingt, seinen ehemaligen Waldgenossen so heftig zurückzustoßen, daß dieser hinten in die Knie knickt; aber Gluf ist jetzt so erschöpft, daß er den Sieg nicht ausnutzen kann.
Da befreit Tjo sich durch eine Kraftanstrengung, er richtet sich auf. Das Gehörnschloß öffnet sich, und mit einem Satz jagt er vorwärts. Seine Dolchenden kämmen den Hals des Gegners, reißen ihm die Brust auf und gleiten an der zurückwogenden Flanke weiter; aber unter der Weiche setzen sie an. Tjo bohrt das eine Ende in den Grund. Der Standbock stürzt über ihm nieder und reißt seinen Kopf mit. Tjo kann nicht loskommen und fällt gleichfalls.
Der Niedergestoßene klagt; und ein Feldarbeiter, der den Klageschrei hört, eilt herbei. Mit seinem Messer öffnet er die Wunde so weit, daß die beiden Böcke voneinander loskommen.
Wie von Sinnen sprangen sie auf, aber der waidwunde Gluf konnte bloß ein paar Sätze tun, dann stürzte er tot um.
Schnell wurde es ruchbar, daß ein alter Kämpe im Revier hauste, mit dem nicht zu spaßen war. Tjo plänkelte nicht mit der Lanze – in der Länge und Heftigkeit des Sprungangriffs lag seine Stärke. Kein Bock fand sich hier, der diesem Angriff standhalten konnte. Die jüngeren, die behender waren, konnten erfolgreich im Ausfall sein; aber er war mit den Flankenangriffen vertraut, wirbelte blitzschnell herum, so daß selbst der Behendeste seine Tollkühnheit bereuen mußte.
Barsch und böse, mit finsterer Miene, schlich er in Brüchen und Dickichten umher und fand Gefallen daran, die Jugend zurechtzustutzen.
Alle Gehölze, das ganze Revier war diesem Herkules vorbehalten; er herrschte und ließ es sich wohl sein am Tisch des Lebens. So war es nun einmal: er hatte eine Waldfrau, eine Feldfrau und eine Wiesenfrau – und oft noch einen Schatz irgendwo im Gehege.
Eine kurze Spanne von Tagen genoß er die Zeit des starken Bocks; aber lange bevor er es ahnte, hatte er den Gipfelpunkt erreicht, und es ging abwärts mit ihm. Die Scheu glitt ab; die Warnungen sprachen nicht mehr mit derselben Kraft zu ihm –. Wenn der Häher schrie, quälte es sein Gehör, und er wurde ärgerlich auf den Vogel. Die Wandertage waren vorbei; die Abenteuerlust, die in den Lichtern der jungen Böcke um ihn spukte, reizte ihn. Er wollte das Gesindel zermalmen, dem das Rennen so leicht fiel. Er bewegte sich ungern – war seßhaft geworden.

Er eräugte täglich dieselben Bäume und dieselben Hausgiebel. In der Nähe vom Feld des Försters, das für ihn am günstigsten lag, wählte er sein Standquartier. Saß am Tag in der Dickung und zog abends trotz Hundegebell in den Roggen.
Er wurde mürrisch und sonderbar und wünschte nur, nachts in Frieden im Roggen zu äsen –. Kam auf der Landstraße ein Radfahrer gefahren, so ertönte sein »Bauw«. Der Förster nannte ihn seinen Kettenhund; wenn er im Bett lag, hörte er den Rehbock anschlagen, und kurz darauf huschte vor seinem Fenster der Radfahrer auf dem Wege vorüber.
Der Förster hatte fünf Hunde. Wenn die den Bock bellen hörten, stimmten sie ein. Sie bellten nicht den Radfahrer an und nicht den Bock, sondern stimmten nur mit in den gemeinsamen Chor ein.

Die drei Bockmonde

Tjo lebte den Winter über in seiner Heimat und fegte sein starkes Gehörn – die gefährlichen Pirschmonate nahten heran.
Der erste Bockmond rollte verschleiert und kupferrot über den Maiwäldern empor. Kein Laut von dem großen Bachmoor, nur ein vereinzelter Entenruf, der Wildgänse »Tattattatt« und das »Karr! Karr!« der Lappentaucher.
Bedächtig erhob Tjo sich von seiner Ruhestätte, streckte die Glieder und betrachtete hoch aufgerichtet den Mondaufgang – seine alte Kraft und Scheu waren zusammen mit dem Versteck zurückgekehrt.
Still und heimlich äste er in der Nacht. Noch bevor der Tag graute, war er am Waldrand zu sehen, wo eine tiefe Schlucht sich zwischen große, einsame Felder hineinschob. Ein Schlehengestrüpp im Rücken, dicht an einem schlanken Erlenstamm tat er sich zur Tagesrast nieder, auf dem Brustbein und einer Keule ruhend.
Den ganzen Vorsommer über hielt er sich hier in der »Höhle des Teufels« auf, die er aus der Zeit kannte, als er vor dem Alten Satan Flucht machte; er hatte die Höhle für sich allein.
Eines Abends spät trollte er, ebenso wie der alte Graunacken seiner Jugendjahre, über den Wechsel, auf dem er zu Anfang des Frühjahrs hierhergekommen war.

Wie mochte es den Ricken gehen?
An diesem Abend sah ihn der Jäger: den Riesenburschen mit einem Gehörn, das aus der Stirn emporschoß wie Erlenreiser aus alten Baumstümpfen, zwei dickere Enden in der Mitte und andere kleinere um sie herum. Von nun an war Tjo früh und spät unter Beobachtung, ohne daß es jedoch dem Jäger gelang, zum Schusse zu kommen.
Nun gut, konnte er ihn nicht zur üblichen Bockzeit erwischen, so wollte er es mittags versuchen; der starke Streifbock sollte aus dem Mittagsschlummer geweckt, sollte aufgestoßen werden.
Hohes, vorjähriges Schilfrohr füllte den Grund der Teufelshöhle. Nur ein paar lange, gerade Pirschgänge, die quer hindurch gehauen waren, boten Aussicht auf Erfolg.
Der Forstgehilfe ging mit den Hunden durch das Dschungel, und gespannt horchend, mit halboffenem Munde, den Zeigefinger am Abzug, stellte der Schütze sich auf seinen Posten.
»Bauw! Bauw!« erscholl es, höhnisch, hohl dröhnend, dicht hinter ihm. Wenn der Schütze im Wirtshaus oder beim Schmied, bei dem die Leute zusammenkamen, später davon erzählte, so fluchte er. Der Bock aus des Teufels Höhle war ein Teufelsbock!
Eines Tages besuchte der Förster ein paar große, sandige Hügel. Sie waren einmal bestellt worden, gaben aber zu wenig Ertrag; nun ragten hochstämmige Kiefern mit ihrem Unterholz aus Edeltannen über die Erdwellen. An mehreren der Kiefernstämme, die der Förster gerade mit beiden Händen umspannen konnte, waren weißes, harzbeperltes Holz und rostrote Rindenfasern zu sehen – als wäre ein Wagen dagegen gefahren.
Der Förster ging zu einem der Stämme hin, der der Länge nach Risse von einer solchen Größe aufwies, wie er es sonst nie gesehen hatte. Nur ein Kapitaler fegte einen solchen Baum.
Als der Förster nach Hause kam, ging er ans Telefon und unterhielt sich ein wenig mit dem schweigsamen, schwarzbärtigen Raschler.

Wie eine große, vollreife Frühsommererdbeere stieg der zweite Bockmond über dem Wolkenmeer des Horizonts empor.
Kein Entenruf vom See, kein Plätschern jagender Erpel, nur Entchengepieps und warnendes, mütterliches Schnattern; drinnen unter dem verblichenen Elfengespinst in der jetzt belaubten Schlehe schlug die Nachtigall, und im Morgengrauen, wenn die Moore

dampften, war die Luft voller Glockentöne von rastlosen Kuckuck-Rufern.

Zwei rotröckige Schmalrehe scherzten an einem Wiesenrand. In kurzen, ruckartigen Sprüngen wirbelten sie auf den Hinterläufen herum, setzten Stirn gegen Stirn und bäumten sich kokett, mit hängenden Vorderläufen.

Am Ende einer Tannenreihe, sich auf dem Schwarzgrün abzeichnend, erschien Tjo. Er trug den Kopf hoch, die großen Ohrentrichter schwollen und wandten sich aufmerksam den Rehen zu. Kein Zucken verriet Tjos Forschen. Über den dunklen Lichtern und dem maulwurfschwarzen Nasenkissen lag ein Halbmond weißgrauen Haars, das dem Kopf Charakter verlieh.

Die kleinen Waldjungfern haben ihn noch nicht entdeckt – er kommt ihnen immer zuvor. Aber plötzlich erfüllt Brunftgeorgel seine Kehle; er forkelt nach allem, kleinen Kiefern und jungen Birken; rüttelt an armdicken Bäumen, daß es zu hören und zu sehen ist.

Die verdutzten jungen Rehe suchen sich schleunigst im Walde zu verstecken.

Die Kuckucke beginnen zu rufen, es tagt. Und als Tjo auf dem Heimweg zu seiner Tagesstätte hie und da ein wenig äst, gleicht er bloß einem gewöhnlichen starken Stück Wild. Der Rumpf schaut in seiner fahlen Farbe wie ein herabgestürzter, nadeldürrer Kiefernast aus, wohlweislich zieht Tjo gerade in dem offenen Stangenkiefernholz, wo zwischen Gras und Nesseln Haufen von rotnadligen Zweigen liegen. Eifrig zupft das Geäse, an Stengeln auf und nieder fahrend. Während die Lauscher hinter den Mücken her sind, schlägt das Gehörn unter heftigen Rucken des Nackens hierhin und dorthin aus. Das stürmische Sausen der Kiefern, das weiche Rauschen der dahinter stehenden Tannen, der spröden Stengel Saftgespritz und das Rupfen des Leckers, alles das verschmilzt zu der Harmonie, die er liebt.

Plötzlich ist da etwas in einem Graben, das nicht so ist, wie es sein sollte. Mit einem Ruck hebt er sein Haupt und ist sofort verwandelt.

Kraft und Anmut leuchten aus ihm – eine wunderbare Erscheinung. Ein starkes, schönes Stück Wild – jetzt, wo die aufrechten, sprungbereiten Läufe ihm eine stolze Haltung geben; aber der Jäger vergißt ganz den Körper über dem Gehörn, das in dem scharfen Fernglas aufleuchtet.

Der Jäger liegt immer noch unten im Graben.
Lange hat er da gelegen, ohne zum Schuß zu kommen, so lange, daß ein Eichhörnchen anfängt, den warzigen Birkenstamm zu erklimmen, hinter dem er hervorspähte; deutlich hörte er das Kratzen der Klauen. Plötzlich war das Tier gerade über seinem Kopf und stimmte all seine spaßigen Gurgellaute an, um den Burschen da unten zu veranlassen, daß er sich zu erkennen gibt.
Da waren der Bock und Pans Geist fort.

Der dritte Bockmond, der Juli, den der feurige Mohn im Getreide ankündigt, hängt über den Waldwipfeln; noch genießt Tjo des Waldmeisters würziges Grün, des Sauerklees erquickenden Saft.
Aber er ist träge geworden, ist immer an einem kleinen, von Weiden umstandenen Wasser inmitten eines dichten Gewirrs von Adlerfarnen zu treffen. Tritt morgens und abends nur eben hinaus und äst.
An einem stillen grauen Morgen äste er seinen letzten Bissen. Gewitter kündend summten die Fliegen, und die Mücken stachen, daß es schwärte.
Lange war er dem stummen Raschler entgangen, endlich an diesem Morgen war das Glück dem Schwarzbärtigen hold, und er gewahrte einen Schimmer von dem Bock, als der sich in sein Farnversteck trollte.
Der Jäger hielt sein Pech für unabwendbar, als drei Kuckucke hoch über der Wiese dahinzogen; der vorderste schlank, auf hastig bebenden Flügeln, die beiden anderen aufgeplustert mit entfalteten Schwanzfedern, ließen ganze Ketten von Kuckucksrufen ertönen, die weit im Gehölz widerhallten. Plötzlich fiel das Kuckucksweibchen senkrecht aus der Luft ins Gebüsch ein. Die Männchen folgten, und nun entstand da drinnen ein so teuflicher Lärm, daß der alte Liebhaber der stillen Waldestiefe aufstand, um sich zu verziehen.
Da erhob die Büchse ihre Stimme, und in einem hohen Sprung nahm Tjo den Waldsaum an zu einer anderen Welt.

Die rote Koppel

Eine Fuchsgeschichte

Es war ein Rüde, der diese Jungen großgezogen hatte. Darum wurden sie so verwegen, reißend und mordgierig, in ihrem ganzen Wesen Wölfen ähnlich. Hätten sie eine Mutter gehabt, so wären sie geworden, wie Füchse meistens sind - sie hätten gelernt, Mäuse zu fangen und nichts anderes.

Der Hügelbau

Es ist früh am Morgen ... die Eulen sind zur Ruhe gegangen, und die Fledermäuse haben sich aufgehängt. Ein großer Fuchsrüde liegt in seinem Bau und schläft den Fleischrausch aus nach einer erfolgreichen nächtlichen Jagd.

Er liegt tief drinnen in der Höhle, wie ein Wollknäuel zusammengerollt, die Nase in der »Viole«, er hat sich ganz in seine riesige Lunte gehüllt, um Witterung und Wärme festzuhalten. Hätte man einen Blick hinunter tun können, so hätte man gemeint, daß dort lediglich eine Schütte welken Laubes läge, aus dem zwei schwarze Hölzchen aufragten.

Still ist es in dem großen Fuchsbau! Er ist sinnvoll angelegt und gleichzeitig sehr baufällig. Lange, im Kreise laufende Gänge ziehen sich von einer Galerie zur anderen, und ausgetretene Stufen, von den ins Erdinnere wachsenden gewaltigen Wurzeln der alten Eichen gebildet, führen von Stockwerk zu Stockwerk. Die Wände und der Boden der Gänge aber sind bedeckt mit Schimmel und allen Arten elenden Gewürms, das sich nicht an die Sonne wagt. Ganz oben, in den Deckenwinkeln, dicht unter der Erdoberfläche, bewegen sich Maus und Maulwurf ohne Scheu, der Bezeichnung dieser unterirdischen Burg als Fuchsbau gleichsam hohnsprechend. Viele Einstiege führen von der Oberwelt in die Höhle hinein. Entweder aber sind sie durch verwehtes Laub verstopft oder auch mit Gras und Schierling überwachsen. Ein einzelner nur hinter brombeerdurchfilztem Schlehengestrüpp scheint noch begehbar. In seinem Sande drücken sich Krallen und Prankenballen deutlich ab. Von Zeit zu Zeit hallt die Höhle von einem seltsamen, unerklärlichen Dröhnen wider.

Bald schnarrt es wie ein Husten, bald klingt es wie ein Niesen und Schlucken, dann kläfft es deutlich, in rauhem Wechsel, nicht laut und gellend, wie wenn eine Bracke Hals gibt oder ein Teckel arbeitet, sondern tief, bedächtig, rülpsend. Es ist der Rüde, dieser offenbar einzige Bewohner des ausgedehnten Höhlengeländes, er träumt und streckt sich im Schlaf: er hat vor sich einen jämmerlichen Hasen, der um sein Leben kämpft, er hat ihm lange aufgelauert, jetzt ist er hinter ihm her und hat ihn nun endlich beim Schlafittchen. Da gibt er Laut wie ein Hund – vor Eifer, vor Spannung! Das ist für einen Fuchs etwas Ungewöhnliches, und es zeigt, daß er stark ist, groß und raubgierig; es gibt zu erkennen, daß er ein Beutemacher ist, ein Jäger – auch auf größeres Wild als Hasen oder fette Fasanen!

Er stößt in kurzen, scharfen Abständen sein Gekläff aus, die Nerven in seinen Pranken zittern wie Violinsaiten unter dem Strich des Bogens, der Körper krümmt sich in Zuckungen, er ist am Ende seines Traumes angelangt: er hat die Beute glücklich gefaßt und klappt nun mit einem langen Gähnen den Fang auseinander.

Dann tritt dort unten in der Finsternis atemlose Stille ein!

Draußen aber am Eingang der Höhle klagt und mieft es: ein paar höchst jammervolle Geschöpfe sind in die Tiefe unterwegs!

Sie sind nicht viel größer als halbausgewachsene junge Katzen; ihr Balg ist wollig und von einer matten, seltsam trüben Färbung, als habe das Dunkel der Erde ihm seinen Stempel aufgedrückt. Sie warpen sich wie die Maulwürfe vorwärts, krauchen auf allen vieren, der eine hinter dem anderen, das Brustbein im roten Sande schleppen lassend, die dünnen Lampenputzerlunten in der Spur nachschleifend. Ihre spitzen Gehöre bewegen sich forschend hin und her, ihre schrägen Pupillen starren gierig in den Raum – aber hier auf der Sohle der unterirdischen Tunnels können sie fast nichts sehen.

Immer jammervoller klagen die kleinen Geschöpfe, die hier im Fuchsgang liegen und im Sande wühlen. Sie werfen verstohlene Blicke auf die Feuersteine, die im Widerschein des Tageslichts plötzlich auf ihrem Weg auffunkeln, und sie beißen und saugen allmählich an jeder einzelnen Wurzelfaser, die von der Decke herabhängt und ihnen an der Nase kitzelt.

Sie sind drei an der Zahl. Alle gleich groß und alle fast gleich an Farbe und Aussehen, sind alle mager und schlotterig, alle abgezehrt und erschöpft.

Der vorderste tunkt den Fang Schritt für Schritt in den Sandboden des Fuchsganges, sein kleiner schwarzer Windfang schnuppert beim Kriechen eifrig hierhin und dahin; es ist, als sauge er eine süße, nährende Witterung ein. Ab und zu, wenn ihm die Geruchsteilchen, nach denen er fahndet, besonders reichlich entgegenströmen, hebt

er ein so herzzerreißendes Jammern und Piepsen an – dann zieht ihm neuer Mut in die Brust und neue Kraft in den geschwächten Körper; er hebt sich auf alle viere, tut fünf, sechs Schritte weiter, schwankt, taumelt und fällt. Da liegt er dann für eine Weile mit ausgestreckten Vorder- und Hinterläufen, die Zunge aus dem Fang, er verdreht krampfhaft die kleinen Seher, japst und röchelt.
Einige Augenblicke später holen seine Geschwister ihn ein; sie straucheln über ihn – schlapp und halb betäubt ruhen sie nun, zu einem Klumpen zusammengeballt, aus.
Bis einer von ihnen wieder lebendiggerüttelt wird durch den Selbsterhaltungstrieb, durch die schreienden Gedärme; dann klappert er mit den Sehern, mümmelt mit der Schnauze, stöbert die Witterung der Spur wieder auf, die dem Boden warm entströmt – und wenn er erst diese herausgefunden hat, wenn das Hirn durch sie erst wieder zum Bewußtsein zurückgekehrt ist, dann hat er gleichsam von neuem einen Faden mit den Pranken gepackt. Er rutscht weiter und zieht durch sein Beispiel die anderen mit sich.
Nach langer Zeit endlich stehen sie am Ziel ihrer Anstrengungen! Sie spüren an der Witterung, wie sie dem vermeintlichen Muttertier näherrücken. Dort vor ihnen liegt es ja, da vorn im Dunkeln, dort liegt es und erwartet sie mit Zärtlichkeit und Nahrung.
Der große Rüde erwacht mit einem Ruck. Er klappt die Seher auf und hebt den Kopf – er rückt förmlich auf die Seite: da wimmelt ja plötzlich irgend etwas um ihn her, reibt sich an seinem Leib, purzelt über seine Läufe. Im selben Augenblick spürt er den sonderbaren milchsüßen Geruch, der allem Kleinzeug anhaftet, dem Menschenkinde wie dem Jungfuchs, er irrt sich nicht – wie streng und gepfeffert die Luft auch riecht, die ihm von den gelbschwarzen Bälgen in die Nase sticht, für ihn hat sie etwas Seltsames und Unberührtes, irgend etwas, das ihn unwillkürlich anzieht.
Aha, da wären also Junge im Bau, knurrt er bei sich – und eine gewisse Verdrießlichkeit befällt ihn. Pfeilschnell fährt es ihm durchs Hirn, daß er wohl zuweilen seltsame Töne und Lärm vernommen hatte, er hat aber immer geglaubt, es sei der Wind, der durch die Höhle orgelte, oder auch nur Erschütterungen des Erdreichs selber. Ärgerlich fährt er hoch, knurrt und zeigt die Fänge, ja schnappt sogar böse nach dem zunächststehenden der kleinen Wesen. Die aber pressen sich nur dichter an ihn, setzen sich auf die Lunten und beginnen mit Gier seine Brust und seinen Bauch zu untersuchen.

Da hat er genug!
Er könnte sie ja mit Leichtigkeit in wenigen Happen zum Frühstück verschlingen; aber er hat eben erst gut gefressen und ist nicht aufgelegt – und so steigt er schwerfällig über sie hinweg, um sich davonzumachen und einen ruhigen Ort aufzusuchen. Die Jungen aber bleiben hängen. Sie haben sich wie Kletten in seinem Balg verfilzt. Er schleift sie mit sich; endlich plauzt eines herunter, jetzt ein zweites, das dritte aber hält fest – er muß es abschütteln, als er endlich außerhalb des Baues anlangt.

Es ist Mitte Mai – und die Luft draußen ist warm und trocken. In der Erdentiefe ist sie feucht und verbraucht gewesen, die Nässe ist drinnen überall ausgeschlagen und hat klare, dicke Tropfen an den Wänden abgesetzt. Im Vordergrund liegen die dampfenden Moore und Tümpel, die Birke ist in junges Grün gehüllt, der Kukkuck ruft, und aus den Lüften ertönt das Quorren der Bekassinen. Bald hebt die eine, bald eine zweite sich aus ihrem Unterschlupf im Gras, steigt wie eine Rakete gen Himmel, schraubt sich empor, immer höher, bis sie wie eine Flocke in dem sammettiefen Morgenblau verschwindet.
Eine kleine Zeit verstreicht . . .
Wenn dann der geschwinde Flieger schließlich niedersteigt, zurück zu dem wartenden Ehegemahl, das ihm aus der Verschwiegenheit seines Standortes puitzend entgegenhüpft – da hält er plötzlich die gestreckten Schwingen still, und indem er mit den Schwungfedern rüttelt und das Schwanzsteuer spreizt, stürzt er der Erde zu, dabei die Luft so heftig unter sich beiseite pressend, daß es schnurrt, pfeift, wiehert. Das ist Frühling, das ist Trieb! Eine Äolsharfe hört man von einem eigenen Ton; es ist der Liebessang des bald ausgestorbenen kleinen Naturfliegers – der Schnepfe!
Oben auf dem Abhang taucht der große Fuchsrüde auf; er schüttelt sich, kratzt sich und gähnt gelangweilt; böse ist er, verdrossen, daß man ihn aus seinem Schlummer gejagt hat. Er setzt sich auf dem zusammengescharrten Sandhaufen, der die offene Veranda zu jeder Fuchshöhle bildet, zurecht und läßt den Blick forschend über das Land gleiten, das sich rings um die Höhen weitet.
Da fällt ihm ein viertes Füchslein in die Augen!
Es ist der kleinste aus dem Wurf. Ungefähr von der Größe einer Ratte. Es ist heller als die übrigen. Namentlich das Weiß auf seiner

Brust ist ungewöhnlich leuchtend. Hätte es nicht durch ein kleines Klagegeheul Lebenszeichen von sich gegeben, so hätte der Fuchs es für einen Fetzen Papier oder einen Lappen gehalten.
Nun sieht er es den Abhang hinunter auf sich zukullern!
Er aber ist so eingefallen und ausgezehrt, der kleine Jämmerling, daß er weder gehen noch stehen kann, sondern wie leblos im Grase liegenbleibt. Tutetue, seufzt es von ihm auf, tutetue ... ein langgezogenes, unaufhörliches Jappen. Es hört sich an, als würde die Luft aus ihm herausgepreßt!
Vor der einen Pranke des Rüden hat sich in einem Lehmloch Wasser angesammelt. Es ist nicht mehr als ein Aschenbecher voll; aber die Wolken, die alten Eichen und der halbe Himmel spiegeln sich darin, so daß die Wasserfläche verlockend glitzert und funkelt. Der Jungfuchs, der im Balg gehangen hatte, kriecht bäuchlings, seinem Instinkt folgend, dorthin, steckt die Schnauze hinein und schlürft gierig; auch der kleine »Tutetue«, der jetzt zu sich gekommen ist, tastet nach der Lache und erwischt einige Tropfen. Dieser Anblick rührt den Rüden wie mit einem Donner! Er hält mit seinem Fletschen inne, spitzt aufmerksam die Gehöre und betrachtet die vor Hunger und Durst fast halbtoten Kleinen.
Ein Gesicht hatte ihre Mutter erschlagen! Nicht daß sie ihm einen besonderen Schaden zugefügt hätte; sondern nur weil sie das Unglück hatte, in einem Augenblick aufzutauchen, wo es mit einer Büchse draußen war. So sind nun einmal die »Gesichter«. Sie sind so human, die Gesichter, wenn sie sich selbst Gesetze geben oder ihren Herstellern von Fett, Eiern und Milch. Alle anderen Tiere aber haben sie nach eignem Ermessen in nützliche und schädliche eingeteilt, und die schädlichen haben sie selbst zu einer Zeit des Jahres für friedlos erklärt, wo diese hilflose Junge haben. Zu derselben Moral bekennen sich auch die Füchse; sie aber sind dazu gezwungen, um leben zu können – sie fangen den Hasen und die Maus das ganze Jahr über ohne die geringste Rücksicht auf die Brut. Das ist eine saubere und klare Fuchsmoral!
Die kleinen Fuchsjungen hatten weiter oben am Abhang in einem Bau gelegen und geduldig auf Nahrung gewartet; sie hatten zwei Tage und zwei lange Nächte gewartet, und sie hatten nicht verstehen können, wo ihr lieber Milchquell blieb. Freilich waren sie schon so groß, daß sie fast alle Milchzähne bekommen hatten, weshalb sie auch angefangen hatten, auf eigene Faust ein wenig Fressen

zu suchen; die Quelle aber, die aus dem Gesäuge ihrer Mutter rann, sobald sie die Lefzen ansetzten, schmeckte ihnen doch immer noch am besten. Jetzt plötzlich war diese Quelle versiegt, war einfach ausgeblieben. Stunde auf Stunde verstrich, ohne daß sie den Eingang der Höhle sich verdunkeln sahen, ohne daß ein wohlbekannter Schatten herbeiglitt.

Sie waren im ganzen acht gewesen – ein ungewöhnliches Gehecke! Ihre Gefräßigkeit war unmäßig gewesen; um sie zu befriedigen, hatte ihre Mutter alte Rehgeißen anfallen müssen, die im Begriff waren, Kitzen zu setzen, und die deshalb nicht so leicht von der Stelle kamen.

Kürzlich war sie nach Tagesanbruch gegen ihre Gewohnheit wieder hinausgegangen. Die Nacht hatte einen nennenswerten Erfolg nicht gebracht; jetzt, nach Sonnenaufgang, hatten sich, wie sie nur zu gut wußte, alle »Vegetarier« niedergetan.

Sie kannte eine abgegraste Weide, wo die Hasen dicht bei dicht rings um die langen Kleebüschel saßen, die das Vieh übriggelassen hatte. Sie war ein alter Fänger, und einen Hasen zu schlagen, wenn sie so ziemlich genau wußte, wo er saß, war ein leichtes.

Sie hatte ihn bereits! Es ist ein ordentlicher Bursche, ein alter Rammler. Sie packt ihn hinter dem Nacken und schleift ihn von dannen. Sie hat ihm schleunigst den Garaus gemacht und nicht, wie es ihr oftmals einfiel, ihren Ohren einen Schmaus gegönnt, indem sie lange seinem ersterbenden Klageschrei lauschte – nein, ein Griff, ein Biß – – und Vater Wollbein war verschieden.

Es ist jetzt um sie heller Tag, das blendende, weiße Tagestier mit dem Sonnenauge erblickt sie. Sie geht hier auf dem Feld nackt einher. Die Vögel des Neides, die Krähen, schelten sie aus; sie muß sich im Versteck bergen.

Dort drüben läuft eine Hecke entlang!

Die Fähe ist schnell von Entschluß und schnürt sofort darauf zu – da merkt sie dieses Etwas, dieses Unbestimmbare, Unerklärliche, das sich nur mit dem sechsten Sinn erfassen läßt. Sie läßt den Hasen fahren, drückt sich hinter ihm nieder, spitzt die Gehöre und starrt reglos auf die Hecke.

Jetzt hört sie einen Stein singen, Reiser knacken, Grashalme wispern – und sie erspäht die Umrisse eines Schattens. Kurz darauf taucht ein weißer, schimmernder Fleck zwischen den Haselbüschen auf.

Sie will kehrtmachen, den Hasen im Stich lassen, als ein Schuß fällt ... sie kam nicht einmal so weit, Witterung von dem Gesicht zu bekommen!

Aber daheim im Bau lagen die Jungen. Sie hatten gezappelt und gefaucht, hatten um sich gekratzt und gebissen; sie hatten sich gegenseitig die Krallen geleckt und jedes an dem Windfang des anderen gesaugt; sie hatten eine Flügelfeder bis auf einen faserigen Rest zerkaut und ein Entengerippe saubergenagt – und dazwischen still gelegen und gelauscht. Mehrmals vermeinten sie die wohlbekannten Tritte zu hören; es hatte in ihnen gejubelt: jetzt kommt sie, jetzt kommt sie; aber die Enttäuschung war jedesmal größer geworden, und ihre Gedärme hatten immer lauter geschrien vor Hunger.

Gegen Abend hatte die Dämmerung die Türöffnung verkittet, ihren Schleier vor dem blauen Ausguck herabgelassen – und als deckendes Füllsel war die nahende Nacht zu ihnen in den Bau gedrungen. Sie hatte sich wie ein schwarzes Flockenwesen über sie gelegt, ihren Schmerz eingelullt und sie beschwichtigt, bis sie schließlich einschlummerten.

Aber wie junge Vögel, die mechanisch die bebenden Hälse recken und bei dem leisesten Piep in die Luft angeln, so waren die acht Fuchsjungen häufig im Lauf der Nacht beim Sausen des Windes im Einstieg aus dem Schlaf hochgefahren und hatten voller Entzücken angefangen, in die Luft hinauszulutschen. Die Pfotenstriche des Windes aber waren eisig kalt gewesen, die eutergespannte Flanke des Dunkels leer, die Füchslein hatten eine Stunde lang im Chor gepfiffen und sich darauf wieder zusammengeballt, vor Kälte bebend.

Vier von ihnen gingen ein – und der Rest, die kräftigsten, hatten es nicht länger aushalten können; halb von Sinnen und entkräftet von dem langen Fasten hatten sie sich bei nahendem Morgengrauen aus der Höhle hinausgewagt und sich auf lange Fahrt begeben. Es war ihnen allen ergangen wie dem letzten, ihm, dem Kleinen, Tutetue! Sie waren den Abhang hinuntergerollt, waren in einem Schlehdorn hängengeblieben und hatten von da schließlich den Weg zu dem Rüden gefunden. Jetzt klammerten sie sich an ihn; sie glaubten nicht anders, als daß er ihre Mutter sei – und sie konnten es nicht fassen, daß er sie anknurrte und sie in einem fort von sich abschüttelte.

Endlich aber war ihre mutmaßliche Amme umgänglicher geworden;

sie hatte ihnen zu trinken gegeben, sie hatte ihnen schließlich erlaubt, in Ruhe zu saugen – sie waren tief in den Phantasien des Todes, während sie dort an der Pfütze lagen und Regenwasser schlürften.
Da sprang der große Fuchsrüde davon; bald darauf aber kehrte er zurück, ein Kitz herbeischleppend, er trug es, wie ein Jagdhund einen Hasen trägt, hoch im Fang. Das Kitz war ausgeweidet; sein leckeres Gescheide, dem er selbst nicht hatte widerstehen können, war weg – das hatte er unterwegs gefressen.
Der Rüde brummte und knurrte und war sichtlich bestrebt, so freundlich und zärtlich wie möglich zu tun, dann schnitt er mit seinen Fängen den Knorpelbug des Kitzes auf und brach es auseinander, indem er seine Vorderpranken gegen dessen Brustbein stemmte.
Er holte die Jungen herbei und ließ sie fressen und trinken, soviel sie vermochten. Sie schwelgten im Überfluß, sie schlürften die kostbaren Lebenstropfen und waren um die Nasen und bis hinauf zu den Läufen über und über rot.
Tutetue, der kleine Helle, war nicht imstande, selber hinüberzugehen. Der Rüde mußte ihn holen, mußte ihn vorsichtig am Nacken greifen – dann legte er ihn mitten in den roten Eimer. Es dauerte ein Weilchen, ehe er die Zunge bewegte, er lag seinen drei Geschwistern zuerst einmal arg im Wege. Bald aber bekam auch er ein paar Tropfen in den Schlund, und die taten Wunder.
Der große Fuchsrüde saß lange dabei und betrachtete die kleinen Namenlosen.
Woher kamen sie? Wem gehörten sie?
Da fiel ihm ein Abenteuer ein, das er einmal im Winter gehabt – –
Sollte es möglich sein?
Von Stund an nannte er sich »der Alte«.

Der Alte und die kleinen Namenlosen

Gut ein Dutzend Jahre hatte der Alte hinter sich! Er war weltklug geworden, er hatte die Tücke des Lebens kennengelernt und sich seine mannigfaltigen Erfahrungen teuer erkauft.
Er kannte den Biß des Hundes und den Büchsenknall der Jäger.

Er wußte, was es bedeutete, wenn die Erde, unter der er Deckung suchte, zu beben begann, und er lernte das Dröhnen der Hacke und den Singsang des Spatens kennen. Er hatte das Schelten der Bracken vernommen, er hatte Kugeln pfeifen hören und Schrot kreischend dahinfliegen sehen – er hatte überhaupt so allerlei mitgemacht.
Sein Leben war eine Kette der buntesten Abenteuer gewesen – und er hatte so gut wie alles ausprobiert, was einem Fuchs beschieden sein mochte! Er war in der Schlinge hängengeblieben, hatte im Tellereisen gesessen und war halbtot gewesen von Gift; er hatte erfahren, wie es ist, angebleit zu sein und scheintot, im Hundefang zu hängen und in einen Sack gesteckt zu werden. Das Glück aber war ihm alle seine Lebetage hold gewesen und hatte ihm immer aus der Verlegenheit geholfen.
Er war ein Prachtkerl von einem Fuchs; Raub- und Mordgier, Mut, Geistesgegenwart und List funkelten in seinen Sehern. Er mauste nur, wenn alle Götter ihn im Stich ließen. Diese einfache, stumpfsinnige Jagd war nicht sein Fall; es war eine Jagd für Junge und für Trottel, die verbraucht waren und im Begriff, kindisch zu werden. Es war spannender, eine Katze zu überrumpeln oder einem Hasen aufzulauern. Und wie lange brauchte man, um eine Maus zu fangen; man konnte ja im gleichen Zeitraum einen Rehbock erjagen. O ja, auf den Alten paßte das alte Jägerwort: sechzig Hasen kommen jährlich auf einen Fuchs!
Er stammte in gerader Linie von jenen Füchsen ab, die am längsten die Geißel des Wolfs gespürt hatten. Sie alle waren Füchse von ungewöhnlichem Mut und Schläue. Sie hatten einen Nebenbuhler gehabt, der sie wohl lehren sollte, sich zu rühren. Seit aber der Wolf verjagt war und die Füchse allein an die Fleischtöpfe herandurften, hatte sich der Stamm gewaltig entwickelt – jetzt sollte er der Herrscher sein! Darum auch war der Körper des Alten im Verhältnis zu dem der Ahnen sowohl länger als auch größer und kräftiger – – er wog im Winterbalg volle vierzehn Kilo! Sein Geburtsort lag auf einem großen, nahrungsreichen Gut. Innerhalb des meilenlangen, dichtmaschigen Wildgatters hatte seine Mutter eine Höhle gefunden, wo sie in Ruhe wölfen konnte. Er entsann sich nur undeutlich der lieben Kinderheimat, wo es von Milch und Honig floß, wo die Hasen so zahlreich waren, daß sie wie die Fliegen ringsum in den Roggenschlägen saßen, und wo die Rehe wie zahmes Vieh in den

Wäldern grasten. Inmitten dieses Überflusses hatte nie Mangel an schwachen und entarteten Krüppeln geherrscht, die sogar ein Jungfuchs fangen konnte, und so war er frühzeitig mit dem warmen, schweißtriefenden Wildbret versehen worden und katte kein Verlangen, sich an anderes zu gewöhnen. Er war ein Kostverächter gewesen, ein Feinschmecker gefährlichster Art, er fraß von den Gerichten nur das, was ihm mundete. Von einem Fasan nahm er nur den Kopf, von einem Hasen das Gescheide – aus Rehwild machte er sich nur etwas, wenn er es so lange gehetzt hatte, daß dessen Fleisch vom Schweiß durchtränkt war.

Seine Mutter war eine erstaunlich schlaue und listige Erscheinung gewesen, andere Füchse hatten von ihr behauptet, sie verstünde sich auf die Schwarze Kunst! Von ihr hatte der Sohn gelernt, niemals ein Aas anzurühren, Fallwild und andere kalte Braten, mit denen ein modernes Revier, namentlich zu Anfang und Ende des Winters, dicht gespickt ist.

Du sollst schlagen, was du fangen kannst; das ist ehrlich – so etwa lautete ihre Moral –, das zu nehmen, was man findet, ist reiner Diebstahl.

Er konnte diese Mutter bisweilen vor sich sehen. An jenem Tag zum Beispiel, als er die kleinen Namenlosen getroffen und ihre Gier angesichts jener schimmernden Wasserpfütze beobachtet hatte, stand sie plötzlich wie eine dunkle Erinnerung vor ihm:

Er liegt als winziges Füchslein mitten unter seinen Geschwistern und wartet auf das Stillen. Er hat lange Zeit so gelegen, hat die peinigendsten Qualen von Hunger und Durst gelitten. Mehrmals hat er sich an den Ausgang der Röhre vorgewagt, den Hals gereckt und die Gehöre gespitzt, um zu spähen und zu wittern, aber noch immer ist kein Fressen in Sicht.

Da endlich kommt sie: seine Mutter, seine Mutter! Er riecht sie, er hört sie; er stürzt aus dem Einstieg heraus und zu ihrem Euter. Er rennt die anderen um, er will erster sein und sich seinen Platz an der größten Warze sichern. Aber durch einen einzigen Stoß mit der Pranke fegt sie ihn schonungslos beiseite, und nun wirft sie ihm einen kleinen, feisten Frischling vor. Sie schneidet diesen – und vor sich sieht er plötzlich, im Mondlicht glitzernd, einen roten, schwellenden See. Trink, fordert sie ihn auf, trink, trink. So ermuntert sie ihn dazu, seinen Durst in diesem See zu löschen.

Auf solche Weise hatte er »Blut geleckt«, vom nämlichen Augenblick, als sein Zahn weiß und schimmernd wie ein heller Fleck aus der Kiefernhöhle hervorgebrochen war – und der Sinn für das, was etwas taugte, hatte ihn seither nicht verlassen. Lieber schuften und rackern, sich lieber doppelt einsetzen, als die Zähne in die vergifteten, vertrockneten Fetzen graben, an die er seit seiner ersten Fahrt in freie Luft gewöhnt war.

Dachte er an die Vergangenheit, waren ihm im übrigen nur jene verschiedenen Ereignisse seines Lebens haftengeblieben, um die es sich lohnte. Alle Kleinigkeiten, das alltägliche Mißgeschick, die Sorgen, wie interessant und bedeutsam sie vielleicht im Augenblick erschienen, waren längst verweht. Allein die großen Erlebnisse, die goldenen Erfahrungen konnten zu gewissen Zeiten wie eine Reihe lebender Bilder vor seinen Augen vorüberflimmern.

Als er, vier Wochen alt, in der Tiefe des Baues mitten zwischen seinen Geschwistern lag, war ein schiefbeiniger »Judas Hund« plötzlich aufgetaucht. Er schüttelte und zerrte an den kleinen lebendigen Leibern und schleifte zwei wollige Klumpen mit hinaus. Er als dritter überlebte das fürchterliche Blutbad, und seine Mutter leckte ihn darauf wieder heil und gesund. Dann packte sie zuerst ihn und darauf den Bruder und die Schwester am Nackenfell, trug sie über Feld und Wiese, schleppte sie durch turmhohes Gras und schwamm durch Wasser mit ihnen zu einer neuen unterirdischen Wohnung.

Einer anderen Begebenheit erinnert er sich:

Er war ein winzig kleiner Fuchs nur und hatte sich von der Höhle sehr weit entfernt, wie es seine Gewohnheit war, um so bald wie möglich das Ende der Welt zu finden. Da kam »Judas Hund« wieder und nahm ihn beim Schlafittchen. Er jammerte und fauchte, spie Gift und Galle, bis der Hund ihn plötzlich losließ und den Schwanz einkniff. Er jaulte, heulte und lief um sein Leben – die Fähe hatte im Dornstrauch gelegen und über ihre Kleinen gewacht.

Und abermals zog sie mit ihm und seinen Geschwistern um; doch konnte er diesmal auf eigenen Läufen gehen. Ein dritter Vorfall in seinem unruhigen Leben würde ihm ebenfalls nie aus dem Gedächtnis schwinden: er hatte einen vergifteten Kloß gefressen, einen »kalten« Braten. Seine Mutter hatte es ihm verboten, und der Braten mundete ihm auch keineswegs.

Er fraß ihn lediglich aus Neugier. Er hatte ihn tagtäglich liegen sehen; der Kloß war vom Regen ausgewaschen worden und hatte so lange auf der Erde gelegen, daß er schon beinahe wieder lebendig geworden war. Der Jungfuchs war erkrankt und hatte Mengen von Gras fressen müssen, um sich gehörig zu übergeben ... aber noch mehrere Tage nachher hatte er herumgelegen und sich unbegreiflich satt gefühlt!

In dem ersten Schneewinter, den er erlebte, war er zweimal umzingelt und dreimal im Bau aufgestöbert worden. Der Umzingelung war er entronnen, indem er sich dicht an andere Füchse hielt, die zufällig im selben Jagen waren – sie waren ihm ins Jenseits voraufgegangen! Bei dieser Gelegenheit hatte er zum erstenmal jenen sinnwidrigen Anblick erlebt: ein Gesicht, das »totbiß«, ohne daß man seine Zähne zu sehen bekam; man hörte nur sein Gebrüll und spürte seinen stinkenden Atem, der ihm wie Dampf aus dem Schlund stand.

Bei der Hetzjagd im Bau hatten ihm seine guten Sinne geholfen; er hatte immer beizeiten den Jäger bemerkt – und entweder war er gar nicht hervorgekommen oder er war lautlos durch eine Hintertür verschwunden. Seitdem war er in einigen Gefechten dabei gewesen und hatte sich hier und da einen Denkzettel geholt. So fehlten zum Beispiel an seiner rechten Vorderpranke ein paar Krallen; die hatte er zum Pfand gelassen, als er sich aus dem Eisen befreite. Seine prachtvolle Standarte hatte am unteren Ende einen kleinen Knick; es war die Erinnerung an einen etwas zudringlichen Kugelschuß. Oben an dem einen Hinterlauf lief eine Reihe Tupfen entlang. Unter diesen saßen heute noch taube Schrotkörner. Damals war er nahe daran gewesen, auf dem Walplatz zu bleiben. Dies trug sich in seinem dritten Lebenswinter zu, er hatte so etwas wie eine Hasenklage vernommen, war dem Klang nach auf einen Graben zugesprungen, und schon hatte er eine neue Erfahrung weg.

Dies alles waren nur seine größeren, auffälligeren Wunden. Im übrigen war sein ganzer Körper mit Schrammen und Narben übersät. Sogar die Gehöre waren durchlöchert und zerfranst wie bei einem abgestempelten Kalb. Und dennoch war er sonst, was die vitalen Eigenschaften anbetraf, heil und ganz, er hatte alle seine Sinne und seine ganze Gesundheit beieinander.

Er hatte sich diese Merkmale zugezogen, wenn er sich dem Tage anvertraut hatte, wenn er dem lockenden Ruf der Sonne durch die Tür des Baues gefolgt war und der warnenden Stimme getrotzt hatte, die in seinem Innern wohnte. Jetzt wußte er besser Bescheid,

er war weltklug geworden; jetzt verließ er sich nur auf das brütende Dunkel, wenn das Sonnentier den Himmel verlassen hatte und die Gesichter heimwärts gezogen waren.
Dann aber heimste er auch nach Herzenslust alles ein – alles, was sein Magen begehrte und was seine Kräfte zu zwingen vermochten. Er jagte Lämmer und Kitzen, Hasen und Rehe, Katzen und kleine Köter, ja, er schrak nicht davor zurück, es mit einem Bock aufzunehmen, wenn die Gesichter sich mit ihm zu schaffen gemacht und ihn nicht so »gebissen« hatten, wie es sich gehörte.
Er konnte eine ganze Nacht hindurch laufen, über Wildgatter klettern, Fjorde durchschwimmen – und über Draht- und Lattenzäune und Gartenmauern springen.
Seine Waffen standen hinter seiner Geschicklichkeit nicht zurück. Die Krallen der Pranken waren lang und breitblättrig, die Kiefer mit scharfen, dolchspitzen Fängen bewehrt.
In jener Nacht, als die kleinen Namenlosen ihn weckten, war er gerade von einer ungewöhnlich erfolgreichen Jagd heimgekehrt. Er hatte ein Ziegenlamm gerissen, ein Rebhuhn vom Nest weggeholt, seine Eier gefressen, einen Junghasen verschlungen und ein altes Schwarzdrosselmännchen, einer Hauskatze den Garaus gemacht, ein Dutzend Mäuse geschnappt und war schließlich in einen Garten eingedrungen, wo er einen Bienenkorb auf den Kopf gestellt hatte. Dies alles aber hatte sich etwa zehn Kilometer entfernt zugetragen. Er holte sich sein Strandgut niemals an der Heimatküste. Zwangen die Verhältnisse ihn wirklich einmal, die Umgebung zu brandschatzen, dann verschwand er schleunigst – und darum war er niemals dort, wo man ihn, nach seinen Missetaten, suchen könnte.
Er war eine nomadisierende Natur, mehr aber ein Wiking als ein Vagabund. Die Zeche zu zahlen überließ er den einheimischen Füchsen – die Ärmsten wurden denn auch oft genug hochgenommen!
So hatte er nun viele Jahre schon gelebt, hatte bald hier, bald da geplündert. Zur Zeit der Obstreife hielt er sich an die Gärten und in der Zeit des Wildes an die Güter – er war großzügiger, als Füchse für gewöhnlich sind!
Dort schleicht er sich auf seinen schlammschwarzen Socken durch das Moor, in seinem feuerroten Balg, die dickbuschige Lunte in der Schnur nachschleppend. Im Fang hängt ihm eine Wildgans. Er hat sie am dicken Ende ihres Halses gepackt und hält sie etwas von den

Vorderläufen ab, indem er seinen Kopf hoch emporreckt. Seine braunen Seher mit den schrägen Pupillen, die so zuckersüß listig aussehen können, spiegeln jetzt wildeste Zufriedenheit und Kraft wider. In seiner Miene liegt etwas Markiges und Knorriges, etwas Hartes und Entschlossenes – und die Schrammen, mit denen das Leben ihn gezeichnet, heben seine verwegenen Züge noch hervor. Nicht ein kümmerlicher Hühnerdieb kommt hier daher, nicht ein Fuchsnarr, den jeder Dackel herausstoßen kann, indem er ihn nur verbellt, nicht ein »Meister Reineke«, nicht ein »Ritter Rotpelz« – wie man nun will –, über den sich der erste beste Treibjagdschütze lustig machen kann – – Freilich hat er nicht die Kraft des Vetters Wolf, so wenig wie dessen Größe; aber jetzt wie je ist er der Fauna seines Landes zehnmal gefährlicher als dieser; es mangelt ihm weder an Gedanken im Hirn noch an Mut in der Brust. Über seiner Gestalt liegt etwas Geschmeidiges und Starkes – etwa so: Willst du mir was, dann komm nur!

Er macht im Binsicht am Rande des Sumpfgeländes halt und steht hier lange windend, um sich zu überzeugen, daß oben im Hügelloch alles beim alten ist. Dann springt er mit wenigen langen Sätzen den Abhang hinauf, wirft die Wildgans auf einen der Absätze und schnarrt ein leises Uf-uf vor sich hin.

Im selben Augenblick wird einer der verstopften Ausgänge lebendig. Er scheint nach allen Seiten hin plötzlich gesprengt zu werden und gibt einen kleinen naseweisen Kopf frei.

Es ist Tutetue, der kleine helle Jungfuchs, der von unten durch den zusammengewehten Laubhaufen fegt und dem Alten jetzt kopfüber entgegenzappelt.

Gleich darauf tauchen auch die anderen kleinen Namenlosen auf. Sie haben sich nach der furchtbaren Hungerkur jetzt einigermaßen wieder erholt, haben Kraft in den Läufen zurückerlangt und die Biegsamkeit im Rückgrat. Sie können sowohl hüpfen als auch springen und nach ihrer eigenen Rute haschen. Während der Alte auf Fahrt war, haben sie sich ausgezeichnet damit unterhalten, in dem ausgedehnten Höhlengelände mit seinem Gewimmel von Gängen stundenlang Greifen zu spielen.

Er ruft sie zu sich – und unten in der Tiefe läßt er sie an der Beute schnuppern, zerren und läßt sie versuchen, sie anzuschneiden.

Der große Rüde hat sich der Jungen angenommen!

Fuchserziehung

Es ist spät am Abend – über die Moorniederungen vor dem Hügelloch hat sich das Dunkel gebreitet! Der Alte sitzt mitten unter seinen Pflegekindern. Er will sich ein Weilchen ihres ausgelassenen Spiels erfreuen, ehe er auszieht.

Die Jungen haben einen herrlichen Spielplatz! Der Hügel fällt nach Süden zu, wo eine Gruppe frei stehender Eichen jedem ungebetenen Blick wehrt, steil ab. Schlehdorn und Holunder füllen die Zwischenräume dicht aus – auf dem Boden wachsen Gras, wilder Kerbel und Kletten. Kreuz und quer läuft das Gewirr der Wechsel, und vor dem Bau, in dem die Fuchsjungen wohnen, liegen Berge von gelbem, sonnengebleichtem Sand zum Wühlen, um den ein Menschenjunges sie beneidet hätte.

Zwischen den Vorderpranken des Rüden steht der kleine Tutetue und wedelt mit seiner dünnen Lunte; gedankenverloren blickt der Alte auf ihn nieder – da springt dieser hoch und küßt ihn!

Zwei andere katzbalgen sich weit davon; die Gehöre zurückgelegt, fahren sie mit gesträubten Nackenhaaren aufeinander los, stoßen sich gegenseitig um und kullern in schönster Eintracht den Abhang hinunter. Hier gelingt es dem einen, einem langen, hochläufigen Burschen, sich aus der Umklammerung zu befreien – und in einem blitzschnellen Wettlauf, mit gebogener Lunte, geht's wieder nach oben, den Hang hinauf.

Da ist plötzlich ein dünnes, aber hitziges Kläffen zu vernehmen; es ist der zweite der Verfolger – er gibt Hals, er kläfft vor Eifer und Spannung!

Dieser verräterische Lärm ist dem Alten indes unbequem; er legt die Gehöre zurück und hebt ein drohendes Knurren an, das wie ein Trommelwirbel grollt – junge Füchse dürfen nur im Bau und nur des Nachts kläffen!

Der vierte Jungfuchs, ein starker und gedrungener Kerl, ist ein wenig absonderlich! Er liegt ganz für sich, etwas entfernt, im Gras und beschäftigt sich allein, worin er ein Meister zu sein scheint.

Er spielt mit einem Hölzchen – und das Hölzchen wird in seinen Augen zu einer Wildgans! Erst soll die Wildgans gefangen werden – so und jetzt so; jetzt soll sie erdrosselt werden – und der Jungfuchs reißt, zerrt und beißt an dem Hölzchen, läßt es fahren, springt ihm nach und wirft es fort, um es sogleich wiederzufinden.

Das Füchslein hat Phantasie; aber es scheint die anderen ungern daran teilhaben zu lassen, denn sobald der kleine Bruder sich ihm nähert, um mitzuspielen, wird der Bursche mürrisch, läßt gleichgültig das Hölzchen liegen und zuckelt ab.
Und Tutetue steht dumm da; er hat nicht die Fähigkeiten des großen Bruders und vermag von selber nicht ein Spiel in Gang zu bringen, so sehr er sich auch müht. Wohl hat er das Glück, des Stockes habhaft zu werden; was aber ist ein Stock anderes als eben nur ein Stock!
Im selben Augenblick stößt der Alte einen scharfen, warnenden Ruf aus! Es durchfährt die Jungen ein Ruck, alles Spiel hört auf, und geschwind wie auf Befehl huschen sie in die Röhre.
So übt der Alte mit seinen Jungen und freut sich über ihre Selbstzucht.
Gleich darauf zaubert er sie ebenso schnell wieder aus dem Erdreich hervor. Sie erhalten sogar die Erlaubnis, ihn zu begleiten, sie glauben, sie dürfen heute den ganzen Zug mitmachen – da mit einem Mal ertönt wieder sein warnendes Knurren, und sie machen kehrt, als würden ihnen die Läufe weggeschlagen, und fahren wie ein Sturmwind zum Bau zurück.
Eine Viertelstunde etwa verstreicht.
Die Dämmerung hat jetzt die fernen Wälder umfangen, die Waldränder sind zu langen, schwarzen Mauern geworden, und die vereinzelten, frei stehenden Bäume rundum auf den Knicks haben sich in Erdhaufen und Hünengräber verwandelt. Der westliche Horizont verbrennt mehr und mehr; quer durch den Feuerschein zieht hin und wieder der scharfe Umriß eines wiegenden Reihers oder einer eiligen Wildente. Aus den Irrgängen im Moor klagt es herauf, garstig und unheimlich gellt der Schrei der Wasserhühner – um nach Verlauf weniger Augenblicke wieder zu verstummen, während nur die Frösche quaken und der Rohrsperling überall in dem gewaltigen Sumpfgelände singt. Da plötzlich erscheint hoch oben auf dem Grat des Hügelzuges, frei gegen den leuchtend roten Himmel abstechend, eine phantastische Gestalt – es ist der Alte, der mit Beute im Fang zurückkehrt.
Er hat eine Maus erjagt. Sie ist mit Vorsicht gegriffen worden und springlebendig. Die Jungen werden herbeigerufen, und der Alte läßt vor ihrer Nase die Maus laufen.
Es kribbelt den kleinen Rotpelzen in Pranken und Krallen!

Die Maus ist einen guten Meter von dem nächsten Versteck entfernt: einem umgestürzten Baumstamm und einem Haufen dichten Grases. Erst bleibt sie wie tot liegen; es nützt mir ja nichts, wenn ich laufe, denkt sie. Dann aber hetzt der Alte sie mit der Pranke, stachelt sie zum Zappeln, zur Flucht auf, und fort geht es, immer schneller und schneller; sie ist jetzt bis ans Gras gelangt, will gerade unter den Stamm huschen ... In die Seher des Alten tritt ein glitzernder, wilder Schimmer; Spannung und Fangesfreude entzünden sie zu funkelnder Glut ... da schnellt er zu einem behenden Sprung in die Luft und schlägt die Pranke auf das arme Geschöpf nieder, das sich schon in Sicherheit glaubte.

Jetzt ist die Reihe an den Jungen!

Der glänzende Schein in den Sehern des Alten erlischt, sie werden ausdruckslos, grau und matt; er packt die Maus von neuem und trägt sie vorsichtig zurück.

Abermals erhält das kleine Versuchskaninchen freie Durchfahrt – aber diesmal gelangt es nur drei knappe Mäuselängen weit, als ein geschickter Namenloser es auch schon erwischt.

Der Alte erweist sich als ein ausgezeichneter Erzieher! Gestern brachte er den Jungen bei, wie sie Mäuse fangen sollten – heute abend bringt er ihnen einen Hasen. Der ist bedeutend schlapper als die Maus, aber der Bursche kann dafür ja auch schneller laufen.

Der Alte hat freilich dieses Wühlen nach Mäusen immer verachtet: Die Beute ist für schwache Füchse, behauptet er – sobald ein Jungfuchs überhaupt beißen kann, soll er Braten schneiden, die Widerstand leisten können!

Hase ist ein guter Braten, gerade ausreichend für eine Mahlzeit; nicht schwer, ihm nahe zu kommen, aber schwer zu greifen. Die Fänge können in den dichten Wollhaaren schlecht zupacken; man kriegt den Rachen voll, muß fortgesetzt ausspucken, und inzwischen rennt der Hase auf und davon. Die Wolle sitzt bei diesem Braten zu lose; man erwischt die Wolle und nicht das Vieh.

Das müssen jetzt auch die Namenlosen einsehen; sie springen drauf und immer wieder drauf. Wollbein stößt eine Klage aus; aber mehr vor Schreck – die Zähne der Kleinen taugen nichts! Da huscht es zwischen ihren Kiefern auf und davon; der Alte muß es schleunigst in Sicherheit bringen, indem er ihm das Lebenslicht ausbläst.

Jetzt also wußten die Jungen, wie man einen Braten griff, der sich auf allen vieren bewegte. Aber der Alte war gründlich – es gab ja

auch Braten mit Flügeln! Am dritten Abend kommt er mit einem Star. Er hat ihn an einer Tränke geschnappt und so vorsichtig behandelt, daß er ihn nicht ganz loszulassen wagt; er hat eine Vorderpranke auf einen seiner Flügel gepflanzt. Der Star zischt und flattert, und die Namenlosen hüpfen rund herum – jetzt handelt es sich darum, wem der erste Biß verstattet sein soll.
Das Brüderchen hat die Erlaubnis. Es wird ihn leicht bewältigen; uh, es sitzt und sprüht vor Eifer, heranzukommen.
Knurr, sagt der Alte; das ist das Zeichen – die Pranke läßt los, und das Füchslein springt ab; aber der Star flattert vor seiner Nase auf und verschwindet mit einem langgezogenen Gekreisch in die Lüfte!
O –! Da waren sie alle um eine neue, erstaunliche Erfahrung reicher!
Auf diese Weise machten sie allmählich mit vielen seltsamen Braten Bekanntschaft und lernten, wie verschiedenartig man jeden einzelnen behandeln mußte.
Es kam vor allem auf den Gebrauch der Fänge an. Der Biß mußte sowohl mit Geschick als auch mit Kraft ausgeführt werden; gleichzeitig aber galt es wahrlich auch, nicht zu heftig Luft zu schnappen. Falls Wolle, Haare oder Federfetzen in den Hals gerieten – dann ade, Beute! Man bekam den Kitzelhusten und hatte nichts anderes zu tun als zu niesen und zu spucken.
Vierzehn Tage lang haben sie unermüdlich geübt; Mäuse und Käfer und junge Vögel, die sich nicht rasch genug hatten emporschwingen können, mußten daran glauben; endlich aber – so meinen sie jedenfalls – beherrschen sie die Kunst.
Eines Morgens, während sie die Heimkehr des Alten abwarten und sich die Zeit mit einem lustigen Greifspiel vertreiben, kommt ein Panzertier von der Saat her angestiegen. Ohne Böses zu ahnen, trottelt es den Abhang herunter – und sieht sich mit einem Male von Fuchsjungen umringt.
Der Igel ist sehr überlegen; keck hebt er den mümmelnden Rüssel empor und mißt die Burschen mit seinem Blick.
Zwei von ihnen greifen ihn an.
Das Panzertier muß sich zusammenrollen und die Bajonette zükken. Aber da kullert es und kullert – bis an den Fuß des Hanges.
Hier versuchen alle Füchslein ihm den Weg zu versperren. Es sieht ihrer Meinung nach ganz komisch aus, wie es dahinläuft, nur eben

den Kopf aus der Rüstung steckend; es ähnelt einem wandernden kleinen Schlehdorn!
Das Igeljunge wehrt indes jeden Biß ab, indem es plötzlich innehält und die Nase einzieht, wodurch seine pfriemspitzen Stacheln jedesmal eine Fuchsschnauze treffen. Es tut verdammt weh, das Füchslein niest – und siegesstolz und überlegen macht sich der Igel von neuem auf den Weg.
Mittendrin kehrt der Alte zurück. Er geht geradewegs auf das Panzertier los, rollt es auf den Rücken und hebt unbekümmert den einen Hinterlauf über ihm hoch. Da durchzuckt den Igel ein Schreck; er öffnet die Panzerläden und steckt neugierig den Rüssel hervor. Der Alte aber ist nicht faul –: seine Fänge bohren sich tief in des Igels ungeschützte Brust.
Seht, so skalpiert man dergleichen, knurrt er in seine Lippenborsten, merkt es euch, ihr Igeljäger.
An diesem Tage aber blieben die Fuchsjungen alle im Bau, sie waren verlegen und nicht ganz frei von Wundfieber. Sie lagen zwei und zwei in dichten Klumpen beisammen und leckten sich gegenseitig unaufhörlichen den schweißenden Fang.

Der Klee liegt im Tau gebadet; es trieft von seinen Blättern wie unter Regenschauern – der grüne Urwald scheint ganz grau zu sein. Die Schnecken auf dem Grunde, die langen braunen ohne Haus wie auch die mit dem vielverschlungenen Schnörkelturm auf dem Rücken lassen sich's wohl sein und genießen diesen gesegneten Schauer.
Die erste Lerche steigt von dem triefnassen Roggen empor als vereinzelter Botschafter der Erde für den Himmel – es ist das früheste zarte Grauen, man ahnt den Tag nur mehr, doch sieht man ihn noch nicht! Die Wälder stehen ohne Farben, hüllen sich in die matten, groben Umrisse, eine Landschaft der Urzeit spiegelnd. Die Dörfer und die vereinzelt liegenden Gewese ringsum ähneln gigantischen Urzeittieren, die zu Klumpen geballt schlafen oder sich einzeln hier und da niedergelegt haben.
Alles ist verschwommen, geheimnisvoll, verdächtig ... die schnaufenden Pferde, die mahlenden Kühe erhöhen noch das Traumhafte des Überganges von Nacht zu Tag, von Unbewußtsein zu Bewußtsein.
Auf dem Rain zwischen der Sommersaat und dem mannshohen

Roggen kommt der Alte mit seinen Pflegekindern geschnürt. Die roten Gespenster bewegen sich ohne jeden Laut, gleiten wie Schlangen durch den Pflanzenwuchs. Es ist natürlich viel zu früh, die kleinen Kerle jetzt schon mit auf die Jagd zu nehmen; aber der Alte besitzt ja nicht die mütterliche Vorsicht einer Fähe. Für ihn handelt es sich einzig und allein darum, sie schnellstens ins Leben schicken zu können, sie baldigst zu lehren, wie sie selber räubern sollen – es ist gegen seine Natur, Raub heimzutragen!

In den Hürden, wo die Rinder das Gras abgenagt haben, ist es leicht, wie er weiß, eine Maus zu fangen. Die Kühe beachten im übrigen einen Fuchs gar nicht; sie sind es so gewöhnt, ihn zu sehen; sie tun weder ihm noch seiner Brut etwas zuleide.

Der Alte tritt vom Rain auf die Weide hinaus.

An jeder Seite hat er zwei Junge. Sie blicken aufmerksam zu dem gestrengen Lehrmeister auf und ahmen jede seiner Bewegungen nach. Gebt acht – jetzt wird er einen Mäusefang vorführen.

Drei, vier schleichende Schritte vorwärts; still, jetzt vernimmt man ein Pfeifen, ein ganz feines, scharfes Pfeifen – und der Alte macht vor einem Mauseloch halt!

Alle Jungfüchse tun das gleiche, und mit Spannung beobachten sie, wie er zu graben anfängt.

Es langweilt ihn unsagbar. Uh, eine zahme Jagd, knurrt er in sich hinein – er ähnelt einem Lehrer, der mit der untersten Klasse Mathematik paukt.

Bald scharrt er mit der einen Pfote, bald mit der anderen – und jetzt gebraucht er beide. Es geht wie geschmiert, die Krallen zerreißen die Grasdecke, und er wird so eifrig, daß die Erdkrumen den Jungen in die Seher spritzen. Er schärft ihnen ein, daß schnell gearbeitet werden müsse; die Maus darf keine Zeit haben, sich zu verziehen. Und sie müssen das Nest im Überfall nehmen, plötzlich einbrechen mit der vollen Kraft ihrer Pranken.

Sie werden zu wahren Spaten, die Vorderpranken dieses Alten! Er erregt sich so sehr darüber, daß er das Opfer nicht sogleich ans Tageslicht holen kann – er wollte doch bei der Jugend Eindruck machen –, daß er die Fänge zu Hilfe nimmt und an den Graswurzeln reißt und reißt. Bisweilen steckt er den Windfang tief in das Loch hinein und stößt ein rasselndes Schnauben aus – er macht schnuppernd den Weg ausfindig, auf dem die Maus entflohen ist.

Die arme Maus –!

Nun ja, sie muß sich trösten, meinte der Alte, sie war ja lediglich um der Füchse willen da!

Husch – da sprang die »Frikadelle«! Ein rundes Ding entschlüpft dem Loch und versucht, sich im Gras zu verstecken. Tutetue aber, von den Jungen der geschickteste in dieser Jagdart, greift sie ohne Zaudern, zermalmt sie mit wenigen Bissen und schluckt sie hinunter. Die anderen maulen und fangen ohne Übergang an, sich zu prügeln, giftsprühend vor Enttäuschung. Dann sieht man nach, ob nicht Junge da sind, belehrt sie der Alte.

Und er gräbt abermals.

Wahrhaftig, es sind welche da: kleine kahle, hellrote Frikadellenjunge! – Es war für die Jungfüchse nicht anders, als schwelgten sie in schierem Hackfleisch.

Dicht bei der Fangstelle weidet eine dicke Milchkuh. Sie ist nichts weiter als ein großes Faß auf vier pfahlgraden Beinen und mit einem Hörnerpaar als Henkel. Wie ein schwerer, bis an den Rand gefüllter Eimer hängt das weiße Euter unter dem Bauch herab, die langen Zitzen schleifen fast am Erdboden. Sie brüllt häufig; denn die Milch spannt, und es ist bald an der Zeit, daß der Futtermeister kommt, sie zu erlösen.

Der Alte und die Jungen huschen unter ihr hin und her; die kleinen Rotpelze spielen Haschen um ihre unförmigen Beine. Da geschieht es, daß der eine von ihnen im Eifer des Gefechts mit der Nase gegen eine Zitze stößt. Er wittert sogleich etwas Würziges, etwas, das er lange entbehrt und furchtbar nötig gehabt hat; er klappt die Lefzen über die Michtülle zusammen, setzt sich auf seiner Rute zurecht und saugt eifrig.

Eines nach dem anderen kommen die übrigen Füchslein dazu – gerade eine herrliche fette Euterwarze ist für jedes von ihnen da!

Die Kuh glotzt töricht auf die vier roten kleinen Milchwichtelchen, dann leckt sie sie freundlich – denn sie schaffen ihr ja Erleichterung!

Seit jenem Morgen aber stellte sich regelmäßig in frühestem Morgengrauen ein großer Fuchsrüde bei den Kühen ein, er scheuchte sie hoch, wenn sie niederlagen – und trank selber mit.

Die hohe Schule

Schaut euch um und horcht. Schaut euch um und horcht! Das war der Kern der Erziehungslehre des Alten. Alles, was den Fuchs klug, listig, schlau und verschlagen macht, gipfelt immer wieder nur in diesem einen Grundsatz: ganz im geheimen umherzustreichen, sich umzuschauen und zu horchen!

Er tritt vorsichtig auf das lange Gras, setzt die Pfoten eine vor die andere auf den Erdboden und niemals, ohne vorher die Stelle gehörig zu prüfen. Schnürt er – nun wohl, so muß er mit seiner ganzen Seele schnüren, und es ist eine Todsünde, einen Zweig zu knicken oder auf ein raschelndes welkes Blatt zu treten.

Hier gilt dieses: den Gegner zu entdecken, lange bevor dieser ihn entdeckt hat! Bedenkt: keiner benimmt sich natürlich, wenn er weiß, daß er beobachtet wird. Und irgendwelche fürs Leben brauchbare Erfahrungen erntet man nicht, wenn derjenige, den man beobachten will, weiß, daß er beobachtet wird – schnürt darum, schleicht, lernt den Fuchstritt, ihr kleinen Namenlosen, die Kunst, auf Fuchspranken zu laufen!

Der Alte versäumte denn auch keine Gelegenheit, mit den Jungfüchsen auf den Fuchspaß zu gehen; er bediente sich des rechten Anschauungsunterrichts: fast jeden Tag nahm er sie mit auf weite Fahrt; sie mußten hinaus, um das Leben zu wagen, hinaus, um zu schauen und zu horchen!

Des Nachts besonders schnürte er über weite Strecken mit ihnen; dann gingen sie bis dicht an Gehöfte und Dörfer heran, ganz hinein in das Land der Gesichter.

Das Gebiet, in dem sie wohnten, war sehr hügelig und bewaldet. Wälder krönten die Hügelkuppen; Reihen von kleinen Buchen und Tannenschonungen krochen hier in brüderlicher Eintracht die Hänge hinauf und wieder hinunter – das war ein Feld für die Schnur eines Fuchses! In den Talsenken war das Land bebaut, Wiesen und Äcker wechselten sich ab, und in der Talsohle rieselten kleine Bäche schwatzend dahin, um in weiter Ferne, dort, wo das Sumpfgelände aufhörte, in einem breiten, träge fließenden Gewässer auszulaufen.

Dieser Fluß war nächtlicherweile ungeheuer phantastisch; er erschien in der Landschaft wie eine an Land gespülte Seeschlange, die sich dahinwand, um wieder zum Meer zurückzugelangen.

Die Füchslein waren jetzt so groß wie Katzen, mager und schlotterig, mit langen, dünnen Ruten. Sie wurden auf diesen nächtlichen Ausflügen gehörig hochgenommen; der Alte machte viele Umwege, Windungen und Schleifen mit ihnen; es ging über Höhen und Hügel und wieder hinab, durch niedriges Gestrüpp, an Hecken und Zäunen entlang, über Wiesen und Felder mit kleinen Abstechern zu jedem einzelnen Stein – alles wollte man durchsuchen, alles beschnobern.

Der Alte war wohl ein Wildtöter und verachtete von ganzer Seele diese zahme Schnupperei; hier aber hatte er ja Lehrlinge auszubilden, die vor Verwunderung verstummten über alles, was ihnen begegnete. Nach jedem zehnten Schritt konnten sie sich an ihn pressen und sich weigern, vorwärtszugehen. Bald war es ein Heckpfahl, der sie sprachlos machte, weil er im Mondlicht wie ein Gesicht aussah und sie angrinste. Bald war es ein auf dem Feldweg zurückgelassener Arbeitskarren, über den sie sich wunderten – hu, welch ein Anblick, ungeheuerliches Tier auf seltsamen Beinen; die waren schlimmer als diejenigen der Kuh!

Dann stand auf einer Hügelkuppe ein Rieseninsekt. Es war offenbar gerade dabei, aus dem Erdreich aufzubrechen, denn ringsherum war die Erdkruste in großen Furchen gerillt. Es hatte die seltsamste Lunte, die ein Fuchs sich nur vorstellen konnte, man denke sich etwas so Abscheuliches: ein Knick am anderen, und dann hatte es zwei riesige Füllhörner! Die Jungen setzten sich vor Erstaunen auf ihre Lunten, als sie das sahen.

Es war ein Pflug, ein regelrechter Pflug im Mondschein; Sech und Schar hingen daran – die »Lunte« machte also nicht ohne Grund Eindruck!

Es gab viele solcher landwirtschaftlichen Erscheinungen, an die sich die Fuchsjungen vom Hügelloch, genau wie alle anderen Jungen vor ihnen, erst gewöhnen mußten; aber sie hatten vielversprechende Anlagen, eine rasche Auffassungsgabe und waren – bis sie über eine Sache Klarheit hatten – sowohl vorsichtig als auch scheu. Auch war es der Aufmerksamkeit des Alten nicht entgangen, daß ein gewisses Vertrauen auf eigene Fähigkeiten ihnen angeboren war und sie Lust wie auch Mut besaßen anzugreifen, wenn es brannte. Nur Brüderchen Tutetue ließ jeglichen Mut vermissen. Lange Zeit hindurch ging er Heckpfählen aus dem Wege, und es gehörte zu den alltäglichen Vorkommnissen, daß der Bursche nach Hause rannte.

Das mit den Pflügen und Eggen waren freilich Nebensächlichkeiten! Gott bewahre, man hatte sie zu kennen, man hatte sie weder für »Gesichter« zu halten noch für »Braten«. Es gab in der Natur weit wichtigere Dinge. Was bargen nicht Feld und Wald an anderen, handgreiflicheren Erscheinungen, und welche Klänge lebten nicht in ihnen auf, wenn die Nacht hereinbrach. Der Alte ließ die Füchslein denn auch sehen und hören – ließ sie den Schauervogel hören, das garstige Heulen der abscheulichen Eule, das Schneckengeschmatz des Dachses und das Locken der Rehgeiß nach ihren Kitzen. Er ging mit ihnen nahe an die Höfe des Dorfes heran, so daß sie sich an das Gekläff des Judas Hund und das Krähen des Judas Hahn gewöhnen konnten. Diese beiden Tiere vor allem sollten sie bis auf den Grund kennen; denn dort, wo sie sich aufhielten – und das schlug niemals fehl –, dort traf man Gesichter!
So machte er sie denn auch mit der einfachen Kunst vertraut, die Warnung der anderen Tiere und Vögel zu beobachten. Zickerte zum Beispiel die Amsel erschrocken auf, setzte das äsende Reh fliegend davon, dann hatte auch ein Fuchs aufzumerken.
Vom wilden Fasan ließ er sie die notwendige Wachsamkeit lernen. Die Gegend, die er mit ihnen ablief, gehörte zu einem kleinen Gut – und der Baron dort hatte viele dieser Vögel. Konnten die Jungfüchse sich gegen diese schützen, so waren sie allen gewachsen, dem Hund, dem Gesicht, denn die Fasanen waren die wachsamen Hüter des Waldes. Die Krähen konnten übel sein mit ihrem Aus-der-Schule-Plaudern, der stolze Gockel aber in seiner buntscheckigen Tracht war zehnmal schlimmer. Er warnte alles, was ein Fuchs sich im Laufe eines Tages erschleichen wollte.
Und dann kam noch hinzu, daß das Krähen eines Fasanenhahnes als Zeichen unverzüglich den ganzen Wald entlanglief, weitergetragen durch den nächsten Hahn und den übernächsten. Das Krähen dieser Vögel war so gellend wie Polizeipfeifen – es durchschauerte sogar den Alten, wenn sie so recht herzhaft ihre Stimmen erschallen ließen.
O ja, der wilde Fasan war eine gute Übung!
Oftmals, wenn die schlauen kleinen Namenlosen sich ganz behutsam und völlig lautlos durch das Gras und die fächelnden Farne schoben, berauscht von der Abenteuerlichkeit und Spannung der Jagd, wenn sie dort im Versteck lagen und dem Tanz der Schmetterlinge und dem Fangspiel der Mückenschwärme über ihren Köpfen zu-

sahen, dann konnte es leicht geschehen, daß, gerade wenn sie es am wenigsten ahnten, ein aufmerkames Auge hervorlugte. Es stand dort zwischen den Wildkerbelstengeln, forschend wie eine kleine Sonne, ein Hals reckte und streckte sich, ein Schnabel kam zum Vorschein – und dann plötzlich stimmte der Fasan sein höllisches Gezeter an.
Hütet euch! hütet euch! so klang es ... hütet euch vor den Reinekes. Hier liegen sie, hier laufen sie, paßt auf, sie gehen zum Moor – und Hals über Kopf mußten die Füchslein sich davonmachen.
Ein Sappermentsvogel, dieser Vogel des Gifts und des modernen Reviers. Es waren ihnen auch noch nie geglückt, ihn zu erspähen, bevor er sie entdeckt hatte.
Ein Ereignis löste das andere ab, wenn der alte Herr mit den Jungen umherstreifte.
Bald beobachteten sie die Eulen, wenn sie nach Mäusen jagten, und die geflügelten Schatten waren oft genug wendiger als sie. Wenn die Jungfüchse die Maus pfeifen hörten und dem Laut nachschlichen, geschah es oft, daß der Schauervogel vor ihnen hersauste, um ihnen zuvorzukommen. Als sich Tutetue einmal zu nahe an seine Jungen herangewagt hatte, heulte er ihm gar grimmig in die Gehöre und stieß ihn in den Nacken. Uhuhuee, schrie das Ungeheuer – o ja, der Schauervogel sollte sie schon lehren, auf der Hut zu sein!
Bald lagen sie an einem kleinen Waldsee, zwischen Schilf verborgen, und gaben acht auf eine Entenmutter mit ihren kleinen Entchen. Sie schwamm in der Mitte und hatte die Entlein in gerader Reihe zu beiden Seiten neben sich; sie waren schwarzgefleckt und sahen aus wie das dunkle Wasser des Sees. Sie huschten zwischen den Irisstengeln hindurch und schnappten eifrig nach den schwirrenden Insekten ... während die Füchse ganz still dalagen und lauerten. Da geschah es, daß ein Entenjunges in seinem Eifer einem Namenlosen zu nahe kam – ein Satz, ein Haps, und er hatte es.
Das war sein erster Raub –
Da seht ihr es! schleicht, lauert – etwas fällt immer ab.
An einem frühen Morgen, als sie weit herumgezogen waren, erlebten sie etwas, das ihr Mißtrauen gleichsam ins Leben rief. Sie waren Zeugen einer Hinrichtung und sahen, wie ein Habicht gefangen wurde.
Sie lagen in den Buchenstorren an einem kleinen Flußlauf. Etwas entfernt vor ihnen stand ein sonderbarer Käfig auf einem Pfahl, den sie für eine Art von Hühnerhof hielten, eben deshalb so auf-

gestellt, damit sie nicht ergattern sollten, was hinter dem Drahtgeflecht flatterte.
Es war eine kreideweiße Taube!
Der »Entenjäger« war drüben gewesen, hatte einen Sprung gewagt, doch ohne Erfolg – zu seinem Glück. Denn oben auf dem Käfig stand ein gespanntes Eisen! Der Habicht ist im Anzuge; sie hören es an dem Geschelt der vielen kleinen Vögel. Da mit einem Male kommt er über den Wald herangesegelt. Er wird der Taube ansichtig, schießt wie ein Pfeil gegen das Bauer und schlägt dagegen, daß es klirrt und kracht – da schnappt eine Feder ein, und der Habicht sitzt mit beiden Griffen fest, er flattert und schreit so wild und gellend, daß der Alte sich davonmacht zum großen Kummer der Füchslein.
Er konnte Lärm nicht ausstehen – Lärm rief immer Gesichter herbei.
An einem anderen Morgen hatten sie ein einträglicheres Erlebnis. Als sie so dahinschlichen, dem Alten auf den Fersen schnürend, hörten sie einen fürchterlichen Krach von einer kleinen Lichtung drüben. Sie sind rasch zur Stelle und müssen sehen, wie zwei dunkle Haufen umeinander herumtrudeln. Die Klumpen kreischen und grunzen unablässig, erheben sich ganz plötzlich auf die Hinterläufe und fangen nun an, miteinander zu ringen. Rund um sie her summt es von Bienen. Die scharfen Seher der Jungen können dichte Wirbel von Insekten unterscheiden, die aus einem Loch im Erdboden aufsteigen.
Es waren zwei Angehörige des Gräbervolkes, zwei Dachse ... die um ein Bienennest in Streit geraten waren. Die Bienen stachen sie und saßen wie Fladen in ihrer Schwarte. Daraus aber machten sie sich nicht einen Deut. Wenn »Grauwämse« kämpfen, so kann nichts sie trennen – –
Da sehen der Alte und seine Namenlosen ihre Gelegenheit gekommen; sie schleichen heran und schaufeln in sich hinein. Hmm, wie das schmeckte! Ohne daß die Dachse es nur ahnten, fraßen jene nicht nur das Wachs, sondern dazu die Larven, Drohnen und den Honig.
Da seht selbst! Schleicht, lauert – etwas fällt immer ab!

Ferner weihte der Alte seine Raubjunker in die Anfangsgründe der Fuchspirsch ein, die stille Jagd!
Die stille Jagd, was war sie viel anderes als das Schleichen und

Beobachten, so daß keine Menschenseele einen hörte oder sah – und im übrigen immer zum Zuschlagen bereit sein.

Mit aufs äußerste gespannter Aufmerksamkeit schnüren der Alte und seine Pflegekinder von Dickung zu Dickung. Sie erlegen nicht viel, greifen aber kurzerhand, was ihnen in den Weg läuft. Sie gehen ganz unschuldig daher und horchen auf das Gurren der Holztauben und den Gesang der Drosseln – da plötzlich steht Wollbein, der nichtsahnend auf dem engen Waldwechsel angehoppelt kommt, ihnen Aug in Auge gegenüber. Der Hase ist so verdutzt, daß er weder aus noch ein weiß und dem Alten daher geradewegs in den Fang gerät. Ein paar blitzschnelle Sprünge, ein Griff und ein anhaltendes Schütteln! Kaum ein Ansatz zu einem Schrei – seht, eine solche Jagd war Sport für den pfiffigen Fuchs, sie machte keinen Lärm und wirbelte keine Unruhe auf im Revier. Solcherlei Raub machten sie häufig.

Ein andermal glitten sie am Waldgatter entlang. Es war aus Steinen gefügt und fiel nach dem Feld zu steil ab. Sie erblickten eine Ricke, die mit dem Kitz hinter sich in hoher Flucht vom Feld herankam. Das Reh überfiel schneidig die Hegemauer, doch für das Kitz war sie zu hoch, weshalb es versuchte, unter einer Pforte durchzukriechen. Hier holte sich die Koppel den Mund voll, biß dem Kitz die Wirbelsäule durch, schleppte es ins Schlehengestrüpp und fraß es in Todesstille auf – während die Ricke im Wald umherlief und schmälte.

Namentlich in der Stunde zwischen Nacht und Tag, an späten Abenden oder im dämmernden Morgengrauen trieb der Alte diese Pirsch. Der Abend war am besten geeignet. Denn nachdem die Grasfresser den ganzen Tag lang hatten hungern müssen, waren sie jetzt von der Äsung so in Anspruch genommen, daß er sie leicht hinters Licht führen konnte. Der Abend aber hatte andererseits den Fehler, daß er die Gesichter auf die Beine brachte, während der Morgen nicht annähernd so viele aus den Federn holte. Es war eine Erfahrung, die alle Tiere, die sich selber ihre Nahrung suchten, gemacht hatten: des Morgens konnte man sich in der Sonne baden, wiederkäuen, grasen oder in Frieden räubern – vor den Gesichtern jedenfalls.

Aber es bedurfte einer verteufelten Übung, wollte man dem Braten so nahe auf den Leib rücken. Waren die Anlagen auch noch so gut, so waren Wiederholungen doch unerläßlich.

Bald lagen ein paar welke Blätter oder ein trockener Ast im Wege, auf den der Anfänger unvorsichtigerweise trat. Bald verriet er sich durch eine unfreiwillige Bewegung, mit der er die quälenden Flöhe vom Halse verjagen wollte. Dann wieder hatte man einen Häher nicht rechtzeitig erspäht, der ein lautes Geschacker anstimmte, und dann machte man schließlich einige Schritte zuviel, als man einen äsenden Hasen überraschen wollte; er entdeckte einen zur rechten Zeit, und dann – ade!

Vor allem anderen aber mußte das Herzklopfen überwunden werden. Es meldete sich ungebeten bei alt wie auch bei jung, wenn das Wild am nächsten und der Raub am sichersten war. Sogar eine Maus konnte in solchem Maße die Aufmerksamkeit anspannen, daß einem das Herz in den Hals schoß und man das Wichtigste vergaß: sich selbst in Sicherheit zu bringen.

Immer wieder bekamen die Jungfüchse zu fühlen, was es hieß, beim Alten in die hohe Schule zu gehen. Er ging niemals in der Nähe des Hügelloches auf Raub aus, sondern nur in der Ferne. Es genügte nicht, daß sie sich anstrengten, nein, da war mehr nötig, sie mußten – um nachfolgen zu können – in jedem einzelnen Fall ihr Äußerstes hergeben. Und der Kehrreim war immer wieder derselbe: noch einmal und noch einmal – aber so ist es ja in allen Schulen des Lebens.

Endlich aber kam der große Tag, wo es den kleinen Burschen erlaubt sein sollte, selber Wild zu erlegen. Der Alte setzte sich auf seine Lunte und redete frei von der Leber weg:

Kein Wesen soll euch heilig sein, sagte er in seiner Sprache, bitte, versucht euch an allem, vom Rehbock bis zum Maikäfer.

Er schlich dann mit ihnen davon, auf ihre erste regelrechte Jagdfahrt. Es war ein stolzer Anblick; nach Art der Wölfe gingen sie hintereinander, die Nase in der Standarte des Vordermannes.

Sie kamen am Wiesenrand entlanggeschlichen und erspähten eine junge Krähe, die von ihrem Ast herabgefallen war und nun im Gras auf Futter wartete. Den Füchslein stieg bei diesem Anblick sogleich das Blut zu Kopf.

Der »Entenjäger« sollte die Erlaubnis haben, sie zu greifen; er lief von der Seite her um sie herum, kam näher und schlich in den Ausgang eines Quergrabens – diesem folgte er dann und rückte so dem Vogel hübsch nah auf den Leib. Obwohl die Läufe unter ihm zitterten, gelang doch der Sprung; er zerbrach einen Flügel, die Krähe rannte herum und schrie gewaltig, und der Jungfuchs setzte ihr nach.

War er schon vorher erregt gewesen, so war er es jetzt um so mehr – endlich hatte er den Vogel beim Wickel. Die junge Krähe war noch immer zappelnd lebendig. Der Fuchs schleifte sie am Hals herbei, während sie laut kreischte. Er war viel zu begeistert über seinen Erfolg, als daß er sich Zeit genommen hätte, den Schreihals zu töten. Als er zum Alten zurückkehrte, setzte es Schelte und Geknurr, weil er dem Vogel nicht sogleich den Kopf abgefressen und ihn so schnell wie möglich stumm gemacht hatte.

Aber der »Entenjäger« war an diesem Tage ein großer Mann!

Eines Nachts dann stoßen sie zum erstenmal auf etwas merkwürdig Unheimliches.

Sie waren draußen, um die weidgerechte Jagd zu lernen – still, da hören sie plötzlich Schritte in den Buchenstorren. Klatsch, ertönt es, klatsch, klatsch, klatsch!

Es war nicht der Klang von Füßen; Füße im Laub rascheln, und Füße auf dem Wege dröhnen dumpf und hohl – der Alte drückte sich ins hohe Gras, das an den Wiesenrändern entlang wächst, und alle Namenlosen tun desgleichen.

Das Klatschen kommt näher ... ist jetzt dicht bei ihnen ... die schrägen Pupillen der Füchse sind weit aufgesperrt.

Da sehen sie, daß es ein Fuchs ist, genauso einer wie sie selbst. Er schleift an dem einen Lauf etwas Schweres nach.

Es ist ein Tellereisen.

Der Ärmste kriecht mehr, als er läuft, kriecht auf eine völlig lächerliche Art; zuerst krümmt er den Rücken und zieht darauf beide Hinterläufe unter sich, dann hebt er den Oberkörper hoch und führt diesen mitsamt dem Klumpfuß weiter. Klatsch, schlägt es gegen den Erdboden, so herzhaft, daß es sich anhört, als nehme die Erde es mit Wollust entgegen.

Jetzt pfeift eine Maus.

Da nimmt der Fuchs seinen Klumpfuß in den Fang – und auf drei Beinen geht es lautlos von dannen. Die Maus hört nichts, sie pfeift wonniglich, wie nur Mäuse nächtlicherweile pfeifen können, der Fuchs kommt ihr auf Sprung nahe – und dann schlagen Klumpfuß und freie Läufe über ihr zusammen.

Hat er sie?

Die Jungfüchse können vor Spannung nicht an sich halten – tatsächlich, Klumpfuß hatte sie!
Und dann schritt er weiter in die Nacht hinaus.
Es wurde nicht darüber gesprochen, man hatte nur etwas bemerkt, was Eindruck machte . . . war dies das Werk der Gesichter?
Um sich selber aufzumuntern und den unheimlichen Eindruck bei den Jungen wettzumachen, zeigte der Alte ihnen in dieser Nacht, wie man einen Hasen hetzte.
Der Hase saß in der hellen, herrlichen Sommernacht ganz allein mitten auf der Weide. Seine kleinen Nasenlöcher bewegten sich ununterbrochen, und die langen Löffel legten sich, ohne indes den Takt zu halten, bald auf die eine, bald auf die andere Seite. Sein wolliges Haarkleid lag dicht und glatt am Körper. Es schimmerte so stark, als ginge ein Glanz von ihm aus.
An seiner einen Pfote stand ein kleines weißes Maßliebchen, eine einzige Blume war von der vordem so reichen Flora übrig – alles andere hatte das Vieh gefressen. Die Blüte schaute den Hasen gleichsam mit ihrem gelben Auge an – was war das wohl für ein ungeheuerlicher Bursche! Grau und verschimmelt war sein Kopf, offenbar gerad so ein kluger, alter Schurke. Er hätte seiner Umgebung gern einen Blick widmen können, aber er schien viel zu sehr in Anspruch genommen. Das Gänseblümchen sah er jedenfalls nicht an!
Jetzt hoppelte der Hase in kurzen, schleppenden Sprüngen ab – im »Äsungssprung«, wie der Jäger das nennt. Da aber wurden die Sprünge plötzlich länger und länger, und schließlich hetzte er in langen, wilden Fluchten von dannen. Jetzt war wirklich Gefahr im Verzuge!
Mit dem Alten an der Spitze ging es dem Wollbein nach.
Es lief gut und spielte sozusagen Versteck mit ihnen. Im Wald folgte es Wegen und Pfaden, ging quer über Wiesen und Lichtungen, huschte über Hügel und durch Sandkuhlen. Dann ging die Jagd aufs Feld hinaus, an Zäunen entlang, durch Lücken, über Brücken und zurück zur Weide, wo es aufgestoßen wurde.
Während die Koppel noch ein ganzes Stück entfernt war, führte der Hase sie durch Haken und Widergänge in die Irre. Die Füchse mußten häufig aufs Geratewohl hin und her rennen, wodurch Lampe die gewünschte Zeit erhielt, sich zu verschnaufen. Als die Koppel ihm dann aber erst nah auf den Leib gerückt war, benutzte

er wie immer seine gewöhnliche List: plötzlich sprang er nach der einen Seite ab im rechten Winkel zu seiner ursprünglichen Richtung. Die Koppel aber plauzte geradeaus weiter, brauchte Zeit zum Wenden, wodurch der Hase abermals einen Vorsprung gewann.
Allerdings war der Hase ein gerissener alter Bursche! Bei einem Vorsprung bediente er sich denn auch einer List: er kam auf einem Hohlweg daher ... und dort ungefähr, wo der Weg ins flache Gelände auslief, rannte der Lampe in einer Schleife und lief dann ein Stück in seiner eigenen Spur zurück. Von da aus setzte er plötzlich in einem meterhohen Sprung in die Lüfte ab, über die Böschung hinweg und verschwand im Wald.
Die Koppel folgte mit der Nase in der Spur der Schleife und lief darauf zurück, woher sie kam. Dann standen sie da! Der Hase hatte ihnen ein Schnippchen geschlagen. Der Alte mußte versuchen, einen anderen zu finden.
Nach einigem Umherstreifen gelang es ihm denn auch, einem jüngeren, unerfahrenen Häslein in den Weg zu kommen. Wollbein hätte sich nun freilich mit Leichtigkeit aus der Schlinge gewickelt, wenn nicht diese Mengen von Einfriedigungen ringsum im Wald gewesen wären; dies niederträchtige Geflecht, dies eisenharte Spinngewebe stellte sich ihm unglücklicherweise in den Weg – und so geriet der Hase in den Rachen der Füchse.
Bei diesem Ereignis wiederholte sich, was der Alte schon einige Male zuvor bemerkt hatte: einer der Namenlosen – nicht der »Entenjäger«, der große absonderliche Jungfuchs mit der Phantasie und dem Hölzchen, und auch nicht der mit den unverhältnismäßigen Läufen, sondern der dritte, eifrigste – hub an, als sie dem Wollbein dicht auf den Fersen waren und ihren Raub gerade fangen wollten, eine Reihe lauter, kläffender Schreie auszustoßen. Der Kerl wußte es wohl schwerlich selber!
Von jenem Tage an hatte dieser Fuchs seinen merkwürdigen Namen: der Alte nannte ihn den Kläffer.
Die Koppel trieb sich in dieser Nacht noch weit herum und war auch ins Revier des Barons gekommen. Hier stießen sie häufig auf gute, offen daliegende Braten, manchesmal einen ganzen Puterschenkel oder große Stücke Brust und Flügel des wachsamen Fasans; das lag entweder im Gras herum oder war an Baumstämmen festgemacht.
Der Alte aber blickte nicht einmal in diese Richtung, und so taten

die Jungen es denn auch nicht. Sie hatten sehr schnell begriffen, daß dergleichen Speise nichts für sie war. Es waren ja auch kalte Braten mit einem eisenhaltigen, gemischten und unappetitlichen Geruch. Der Alte hatte in seiner Jugend zwei von seinen Krallen bezahlen müssen, um diese Erfahrung zu machen. Kalte Braten, kalte Braten – nichts für sie!

In früher Morgenstunde schlichen sie heimwärts. Da fielen sie über eine Käserinde an einem Grabenrand. Daneben saß ein Klecks Butter auf einem zerknüllten Stück Zeitungspapier; der Forstmeister hatte hier sein Frühstück gegessen.

Der Alte merkte sogleich die Witterung, die noch zwanzig Stunden später, ähnlich den schwelenden Überbleibseln eines Brandes, aus dem Grase dampfte. Er rief deshalb die Jungen herbei.

Das Merkwürdige an diesem Menschengeruch war nämlich, daß er sich niemals gleich war, und ein Anfänger konnte sich nicht oft genug mit ihm beschäftigen. Eine Katze roch nach Katze, wie sie auch sonst beschaffen sein mochte. Und dasselbe traf auch zu bei Hund, Dachs, Huhn, Gans, Schnecke, Hase – kurz allem, was dem Reineke sonst begegnete. Nur der Duft der Gesichter wechselte beständig. Einige rochen lieblich wie Blumen, andere streng wie zundrige Rinde, bei anderen wieder konnte einen das Niesen ankommen. Nur eines war ihnen allen gemeinsam, man konnte sie mit Sicherheit ausmachen, lange ehe sie da waren.

Die Jungen mußten alle der Reihe nach herantreten und am Käse, der Butter und dem Zeitungspapier schnuppern; wie es so dalag und sich zu einem Geruch vermischte, schien es dem Alten typisch für die Witterung der Gesichter.

Der Butterklecks saß gerade über einem langen Stück in »Petit«, das einen ausführlichen Bericht darüber brachte, unter welch merkwürdigen Umständen ein alter, geriebener Fuchsrüde schließlich doch in die Falle gegangen war.

Aber der Alte konnte ja nicht lesen!

Judas Hund

Weit fort vom Hügelloch, hinter der Sumpfniederung und den Waldstücken – dort, wo die Eisenbahnschienen entlangliefen – wohnte ein Mann mit einem ganzen Hof voller »Fuchsvettern«.

Es gab dort drei Bracken und vier Teckel; sie waren alle rot!
Der Mann war groß, mager und knochig, mit einem langen Knebelbart und buschigen Brauen über den guten Augen. Er hieß Klim.
Er war ein Jäger der alten Schule und hatte die Gewohnheit, dem Reineke auf ehrliche Weise seinen Besuch abzustatten: die Hunde wurden in den Bau hineingeschickt, um nachzusehen, ob einer zu Hause war.
Oder er ging durch die Schonungen und schnallte die ganze Meute los, setzte sie auf die Fährte – und er selber blieb stehen und ergötzte sich an dem tiefen, prächtigen Geläut der Bracken und dem feineren, aber äußerst heftigen Gebell der kleinen Hunde. Er konnte an ihrem Einsatz hören, wem die Jagd galt, ob sie einen Rehbock, Fuchs oder Hasen vorhatten. Diese alte Schnecke war ein seltsamer Bursche; er nannte das Kläffen der Hunde Opernmusik und schätzte sie weit höher als jene in der Königlichen Oper.
Oftmals hetzten die großen Hunde den Fuchs zu Tode. Sie trieben ihn Stunde auf und Stunde ab, so daß man schließlich den Ärmsten mit dem Lecker aus dem Halse laufen sah, kaum imstande, sich in den Bau zu schleppen. War er dann dort angekommen und glaubte nun, entwischt zu sein, lag er da und verschnaufte sich, dann kamen die kleinen Teufel, die roten Vettern – da galt es nur, eine Sackgasse zu finden und dort um sich zu beißen, solange man Kräfte hatte.
Klim war ein fürchterliches Gesicht, ein gewältiger Fuchstöter – und jetzt hatte man schließlich nach ihm geschickt.
Sogar von dem Baron auf Fasanenburg war Nachricht da.
Der Alte hatte dem Baron viele Hasen geraubt und so manches Rehkitz dazu. Die Revierförster konnten merken, wie der Besatz zusammenschrumpfte – und der Becher floß über, als eines Abends Seine Gnaden, der ebenfalls Jäger war, bei einer Pirschjagd einen kleinen Teufel von einem Fuchsjungen entdeckte, der mit lautem Gekläff genau wie ein Stöberer einen Hasen hetzte.
Klim seinerseits ließ lange auf sich warten. Und der Grund mag wohl gewesen sein, daß er die Fuchsbälge um diese Jahreszeit zu klein und auch zu dünn fand.
Eine Vormittags läutete ihn der rote Gemeindevorsteher plötzlich an. Der Vorsteher ist sehr erregt, er schreit so laut, daß es im Hörer gellt und kreischt. Es wird Klim schwer, den Zusammenhang herauszufinden. Schließlich kann er aber doch die folgenden Worte unterscheiden:

»Fenris und Pitter sind hinter ihnen her gewesen. Doch, es sind Füchse, sapperlot, und nicht Diebsgesindel, wie ich und Jens Larsen und so viele andere auch immer dachten.«
Da meinte Klim, der durch die Fürsprache des einflußreichen Dorfschulzen das Jagdrecht im ganzen Kirchspiel hatte, daß er sich nun nicht länger drücken könne – ja, nun würde es Ernst, sagte er, am selben Tage noch wollte er kommen.
Der Alte und seine Koppel hatten es mit der Melkerei zu weit getrieben. Es war lange Zeit hindurch gut gegangen. Keiner wußte ja Bescheid, und andere wurden beschuldigt. Endlich aber hatten die Gesichter heute morgen die Bescherung entdeckt.
Die ganze Gegend war aufgeboten worden, und man lag nun auf Heckzäunen und Anhöhen herum. Hatte Knüppel und Wagendeichseln mit – und als Entsatz den Gendarmen des Ortes. Er sollte sich der Milchdiebe gleich annehmen. Die Wächterkette erstreckte sich mit einigen Unterbrechungen über eine ganze Meile und mehr, denn der Alte hatte seine üblichen Schliche angewandt: bald hatte er in der einen Hürde gemolken, bald in einer anderen.
Und auf der Weide des Dorfschulzen geschah es dann. Der Schulze lag oben hinter dem Aussichtshügel des Gartens, die beiden Hunde Fenris und Pitter neben sich. Er hatte ein Fernglas vor den Augen.
Da sieht er, gerade als die Morgensonne über den Horizont guckt, einen alten, feuerroten Fuchs auf die nächste Kuh zuspringen.
Die Kuh steht auf und stellt sich mit eingezogenem Maul und gesenkten Hörnern zurecht. Sie brummt, faucht und stampft mit den Vorderbeinen auf den Erdboden.
Reineke aber will der »Blesse« keineswegs etwas zuleide tun. Nein, jetzt hüpft er mit schmeichlerischen Gebärden vor ihr auf und ab, erhebt sich auf die Hinterläufe, dreht sich schnurrend nach seiner Standarte herum und macht sich weiterhin interessant, indem er sich im Gras trudelt.
Der Gemeindevorsteher reibt sich den Wachschlaf gehörig aus den Augen.
Da entdeckt er die Sprößlinge der vermeintlichen Frau Gieremund, die in diesem Augenblick aus dem Quergraben hervorwimmeln und mit »ihr« zu spielen anfangen. Welche Geschmeidigkeit und Geschicklichkeit! Welche Fuchsgesichter!
Aber ach und weh! Sobald die Kuh nach ihrem etwas überstürzten Aufstehen zu sich gekommen und mit den Adelskindern der Außen-

felder gründlich vertraut geworden ist, streichen diese an ihrem Euter entlang und setzten sich in Bereitschaft. Die Blesse ist etwas empfindlich an den Zitzen, sie schlägt nach ihnen aus; aber mit der Zeit gibt sie doch klein bei.

Da ertönt ein Gebrüll oben vom Aussichtshügel! Diesem Anblick kann der Bauer doch nicht widerstehen; er rüttelt den Knecht wach, der unter der Decke liegt und schnarcht:

»Kristen, hei, Kristen ... mach, daß du hochkommst, und schau her!«

Und mit den Hunden vorauf saust er zur Hürde hinüber. Pitter ist weit voraus. Er ist ein wütender Köter mit seltsam krummen Läufen. Er sieht aus, als kullere er durchs Gras. Er riecht nach Hühnerstall, Heumiete, Kuhfladen und schweißigen Händen. Aber er ist voller Eifer und fest entschlossen, der Diebsbrut klarzumachen, daß es heutzutage nicht gut ist, Fuchs zu sein! Hinterdrein wackelt wichtigtuerisch der Fenris, ein etwas größeres Vieh mit Schweinsohren, Wildklauen und Mopsschwanz.

Der Alte und die Jungen haben längst Fersengeld gegeben. Durch den überwucherten Quergraben verschwinden sie in den Hafer hinein, dessen Halme dicht am Aufbrechen sind.

Die Hunde verfolgen die Spur mit dauerndem Gebell; sie sind so sehr darauf erpicht, hinterher zu kommen, daß sie fortdauernd Gefahr laufen, übereinanderzufallen.

Das Leben aber hat den Alten gelehrt, daß die zahmen Vettern ihren Mut lediglich aus der Tatsache schöpfen, daß man ihnen davonläuft. So sind sie es immer gewohnt gewesen! Kommen sie mit voller Musik auf ihren schiefen Beinen an, dann rennt alles auf und davon – sogar ein Edelhirsch.

Hört, wie sie können: Äh, üüf, Äh, üüf! O ja, es hört sich ganz schaurig an.

Aber auch diese Erfahrung ist ihm in den Leib gebrannt, daß dieses so schreckenerrregende Gebell nichts ist als eine Täuschung; wenn nicht Gesichter mit dabei sind, so hat ein Fuchs nicht viel zu befürchten.

Oft genug hatte der Alte mit Judas Hund in der Fuchsröhre einen Strauß auszufechten gehabt, er ist von ihm gehetzt worden, wenn er in den Dickungen seinen Tag verschlafen wollte. Oft genug hat er auf seinen nächtlichen Fahrten rund um Häuser und Höfe, wenn er sich von dem einen oder anderen Köter allzu belästigt gefühlt hat, plötzlich kehrtgemacht und ihm die Zähne gezeigt, und dann hat es gewirkt: Judas hat sogleich den Schwanz zwischen die Beine gesteckt.

Ein ander Ding war es mit den großen Hunden, mit denen, die Wauuuw! sagen. Von denen glaubte der Alte bis auf den heutigen Tag, daß sie verwunschene Wölfe seien, und er machte sie selbst aus weiter Entfernung sogleich aus, durch ihre dicke Witterung und die grobe Stimme – die scheute er wie die Pest!

So sitzt er denn jenseits des Hafers auf seiner Lunte und gibt sich den Anschein, als warte er auf die Ankunft der kleinen Hunde. Er hat die Jungfüchse fortgeschickt und thront jetzt in einsamer Majestät oben auf dem Grenzwall. Er erscheint groß, garstig und funkelnd rot und macht den Eindruck eines Teufels!

Der Dorfschulze, der umgekehrt ist, steht atemlos oben auf dem Aussichtshügel mit dem Fernglas vor den Augen und erwartet, Zeuge eines mörderischen Kampfes zu werden.

Was aber geschieht?

Pitter, dieser Narr, der mit dem größten Kater der Nachbarschaft anzubinden wagt, ist in solchem Grade verblüfft über das rote Gespenst, daß er mit einem ehrerbietigen Sprung abtritt. Der Dorfschulze kann deutlich sehen, wie der Hundeschwanz niederhängt, wie die Gehänge bettelnd klappen, wie er zweifelnd stehenbleibt und in die Luft hinausbellt. Fenris kommt hinterher. Er ist massiger von Gestalt und hat, als Bastard eines Foxterriers, auch mehr Mut. Der Alte aber springt ihm entschlossen an den Kragen und schüttelt ihn wie einen Hasen, bis der Hund sich losgerissen hat und abermals angreift.

Dieser Anblick flößt Pitter den nötigen Mut ein.

Jetzt kommt es zum Nahkampf. Man hört das wütende, heisere Schnarren des Rüden und des Gekläff und laute Geheul der Hunde.

Der Alte und der Terrierbastard stehen sich auf den Hinterläufen gegenüber und prügeln sich durch wie zwei ebenbürtige Raufbrüder. Pitter pflückt von hinten scheckige Buketts aus der Wolle des verhaßten Vetters. Aber diese beiden Dorfköter können sich auf die Dauer nicht behaupten: sie haben zeitlebens zu viele Peitschenhiebe bekommen, zu viele Stöße mit dem Holzschuh, ihr Mut ist zu sehr unterdrückt, versklavt und unentwickelt, ihr Selbstvertrauen ist einer Feuerprobe nicht gewachsen.

Mit einem gewaltigen Aufwand an Kraft wirft der Alte seinen zunächststehenden Gegner auf die Seite, dreht sich blitzschnell herum und versetzt dem nichtsahnenden Pitter mit einem seiner langen Fänge einen gehörigen Hieb. Pitter heult auf und nimmt die Gelegenheit wahr, sich hinter dem Heckwall zu verkriechen – und kurz darauf schleicht auch Monsieur Fenris davon.

Der Alte will nicht nur seine gewöhnliche Rache nehmen, nein, er arbeitet jetzt gleichsam auf längere Sicht; er will die Judasse züchtigen, daß sie nicht wiederkommen.

Und so sitzt er ihnen denn immer wieder wie eine Klette im Nacken – bis er schließlich annehmen muß, sie könnten nun wohl von selber nach Hause finden.

Da macht er plötzlich kehrt! Er streicht durch das Geflimmer der klingenden Haferhalme, leichtfüßig und mit geschmeidigem Rükken. In übermütigen Sprüngen langt er nach den Lerchen, die sich emporschwingen, wo er auftaucht. Er versteckt sich in den Saatfeldern, hüllt sich in den Blütenschleier der Wiesen und taucht in den Sonnenglast über den Hügeln ein. Am Grunde der Straßengräben schnürt er dahin, versteckt sich in den Nebelwrasen der Niederungen; er saust durch die Wälder und schlüpft ins Unterholz, nach Haus zum Hügelloch im Hang am Moor.

Die Gesichter, die Gesichter! summt es in seinem Hirn ... pah, Judas Hund! Wenn aber die Gesichter ihn entdeckt haben – das weiß er aus Erfahrung –, dann kann es hinterher leicht Unruhe geben.

Der Alte ist zu lange in dieser Gegend gewesen. Es ist ja ganz gegen seine Gewohnheit, länger als vierundzwanzig Stunden an einem Ort zu hausen – und jetzt hat er schon viele Wochen hier verbracht. Es ist der Jungen wegen; sie hängen an ihm, er kann sie nicht abschütteln, es sei denn, er frißt sie. Immer liegen sie da und umschnüffeln ihn; immer wollen sie mit, wenn er auszieht. Freilich benehmen sie sich gut und scheinen sich wohl zu entwickeln, aber – nun, darauf schwört er –: heute nacht zieht er um!

Schlafen, ach, schlafen! Sich hinlegen, wenn man satt ist und zum Gähnen aufgelegt, sich an einem umfriedeten Fleck, wo nur der Wind hinkommt und ferne Klangwellen spucken, in sich zusammenrollen – das bedeutete die Seligkeit sowohl für den Alten wie für den kleinen Tutetue!

Die Spannung der Jagd und der Eifer, der sie packte, wenn es über Stock und Stein dahinging, war einen Tag des Lebens wohl wert. Sich auf den Raub stürzen und seinen Schweiß einschlürfen hatte auch seinen Reiz; nichts aber konnte dem leisen Hinschlummern verglichen werden, diesem Hinwegschwinden von aller Begierde und allen Leidenschaften, das der Schlaf nach einem anstrengenden Tagewerk mit sich brachte.

Schlafen, ach, schlafen! Atmen, leben und doch gewissermaßen tot sein, in sich selbst versunken sein wie der Nußkern in seiner Schale – das ist allezeit die Wonne aller Füchse gewesen!

Es ist hellichter Tag!

Die Fledermäuse sind in ihren zundrigen Storren gekrochen, die Eule hat sich ins Tannendunkel verzogen, der Nachtfalter hat sich hinter einem Blatt zur Ruhe niedergelassen, die Motte unter einem Rindenspalt, die Maus hat ihren Erdgang aufgesucht und die Kröte ihren Brunnen – –

Der Tag flimmert durch den Wald; das große Lichttier mit dem himmelblauen Kleid und dem einen einzigen riesigen Auge wandert vom Osten herauf und weckt alle die, die ihm angehören! Sie erwachen, gähnen, strecken sich, werden aufgestöbert –: die Biene lärmt weiter, wo sie am Abend zuvor aufhörte, neuerschaffene Mükken halten sich jede für den Mittelpunkt des Erdballs, strahlende Schmetterlinge tanzen über die Wiese, während fleißige Ameisen auf ihren Wechseln dahineilen. Die Vögel singen, und das zahme Getier wird herausgelassen, die Menschen fangen an, im Wald zu hämmern und zu schlagen. Das große Sonnentier wird immer lebendiger, es kreischt und lärmt und tut sich garstig groß; das schwarze, das Dunkeltier, mit dem goldbestickten Gewand, mit der kleinen schiefen, matten Pupille – wie war doch dieses stumm und still dagegen!

Die vier Namenlosen dort drinnen, fünf Meter tief, im Bauch der Erde, liegen wie zu einem Knäuel gewickelte Fäden und schlafen. Da kommt das Lichttier, was bislang noch nie geschah, eines schönen Tages auch zu ihnen herein.

Der Alte war gerade zu Bau gegangen und leicht eingenickt, als er durch ein Gedonner im Hügel über sich erwachte.

Waren es Fußtritte? Waren es Erderschütterungen? Oder war es nur der stürzende Regen? Der pflegt immer so furchtbar hohl durch diesen völlig untergrabenen Hügel zu dröhnen.

Im Gegensatz zu anderen Füchsen, die es liebten, tagsüber draußen zu liegen, sich zu sonnen und den Balg im Versteck der Tannendickungen, der Buchenknüppel oder des Saatfeldes auszulüften, ging der Alte zur Sommerzeit so gut wie immer zu Bau. Er wählte dann aber nicht den ersten besten, sondern einen, der viele und wohlverborgene Ausgänge hatte. Mit offenen Röhren an Hängen und Böschungen, wo freie Schußbahn war, nahm er nur im äußersten Notfall vorlieb. Eine Ausnahme von dieser Regel machte er an einem Morgen vor gut zwei Monden; die aber hat sich auch bitter gerächt – es war eben jener Morgen, als er mit Kindern gesegnet wurde!

Wo waren sie übrigens jetzt? Waren sie überhaupt alle heimgekehrt? Er hatte ja, als er einstieg, nur ein einzelnes von ihnen zu Gesicht bekommen! Doch, jetzt hörte er sie im Hintergrund, tief drinnen ... wie sie schnarchten!

Sie waren jetzt so groß, daß sie nicht mehr zu einem Haufen in der Höhle lagen, sondern jedes für sich in einer eigenen Röhre rundum im Bau verstreut.

Das Donnergetöse kommt näher! Ertönte es auch bis jetzt noch hoch über dem Kopf des Alten, so vernahm sein hellhöriges Ohr es dennoch deutlich!

Siehe da – jetzt fiel ein Erdbrocken nieder, etwas Putz von der Decke. O ja, die Sandbank war genauso empfindlich wie er selbst!

Der einzige wegsame Einstieg des Baues bestand aus einem zwei Meter langen Gang, der ebenso wie die Wege zu einer alten Festung in S-Form gewunden war. Am Ende war ein runder Platz, ein Vorplatz sozusagen, von welchem neue Gänge zu den verschiedenen Räumen führten.

Der Kläffer – jener Junge, der nie das Maul halten kann, sondern belfert und gelfert, sobald er in Harnisch gerät – liegt draußen auf dem erwähnten Vorplatz; er hat einen raschen Stoffwechsel, erzeugt eine gewaltige Wärme und braucht aus diesem Grunde viel frische Luft. Er hebt den Kopf aus der wärmenden Decke der Lunte, spitzt die Gehöre und blickt nach dem schmalen Lichtstreifen hinüber, der durch den Einstieg dringt. Da verdunkelt dieser sich plötzlich; man hört es gegen die Sandwände schrammen, und jetzt ertönt ein lautes, gellendes Gekläff – zwei hitzige Dachshunde schießen zur Röhre herein.

Das gab wahrlich eine Panik in der Burg! Die Koppel huschte rings in die Gänge, von den Hunden verfolgt, sie versteckt sich in Sackgassen, kriecht rücklings hinein und bleckt die Fänge, füllt die ganze Öffnung aus – komme nur, wer es wagt! Tutetue, der seinen Wanst allzu voll gestopft hat und sich daher nur mit Schwierigkeit in den engen Gängen vorwärtsbewegen kann, wo man den Körper weiterbringt, indem man den Bauch am Erdboden schleifen läßt, ist mehrmals im Begriff hinauszuschlüpfen, aber der schnarrende Kriegsruf des Alten und das Gejaule der Hunde, wenn sie seine Fänge zu kosten bekommen haben, erinnern die Jungen an den alten Fuchsspruch: niemals hinaus!

Es sind junge Hunde. Nur selten sind sie früher einmal ohne die Eltern in einem Fuchsbau gewesen – und noch nie haben sie allein etwas Nennenswertes ausgerichtet. Das goldene Kleinod, auf die eigenen Gaben zu bauen, auf die eigenen Kräfte, sich selber zu vertrauen, ist noch nicht so recht ihr Besitz geworden. Klim hatte aber gemeint, daß sie für junge Füchse schon noch taugten – und dabei konnten sie ja eine Erfahrung machen.

Das war ein großes Glück für die Namenlosen! Aber noch ein anderes großes Glück sollte ihnen widerfahren:

Sie haben sieben lange Wochen in diesem alten, vielleicht hundertjährigen Bau gehaust; und trotzdem kennt ihn keines von ihnen ganz. Die Tage haben dafür nicht ausgereicht – müde und angestrengt sind sie allmorgendlich nach den gewaltigen Übungsfahrten, die der Alte des Nachts mit ihnen unternahm, zurückgekehrt und haben nichts weiter vermocht, als die Stunden zu verschlafen.

Den Bau, von dem sie stammten und der etwas weiter am Abhang hinauf lag, kannten sie in- und auswendig mit allen seinen Schlupfwinkeln und Gäßchen, aber das war ja auch nur ein kleiner, armseliger Stümperbau gewesen. Sie hatten immer wieder halb in Gedanken den Kopf zum Haus hineingesteckt, um nachzusehen, ob ihre Mutter nicht doch zurückgekehrt sein sollte. Diese neue Höhle hatte vom ersten Augenblick an einen großen Reiz auf sie ausgeübt. Sie kam ihnen wie eine riesige verlassene Räuberburg vor. In den ersten Tagen hatten sie in ihrer sprudelnden, mutwilligen Freude darüber, daß das Leben zu ihnen zurückgekehrt war, sich durch einen einzelnen der langen, verschlungenen Gänge vorgewagt, waren oben auf den Galerien entlanggegangen und hatten sich diesen oder jenen von den vielen dunklen Räumen in den verschiedenen Stockwerken angesehen. Aber ganz hatten sie diese unterirdische Festung noch nicht durchforscht. Nur dieses wußten sie: Tief im Keller hauste ein Dachs. Es roch nach seiner Witterung, und einmal hörten sie ihn

auch am Deckengewölbe kratzen und im Schlafe knurren. Noch aber war es nicht geschehen, daß sie diesem breitprankigen, griesgrämigen alten Herrn begegnet waren.
Jetzt bekommen sie ihn zu Gesicht!
Voller Raserei über dies fürchterliche Getöse gerade über seinem Schlafzimmer und fest entschlossen, durch seine persönliche Anwesenheit hier Ruhe zu schaffen, kommt er die Treppen heraufgestapft und plauzt in den Hauptgang hinaus, gerade in die Arme von zwei roten Bürschchen.
Den Fuchsjungen zum Heile sind die Dackel dem giftsprühenden Grimbart am nächsten. Er schlägt mit den Pranken nach ihnen, daß sie stürzen und sich schleunigst in der ersten besten Röhre verkriechen müssen.
Es ist leider eine sehr enge Röhre, die die kleinen Hunde da erwischt haben. Sie glauben, auf der anderen Seite hinaus und sich von hinten auf ihren neuen Angreifer stürzen zu können, und laufen mit der größten Geschwindigkeit weiter. Als sie zwei Meter weiter sind, hört der Tunnel plötzlich auf – die Röhre läuft in einem Sack aus.
Mit größter Mühe nur können sie wenden, um sich dem Grimbart mit blanken Waffen entgegenzuwerfen. Sie nehmen das Herz in die Hand und wetteifern förmlich darin, wer zuerst wieder draußen ist, um ihm an die Kehle zu fahren – da stoßen sie mit den Schnauzen gegen einen frisch geworfenen Erdhaufen.
Sie hören den Dachs vorn arbeiten, er knurrt und murmelt und scharrt mit den Pranken im Sand. Er hat ihnen den Hintern zugekehrt; in dieser Stellung arbeitet er am schnellsten als Sappeur. Im Nu verwandelt er sich in etwas Größeres: er wird zu einer lebendigen Grabemaschine, die unausgesetzt mit allen vier Schaufeln hinter sich einen Erdwall aufwirft, mit dessen Hilfe er die armen Hunde einschließt.
Und während er gräbt, schiebt er sich vorwärts – und von Zeit zu Zeit läuft er in den breiten Gang hinaus, um wieder zurückzukehren und den Erdpfropfen mit seiner Stirn festzustampfen. Zum Schluß ist ein ganzer Meter des zwei Meter langen Ganges gebührend mit Erde verstopft.
Er hört immer weniger von dem Geschelt und zornigen Gekläff der Hunde. Der fest zusammengedrückte Erdpropfen verschluckt den Laut und schließt den vordem so explosiven Inhalt der Röhre ein.

Die Hunde sind auf ihrer Seite im Anfang gar eifrig am Werk. Aus Dackeln werden sie zu kleinen Erdarbeitern, die sich mit dem Erdhaufen abmühen, der sich da vor ihnen auftürmt, und beißen in jeden Stein, der die Mauer höher macht. Aber sie sind zu angestrengt; sie können nicht Schritt halten und wegschaffen, was die zottige Grabemaschine vor ihnen aufhäuft.
Und hinzu kommt noch: Wohin sollen sie das Füllsel schaffen? Es wächst ja wie ein großer Hügel vor ihnen empor und macht den Raum noch enger. Außerdem kann immer nur einer zur Zeit herankommen, und was schlimmer ist: sie fangen beide an, nach Luft zu schnappen, sie haben nicht genug in dem dunklen eingeengten Raum.
Da lassen die kleinen Viecher die Ohren lang hängen; sie setzten sich auf ihre Hinterteile und starren in das Dunkel. Sie hören nichts mehr, sehen nichts, es ist ihnen, als seien sie in einen langen Sack gesperrt, einen dicken Rucksack, der viel sorgfältiger verschnürt ist als jener, in dem sie vor drei Stunden hergebracht wurden. Puh! Jetzt wird die Wärme um sie her schwer und drückend, sie japsen, atmen stoßweise, und ihre Därme fangen an, vor Hunger laut zu knurren.

Draußen am Abhang stand Klim.
Er stand an einen der alten Eichenstämme gelehnt und lauschte gespannt, die Büchse bereit, auf das Gepolter im Erdhügel zu seinen Füßen. Es hatte ihn furchtbare Mühe gekostet, die Röhre zu finden. Fuchsröhren gab es übergenug; aber der richtige Bau, der, in dem die geniale Fuchsfamilie ihre Heimstatt hatte – wo war sie?
Schließlich war er so vernünftig gewesen, zum Pferch zurückzugehen, und hatte versucht, ob die beiden Dachshunde nicht die Spur des Alten sollten finden können. Nach einigem vergeblichen Suchen war es gelungen.
Trotzdem hatte Klim kein rechtes Zutrauen zu diesem Bau. Er ähnelte nicht eigentlich einem Jungfuchsbau, schien ihm. Der schlaue und listige Alte hatte nämlich seinen Pflegekindern nie gestattet, in der Nähe der Röhre nach Mäusen zu suchen. Es war, als wüßte der Rüde, daß diese kegelförmigen Löcher an Grabenrändern und in den Erdwällen sofort die Nähe eines Gewölfs anzeigten. Auch Knochen und Federreste waren nicht zu sehen – die Passion des Alten war es just nicht, Wild zu Bau zu schleppen.

In der Röhre einer törichten Fähe, in einem leicht auffindbaren Bau, wurden drei Tage später Kopf und Hals eines Alttieres gefunden, ein Paar Hasenhinterläufe, die Hornzapfen von zwei Lämmern, ein halbaufgefressener Hahn mit einem Paar riesiger Sporen, drei Porzellaneier und der Balg einer Katze – die Jungen wurden in dem Anfall von Wut, der die Bewohner der Gegend gepackt hatte, ohne Gnade ausgeräuchert.
Klim hatte vor dem wegsamsten Einstieg des Baues Aufstellung genommen.
Zu Anfang ließ es sich ganz hübsch an dort unten in der Tiefe; die Röhre tönte wider vom Gebell, Gemurr, Kratzen und Rennen – die Minuten verstrichen dem Jäger Klim gar schnell. Er war von der Spannung beherrscht, er lauschte den seltsamen Tönen, die durch die dicke Erdschicht gedämpft zu ihm heraufdrangen. Er merkte, daß die Rausschmeißerei in vollem Gange war, und machte mehrmals die wohlbekannten Armbewegungen, mit denen er sich in den Rockärmeln lockerte. Er war überzeugt, daß er zu Schuß kommen würde!
Als schließlich aus den Minuten Stunden wurden, als der Lärm hinstarb, wurde ihm immer unbehaglicher zumute. Er aß zwischendurch hastig sein Brot, zündete sich eine Pfeife an, war aber immer in Bereitschaft, falls etwas aus der Röhre gesprungen käme.
Schließlich, als der Abend niedersank, gab er es auf, er neigte sich zum Einstieg und rief hinein:
»Hei, Strupp, Grimm ... herkommen, los!«
Der Bau aber war stumm wie das Grab.
Klim ließ eine Kugel losgehen, er pfiff, er lockte und rief; aber der Erfolg war derselbe – unverrichteter Sache und schweren Herzens mußte er abziehen und die Nacht beim Dorfschulzen verbringen. Jetzt wußte er jedenfalls Bescheid: die Hunde waren entweder tot oder lebendig begraben!
Am nächsten Morgen war er früh wieder an Ort und Stelle und hatte die Knechte von den nächsten Höfen mitgebracht. Sie gruben den ganzen Tag, mußten sogar Pulver zu Hilfe nehmen, um Steine und Pfahlwurzeln zu sprengen; aber gegen Nachmittag kam man dem Ziel näher: man horchte angestrengt und benutzte Fenris und Pitter als geruchskundige Helfer. Endlich nach vieler Mühe und Beschwernis drang man bis zur Unglücksstätte vor. Strupp und Grimm waren in einer gottesjämmerlichen Verfassung, doch immer-

hin noch am Leben. Durch die Regenwurmlöcher hatten sie sich ein wenig Luft erjapst.
Was sonst noch im Bau sein mochte, war Klim so ziemlich einerlei. Er war reichlich damit zufrieden, daß er seine kleinen vierbeinigen Freunde gerettet hatte; er streichelte sie zärtlich und half ihnen mit einem Kognak auf die Beine – beim Dorfschulzen bekamen sie dann auch noch Magermilch und Weißbrot.
Seit jenem Tage aber waren die Hunde nicht mehr in einen Bau zu treiben, in dem ein Dachs hauste. Klim und seine Genossen, die der Meinung waren, es sei nur Halsstarrigkeit und Unlust, schalten sie oftmals und verführten sie, doch einzusteigen.
Dann gingen sie auch.
Sowie sie aber von außen nicht mehr zu sehen waren, setzten sie sich im Einstieg zurecht und ließen es sich wohl und warm sein, während die Gesichter draußen anstanden, jedes hinter seinem Baum, gespannt den Erfolg des »Rausschmeißens« abwarteten.
Kluge Hunde ... Hartnäckige Gesichter.

Die Jungfüchse kommen zu Namen

In einem dunklen, dichten, meilenweiten Tannenwald, dessen einzelne Bäume die Form von grünen Kegeln hatten, zeigte roter Sand, der zwischen Moos und Flechten hervorsah, den Weg zu einem Dachsbau an.
Bei flüchtigem Hinsehen erblickte man nur einen einzigen Einstieg. Er schien ein Senkrohr zu sein, das trichterförmig ins Erdreich abfiel und in einen engen, krummgebogenen Hals auslief.
Sah man jedoch unter den mehr als mannshohen Tannen näher hin und hob einen Zipfel des grünen Kleides in die Höhe, um ein wenig von Strümpfen und Füßen zu erspähen, dann entdeckte man ein Dachsloch dicht beim anderen.
Dort unten lag ein großer Bau, ein regelrechter Winterbau. Mehrere Röhrennetze lösten sich ab und liefen unter der Erde in einer Ausdehnung von zehn bis zwanzig Metern weiter.
Ein Dachs nach dem anderen hatten an diesem väterlichen Haus gebaut, das fast das Hügelloch übertraf. Die Röhren wanden sich tief in der Erde dahin, führten zu halb eingestürzten Kellern und wie-

der weiter in mehrere dunkle Räume, aus denen eine verbrauchte, eingeschlossene Luft dem kühnen Eindringling entgegenschlug.

In diesen Räumen, die aussahen wie riesige Waschkessel, lag das trockene, vergilbte Moos in Haufen zusammengescharrt. Und riesige Arme voll Heu und Haufen welken, abgerissenen Grases bildeten so etwas wie große Alkovenbetten ringsum auf den Fußböden. In den Betten hatte das Gräbervolk seinen Winterschlaf verschnarcht; hier hatte es in warmem Lager mit seinen blindgeborenen, hellroten Dachsjungen gelegen, während sie Frost und Schnee mit Regenstürzen und Nebel wechseln und den Winter droben in freier Natur über ihren Köpfen seinen Lauf nehmen ließen.

Jetzt war der Bau verlassen und auf den Kopf gestellt! Der Dachs ist arbeitsam, der Reineke ein Faulpelz – außer bei der Jagd. Der Dachs gräbt sich mit großer Mühe seine Wohnstatt, richtet sie bequem ein und füttert sie warm aus. Er leistet eine Arbeit, die im Verhältnis zu seiner Größe und seinen Kräften einfach erstaunlich ist; kommt man ihm unversehens zu nahe, während er arbeitet, so kann man hören, wie er schuftet, ächzt und stöhnt. Er ist von eisernem Fleiß; Reineke hat keine Lust, auch nur einen Stengel von der Stelle zu rücken.

Außerdem ist der Dachs auch sauber. Früh im Lenz und den ganzen Sommer hindurch sieht man ihn seine Höhle putzen und frische Streu heimbringen. Er ist ein peinlicher, aber höchst sonderbarer Herr! Der Fuchs ist von entgegengesetzter Veranlagung, ein lustiger Halunke und ein großes Ferkel – ist der Dachs draußen, um sich zu lüften, dann steigt Reineke in seine Wohnung und bespritzt die Wände und alle Betten in den Alkovenlagern. Immer und immer wieder nimmt er die Gelegenheit wahr, zurückzukehren – schließlich kann Grimbart es nicht mehr aushalten; er zieht um.

Dann lacht sich Reineke ins Fäustchen. Durch seine List und Schläue hat er abermals das Spiel gewonnen – und triumphierend nimmt er von dem Haus seines fleißigen Mitbürgers Besitz.

Es war dem Alten und seinen vier kleinen Spaßmachern daher ein leichtes, auf diese Weise einen jüngeren Stammherrn des Gräbervolkes, der sich für den Rest des Sommers im Winterbau niedergelassen hatte und sich nun einbildete, er habe einen rechtmäßigen Erbanspruch darauf, hinauszuwerfen. Der Dachs mußte nach Verlauf von zwei Tagen das Feld räumen. Sonst pflegte so ein stiller Kampf immerhin einen Monat zu dauern.

In diesem alten, sehr sandigen und daher gefährlichen Dachsbau hat der Alte jetzt seine Behausung; hier hat er endlich eine Höhle nach seinem Herzen gefunden und sich nun gut auf dem Grunde des Nadelmeeres in diesem dichten Tannenwald verborgen. Hier kann ein Gesicht ihm keine Nase drehen, und hier können sogar seine Jungen aus- und einschlüpfen, ohne daß eine Amsel sie zu entdecken vermag.

In jener Nacht, als Klim beim Gemeindevorsteher übernachtete, während seine kleinen eingesperrten Hunde die Qualen der Todesangst auszustehen hatten, war der Alte mit seinen Pfleglingen ganz still aus dem Bau gerückt.

Eine Zeitlang hatten sie vor dem Einstieg gesessen und gelauert; der Alte hatte mit seinem Windfang die Ränder der Röhre abgesucht, um sicher zu sein, daß hier nichts zu befürchten war – dann endlich war er herausgeschossen wie ein Pfropfen aus der Flasche, gefolgt von seinen drei Jungen. Den vierten, Tutetue, mußte er hervorholen, er war noch immer so furchtsam, daß er zitterte.

Die Jungen kratzten und krauten sich und schüttelten die roten Bälge gehörig durch, um sich von der vielen losen Erde zu befreien, mit der sie während des Getümmels regelrecht eingeseift worden waren. Dann sagten sie der düsteren Räuberburg Lebewohl, schnürten zum Moor hinab, immer dem Alten dicht auf den Fersen, und weiter am Rand der Niederung entlang. Der Alte war aufs Geratewohl aus der Burg gezogen; er ging den Senken und Sümpfen nach, bog an Hecken und Zäunen ab, umging die Dörfer und die großen Anwesen, um schließlich meilenweit ins offene Land hinauszugelangen. Er achtete aber klüglich darauf, vor Tag in die Nähe eines Waldes zu kommen – in Wäldern findet ein Fuchs nämlich immer eine Höhle – wohl gab es immer einen kleinen Strauß mit den ortsansässigen Füchsen zu bestehen; aber an dergleichen Kämpfe war ein alter Krieger wie der Alte gewöhnt. Er war nun schon manche Nacht mit den Jungen auf der Wanderschaft.

In den Nächten, wo sie unterwegs sind, bekommen sie keine andere Nahrung zu fressen als die Mäuse, die sie beim Schnüren ergattern können. Sie sind indes durch kräftiges Fleisch und Schweiß so verwöhnt, daß sie maulen und an den »Hautklößen« herumknautschen. Der Alte muß sich anstrengen, muß sehen, daß er etwas Freßbares für sie ergattert – da tötet er denn eine Katze und wirft sie ihnen hin.

Wenn der Alte die Krallen in nichts anderes versenken konnte, so mußten immer die Katzen herhalten – an Katzen gab es ja einen Gottessegen. Wollte man das gesunde Wild überfallen, mußte man Glück haben; die fetten Hauskatzen aber, die zur Sommerzeit durch den Roggen und an den Wegscheiden entlangtrippelten und die es so gewohnt waren, auf ihre Waffen zu bauen, die schnappte er weg wie eine Maus. Er packte sie am Rücken, schüttelte sie wie Ratten, es verging ihnen im selben Augenblick Hören und Sehen, Zeit zum Kratzen wurde ihnen nicht gelassen. Sie waren geradezu ein Leibgericht für ihn und eine leichte und erreichbare Beute. Die Fuchshöhle, zu der sie am ersten Tag gelangten, war klein und eng und voller Pfotenschmutz und Haarzotteln. Draußen herumliegende Federreste taten kund, daß sie vor nicht zu langer Zeit von Füchsen bewohnt gewesen war; im übrigen war niemand daheim! Es war hier aber friedlich, und Höhlenruhe hatten sie – vor allem anderen war dies das beste!

Hier lagen sie den ganzen Tag und schnarchten; in der nächsten Nacht ging es dann wieder weiter.

Sie schnürten ein weites Stück an einem Fluß entlang, kamen in die Ausläufer eines Waldes, den sie ganz durchzogen, um am anderen Ende an einen neuen Fluß zu gelangen. In der hellen Nacht können sie einen Otter beobachten, der sich im Wasser tummelt; er hat einen Hecht gefangen, ebenso groß wie er selbst, und flößt ihn nun vor sich her nach dem Ufer hinüber. Der Alte springt dem Otter sogleich an den Schädel, und es entsteht ein Kampf auf Leben und Tod; es kommt aber so, daß der Otter sich zurückziehen muß. Endlich, in der dritten Nacht, kamen sie zu einem Bereich, der ihnen behagte; die Wollbeine wurden zahlreicher, man sah sie im Nachtschein als Steine und Blüten ringsum auf den Wegen und im Grase auftauchen. Größere Braten waren hier und da auch zu sehen; einige sogar so groß, wie die Jungen sie nie zuvor erblickt. Es waren Hirsche!

Der Alte streifte lange umher, bevor er einen Bau fand, der ihm zusagte. Eine ganze Woche lang hatte er die Jungen tagsüber unter freiem Himmel schlafen lassen müssen – bis er dann endlich über die große Winterhöhle gefallen war. Und die hatte es ihm ganz und gar angetan.

Nur das eine schien ihm klar – man mußte mit Vorsicht darin herumgehen und keine Sprünge machen. War schon das Hügelloch gegen größere Erschütterungen nicht gefeit gewesen, so schien dieses Fachwerk hier im roten Sand noch schlimmer. Die Sonne hatte es bis auf den Grund der Tiefe ausgetrocknet, und viele Gänge waren verschüttet und zunichte gemacht worden. Als Eingang wählte der Alte daher eine Röhre, die abgestützt war! Sie mündete gerade unter einer Tanne aus, deren rotbestrumpfte Wurzeln um die Öffnung liefen wie der Rahmen um eine Tür.

Das Land, in dem er sich niedergelassen, war nicht, wie die Rotsandhöhle vermuten lassen könnte, ein armes Land. Im Gegenteil, hier lag ein Gut neben dem anderen, Gebiete von halben und ganzen Quadratmeilen umfassend. Große Wälder standen hier, und die Wälder umschlossen Seen und natürliche Teiche, frische, raschströmende Flüsse, glucksende Bäche, weites Heideland und ausgedehnte Fronäcker, um die nur spärlich die Häuser und kleinen Gehöfte lagen.

Hier konnte ein Fuchs vom Schlage des Alten mit Leichtigkeit seinen Lebensunterhalt finden, und Junge wie die seinen konnten groß und kräftig werden. Die Nahrung war reichlich, das Versteck hervorragend, Saat- und Rübenfelder von kleinen Schlupfwinkeln unterbrochen, Buschwerk löste Wiesen, Tümpel und Moorniederungen ab. Es war das Land der Großgrundbesitzer.

In diesem Revier, wo alles für den Jäger großen Stils wie geschaffen war, entwickelten sich die Namenlosen zu den kühnen Räubern und rücksichtslosen Wildtötern, die sich einst Ruhm erwerben sollten.

Sie waren noch keinen ganzen Monat in der Gegend gewesen, als der Rest der roten Koppel endlich seine Taufe erhielt. Brüderchen wurde Tutetue genannt – und dabei blieb es auch weiterhin.

An einem späten Abend, als der Alte mit seinen Pfleglingen aus dem Bau geschlüpft war, trottelt einer von ihnen weit hinterdrein. Es war Tutetue. Er hatte die Gewohnheit, allein dahinzuzuckeln und Mäuse, Käfer und Maulwürfe zu fangen. Er bleibt stehen und lauscht nach einer Maus, als das Gras sich hinter ihm plötzlich mit einem Zischeln teilt – und wie eine Offenbarung pflanzt sich ein weißgefleckter Kater vor ihm auf.

Ihm gehörten die Mäuse, die der junge Fuchs sich wegzuhaschen im Begriff stand!

Der Jungfuchs faucht, aber der Kater, der, wenn es in ihm hochkam, sich was darauf zugute tat, daß er von einer richtiggehenden Wildkatze abstammte, wirft sich über ihn.

Da gibt es einen Höllenlärm! Man hört das Zischen der Katze und das Geheul des Jungfuchses jedesmal, wenn er die Kralle des Katers zu fühlen bekommt – tutetue, japste er, tutetue! Der Alte muß schleunigst kehrtmachen und ihm zu Hilfe eilen. O ja, Tutetue macht seinem Namen Ehre.

Der Kläffer verleugnete ebenfalls seine Natur nicht. Er war immer damit beschäftigt, die Spur des Hasen, Rebhuhns, der Katze, Maus oder Amsel oder auch nur eines Sperlings zu verfolgen. Aber erst wenn er die Beute zu Gesicht bekommen hatte, wenn sie vor ihm flüchtig wurde, schlug er an. Er belferte nicht laut und scharf, sondern grob und träge, die Töne waren unrein und dick und folgten langsam wie in bestimmten Zwischenräumen aufeinander, um schließlich in ein disharmonisches Heulen überzugehen. Er war geradezu in seine eigene Stimme verliebt und konnte sogar am hellichten Tage unten in der Höhle anfangen zu belfern und zu gelfen.

Den anderen, vorsichtigeren Jungen schien dies eine garstige Angewohnheit – und der Alte nannte es daher eine Unsitte. Immer wieder war er dagegen aufgetreten und hatte dem Kläffer begreiflich zu machen versucht, daß es ein schlechtes Familienerbe sei, welches er da übernommen habe; wie es ihm selbst in seiner Jugend manchen üblen Streich gespielt und ihn noch heute überfallen konnte, wenn er im Traum auf Jagd aus war. Heutzutage mußte man mit seinem Raub still verfahren und nicht durch unnötigen Lärm seine Gegenwart verraten; aber alles, was der Alte dem Kläffer predigte, hatte das gleiche geringe Ergebnis:

Es verleugnete sich nie – wenn die Jagd so wild war wie je und die Nacht so dunkel, wenn die Spannung ihn packte und der Jagdeifer ihm in den Krallen juckte, verfiel er unweigerlich aufs neue in seine Unart – und dann mußte die Koppel oft genug zugeben, daß der Kläffer dennoch von großem Nutzen war: er hielt sie zusammen.

In früher Morgenstunde, im ersten zarten Schimmer war der Alte mit einem der Jungen einst einem Hasen auf den Fersen. Der Jagdeifer ergriff sie, sie wurden wütender und wütender – schließlich überholte der Raubjunker, als sie gerade im wildesten Laufen waren, den Alten.

Es war der sehr langbeinige Jungfuchs!
Er war dem Alten schon früher aufgefallen; er hatte vor seinen Geschwistern das eine voraus, daß keiner ihn einholen konnte! Wenn er in großer Geschwindigkeit davonlief, bewegte er sich, in riesigen Bogen dahinspringend, so schnell, daß er Wellenlinien in der Luft zeichnete. Und keiner konnte es ihm auch im Springen und Klettern nachtun. Er kraxelte über Wildgatter, als wären es ganz gewöhnliche Gartenzäune, ja er hatte es so weit gebracht, daß er an Bäumen in die Höhe kroch, auf Jagd nach Vogelnestern.
Abermals mußte der Alte feststellen, daß dieser Kerl die Läufe gebrauchen konnte! Er schoß an ihm vorbei, er flog dahin ... sprang über Steine und Erdhaufen, die den Weg versperrten, ja er stürmte lieber mitten durch die Wasserpfützen, als daß er außen um sie herumlief.
Da geschah es, daß der Hase, wie alle Hasen tun, fortgesetzt seine Bogen schlug, in einem Ring im Walde herumlief, wie es ja auch in der Natur der Füchse liegt. Zum zweiten Male setzten sie über die Anhöhe, jetzt durch das Hecktor; jetzt am Ameisenhaufen vorüber und den kleinen Gehsteig zwischen den Tannen entlang – da weiß der Alte, es ist das beste, einfach liegenzubleiben.
Er ist mächtig außer Atem gekommen, schwerer, fetter und älter, wie er ja ist, macht er sich seine Erfahrung zunutze, legt sich auf die Lauer und drückt sich stumm ins Gras.
Es dauert eine Weile, ehe der Hase wiederkehrt. Endlich aber sieht der Alte es grau und rotgelb schimmern, hier und da loht es wie spielende Sonnenflecken aus dem Tau auf. Die Blitze werden deutlicher und deutlicher, größer und größer, da weiß er, Wollbein kommt auf ihn zu.
Der Jungfuchs ist dem Hasen dicht auf den Fersen – da schießt der Alte hoch, schneidet dem den Weg ab und schnappt ihn. Er frißt sich am Lendenstück nudelsatt – und überläßt dem Helfershelfer gnädig den Rest. Der Name des Jungen aber wurde dem Alten von Stund an klar; er benannte ihn nach seinen Eigenschaften – schlechthin den Läufer.
Jetzt war nur noch ein Namenloser übrig.
An einem anderen Tag ging der Alte eines Morgens mit den Pflegekindern an einem dichten Buchengehölz entlang auf eine Wiese zu, auf die das Rehwild häufig austrat, um zu äsen.
Es wehte ein heftiger Wind; der Wald lärmte so laut, daß selbst

der Schritt von Menschen wenig Bedeutung hatte – einen Fuchs würde selbst eine Maus kaum hören können.

Still! Dort drüben steht ein Reh und äst.

Die Jungen werden am Rande der Stangenbuchen zurückgelassen, und der Alte beginnt auf das Wild zuzuschnüren.

Die Sonne steht noch tief unter dem Horizont, keine Farbe ist zu sehen. Es gleicht einem der vielen Maulwurfshügel der Wiese.

Husch, da wirft es plötzlich auf; im selben Augenblick aber hält der Alte jäh inne und steht wie angenagelt.

Bald gibt sich das Reh dem Äsen wieder hin. Es besitzt nicht genügend Selbstbeherrschung, um gründlich zu sichern und die Forderung seines hungrigen Magens zu unterdrücken.

Der Alte hat seinen Weg klüglicherweise so gewählt, daß zwischen ihm und dem Tier sich ein freiliegender Stein befindet. Je näher er diesem kommt, desto besser ist er durch ihn gedeckt.

Jetzt endlich kann er sich ganz dahinter verstecken, er kann verschnaufen und sich recken und in aller Gemütsruhe hervorlugen.

Ja, das Tier ist fortgesetzt mit der Äsung beschäftigt. Es ist ihm so nahe, daß er die Falten in seiner Decke und die Haarzotteln sehen kann. Es ist ein Kitzbock – aha; immer sind es bis jetzt die Kitzböcke gewesen, denen er so erfolgreich auf den Pelz rücken konnte.

Diesmal aber hatte er doch fast die Rechnung ohne den Wirt gemacht . . . mit einem Ruck wirft das Kitz erneut auf, gerade als der Alte am wenigsten darauf vorbereitet ist; er sieht die Trichter seiner Lauscher, die dunklen Perlen der Lichter und die Windfangflügel, die witternd winden.

Aber er hat den Wind gegen sich – und der Alte liegt unsichtbar in sein Versteck gedrückt. Jetzt freilich handelt es sich für ihn darum, die Ehre zu retten!

Er schleicht hinter dem Stein hervor und kriecht bäuchlings wie ein Wurm über die Wiese heran. Die letzten zwei, drei Meter legt er dann in fliegendem Sprung zurück. Aber der Bock ist behende. Er kann gerade noch kehrtmachen und geht in wilder Flucht ins Stangenholz hinein.

Der Alte folgt ihm auf den Fersen; er kann ihm beinahe die Hinterschalen lecken – aber einen Lauf vermag er nicht zwischen die Fänge zu bekommen.

Da schnellt vom Rande der Buchenstangen, gerade als das Kitz sich gerettet wähnt, ein roter Ball hoch; er springt dem Kitz an die Kehle und hängt sich dort fest. Es ist der »Entenjäger«, der große, drollige Jungfuchs, der sich seinerzeit damit unterhielt, das Hölzchen zu erdrosseln.

So hatte er denn auch seinen Namen; der Alte sah ihn mit einem vielsagenden Augenblinzeln an und nannte ihn – den Schächter.

Der Schächter

Der Schächter war überhaupt ein seltsamer Fuchs. Sein Kopf war unverhältnismäßig groß; er hätte fast eher zu einem Wolf gepaßt. Der Windfang war spitz, aber kurz, und wenn er den Rachen öffnete, zeigte er ein Paar Fänge, die im Verhältnis zu seiner Größe wohl furchtbar genannt werden mußten.

Der Hals war so muskulös, daß er sich wie ein Baumstamm anfühlte, der Rücken war wie aus Drahtseilen gedreht, und Ober- wie Unterleib konnten an eine Bulldogge erinnern. Er war kratzbürstig, verdrossen und zänkisch, und wenn ihn der Hafer stach, konnte er auf alles mögliche verfallen.

Schon als kleiner Wicht hatte er sich ausgezeichnet!

Ihm war es zu verdanken, daß die Jungen überhaupt gerettet wurden. Unter seiner Führung hatten sie sich seinerzeit durch das Hügelloch vorwärtsgeschoben – und er war es, der sich so hartnäckig an den alten Rüden gehängt hatte, daß dieser ihn hatte abschütteln müssen.

Schon in der ersten Nacht, nachdem der Alte ihnen gezeigt hatte, wie man es anstellte, eine Maus zu fangen, erbeutete er ohne Hilfe und auf eigenen Entschluß seine erste. Sie lag tot im Gras neben ihm, aber noch blieb er unverdrossen neben dem Loch sitzen – er war so überzeugt, daß er noch eine erwischen würde!

Dann endlich gab er es auf, um in Ruhe und Frieden seinen Raub zu genießen.

Aber der war fort; Brüderchen hatte sich ungesehen herangeschlichen und stand nun da und leckte sich mit Behagen den Fang. Wütend sprang der Schächter ihm an den Nacken; aber mehr als ein reumütiges Tutetue konnte er doch nicht aus ihm herauspressen!

Der Braten mit Flügeln: der Star, der so plötzlich zu einem Punkt hoch oben in den Lüften wurde, hatte einen unauslöschlichen Eindruck auf ihn gemacht. Seit jenem Tage lag er oftmals unter den breiten Ampferstauden am Bach auf der Lauer, dort, wo die Vögel zur Schwemme und zum Baden kamen!

Eines Morgens kam als erste eine Holztaube, um zu trinken. Sowie der Vogel aus der Luft herniederfiel, gab es ihm förmlich einen Ruck – denn das war nun endlich einmal ein annehmbarer Braten! Aber die Entfernung erschien ihm einerseits zu groß, andererseits hatte er sich das Kleinod des Raubtiers noch nicht angeeignet – die Entschlossenheit.

Die Taube trinkt schnell; sie schaukelt nur einen Augenblick auf der Brücke der Wasserlilien und der verschlungenen Wasserpflanzen, taucht den Schnabel tief ins Wasser und nimmt saugend einen langen Schluck – dann ist sie schon wieder auf den Schwingen.

Kurz darauf kam ein Buchfink heran; er wippte mit dem Schwanz, flog jetzt auf einen kleinen Erdhügel, guckte ins Wasser und fing an, sich zu schütteln, daß die Federn wie ein Wolkengebraus von ihm abstanden. Da wußte der Schächter, daß hier ein Raub winkte, denn dieser Vogel wollte baden!

Der Buchfink schien Angst zu haben, daß er hier im Wasser keinen Grund hatte, denn er lief am Ufer auf und ab und prüfte immer wieder mit dem Schnabel die Tiefe. Endlich fand er eine Stelle, die ihm zu behagen schien – und auf anmutigste Weise breitete er nun die Schwingen, streckte die Beine aus und ließ sich in das seichte Wasser fallen. Er tauchte gehörig unter, legte sich bald auf die eine, bald auf die andere Seite und schlug mit den Flügeln, so daß das Wasser rings um ihn her aufspritzte – da war der Schächter schon mit einem Sprung über ihm; er schlug die Pranken in der Luft um den Vogel zusammen, so wie wir eine Mücke fangen.

In einer der vielen unbewohnten Röhren des Hügelloches hatte ein großer Vogel seine Wohnstatt gehabt; er war vorwiegend weiß, mit braunen und schwarzen Flecken gesprenkelt. Er hatte einen roten Schnabel und schnatterte wie eine Ente. Jeden Morgen, wenn die Jungen auf der Plattform frische Luft schnappten, ging er zum Sumpf hinunter, um zu trinken.

Die kleinen naseweisen Reinekes hatten ihn mit Neugierde beobachtet. Der Alte hingegen schien ihn keines Blickes zu würdigen. Er betrachtete ihn als seinen Hausgott, als die gute Fee der Höhle.

Ein paar Tage, nachdem der Schächter dieses Glück mit dem Buchfinken gehabt hatte, wagte er sich zur Brandente hinein, die in der Röhrenmündung lag und ihre Eier ausbrütete. Sie zischte ihn an und schnappte nach ihm. Er aber zeichnete sich schon damals durch auffallenden Mut aus und fuhr auf sie los. Da kehrte sie ihm im Handumdrehen ihren Spiegel zu und versetzte ihm einen Schuß mit einer derartig übelriechenden Flüssigkeit, daß er an die Luft sauste, um zu niesen und sich im Sand zu wälzen. Es biß ihm in der Nase, als sei er von Bremsen gestochen, und keiner wollte etwas mit ihm zu tun haben. Drei Tage lang mußte er an der frischen Luft schlafen und ganz für sich allein – unter den Dornen. In der vierten Nacht aber rächte er sich, schlich an die Ente heran, biß ihr den Hals durch und fraß sich an den Eiern nudelsatt. Von diesem Tage an hatte der Schächter Blut geleckt und wurde eine furchtbare Geißel für alle Wildenten des Moors.

Hier in der Tiefe des Röhrichts hatte er sein gutes Revier! Er hatte die wundersame Gabe, sich verwandeln zu können. Er, das vierbeinige Tier, konnte eine Schlange aus sich machen! Er konnte die Schulterblätter über die Gehöre hochziehen und die Hinterläufe so weit nach hinten strecken, daß er fast auf den Schenkeln ging – so mußte er sich ja oft genug in der Röhre vorwärtsbringen – er reckte sich nun so weit aus, daß aus dem Fuchs ein Krokodil wurde, und schleifte den Bauch über den Boden.

Wo die Enten zum Schnattern zusammenkamen, versteckte er sich am Ufer unter alten Schilfhaufen. Hier konnte er auf dem Anstand liegen, fest an den halbnassen Grund gedrückt, stundenlang aus seinem Versteck lugend.

Eines Tages lagen drei große, flügge Entenjunge im Uferwasser des Sees dicht beim Binsicht. Der Wind kam vom See; es brodelte und kochte im Schilfversteck. Er kroch bäuchlings durch eine Rinne vorwärts, brachte sich in Lee und gelangte in den Schilfwald, verwandelte sich in ein Krokodil, kroch im Schutz von Tang und Schwertlilienbüscheln, von den Überresten der Winterstoppeln bis nah an die Enten heran. Oh, wie klang das Schnattern und Plappern ihm aufmunternd in den Gehören! Das Wasser stand ihm bis an den Bauch, er raffte sich zu einem Sprung zusammen, und wenn die Enten aufgepaßt hätten, so hätten sie merken müssen, wie der Tanghaufen sich plötzlich in die Höhe schob ...

Dann nutzte er den Augenblick aus, wo sie alle drei die Hälse unter

Wasser hatten. Er sprang auf sie und holte sich den Erpel – – und der war immerhin schon beinahe so groß, daß er mit ihm davonfliegen konnte!
Zahlreiche Erlebnisse, ja wahre Abenteuer hatte der Schächter hinter sich, bevor er zu den großen Jagdgründen der Güter kam. Hier auf diesen aber gedieh er auch über alle Maßen gut. Hier war er so ganz in seinem Element, hier gab es Mengen von schwachem und halbkrankem Wild, und oftmals kamen ihm »gelähmte« Kümmerer in den Weg.
Eines Nachts war er unversehens auf einen kranken kleinen Gabelbock gestoßen. Der war von einem Gesicht »gebissen« worden, einem Wilderer, der sich mit Hilfe von künstlichem Licht an ihn herangepirscht hatte. Lange Zeit hindurch hatte er gelitten, jetzt konnte er nicht mehr. Nicht laufen, nicht stoßen, er zog die Luft nur ein, indem er sich fest gegen den Erdboden drückte, um sich so klein wie möglich zu machen. Nach vielen Vorbereitungen und vielem Zaudern sprang ihn der Schächter endlich an, biß ihm den Halswirbel durch und zerriß ihm die Kehle – und dann trank er seinen heißen Schweiß. Die Fängerfreude leuchtete ihm wild aus seinen Augen; er war stolz wie ein König auf sein Glück.
So wurde er durch diese angeflickten Krüppel der großen Reviere geradezu in die Lehre genommen.

Lange dauerte es denn auch nicht, bevor er sein erstes Wollbein raubte. Es war nur ein Junghase – und er schlang ihn hinunter, als wäre er ein weiches Spiegelei! Bald aber wurde er kühner und machte sich auch an die älteren Tiere heran.
Namentlich jene Hasen, die nicht vergrämt waren, holte er sich mit Vorliebe als Raub. Wenn sie sorglos auf ihren Wechseln im Walde daherhoppelten, hier und da eine Blattknospe naschend, lauerte er ihnen auf und war wie ein Blitz über ihnen. Sein Fang war mit ungewöhnlichen Zähnen bewehrt, so daß er selten fehlgriff – und hatte er sie erst gepackt, dann behandelte er sie so vollendet, wie ein Terrier Ratten behandelt.
Dieser Raubjunker war mit großen Gaben ausgestattet, und ohne Zweifel war er der klügste von der Koppel. So ist es in der Natur; die individuellen Abweichungen innerhalb der Gattung sind groß – was ein einzelner genialer Bursche tun kann, machen ihm nur die wenigsten nach!

Was ihn aber am meisten vor den anderen Jungfüchsen auszeichnete, war sein Mut; von seiner frühesten Jugend an war ihm ja alles geglückt, und so wurde der Wagemut in ihm ausgebildet.

An einem Abend Ende des Sommers hätte er dennoch beinahe das Leben eingebüßt.
Er war in einen der Wälder geschlichen und schnoberte hier an einem Haufen verfilzten Gestrüpps: Hasel, Schlehdorn, Eberesche und Ulme bildeten gleichsam einen Fußsack um eine Gruppe alter Eichen. Zuunterst wuchsen Bingelkraut, Hundsveilchen und Sauerampfer; seine Pranken sanken tief ein in dem Gewimmel, und starker, würziger Duft kitzelte ihm in der Nase. Er schwamm wie durch ein grünes Meer, die Massen trugen ihn; tagesmüde Ameisen, die auf dem Heimweg begriffen waren, und schlaftrunkene Hummeln, die ins Bett wollten, wichen mürrisch aus, wo er sich zeigte. Dann gelangt er auf einen kleinen offenen Platz hinaus und – nein, welches Zusammentreffen!
Als er so groß war wie eine junge Ratte und noch in seiner Mutter Leib lag, war ihm so etwas wie eine Ahnung zuteil geworden, was er hassen müsse und was lieben. Er sollte sich selber, sein eigenes Wohlbefinden, sein Leben über alles lieben; alles andere, das ihm ins Gehege kam, sollte er aber hassen: Marder, Katzen, Krähen, Eulen, Hunde und vor allen anderen Geschöpfen dieses eine: das Gesicht!
Die beiden letztgenannten hatten außerdem noch einen Haken, diese beiden sollte er auch scheuen, denn sie standen sich gegenseitig darin bei, den Fuchs seiner Gesundheit zu berauben.
Hier aber stehen weder Gesicht noch Hund ihm plötzlich gegenüber; nein, die Begegnung hier gilt einem Wesen, für das der Haß gerade geschaffen wurde – es ist ein Marder, ein großes, altes Männchen, der geschickteste und ebenbürtigste Nebenbuhler des Fuchses.
Es sieht so aus, als seien sich beide Tiere über die Bedeutsamkeit des Augenblicks sofort klar.
Der Baummarder baumt von dem Fleck, auf dem er steht, als er dem Fuchs begegnet, auf einen alten Eichenstorren; er ist gewohnt, die Dinge aus der Höhe zu betrachten.
Der Schächter wendet seine Verwandlungstaktik an. Er bauscht sich auf, macht sich unnatürlich groß und wird zu einer lebendigen

Bürste, dann stelzt er knurrend mit hochaufgerichteter Standarte rund um den Storren, auf dem die Waldbestie sitzt.
Der Marder dreht sich immer mit! Seine vier Pranken hat er zu einem Bündel unter sich zusammengeschoben, schraubt sich rund um sich selbst, immer auf demselben winzigen Fleck verharrend. Seine vordem so kurzen Beine scheinen jetzt mit einem Male so auffallend lang und dünn zu sein – der Rest ist nichts als Rücken, turmhoch emporgereckt, von dem das Haarfeuer loht und funkelt.
Da endlich springt der Schächter zu; aber die Waldkatze ist wendig – wie ein Affe pflanzt sie sich auf den Rücken des Fuchses und beginnt nun, seinen Nacken mit ihren Krallen zu bearbeiten. Der Fuchs faucht und renkt sich aus, stemmt alle vier Läufe gegen den Erdboden und schüttelt sich, bald nach der Seite, bald nach vorn und zurück, indem er den Kopf zwischen die Vorderbeine steckt und wie ein Pferd nach hinten ausschlägt.
Das Untier aber sitzt fest. Der Schächter muß sich auf den Rücken wälzen, er kann diesen Wollkamm nicht ertragen. Er schmeißt sich auf den Waldboden und versucht, sich zu reiben – auf diese Weise müßte er doch, zum Henker, den Vampyr abschütteln können! Aber nein! Der Marder rückt blitzschnell auf die Seite und krallt sich an der Brust des Fuchses fest, und wie der Schächter sich auch dreht und wendet, dieser verteufelte Turner geht immer mit. Er will ihn ersticken, ihm an die Kehle gehen; aber der Baummarder reißt an seinen Gehören und zerfetzt seinen Fang, daß der Schweiß trieft. Da schießt er vom Boden hoch und stürzt halb von Sinnen vor Schmerz durchs Holz, den Marder als lebendige Klette auf dem Rücken mit sich tragend. Er wirft sich gegen die Bäume, drängt sich im Lauf zwischen den dicksten Stämmen hindurch, um womöglich auf diese Weise den Reiter loszuwerden. Er nimmt mit Umsicht den Weg quer durch dichtes Gestrüpp, jagt durch Dorn und Tann in der Hoffnung, daß die Bestie davon zerrissen würde.
Aber alles dies hilft nicht! Der Marder übt Rache von alten Zeiten her. Die rote Fuchswolle fliegt in Büscheln von seinen Pranken, und dem Schächter rinnt der Schweiß von den Seiten.
Mit einemmal sieht er einen Waldsee vor sich blinken. An den Ufern steht das Binsicht in grundlosem Morast. Aber der Schächter springt hinaus, Schlamm und Modder spritzen ihm um die Gehöre, er taucht wie ein Otter und kühlt seine Wunden. Da löst der Marder seinen Griff. Ein Ritt durch das nasse Element ist ihm denn doch

zu bunt. Er stößt vom Rücken des Fuchses ab und will sich mit einem Sprung eilends an Land retten.
Da aber wendet sich das Blättchen; jetzt ist es der Schächter, der die Oberhand hat. Von seinen Kindheitsfahrten im Moor ist er die Nässe gewöhnt. Er pflanzt sich jetzt seinerseits auf dem Rücken seines Widersachers auf, er drückt ihn unter Wasser und läßt ihn unaufhörlich tauchen. Der schnaubt, gurgelt und spuckt fortgesetzt, da merkt der Schächter plözlich, wie der Gegner nachgibt, er steckt den Fang ins Wasser und taucht nach ihm, aber er ist fort, weg – er ist heimgegangen!
Das war des Schächters Glanztat, dieses Ereignis mit dem Marder; aber, hilf Himmel, wie sah er auch aus! Er hatte ja einen ganz zerrissenen Balg; hätte der Schlamm, nachdem er trocken geworden war, nicht Schorf und Verband gebildet, wer weiß, wie dies ausgegangen wäre.

Der Sommer hatte eingesetzt. Die Füchslein waren nun keine Füchslein mehr, sie waren junge Füchse und hatten alle längst warmen, sprudelnden Tierschweiß zu kosten bekommen. Aus den kleinen, gelben, namenlosen Dingern hatten sich mit der Zeit Wesen mit Klugheit und Mut entwickelt; die verschiedenen Eigenschaften, die in ihnen geschlummert hatten, waren im Begriff, zum Bewußtsein zu erwachen und den Kopf zu heben, der Alte ahnte mit Stolz, wozu die Füchslein taugten.
Hart verfuhr er mit ihnen, biß oft nach ihnen und züchtigte sie – wollten sie in dieser Welt leben, deren sich die Gesichter bis zu einem gewissen Grad bemächtigt hatten und die sie nun umformten, dann mußten jene lernen, ihren Platz zu behaupten.
Schläue genügte nicht. Auch List nicht, Mut keinesfalls, nicht Kraft, nicht Scheu – nein, am wichtigsten von allem war es, sich verleugnen zu können, seiner Natur entgegen zu handeln, entgegen seinem Hunger, seinem Raubtrieb, seinem Durst nach Schweiß; denn gerade dort, wo die Lockung am alleraugenfälligsten war, dort war die Falle.
Diese guten Ratschläge nannten die Jungen Moralpredigten, sie verstanden sie nicht ganz und verschwitzten sie schnell wieder; irgend etwas blieb doch immer hängen, etwas, das auch festsaß: das Mißtrauen gegen die Umwelt. Durch dieses sollte ein Fuchs sich seiner Haut wehren.

Wenn sie umherstreiften und dabei eine gute Putenkeule an einem Baumstamm hängend fanden oder einen Hasen sahen, der auf einem Stumpf hübsch einladend zurechtgelegt war, so sagte ihnen ihr Mißtrauen, daß es hier nicht mit rechten Dingen zugehen konnte. Es war zu ungewöhnlich, daß man so einen bequemen Braten finden sollte. Schnupperten sie dann daran herum, so hatte er eine welke, schwache Witterung, sie rümpften die Nase – nein, sie waren Besseres gewohnt, sie brauchten sich nicht an einem derartig üblen kalten Tisch zu sättigen.

Ihre glänzenden Wildfängereigenschaften hatten sie, dank der Pädagogik des Alten, sehr wählerisch gemacht im Hinblick auf die Nahrung, sie waren mit warmem und schweißendem Wildbret so verwöhnt worden, daß es ihnen schon allein aus diesem Grunde schwerlich einfallen konnte, ein Tier anzurühren, das sie verendet fanden. Wenn andere Füchse nach geglücktem Raubzug, wenn sie sich dick und voll gefressen hatten, sich schwer und satt daranmachten, die Überreste ihrer Mahlzeit zu vergraben, dann gingen diese großen Herren von dannen – sie rührten Aas nicht an. Das war ihnen von großer Hilfe im Kampf gegen den ärgsten Feind des Fuchses, das Strychnin, das die Reihen der weniger begabten Reinekes lichtete.

Noch aber konnte es geschehen, daß die großen, fast ausgewachsenen Jungfüchse wie damals, als sie noch kleine Bürschlein waren, aus Herzenslust ihre Spiele spielten. Sie jagten dann in einem geschlossenen Ring um irgendeine Tanne, sich gegenseitig in die Lunten beißend. Es war nach Ansicht des Alten, der sie zufällig öfter in diesem kindischen Treiben überraschte, der beste Beweis, daß der Ernst des Lebens ihnen noch nicht so recht aufgegangen war.

Denn das weiß doch ein jeder, angesichts seiner Fülle gehen alle sanfteren Gefühle unter!

Tutetues Talente

Tutetue war das genaue Gegenteil vom Schächter!

Er war ein kleiner, schmächtiger Fuchs mit einem Paar ungewöhnlich habgieriger Seher. Das kam daher, daß er während seines Wachstums niemals recht genug bekommen hatte, immer hatte er sich mit dem begnügen müssen, was die übrige Koppel verschmähte.

Während die großen Jungfüchse auf freier Bahn jagten, blieb er für gewöhnlich abseits und trieb auf eigene Faust. Seine Gaben waren beschränkt und seine Anlagen gering, er konnte kein Hochwild rauben und nicht Schritt halten, wenn die Koppel in ihrem wilden Galopp von dannen jagte. Seine vornehmsten Braten waren Mäuse.

Schon bei der Stubendressur des Alten daheim vor der Höhle hatte er sich ja durch seine Schläue ausgezeichnet, mit der er Mäuse griff, und jedesmal, wenn er später mit der Koppel draußen war, hatte es sich bestätigt, daß er gerade für diese Jagd besonders befähigt war.

Sein Gehör war ausgezeichnet; sein Schritt und seine Bewegungen, selbst für seine eigenen Ohren, lautlos. Dann war er außerdem rasch im Springen und schnell im Graben – ja, er war vorzüglich geeignet für diese Hautwurst-Jagd!

Wo die Schauerjungen ihren Sitz im Walde hatten, dort war er oft zu finden. Das Geheul übte eine gewisse Anziehung auf ihn aus – er konnte stundenlang dasitzen und zusehen, wie die alten Eulen mit Mäusen angeflogen kamen für ihre Jungen. In einem Augenblick war die Maus gekröpft, und nur der Schwanz hing aus dem Schnabel. Das Junge rollte abscheulich mit den Sehern, und Tutetue hoffte, es möge ersticken oder jedenfalls den großen Mundvoll wieder ausrülpsen. Zu seinem ungeheuren Leidwesen aber wurde der Mäuseschwanz kürzer und kürzer – – der Kloß glitt hinunter. Da wirkte die Einbildungskraft, er leckte sich lange voller Behagen den Fang.

Tutetue war nicht anders als die meisten Füchse. Er war nur ein Dutzendfuchs geworden, bieder wie Hunderte von Reinekes es sind – mit Frechheit begabt an Stelle von Mut, mit einem Hang zum Stehlen an Stelle von Raublust. Die Koppel überließ ihn sich selber, warf ihm hier und da einmal eine Hasenkeule zu oder zeigte ihm auch den Weg zu dem Ort, wo das abgenagte Rückgrat lag.

Seine Erlebnisse waren von der Stille und Gemütlichkeit seines Daseins geprägt. Er kannte nicht das wahnsinnige Brausen des Todeslaufs, wenn man Stunde auf Stunde dem flüchtenden Hasen nachjagte. Er hatte nie das Kampfgetümmel vernommen, wenn man auf irgendein krankes oder angeflicktes Stück Wild losging, und nie hatte er die nervenaufreizende, geradezu haarsträubende Spannung verspürt, die sich einstellte, wenn man plötzlich im Dunkel der Nacht einem sprühenden Marder oder Dachs von Angesicht zu Angesicht gegenüberstand. Er wich dem allen aus, ging ihm immer aus dem Wege, kroch vor einem Ruf ins Versteck und ließ sich durch ein Gekläff verscheuchen.

So im kleinen aber war sein Tag dennoch ganz interessant. Er machte seine Beobachtungen und war zufrieden mit den gewöhnlichen Lebensumständen eines Reineke.

Er lernte besonders die innere Seite der Natur kennen, die, die nur der Forscher sieht! Die äußere Seite – die alle bemerken – die Bäume, Büsche, Pferde, Kühe und größeren, noch wildlebenden Tiere und Vögel, die ganze Welt, in der die Koppel sich bewegte, war ohne Wert für ihn. Er war ihr nicht gewachsen; er war ja so klein – machte er sich an das Große heran, so wurde er umgeworfen. Die Laufkäfer, die Maikäfer und die fetten Mistkäfer wurden sein besonderes Gebiet. Er kannte sie auswendig, wußte, wo sie sich aufzuhalten pflegten, und konnte sie voneinander unterscheiden allein durch das Geräusch ihrer Fluchtschritte. Er pusselte, er wuselte; er jagte nicht!

Morgens, beim Tagesgrauen, wenn er gesättigt heimkehrte, konnte er Stunden zwischen den Tannen vor der Höhle liegenbleiben. Dann entging ihm nichts:

Eine große Kreuzspinne ist hervorgekrochen und beginnt die Tautropfen aus ihrem Netz zu schütteln. Diese schimmernden Wasseraugen lassen ja die Maschen sichtbarer hervortreten und bewirken, daß der kleine Trapper nichts fängt.

Von der Radnabe des Gewebes geht der Weg nach dem Radkranz hinaus – und mit jedem Schritt, den die Spinne tut, greifen ihre vordersten beiden Bogenbeine um die gespannten Fäden, die sie anzieht, wie wenn ein Stimmer an einer Klaviersaite zieht.

Auf diese Weise erkundet sie gleichzeitig die Stärke des Netzes und erfährt, wo es nötig sein könnte, mit einem Spannfaden auszubessern.

Plötzlich kommt eine Schnecke in bedrohliche Nähe des Spinngewebes!

Langsam und besinnlich, aber zäh und ausdauernd gleitet die Schnecke über ein großes Klettenblatt dahin; sie sieht von weitem aus wie ein schwerer, vollbeladener Frachtdampfer.

Zwei lange Fühler tasten sich weit abstehend vorwärts. Zwei kleinere ragen darunter hervor. Unablässig sind diese Forschergeräte in

Bewegung – die langen haben die Höhe zu beobachten, die kleineren den Boden!
Bald erreicht die Schnecke das Gewebe der großen Spinne.
Die Spinne ist längst fertig mit ihrer Morgenuntersuchung, ist an einem Faden entlanggeeilt und wieder in ihr Versteck zurück unter einem eingesponnenen Blatt. Aber sie schläft nicht – nein, sobald sie ihr Netzgeflecht bedroht sieht, kommt sie wie ein Hund aus ihrer Hütte heraus und eilt auf den Friedensstörer zu. Mit ihren beiden vordersten langen Spinnenbeinen, die krumm sind wie ein Winkelmaß und rauh wie eine Feile, macht sie sich daran, der Schnecke über die Fühlhörner zu bürsten, so daß der »Schiffer« schleunigst das Ruder umlegen und in einer anderen Richtung weitersteuern muß.
Jetzt aber meint Tutetue, der genug von der Zerstreuung hat, daß es an der Zeit sein könne, sich eine reellere Ausbeute zu holen. Er sperrt den Rachen auf und streckt den Lecker heraus – dann schleckt er Spinne, Schnecke, Netz und Tautropfen auf einmal herunter.
Während die anderen Jungfüchse selten einmal am Tage hervorkrochen – die Welt kam ihnen so phantastisch vor, wenn die Sonne leuchtete, alles nahm sich so ganz anders aus, als sie gewohnt waren, Steine, Bäume, Buschwerk, Hecken enthüllten ja eine ganz andere Mannigfaltigkeit von Eindrücken als in der nächtlichen Beleuchtung –, dann hatte Tutetue seinen Spaß daran, einen kleinen Ausflug zu unternehmen. In einer Mittagsstunde, als er auf dem Wechsel unter dem Tann von dannen geschlichen war, stößt er auf einen von Spannerlarven völlig kahlgefressenen Dornbusch. Der sieht so absonderlich aus, wie er dort inmitten der Sommerüppigkeit steht, nackt und ohne Hülle. Rings auf den Dornen sieht er einige Schalen hängen von köstlicher Färbung. Erst glaubt er, es seien Schneckenhäuser; aber nach näherem Beschnuppern steigt ihm der Geruch von etwas Lieblichem in die Nase, wie von erstarrtem Eigelb.
Ah, es sind Eier – und er schlabbert sie gierig ein.
Dann entdeckt er plötzlich an einem anderen Zweig einen vertrockneten Braten: die Überreste eines jungen Vogels!
Lange ist es ihm aber nicht vergönnt, sich hier zu erquicken; ein wütender Vogel mit rosafarbener Brust kommt herbeigesaust und schilt ihn aus. Er hat sich in die Schlachtbude – oder Folterkammer, wenn man will – des Würgers gewagt!

Tutetue muß abzuckeln und sich schleunigst unter einigen kleinen Tannen verstecken; hier bleibt er lange Zeit sitzen und lauscht.

Er lernt aus den wunderlichen Lauten der Natur: dem Sieden der Nadeln, wenn der Wind hindurchfährt, und dem Blätterrascheln der dazwischenstehenden Laubbäume. Er sieht den seltsam gefärbten Motten nach, die ab und zu, indem sie einen Flügel heben, ihre Gegenwart kundtun, und er hört, wie die Jungen der Schwarzdrossel über seinem Kopf nach Futter schreien. Mit einem Male aber wird ihm angst – ein kleiner grauer Vogel hat ihm, ohne daß er es bemerkte, in sein Versteck geguckt, und er fängt auch sogleich an, diese Entdeckung zu verkünden.

Tzitzitzi, zickert die Gartengrasmücke, tzitzitzi – und sie fährt fort zu schelten, bis das Amselmännchen herzukommt.

Da scheint es Tutetue am ratsamsten, sich aus dem Staube zu machen – gottlob, er ist nur dreißig Schritte von der Höhle entfernt.

Ein andermal wagte er sich weiter fort.

An jedem Fleck auf seinem Wege, der nur die Andeutung eines Mauselochs verriet, mußte er haltmachen, um daran zu schnuppern. Und sofort war es, als zerre und ziehe etwas in seinen Läufen, so daß er scharren mußte, das Loch ausheben mußte – so verlangten diese es.

Alle Löcher in nächster Umgebung der Höhle waren so groß ausgescharrt, daß man meinen könnte, er habe hineinwollen, um sich in ihnen zu verstecken. Es war also höchste Zeit, daß er sich ein neues Revier suchte!

Auf diesem Ausflug nun geschah es, daß er auf einen Erdhaufen trat. Er fühlte, wie die Erde weich war, wie sie förmlich unter ihm nachgab, ihm war, als bewege sich etwas darin, es wich, es kroch davon, um seiner Pfote zu entrinnen – und mehr Erfahrung hatte er damals noch nicht, als daß er glaubte, was sich so benahm, müßten unweigerlich Mäuse sein.

Unverzüglich machte er sich ans Wühlen und Graben – oh, es geht so leicht. Die Erde fliegt unter seinen Pfoten beiseite, und die Krumen, die wie Staub riechen, spritzen ihm um die Ohren. Hier hat er aber ein nachgiebiges Loch gefaßt. Schnell hat er sich so tief in den Haufen eingebohrt, daß er, wie er zu tun pflegt, seine spitze Nase tief hineinstecken und sich die Witterung merken kann, indem er sie in tiefen Zügen einatmet.

Pfui! Da sind die Nasenlöcher schon voller Schnupftabak; er muß in einem fort schnauben und niesen und sich gehörig mit den Vorderläufen reiben.

Aber es hilft noch immer nicht; der Schnupftabak sitzt fest, er sticht ihm in die Lefzen ... es fühlt sich an wie Raupen, es verursacht mehr Pein als sonst, bald beißt es ihm in die Seher und bald um Zahn und Kinnladen. Er gerät völlig aus dem Häuschen und läuft spornstreichs nach Hause. Da war er in einen richtiggehenden Ameisenhaufen getreten!

An diesem Nachmittag schlief er nicht; er hatte nirgendwo Frieden. Aber er lernte, daß viele Ameisen schlimmer sind als die Flöhe des Alltags.

Und auch das war ja eine Erfahrung.

So für sich war Tutetue aufgewachsen!

Ein Wildtöter wurde nicht aus ihm; er war ein durchschnittlicher Reineke, ein Fuchs, dessen größte Hoffnungen darauf hinausliefen, einmal Hühner und Enten zu fangen.

Der Herbst hat eingesetzt.

Die jetzt eben fast ausgewachsenen Jungfüchse schwärmen immer öfter auf eigene Faust aus. Sobald es dämmert, brechen sie nach Gutdünken auf, jeder in eine andere Richtung; sie gehen auf Abenteuer aus in einem Abstand von acht, neun Kilometern von der Höhle, setzen Windfang und Gehöre in Tätigkeit, lauern und lauern. Dadurch entwickeln sie ihre individuellen Eigenschaften und bauen weiter auf dem, was der Alte sie gelehrt. Dann, wenn der Tag graut und die weißen Gesichter sich erheben, eilen sie wieder nach Hause zum Tannenversteck in der Rotsandhöhle.

Nur Tutetue kann man immer – sogar am hellichten Tage – ringsum in Feld und Wald antreffen. Er liegt lauernd in den Kartoffeläckern, schleicht in der Mittagsstille unbekümmert in die Höfe und versucht sich an Hühnern. Er reizt die ganze Gegend auf und macht ihre friedlichen Bewohner geradezu kriegerisch. Tutetue ist schließlich mit diesen Diebsjagden weit gekommen. – Schmächtig, wie er ja ist, kann er fast überall durchschlüpfen. Er gräbt sich unter Drahtzäunen durch, preßt sich durch Spalten und scheut sich nicht, seine Kräfte an dieser oder jener schadhaften Hühnerstalluke zu messen.

Während die Koppel Wild jagt, als geborene Wildtöter, nimmt er jede Gelegenheit wahr, zu stehlen, nur zu stehlen; er ist so schlau, so pfiffig geworden durch das, was Schnecke und Spinne ihn gelehrt haben, daß er sehr wohl an die Spitze einer Koppel Hühnerdiebe gesetzt werden könnte.

Sein Meisterstück hat der Bursche indes noch nicht vollbracht.

Da geschah es aber in einer pechschwarzen, sternenklaren Septembernacht ...

Er war auf seiner Streife ganz aus dem Gleis geraten, war im übrigen mehrere Tage und Nächte nicht in der Tannenhöhle gewesen, sondern hatte sich in Rübenäckern versteckt und sich am Tage von Unterschlupf zu Unterschlupf weitergeschnorrt. Er war bis tief in eines der Gutsreviere gelangt. Hasen und Fasanen huschten zu Haufen um ihn herum ... er versuchte sie zu fangen, aber es gelang nicht – stehlen konnte er, fangen indessen nicht.

Er begegnete einem anderen Fuchs, einem Landstreicher, ohne Erziehung und Erfahrung – und sie blieben ein Stück Wegs beisammen.

Sie waren hungrig, hatten aber irgend etwas Freßbares noch nicht gefunden; jetzt zuckelten sie an einer Hecke entlang und stießen unversehens auf Braten – siehe, dort lag er ja ganz offen vor ihnen. Es waren Grauammern, zwei leckere Grauammern – und es waren zwei, also eine für jeden von ihnen! Tutetue fuhr auf die seine los; als er aber daran herumschnüffelte, kam ihm eine Erinnerung – der Braten war kalt!

Der Landstreicher aber war nicht faul; er hatte schnell seinen Teil verschlungen und lief nun gierig mit dem des anderen davon.

Nach Verlauf von einer geraumen Weile gelang es Tutetue endlich, ihn einzuholen.

Da wurde der Giftfuchs mit einem Male »spanisch«, er betrug sich wie ein Mistkäfer, den man auf den Rücken gedreht hat, er warf sich herum, focht mit den Beinen in der Luft und fuhr dann wieder hoch, dabei seinen Rachen so gewaltig und gähnend weit aufsperrend, daß es aussah, als wolle er alle seine Eingeweide ausspeien. Dann plötzlich blieb er liegen!

Er lag auch in der nächsten Nacht und in der übernächsten dort – kalt, kalt, kalt.

Und in jener Nacht vollführte Tutetue vor dem »Hügelloch« sein Meisterstück.

Es fing damit an, daß er im Fasanenhof in die Falle ging. Er witterte die Vögel dort drinnen, fand einen engen Durchgang durch eine Röhre und grinste schon über die Dummheit der Gesichter – klatsch, da tritt er auf das Stellholz, und die Falltür schmettert hinter ihm zu.

Vor ihm ist die Falle lediglich mit Drahtgeflecht verschlossen. Will er weiter, so muß er also diesen Weg wählen – und er beißt und sägt, reißt die Kiefer blutig und lockert mehrere Zähne. Aber hinaus gelangt er, das heißt, in den Fasanenhof hinein.

Er weiß es nicht, jedenfalls zu Anfang nicht, denn die vielen warmen Braten auf gestutzten Flügeln machen ihn völlig wild. Sie brausen ihm um die Gehöre, sie kitzeln ihm um die Nase, während er wie berauscht hinter ihnen dreinjagt. Er schneidet, so schnell er kann, beißt und spuckt wieder aus – er ist nahe daran, an den Federn zu ersticken!

Er ist nicht mehr ein Dieb, er ist zum Lustmörder geworden; er reißt alles, was ihm in die Quere kommt; die warme Witterung von Vogel und Blut überwältigt ihn in einem solchen Grade, daß er nicht müde wird, die Schwärme totzubeißen. Über ein halbes Hundert Fasanen liegen schon tot oder verendend ringsum im Auslauf; nur einige wenige sind immer noch am Leben. Endlich steht er mit dem letzten im Fang da und kommt zur Besinnung.

Er will jetzt fort, er will einiges von seinem Überfluß bergen, er will ihn vergraben, da – o Schrecken – rennt er gegen das Gitter, das er im Laufe der Nacht während seiner wilden Jagd wohl hundertmal gestreift hat, ohne es zu merken. Nun war er ja ebenso weit!

Der Fasanenhof war ja nur eine andere, größere Falle, zwei Meter hohes Drahtgeflecht umhegte sie auf allen Seiten, und oben hing das Geflecht wie ein Besatz über. Er nahm einen Anlauf und sprang zu – vergebens! Er versuchte hier und da – vergebens! Er wurde verrückt vor Schrecken und hätte sich fast zu Tode gerannt, hetzte hin und her, stolperte über die toten Fasanen, deren er jetzt überhaupt nicht mehr achtete als der Steine, auf die er trat. Da endlich fand er sich selber oben auf einer Tonne sitzen, die etwas vom Gitter entfernt stand. Er nahm die Sterne zum Ziel und sprang auf den Himmel zu – und da entkam er wirklich.

Es war eine glänzende Tat; niemand aber war da, der ihn dafür lobte. Stehlen und gut aus der Patsche kommen – das war ja Tutetues besondere Kunst.

Die erste Beute

Aus den Jungen waren prächtige Füchse geworden.
Das Jungenhaar war jetzt ausgefallen und die täppischen Bewegungen, das Komisch-Ungeschickte und Schlotterige war spurlos verschwunden. Sie hatten Barthaare bekommen und Augenwimpern von erstaunlicher Länge, dazu eine spitze, verschlagene Fratze. Das Haar lag wie langhalmiges Gras über dem Wald der Wolle, und das Chaos des Herbstes flammte in den schönen Farben ihres Balges auf. Am Rücken entlang lief das Brandrot der Buche, an Bauch und Flanken das Goldgelb des Bergahorns, der schwarze Schlamm des Moores war auf Gehören, Läufen und Brust abgemalt, die Lunte war eine Miniaturprobe des farbigen Waldes selber, und über das Ganze hatte, um den Schutz noch wirksamer zu machen, gleichsam das Halbdämmer mit seinem lichtschwachen Pinsel hinweggestrichen. Sie hatten Lunten so lang wie ihr eigener Körper mit einem Haargebraus so voll, wie der Körper dick war – o ja, es waren ausnahmsweise einmal vier stolze Füchse.
Sie bildeten jetzt keinerlei Gemeinschaft mehr.
Das bißchen Geschwistergefühl, das ihnen allen angeboren war, hatte das Leben sehr schnell ertötet. Sie katzbalgten sich mehr, als sie sich küßten. Wenn sie in tiefer Dämmerung aus der Höhle traten, mißmutig gähnend, hungrig und habgierig, gerieten sie häufig aneinander, bissen zu und bleckten die Fänge – im Dunkel der Nacht trennten sie sich wieder und gingen einzeln auf Jagd aus.
Oft aber konnte es geschehen, wenn einer von ihnen Wild aufgestöbert hatte und es nun durch die ganze Landschaft hetzte, daß die übrigen auf das Vorhaben des Bruders aufmerksam wurden.
Dann schlossen sie sich dem Verfolger an.
Sie taten es aber, ohne es selber recht zu wissen, sie kamen sich eher wie die eigentlichen Verfolger vor, jeder für sich hetzte auf die ihm eigentümliche Weise das Wild, das auch der andere trieb.
Während sie sich so gemeinsam ihrer Leidenschaft hingaben und jagten, daß ihnen der Geifer aus dem Fang troff, waren aller Neid und alle Mißgunst zwischen ihnen verschwunden. Da waren sie auf einmal wieder ein Geheck ... es ging über Stock und Stein, Tal und Hügel; unbewußt wandten sie ihre besonderen Fertigkeiten an und dienten dadurch der Sache; dem Raub der Beute, dem Tod des Wildes – da wurden sie zur Koppel.

Und so eigneten sie sich nach und nach die große Kunst an: in Gemeinschaft zu jagen. Die Erfahrung war ihr Lehrmeister. Wenn sie für sich allein jagten, so konnten sie Stunde auf Stunde hinter einem armseligen Hasen herlaufen, er entkam immer wieder und hielt sie noch obendrein zum Narren. Aber so gut wie viele Hunde wurden auch viele Füchse dem Wollbein zum Verhängnis – – erst wenn der Schächter es packte, wenn sie über den Raub herfielen und mit einem gierigen Haps jeder seinen Teil an sich zu reißen versuchte, erst da war im selben Augenblick die Einigkeit vorbei, da fraßen sie jeder für sich unter gegenseitigem Neid abseits ihren Anteil auf und prügelten sich hinterher um die Überreste.

Eins, zwei und ein Sprung ... eins, zwei und ein Sprung ... Ein Rehbock in sonnenroter Decke kommt durch den Wald!

Sein fülliger Körper auf den schlanken Läufen wiegt sich unter eleganten Sprüngen durch das Laubdickicht des Unterholzes. Er springt schnell und leicht. Seine Tritte sind fast nicht zu hören.

Das hohe Gras der Lichtungen und die großen Adlerfarne schmiegen sich dicht um seine Flanken und schlagen über seinem Rücken zusammen. Es sieht jetzt aus, als schwimme er durch den Bodenwuchs.

Da bleibt er mit einem Ruck stehen und verhofft in Laufstellung mit gekrümmtem Hinterlauf und erhobenem Vorderlauf. Sein schönes Haupt ist dem Beschauer halb zugekehrt. Man sieht das Sammetkissen über der Nasenwurzel, die klaren Lichter und die zugespitzten Luser mit ihrem weißen Wuschel. Vom Gelock der Stirnhaare ragen die Spieße auf, geperlt, gemustert, gleichsam ausgeschnitten in Hunderte von Zäckchen wie zum Schmuck, dann verzweigen sie sich weiter und bilden Stangen, während die nußbraune Grundfarbe in ein blendendes Weiß übergeht.

Ein herrliches Tier, die Gazelle des Nordens!

Es sichert, windet und eilt dann zweifelnd weiter durch die Wildnis des Niederwaldes. Die Koppel hat es schon lange getrieben; aber mit Leichtigkeit entkommt es seinen Verfolgern. In leichten Sprüngen flieht es auf seinen bekannten Wechseln dahin, unterwegs an Gras und Baumknospen äsend. Ursprünglich war es mit dem Bock durchaus nicht ernst gemeint gewesen! Der Kläffer und der Alte waren gemeinsam einer Katze auf der Spur gewesen; die aber hatte sich in Sicherheit gebracht, indem sie einen Baum erklomm, von wo sie nach ihnen gefaucht und gekichert hatte.

Dann war der Läufer zu ihnen gestoßen. Er war mehrmals auf dem Wege zum Wipfel des Baumes gewesen, indem er einen Anlauf genommen und versucht hatte, den Stamm hinaufzulaufen; obwohl er aber noch so gut lief, das Stückchen war ihm denn doch nicht gelungen!

In ihrem Eifer hatten die Füchse angefangen, den Baum durchzunagen; er war nicht besonders dick und konnte leicht dazu in Versuchung führen – und da geschah es, gerade als der Mond hinter eine Wolke glitt und Baum und Katze und Füche in Finsternis hüllte, daß dieser dumme Bock dicht an ihnen vorübertrollte.

Sie hatten sich angesehen.

Ein Bock konnte um sich schlagen! Er hatte fürchterliche Zähne, wenn sie auch oben an der Stirn saßen – – sogar der Alte, der Wildtöter, hatte gewaltigen Respekt vor einem Bock. Ein Reh konnte man bewältigen, wenn es wintermatt und schlaff in einer Einfriedigung festgeklemmt saß oder wenn man merkte, daß es mit gebrochenem Lauf umherirrte; aber ein Bock, ein Bock, ein frischer, unberührter Bock – nein, nichts für Füchse!

Die Erfahrung des Alten warnte sie davor. Aber die Raublust der Jungen, ihr Mut zu Abenteuern und ihr Drang, sich den Kräfteüberschuß des Körpers abzulaufen, alle Muskeln spielen zu lassen, sich zu strecken und an der Spannung der Jagd zu berauschen, an der Witterung der Beute – alles, was gleichsam mit zu den Dingen gehörte und in der Luft lag, zog und feuerte auch ihn an.

»Dem Bock nach«, ertönte es um ihn, »dem Bock nach«, sang es in ihm – ja, es stachelte ihn gar mächtig auf und teilte sich als Wechselstrom bald ihm und bald den Jungen mit.

Sie rissen sich gegenseitig mit, wechselten von Zweifel zu Zutrauen, von einem instinktiven Schleichen zu einer klarbewußten Verfolgung, sie kamen in Trab, in Flucht, sie hetzten und jagten mit schnaubendem Windfang, den Lecker aus dem Halse. Sie wurden plötzlich zur Koppel, ohne daß sie es wußten.

Der Tag beginnt zu grauen. Das menschliche Auge vermag nur zu ahnen; aber die Seher des Fuchses sehen alles scharf und genau.

Der Bock ist sichtlich geschwächt. Die vordem so hohen Fluchten haben aufgehört, die Leichtigkeit ist wie weggeblasen. Er schnaubt heftig und läuft jetzt lange Strecken mit offenem Äser. Ihm dicht auf den Fersen kommt der Läufer angerannt, dann der Kläffer und ein ganzes Stück dahinter der Alte, von Tutetue gefolgt, der in einem Waldsumpf einer Maus aufgelauert hatte, als die wilde Jagd plötzlich an ihm vorbeifegte. Der Rehbock kann fast nicht weiter; er taumelt zwischen den Stämmen dahin, so daß der Kläffer ihm ein paarmal fast die Schalen lecken kann – da macht seine sprudelnde Wildheit sich Luft, er kläfft wie eine Bracke: Äwäwäwäw!

Es ist, als verliehen diese unerwarteten, heiseren Töne dem Bock mit einem Male ein neues Kräftegespann: er schießt in einer Reihe von hohen, blitzschnellen Fluchten dahin und läßt seine Verfolger abermals ein weites Stück zurück.

Der Tag graut! Die ersten Lichtstrahlen beginnen im Wald zu spuken, die Moorfrau braut und die Wiesen dampfen. Man kann aus dem Stammdickicht plötzlich auf eine Lichtung hinaustreten, die wie ein riesiger Schornstein mit Rauch angefüllt ist – und man versinkt darin, verschwindet vor seiner Umgebung im Schleier der Elfen.

Auf diese Weise hat der Bock sich für eine Weile retten können. Der Läufer muß innehalten und auf den Kläffer warten, der nicht hatte Schritt halten können, aber doch unbeirrt die Spur mit viel Besonnenheit verfolgt hatte.

Der Bock flüchtet weiter ...

Da, als er nichtsahnend aus einer Reihe von Buchenstangen hervortritt, schießt ein sonnengelbes Gespenst plötzlich aus einem Busch hoch.

Es ist der Schächter.

Sein massiver Leib hindert ihn an besonders schnellem Laufen, er wird sehr rasch von den übrigen Jungfüchsen überholt, aber gescheit, wie er ist, lauscht er auf die Richtung der Jagd – und dann bedient er sich seiner eigenen Taktik.

In einem Sprung setzt er aus seinem Versteck; er will dem Tier an die Kehle fahren und sich festbeißen, aber seine weißbezahnten Kiefer öffnen und schließen sich wieder mit einem Knall; er hat die Beute verfehlt. Der Bock ist mit einer blitzschnellen Bewegung zur Seite gesprungen und steht nun vor dem Schächter in einer ganz anderen Stellung, als dieser sie zu sehen gewohnt ist.

Er hat sich ihm halb zugekehrt, krümmt den Hals, zieht das Kinn ein und beugt die Stirn vor, die Luser liegen ganz zurück, so daß das kurze, perlige Gehörn mit den zweimal drei scharfgeschliffenen Stangen frei in die Luft ragt, wie eine Mordwaffe auf ihn gerichtet. Er faucht und plätzt mit beiden Vorderläufen, die Decke ist an Hals- und Rückenkamm wild gesträubt.

Der Schächter ist einen Augenblick ganz benommen, er geht in Deckstellung zurück mit aufgerissenem Fang und hochgekrümmter Standarte, die wie ein türkischer Säbel aussieht.
Fast eine ganze Minute starren die beiden Tiere sich auf diese Weise voller Grimm an.
Da ermannt sich der Schächter endlich zu einem Sprung. Aber der Bock ist bereit. Er empfängt den Fuchs mit seinen Hörnern und reißt ihm eine klaffende Wunde in die eine Seite. Sie ist nicht gefährlich, und der heftige Schmerz reizt den Schächter nur auf und macht ihn noch besessener. Er schweißt, aber die Wut verdoppelt seine Kräfte. Die Nasenflügel stoßen Dämpfe aus, und er faucht vor Wildheit; die schwarzen Ränder der oberen Lefze sind hoch aufgestülpt, so daß die Barthaare phantastisch nach allen Seiten gespreizt stehen, und entblößt die langen weißen Fänge.
Er will reißen, durch Decke und Knochen beißen – und er öffnet den Fang und zeigt den dampfenden Schlund. Der Bock aber geht tapfer auf ihn los; in stahlfederleichten Sätzen muß er über den Waldgrund zurückweichen.
Da endlich ist der Läufer mit der Koppel herangekommen. Im Fluge sind die Füchse dem Bock wieder auf den Fersen – und jetzt sitzt der Schächter ihm plötzlich wieder am Hals. Er klammert sich mit Waffen und Kiefern fest; der Bock fällt hintenüber, kommt wieder auf alle viere und versucht den Kopf so weit zu befreien, daß er seine Stangen gebrauchen kann – und schon ist er verloren, die Koppel stürzt sich auf ihn und zerreißt ihn in tausend Stücke.

Der Bock war der erste regelrechte Raub, den die Koppel verzeichnen durfte!
Alles, was sie bisher gefangen, hatten sie nicht gemeinsam erobert. Der Alte hatte es geschlagen oder jedenfalls den Weg gewiesen. Heute war eine Veränderung eingetreten, ein förmlicher Durchbruch, seine Erziehungsmethode hatte einen ungewöhnlichen Triumph gefeiert. Sie hatten gemeinsam gejagt und doch ein jeder selbständig – jetzt standen sie da, die dampfenden Zungen aus dem Halse, und schnitten gierig die Beute an.
Und dann geschah, was unter Raubtieren bei einer solchen Gelegenheit immer geschehen wird: sie fuhren sich in die Wolle. Jetzt, da die Beute erjagt war, knurrten sie sich an und bleckten die Fänge.

Die Fetzen, die sie bekamen, reichten immer nicht aus – und der Alte wurde von seinen Jungen windelweich geschlagen.
Aber der Überfluß war groß. Und ihre Naturen waren, was das Anstandsgefühl anbetraf, verhältnismäßig einfach – sie fraßen und fraßen, und als sie sich endlich sattgefressen hatten, war auch das Scharmützel wieder vergessen.
Sie zerstreuten sich ringsherum in der Landschaft.
Einige ließen sich in der Dickung nieder, andere kehrten in die Höhle zurück. Sie schliefen den Fleischrausch aus, verschliefen den Tag und überließen es sorglos den Krähen, den Gesichtern anzuzeigen, wo die Überreste des mißhandelten Rehbocks lagen.

Ein Rüde hatte diese Jungen erzogen; darum wurden sie so kühn, so gierig und mordsüchtig, den Wölfen gleich in all ihrem Treiben. Hätten sie eine Mutter gehabt, so wären sie geworden, wie Füchse meistens sind – sie hätten gelernt, Mäuse zu fangen, aber niemals mehr. Ihre individuellen Eigenschaften wären nicht zur Entfaltung gekommen, bis sie einst im Alter selbst zu jagen angefangen hätten.

Der tiefe Keller

Klim konnte mit einer großen Kreuzspinne verglichen werden. Das Haus, das er bewohnte, war sein Unterschlupf, sein umsponnenes Blatt, und die Eisenbahnschienen, die aus der Stadt durch das Hinterland in die verschiedensten Richtungen führten, seine langen Befestigungsfäden, zwischen denen er sein unsichtbares Netz spann.
Dahinein gingen Fuchs und Marder, Otter und Iltis, er suchte sie fern wie nah, trieb sie aus ihren Schlupflöchern heraus in seine büchsenbewehrten Arme und zog ihnen den Balg ab.
Es konnte auch geschehen, daß diese oder jene »Schnecke« – ein Dienstjunge mit Büchse oder auch einer der ortsansässigen Jäger der Gegend – sich zu nahe an sein sinnreich ausgedehntes Jagdrecht heranwagte, dann kam er angebraust mit Polizei und Anzeige, mit Aburteilung und Strafgeldern, bis die Kanaille endlich gelernt hatte, die Fühler einzuziehen.

Eines Nachmittags um die Dämmerung klingelte Klims Telefon.
Es ist der Oberjäger auf Falkentorp.
Ob Klim zu Hause sei?
Freilich, da wäre er ja.
Ob er noch immer seine Hunde habe ... ob er morgen Zeit habe usw. ... klingelingling.
Als Klim zuletzt draußen war, handelte es sich nur um einen kleinen Ausflug, zwei Meilen südlich der Stadt. Es war an jenem Julitag, als der Baron und der rote Dorfschultheiß nach ihm geschickt hatten. Jetzt klingelte es von Norden her, vom Rittergut Falkentorp, etwa zehn Meilen entfernt – ja, so war es recht, das war nach Klims Herzen.
Die Füchse waren hier die Missetäter.
Und es waren obendrein – hier kann er sich eines Lächelns nicht enthalten – Füchse in der großen Grafschaft selber, wo man immer Gift zur Hand hatte und wo es von Fallen und Eisen strotzte.
Nun, daran konnte man doch sehen, daß seine kleinen Moppel, wie er die Dackel nannte, und dann die hochläufigen, die Bracken, noch nicht ganz aus dem Felde geschlagen waren!
Ha, als der Oberjäger vor etwa zehn Jahren seine erste Strychninsendung erhielt und zugleich die Erlaubnis der Kreisverwaltung, Gift auszulegen, hatte er Klim ausgelacht: Jetzt wird das Spinnennetz kleiner, hatte der Oberjäger gesagt, und Sie werden Ihre Hunde nicht mehr so gut absetzen können. Ihre Jagd- oder Kriegskasse wird auch nicht mehr so reichlichen Zufluß haben ... sehen Sie her, das Strychnin. In Zukunft werde ich alle Bälge einheimsen.
Hahaha! Klim reibt sich an diesem Abend die Hände. Er gestattet sich ein besonderes Glas »Heulwasser«: einen starken Grog von Jamaicarum – Whisky, pfui! Dann entzündet er die Pfeife und stellt seine Betrachtungen über die Füchse an, die mit der Zeit mitzugehen scheinen und immer klüger werden.
Sie nehmen das Gift nicht an, hört er den Oberjäger noch jetzt durchs Telefon in sein Ohr summen ... wir haben es überall ausgelegt ... ja, gut eingebacken, in Hering und auch in Puter, in Grauammern und in Wildgescheide ... nein, die Erfahrung habe ich in den letzten Jahren gemacht: gewisse Füchse kriegt man einfach nicht.
Klim hatte es gewagt, etwas dagegen einzuwenden.

Sind Sie nun aber sicher, Oberjäger, daß es Füchse sind? So einfach einen alten Bock zu schlagen, was ... hören Sie mal, ob es nicht eher Hunde sein könnten, ja, denn Wölfe – naja natürlich, die werden Sie ja nicht haben.

Der Oberjäger hatte dies alles überhört. Er brauchte Klim. Seine eigenen Tölen waren längst schon zu Staub geworden, er hatte sie jahrelang nicht mehr gebraucht, seitdem die Flasche mit den gekreuzten Totenbeinen auf dem Etikett Einzug in seinem Revier gehalten hatte. Und alle anderen Hunde, echte wie auch unechte, waren in einem Umkreis von zwei Meilen zumeist ungewollt denselben Weg gegangen.

Nun, ich freue mich also, Sie zu sehen, Klim. Sie werden sich nicht vergebens den Weg gemacht haben, das kann ich Ihnen versprechen; die Höhle kennen wir, und – – ja, wir schicken natürlich einen Wagen an die Bahn!

Nun aber die Bälge, hatte Klim sich vorsichtig erkundigt, ich meine, wer soll die haben ...

Die Bälge sind Ihr Eigentum! Kommen Sie nur mit den Hunden!

In dieser Nacht schlief Klim ungewöhnlich gut.

In der Nacht wurde das Wetter häßlich und regnerisch. Der Herbst hatte seinen Einzug gehalten mit kalten Schauern, die Sturmstöße drängten sich durch den Tann, und die Tropfen des peitschenden Regens wurden von den Nadeln aufgespießt. Ein Fuchs hatte keine Lust, die Nase aus dem Bau zu stecken.

Die Koppel lag in der Röhre und sog Hungerpfoten, dem meereswilden Rasen der Oktoberböen lauschend, die sich mit Orgelgedröhn durch die vielen Gänge des Fuchsbaues preßten.

Die alten Bäume hatten ihre Wurzeln fest um die Wohnung der Füchse geschlungen; ja, eigentlich saßen die Reinekes zwischen den Wurzelstöcken geradezu in der Zange. Wenn die Sturmstöße kamen, konnten sie tief dort unten, wo sie lauernd lagen, die Verheerung spüren; dann schien um sie der Boden ins Wanken zu geraten, sie selber schaukelten ganz schwach wie in aufgerührter See, es war wie das Schlingern eines Dampfers – und doch waren es nur die Wurzeln, die sich zusammenzogen, um die Bäume am Boden festzuhalten.

So ein richtiger Windstoß packte alles, was imstande war, sich zu widersetzen, umfaßte es und suchte es in die Höhe zu heben, um es auf den Boden zu schleudern. Er kündigte sich von ferne an als ein zügelloser, übermütiger, losgelassener Atemzug, dem Schnauben eines Stieres vergleichbar. Bald bekam der einsame Wanderer seinen kalten Schauder zu spüren, er krallte sich an dessen Körper fest, er stieß ihn von hinten und wollte mit teuflicher Gewalt und Macht ihn zum Galopp treiben – und jetzt fuhr er wie ein Iltis, wie ein blutrünstiges Wiesel zwischen die fallenden, trockenen Blätter, wirbelte sie hoch, rüttelte sie zum Leben wach, brachte sie in Bewegung und jagte sie vor sich her wie eine ungeheure braune Wolke.

Wir sind welk, schrien die Blätter, wir sind tot, wir spielen nicht mehr mit. Wir sind befreit von den Sorgen wie von den Freuden; der Saft ist aus uns gewichen und mit ihm alles Gefühl. Das Irdische haben wir abgetan – wir sind Engel!

Aber der Windstoß kicherte ihnen gerade ins Gesicht, nahm sie beim Wickel und entbot sie zum Wirbeltanz. Engel, ha, Engel, ihr schmutzigen Reste – und er entführte sie im Rundtanz quer durch die Schluchten und schlug ihnen respektlos eins hinten drauf, als sie auf dem Hügel angekommen waren. Je heftiger die Windstöße wurden, desto tiefer verkrochen sich die Bewohner des Winterbaues in ihren Unterschlupfen. Hier machten sie es sich gemütlich, die Jungen nach Fuchsenart – kuschelten sich, kratzten sich und rollten sich noch dichter zusammen.

Gegen Tagesanbruch war der Läufer oben, um frische Luft zu schnappen und nach dem Wetter auszuschauen – nein, es war immer noch ebenso naß und unwirtlich. Und schnell eilte er wieder in die Tiefe.

Sie waren vorgestern nacht draußen gewesen und hatten einem Damhirsch den Garaus gemacht. Sie konnten mit Leichtigkeit zwei und auch drei Tage fasten. Über den Damhirsch waren sie sozusagen gefallen. Er war im vorweg »gebissen« – ein Gesicht hatte versucht, ihn auf schändliche Weise zur Strecke zu bringen:

Es war ein starkes und stolzes Tier. Aber in jener Gegend kam es vor, daß zeitweise mehr Damwild dem Flintenschrot der Wildschützen zum Opfer fiel als den Büchsenkugeln des Revierförsters. Auf einem der kleinen Freigüter dicht am Wald saß in einer Erdhütte die ganze Nacht hindurch ein Flintenmann vor einem Rübenstück, da trat der Schaufler aus und zog von dannen mit dem ganzen Leib voll Schrot. Er ward weidwund geschossen und saß nun im Wundbett, um in der Dickung des Waldes zu verenden.

Nein, welchen Braten hatte das Fuchsgehecke da entdeckt. Sie fraßen sich in ihn hinein, verschwanden in seinem Leib und Brustkasten wie in einer Höhle, um gleich darauf mit einem großen Lendenstück wieder zum Vorschein zu kommen.

O ja, sie konnten mit Leichtigkeit drei und auch vier Tage fasten.

Die Jungen lagen da und träumten vom Hirsch; der Alte aber philosophierte; das war nun einmal seine ständige Gewohnheit.

Vergangenen Tages war er auf Jagd nach einem Hasen gewesen. Der hatte den Alten auf den Strandwiesen am langen, schmalen Fjord entlang herumgehetzt – da waren plötzlich ein paar Gesichter aufgetaucht. Wo der Hase geblieben war, das war des Hasen Sache. Der Alte war seinerseits durch eine der Röhren auf eine Landzunge hinausgeschlichen. Dort blieb er sitzen und betrachtete den Sonnenaufgang und blickte über den Fjord. Plötzlich entdeckt er einen schwarzen Punkt, der rasch die Wasserfläche durchschneidet; er erkennt den Hasen – dieser ist im Begriff, in höchster Geschwindigkeit zum anderen Ufer hinüberzuschwimmen. Es blitzt ihm durchs Hirn, daß man diesen »Schneider« doch bewundern müsse. Welch kaltes Bad und dann so früh am Morgen!

Da stößt ein »Baum« vom Ufer ab und will hinter ihm dreinschwimmen, er trägt die beiden Gesichter; sie piesacken den Baum, daß er sich dreht und wendet – sie wollen dem Hasen wohl den Weg abschneiden und ihn dem Land zutreiben.

Hack, sieh da! Der Hase will nicht – ha nein, das will ich wohl glauben! Er biegt ab, entfernt sich mehr vom Boot, schwimmt und schwimmt – so, jetzt haben sie ihn mit einem Ast auf den Kopf getroffen. Au, zum Teufel!

Holten die Gesichter sich denn auch Hasen?

Das Hermelin fing Hasen, der Marder Hasen, die Katze, der Köter, die Krähe, der Habicht, alle fingen sie Hasen und nun auch gar das Gesicht – warum sollte er denn keine Hasen fangen?

In diesem Augenblick fährt ein kalter, schwammiger Kloß mit einem schwerfälligen Hüpfer dem Alten gegen die Schnauze.

Es ist eine Kröte.

Den ganzen letzten Monat hindurch hatte es von diesem Gewürm hier gewimmelt. Und jetzt, seit es ernstlich kalt zu werden beginnt, vergeht nicht eine Stunde in der Nacht, ohne daß nicht eines dieser Geschöpfe, entweder eine Kröte, eine Blindschleiche, eine Eidechse

oder eine Kreuzotter im Bau auftaucht auf dem Zug in die Tiefe.
Der Alte schüttelt die Dame schleunigst ab, und der dicke, runde, weckenartige Leib fällt mit einem hohlen Geräusch auf den Boden. Einen Augenblick hört der Alte, wie sie von neuem ihm entgegenklatscht. Es plumpst vernehmlich und hört sich an, als sei in der Ferne ein Rammbock bei der Arbeit.
Als die Kröte abermals bei dem Alten angelangt ist, versetzt sie ihm einen Stoß – und ebenso jäh muß sie in ihrem Lauf innehalten. Der Gang ist zu eng für zwei so beleibte Leute. Sie können nicht gleichzeitig durch die Röhre, ohne sich nicht empfindlich zu reiben. Der Alte machte keine Anstalten auszuweichen. Nun wohl, dann muß die Kröte allein versuchen, sich Platz zu schaffen – und sie richtet sich auf den beiden Hinterbeinen an der Tunnelwand hoch und drückt sich nun, sich an dieser festklammernd, seitlich rechts vorbei. Mit den gekrümmten Fingern tastet sie sich vorwärts und gleicht auf unheimliche Art einem kleinen Menschenwesen. Sie macht sich flach – und nun gelingt der Vorbeimarsch ohne einen weiteren Unfall, außer daß sie einmal über die Pranken des Rüden strauchelt. Er hätte die Pranken auch ebensogut einziehen können, der Alte; die arme Reisende konnte ja doch unmöglich in diesem pechschwarzen Dunkel sehen. Bald darauf hört der Alte, wie die Schlußsprünge der Kröte sich allmählich hinter ihm verlieren; – nun ja, da schien es abermals in voller Geschwindigkeit vorwärtszugehen. Sie wollte ins Erdreich, ganz hinein in die Finsternis der Tiefe, in den Keller!
Eine Stunde später stellt sich ein neuer sommersatter Gast ein. Der Alte vernimmt ein scheuerndes Geräusch auf dem Kies des Einstiegs und kann in dem schwachen Grau des Höhlenlichts ein langes, dunkles Ding wahrnehmen, das sich behutsam vorwärtsschlängelt. Er meint, es sei ein Ast, den einige niederträchtige Gesichter – dergleichen war nämlich schon vorgekommen – durch die Gänge zu ihm hereinspazieren lassen, und da das Gewürm, nachdem es eine Zeitlang hierin und dorthin gezogen ist, schleunigst zurückzuckt, wird er weiterhin in diesem Glauben bestärkt.
Es ist indes nichts anderes als ein Aal, ein großer, fetter Aal. Auch er war auf der Wanderschaft, der große Aalzug war in vollem Gange, das riesige Meer mit seinen gewaltigen Tiefen lockte sie – und jetzt hatte dieser sich einen Augenblick im Weg geirrt.

Vor dem Bau ist es unterdes Tag geworden.
Klim mit seinen vier Dackeln – zwei im Rucksack, während die beiden anderen aus je einer Hintertasche herausschauen – und der Oberjäger mit einem ganzen Schwanz von Revierjägern und Jagdschülern hinter sich sind in tiefstem Schweigen durch die Tannen herangekommen.
Drunten in der Räuberburg ahnt keiner Unrat. Erst als man einige plötzliche dumpfe Stöße gegen den Erdboden über sich vernimmt und ein kurzes, aber um so lauteres Schnarren, ist man aus dem Schlummer hochgefahren und hat die Ohren gespitzt.
Einer der Schüler, ein junger und mit den Verhältnissen durchaus nicht vertrauter Bursche, der eben aus der Hauptstadt angekommen ist, weiß nicht genau, ob das Loch, an welchem er Posten gefaßt hat, ein Fuchsloch ist oder vielleicht nur von einer Ratte begangen wird; er hat daher laut gerufen:
Soll ich hier ansitzen, Herr Oberjäger?
Die Frage hat ihm ein paar Knüffe in den Nacken eingetragen, und er ist Hals über Kopf nach Hause geschickt worden.
Dieser kleine Zwischenfall rettet Tutetue vorläufig. Der Bursche hatte sich wie üblich auf Tagesfahrt begeben wollen – er ist im Begriff hinauszusteigen, und hat gerade den Fang aus der Röhre gesteckt, als die Worte fallen. Er hat bei Gott die Nase wieder eingezogen!
Eine Ahnung durchläuft die Röhre.
Die Spannung wird plötzlich gelöst, die Stille wird heftig durchbrochen, wie wenn ein Blitzfunke sie gesprengt hätte, eine Koppel, so rot wie die rote Koppel selber, meldet sich mit Geheul und Gekläff und Geläut. Es ist das stolze Hundepaar, Klims alte erfahrene Tiere Waldmann und Dame, die einsteigen.
Waldmann ist vorneweg. Der Hund verspürt einen Augenblick den gewohnten Schauder, der ihn immer überfällt, wenn er aus der Welt des Lichts sich plötzlich unter die Erde wagt.
Allein diese Schwärze vor den Augen, die der plötzliche Übergang doppelt fühlbar macht; nichts kann er unterscheiden, ahnt nicht, wohin er die Pfote setzt, er muß sich in einem fort mit Schnauze und Barthaaren vorfühlen.
In Eile stürzt er hinab, dann wirft sich das Dunkel mit Gewalt über ihn. Es schlägt ihm förmlich gegen den Augapfel, so daß er seine Schritte unwillkürlich verlangsamt.

Da fährt mit einemmal eine Windsbraut durch die langen Gänge, plötzlich entsteht Zugluft. Der Alte, der in einem Engpaß gesessen hat, begibt sich an einen anderen Platz. Es ertönt ein Schaben an den Wänden, und das Geräusch pflanzt sich durch die ganze Burg fort! Der Hund aber hat sich Selbstsicherheit angeeignet; er dringt weiter vor – da funkeln ihm an einer Biegung des Ganges tief drunten ein Paar grüne Seher entgegen.

Nun wird sein Mut zum zweitenmal auf die Probe gestellt. Weicht er nicht sofort zurück, sowie die Einsamkeit hier in der Tiefe ihm voll zum Bewußtsein kommt, so ist er ein Soldat, der schon früher im Feuer gestanden hat. Weicht er aber auch jetzt noch nicht, jetzt, wo das Gespenst in höchsteigener Person ihm entgegentritt, dann ist er ein Krieger, ein Veteran. Waldmann war so ein alter Held! Er hatte in der Tiefe mit Dutzenden von roten Teufeln gekämpft und sie im Dunkeln lustig vor sich herumspringen und, wenn er ihnen nur sein »Halt, wer da« zurief, zurückweichen sehen.

Er pflegte sich an der Witterung des Fuchses zu berauschen, er ließ sich ganz und gar umwandeln, er tauchte zurück in die innersten und wahrsten Instinkte seiner Natur, wurde raubgierig, mordgierig, wild und unbändig. Zwischen ihm und seinem wilden Vetter dort in der Tiefe war nicht der geringste Unterschied; von dem Augenblick, wo er angriff, stand er auf gleicher Naturstufe wie jener. Was der Mensch ihn gelehrt an »Setz dich«, »Leg dich« und dem feinen und anständigen Benehmen in Hof und Stube, das war wie weggeblasen, indem er an die Kehle griff und den Bauch aufriß; er wurde selbst zum Fuchs wie jene Füchse, die er jagte.

Einen Unterschied gab es aber doch – und kraft seiner siegte er immer, wenn ihm der Sieg gelang; dies plötzliche Geladensein mit der Wunderkraft des lange zurückgedrängten Urinstinkts hatte eine übernatürliche Wirkung auf ihn, brachte ihn zum Sieden und Überschäumen, er raste und tobte, als sei sein Äußeres ein Vulkan und sein Inneres der Krater, er vergaß sich selbst und haute um sich – er setzte entschlossen das Leben ein!

Unten in der Rotsandhöhle entsteht ein Gepolter, ein Lärm, ein Getöse! Es grollt und dröhnt in den langen, öden Gängen, während die wilde Jagd durch die mannigfachen Stockwerke geht. Es wird gescharrt und gekratzt, geschnarrt und gepfiffen; es wird gekläfft und geheult und gejammert und geniest.

Da plötzlich ist es still.

Nur der Alte läßt seinen unheilverkündenden Trommelwirbel knurrend vernehmen: Hütet euch, Junge! Hütet euch vor den Überläufern! Ha, dort kommt er ja, der Sklave ... Judas Hund, Judas Hund.

Den Schwanz gekrümmt und den Rücken zur Bürste gesträubt, die Lefzen über die weißen Zahndolche hochgestülpt, trabt der Waldmann mit seinen schiefen Beinen auf den Alten zu, dessen funkelnde Scheinwerfer in der Runde schweifen. Da trifft ihn ein stinkender Atemhauch aus einem der Nebengänge; hier sitzt der Schächter wie ein Einsiedlerkrebs in seinem Panzerring.

Erfinderisch wie immer hat der Schächter, sowie er die Hunde auf der Treppe hörte, sich ganz ruhig in eine Art Kastell zurückgezogen, eine enge Sackröhre, in die er rückwärts hineingegangen ist und deren Pfortenöffnung er mit seinem furchtbaren Rachen besetzt hält. Hier können die Dackel, so viel es auch sein mögen, seinen edleren Teilen nicht zu nahe treten, er ist geschützt. Diese Verteidigungstaktik des Schächters ist schlechthin genial.

Der Waldmann geht im selben Augenblick, wo er ihn entdeckt hat, auf den Fuchs los; er muß eigentlich nur seine Fuchswut austoben. Der Schächter aber, der Schweiß auch nicht gerade aus dem Wege geht, bekommt den Unterkiefer des Hundes zu packen und zieht ihn mit hinein in sein Gehäuse. Gebell und Gefauch, Geheul und Geröchel erfüllen die Gänge. Der Hund beißt den Schächter in die Zunge, daß es brennt; der muß einen Augenblick die Seher zukneifen, damit ihm nicht die Tränen kommen. Aber zu ungeheurer Wildheit aufgestachelt, hat er die Kräfte eines Wahnsinnigen. Er beißt den Hund derart zuschanden, daß dessen Unterkiefer lose herabhängt – und er sich eiligst zurückziehen und hinaufwanken muß.

Klim ist dem Weinen nahe, als er seinen Waldmann zu Gesicht bekommt, der furchtbar zugerichtet ist! Er legt die Büchse aus der Hand, holt seine kleine Taschenapotheke heraus und beginnt auf der Stelle, die Wunde zu verbinden.

Immerhin ist dies eine Begleiterscheinung des Krieges – und Klim hat noch viel dergleichen erlebt. Er weiß sehr wohl, wenn der Hund nur ordentliche Pflege und Ruhe bekommt, so wird er sich erholen.

Jetzt muß er aber die Reserve vorschicken; Biß, einer der jungen Hunde, wird eingelassen, um Dame zu helfen.

Gegen zwei Hunde in einem Bau kann ein Fuchs nicht so leicht etwas ausrichten. Der schärfste greift von vorn an, der andere geht um ihn herum und schnappt von hinten nach seinem Balg. So kann er sich nicht behaupten. Er will sich auch nach hinten wehren und bringt dadurch seinen Hals in Gefahr. Und seine Stunde hat geschlagen: der Dackel vor ihm wendet die widerwärtige Würgetaktik des Schächters an.

Was aber tut jetzt die Koppel?

Sie teilt sich; die Füchse tun sich unwillkürlich zwei und zwei in den Gängen zusammen, die Lunten einander zugekehrt, wodurch sie imstande sind, nach beiden Seiten hin auszufallen. Die häufige gemeinsame Jagd, zu der der Alte sie erzogen hat, hat so einigermaßen ein Solidaritätsgefühl bei ihnen geweckt.

Ungefähr eine Stunde lang haben der Läufer und der Kläffer auf diese Weise jeder seinen Dackel getummelt. Es ist nichts anderes daraus geworden als kleine Scharmützel. Der Schächter sitzt noch immer in seiner Burg und ist wohlauf, während der Alte und Tutetue mit einer gewissen Spannung dem Auftauchen ihrer Widersacher entgegensehen. Als die Zeit verstreicht, ohne daß ein Judas sich zeigt, begibt sich Tutetue auf den Weg, schleicht von Einstieg zu Einstieg, um wenn möglich, auszukundschaften, ob nicht wenigstens einer Durchlaß gewähren könnte. Aber der Alte eilt an den Fleck, wo die Schlacht im Gange ist.

Wenn er sonst Hund wittert, kann es wohl geschehen, daß er überschnappt, denn Judas schreit immer so fürchterlich und droht, »er solle auf der Hut sein – die Gesichter seien vor der Tür«, hier aber in der Tiefe, wo das Dunkel brütet, wo er daheim ist – hier macht er sich nichts aus Judas' Geschrei.

Er kommt an die Stelle, wo Dame sitzt und das Maul aufreißt.

Der Läufer liegt vor dem Hund. Er sprüht und faucht wie eine Katze und scheint durch den alten, erfahrenen Dackel arg in Bedrängnis zu sein.

Da wendet sich das Blättchen!

Der Alte fällt dem Hund in den Rücken, dieser will kehrtmachen – da pressen der Läufer und der Alte ihn zwischen zwei Schilde, halten ihn zwischen vier Reihen weißer Zähne!

Hier liegt nicht etwa ein Geheck vergrämter Füchse; es ist die rote Koppel, die an einem der »zahmen Raubtiere« Rache nimmt.

Jetzt aber fahren die Kräfte eines Wahnsinnigen in den Hund. Er kratzt und schlägt aus, als wolle er die Röhre sprengen. Kies und kleine Steine prasseln unaufhörlich nieder. Da plötzlich, als der Alte den Rachen zum Biß aufreißt, verstopft ihm ein losgerissener Sandkloß den Fang. Er muß von dem Gegner ablassen und weichen, der Hund hat Raum genug, um seinerseits zuzubeißen – und jetzt treibt er den Alten vor sich her.

Es geht durch den Bau wie ein fegender Sturmwind. Der Alte nimmt Reißaus. Er macht sich lang wie ein Wurm, indem er den Rücken reckt und die Beine schräg nach vorn und nach hinten wegstößt. Er schlüpft um die Ecken und nimmt steinige Treppen in zwei Sprüngen – der Hund immer hinterher! Es ist ein Wettlauf unter der Erde.

Als er endlich einen großen Vorsprung hat, befindet er sich in einem der geräumigen Höhlengänge. Dieser ist angefüllt mit eindringendem grauem Tageslicht, die Witterung von Gesichtern steigt dem Alten in die Nase. Er weiß, was seiner harrt, wenn er hinausspringt, weiß, daß eine Gefahr größer als die, die hier in der Tiefe ihn bedrängte, dort draußen lauert – nein, dann lieber bleiben, wo man war, und wenn man in Stücke gerissen wurde.

Er legt sich auf die Lauer dort, wo der Seitengang in die Hauptröhre einmündet, und in dem Augenblick, als der Hund ahnungslos auftaucht, wirft er sich über ihn. Sie kämpfen auf Tod und Leben, die Wolle fliegt dem Alten vom Balg. Durch dessen schwarze Lefzen jagt der Hund seinen einen Dolchzahn. Da gelingt es ihm durch einen glücklichen Griff, das Halsfell des Hundes zu packen, und jetzt tönt es herauf wie von Hammerschlägen ... der Oberjäger, der dicht darüber ansitzt, starrt vor Spannung und hört mit Wonne, wie tüchtig dieser Dackel ist.

Ach, es ist nicht der Hund! Es ist der Alte, der den Tod von Tausenden von Füchsen rächt, indem er den Höhleneinbrecher einige Male gehörig mit der Nase in den Kies staucht.

Dame vermag sich dennoch zu befreien, hat aber vorläufig genug bekommen, und als sie den Einstieg dicht vor sich sieht, zieht sie sich schleunigst nach oben zurück ... sie bedarf der frischen Luft.

Klim flucht und tobt. Solche Füchse sind ihm nie zuvor begegnet. Er könnte schwören, daß sie verhext seien – oder auch, es sind Dachse! Und nun schickt er Scharf, seinen letzten Entsatz, hinein.

Mit vielen Hunden hat der Alte zu tun gehabt, er hat verschiedene zum Bau hinausgejagt und auch einige erledigt. Nie zuvor hat

Judas ihn auszuhetzen vermocht, aber mit diesem letzten schien es anders gehen zu sollen. Er hat ja einen Kopf wie ein Igel. Geht er auf ihn los, um ihn zu würgen, so stößt der Alte gegen spitze Stacheln, will er ihn am Nacken fassen, so hat der Hund auch dort Zähne. Wo immer er auch seinen Griff anzubringen sucht, sticht er sich.

Scharf hat einen Helm auf, das ist es!

Ein gerissenes Gesicht hat sich so eine Kopfbedeckung für Dackel erdacht. Sie besteht aus einem Halsband, an dem ein Kranz von geschliffenen Stahlspitzen sitzt, die den Kopf des Tieres umschließen. Alle Kniffe sind erlaubt im Kampf mit dem Reineke – wenn auch die Tellereisen besser werden, die Hunde schärfer und das Gift wirksamer. Reineke hält ja auf allen Gebieten mit der Entwicklung Schritt.

Der Alte schweißt am Fang wie nie zuvor. Die zahlreichen Stichwunden peinigen ihn fürchterlich, er kann infolge des strömenden Schweißes kaum Luft holen. Er muß sich ergeben, er muß weichen; gegen diesen Teufel, von einem Gesicht gesegnet, kämpft er vergebens – und er schnurrt in der Röhre um sich selbst und saust durch die Räuberburg dahin, so schnell ihn seine Läufe tragen können. Und wahrlich, Meister Scharf kann sie auf die Beine bringen.

Er hört Biß' Geläut weit hinten im Bau – der Hund schlägt sich noch immer mit seinen beiden Reinekes herum – aber sowie Scharf dazukommt, fährt der Klumpen auseinander wie Spreu vor dem Winde.

Die Füchse huschen durch einen Seitengang zu je einer Seite fort, Scharf hinterher, Biß macht den Beschluß. Es geht rundherum und in rasender Karussellfahrt von einem Ende des Baues weit hinüber zum anderen.

Die Jäger, die am Gepolter und Gelärm hören können, welche Richtung die Jagd eingeschlagen hat, stehen wie auf Nadeln, mit gespannten Hähnen, die Büchse im Anschlag.

Es ist schwierig, hier zwischen den Tannen zu schießen, es werden Nahschüsse, Schnappschüsse oder Schüsse ohne Ziel sein.

Tutetue ist der erste, der es einfach nicht mehr aushalten kann. Er hat schon einmal die Stacheln des behelmten Teufels als Puffer in seinem Hinterteil gespürt. Sie haben gepiekt und gerissen, sie haben ordentlich gebrannt. Jetzt kommen sie wieder, und sie wirken wie

eine Rakete. Er kann nicht länger Stange halten, faßt schnell einen Entschluß und setzt mit einem gewaltigen Anlauf aus der Röhre.
Draußen steht einer der Revierjäger. Er ist furchtbar übernächtig, ist mehrere Nächte nicht ins Bett gekommen, da er dem Freibeuter auflauern sollte, der den Damhirsch angebleit hatte. Es durchfährt ihn ein Ruck, er sieht, wie eine rote Feuerzunge von der Erde hochleckt und über das Bild schießt unter die nächste Tanne. Die Flinte wird ans Kinn gerissen, der Schuß geht los, und das Schrot pflückt einen Haufen Nadeln aus dem dichten Tann . . .
Haben Sie ihn?
Nee.
Schafskopf! murmelt der Oberjäger.
Dann verstummen die Worte, und das Echo des Schusses dröhnt verhallend durch den Bau – die wilde Jagd hebt von neuem an.
Da springt der Kläffer.
Er ist so klug, eine Hilfsröhre, einen Ausgang zu benutzen, der lange Zeit hindurch nicht begangen wurde und vor dem nur ein Eleve aufgestellt ist.
Peng – Peng!
Das Gesicht »beißt« ihn fühlbar in den einen Vorderlauf, er schnarrt und wendet rasend den Kopf, um wiederzubeißen. Es sind aber kein Rachen, keine Fänge zu entdecken in der Nähe des Laufs. Der Lauf schläft und will nicht mitgehen, er mußte ihn in den Fang nehmen und sich eiligst davonmachen.
Der Eleve stürzt zum Anschuß und sucht fieberhaft zwischen den Tannen nach. Aber er findet nichts als ein Büschel Wolle von dem kostbaren Balg des Kläffers.
Haben Sie ihn?
Nee.
Da ist es mit der Geduld des Oberjägers zu Ende:
In Zukunft nehme ich die alte Sofie aus der Fasanerie mit, ruft er laut, sie schießt wahrhaftig nicht schlechter! Es sind aber noch mehr Füchse im Bau. Das Gepolter und Getöse wechselt beständig den Ort. Es rumort unter den Füßen der Jäger, als sei eine Revolution in den Eingeweiden der riesigen Kiesschicht ausgebrochen. Wie der Wind rückt der Lärm weiter wie unter dem Donner eines Unwetters, kommt ganz oben von dem Haupteinstieg, den Klim bewacht, und dröhnt jetzt mit fernem, gedämpftem Geheul und Ge-

belfer ganz unten an einer stark befahrenen, abgenutzten Röhrenmündung, vor der der Oberjäger, geifernd, wütend und erregt, in höchsteigener Person thront.

Zum zehnten Male hört er, wie das Getöse sich wieder entfernt – da macht es plötzlich kehrt und kommt nun mit vollem Orchester wieder auf ihn zu. Er hält den Atem an und hebt die Flinte ans Kinn ... jetzt kommt er zum Schuß, darauf will er jede Wette eingehen.

Doch nein! Gerade in dem Augenblick, wo er meint, daß der Reineke austritt, verschwindet eilends, wie der Stein im Brunnen, die jagende Koppel wieder unter seinen Füßen.

Es vergeht eine Viertelstunde und eine zweite.

Der Oberjäger wird ungeduldig und ruft Klim zu, ob »es jetzt vielleicht drüben bei ihm brenne?«

Nee, hier ist es friedlich.

Der Läufer hat sich durch die verschnörkelten Tunnels des Baues gewunden, von den beiden Judassen verfolgt. Der Alte hat sich dem Beispiel des Schächters angeschlossen. In einer entlegenen Ecke hat er eine Sackröhre gefunden.

Zum Glück für den Alten und den Schächter hat der Läufer die Aufmerksamkeit der Hunde ganz auf sich allein gelenkt. Er nimmt sie völlig in Anspruch, schlängelt sich durch die krummen Gänge und Röhren, läuft quer durch die Seitenkammern und die moosgefüllten Räume der muffigen Dachsalkoven. Ungezählte Male schon ist er über die oberen Stockwerke des großen Höhlengebietes hinweggelaufen, er fängt an, müde zu werden, er bedarf einer Veränderung, als mit einem Mal einer der Hunde, der durch eine Seitenröhre den Richtweg eingeschlagen hat, ihn in den Kellerraum hinabzwingt.

Er weiß, daß dort unten in der Tiefe der Höhle ein altes, verfallenes Loch ist. Es ist nicht schwer, dort hinunterzusteigen, aber schwierig, wieder hochzukommen; denn die Kellertreppe ist etwas zu steil.

Der kleine Kellerraum selber ist kaum noch gangbar, denn die Wände und Decken, die aus Sand bestehen, haben tiefe Risse, und große Brocken sind herausgefallen und liegen in Haufen auf dem Erdboden.

Diesen Weg nimmt der Läufer, und die Hunde sausen hinterdrein.
Es stellt sich heraus, daß der Keller noch unwegsamer ist als früher. Er tritt in einen lebenden Brei, Gewürm allenthalben, Kröten und Schleichen liegen überall zu Klumpen zusammengerollt.
Es ist auch schwierig, um den großen Feldstein herumzukommen, der am Eingang liegt.
Doch für den Fuchs mag es gerade noch hingehen. Die Hunde dagegen sitzen einen Augenblick fest und zappeln gewaltig, sie scharren an Wänden und Decke und arbeiten rücksichtslos, um freizukommen.
Dies können die engen Sandgänge nicht aushalten. Der lebhafte Verkehr der letzten drei Stunden hat sie ohnehin erschüttert. Der Läufer hört einen hohlen, dumpfen Bums hinter sich, einen Erdrutsch – und der Keller stürzt um sie her ein. Der Läufer hat den Oberkörper zum größten Teil frei, so daß es ihm nach einigem Kratzen und Krabbeln gelingt, herauszukommen, aber die Hunde sind weg, unter dem Sandhaufen begraben.

Es ging Klim auf dieser Fuchsjagd nicht anders als auf der vorigen, er mußte die Nacht bei dem Oberjäger verbringen.
Er schlief mit den besten Hoffnungen ein – und früh am nächsten Morgen war er wieder am Bau und hatte eine ganze Handvoll Heger und Waldarbeiter mitgebracht.
Man fällte mehrere Tannen, und dort, wo der Oberjäger die Hunde zuletzt gehört hatte, hub man zu graben an.
Man stieß auf ein Gewirr von Tunnels. Sie waren nicht nach einem bestimmten Zweck gegraben. Der Baumeister hatte sich seinen Weg in der Richtung gebahnt, die ihm die Naturbildungen erlaubt hatten, war bestimmten Erdschichten gefolgt und war Baumwurzeln und größeren Steinen ausgebogen.
Die Arbeiter mußten in verschiedenen Richtungen graben, als man aber endlich auf eine Röhre stieß, die sehr steil in das Erdreich einfiel und die, wie man sah, mit losem, frisch gesunkenem Sand angefüllt war, verfolgte man diese.
Nach mehrstündiger ausdauernder Arbeit hatte man eine Grube gegraben, die der Graf, der ein tüchtiger Gutsherr war und sehr ungern sah, daß eine einmal ausgeführte Arbeit umsonst gemacht wurde, späterhin als Baugrund für das kleine Hegemeisterhäuschen

verwenden konnte, das er schon lange hier im Wald hatte errichten wollen. Und nun endlich stieß einer der Arbeiter auf den äußersten Zipfel einer Hunderute. Vorsichtig scharrte er die Erde beiseite und sah nun auch ein Paar kleiner Hinterläufe zum Vorschein kommen; er zog an ihnen – sie waren steif und kalt. Er meinte, nun den Hund ganz herausziehen zu können. Aber die Erde hatte ihn mit solcher Innigkeit bedeckt, daß es ganz unmöglich war, den toten Leib ihrer Umarmung zu entwinden.

Man fand beide Hunde am selben Platz. Sie saßen einer auf dem anderen in der Stellung, in der sie gearbeitet hatten, um dem Reineke auf den Leib zu rücken.

Ein Trost war es, daß die kleinen Helden erstickt waren. Es war offenbar; sie waren sozusagen bellend verendet, schnarrend – der rote Sand zog sich ganz um das entblößte Gebiß herum. Klim nahm seine verblichene Jägermütze vom Kopf. Er schnaubte hörbar, indem er sich niederbeugte und seine Hand behutsam über die erstarrten Flanken gleiten ließ.

Die Waldarbeiter, die Heger und alle Revierjäger und Eleven, die mitgearbeitet hatten, standen schweigend im Kreise herum; die Luft war still und schwer wie bei einem Begräbnis.

Dann kam der Oberjäger mit dem erlösenden Wort. Auf die erfolglosen Schützen vom Vortage hinweisend, sagte er, indem er die beiden toten kleinen Hunde ansah:

Es ist nur gut, daß sie nicht sehen können, was ihr beiden Tölpel mit euren Fehlschüssen verbrochen habt.

Von Bracken verfolgt

Der Alte war sein Lebtag genial gewesen! Er konnte seine Natur bezwingen, konnte genau das Gegenteil von dem tun, wozu ein Fuchs sonst den Drang hat. Wäre er ein Mensch gewesen, so hätte man von ihm gesagt, er verstehe sich auf die Schwarze Kunst!

Er konnte Schnecken fressen. Nun, das konnte sonst jeder, wenn es nur einmal zum Zeitvertreib war, aber der Alte konnte von ihnen leben, sie mit Appetit fressen, wenn es an Spätherbsttagen, wo das Wild ungewöhnlich stark und wachsam war, mit der Nahrung haperte. Um diese Zeit brachte er es auch fertig, lange Zeit hintereinander das Leben zu fristen mit Hilfe von allerlei Obst, Äpfeln und Birnen, Pflaumen und Beeren. Er machte damit gleich eine Kur durch und trieb sich die Fleischsäure wieder aus dem Körper. In dem Kläffer kehrte diese Veranlagung hier und da wieder. Und sie kam ihm jetzt zugute, wo er ein Genesender war und auf drei Läufen umherhumpeln mußte. Der Lauf schlief, und er schlief immer noch so fest, daß er nicht zu wecken war. Sein Besitzer mußte sich durchschlagen, indem er die schwarzen, bitteren Beeren des Schlehdorns hinterschlang oder nachts in die Gärten einbrach, um sich dort an dem Fallobst sattzufressen.

Er bleibt in der Gegend, in der die Höhlen – dank dem Gift, das das ganze Gräbervolk ausgerottet hat – übermäßig zahlreich und die Braten trotz seiner Behinderung leicht zu fangen sind. Die halbzahmen, fetten und künstlich aufgezogenen Fasanenküken der Güter bedeuten für ihn hier und da eine Abwechslung in der pflanzlichen Kost. Er fängt sie, indem er sich einer alten, einfachen Fuchslist bedient.

Sein kranker Lauf fordert geradezu dazu heraus. Die List besteht allein darin, daß man hinkt, stolpert, Purzelbäume schlägt, kurz, sich so seltsam und unnatürlich wie nur möglich bewegt. Dergleichen erregt sehr schnell die höchste Verwunderung dieser überernährten Zöglinge. Die Vögel stehen wie gebannt – und jetzt sieht der Kläffer seine Gelegenheit für gekommen.

Die Zeit geht, und allmählich tut der Lauf ihm den Gefallen, zu erwachen. Der Wundkanal, den das Schrot geschnitten, schließt sich – eines schönen Tages ist der Knochen heil. Er spürt, wie der Lauf von Nacht zu Nacht an Eifer zunimmt, bei der Hetze mitzumachen. Dann wandert er. Der Vagabundentrieb liegt ihm genauso im Blute wie der übrigen Koppel – auch in dieser Beziehung glich er dem Alten.

Die Familie vom Hügelloch ist augenblicklich in alle Winde zerstreut.

Der Kläffer schlägt die eine Richtung ein, Tutetue eine andere; beide müssen sich übrigens glücklich preisen, daß nicht an jenem schicksalsschweren Tag ein langläufiger Judas neben einem der Gesichter saß, denn dann hätten sie jetzt der Länge nach auf einem Brett ausgespannt gesessen.

Tutetue besteht allerhand merkwürdige Hühner- und Entenabenteuer, obwohl die Jahreszeit – wie er bald erfahren sollte –

diese Diebsjagd keineswegs begünstigt. Er kann auch weiterhin als Durchschnitt für die ganz gewöhnlichen Füchse gelten; ist ebenso schlau wie frech, doch aber imstande, seine Natur so weit zu bezwingen, daß er nicht Hals über Kopf in die erste beste Fuchsfalle gerät. Oftmals leidet er Not, und manche Nacht sieht man ihn innehalten und die Gehöre spitzen, um womöglich das Wildgeläut des Kläffers zu vernehmen. Wie wäre es köstlich, denkt er dann, wenn du plötzlich an einem Braten des Schächters Anteil haben könntest. Aber der Schächter ist längst über alle Berge – und der Alte mit ihm. Der Läufer, der auf seinen Langläufen am weitesten gekommen ist, jagt schon in Gegenden, wo die Erde vom Schimmel überzogen scheint und das »Gras« mit Heide durchsetzt und mehr braun als grün ist.

In jener Nacht, nach dem Kampf mit den Hunden im Winterbau, hatte sich zunächst der Läufer auf die Strümpfe gemacht und später dann der Alte und der Schächter. Nicht einmal die beiden letzteren waren auch nur annähernd beieinander geblieben. In der Stunde des Abschieds erinnerte sich der Schächter seiner geheimen Kindheitswanderungen mit dem Alten, als die Losung nur lautete »schaut euch um und horcht, schaut euch um und horcht« – und er hatte etwas von diesem verdammt langweiligen Tage gemurmelt. Geschaut und gehorcht hatten sie wahrlich – ja danke sehr! Geschaut und gehorcht, und auch allerlei zu fühlen bekommen, aber sie hatten nicht so viel wie ein lebendes Auge erwischt!

Furchtbar verärgert war der Schächter abgezogen.

Die rote Koppel ist in alle Winde verstreut.

Mehrere Wochen lang leben sie für sich und schnorren sich auf eigene Faust durch die Welt. Gemeinsam ist ihnen nur das eine, wovon aber keiner von ihnen eine Ahnung hat, daß sie sich immer in derselben Hauptrichtung weiterbewegen. Es sieht aus, als zögen sie den gleichen Weg.

Es ist der Kern in ihrer Natur – ihr Seelendrang, wenn man so will –, der das bewirkt. Je weiter sie im Norden vorrücken, desto wilder, öder und unbesiedelter liegt nämlich das Land, desto weniger Gesichter wittern sie und desto größer und unkultivierter werden die Wälder, die sie antreffen. Nahrung ist überreichlich vorhanden für solche Fänger wie sie; sie wechselt nur mit den Landstrichen. Früher holten sie sich Fasanen, Kitzen und Rehe; jetzt holen sie sich Birkhühner, Schafe und Hirschkälber – und Wollbeine können sie überall bekommen, um das Leben damit zu fristen. Allein für Tutetue, der nicht jagt, sondern stiehlt, bietet sich immer seltener die erhoffte Gelegenheit – Judas Hahn verkündet längst nicht mehr so häufig, wo er und sein Hühnerhof anzutreffen sind.

Es ist schön, Fuchs zu sein, wenn man in Ruhe gelassen wird und ungestört verdauen und schlafen darf – die Koppel macht sich darum auf in jene Länder, wo der Friede wohnt, wo die gesegnete Stille herrscht.

Aber sie machen bald die seltsame Erfahrung, daß die geräuscharme Luft, die ihre Gehöre den Nerven so angenehm mitteilen, in ganz bestimmten Strichen durch das Land zieht. Gerät man aus diesen Strichen heraus oder auch nur in die Nähe ihrer Grenzen, so stößt man gleich wieder auf eine Schar von Gesichtern und Judas Hunden, die Krach machen. Man sollte dort bleiben, wo die Wüste brütet, wo die Einsamkeit gedeiht; das sollte man – wenn man nicht zum Hühnerdieb geboren ist!

In den großen, düsteren und einsamen Wäldern, die gleich aufgestapelten Reisighaufen über die Landschaft hingestreut sind, ist die rote Koppel schließlich verblieben.

Einige von diesen Wäldern haben ein fast urwaldartiges Gepräge, winddürres Holz liegt herum, und alte Riesen ragen über die Wildnis des Unterholzes.

Dazwischen, so als seien riesige Hirschhäute zum Trocknen ausgespannt, breiten sich braune Heideflächen aus. Die Häute sind hier und da löcherig: der Pflug der Kultur, die nichtswürdige Hacke und der alles besiegende Spaten haben wie kämmende Schrotschüsse ihre Urnatur gestreift. Daher die grasgrünen, korngelben und kleeroten Flecke, die um einen einflügeligen, strohgedeckten Hof auftauchen mit einigen zerzausten Bäumen als Garten drum herum.

Irgendwo am Horizont, durch die Heide- und Baumdecke schimmernd, schlängelt sich ein rieselnder Bach oder ein langsam rinnender Fluß dahin; er ist die einzige Andeutung eines Lächelns in dem Antlitz dieser düsteren Landschaft.

Drinnen in den Wäldern erheben sich große, ausgedehnte Hügelketten. Langsam aber sicher schieben sich die Erdwellen hoch; sie sind wie unterirdische Kämpen, die den Wanst krümmen unter dem Gewicht des großen Waldes auf ihrem Rücken. Viele von diesen Hügeln haben voller ragender Tannen gestanden, alter, himmelanstrebender Bäume, deren Nadeln so groß, so dick und abgenagt waren, daß sie den Stacheln eines verlebten Igels glichen. Ein Orkan hatte diese Masten gekappt, hatte sich zwischen ihnen durchgepflügt, um sich gehauen und gefällt, so als schlüge man mit einem Stock das Schilf nieder. Später haben die Menschen versucht, Ordnung in den Wirrwarr zu bringen, indem sie das Dürrholz zersägten und die Überreste bargen. Das mag etwa ein Jahrzehnt hergewesen sein; jetzt sind nur noch die Stümpfe übrig, wie der Sturm sie zurückgelassen hat mit gen Himmel gestreckten, verwitterten Wurzeln. Einige sehen aus wie übernatürliche, vertrocknete Riesenspinnen, andere gleichen dem breiten Hinterteil alter Holzleserinnen, und wieder andere sehen garstig aus wie der Leibhaftige selber. Hier und da thronen die Stammreste, in Manneshöhe abgebrochen, mit abgeschälter Rinde, das Kernholz und die Splitter sind noch übrig, verrottet, gelb wie winddürre Knochen.

Welcher Friede und welche Einsamkeit! Welch große, bedrückende Stille in diesem neuen Revier, auf dem die ganze Koppel in einem Umkreis von etwa dreißig Kilometern sich wieder zusammengefunden hat. Gesichter mit ihren Helfern sind in nur geringer Zahl in diesen Wäldern zu sehen, und selten ertönt ein Gebell, das Schlagen der Axt oder ein Schuß. Einmal hatte es die ganze Nacht geregnet. Die roten Bälge waren naß geworden und verspürten wenig Lust, zu Bau zu kommen. Sie lagen rund herum im Walde in Schlupflöchern versteckt, unter dichten kleinen Tannen oder Buchenstorren. Da erwachten sie einer nach dem andern so plötzlich, wie die eingeschlafene Schildwache lebendig wird, wenn die Runde da ist und sie auf frischer Tat ertappt – sie sausten davon, eine Meute hochläufiger Bracken auf den Fersen.

Es gab außer ihnen noch andere Füchse im Walde. Der Schächter, der zuerst aufgestöbert und bald in harte Bedrängnis gebracht ist, hat im Morgengrauen einen Fuchs zu Gesicht bekommen, der sich unter einem Stapel windgefällter Birkenreiser verkrochen hat.

Es war ein Reineke, den man nicht unbeachtet gehen läßt.

Vielen wunderlichen Füchsen ist die Koppel begegnet – wenn der Schächter zurückdachte, wußte er nicht, welcher wohl der wunderlichste gewesen sein mag. Einmal hatte er einen getroffen, nur so groß wie eine Katze, gedrungen und rundlich, doch aber merkwürdig verunstaltet. Er hatte nur einen Vorderlauf; den anderen hatte er in so früher Jugend eingebüßt, daß er immer sagte, er sei mit dem Gebrechen auf die Welt gekommen.

Einmal vor langer Zeit – der Schächter war damals noch ein winzig kleiner Jungfuchs und wohnte in dem jetzt so fernen Hügelloch – war er des Wegs dahergekommen ... es war ziemlich spät am Abend. Da sah er in einiger Entfernung vor sich ein Tier, das so merkwürdig herumhoppelte wie ein Hase. Der Schächter setzte zum Sprung ab – als er aber näherkam, entdeckte er, daß es ein Fuchs war, ein kümmerlicher Krüppel. Seine Standarte war weg und der eine Hinterlauf ebenfalls, an dem einen Vorderlauf fehlte ihm außerdem eine Pranke. Die andere Pranke, die unverhältnismäßig groß und wie eine Hand aussah, streckte er ihm entgegen ... war es das Werk der Gesichter?

Dieser lächerliche Fuchs aber hier unter den Birkenreisern, wie sah der aus! Das eine Auge fehlte, und das andere stand ihm ganz verkehrt im Kopf. Die Hälfte des Fanges war weg, ebenso alle Zähne auf der einen Seite. Das war ihm einmal widerfahren, als im Wald Aufruhr war. Er konnte sich entsinnen, daß er zwischen einigen Tannen hervorsah, bevor er seinen Balg einem Wechsel anvertrauen wollte – da hatte einer mit einer riesigen Tatze gestanden, der ihm unversehens eins in die Seher geknallt und mit einigen fürchterlichen Krallen ihm das halbe Gesicht weggerissen hatte: es hatte fürchterlich geschmerzt, aber er war damals jung gewesen und seine gute Mutter hatte ihn ein halbes Jahr lang noch geleckt – seither hatte er kein Unbehagen weiter gefühlt, außer daß alle es sahen und ihn einen äußerst zähen Fuchs nannten!

Jetzt nun ist der Schächter ausnahmsweise einmal selber in den Wind gekommen. Gegen die großen Bracken kann er nicht standhalten, und hier über der Erde gibt es keinen Panzerring, dem er sich anvertrauen könnte – da fällt ihm plötzlich der »Wunderlichste der Wunderlichen« ein, der Fuchs unter dem Birkenstapel, und wohlweislich schlägt er den Weg nach dieser Stelle ein. Er vermag auch wirklich die Hunde auf die Spur des ortsansässigen Fuchses zu setzen; der kennt den Wald, biegt aus und wendet sich und hält die Meute auf.

Bald aber fallen Schüsse. Und wieder ist der Schächter gemeint. Da huschte er in einige junge dichte Tannen hinein, die ihre Zweige bis auf die Erde hinabsenkten. Er sprang hüpfend auf die dichteste hinauf, sich der Äste als Stufen bedienend, und ging in Windeseile zu Baum. Einen Augenblick war er nahe daran, das Gleichgewicht zu verlieren, da hieb er mit den Zähnen in einen Ast und biß sich fest.

Die Hunde kamen, die Nase auf der Spur, schossen vorüber und stimmten dicht neben dem Baum ein Klagegeläut an. Der Fuchs war weg, sie konnten vor lauter Nadeln nichts sehen. Nun ja, so hieß es denn weiterstöbern und versuchen, ob sie ihn nicht fanden. In der Luft konnte er ja nicht sein, so meinten sie, denn sie schlossen von sich selber auf ihn.

Und dabei stießen sie den Läufer heraus. Er versuchte sie zuerst abzulenken, indem er seinerseits Reh und Hase aufstieß, aber die Hunde waren Fuchsstöberer; da half kein Gottseibeiuns!

Der Hauptvorzug des Läufers waren eben seine Läufe. Und das Geniale an ihm war, daß er niemals, auch wenn er auf seinen gewöhnlichen Ausflügen umhertrieb, auf die Wegbahn Rücksicht nahm und nur dort lief, wo es sich am bequemsten ging, wie etwa auf Feldwegen, Ackerrainen, Waldpfaden oder Knicks, nein, er wand sich immer, huschte fortwährend weg, behende und leicht, über Wälle und Hecken und quer durch die dichtesten Dickungen. Seine besondere Art, sich fortzubewegen, war seinerzeit, als er noch in die hohe Schule des Alten ging, als Querköpfigkeit aufgefaßt worden, und er hatte viel auszuhalten gehabt deswegen. Aber halsstarrig hatte er an seiner Vorliebe festgehalten.

Er wand sich denn auch jetzt hindurch – und zu seinem Glück!

Aus und ein ging es durch den Tann; im Kreise und in Schnörkeln drehte er sich um die Eichenstorren – o ja, die Kunst, irrezuführen, war ihm angeboren.

Wenn die Hunde zwischen den Stecklingen in seiner Spur dahinliefen, war er am entgegengesetzten Ende hinter anderen verborgen; er hörte, wie die Judasse auf der anderen Seite an ihm vorbeistürzten, und grinste verächtlich. Der alte Waldgott war ihm hold!

Er lief so rasch, daß die Erde kaum Zeit hatte, die warmen Witterungsspritzer der Pranke einzufangen, seine Spur war weite Strecken hin schnell erkaltet und sprach die Hunde überhaupt nicht an. Daher gewann er auch Mal für Mal Vorsprung und hatte Muße, sich zu verschnaufen und zu erholen.

Kürzlich hatte ein Gesicht ihm seinen »Gruß« entboten. Aber der Läufer blieb seinem Namen treu. Der Jäger sagte späterhin aus, als er gefragt wurde, worauf er denn geschossen habe:

Auf einen roten Strich!
Trotzdem aber wäre der Läufer nicht imstande gewesen, auf die Dauer den Bracken standzuhalten, dazu waren ihrer zu viele, sie hatten zu gute Nasen – aber er gelangte auf eine Wiese, wo die Überreste einer alten Eiche standen, und da er einen großen Vorsprung hatte, nahm er seine letzten Kräfte zusammen, setzte mit einem Sprung zwei Meter hoch in den Spalt der Eiche, zog die Lunte ein, rollte sich zusammen wie ein Marder und versank ganz und gar in der Vertiefung, die die Astgabel bildete.
Die Stöberer rannten rund um den Baum, verloren die Spur, standen da und heulten, bis eine kluge Hündin, um nicht von den Gesichtern ausgezankt zu werden, in der Spur zurücklief.
Riesige Jagen wurden mit diesen langläufigen Hunden durchsucht.
Und da die Anzahl der Schützen nicht gerade überwältigend war, konnte ein gerissener Fuchs, wenn er nicht aufgestoßen wurde, wohl imstande sein, sich in Sicherheit zu bringen.
Während die Meute weit drüben auf der anderen Seite des Waldes einen einheimischen Fuchs trieb, schlich der Kläffer für sich allein herum. Seine Seher saßen wie auf Stielen, und sein Gehör war bis ganz an die Zipfel der Gehörtrichter herausgezogen. Er windete unablässig und trat lautlos wie ein Gespenst. Auf alles hatte er acht! Er fühlte sich vor, indem er auf das »Warnungszischeln« der Kohlmeise und den Alarmschrei der Amsel horchte ... an einer Stelle sah er, gerade als er aus seinem Schlupfwinkel über einen Weg huschen will, einen Birkhahn mit allen Zeichen des Schreckens umkehren und ihm entgegenkommen. Es mußten also Gesichter auf dem Wege lauern!
Er versuchte eine andere Richtung einzuschlagen, schnürte auf der Grabensohle entlang und ging so vorsichtig, daß weder die Grashalme, die er niederbog, noch die Kräuter, auf die er trat, einen Laut von sich gaben. Hin und wieder getraute er sich auf den Grabenrand hinauf, um zu spähen und zu lauschen, bald aber rutschte er eiligst wieder in seinen Hohlweg hinunter.
Auf diesem gelangte er schließlich zu einigen kleinen Tannen, die so dicht standen, daß sie sich gegenseitig fast auf die Füße traten. Hier verharrte er eine geraume Weile.
Da kommt ein Vogel über seinen Kopf hinweggestrichen; er taumelt so seltsam lautlos von dannen. Da sieht er mit einem Male, als

jener ein Stück entfernt ist, daß die Daunen wie Staub vom Wege aufwirbeln. Sein Kopf klatscht gegen den Körper, sein langer Stecher klappt auf, und die Ständer strecken ihre Zehen schlaff von sich. Nur eine Sekunde spielt der Film und heftet sich in seine Pupillen – dann dröhnt der Knall und jagt ihn aus seinem Unterschlupf auf.

Apporte, hört er es hinter sich rufen ... apporte. Er meinte, diese Worte gälten ihm.

Er setzte von dannen, ohne jedes Bedenken quer über den Weg springend. Der Jäger, der viel zu sehr davon in Anspruch genommen war, seiner Schnepfe habhaft zu werden, entdeckte ihn nicht einmal.

Dieser Schuß trieb übrigens nicht nur ihn zur Eile an, sondern auch ein Rudel Rotwild von sechs, sieben Stück. Geführt von einem alten Rottier, mit einem Laut, wie wenn Kavallerie vorübertrabt, ging es flüchtig ab, einem friedlicheren Platz im Walde zustrebend. Der Kläffer strich hinter dem Wild her, aus alter Gewohnheit gleichsam – jetzt war er außer Gefahr, er war hinter der Schützenlinie.

Der Alte aber war am übelsten daran!

Von den Hunden arg bedrängt, schlängelte er sich zwischen Erlen und Haselgestrüpp nach einem breiten Fluß hinunter, der den Wald durchlief. Die Flußufer waren mit Schilf und Kalmus dicht bewachsen, hier und da schwammen große Flecken Entengrün, welke Binsenstengel mit Fallaub und Zweigen trieben daher. Der Alte hatte so viel Vorsprung, daß er Zeit fand, eine Schlinge zu laufen, ehe die Stöberer hinterdreingekommen waren. Er lief um eine Weide herum und in seiner eigenen Spur zurück, um gleich darauf kehrtzumachen und in einem Sprung von drei Metern Länge ins Röhricht zu flitzen. Er wand sich um die Pflanzen am Flußufer herum und verschwand wie ein Windhauch vor den Augen der ansitzenden Jäger.

Jetzt kamen die Hunde Laut gebend heran, liefen um die Weide herum und auf der Rückfährte zurück – und standen da!

Die Jäger, die den Fuchs hatten in den Fluß springen sehen, wiesen auf das Röhricht hinaus; sie waren wohl auch willig, aber das Wasser hatte den Duft der Spurblume hinweggewischt.

Eine Stunde lang wühlte man am gleichen Ort herum, um dann davon abzulassen – der Fuchs war und blieb verschwunden. Und nun entstanden alle möglichen Legenden; so hieß es unter anderem, der Reineke könne wie ein Otter unter Wasser schwimmen und habe auf diese Weise das gegenüberliegende Ufer erreicht. Ja! Jaja! sagte man ... »Ritter Rot« hat sich in Sicherheit gebracht – –

Der Alte hatte sich einer Fuchslist bedient, die ungewöhnlich war. Erst hatte er mit Hilfe des Wassers seine Fährte getilgt; danach war er entschlossen zu einer Stelle im Fluß hinausgewatet, wo das Binsicht eine Landzunge bildete. Er war so weit hinausgegangen, bis das Wasser ihm bis zum Halse stand, und hier war er stehengeblieben, unter die schwimmenden Inselchen aus Laub und Schilf geduckt. Sein Kopf, dessen Gehöre ganz angelegt waren und dessen hinterer Teil in das laubbedeckte Wasser hineingedrückt war, hob sich von der Umgebung nicht im geringsten ab. So rettete er seinen Balg! Die Bracken wurden immer erregter.

Freilich war bereits ein Dutzend Füchse erlegt, und einen einzelnen armseligen Burschen mit verdrehtem Fang und ohne Lunte hatten sie lebendig in der Flucht gegriffen; immer aber waren noch einige Rotpelze da – das fühlten die alten klugen Hunde ganz genau –, die sie durch Kniffe täuschten, über die sie sich nicht klarwerden konnten.

Die Niederlage mit dem Schächter, dem Läufer und jetzt dem Alten spukte in ihrem Gewissen; man konnte es an ihrem Gebelfer hören. Das Geläut hatte, obwohl die Stöberer jetzt herumtobten, ohne irgendeine Spur in der Nase zu haben, und fortgesetzt jammerten und klagten, dennoch einen erbitterten und drohenden Unterton. Als Tutetue da der Meute vor die Nase kam, gab es Lärm!

Und jetzt ging es über Hügel und durch Schluchten. Wie auf Nadeln standen alle Jäger – am Ton des Gebells konnten sie hören, wo die Bracken trieben. Unten in den Tälern erklang das Geläut gedämpft, oben aber auf den Höhen rein und klar. Einer namentlich war darunter, der sich gewaltig freute, denn es war der Besitzer der Hunde; das war Klim. Mit seinen Dackeln hatte er diesen ganzen Sommer Pech gehabt, jetzt schien es so auszusehen, als ob seine Bracken es ihm vergalten. Tutetue hatte es nicht leicht. Er konnte fast nicht mehr. Aber er mußte versuchen, zu entkommen, und nahm daher eine Gelegenheit wahr, plötzlich durch eine Lücke in einem Waldgitter zu verschwinden. Hier lagen schon im Vorweg zwei gerissene Standfüchse; Tutetue mußte am äußersten Rande liegen ... er schnaufte und hörte währenddessen, wie die Gesichter näher ka-

men und beratschlagten, wie sie seiner wohl am besten habhaft werden sollten.
Die Hunde redeten ihnen fortwährend dazwischen; sie pfiffen und kratzten, als ob sie verrückt geworden wären. Es verging eine lange Zeit; der Lärm dort draußen hielt immer noch an.
Da vernahm er plötzlich, wie die Erde über ihm schrie und ächzte. Es wurde darin gehackt und gegraben, und die Decke über ihm wurde immer dünner. Er fühlte, wie die Haare sich auf seinem Körper sträubten und die Übelkeit ihm in den Hals stieg – da mit einem Male klaffte die Decke über ihm auseinander, das Licht brach in breiten Strahlen ein, und Erde und Laub überrieselten ihn.
Die Gesichter hatten sich zu ihm vorgegraben.
Er blickte im selben Augenblick hoch, als ein großer Judas mit dem Kopf ins Loch hineinsauste, ihn am Nacken packte und ihn hinausschleifte. Er hing in der Schnauze des Hundes wie ein lebloser Klumpen, schlaff baumelten Kopf und Läufe nieder, und schlaff hing die buschige Lunte.
Oh, er ist schon verendet, sagten die Gesichter, die die Büchsen beiseite gelegt hatten und mit den Spaten in den Händen dastanden. Und dann munterten sie den Hund auf ... so ist's recht, halt fest!
Der große Stöberer wollte besser zugreifen, er ließ den Fuchs einen Augenblick fahren – wupp, da war Tutetue den Kiefern des Judas entronnen, er schlüpfte durch die Zaunreiser, Judas ihm nach und die Gesichter hinter Judas her; Gebrüll und Donnerwetter waren zu hören, die Meute, die geschnallt war, riß an den Leinen; aber Tutetue war wendig – – unterdes kamen die beiden anderen Füchse mit den Köpfen hoch und verschwanden in entgegengesetzter Richtung.
War Tutetue für die Jagd auf Schafe und Kitzen kümmerlich veranlagt, so war er doch schlau und entschlossen, wie die meisten Füchse es sind!
So entkam auch er.

Es war der roten Koppel Glück, daß sie nicht in den Wäldern dort beheimatet war und nicht einen einzigen von den vielen gut erkennbaren Fuchswechseln und -pässen kannte, auf denen man für gewöhnlich sicher und in aller Heimlichkeit entlangschnüren konnte. Denn gerade an diesen Stellen hatten die klugen Gesichter sich aufgestellt, und sie erlegten ja auch jeden einheimischen Fuchs.

Der Edelhirsch

Der Winter hat eingesetzt – –
Der Sturm hatte das Gestöber den ganzen Tag vor sich hergetrieben, hatte Flocke auf Flocke gehäuft, sie zusammengekittet, sie glattgestrichen, seinen kühnen Zierat um die Kuppeln und Türme der Wehen gelegt und dann die ganze Herrlichkeit wieder auseinandergerissen und sie auf seinen Flugflächen davongetragen. Ausnahmsweise einmal war der Sturmgeist selber sichtbar geworden.
Man sah ihn auf den weißen Rauchwolken, die von den Waldwipfeln aufstiegen, auf den Spitzen der Hügel, der sprühenden Brandung der Hohlwege und in den siedenden Wirbeln der offenen Felder.
Den ganzen Tag war die Natur in steigendem Aufruhr gewesen, gegen Abend aber nahmen die Kräfte ab, und die raschen Atemzüge beruhigten sich.
In den großen, einsamen Wäldern dämmerte es. Hoch hinauf in die Kronen und weiter in die Höhe stieg die Abenddämmerung. Man unterschied kaum das Grau des Wolkengewölbes, und auf der Erde konnte man nur die lichtreinen Gegenstände noch schimmern sehen. Hinter den Stämmen im Westen, zwischen dem Dunkel der Erde und dem dunklen Himmel, leuchtete ein langer und schmaler, ein feuerroter Streif durch die Frostluft. Es war das Augenlid des Sonnengiganten, das noch einen Spalt weit offenstand. In entgegengesetzter Richtung aber, im Osten, hinter dem Waldessaum, wo die Krähen, die sich zur Nacht in den Wipfeln scharten, verschwanden wie in einem ungeheuren, vorwärtsgleitenden Schatten – dort kroch die Nacht, das große Dunkeltier, aus seiner tiefen, blauschwarzen Horizonthöhle. Ferne Kettenhunde begrüßten sie mit Gekläff, und die Eulen ringsum huben an zu heulen und zu grollen. Trotz Winterschlafs zuckte es in den Leibern der Fledermäuse, sie träumten, daß sie erwachen müßten, aus alter Gewohnheit.
Ein junger Rothirsch trollte auf einem Wechsel daher! Er schritt weit aus, warf die breiten, scharfrandigen Vorderhufe vor, so daß die Spitzen einen Augenblick förmlich in die Höhe ruckten. Die ganze Gestalt war auffällig von der Flucht geprägt.
Ab und zu verhoffte er plötzlich, drehte sich halb um und äugte erregt zurück. Er vernahm gespannt und warf kurz und heftig auf, während er in langen, tiefen Zügen den Wind einsog.

Der Wind war stumm! Der Hirsch vernahm nichts außer dem leisen Knurren und Brausen des Hochwaldes. Und dennoch – irgend etwas war um ihn, das ihm nicht behagte, etwas Unbestimmbares, zuzeiten von raubtierhafter Schärfe.
Dann warf er wieder das Haupt auf, hieb mit den Stangen noch einmal durch die Luft, schnob böse und trollte weiter.
Der Schnee lag verharscht und wie vereist über dem Erdreich.
Vor wenigen Wochen nur hatte er lose und leicht gelegen, man war bis weit über die Knie in Haufen weißer Kristalle gewatet.
Da hatte das Wetter plötzlich mit Tau und Nebel eingesetzt, die Schneedecke war geschmolzen, war hingesiecht, bis der Frost sich abermals mit harter Hand eingestellt und den Morast im Handumdrehen in Eis verwandelt hatte.
Seitdem war neuer Schnee gefallen, der Winter hatte mit erhöhter Kraft eingesetzt – und jetzt, nachdem das Gestöber aufgehört hatte, fror es klirrend.
Der Hirsch kam vom Burgmoor, einem großen, düsteren und unkultivierten Waldmoor, wo er den ganzen Tag wiederkäuend gesessen hatte. Er hatte nicht allzuviel Lust verspürt, sich zu erheben, machte sich nichts daraus, das Waldesdunkel und den Schutz unter den schneebepuderten kleinen Tannen zu verlassen: die Läufe waren wund; sein schweres Körpergewicht machte es ihm unmöglich, oben auf dem gefrorenen Schnee zu schreiten; bewegte er sich außerhalb der Wildwechsel, so sanken die Läufe ein, und er riß sich die Fesseln entzwei, als hätte eine grobe Feile sie zerschrammt.
Aber der Hunger hatte an ihm genagt und ihn hochgetrieben.
Eine Stunde lang hatte er traumverloren geäst, von den Wipfelsprossen einer Edeltanne genascht, den Knospen der Birken und jungen Eichen, da war ein Gewitterzucken durch ihn hindurchgefahren, er war vergrämt worden, ohne zu wissen wodurch.
Dieses geheimnisvolle Etwas, das die Einsamkeit des Hochwaldes in sich birgt und dem ein jedes seiner Geschöpfe unterliegt, hatte ihn in all seinem Ungestüm überfallen und sich an ihn geheftet. Er machte seine Fluchten – bis er fehltrat und mit dem rechten Hinterlauf in ein Sumpfloch geriet. Die mürbe Eisschicht, unter der das Wasser weggesunken war, brach splitternd zusammen; er verspürte einen Schnitt und einen beißenden Schmerz. Halb hinkend, halb laufend war er auf drei Läufen über das Moor gelangt und weiter in den Wald hinein. Seine Fährte war deutlich sichtbar.

Von dem Augenblick an, wo das Eis tief in seine Fessel geschnitten hatte, sickerte der Schweiß unablässig aus dem Lauf. Die roten Tropfen lohten aus dem Schnee auf wie wundervolle Blumen – eine ganze lange Kette, eine feine Punktreihe zog sich vom Sumpfloch hinter ihm drein.
Der Kläffer, der Spurfinder ist es, der diese Kette zuerst entdeckt – und er ist so hungrig, daß er im Anfang einen Tropfen nach dem anderen sorgsam einschlürft. Er ist mager und schlottrig, der frische Schweiß aber erfüllt ihn mit Mut und Mordgier – vielleicht ist er einem angeflickten armen Tropf auf die Spur! Die Fährte wird deutlicher, und das flüchtige Wild berauscht ihn, so daß er gelfernd, unterdrückt kläffend die Spur zu verfolgen beginnt.

Seit die Brackenjagd die rote Koppel sprengte, haben die Füchse jeder für sich ihr Leben gefristet. Das spärliche Niederwild hat nicht ausgereicht für ihren gefräßigen Appetit, und sie haben den Hunger kennengelernt. Schnarrend sind sie einander aus dem Wege gegangen. Die kleinen Happen schienen ihnen zu gering zum Teilen, wenn sie sich zufällig einmal bei gegebener Gelegenheit auf den Wechseln begegneten. Jetzt aber ruft der Kläffer sie zusammen.
Zunächst stößt der Läufer zu ihm, darauf der Schächter und der Alte, der ganze Chorus der bekannten Rotpelze ist bald auf der Spur des wunden Hirsches. Die Rotfährte, die den Schnee schmilzt und immer wärmer und würziger wird, je weiter die Füchse vordringen, erregt sie, die schlaffen Gedärme schreien in den Wänsten, die Aussicht auf einen Raub jagt den einen vor den anderen – der übliche Wettlauf hebt an.
Hundert Sprünge weiter – still, dort steht er ja, der Hirsch, der große Braten!
Er äst an dem niedrigen Eichengestrüpp, er schlingt gierig hinein, was er erreichen kann, jetzt sind diese Knospen keine Leckerei wie im Frühling, nein, die Schneekruste liegt jetzt fest und bedeckt Roggen und Gras.
Vier geschliffene Enden strahlen von jedem seiner Geweihstangen auf, die großen Luser drehen sich vor und zurück, die klaren braunen Lichter äugen angespannt nach allen Seiten. Mit einem Male hält er im Kauen inne, streckt den Äser vor und kostet gleichsam am Wind – er äugt, windet und vernimmt.
Da tönt es plötzlich hinter ihm von klatschenden Pranken; er hört

den Neuschnee knirschen unter den federnden Prankenballen und sieht eine Schar hundeähnlicher, langhaariger Bestien herankommen, eine hinter der anderen, den Windfang auf seiner Fährte. Es gibt ihm einen Ruck, er setzt sich förmlich auf die Hinterläufe – und da im selben Augenblick einer der Rotpelze Laut gibt, hält der Hirsch die jagende Koppel für Stöberhunde, er macht kehrt und setzt in langen, hohen Fluchten davon.

Diesem Anblick können die Füchse nicht widerstehen. Es geht ihnen mit diesem Hirsch wie seinerzeit mit dem starken Bock; allein hätte keiner von ihnen es gewagt, auf Sprungweite an den Hirsch heranzuschnüren; jetzt aber, wo sie mannsstark beisammen sind und das Wild vor sich auf der Flucht haben, jetzt, wo der Hunger sie quält, sprengt ihre Raubtiernatur alle Fesseln, sie werden sich der Macht ihrer Fänge bewußt, ihrer Geschmeidigkeit und Kraft, ihres Rechts zu leben und zu erlegen, was sie erwischen können – und spornstreichs setzen sie der Beute nach.

Der blutige Wettlauf ist in vollem Gange!

Es geht über Stock und Stein – in Sätzen und Hüpfern über umgestürzte Baumstämme und über Bäche und Gräben in meterlangen Fluchten. Oben an den Hügeln hinauf, wo der Schnee in mählich fallenden Schichten liegt, gewinnt der Hirsch einen Vorsprung, durch die Schluchten in der Tiefe aber, wo die weißen Kristalle sich zu Wehen geballt haben, holt die leichtfüßige Fuchskoppel den Vorsprung wieder auf. Aus den Schneemassen schauen hier und da die Spitzen abgefallener Äste und Zweige heraus, die obersten Enden der Grashalme und die welken, blaßgelben Blätter der Jungbuchen. Von einer Richtung aus gesehen erscheinen alle Bäume im Wald weiß, der Schneesturm hat sie vom Wipfel bis zur Wurzel geweißt, wendet die Jagd sich in die entgegengesetzte Richtung, so zeigt das Bild sozusagen die Kehrseite: jeder Stamm, jede Krone steht nackt und schwarz.

Gespenstisch gleiten die Füchse durch die Finsternis, tauchen bald hier, bald dort auf – und vor ihnen her flieht die große düstere Masse des Hirsches, dessen dunkler Schatten phantastisch auf der weißen, leuchtenden Schneefläche mitläuft.

Jetzt geht der Weg über ausgedehntes Heideland.

Hoch und buschig kriecht das Heidekraut über den Boden, zwängt sich zwischen Moos, Flechten, Krähenbeere und Gagel durch. Hier und da sieht man die schwachen Umrisse kleiner Birkenwäldchen, eines vereinzelten Wacholders oder einer wildwachsenden Tanne. Der Schnee hat diese Welt bepudert und hat sich dicht an Stengel und Wurzeln gedrückt.

Der Hirsch kommt in langen, kräftigen Fluchten weit vor der Koppel daher. Er hat die Geschwindigkeit gesteigert, er will doch versuchen, ob er diesem Pöbel nicht davonlaufen kann. Wie ein schwerbeladener Dampfer, der mit Volldampf seinen vorgeschriebenen Weg über die Wüste dort draußen nimmt, so erscheint er auf dem großen, weißen Schneeozean. Es schäumt gewaltig vor seinem Bug, und das Gestöber, das hinter ihm aufwirbelt, macht seine Kielwasserlinie deutlich, schwer schlagen seine breiten Schalen auf den Schnee und durchbrechen die Kruste mit vernehmlichen Knarren und Splittern.

Weit drüben am Rande des Waldes taucht die Koppel auf. Sie flimmert am Hügelhang hinab und weiter über die Heide. Die Nasen streben vorwärts, die Seher vorwärts; die Gehöre vorwärts, und die Läufe wollen am schnellsten sein. Die Wirbelsäulen sind gekrümmt wie Flitzbogen, biegen sich zusammen und schnellen wieder auseinander; die buschigen Lunten sind starr nach hinten gereckt wie lange Luftruder.

Die Füchse können leicht die Geschwindigkeit einhalten, der Schnee trägt sie. Der Hirsch dagegen sinkt mit jeder Flucht tief ein.

Sie gelangen zu einer plötzlichen Senke im Gelände. Der Hirsch hat sie mit einer ungeheuren Flucht überfallen; aber die Koppel benutzt vertrauensvoll die darüberliegende Schneebrücke. Da bricht diese unter ihnen, und der Alte, der als letzter läuft, sinkt bis zum Hals ein. Seine Geschwindigkeit ist indes so heftig, daß er quer durch die Schneehaufen des Grabens geschleudert wird, sie in einer Furche durchpflügt und auf der anderen Seite ein langes Stück auf dem Bauch dahinschlittert.

Jetzt aber erhöhen die Füchse die Schnelligkeit ihres Laufs, sie spreizen die Hinterläufe weit auseinander, stoßen die Wirbelsäulen zu Türmen nach oben und recken sie dann wieder gerade, so daß sie wie rote Kreidestriche wirken.

Von der Heide geht die Jagd in ein stark hügeliges Waldstück hinein. Einer der Hügel, der halb abgetragen und seines Kieses und seiner Steine beraubt ist, stürzt in einem steilen Hang von der Höhe bis zum Fuß hinab. Oben schweben die Baumwurzeln halb in der Luft und hängen nun baumelnd wie lose Tauenden herunter.

Von alters her führt ein Wildwechsel über diesen Hügel hinweg. Der Wechsel führt das Wild von der Heideebene in die dichte Walddickung. Von der Seite, wo die Heide anstößt, ist es unmöglich, von dem Steilhang etwas zu erblicken. Erst auf der Höhe des Hügels enthüllt er sich plötzlich.

Der Hirsch ist schon längst nicht mehr in ihm vertrauten Gebieten und ist sich über Land oder Wechsel nicht mehr im klaren. Er folgt lediglich den Richtungen, die ihm am gangbarsten erscheinen.

Mit den Verfolgern an den Fersen trabt er auf dem Wechsel dahin über die Hügel. Er läuft wild ins Blinde – da plötzlich entdeckt er die Tiefe des Steilhangs.

Bis zur Sohle sind es etwa zehn Meter.

Er muß einen Augenblick innehalten – dann stößt er ab und verschwindet. Er gleitet halb, halb stürzt er und stemmt die Läufe dagegen, so daß er auf der Schräge hinunterschlittert.

Aber die Füchse nutzen die Gelegenheit und gehen rücksichtslos drauf: wie Bremsen hinter einer Kuh, so stürzt der Schwarm hinterher. Sie spreizen weit die Läufe, sie fliegen fast durch die Luft, ihre Sprunggeschwindigkeit ist größer als der halb gehemmte Fall des Hirsches, sie erreichen ihn, wie Geschosse ein fliehendes Ziel erreichen, einige fallen ihm klatschend auf den Rücken, andere umzingeln ihn im Schnee. Er muß sich heftig schütteln und hohe Bocksprünge vollführen, um sich seiner Plagegeister zu entledigen.

Sie fangen an, ihn zu umkreisen, und betrachten ihn voller Entzücken – nein, welch ein großer, fetter Mundvoll! Aber instinktiv schnellt der Hirsch auf seinen Läufen wieder hoch – und damit ist der Zauber behoben. So hetzen ihn die Füchse, Stunde auf und Stunde ab, über die Kämme der Waldhügel, durch die Schluchten der Täler. Es fegt durch die Nacht, was die Gesellen vermögen. Über Moore, durch Hochwald und rings um den Schutz der Dikkungen. Die Koppel wird immer lebendiger, immer leichter, immer weniger, die Hälse kommen in Schweiß, und der Geifer trieft wie klares Wasser von den Leckern. Der Hirsch aber, dessen zerfetzte Knöchel jetzt von aller Haut entblößt sind, muß immer wieder anhalten und verschnaufen.

Da steht er dann still im Schnee, der riesige Braten, dampfend wie ein ungeheurer Waschkessel über einer überheizten Feuerstelle, gewaltig sieht er aus, furchteinflößend, er schnaubt erregt und fegt unablässig mit den Stangen um sich.

Die Koppel läßt ihn stehen.
In ehrerbietigem Abstand setzen sich die Füchse auf ihre Lunten, sitzen im Schnee wie eine Reihe roter Teufel und starren ihn schweigend, todverheißend an, einer neuen zweckmäßigen Taktik folgend: Halbe Stunden hintereinander können sie von demselben Fleck im Schnee ihn ununterbrochen begaffen, nur begaffen. Sie sitzen wie hingerissen vor diesem unermeßlichen Fleischklumpen und warten, ob er wohl umfällt.
Der Mond scheint winterbleich durch das schwarze Astgewölbe und zeichnet wie mit Mumienhand seine Striche in den Schnee.
Hier und da ist das Heulen ferner Kettenhunde zu vernehmen, und dann zuckt es aus alter Gewohnheit in den Reinekes, sie werden kühner und rücken näher an den Hirsch heran – jetzt gilt es, ihn zu packen!
Der Schächter, den der Hunger in die unbändigste Kriegslaune versetzt hat, schleicht sich wie ein Tiger auf dem Bauch heran, die Rute starr gereckt. Dann setzt er in einem Sprung auf den Rücken des Hirsches. Das aber hätte ihn beinahe den Kopf gekostet: der Braten ist noch nicht mürbe. Indem der Hirsch auf die übrige Koppel losgeht, die, von dem Angriff des Schächters angefeuert, sich um den Hirsch zusammendrängt, schiebt er den Rücken mit einem so plötzlichen Bocksprung empor, daß er den Schächter über seinen Grind hinwegschleudert, während eines seiner Geweihenden ihm mit einem Schnitt den einen Schenkel aufreißt. Zum Glück für den Schächter steht eine kleine Stangenbuche im Wege. Aber die Buche muß weichen, sie verfängt sich in der Geweihkrone des Hirsches, wird mitsamt der Wurzel aus dem Erdreich gezogen und mit einem überlegenen Wurf beiseite geschleudert.
Sobald der Hirsch wieder bei Atem ist, geht der Trieb weiter. Der Hirsch ist jetzt so lange gelaufen, daß er kaum noch zur Seite zu äugen wagt: Es ist ihm, als wenn die Stämme, an denen er vorüberkommt, mitrennen, der ganze Wald tanzt mit.
Hier und da, wo die Rotpelze weiter vorrücken, treffen sie auf andere Füchse, die sich hier in aller Bescheidenheit um das tägliche Brot mühen. Dort drüben auf der Wiese – siehe da, da steht einer. Er steht wie versteinert in dem fußhohen Schnee vor einem frischgeworfenen Maulwurfshügel. Es ist Tutetue.
Armer Kerl! Die Koppel bedauert ihn ... armer Kerl, der schon zufrieden ist, wenn er nur einen Maulwurf fängt! Einzelne Rei-

nekes aber – solche, in denen die Raubgier wohnt – schließen sich, ohne zu fragen, der jagenden Fuchssippe an. Sie rennen, weil sie die anderen rennen sehen, werden von dem gleichen Blutdurst getrieben, der gleichen Wildheit, dem gleichen Mut. So wächst die rote Bande, je weiter sie durch die Wälder vordringt.

Der Hirsch streckt seine Muskeln und reckt seine Läufe und kann noch immer eine Flucht von drei Ellen Länge vollführen. Aber er fühlt jetzt, daß es mit ihm bergab geht, und er nimmt zu seiner Schläue Zuflucht.

Er läßt nach einem rasenden Anlauf die Koppel weit zurück, macht Fluchten, daß Läufe und Rücken in einer Geraden liegen, und schießt mit Eilzugsgeschwindigkeit über das Erdreich, die Füchse können ihm nicht folgen, sie verlieren ihn aus den Augen – vor Verzweiflung stimmt der Kläffer seinen heiseren Aufgesang an – und da geschieht etwas Seltsames: auch die übrige Koppel hat plötzlich ihre Stimme zurückerhalten, sie schlagen alle an, kläffen wild und klagend.

Der Hirsch will zum Wasser herunter; er will sich retten, indem er über den See schwimmt. Ach! er vergißt die Jahreszeit. Er rechnet nicht mit dem Eis, so wenig wie er vorher mit den Wehen gerechnet hat, die im Verlauf der Nacht seinen Läufen immer wieder einen starken Hemmschuh in den Weg gelegt haben. Er stöhnt, er ächzt – die Krähen, die im Schutz der Hügel ihren Schlafbaum hatten, flattern bei dem Lärm flügelschlagend hoch.

Die Morgenstunde bricht an – –

Die Wolkenhaufen im Osten spalten sich und bersten und werden durchfurcht von langen, schmalstreifigen Himmelstälern.

Und als die Sonne höher steigt, werden die Täler zu Schalen, zu langen Reihen unermeßlicher Gefäße, die sich zu füllen scheinen mit dem Blut versunkener Geschlechter. Da ist das Blut von vielen Menschenarten, von ungezählten Tierarten. Da ist das Blut aller Geschöpfe vom ersten Tage an, da Blut erschaffen ward.

Es strömt stärker und stärker, röter und röter in die Schalen hinein, sickert aus Myriaden von unsichtbaren Quellen hervor und füllt eine Himmelsschale nach der anderen.

Der alte Heide, der Gigant dort droben, opfert!

Inzwischen graut unten auf dem Erdball der Tag, und das Licht flutet über die großen, einsamen Wälder, wo der blutige Wettlauf seinem Ende naht. Man vernimmt das tiefe, wehmütige Geflöte

des Dompfaffen und das Zischeln und Wischeln der Kohlmeisen. Es ist bitter kalt! Der Schnee knirscht unter den Fuchspranken und schreit unter den Hirschschalen; jetzt fällt ein Stamm mit Krachen ein – und so gellt und donnert es jedesmal, wenn die Sprengpatronen des Frostes in den Kernholzzellen platzen.
Auf einem freien Platz unter einer Gruppe von alten Buchen geht die Jagd quer durch eine ganze Heerschar von Bergfinken, die kaum beiseite rücken, so morgenhungrig sind sie. Hier erhascht die Koppel zum zweitenmal einen Schimmer von Tutetue; dieser Alltagsreineke meint, er sei ungeheuer listig, in dem dämmernden Grauen schleicht er sich zu den armen, verhungerten Vögeln heran, die unter den Wurzeln der alten Buchen nach Bucheckern scharren.
Der Hirsch aber achtet nicht der Finken und auch des Fuchses nicht, er bricht durch die welken Farne, deren braune, verblichene Fahnen aus dem Schnee aufragen, er streicht durch die schmitzenden Himbeerzweige hinab über den Moorgrund zwischen die absonderlichen Erlenstümpfe. Die grauen, vom Wind gedörrten Gräser stecken hier und da in Büscheln Kopf und Hals heraus, Riedgras und Spierstauden scharen sich dichter und dichter zusammen.
Jetzt eräugt er vor sich die dichten Binsenwälder. Sie winken gerade zu nach ihm; jetzt, wo er müde ist, ziehen sie ihn, ihm selber unbewußt, mit ihrenUnterschlupfen und Verstecken.
Er springt zwischen das knisternde Binsicht, trampelt es nieder, die zottigen Büschel krabbeln ihm um den Äser, und der staubige Heuduft weht ihm in den Windfang. Aber er ist nicht allein; es trampelt, knarrt und scharrt um ihn herum. Er fühlt sich von rechts und links bedrängt, da mit einem Male ist er draußen am Rand des Schilfsaums und sieht eine offene, weißgekleidete Fläche vor sich.
Es ist der gefrorene See ...
Auf dem fußdicken, schwarzen Eis liegt Schnee – und ohne zu ahnen, was er tut, will der Hirsch darüber hinwegsetzen.
Da hat die Koppel gewonnenes Spiel!
Als der Verfolgte vom Schilfversteck abstößt, schlägt das Eis einen donnernden Spalt. Ihjumm! zischelt es ... ihjumm, und noch einmal ih-j-u-m-m! Und jetzt folgt ein knisternder, sprudelnder Laut, ein Eisblitz, der unter seinen Füßen hinzuckt.
Der Hirsch rafft sich auf. Er ist noch nicht so alt, daß er den großen See schon jemals zugefroren gesehen hätte – jetzt ist er ernstlich auf Glatteis geraten.

Durch den stillen, reifnebeligen Morgen dröhnt das Gedonner auf dem Eis gewaltig, und die hohen, erfrorenen Waldhügel werfen es zehnfach zurück; er wagt sich nicht weiter hinaus, sondern stemmt die Vorderläufe dagegen.

Ist das Erde, ist es Gras? Oder was ist es um des Himmels willen, worauf hier seine Läufe treten? Es nimmt ja die Schalen nicht an, es schlägt ihm ja die Läufe weg – es scheint ja gemeinsame Sache mit den Zahntieren zu machen!

Da hört er einen Gesang hinter sich, ein heiseres Bellen umschließt einen trägen Baß.

Der Hirsch will eine Schwenkung machen, umwenden. Aber alle vier Läufe entgleiten ihm plötzlich und zeichnen lange Striche, die das schwarzblanke Eis bloßlegen. Das Eis gibt ein Gebrüll von sich, als der Hirsch ausrutscht und mit dem Hinterleib auf die Decke aufschlägt. Die Füchse aber stampfen mit den Pranken fest auf die harte Platte, so daß das Eis wie von ritzenden Eisenstacheln gekämmt wird – im Handumdrehen haben sie die Richtung verändert.

Dort sitzt nun der Gabler vor ihnen auf dem Eis in halberhobener Stellung, sich auf die steifen Vorderläufe stützend. Er wagt nicht, sich ganz aufzurichten, aus Furcht, den festen Halt zu verlieren und plötzlich abermals zu stürzen. Sein großer Lecker hängt ihm halb aus dem Äser heraus, sein dampfender Atem brodelt wie Nebelschwaden in der Luft, während er den Nacken beugt und wild nach seinen Verfolgern ausholt. Der Schächter setzt sich vor ihn hin, während die übrige Koppel, alle Heimatfüchse und der schlaue Tutetue, der jetzt auch dazugekommen ist, in gebührendem Abstand ringsum versammelt stehen, ohne nennenswertes Verlangen, den Balg zu wagen. Der Schächter beträgt sich geradezu engelhaft unschuldig. Er guckt nach den Sternen, die im Verblassen sind, nach der Sonne, die im Begriff ist aufzugehen, kurz, er setzt eine Miene auf, als ginge ihn der Hirsch von allen am wenigsten an.

Und dann, als die Aufmerksamkeit des Gablers abgelenkt ist, kommt er mit einem Sprung herbei. Diesmal bedient er sich aber nicht seines Griffs an der Kehle, nein, er springt dem Rothirsch an den Äser und klettet sich hier fest – –

So bemächtigen sie sich des Hirsches, wie sie den Bock gefangen hatten; die rote Koppel konnte ohne Braten nicht sein.

»Das Gesicht«

Die Koppel war jetzt in die ödesten Gegenden des Landes geraten, zu den großen Wildmooren, zu den Heideflächen und den Tannenwäldern, wo Menschen nur selten anzutreffen sind.
An diesen Stätten wurde ein Raubtier nicht auf die übliche Weise im Zaum gehalten – der Fuchs am allerwenigsten. Hier tummelte er sich frei und wurde immer zudringlicher.
Einmal im Jahre geschah es, daß die Bewohner sich zu einer Treibjagd zusammentaten. Dann gingen sie in langer Kette durch die Siedlungen und schossen, was ihnen vor den Lauf kam. Dabei fielen dann aber nur die dummen und unvorsichtigen Füchse. Hin und wieder aber konnte es auch geschehen, daß man außerhalb der eigentlichen Jagdzeit, Ende April oder im Mai, auf den Gedanken kam, Zeit und Kräfte zu opfern und ein Geheck Füchse auszugraben. Aber diese Methode, die langwierig war und Männerschweiß erforderte, ward nicht besonders viel angewandt.
Hier und da auf einem der größeren Höfe wohnten vielleicht Männer, die den roten Räubern von Herzen gern zu Leibe wollten. Es waren die Kreisvorsteher des Reichsjagdvereins, und sie behaupteten in Schrift wie in Rede, daß jetzt, wo der Fuchs das größte Raubtier des Landes sei, er auch als erster an der Reihe sei, vertilgt zu werden, sie gaben die Mittel und Wege dafür an, entflammten die Bevölkerung; durch den Tod des Fuchses, sagten sie, bewahre man das Wild.
Aber die Bevölkerung war nüchtern: Das Wild bewahren! Dann sollt man lieber die Anzahl der Jäger beschränken!
Hier in diesen Gegenden ließ man der roten Koppel ungewöhnlich freie Hand. Besonders unter den Schafen hausten sie fürchterlich, die hier halbwild waren und die meiste Zeit des Jahres im Freien verblieben. Allein im Lauf einer einzigen Nacht zerrissen der Läufer und der Schächter bei einem Raubzug durch zwei Kirchspiele sechs Stück!
Viele von den Bewohnern nahmen zu dem alten Mittel Zuflucht, den Tieren einen Eisenring oder eine Tüte mit Pulver um den Hals zu hängen. Das aber half nur wenig. Der Schächter lernte schnell, daß keinerlei Gefahr darin bestand, ein Lamm zu stehlen, wie sehr es auch nach Pulver oder Rost stank!

Jammer und Heulen ertönte überall – ja stand sogar in den Lokalzeitungen zu lesen. Man wußte nur noch nicht so recht, mit welchem Tier man es zu tun hatte. Bald hieß es, daß das Unglück von wildernden Hunden herrühre, bald phantastischer, wie etwa: daß es Wölfe seien, die auf einer Eisscholle angetrieben oder durch Jütland heraufgewandert seien.

Eines Nachts, als die Koppel quer über die Landstraße wechselte, kam im nämlichen Augenblick ein Bauer vorübergefahren. Die Pferde scheuten und gingen durch: der Bauer sagte, er habe im Licht der Wagenlaternen einige gelbe Tiere gesehen, die über den Weg gelaufen seien. Aber seine Frau behauptete, er sei betrunken gewesen. – So war auch diesmal wieder jeder Verdacht von der Koppel abgewendet.

Im fortschreitenden Winter aber wurde der Kampf um die Nahrung härter und immer härter. Die Koppel konnte sich ja nicht wie andere Füchse mit dem begnügen, was sie zwischen dem Dünger auf den Feldern fand, sie brauchte Braten, Blut auf den Zahn und Warmes auf die Zunge.

Sie wurde frecher und immer frecher, achtete den zahmen Vetter überhaupt nicht mehr, sondern ging Nacht für Nacht zu den Höfen der Gesichter, lockte Judas heraus und überfiel ihn.

Eines Tages kam das Gerücht auf, ein halberwachsenes Mädchen, das Brennholz im Wald gesammelt hatte, sei von einigen langen roten Tieren verfolgt worden, die sie für Füchse angesehen habe. Einer von ihnen sei nahe an sie herangekommen und habe sie beschnuppert, und als sie aufgeschrien hatte und davongelaufen war, sei er ihr nachgehetzt. Der Landpostbote, der zufällig vorüberkam, habe sie gerettet. Keiner traute dieser Geschichte.

Eines Nachmittags gegen Sonnenuntergang wird Kristian, ein vierzehnjähriger Junge, der Sohn des Dorfschneiders, von dem Großbauern Lars Kratbo hinausgeschickt, um seine Schafherde hereinzuholen. Aus Furcht vor den Untieren hatten die Bauern nämlich angefangen, ihre Schafe für die Nacht zu Stall zu treiben. Er nimmt seine kleine Schwester mit hinaus.

Der Junge hat längst schon einen Fuchs umherlungern sehen und mit Verwunderung bemerkt, wie wenig Anstalten der Reineke machte, abzuzuckeln, so sehr er auch schrie und fuchelte.

Da mit einem Male kommt auf einem kleinen Hügel vor ihm ein zweiter Fuchs zum Vorschein. Er setzt sich auf seine Rute und fängt

an zu belfern und zu gelfern, mit einem sonderbar heiseren, kurzatmigen Klang in der Stimme. Hau ... klingt es ... hau, hau!
Die Dämmerung ist angebrochen.
Der Junge nähert sich jetzt der großen Fichtenschonung. Da tauchen mit einemmal aus dem Versteck der Bergfichten mehrere neue Füchse auf – wie Fackeln, wie Feuersbrünste funkeln ihre Bälge in der Abendsonne. Sie lassen sich nieder, genau wie die anderen, und heben an zu bellen und zu kläffen.
Dem Jungen wird es immer unheimlicher zumute. Ganz allein ist er mit diesem seltsamen Chor, dessen Gesang wild über die Heide schallt.
Einer der Füchse schleicht näher an ihn heran. Und mit einem Male wird ihm klar, daß er einen solchen Fuchs noch nie gesehen hat; er ist wahrlich ein Riese seiner Art. Lang, dick und flammend gelb. Aber wie ist er doch zerbissen und verschrammt.
Der Junge scheucht ihn fort. Da hebt der die Standarte empor, stemmt seine Pranken in den Boden, wird größer, ja verwandelt sich im Nu aus einem Fuchs in ein gesträubtes Bürstenvieh und bleckt fauchend die weißen Zähne.
Der Junge wird von panischem Schrecken erfaßt, er schleudert die Holzschuhe beiseite, ebenso seinen Mantel, läßt Schafe Schafe sein und nimmt mit seiner kleinen Schwester Reißaus, so rasch wie möglich dem Dorf zustrebend.
Diesem Anblick können die Füchse nicht widerstehen. Sie haben es nie gekonnt – gerade dieser Anblick ist es ja, der von Anbeginn an eine Koppel aus ihnen gemacht hat! Der Raub, den sie sich ausersehen haben, wird gerade in dem Augenblick, wo er flüchtig wird, begehrenswerter denn je; ihr Mut verzehnfacht sich, ihre Kräfte wachsen und werden gewaltiger, als sie unter gewöhnlichen Umständen sind. Die Raublust packt sie bei diesem Anblick, wie sie in jener ersten Nacht, als das Wollbein vor ihrer Nase aus der Sasse aufstand und verschwand, in ihren Gemütern zum Leben erwachte. Sie springen hinter dem Jungen drein und sind ihm bald auf den Fersen. Der Läufer fängt schon an, ihn zu umtanzen, der Kläffer jault auf, und den Schächter kann man schon auf den Punkt zulaufen sehen, wo er sich ihnen in den Weg legen will.
Da faßt der Junge sich plötzlich ein Herz; als er die entsetzten Schreie seiner kleinen Schwester hört, erwacht der Mann in ihm, er wächst im selben Augenblick zu einem Riesen an, alle Angst und

Todesfurcht gleiten von ihm ab, er vergißt sich selbst und seine eigene Gefahr, wie vor tausend Jahren seine heimgegangenen Vorfahren sich selbst vergessen haben, sobald sie durch den Schrei von Kindern und Frauen zu Beschützern angerufen wurden. Er erhält das Gnadengeschenk des Mannes: die Verpflichtung, zu schützen, zu kämpfen, zu sterben – und als Held gefeiert zu werden!

Es schießt ihm wie ein Blitz durch den Sinn, daß hinter ihm eins in Not geraten ist, und nun streift er alle Kulturtünche ab; wie am Morgen der Zeiten, wo Tag für Tag von Männern Großtaten verübt wurden im Kampf gegen das Tier, wagt er sein Leben.

Mit Tränen in den Augen, mit hängender Unterlippe, mit vor Angst zugeschnürter Kehle macht er plötzlich kehrt – und indem er drohend die geteerte Hüterpeitsche über seinem Kopf schwingt, stürzt er zu der Schwester zurück.

Es ist die höchste Zeit; die kleine Schwester ist bereits »gestellt«, und der Schächter sitzt mit seinen sonderbaren Gebärden vor ihr, um die Gelegenheit wahrzunehmen. Jetzt kommt der Junge durch das knackende Heidekraut herangestürmt; es summt darin unter seinen nackten Füßen, es dröhnt im Erdboden, während er darüberrennt. Er stößt ganz mechanisch wilde, unartikulierte Kampfschreie aus; sie klingen wie die seiner Urahnen, nur dünner und feiner. Jetzt läßt er die Peitsche knallen, läßt die Schnur auf die Füchse niedersausen, nach rechts, nach links; sie fahren auseinander und stutzen, ja einen – Tutetue – sieht er schon abziehen.

Da steht der kleine vierzehnjährige Bengel in halblangen Kniehosen, die von einem einzigen Gürtelriemen gehalten werden. Sein Hals ist nackt, das Hemdbündchen ist heruntergeglitten, die abgegriffene Mütze sitzt ihm auf dem Hinterkopf und läßt das schreckensbleiche, nervös bebende Antlitz ganz frei.

Er sperrt die Augen weit auf und starrt dem Schächter gerade in die Fratze, dann spuckt er das Tier an, zieht die Mundwinkel hoch, zeigt ihm die Zähne und scheucht ihn abermals mit Huirufen weg.

Die Koppel hat ein Gesicht noch nie in der Nähe gesehen, hat ihm noch nie so nahe gestanden, daß es sein Mienenspiel hätte beobachten können. Es hat nur flüchtig einen Schimmer seines weißen Vollmonds erhascht, der immer oben auf dem schwarzen Balg des Menschengeschöpfes glänzt. Jetzt bekommt sogar der Alte bei diesem Anblick Gewissensbisse. Eine wahnsinnige Kraft pflegt ja von diesem Fleck auszugehen; in ihm ist Glut, er sendet ja Strahlen aus. Er ist ja wie eine wahre kleine Sonne anzusehen. Der Alte erträgt es nicht, ihm in die Augen zu sehen, irgend etwas greift von ihm Besitz, er weiß nicht wie – da saust die Peitsche auf ihn nieder, und er gibt Fersengeld.

Jetzt kehrt dem Jungen sein bewußter Mut zurück. Er fühlt, daß es sich nur noch darum handelt, den Sieg zu nützen; er stößt nach dem Läufer, daß dieser im Heidekraut umherrollt, und steckt dem Kläffer seine Wollmütze in den aufgesperrten Schlund. Das rote Gespenst kippt nach hinten über und ist nahe am Ersticken, er kann den Mundvoll kaum wieder von sich geben – und jetzt bückt sich der Junge und packt mit beiden Händen einen großen Stein. Dieser Bewegung ist selbst der Schächter nicht gewachsen, sie erfüllt ihn mit Grauen; von Urzeit an ist das Entsetzen vor dem Wurf in seiner Seele wach – da nimmt er die Lunte zwischen die Läufe.

Schließlich aber ergreift der Schrecken auch die Schafe, sie werden wild und poltern heimwärts – und kurze Zeit darauf kommen dann Leute vom Hof.

Die Gesichter! Die Gesichter!

Wenn der Alte sich Muße ließ, nach den vielzügigen Stimmen der Natur zu horchen, so konnte er ein Wort ohne Unterlaß wiederkehren hören: Die Gesichter, die Gesichter!

In alten Zeiten hatte man auch den Wolf beschworen, den Bären, die große Katze und sogar den Fuchs, jetzt sprach die ganze Natur nur von den Gesichtern. Sie traten überall auf, griffen überall ein, wollten überall herrschen; Kräuter und Gräser ringsum in den Gräben, die Bäume, die sich einen Platz zum Wachsen auf den Heckwällen erbetteln mußten, die zahmen Tiere und die wilden Tiere, alle waren von den Gesichtern in Anspruch genommen.

Es verlautete, die Gesichter seien die schlimmsten Schädlinge, die rücksichtslos alles opferten, was ihnen selbst zum Nutzen diente – – so ungefähr redete die Natur von den Gesichtern, wenn der Alte die Wahrheit eingestehen sollte.

Ja, nun wollten diese Gesichter ausnahmsweise einmal ihre eigene Rasse schützen, sie wollen einen ernsthaften Versuch machen, diese rote Bande zu vertilgen, die mit der Zeit so frech geworden war, daß sie am hellichten Tage Kinder anfiel und glaubte, diese wie junge Ferkel rauben zu können.

Ja, jetzt wollten die Gesichter diesem Unwesen einen Riegel vorschieben. Mochte es hingehen, daß die Füchse Schafe stahlen, Hunde

überfielen, die nicht allzu groß waren und sich zu einem harmlosen Zweck allein hinausgewagt hatten, mochte es hingehen, daß sie Gänse und Schwäne und Truthähne und kleine Schweine, die draußen um die Höfe sich im Morast wälzten abfingen, aber die Menschenbrut, Herr du meine Güte, sollten sie in Frieden lassen, sonst kam das alte, ursprüngliche Kriegerblut der Eltern in Wallung.
Die Gegend tat sich zusammen, und es wurde nach bekannten Jägern in der Nähe und in der Ferne ausgeschickt. Der Kreis lud sie als Gäste ein. Wenn sie nur ihre Büchsen mitbringen und vorstehen wollten, dann wollten die Bewohner dreier Kirchspiele die Rolle eines demütigen Dieners übernehmen und die Treiberkette bilden über die Heide und die großen Tannenschonungen hinweg.
Dem berühmten Fuchsjäger Klim wurde ein anderes Telegramm geschickt; er sollte freie Reise für sich und die Bracken erhalten, wenn er bloß kommen wollte.
In Windeseile wurde diese Jagd anberaumt – die rote Koppel ahnte keinen Unrat und konnte so schnell nicht das Feld räumen.

Es wurde eine Treibjagd, gewaltiger als je zuvor, mit Geläut und Geheul und Schuß, daß es nur so eine Art hatte. Die Höhlen waren in der Nacht mehrere Meilen im Umkreis verstopft worden, nicht ein Schlupfloch war offen.
Der Kläffer war der erste, den man zu den glückseligen Jagdgründen schickte. Ebenso wie das letzte Mal, als er im Feuer gewesen, wollte er sich diesmal nach hinten in Sicherheit bringen. Er wurde getäuscht dadurch, daß er sich auf drei, vier Wollbeine verließ, die ohne Gefahr über eine Schneise wechselten. Aber die Hasen hatten Schonzeit, die Füchse dagegen nicht – der Kläffer hörte nicht einmal den Schuß. Er fiel als Schleichfuchs.
Mit dem Läufer hatten die Bracken einen fürchterlichen Tanz. Er entwand sich ihnen lange Zeit, fuhr mit den Hunden Karussell und hielt mehrere ältere, erfahrene Schützen zum besten. Puuw, puuw, erscholl es, wo er einen Schimmer seines Balges sehen ließ – bis endlich ein jüngerer, jagdtoller Nimrod den Anzug aufs Spiel setzte, unter die Tannen kroch und sich auf den Bauch legte, mit der Büchse im Anschlag. Er traf den Läufer, als er zum zwanzigsten Male mit den Bracken auf den Fersen vorüberhuschte.
Tutetue verschaffte den Jägern ein ebenso lange dauerndes Vergnügen. Sie schossen wieder und immer wieder nach ihm, schossen

aber immer vorbei. Sozusagen als Entschuldigung brachten sie immer wieder an, daß er so winzig klein sei. Da endlich packen die Hunde ihn gerade vor Klims Nase. Der Alte aber hielt sich noch am längsten auf den Beinen.

Vergeblich suchte er, ebenso wie Tutetue, nach einem Loch, darin er sich verbergen wollte, nach einem schilfumsäumten Gewässer, wo er in Deckung gehen konnte. Als es schließlich keinen Ausweg mehr gab, hüpfte er auf einen großen Reisighaufen, in dem er sich versteckte. Hier lag er lange Zeit hindurch, horchte auf die Hunde und dachte nach.

Er hatte ja in seinem Leben so viel gesehen und gehört, hätte er nur erzählen können – – o ja, hätte er nur erzählen können! Dann hätte er den Gesichtern jetzt ordentlich etwas erzählt von der Tyrannei des jagenden Köters Judas Hund über jedes lebendige Geschöpf in Wald und Feld. Und von dem anderen zahmen Raubtier, der Katze, hätte er berichtet, und zwar von solchen Schändlichkeiten, daß sich jedem Tierfreund die Haare auf dem Kopf gesträubt hätten, er hatte sie sooft auf frischer Tat ertappt, er hatte gesehen – aber wer gab etwas darauf, zu hören, was er, der Alte gesehen? Der Alte philosophierte. Das war nun einmal seine Hauptsünde – bis die Bracken plötzlich den Stapel unter Geheul erklommen, da mußte er hinunter und mit den Läufen in der Hand von dannen sausen. Er gab sich dem Zufall anheim und lief lange und völlig in die Irre.

Hohe, vorjährige Heidekrautbüschel standen zu beiden Seiten einer Wegspur. Und die Spur bahnte sich einen Weg durch Dickungen von Fichten und Tannen. Schon einmal ist der Alte durch die »offene Luft« geflogen, es ist aber so rasch gegangen, daß das hier ansitzende Gesicht nicht hat entscheiden können, ob es ein Marder oder eine Katze war.

Jetzt ist er wieder da! Er steckt den Fang durch das Heidekraut und starrt angestrengt auf einen merkwürdigen Baum. Er hat Oberwind und die Sonne in den Sehern, aber sein Verdacht ist wach. Da benutzt er eine Fuchslist. Er wagt sich noch weiter aus dem Versteck vor, steht da und beglotzt den »Baum« mit dem schwarzen Stamm. Nein, der Fuß rührt sich nicht; er vermag ihm nicht eine Bewegung zu entlocken. Hinter ihm kommen die Hunde; sie sind ihm bald dicht auf den Fersen – da wagt er abermals den Sprung durch die »offene Luft«.

Mit einem Male weiß er, daß er sich in dem Baum geirrt hat. Ein Knall ertönt, er fühlt etwas Kaltes tief in seinen Körper eindringen, es schwindelt ihm, das Versteck lichtet sich um ihn, das Moos tritt zurück, er geht wie im Taumel, gelangt auf die Spur hinaus und wankt gleich einem Gespenst mit starren Blicken, mit erloschenen Sehern, ohne es zu ahnen, auf das Gesicht zu. Dann sank er um und verendete.
Der Alte ging mit Anstand von dieser Erde. Er lag nicht da und schnellte mit den Läufen wie ein Hirsch oder Rehbock, der am Verenden ist, er gähnte nicht garstig wie der Marder oder fauchte keifend wie eine sterbende Katze; er, der große Töter – der Verbrecher, wie die Jäger ihn nannten –, ging ruhig in sein Grab, mit einem ironischen Fuchsenlächeln um den Fang.
Jetzt war nur noch der Schächter übrig. Der aber, der Klügste unter den Klugen, hatte, sowie er die Unruhe spürte, seinen alten Kniff angewandt: er war entschlossen zu Baum gegangen und hatte sich dort oben festgebissen. Hier mitten in dem dichtesten Jagen, oben zwischen den Ästen einer dicken Tanne, saß er – dicht neben einer Horneule.

Die Jagd war aus.
Da lag die ganze Strecke, die rote Koppel: der Alte, der Läufer, der Kläffer, der kleine Tutetue und viele ihrer Sippe.
Alle miteinander waren sie prächtige Füchse, und – was die Bevölkerung ja auch hatte erfahren müssen – ungewöhnliche Füchse – nur gut, daß man sie jetzt beseitigt hatte. Die herrlichen weißen Fänge bissen in eine rote Zunge, die ihnen so recht nach Fuchsenart aus dem Rachen hing.
Leute, die nie zuvor einen Fuchs gesehen hatten, sagten, sie lägen da, als ob sie schliefen.
Ja, sie streckten die Lunten und auch die Pranken weit, weit von sich. Sie reckten die roten Rücken und die müden Hälse gerade. Sie hatten den großen Sprung getan, vor dem es jedem Geschöpf, das aus Erde und Sonne erstanden ist, unwillkürlich graut.
Nun hatten sie jedem das Seine so ziemlich zurückgegeben.
Die Sonne hatte ihren inneren Wert zurückerhalten: ihre Energie, ihre Gaben, Eigenschaften und Begriffsvermögen, das, was die Gesichter Instinkt nannten, war der Gigant dort oben, der sich gerade jetzt hinter Wolken am Horizont verbergen wollte, um

weiterzuwandern und andere Füchse zu bescheinen, billigerweise ihre Seele nannte.

Es war ja alles ein Spiel der Sonnenstrahlen. Die Kräfte, mit denen sie ihr Leben erhalten haben, ihnen als ein aufgespartes Geschlechtererbe vor unvordenklichen Zeiten übergeben, hatten sie als winzige Füchslein zum Hüpfen und Springen getrieben, mit ihrer Hilfe hatten sie all ihre Lebetage gejagt und getötet.

Jetzt endlich am Tage ihres Scheidens hatten sie diese Kräfte zurückerstattet – und mit dem Schweiß, der auf die Erde troff, und dem Leib, der bald folgen würde, sagten sie auch dieser Mutter Erde einen aufrichtigen Dank.

Die beiden mächtigen Urwesen hatten erhalten, was ihnen zustand.

Nur den Gesichtern, den selbstbestallten Verwaltern des Erdballs, schuldeten sie noch für ausgelegte Rechnung.

Und die Gesichter scharten sich um sie und stießen mit den Stiefelspitzen bald nach dem einen, bald nach dem anderen. Sie schätzten sie ab nach dem Wert, den sie für sie hatten.

Das war die Schale: der Balg!

Für den Läufer bot einer fünfzehn, für den Kläffer vierzehn, für Tutetue zwölf, aber für den Alten nur neun; denn sein Balg war viel zu verschrammt und durchlöchert. Ein Mann darunter – es war Klim – schor alle Füchse über einen Kamm und bot hundert Kronen, wie sie da lagen, und er wollte das Abziehen sogar noch selbst besorgen.

Der Landrat schlug ein und nahm das Geld in Empfang.

Das war ein Einsegnungsgeschenk für seinen Jungen.

Frühling

An einer Böschung, die zu einem Moorstrich abfiel, hing das vorjährige Gras in langen, vergilbten Halmen nieder.

Das vorjährige Gras war so lang und deckte so gut, daß man es mit dem Haar einer jungen Frau vergleichen konnte, wenn sie es am Morgen über ihr Gesicht geschlagen hat, um es zu kämmen.

Der Lenz brach an, und das Leben nahm aufs neue Besitz von der Luft wie der Erde. Es rieselte und sickerte, es wurde warm und

wachstumschwer, die Vögel berichteten davon, und selbst die Wolken waren verheißungsvoll.
Der wilde Kerbel hatte sich als erster den Weg ans Tageslicht gebahnt, seine zerfransten Krausblättchen erkämpften sich den Sieg über das deckende Altgras, indem sie den Keil, die uralte Kampfform, benutzten. Dann kam die Klette hinterdrein und all die andere herrliche, unbekannte Wildflora. Eines schönen Tages plötzlich steht der Huflattich da mit seiner goldenen Blüte, der ersten augenfälligen Wirkung der Sonne.
Und es sah aus, als ob die Blüte in ihrer runden, strahlengoldenen Haut dem Auge das Abbild des Giganten selber vermittelte. Dort stand die kleine gelbe Blume, mitten in dem Haufen alter Erdstreu, und glich jener da droben völlig, nur war sie so viel kleiner und unendlich viel schwächer an Licht.
Dann verschwand das welke Gras, das Haar wurde zurückgeworfen, und anmutig lächelnd zeigte der Abhang sein Antlitz.
Auf dem Hange dort saß ein Fuchs vor seiner Röhre, wie eine Mohnblüte mitten im Korn anzusehen. Rings in der Luft um ihn von rechts und von links ertönte Gezwitscher, »kwiewitt« und »ssississi«, ohne Unterlaß. Es waren die Lerchen, die herrlichen, frischen Sänger des Nordens, die ihm ihre hinreißende Frühlingsverkündigung ins Ohr träufelten.
Es waren nicht nur drei oder vier am Werke, nein, es wimmelte um ihn herum. Vogel hing dort oben neben Vogel unter den segelnden Lenzwolken und sang, daß die Luft zitterte.
Der Schächter spähte immer wieder nach den Tönen in der Luft aus, auch ihm spukte der Frühling in den Gliedern.
Der übte eine seltsame Wirkung auf den Schächter aus. Dieser fühlte sich zum Bau, zu anderen Füchsen hingezogen; das Unbegreifliche, das er nie zuvor gespürt, das hielt jetzt in ihm Einzug. Zu denken, daß er, der einsamste der ganzen Koppel, der immer genug an sich selber hatte, jetzt den Drang verspürte, seinesgleichen aufzusuchen.
Hätte der Alte gelebt, so hätte er von diesem Drange mitreden können. Es war das Zeugnis der Sonne, das sich in seinem Körper bemerkbar machte. Es war das ewige Bekenntnis seiner Mannbarkeit zur Erde. Jetzt buhlte er wieder, der Gigant, mit dem großen schimmernden Auge. Zum tausendsten und aber tausendsten Male lächelte er seiner Jugendbraut, der Mutter Erde, zu, und sie vereinten sich in einer Umarmung.

Da funkelte des Schächters roter Rücken, er spürte eine Wonne durch sein Gemüt und eine namenlose Kraft durch seine Glieder strömen, er leckte sich mit der Zunge die Vorderpranken blank und kämmte unter den Dornen seine buschige Rute.

Und er zog aus, eine Gattin zu suchen.

Ohne sich seiner Verantwortung bewußt sein sein, folgte er dem unbändigen Trieb der Natur, die Zahl der verfolgten Füchse zu vermehren. Aber er trug auch die Bedingungen zu einer guten Zucht in sich. Er konnte als Erzeuger seine Mitgift sehen lassen: Gesundheit, Kraft, Schläue und den Mut, der sonst den Füchsen versagt ist.

Und vielleicht würde er sogar, ähnlich wie der Alte, wenn die Verhältnisse ihm einen solchen Streich spielten, daß er die Nacht in der Röhre dicht neben einigen Jungen zubringen würde, die die garstigen Gesichter ihrer Mutter beraubt hätten – vielleicht würde er dann, was ebenfalls nicht ganz in der Natur alltäglicher Füchse liegt, sich ihrer annehmen und ihnen den Weg durchs Leben weisen.

Dem Fuchs ist vor anderen Raubtieren die Schlauheit mitgegeben, die aller Berechnung trotzt. Er allein von der ganzen großen Raubtierschar hat dem Vordringen der Menschen die Stange halten können.

Der Fuchs ist mißtrauisch – ebenso wie der Mensch selber! Siehe, darin liegt die Lösung des ganzen Rätsels, warum Fallen, Eisen und das gemeine Gift verhältnismäßig so wenig helfen. Der Mut des Bären, die Kraft des Elchs, die Grimmigkeit des Vielfraßes und der Zusammenhalt der Wölfe – was hat ihnen dies alles auf die Dauer genützt! Nur der Fuchs blieb von der ganzen Schar noch übrig, der schlaue und gewitzte Fuchs! Er hat gegen die Kultur gesiegt – kraft seines Mißtrauens.

Wenn dann der Herbst sich einstellt und die Oberjäger auf den Gütern die Strychninfische in Mengen auslegen, wenn diese, obwohl ganz fein und säuberlich gefüllt, unberührt und unbeachtet liegenbleiben, während ein Stück Rehwild nach dem anderen den Füchsen anheimfällt – dann spukt der Alte im Wald, dann hat das Gut Besuch von den Kindern des Schächters.

Wenn in den schneehellen Nächten die Aasjäger im Kuhstall sitzen und warten und warten und es nicht begreifen können, warum ihre »Schleppe« keine Anziehung ausübt, während sie es doch drüben im Walde kläffen und klagen hören – dann ist es der Alte, der wieder geht, dann sind es der Schächter und seine Nachfahren, die da die Hand im Spiele haben.

»Warmer Schweiß, nicht kalte Braten!«

So aber rächen sie sich gewissermaßen für das Gift.

Meister Lampe

Er war ein neugieriger, eigensinniger kleiner Bursche - ein Philosoph, dem es an guter Laune nie gebrach.

Familie Lepidus

In den letzten Märztagen weht zwei Tage lang milde Frühlingsluft von Südwesten her; dann springt der Wind nach Osten um und wird scharf ... das Wetter ist an solchem schweren, wolkenverhangenen Morgen rauh und winterlich. Es schneit ...
Im Schutze einiger Lehmhügel ist es erträglich.
Eine alte Häsin setzt hier Junge. In einem von Schaufeln und Sturzkarren durchwühlten und verlassenen Gelände hat sie ihr Wochenbett.
Es liegt hinter einem der Hügel, unter einem Büschel dichten gelben Grases. Ein großer, winterbrauner Johanniskrautbusch und einige hohe, entsamte Wildkerbelstengel verdecken es.
Der Ostwind saust pfeifend in den leeren Samenbehältern und reibt die kantigen Stengel wild aneinander, es siedet und kocht in all den welken Halmen und treibt mit den langen Blattstreifen sein wirbelndes, flackerndes Spiel.
Das Unwetter zieht herauf, der Himmel wird schwarz, Hagel peitscht hernieder – der Kiebitz aber schreit sein Kiewitt über dem Kopf der Wöchnerin und taumelt im Sturzregen glückstrunken umher; dann steigt er auf stehenden Flügeln zum grauenden Morgen empor. Lerchen trillern allüberall, unten und in den höchsten Höhen – und zwei kleine Goldammern – ein geduldiges und erfahrenes Weibchen und ein trotziges, feuriges Männchen, mit einem Prachtgewand geschmückt, so bunt, als hätte die Gänsedistel ihre ersten goldenen Kronenblätter dazu hergegeben – huschen zwitschernd hin und her und schauen nach einem Plätzchen aus, das für ein Nest geeignet wäre.
Trotz des schneidenden Windes, trotz Schnee und Hagelschauern verkünden die Vögel den Anbruch des Frühlings. In unbewußtem Entzücken, sich wieder Männchen und Weibchen zu fühlen, vergessen sie die Mühen der Sommerzeit und die Entbehrungen des Winters, sie singen, als offenbare sich ihnen das Glück in unermeßlicher Fülle. Lehmiges, graugrünes Wasser spült um das Wochenbett. Die Senken zwischen den Lehmhügeln sind überschwemmt. Weiter

draußen bilden sich förmlich Wellen – und jedesmal, wenn eine Welle hart gegen das Ufer schlägt, steigt eine große Schlammblase plusternd auf.
Die alte Häsin tut ihr Bestes, um die Angelegenheit schnellstens abzutun. Und ihr Erstgeborener, ein seltsam graubraunes, pausbäckiges Bürschchen, schnappt bereits mit einem hörbaren Schnarchlaut tapfer nach Luft.
Er wird nicht wie das junge Kaninchen in ein aus der mütterlichen Brust herausgerissenes, warmes und schirmendes Wolldeckchen gehüllt; naß und empfindungslos sitzt er unter dem gelben Grasbüschel und läßt sich von seiner Mutter trocken lecken. Sein kugeliges Köpfchen mit dem noch unentwickelten Geäse, seine glanzlosen, gleichsam verzinnten Augen und der ganze zusammengebogene, zitternde Körper sind sich noch keineswegs bewußt, daß sie sich in dieser Welt befinden. Er ist erst vor so kurzer Zeit in sie hineingesetzt, daß er sie wieder verlassen könnte, ohne zu begreifen, was mit ihm geschieht.
Die Häsin hat inzwischen das freudige Ereignis schon überstanden und setzt sich nun über die Neugeborenen, um sie ein wenig zu wärmen. Sie versuchen sofort zu saugen, und die Kräfte der zähen Tierchen nehmen merklich zu.
Das Schneien hat aufgehört; es klärt sich ein wenig auf, ist jedoch immer noch ebenso kalt. Sie bleibt auf den Jungen sitzen, bis sie gänzlich trocken sind ...
Für eine Häsin ist sie eine ungewöhnlich gute Mutter. Sie widmet ihren neugeborenen Knirpslein eine Stunde guter Pflege, ehe sie davonspringt und sich zwischen den Pflugfurchen eines nahen Ackers ein Tageslager scharrt. Sie weiß von der Witterung, die sie hinterläßt, und die auf Fuchs und Hund anziehend wirkt; sie will ihre hilflosen Kleinen nicht der Gefahr aussetzen. Außerdem braucht sie jetzt Ruhe, um sich wieder zu erholen.
Die Sonne zieht hinter dem grauschwarzen Wolkenvorhang dahin; Schneeflocken wirbeln nieder und sprenkeln die Erde mit weißen Flecken – um sich im nächsten Augenblick in Schlamm aufzulösen. Den Junghäschen tut das Wetter keinen Schaden. Sie frieren vielleicht – zittern vor Kälte, ohne es zu wissen – doch dieses Zittern erhält ihrem Körper die natürliche Wärme. Es rüttelt auch an ihrem Nervensystem und erweckt ihre Sinne zum Leben, sie beginnen zu sehen, zu hören und zu fühlen ... sie sind nicht mehr im

Mutterleib! Es murmelt und saust über ihren Köpfen, der Wind zaust in ihrem Grasbüschel und pustet in ihre Ohrläppchen. Hohl und brummend singt er ihnen seinen Taufgesang und fährt ihnen mit lebenerweckender Kraft in die Nasen. Sie holen in tiefen und immer tieferen Zügen Luft; aus nassen, schwerfälligen Klumpen werden sie zu kleinen, elastischen Bällen. Sie können sich schütteln, sich recken und vom Fleck fortbewegen; sie merken, daß Leben in ihnen ist. Die Grashalme flimmern vor ihnen, die steifen Stengel und langen, hängenden Blätter entstehen vor ihren Augen; die kleine, gelbe Laubhütte, in der sie sitzen, löst sich aus der grauen Luft... ein Maulwurf, der plötzlich seinen Hügel emporwirft, ist die erste Erscheinung, die sie wahrnehmen. Langsam befreien sie sich von der Benommenheit, die sie noch bei der Geburt gefangenhielt, langsam erwachen sie aus dem tiefen Schlaf im Mutterleib, bis sie von neuem in erquickenden Schlaf versinken.

Die Sonne setzt ihren Lauf an dem grauschwarzen Himmel fort; es wird Mittag, Dämmerung und endlich Nacht... Die alte Häsin erwacht in ihrer Ackerfurche, sie fühlt sich so leicht und flüchtig. Ihre Jungen scheint sie im ersten Augenblick vergessen zu haben, sie denkt an eine Runkelrübe, die von einem Wagen gefallen ist. An der will sie sich äsen. Da meldet sich die Milch, sie drückt in ihrem Euter; es spannt sich, schmerzt – und die Jungen fallen ihr plötzlich ein. Sie sucht nach ihnen und drückt sich über sie – und sie leeren das Euter und befreien sie von dem Schmerz. Einen Augenblick, während sie saugen, durchströmt die Mutter ein zärtliches Gefühl. Dann springt sie davon und tut sich gütlich, lebt ihr gewohntes Nachtleben und hütet ihren Balg vor schleichenden Mardern und dem tückischen Reineke. Sie hat ihre Jungen vergessen – bis am dämmernden Morgen das Euter wieder gefüllt ist und das Muttergefühl in ihr erwacht.

Der zweite Tag geht zur Neige...

Das rasende Märzwetter hat sich nach und nach ausgetobt; es ist still geworden, klare, kühle Luft liegt über den Feldern. Unter dem bereiften Grasbüschel sind die Junghäschen zusammengekrochen, um sich besser warm zu halten. Sie fangen jetzt an, wirkliche Empfindungen zu bekommen. Bald in dem einen, bald im anderen Lauf. Sie wissen, daß sie ein Schnauzbärtlein haben und verstehen auch, es mit den Vorderpfoten zu waschen und zu putzen. Sie sind sich auch dessen wohl bewußt, daß sie einen Magen haben, der unter

ihnen hängt – und wenn es darin krampft, dann will die Schnauze saugen und die Zunge schlürfen.
Am späten Abend wird das Halmbett, in das sie sich schmiegen, plötzlich warm und wollig, ein wärmender Hauch ist über ihnen. Da bohren sie die Stumpfnasen in den Balg der Mutter und finden die heiße, milchsprudelnde Quelle, sie saugen und trinken – bis die Luft in einem Nu wieder kalt wird.
Am Morgen des dritten Tages ist die Luft voller Ahnungen, und im fernen Horizont schwimmt ein warmer, bläulich verschleiernder Dunst. Eine frühlingswache Schnecke, die durch das Gras wandert, prophezeit baldigen Wetterumschlag.
Die Junghasen sitzen mucksstill und drücken sich an den Erdboden, die kleinen Löffel fest an den Rücken gelegt. Mit verwunderten Augen mustern sie prüfend den großen, wintergebräunten Johanniskrautbusch und die wandernde Schnecke.
Sie hören die Schreie der Kiebitze und das Trillern der Lerchen; das Brüllen der Kühe und Quieken der Schweine ertönt vom Dorfe herüber, Wagenrollen und Pferdegetrappel vom nächsten Weg; ein Hund schlägt mit starkem Gebell an, und das Echo von fünf der stärksten Hammerschläge aus der Schmiede trägt eine Reihe klirrender Töne an ihr Trommelfell; sie hören sie wohl, hören alles wie eine ferne, unaufhörlich summende Unruhe – aber keiner dieser Laute macht einen sonderlichen Eindruck auf sie, sie kennen sie nicht und wissen sie nicht voneinander zu unterscheiden.
Das Raunen des Windes in dem starren Kammgras über ihren Köpfen und das plötzliche Rascheln in den trockenen Stengeln, wenn die alte Satzhäsin ihnen Wärme und Milch bringt, ist alles, was sich bis jetzt ihrer Auffassung und ihrem Verständnis für diese Welt erschlossen hat.
Sie haben viel zu lernen und müssen noch sehr viel klüger werden! Nun hängt alles davon ab, ob die Vorsehung ein wenig für sie übrig hat. Sollen sie dereinst Hasen werden – oder sollen sie nur als Nahrung für die große Mühle dienen und sehr schnell den Krähen und Füchsen zum Opfer fallen?
Als sie etwa vier, fünf Tage alt sind, geschieht es, daß eines von ihnen plötzlich an seinen Läufen hinabsieht.
Der Erstgeborene ist es, der seltsame, kleine, pausbäckige Bursch! Das Beinchen hat ihm bisher nur um die Schnauze wischen wollen; nun auf einmal will es auch von dannen.

Er hat seinen Grasbüschel zur Genüge kennengelernt und hat verständlicherweise ein wenig Veränderung recht nötig. Mit der Vertrauensseligkeit des unschuldigen Neugeborenen schiebt er sich wie eine Schnecke über den Erdboden hin. Er trifft auf ein kleines Kissen krausen, dichten Mooses, und der leuchtend grüne Schein in all dem Grau entzündet den Funken der Lebensfreude in seinem Auge. Aus dem Mooskissen ragt ein Stengel des Wildkerbels heraus; er reibt Kinn und Hals an dem Stengel – und erspäht plötzlich ein krauses Blattkeimchen an seiner Wurzel. Er setzt sich hin und betrachtet das Krausblättchen, das sich gleichsam vor ihm verbirgt...

Die Farbe des Blattkeims ist von frischerem Grün als das Moos – er weiß nicht, woher es kommt: aber je länger er das Blatt betrachtet, desto durstiger und hungriger wird er. Er muß daran schnuppern und es kosten. Es duftet gar lieblich und mundet gut – und plötzlich ist dort kein Krausblatt mehr.

Nach diesem Begebnis wird er kecker. Selten sitzt er lange still. Häufiger und häufiger wagt er sich von seinem Büschel fort. Er hat nur wenig Ahnung vom Hoppeln; ist er unvorsichtig, so fällt er auf die Nase – seine Hinterläufe sind ja unverhältnismäßig lang. Er muß versuchen, sich mit ihnen einzurichten. Ganz gemach hoppelt er zwischen den zähen, verfilzten Halmen des langstengeligen Grases umher. Es ist ein Urwald, in den er geraten, stellenweise ein undurchdringliches Dickicht, das seine noch schwachen Kräfte oft ganz am Vorwärtskommen hindert. Aber nach und nach zwängt er sich hindurch und gelangt auf die Spitze des Lehmhügels, wo er einen kleinen Platz entdeckt, der offen und bloß daliegt.

Er lugt aus seinem Versteck hervor und erspäht mitten auf dem Platz einen wehenden Büschel Grünzeug, von dem ihm der lieblichste Duft in die Nase zieht. Die Vorderzähne gelüstet es plötzlich so sehr, am Büschel zu nagen – und als eine kleine Feldmaus im selben Augenblick aus ihrem Loch huscht und mit beweglichem Rüssel das Krausblättlein zu beschnüffeln anhebt, muß er sich sofort zu ihr gesellen und ihr im Knabbern Gesellschaft leisten. Er und die Maus scheinen sich im Anfang ein wenig verdutzt zu betrachten, werden sich aber schnell darüber einig, daß der Most gut mundet.

So schließt der kleine Seppel Bekanntschaft mit dem ersten frühlingsgrünen Möhrenkraut! Den ganzen Abend über schnuppert er an dem Möhrenbusch herum – und als er bei Morgengrauen wieder dort erscheint, bringt er sein Schwesterlein Huppel mit.

Abermals spannt ein Tag sein Kuppelgewölbe über sie aus. Die Röte des Sonnenaufgangs flammt in den Wolken auf und bedeckt den Himmel mit langen, violetten Streifen. Ein glückverheißender Schein legt sich über das Möhrenkraut, und das welke Gras des Lehmhügels brennt in einem warmen, goldvioletten Rot . . .
Aber am Tage halten die kleinen Langohren Schlafenszeit!
Als die Dämmerung herannaht, kribbelt es Seppel wieder in allen Gliedern. Er merkt, wie die Augen plötzlich ein so weites Gebiet zu überblicken vermögen; er sieht so klar: dort steht ja ein zweiter, weit schönerer Busch Grünes, nur einige Schritte von dem alten entfernt; den muß er kosten. Aber dessen Duft kitzelt ihn nicht so würzig in der Nase, und als er an den grünen Keimchen schnuppert, läuft ihm das Wasser gar nicht im Munde zusammen – er verzichtet schnell auf die erste Distel, die sich in dem verfilzten Wust des Grases breitmacht. Er ist schon so wählerisch, ach so wählerisch! Er sucht seine alte Amme auf und trifft seinen kleinen Tischgenossen von gestern wieder – und sie schnobern mit Behagen und äsen sich beide an dem Frühlingsgrün der Möhre.
Als die Sonne sinkt, wird er plötzlich von jubelndem Entzücken gepackt. Mitten im Knabbern macht er seinen ersten veritablen Sprung; die Maus erschrickt so arg, daß sie husch! in ihr Loch gleitet, er aber fährt fort; ein Sprung folgt dem anderen in schnellerem und immer schnellerem Tempo. Zum Schluß wird er so toll, daß er über den ganzen Büschel springt.
Nach dieser Unternehmung erfüllt ihn mit einem Male unbegreifliches Selbstvertrauen: er setzt sich auf sein Hinterteilchen, hebt die Vorderläufe vom Erdboden und richtet sich langsam senkrecht auf. Als er das Gleichgewicht erlangt hat, hebt er sich noch höher empor, so hoch wie die Kraft im Rückgrat es ihm gestattet – und entdeckt nun mit Stolz, daß er fast länger ist als das Gras, es fehlt nur noch ein winzig Stückchen.
Er ist jetzt schon verdammt tüchtig im Gebrauch seiner Läufe . . . und das Wunderliche ist, daß sie, wenn der Abend herannaht, immer hoppeln und springen wollen. Er tummelt sich, kann nur gar nicht begreifen, daß Huppel nicht immer mittun will. Wenn er ins Laufen kommt, so hält sie sich in der Regel scheu und vorsichtig zurück.
Der offene Platz wird bald zu klein, er muß weiter in die Welt hinaus . . .

Weit drüben auf der anderen Seite des Möhrenkrautes, dessen feines, zartes Blattgrün bald abgenagt ist, verdichtet sich das Gras von neuem. Er wagt sich hinein und entdeckt einen graubraunen Klumpen, der so fest daliegt, daß selbst der ärgste Windstoß ihn nicht um Haaresbreite zu verrücken vermag. Der Klumpen hat keine Wirkung auf seine Zähne, auch nicht auf seine Nase, und doch übt er eine merkwürdige Anziehung auf ihn aus: der Feldstein hat seine angeborene Neugier geweckt!

Heute abend muß er sie befriedigen – er reibt seine kleinen Schnurrhaare am Stein – doch der atmet schnaubende Kälte zurück; er küßt ihn mit seiner kleinen, weichen, mümmelnden Schnauze, und der Stein ritzt unbarmherzig seine Haut und gibt ihm einen Stoß zum Dank. Auch von seinen Zähnen will das Ungeheuer nichts wissen, seine harten, rauhen Flächen reizen die scharfgeschliffenen Meißel nicht. So läßt er dem Stein seine Läufe – und der wie auch die Läufe scheinen entzückt zu sein, sich zärtlich und innig aneinanderpressen zu dürfen. Er tanzt auf den breiten Flächen des Feldsteins, und als er, müde geworden, sich niedersetzt, blickt er zum ersten Male über die weite Welt hin, über ein Gewimmel von Hügeln, die sich rings erheben, als seien es riesengroße, braune Grasbüschel.

Die Woche vergeht schnell ... das Dämmerlicht hat wiederum die Läden vor den Tag geschoben.

Unter einem warmen, goldgelben Sternenschein funkeln die Abhänge des Lehmhügels in dunkelfeuchtem Glanz. Es sickert aus den Grashalmen, und von den Stengeln des Wildkerbels fallen schwere, schimmernde Tropfen. Es ist herrliches Wachswetter – mild und lenzhaft fächelt der Südwest den Junghäschen um die Schnauze.

Ihre Mutter ist eben bei ihnen gewesen und hat sie mit sattem Wohlbehagen erfüllt. »Der warme Hauch« war merklich klamm und naß; sie war mitten durch die Pfütze gekommen und entfernte sich auf demselben Wege. Dadurch verwischte sie ihre Spur.

Seppels Schnurrhaare haben genug erdulden müssen von dem Klammen und Nassen, und deshalb fühlt er sich wohl auch heute abend nicht aufgelegt, den Tanzstein zu versuchen. Das ist ein Glück für Seppel und seine vernünftigere Schwester!

Die Kiebitze lärmen draußen im Dunkeln; ein Kiewitt gellt mutwilliger als das andere durch die Luft – die Nacht ist von dem Leben der übermütigen, sich paarenden Vögel erfüllt.

Mit einem Male verwandeln sich die frohen, munteren Schreie, sie werden jammernd und ziehend, und ein furchteinflößender Warnungston klingt hindurch.
Die Klage der Kiebitze setzt sich weit über die Felder hin fort. Aufgebracht und in Scharen drängen sich die Vögel dicht um eine alte, schlotterige Fähe, die, ohne sich auch nur im geringsten aus der Fassung bringen zu lassen, am Feldweg entlang von dannen schnürt. Die Fähe hat vor einigen Tagen gewölft und wollte nun für ihr Leben gern etwas Stärkendes und Kräftigendes ergattern, um sich wieder auf den Damm zu bringen. Ein Nest Kiebitzeier hat sie nun glücklich hinuntergeschlabbert. Das aber hat ihren Appetit nur verschärft; nun hofft sie, irgendwo etwas Lebendiges aufzuspüren, etwas Wärmeres und saftig Blutvolles.
Sie schnürt nach den Lehmhügeln hinab und lauscht zwischen den Höhen. Sie kommt auch zu den Hügeln der Junghasen und läuft zweimal dicht an dem Büschel vorbei, in dem sie sitzen. Jedesmal, wenn sie in deren Nähe kommt, ahnt sie ihre zarte, unbestimmbare Witterung; sie bleibt stehen, macht kehrt, läuft im Kreise herum und schnuppert im Grase. Aber die Junghasen, der Fähe starke, abstoßende Witterung wohl spürend, halten unwillkürlich den Atem an und pressen dadurch die Luft rings um sich her fest an sich. Die Fähe schleicht in der Dunkelheit von dannen ...
Dies ist das erstemal, daß das Schicksal ihnen nachgestellt; aber das Schicksal will ihnen wohl.

Der Morgen graut. Und je höher der Tag steigt, desto stärker nimmt der Südwest zu und zerteilt Nebel und Dunst der vergangenen Nacht. Ungehindert jagt er über die offenen Felder, streift das Randgras der Lehmgruben und wirbelt es auseinander, daß es sich am gewölbten Hange plustert wie die fliegende Mähne am Halse des Rebhuhns. In tiefen Zügen schöpft er Atem, versinkt seufzend und stöhnend in den Senken und erhebt sich wiehernd und brüllend über die Hügel. Er flüstert im Grasbüschel und surrt dumpf und tausendstimmig in den welken Halmen. Ein großer, rauhfüßiger Bussard arbeitet sich über der Lehmgrube vorwärts. In langen, gleichmäßigen Stößen klappt er die großen Schwingen auf und nieder; die Wölbungen der Schwungfedern stoßen unter der Brust fast aneinander und pressen mit aller Kraft die Luft unter Bug und Schwanz nach hinten. Dann hält er mit einem Ruck inne und steht

einen Augenblick auf steifen, gespreizten Flügeln. Ein weißgesprenkeltes Männchen gesellt sich dazu und rüttelt spähend neben seinem braunen Weibchen; – bald trennen sich die stolzen Flieger wieder. In weitem, kreisendem Schwung segelt der Gemahl voraus über die Felder . . . Schwedens Wäldern zu.
Im selben Augenblick schwingt sich eine Schar Krähen lautlos aus dem grauen Dämmer. Sie kommen von der entgegengesetzten Seite. Der kräftige Luftzug des Tages ist ihnen günstig und hat sie von ihrem Schlafbaum geradewegs hierhergetragen. Sie stellen sich immer zeitig zur Morgenmahlzeit ein und sind einer guten, warmen Speise nicht abhold! Ihre massigen Körper werden mit taumelnder Schnelligkeit davongetrieben und liegen schwer in der Luft. Die schwarzhaubigen Köpfe sind unaufhörlich in Bewegung, um jedem der beiden runden, scharfsichtigen Augen seine Gelegenheit zu verschaffen, wenn es spähend niederblickt. Gehässig und abschreckend klingt hin und wieder ein vereinzelter Morgengruß aus der Schar – und sobald sie etwas Eßbares auch nur ahnen, geraten sie miteinander in Streit.
Es sind große, graubrüstige Krähen mit Flügeln wie Schaufeln und mit steifen, samtschwarzen Schwänzen, die in Form riesiger Spaten abstehen.
Seppels kleiner Tischgenosse, die Maus, kommt eilig vom Hügel herab und verschwindet in ihrem Loch. Seppel selbst fühlt seine Läufe ganz verzagt werden; sie sind sich mit den Schulterblättern ganz und gar darüber einig, daß sie in tiefster Lautlosigkeit verharren müssen. Huppel hat die Löffel auseinandergeschlagen und sie seitwärts dicht an den Körper gelegt; sie ist die kleinste und täuscht daher am besten. Dem Bruder Patt, dem dritten und letztgeborenen Junghasen, der bis jetzt noch gar nicht aus seinem Büschel herausgekommen ist, geht jedes geringste Verständnis für die Lage ab.
Die Krähen eilen weiter – bis sie den weißgefleckten Bussard entdecken. Sie schlagen einen Ring in der Luft um ihn und begleiten ihn, heiser und haßerfüllt schreiend, ein langes Stück auf seinem Weg.
Das braune Weibchen hat inzwischen endlich Zeit zum Mausen gefunden. Auf ausgebreiteten Flügeln, deren Schwungfedern wie gespreizte Finger erscheinen, rüttelt es unablässig über demselben Fleck. In einem fort wehrt es die Sturmstöße ab, während es mit

gesenktem Kopfe den Erdboden durchforscht. Einen Augenblick später gleitet es auf einen der Hügel herab und hält, mit unbeholfenen Bewegungen einherstolzierend, nach Reiseproviant Ausschau.

Die Krähen sind fort, und die Junghasen rücken sich wieder gemächlich in ihrem Lager zurecht. Seppels Läufe fangen geradezu an, sich nach dem Tanzstein zu sehnen ...

Die Zeit ist nun herangekommen, wo die alte Häsin säugen muß, die Milch spannt, und sie ist voller Zärtlichkeit für ihre Jungen. Schon ist sie auf dem Weg vom Felde her, ohne zu ahnen, was ihrer harrt.

Der große Raubvogel, der von Hügel zu Hügel flattert, hat den Schein von etwas Wolligem zwischen den gelben Büscheln erluchst. Möglich, daß es nur Trug war; es kann aber auch ein Löffel gewesen sein – und als erfahrener Jäger will er nun genau Umschau halten.

Die alte Satzhäsin kommt gerade im rechten Augenblick! Mit gesträubten Haaren, die Löffel weit zurückgelegt, sucht sie sich das Ansehen eines wilden Tieres zu geben, und indem sie den großen Räuber umkreist, nimmt sie eine Gelegenheit wahr, ihn von hinten anzufallen. Sie stürzt sich über ihn und kratzt ihn mit den Vorderpfoten, so daß der Vogel sich fortwährend umdrehen und der Häsin fauchend Griffe und Schnabel weisen muß.

So hält die alte Hasenmutter mutig aus, der Rauhfuß muß schließlich den Walplatz verlassen und sich in die Lüfte zurückziehen.

Auch dieses Mal verschmähte das Schicksal die Häslein; der Zufall wollte es, daß sie glücklich davonkamen. Die Mühle, die für den großen Haushalt der Natur die Nahrung mahlt, bedurfte ihrer noch nicht.

Die alte Häsin ist bei den Jungen gewesen und hat sie gestillt. Jetzt, bevor noch die Sonne aufgeht, macht sie sich eiligst unsichtbar. Sie sucht ihr Lager auf, das sie sich im Erdboden gescharrt hat, draußen auf den Äckern, wo sie weiß, daß sie in Ruhe gelassen wird. Schon ist sie eingenickt, ihre Tagesruhe mit gutem Gewissen genießend.

Ein stürmischer, aber sonnenwarmer Tag bricht an, voll keimender, schwellender Kraft.

Das Erdreich duftet bereits lenzhaft frisch und würzig; Seppel merkt, wie der Rasen Wärme ausströmt, wie die Luft ihn sonnig und warm umspielt. Es geht ihm wie seiner Mutter: er nickt ein, er schläft auch schon.

Hohe, quellklare Töne strömen unaufhörlich über seinem Kopfe dahin. Lange Zeit empfindet er den Laut gar nicht; doch endlich hört er ihn, wendet den Kopf zur Seite und blinzelt mit dem einen Auge nach der Quelle der Töne. Da erblickt er zum ersten Male den Himmel; blau ist er, mit blanken, weißen Frühlingswölkchen bedeckt. Er glaubt, der Lerchen klingend Spiel rühre von ihm her.
Mit einem Male schießt der Vogel gerade in seinen Busch hinab und verstummt. Aber als er sich wieder auf seinen Schwingen zum Himmel hebt, läßt er seinen Gesang von neuem über Seppel dahinrieseln und tönen, und da haben dieser sowohl wie Huppel und der immer schläfrige Patt jedes ein wenig dazugelernt.
Die Lerche ist ein altes, weltkluges Männchen, vertraut mit der Erde und ihren Bewohnern. Sie kennt alle möglichen Arten von Klumpen und Büscheln auf den Äckern, weiß aus teuer erkaufter Erfahrung, welcher Acker liegenbleibt und was bei jedem Mondwechsel umgewühlt wird; sie ist in die Schule des Lebens gegangen und hat alles das schon gelernt, was den kleinen Langohren noch bevorsteht. Ein Satz unbeholfener Junghasen, die sich vor der Welt in einem Grasbüschel verbergen, sind der Lerche nichts Neues mehr – aber Huppel erzitterte, als der Vogel plötzlich herabglitt, und ihre Seher wurden doppelt so groß.
Als Seppel das nächste Mal geweckt wird, bemerkt er ein neues Wesen, das in schimmerndem Federkleide am Rande der Wasserlache entlangläuft. Es sieht ganz anders aus als die Lerche; aber wie diese kann es ebenso die Erde treten wie die Luft. Hin und wieder macht es sich plötzlich groß, spreizt die Federn und rennt, springt und hüpft gegen den Wind. Seppel sieht es Stunde um Stunde und wird bald mit den Luftsprüngen über seinem Kopfe vertraut; er lernt so viel von der ihm fremden Sprache, daß er versteht, es nennt sich Kie-witt.
Er wird nicht müde, es zu beobachten:
Drei, vier eilig trippelnde Schritte. Halt! Reck den Hals und gib acht: liegt da nicht ein Wurm? Halloh! Happ, zugeschnappt. Wieder trippelt es ein Stück. Ein Ruck und den Kopf auf die Seite gelegt: Sitzt unter jenem Blatt nicht eine Spinne? Doch! Also flink – ein Stoß – schnapp, fort ist sie. Doch reck beim Fangen den Hals und spähe . . . und flieg auch mal kopfüber, kopfunter und schrei, daß alle es hören können.
Gegen Abend, bei Sonnenuntergang, sieht Seppel den Kiebitz in

nächster Nähe wieder. Des Himmels Blau leuchtet auf seinen Flügeln, und des Grases blankes Grün schimmert auf seinen Federn. Seine Backen sind so weiß wie die Bauchhaare am Balge der alten Hasenmutter, und ein langer, wippender Federbusch sitzt auf seinem Kopf.

Niemals verharrt er in Ruhe, immer putzt oder kratzt er sich; läuft umher, wenn er auf der Erde ist; lärmt und tummelt sich und treibt Unfug, wenn er in der Luft ist. Das ist ein Bursche, auf den man bauen kann!

Aber der Tag soll nicht zur Ruhe gehen, ohne daß Seppel nicht noch einen Beweis dafür erhalten sollte, daß es außer ihm und seinen Geschwistern noch mancherlei lebende Wesen gibt: er vernimmt plötzlich eine neue Stimme dicht neben sich auf dem Hügel. Ti-ii, Ti-ii, spricht sie.

Die Stimme, die von Würde und Kraft zeugt, tönt nicht fort wie das Tirili der Lerche und ist nicht sprudelnd lebendig und übermütig wie die des zeitlosen Kiewitt; nein, in diesem Klange liegt etwas Bestimmtes und gleichsam Befehlendes. Er bekommt jedoch die »Stimme« nicht zu sehen!

Das sind viele Erlebnisse für einen einzigen Tag.

Ist nun der Tag so besonders ereignisreich gewesen – oder ist Seppel nur gewachsen und versteht jetzt besser, Augen und Ohren aufzumachen?

Es dämmert schon wieder ... der Abend zieht herauf!

Und es wird ein Lenzabend voll starker, durchdringender Klarheit der Luft; der Himmel ist wolkenlos und überstrahlt von allen Farben des Sonnenunterganges. Weit drüben breiten sich große blaue Flächen aus. Dagegen steht ein feiner, grünlicher Schein, in dem das Blau ins Violette überfließt. Doch darunter zieht sich der lange, goldene Sonnengürtel hin, vom bleichen Gelb und Schwefelgold in feuriges Rot übergehend – und in der Ferne schneiden große Wälder düstere Konturen in den blanken, leuchtenden Horizont.

Die schwarze Erde wird im Widerschein noch schwärzer – und auf den Hügeln zeichnen vereinzelt stehende Baumkronen ihr feines, vielverzweigtes Flechtwerk in den Himmel, der erste Stern blinkt schüchtern und behutsam auf ... nach vollbrachtem Tagewerk hat auch der Südwest sich zur Ruhe begeben.

Seppel spürt die zauberische Macht der Dämmerung in sich – der

Körper will sich erheben und sich recken! Er spürt es in seinen Läufen, sie wollen hinaus, wollen sich tummeln, seine Zähne begehren etwas Saftiges zu nagen, und seine Seher erzählen ihm plötzlich, wie weit sie blicken können und wie scharf: zwischen ihnen und den fernen Grasbüscheln auf den jenseitigen Hügeln behindert kein blendender Lichtnebel mehr den Blick.

Und als die Sonne gesunken ist und die Erde sich dichter und dichter in ihr dunkles Deckbett hüllt, werden die Junghasen nach und nach lebendig und vertraut. Sie kriechen aus dem Busch heraus und wagen sich weiter vor, jedes einen anderen Weg durch die starren Büschel einschlagend, sich unter die großen duckend, über die kleinen hinwegspringend, so jagen sie in munteren, übermütigen Sprüngen über den offenen Platz, auf dem die Distel und das Möhrenkraut stehen. Sie geraten wieder in das vorjährige Gras, in ein wimmelndes Dickicht von Halmen, die sehr bald ihren Lauf hemmen und ihnen Tropfen kalten Taus auf die Nase spritzen. Heute abend müssen sie alle zum flachen Stein, um zu tanzen und die Aussicht über die welligen Hügel der Lehmgruben zu genießen; auf diese Weise werden sie plötzlich so ungewöhnlich groß und können ungehindert die Umgebung übersehen. Seppel, der Eifrigste von allen, entdeckt eine alte Windmühle, die in einsamer Majestät am Ende der Lehmgruben thront, ihm wird ganz schwindlig, als er sie mit dem einen Auge von der Wurzel bis zur Spitze anstarrt, er hat noch niemals einen so hohen »Busch« gesehen.

Auf der anderen Seite des Tanzsteins schlängelt ein Pfad sein schmales Band durch das Gras. Die Läufe finden den Pfad ebenso schnell wie die Augen. Hier läßt sich's leicht hoppeln, hier ist gut vorwärtskommen, so erklingt es von allen vier Fußballen! Der Pfad führt am Rande der Lehmgruben entlang und mündet bald in einen Feldweg aus, dessen breite Bahn die losgelassenen Läufe noch wilder macht als vorher.

Patt erscheint heute abend gar aufgeräumt – angesteckt vom Beispiel seines Bruders und völlig betäubt von all dem Neuen, das er zu sehen bekommt, folgt er Seppel dicht auf den Fersen. Huppel haben sie indessen unterwegs verloren; sie hält sich vorsichtig im Grase um den Tanzstein versteckt.

Der Feldweg selbst schimmert leuchtend klar in Milliarden von Frostkristallen. Man kann ihm nicht widerstehen, wenn man doch soviel Kräfte hat!

Im Zickzack geht's davon, mit plötzlichen Sprüngen und Wendungen. Bald halten sie mit einem Ruck inne und sitzen mit zitternden Flanken da, sie betrachten staunend den Mond, der in der Ferne seinen Grasbüschel verläßt. Bald ruhen sie aus, wischen sich die Schnauze wie Katzen und bürsten vorsichtig die Schnurrhaare glatt. Seppel, der Pausbäckige – mit den Tanzbeinen – ist der Wildere von beiden! Außer dem Hang zum Springen ist ihm ja ungewöhnliche Neugier eigen. Die sitzt irgendwo in der Nähe seiner Nase, so daß er fortdauernd alles beschnuppern und untersuchen muß. Er hat ja erfahren, daß solcherlei Untersuchungen sich mitunter lohnen!
Er erspäht jetzt eine lange, tiefe Rinne im Ackerboden. Der Entdeckerdrang packt ihn, und in kleinen vorsichtigen Sprüngen schleicht er die Schlagfurche hinunter, ohne eigentlich zu wissen, was er dort will. Die Augen sagen: wir können kaum sehen! Aber die Läufe wollen von dannen. Sie sind einfach nicht zu zähmen; die vom Winter gebundenen Wonnen und Kräfte der Erde kriechen geradezu in ihm hoch.
Patt folgt ihm nur zwei, drei Sätze weit – dann steigen Bedenken in ihm auf, und er läuft eiligst auf dem Feldwege heim.
Seppel wagt sich immer weiter in der Schlagfurche vor, obgleich Nachtschwärze und Abendnebel dampfend um ihn wallen. Es ist so verlockend weich, hier in der Furche zu laufen, das lose Erdreich schwankt und federt unter ihm, es weicht, gibt nach und fügt sich lind seinen Pfoten an ... das ist freilich etwas anderes als der Tanzstein!
Die Erde riecht würzig; in ihrem Duft vereinigt sich der junge Keim des Wildkerbels mit dem Heugeruch des welken Grases – es ist wie eine leise Ahnung der würzigen Muttermilch darin.
Dicht und innig umschließt ihn die Furche; sein Rücken, der sonst durchaus nicht immer Freude empfindet, wenn er den schützenden Busch verlassen soll, hat ein ungewöhnliches Gefühl des Geborgenseins, er verschwindet ja ganz in der Erde. Lose Steinchen glänzen auf seinem Wege, und weiße Queckenwurzeln, die der Pflug nach oben gekehrt hat, ragen in üppiger Fülle aus den Seiten der Furche. Hier ist das Erdreich auch voller Klumpen und Schollen, die ihm zuweilen den Weg zu versperren drohen, und gegen die er anstoßen würde, warnten ihn nicht seine empfindsamen Schnurrhaare.
Aber einmal, als er über eine größere Scholle krabbelt, haben die Seher plötzlich einen weiten Ausblick; seine hitzigen Tanzbeine er-

geben sich auf Gnade und Ungnade, und er muß sich niedersetzen und philosophieren, während er über den erdduftenden Sturzacker blickt. Die Pflugfurchen gleichen einem unabsehbaren Gewimmel von Hasenrücken, deren schimmernde Farbe in dem Lichtnebel der Frühlingsnacht einen fettigen Glanz ausstrahlt!

Jetzt ist die Schlagfurche zu Ende, und er sitzt vor einer neuen, noch tieferen Rinne mit blinkendem Wasser. Nach gründlichem Durchschnobern und einer traurigen Erfahrung mit dem scheußlich kalten und nassen Wasser hat er intimste Bekanntschaft mit seinem ersten Graben geschlossen.

Jetzt folgt er dem Graben, der quer zur Schlagfurche läuft, ein gutes Stück. Sein Rücken ist freilich etwas unruhig; hier ist es überall so frei – und als plötzlich ein langer, dicker Pfahl aus der Dunkelheit auftaucht und ihm gleichsam steif und feierlich entgegentritt, wirft er sich voller Furcht und fassungslos platt auf den Boden. Lange, lange bleibt er so liegen; als aber der Pfahl sich noch immer nicht vom Flecke rührt und sich auch in keiner Weise feindlich benimmt, faßt Seppel von neuem Vertrauen und wagt sich vorwärts. Für ein Stück verdichteter Finsternis hält er anfangs den Pfahl, aber als er einige Male um ihn herumgehoppelt ist und ihn beschnuppert hat – da hat er ihn entdeckt.

Auf ähnliche Weise entdeckt er auch einen Grenzwall mit einem kleinen schwarzen Ungeheuer von einem Dornbusch darauf. Der Grenzwall verläuft wieder quer zum Graben, Seppel geht ihm nach und gelangt an einen frischen Kleeacker, an dessen vielen jungen Keimen er sich gütlich tut. Er ist jetzt fast im Viereck gelaufen und ein wenig irre geworden ...

Aber der Klee ist in Reihen gesät, und zu Seppels Glück führen diese Reihen gerade in seiner alten Richtung zurück; ganz instinktiv folgen die Läufe einer der Reihen – und auf diese Weise gelangt er glücklich wieder auf den Feldweg hinaus, an dessen oberstem Ende Patt und Huppel ihn empfangen, als sei er ein neuer Kolumbus.

Nun hat er für heute abend genug; der Mond steht hoch am Himmel, und es wird so sonderbar stumm und still rundum auf den Feldern. Es ist schon besser, in einen Busch zu kriechen! – – und alle drei kuscheln sich unter einem kleinen Weidenbusch zusammen in ein neues und dichteres Lager.

Sie kommen auch gut durch diese Nacht! Die Fähe räubert zur Zeit

nicht in dieser Gegend; sie hat anderwärts reiche Jagdgründe entdeckt, und außerdem hatte sie neulich Glück: Sie erwischte einen großen, weißgefleckten Mäusebussard, der ganz ermattet hinter einem Zaune saß, zwei tote Krähen in seinen Krallen. Die Fähe ist nicht durch Überfluß verwöhnt – von dieser Beute lebt sie vorläufig herrlich und in Freuden.
Die kleinen Junghasen haben's gut; der Mühle gebricht es nicht an Nahrung, sie hat offenbar viel anderes zum Mahlen!

Der Tag zieht herauf ...
Im leuchtenden Schein eines goldenen Grüns und blassen Rots befreit sich die Erde draußen im östlichen Horizont aus der nächtlichen Umarmung. Langsam erhebt sie sich aus Dunst und Nebeldampf, ihre Bergkuppen und Wälder steigen empor. Baumgruppen tauchen rings auf den Höhen auf, kalkweiße Mauern schimmern aus dem Grau der Täler –: Höfe und Dörfer entstehen!
Zwei lange Wolkenstreifen erscheinen plötzlich am Horizont. Der grauende Tag pflügt sie aus dem Himmel und gibt ihnen Form und Größe. Nun liegen sie da ... wie ein paar graue Steininseln draußen in dem gelblichgrünen Lichtmeer schwimmend.
Die drei Bürschlein unter dem Weidenbusch haben lange den Anbruch des Tages im Gefühl gehabt; sie sind auf ein offenes Plätzchen gehüpft, wo jedes sich an frisch aufgeschlossenen Gänseblümchen und saftigen, würzig duftenden Taubnesseln gütlich tun kann. Seppel führt an und hat die anderen mitgelockt. Er hat diesmal leichtes Spiel gehabt, denn »der warme Hauch«, der sonst am Abend und Morgen über sie kommt und sie säugt, hat sich einen ganzen Tag und eine Nacht nicht sehen lassen, so daß sie Hunger und Durst verspüren.
Während sie mit Wohlbehagen den Sonnenaufgang genießen, schiebt sich plötzlich eine schwarze Wolke vor ihre Sonne und überrascht sie mit einem scharfen, hungrigen Krah! Huppel, die mit aufrechten Löffeln dasitzt und ihre Schnurrhaare vom nassen Tau reinigt, wittert als erste Unheil; im Nu preßt sie die Läufe an den Erdboden und die verräterischen Ohrstümpfe an den Rücken. Die Lenden krümmt sie nach oben und wird so vom lebendigen Junghasen zu einem toten kleinen Erdklumpen. Seppel tut es ihr nach; Patt begreift langsamer.
Das scharfe Kra-ah ertönt wieder über ihnen. Die Junghasen ent-

nehmen aus der Klangfarbe, daß die Stimme Böses verkündet; sie erfüllt sie, mehr als andere Laute je zuvor, mit einer seltsamen Unruhe und Furcht. Die Pulse hämmern, ihre kleinen Flanken fliegen, und mit den empfindlichen Ohrlappen, die sich in den Haaren des Balges zu verbergen suchen, fühlen sie, wie der Busch bebt.

Die Röte des Sonnenaufgangs ergießt sich nun mit all ihrem Glanz über ihre Körperchen, daß ihre Lichter funkeln wie Quarz im Feldgestein – bis der Schatten sich von neuem erhebt und zwischen sie und die Sonne gleitet.

Kra-ah! Kra-ah! ertönt es wieder. Nicht mehr so bösartig wie vorher, die Klangfarbe ist weicher geworden und drückt freudige Überraschung aus; aber die Junghasen fühlen deutlich einen Hauch vom Kälteschauer der Nacht; sie pressen sich innig und fest an den Boden, machen sich so winzig, daß sie nicht einmal wie Erdklumpen mehr erscheinen, sondern nur wie kleine, harmlose Erhöhungen. Der Schatten verschwindet einen Augenblick in der Luft . . .

Da kommt wie auf Verabredung Leben in ihre Beinchen; lange haben die Läufe sich dagegen gewehrt, untätig bleiben zu müssen, jetzt tun sie ihre Pflicht und tragen husch! die kleinen Langohren in den Schutz des Weidengestrüpps. Aber die Läufe haben kaum jeden ihrer kleinen Besitzer in Deckung gebracht, als die Luft draußen sich auch schon mit brausendem Sturm erfüllt. Sie hören ungewöhnlichen Lärm von flatternden Schwingen, sie sehen einen Schatten nach dem anderen über sich kreisen. Krah! Kra-ah! krächzt es über ihnen, und ein Krah gellt grimmiger als das andere – die Luft hat keinen Raum für andere Laute mehr!

Die Morgenröte ist dem Goldglanz des Sonnenballs gewichen, und der Tag erhebt sich rings um unsere drei Freunde; neugierig guckt er in das verborgenste Schlupfloch ihrer grünen Laubhütte.

Was im Augenblick dort draußen vor sich geht, wissen sie nicht genau; sie liegen nur still und lauschen: plötzlich hören sie polternde Hasenpfoten hart auf die Erde schlagen. Bald entfernen sich die Läufe, und bald springen sie in sausender Eile herbei, das Krähengekrächz immer auf den Fersen. Nun sind sie am Rande ihres Verstecks, und die Jungen vernehmen ein dumpfes Schnaufen und Pusten, das sie kennen.

Die alte Häsin, die so lange ihre Jungen vernachlässigte, spürte endlich, wie sich das Euter füllte; nun hörte sie das Kampfgezeter der Krähen und stellte sich ein, ihr Blut zu verteidigen. Die Krähen sind in dem für sie ungünstigsten Augenblick gekommen; hätten sie den gestrigen Mittag erwählt oder den Abend, dann – bitte sehr – denn da hatte die Alte vollkommen verschwitzt, daß sie einen kleinen Seppel, eine Huppel und einen Patt besaß; da streifte sie umher und dachte an ganz andere Junghasen. Aber jetzt – jetzt flammt die Mutterliebe wild und opferfreudig in ihr empor; an Stelle eines jämmerlichen Hasen, der Fersengeld zu geben pflegt, finden die Krähen einen kleinen Tiger vor, der sich nicht lange besinnt, draufloszuschlagen.

Aber die geflügelten Räuber sind mit teuflischer Schlauheit begabt, sie kennen die Kunst der Zusammenarbeit und wissen durch gegenseitige Hilfe große Beute zu erringen. Sie sind gewöhnt, es mit Eule und Habicht aufzunehmen und sogar gegen den großen, rauhfüßigen Bussard Krieg zu führen – sie werden die Häsin schon hinters Licht führen, nun sie die Junghasen aufgestöbert haben. Sie wollen ihre gewohnte Taktik anwenden, sie von den Jungen fortlocken und sie aufhalten, während einige zurückbleiben, einbrechen und die Wohnstätte ausplündern. Aber die Häsin ist ihnen über und läßt sich nicht zum besten haben. Es krächzt und faucht dort draußen! Krähen in der Luft und Krähen auf dem Erdboden, sie umringen sie, umringen die Laubhütte, vor deren Eingang die alte, furchtlose Mutter aufrecht steht und mit weitgeöffnetem Geäse und wirbelnden Vorderläufen ihre Jungen verteidigt.

Seppel weiß nicht, wie es kommt, aber je mehr Lärm und Krakeel zunehmen, desto lauter schreien die Läufe, er sei ja toll, wenn er hier sitzenbleibe; er solle sich ihnen anvertrauen, sie würden ihn an einen friedlicheren Ort tragen, wo er in Ruhe seinen Tagesschlaf abhalten und verdauen kann. Sein kleines Gehirn hat einen heißen Kampf mit den eifrigen, flüchtigen Läufen zu bestehen; aber mit einem Male, als die Mutter – indem sie sich vor den Marodeuren zurückzieht – mit ihren großen Hinterpfoten in sein Lager tritt, überläßt er seinen Läufen die Rettung.

Sein Beispiel steckt an, die Junghasen fliegen in alle Richtungen auseinander, huschen über den offenen Platz in Gras und Klee hinein, wildes Gekrächz, wilde Schreie folgen ihnen; aber so groß ist der Wirrwarr und so plötzlich ihre Flucht, daß es ganz überraschend auf die erbitterten Räuber wirkt. Die Verfolgung beginnt zu spät, sie besinnen sich zu lange, ob sie niederstoßen, und können sich nicht darüber einigen, ob sie sich alle auf eines der Fliehenden stürzen

sollen. So bekommen die Junghasen Vorsprung und verschwinden im grünen Roggen und Klee und in dem dichten, welken Grase der ausgedehnten Lehmgruben.
So fliegen die Krähen denn zu der alten Satzhäsin zurück in dem Glauben, noch mehr Junge im Lager zu finden, sie kreisen um die Häsin und stoßen auf sie herab; sie aber hat Löwenmut, die Alte – sie tanzt einen wilden Kriegstanz mit ihnen, faucht ihnen böse ins Gesicht und bringt ihre kratzenden Vorderpfoten in gefahrdrohende Nähe von Flügeln und Federn. Jedesmal, wenn ein Vogel sich niedergelassen hat, fährt sie wie eine Katze auf ihn los – die Krähe muß eiligst Luft unter die Flügel bringen und sich davonmachen! Und während sie sich so mit dem Pack herumschlägt, läuft sie weiter und weiter fort, die Krähen von dem Weidenbusch ablenkend.
Die Erfahrensten unter den Vögeln geben das Spiel verloren und nehmen stumm und gleichgültig ihren unterbrochenen Morgenflug wieder auf; nur die Jüngeren und Hitzigeren brauchen längere Zeit, bis sich ihre Nerven beruhigt haben. Aber immer lichter wird die Schar – als die letzte plötzlich entdeckt, daß sie mutterseelenallein vor einer wildblickenden Häsin sitzt und »drauf, drauf« schreit, ist sie so verdutzt, daß die Stimme überkippt und sie nur ein jämmerliches Kra-aeh-aeh! hervorbringt.
Die Junghasen aber sausen von dannen, sie schleichen und krümmen sich, verstecken sich im Grase, in Gräben, unter Büschel und Kraut. Huppel läuft am besten: das heißt, sie ist diejenige, die das sicherste Gefühl dafür hat, wie sie es machen und wo sie rennen soll. Die Löffel dicht am Rücken und zusammengekrümmt, daß sie fast nicht größer erscheint als eine Maus, nimmt sie den Weg durch das Gras, wo die Halme am höchsten und dichtesten stehen. Patt, der in der Hitze des Gefechts von einer Krähenkralle einen Riß quer über die Stirn bekommen hat, ist so quicklebendig und zappelnd wach geworden, daß er nicht mehr im Zweifel darüber ist, wozu er Augen, Ohren, Nase und Läufe bekommen hat; er schlüpft von Versteck zu Versteck wie eine Heuschrecke, obwohl er durchaus noch nicht geübt ist und nur eine einzige längere Fahrt durchs Gras unternommen hat.
Am stärksten und eifrigsten aber läuft unser Seppel; er läßt fünf gerade sein ... er läuft und läuft und läßt die behenden Beine ihren Weg allein finden.

Und die Läufe gehorchen einem uralten, in ihnen wohnenden Naturgesetz ... einem Gesetz, das heimlich in Seppels ganzer kleiner Person verborgen liegt: sie laufen im Kreis! Aber gerade das ist Seppels Heil, sein Glück: so weise hat die Natur es eingerichtet, daß er eben auf Grund dieses Gesetzes allmählich, ohne es selbst zu wissen, zu dem einzigen Ort in der Welt gelangt, wo er sich auskennt.
Die Schlacht ist nun zu Ende; die Krähen hat seine Mutter listig mit sich fortgelockt.
Er erkennt die Stelle wieder: die tiefen Schlagfurchen, den breiten Feldweg, den reihenweise gesäten Klee – und den Tanzstein! Sieh, dort entdeckt er den Platz mit dem abgenagten Möhrenkraut, und da liegt der Lehmhügel, hinter welchem er geboren wurde – und dort sieht er die Weide, die im Winde sich neigt. Voller Freude begrüßt er sie. All das viele andere Gras und Stroh, durch das er gejagt ist, haben auf ihn gewirkt wie Tropfen in einem Meer, er hat sie nur als eine dichte, schützende Masse empfunden; aber keine Blume, kein Erdklumpen hat zu ihm gesprochen. Nun ist er wieder daheim – und er duckt sich ins Wintergras und schickt sich an, vertrauensvoll abzuwarten, was da kommen soll.
Und wie es Seppel geht, so geht es auch Huppel und dem kleinen Murmeltier von Patt; sie alle laufen im Kreis und landen, ohne es zu wissen, früher oder später an ihrer Geburtsstätte. Bald raschelt es im Grase, die alte Hasenmutter kehrt zurück, die Jungen vernehmen ihr Zeichen: ein eigentümliches, deutlich hörbares Klappern, das sie mit den langen Löffeln hervorbringt – und sie lassen ihre Zärtlichkeit über sich ergehen und saugen ihr das Euter leer, daß aller Schmerz verschwindet.

Wie den Sturm, den Schnee und die Fuchswitterung, so haben die Junghasen nun auch den Schrei der Krähen kennengelernt:
Krähengekrächz war von schwarzen Schatten begleitet, von schlagenden Schwungfedern, Unruhe und Lärm; über Fuchswitterung wußten sie noch nicht so genau Bescheid.
Huppel hatte ihrerseits noch die notwendige Entdeckung gemacht, daß Läufe gut sind und sich zu mancherlei eignen. Es genügte nicht immer, sich zu ducken, scheu und vorsichtig auf seinem Wege zu sein; man mußte wirklich im gegebenen Augenblick rennen können.
Seppel hat bei dieser Gelegenheit begriffen, daß die Welt nicht lauter jungkeimendes Möhrenkraut ist; er mußte achtsam sein bei sei-

nen Luftsprüngen, er besaß Feinde, die ihm übelwollten – und der Rücken hatte sicher recht, wenn er sich so oft benachteiligt fühlte gegen die Tanzbeine. Ziemlich niedergeschlagen setzte Seppel sich daher nach ererbter Gewohnheit hin, um zu philosophieren und die Angelegenheit gründlich zu durchdenken. Er gelangte bald zu dem Ergebnis, daß seine Beinchen sich ihrer Aufgabe großartig entledigt hatten!
Was das Murmeltierchen Patt anging, so war es so verdutzt, daß es weder aus noch ein wußte. Und dabei war Patt doch derjenige, dem sich die Erfahrungen am tiefsten hätten einprägen müssen; er war doch mitten im Feuer gewesen – und mit dem Riß über der Stirn war es ihm doch für immer in den Gehirnkasten eingehämmert: daß Krähengekrächz nicht nur mit Unruhe und Lärm, sondern auch mit Schnabel und Kralle verbunden war.
Es war aber nicht so einfach, Patt klüger zu machen!

Die Tage wurden heller, die Nächte milder ...
Statt des Windes kamen Stille und Wärme ins Land. Die struppigen Lehmhügel grünten von weichem, blankem Grase. Die grauen Tümpel bekamen einen blauen Schein, und die kleine, drollige Lehmgrubenkröte begann, ihre hohen klaren Triller zu schlagen. Fast in jedem Tümpel schwamm eine kleine »Sängerin« – alle viere von sich gestreckt! – Bald sprühte ein warmer, milder Regen – bald war die Sonne wieder da. Hoher blauer Himmel wechselte mit dichtem, Wachstum spendendem Dunst.
Seppel und seine Geschwister saßen nicht mehr beisammen, jeder hatte jetzt seinen grünen Grasbüschel für sich. Sie mußten oft die Wohnstätte wechseln, denn wo sie sich niederließen, drängte unter ihnen etwas nach oben und suchte sie beiseite zu schieben. Eines Morgens sah Seppel, daß, wo er des Nachts, und zwar recht unbequem, gesessen hatte, ein großer Löwenzahn aufgeschossen war. Der und seine Pfahlwurzel waren es gewesen, die ihn die ganze Nacht hindurch gepiekt hatten! Jetzt schoß sein gezacktes Blattgrün üppig durch die harte, alte Matratze seines einfachen Halmlagers und sandte ihm süßen würzigen Kräuterduft in die Nase.
Seppel behagte der Duft der Pflanze, seine Zähne waren schnell dabei, hineinzubeißen – und wieder hatte sich die Erde dem kleinen Seppel gewogen gezeigt; sie hatte ihm eine neue, reichlich fließende Nährquelle erschlossen!

Ehe der Abend herabsank, war es rings um Klein-Seppels Bett grün von solchen Pflanzen.
Die Mutter sah er seltener und immer seltener; es war, als habe ihre mütterliche Sorge für die Jungen im Kampfe mit den Krähen ihren Höhepunkt erreicht. Nun sie selbst äsen und aus eigener Kraft den pflanzlichen Saft verarbeiten konnten, mochten sie sich auch selbst weiterhelfen. Immer weniger Milch sammelte sich in ihrem Euter; sie wurde dadurch vergeßlicher, flüchtiger und leichtsinniger. Und plötzlich hatte sie keine Zeit mehr, ihrem ersten Satz viel Pflege zu widmen; sie hatte ja die Pflicht, der Erde jedes Jahr zwölf bis fünfzehn Häschen zu schenken.
In keinem Sommer ihres Lebens hatte sie bisher diese Pflicht versäumt, sondern getreulich jedes Jahr die Welt viermal mit Kindern gesegnet; sie hatte im März, im Mai, im Juli und im Oktober gesetzt, ja, in einem Jahr, als das Wetter lange sommerlich und warm geblieben, war sie zur Verwunderung der Jäger des Ortes mit ihrer Tätigkeit bis in den Dezember hinein fortgefahren.
Eines Tages, als die Erde in Sonne und Frühlingswachstum flimmert, werden die Junghasen durch ein Rascheln in den Kerbelstengeln überrascht. Sie wittern »den warmen Hauch« – Seppel und seine Geschwister huschen jedes aus seinem Büschel. – Obwohl sie in der letzten Zeit nur Pflanzenmilch getrunken haben, können sie sich auf die Muttermilch doch noch dunkel besinnen. Aber sie finden ihre Erzeugerin in Begleitung eines anderen Hasen, der bei dem Anblick der Kleinen sofort die Löffel zurücklegt und harte Schläge mit den Hinterläufen austeilt.
Es ist *Lepidus*, ihr Vater, ein schlauer und bösartiger alter Rammler! In seinem grauen Kopfe sitzen ein Paar großer, hervorstehender Lichter, sein Rücken und Hinterteil sind unverhältnismäßig breit.
Seit die Jungen zur Welt gekommen sind, ist er Nacht für Nacht auf seinen langen Läufen in dem nassen Grase umhergerannt, um seine eigenen Kinder zu finden und umzubringen. So wahnwitzig eifersüchtig ist er!
Endlich sieht er jetzt die Bürschlein vor sich; sie sind zudringlich und frech ... der treuherzige kleine Patt beginnt nämlich sogleich eine vertrauliche »Zeichensprache« mit den Löffeln! Aber Lepidus fährt auf die Jungen los, kratzt sie mit den Vorderläufen, daß die Haarbüschel von ihren Bälgen fetzen – und dann faucht er wild

und laut mit den großen, bebenden Nasenflügeln, daß ihnen ein fürchterlicher Schreck in die Glieder fährt. Seine Raserei kennt keine Grenzen, seine Eifersucht nimmt zu ... den Junghasen ist zumute wie an jenem Morgen im Kampf mit den Krähen.

Sie fliehen in wilder Hast von dannen – und er ihnen nach! Sie ducken sich in Gras und Graben und schlüpfen in den Schutz von Dorn und Gestein. Weit von ihrer Geburtsstätte in den Lehmgruben jagt er sie weg; er gibt ihnen seine Weisheit mit auf ihren Lebensweg: Duckt euch, versteckt euch, zeigt euch nie am Tage, scheut alles, was sich auf Erden und in der Luft bewegt; alle sind wider euch, keiner ist für euch – selbst nicht euer eigener Erzeuger! Seppel lief und Huppel lief und Patt folgte ihnen, so gut er vermochte ... es war die reine Hölle!

Für den alten Vater Lepidus aber begann wieder die Lust des Lebens.

Seppel landete draußen auf einem Sturzacker. Zwischen zwei dicht beieinanderliegenden Schollen verbarg er sich.

Ein großer, dicker Mann pflügte auf dem Felde mit einem Gespann kräftiger, breitbrüstiger Pferde. Andere Pflüge folgten ihm, von ebenso starken, breitbrüstigen Gäulen gezogen.

Der Bauer *Jens Tyrbag* war mit seinen Söhnen bei der Frühjahrsbestellung.

Seppel war zu sehr mitgenommen, um irgendwelche Betrachtungen anstellen zu können. Sonst hätte er vielleicht in dem furchigen, von Warzen bedeckten Gesicht des alten Jens Tyrbag gewisse Züge wiedererkannt, die an seinen eigenen bösen Erzeuger erinnerten. Aber er beeilte sich nur, in ein Versteck zu kommen – und verbarg seine grauen Schulterblätter zwischen den Schollen.

Erst als sie dort gut untergebracht waren, kam er nach und nach wieder zur Besinnung; das Versteck gab ihm Sicherheit und öffnete ihm Augen und Ohren. Dort saß er nun und vernahm Pferdegestampf, das Schurren der Pflugschar und menschliche Stimmen.

Eine große Hündin, von echter Bernhardinerrasse, lag drüben im Schutz des Zaunes. Sie war so groß wie ein Kalb und hatte einen Rachen wie ein Löwe. Sie bewachte den Futterbeutel und ihres Herrn fadenscheinigen, grünlichschimmernden Rock – Schätze, deren Wert sie vollauf ermessen konnte. Stunde um Stunde hielt sie mit halbgeschlossenen Augen Wache, der große Kopf ruhte auf den Vordertatzen. Wenn dieser oder jener Kiebitz zu nahe an ihrer

Nase vorüberpolterte, klappte sie langsam ein rotumrändertes Augenlid auf und zeigte ein verschwommenes, schläfriges Auge.
Von Natur war *Kora* bissig, sie war früher gelegentlich ausfallend geworden und hatte den Leuten ihre Zähne und die Schwere ihrer Vorderpfoten gezeigt; doch unter Vater Tyrbags würdiger und handfester Erziehung wurde sie fromm wie ein Lamm.
Kora erhebt sich und reckt träge die sonnedurchwärmten Glieder, schleicht dann ein Stückchen ins Feld hinaus. Sie nimmt lange, bedächtige Schritte, und unter gewaltigem Schwingen des schweren Hinterkörpers fegt sie heftig mit dem Schwanze um sich. Sie geht höchst ungern aus der gewohnten Bahn und interessiert sich am meisten für Erdschollen und Dunghaufen.
Seppel wittert das Tier, das sich ihm mit dem Winde nähert, und sein Rücken hat die gleiche Empfindung wie in jener Nacht, als er den Geruch der Fähe spürte. Nur ruhig jetzt! flüstert sein Rücken.
Kora macht sich dies und jenes zu schaffen. Bald ist sie unten an der Schlagfurche, bald auf dem Acker. Sie schnuppert auch an Seppels Versteck und wittert ihn – und mit einem Male wird es stockfinster in seinem Erdloch, eine feuchte, eiskalte Schnauze senkt sich auf ihn herab.
Ein Ruck durchfährt Seppel; aber die schweren Schollen, die ihn fest umschließen, flößen seinem Rücken Vertrauen ein und halten ihn gefangen. Und ob nun die Läufe zu ermattet sind, oder ob Vater Lepidus' Art, die Seppel noch in frischer Erinnerung ist, sich geltend macht, anstatt auf und davon zu stürmen, fährt er in kleinen, hurtigen Sätzen dem Hunde ins Gesicht. Er faucht und schnaubt wie eine Katze, und unter vernehmlichem Löffelschlagen karzt er Kora mit den scharfen Nägeln seiner Vorderpfoten.
Seppel blufft, Seppel täuscht zum ersten Male in seinem Leben, und er findet es ganz selbstverständlich, daß der große Flegel nach dieser ernsthaften Drohung seine Vergewaltigungsversuche einstellt und von dannen trottet.
Kora ist so gutmütig, wenn es sich um die Kleinen handelt, sie krümmt nie einer Maus oder Ratte ein Härlein; ihre bissige Natur kommt nur zum Vorschein denen gegenüber, die größer und stärker sind als sie. Etwas hilft es Seppel freilich auch, daß Koras gestrenger Gebieter, der alles immer auf seinem Platze zu sehen wünscht, »He, Kora« – ruft und sie auffordert, »sich zu packen und hinzulegen«. Langsam trabt sie zu ihrem Futterbeutel zurück, mit halb-

geöffnetem, sabberndem Maule und in den Sprunggelenken einknickend ... der buschige Schweif folgt ihr wie ein langer, vorstehender Haken.
Der Rest des Tages verläuft für Seppel im Frieden seiner Scholle. Der Abend bricht herein, und die reinen, klaren Farben des Sonnenunterganges breiten sich über die frühjahrsbestellten Felder. Der Wind streicht lind durch Roggensaat und Gras und summt in den Dornbüschen auf dem Wall und den Zaunpfählen. Die Lerche gleitet hernieder und schlüpft in ihr Nachtlager im jungen Klee, aus dessen geheimnisvollem Stengelwald dicke, große Mistkäfer, einer nach dem anderen, zum Vorschein kommen, brummend einen Anlauf nehmen und auf ausgebreiteten Flügeln von dannen jagen. Die gelben Blüten des Huflattichs schließen sich ...
Jens Tyrbag und seine Söhne spannen aus und reiten heim. Tiefe Stille fällt auf die Äcker nieder ...
Die schwarzen Hausdächer fließen mit den Gärten zusammen, und der Erde Finsternis nimmt alles in ihrem Schoße auf; nur ein weißer Kirchturm hoch oben auf dem Hügel fängt die letzten Lichtstrahlen ein.
Nun alles still ist und Seppel wieder scharf äugen kann, kehren sein gewohntes Vertrauen und seine Lebenslust zurück, er wagt sich aus seinem Erdloch hervor, als eben eine große, tagesmüde Hummel hereinkrabbelt, um das Versteck für die Nacht in Besitz zu nehmen. Unbewußt führt die Kreisbewegung ihn wieder zu den Lehmgruben zurück, wo er in der Verborgenheit des gedrillten Kleeäckerchens erst auf Huppel stößt und dann auf Patt, denen nichts Ungewöhnliches begegnet ist.
Von diesem Tage an sahen die Junghasen ihre Mutter nicht wieder.

Seppel tritt in die Schule des Lebens ein

Über Seppel war etwas Erschrockenes und Erstauntes gekommen.
Sobald er sich aus dem Busch entfernte und andere Geschöpfe des Feldes zu Gesicht bekam, stellte er sich überrascht und verstört. Aber dies war nur eine von den vielen Listen, die er mit der Muttermilch eingesogen hatte.
Ein gut Teil Schlauheit war Seppel angeboren, außerdem hatte er

Schnelligkeit und eine nie versagende Wachsamkeit geerbt; Huppel hat Scheu, Vorsicht und List mit auf den Weg bekommen, während der robuste Patt höchstens mit einer gewissen Mischung aller dieser Eigenschaften abgespeist worden war. Aber gewisse vorzügliche Gaben hatte die Natur ihnen allen in die Wiege gelegt: Munterkeit, Lebhaftigkeit und einen unvergleichlichen Appetit!

Sie waren kaum einen Monat alt und glichen kleinen Erdklumpen. Von dem Kopfe sah man nur die Seher; es sah aus, als sei auf jeder Seite ein Rauchtopas in den Erdklumpen hineingesteckt worden. Das lange, charakteristische Hasengesicht mit der tiefen Scharte in der Schnauze fehlte noch gänzlich; man hätte sie ebensogut für ein paar wohlgebaute Bulldoggwelpen halten können. Aber mit jedem Tage wuchs es an ihnen: Schnurrhaare, Zähne, Körper, Löffel, die kurzen Vorderläufe, die langen Hinterläufe ... das kleine Hasengesicht dazu!

Ihre Umgebung aber wuchs in noch schnellerem Tempo; da konnten sie nicht Schritt halten. – Das Korn auf den Feldern, das Gras auf Wiesen und in Gräben, Saat und Pflanzen schossen empor. Der Roggen verbarg schon die Kiebitze, der Wind durchwogte ihn in langen Wellen, so schwer und dunkel war er. Die Sommersaat breitete ihren hellen, reinen, jungen Schimmer über die frisch mit der Ringelwalze bearbeiteten Felder aus. Schien die Sonne, dann lagen die Äcker in goldgrünem Glanze da. Die Kiebitze brüteten in ihrem sicheren Schoße, der Maulwurf warf seine bröckeligen Erdhügel auf, und Seppel, der die Sonne liebte, scharrte sich in ihnen oft sein Tageslager.

An Hecken und Zäunen zersprangen und rissen die vom Schneesturm des Winters zusammengetriebenen Erdwehen, die darunter keimenden Grashügel hoben die erstarrte Kruste in die Höhe. Noch waren das vorjährige Gras und die braune Erde zu sehen; aber mit jedem Tag wurde das jungkeimende Grün dichter und herrischer. Neben Wildkerbel und Löwenzahn kamen nun auch Flockenblume und Ackerklette ans Tageslicht, ja, Sauerampfer und Ehrenpreis dazu. Die ganze wilde Flora erhob sich aus neuen Samenkeimen oder vorjährigen Wurzeln ... auf dem Hünengrab, wo die geheimnisvollen Kräuter wuchsen, sprang eine große Johanniswurz mit dicken, starren Blättern mitten aus einem Stein heraus!

Früher hatte Seppel über dies alles hinwegspringen können; nun mußte er darunter wegkriechen oder mitten hindurch, er konnte nicht mehr überall umhersausen, mußte vielmehr oft geduldig und in kurzen Sätzen davonhoppeln wie Huppel. Und das verursachte Mühe und Anstrengung; er lernte Pfade und Wegraine schätzen. Die Erde aber, die ihn in ihre fruchtbaren Arme nahm, das Versteck, das ihn allen Blicken entzog, wurde ihm, je weiter das Frühjahr vorschritt, immer lieber; die Tage waren wie ein Traum, die Nächte ein liebliches Abenteuer! Es war eine Lust zu leben, sich als Herrscher zu fühlen über alles, was da festwurzelnd und an den Ort gebunden war. Die vielen herrlichen Kräuter, denen er auf seinem Wege begegnete – sieh, boten sie sich ihm nicht in ihrer verführerischen Saftigkeit geradezu dar, waren sie nicht von Sonnenfarben so verlockend überstrahlt, daß ihm das Wasser an seinen langen Nagezähnen herunterlief! Hahnenfuß und Gänsedistel und, hm, der spröde Löwenzahn ... der rote Klee, Schneckenklee und wilde Erbse ... pflaumengelbe, apfelrote und traubenblaue Lockfarben, alles Früchte für seinen Magen! Und obgleich ihm ein Mißgeschick nach dem anderen begegnete, liebte er das Leben doch mehr und mehr! Er konnte nichts dafür: Sein Sinn war nun einmal auf Dur gestimmt. In ihm war Lebensfreude; kein Haß nagte an ihm, kein Kummer plagte ihn ... die Lebensfreude würzte jedes Kraut, das er fraß, sie kribbelte in seinen Läufen, sooft er aufgescheucht wurde und springen mußte.

Er und seine Geschwister trieben sich noch immer in der Umgegend des großen Lehmhügels umher, der ungenutzt lag mit seinen vielen Kuppen und Vertiefungen, die einem aufgewühlten, plötzlich zu Erde erstarrten Meere glichen. In den Senkungen zwischen den Hügeln, wo das Winterwasser versickert war, lag der feuchte blaue Ton und trocknete im Sonnenbrand. Nur Distel und Huflattich und das kriechende Fingerkraut vermochten hier Wurzel zu schlagen. Aber auf den Kuppen der Hügel, wo die fette Erde lose ausgebreitet lag, thronten in üppigem Flor alle Gewächse, die vom Acker verbannt wurden: hier trieb der Ackersenf Riesenschoten, die Winde wurde zum Geißblatt, der Beifuß zur Pappel und die fruchtschwere, ziegelrote Spitze des Ampfers ragte wie der Turm einer kleinen Dorfkirche gen Himmel.

Von den Lehmgruben wagten sich die Junghasen weiter und weiter ins Land hinaus, den Gräben und breiten Hecken folgend; von hier aus eroberten sie die daranstoßenden Äcker und Wiesen, und hierher kehrten sie zurück, sooft ihnen auf ihren Entdeckungsreisen schwere Hindernisse entgegentraten. Hier saßen sie still beisammen und ließen ihre vielen kleinen Erfahrungen reifen, während sie die vornehmste Kunst des Hasen lernten: durch die langen, hellhörigen Löffel in enger Verbindung mit der Umwelt zu bleiben. Und hier unten wurde ihnen auch zur Gewißheit, daß es außer ihnen noch viele andere Wesen gab, denen die Felder ihre Heimat waren, und daß weit entfernt oben auf dem Hügel, wo der große, weiße Kegel emporragte, eine große Kolonie stark riechender, lärmender Wesen wohnte. Aller Unfriede und Lärm war dort zu Hause. Es ging über Seppels und namentlich über Huppels Verstand hinaus, wie die dort oben es miteinander aushielten – nur ein einziger von ihnen genügte, um den Junghasen einen fürchterlichen Schreck in die Beine zu jagen. In der späten Dämmerstunde, wenn sie sich dem großen steinernen Berg zu nähern wagten, hörten sie das böse Wauwau und jämmerliche Klagetöne Miöööh und Miääh. Andere wieder riefen ununterbrochen Buuh und blökten Möööh – bis plötzlich das Gelärm abflaute und schließlich mit einem letzten Hauch in der Nacht hinstarb.

Sie waren sonst nicht viel zusammen, die kleinen Langohren. Von Natur waren sie Einzelgänger und hockten tagsüber jedes in seinem Lager und oft weit voneinander getrennt. Nur hin und wieder, meist am späten Abend oder bei erstem Morgengrauen geschah es, daß sie zusammentrafen. Seppel stieß auf Huppel oder auf Patt, ja, zuweilen sogar auf beide zugleich. Dann gingen Patt und er ein paarmal auf Vergnügungsfahrten aus, während die vorsichtige Huppel meist zurückblieb.

Wenn sie sich dann den Übermut aus den Beinen gelaufen hatten, setzten sie sich zu dreien in vertrautem Kreise zusammen – und unterhielten sich in ihrer Zeichensprache miteinander, mit Blume und Löffeln.

Seppels Blume war wie ein Krebsschwanz, zum Auf- und Niederwippen, auf der einen Seite weiß, schwarz auf der anderen ... kurz, flach und dick.

Patts und Huppels Blume sahen nicht anders aus.

Wenn die Lebenslust sie übermannt, oder wenn sie vor Eifer oder Zorn bebten, besorgte die Blume die Unterhaltung. Galt es hingegen, Gemütsstimmungen verwickelterer Art Ausdruck zu geben, so traten die Löffel in Tätigkeit.

Einen Löffel vor und den anderen zurück, hieß: es geht mir gut, ich lasse mir das Essen schmecken! Den einen Löffel hoch, den anderen gesenkt, besagte: ich bin im Zweifel und weiß nicht recht, welcher Weg der richtige ist! Beide Löffel in die Luft gestreckt und ein wenig nach hinten gelegt, war der Ausdruck vollkommenster Gleichgültigkeit. Aneinandergelegt, aber halb nach vorn geneigt, gab Erstaunen kund oder sagte etwa: Du Idiot! Endlich beide Löffel senkrecht in die Luft gereckt wie zwei ragende Hörner, bedeutete: Überall lauert Gefahr, sei aufmerksam, hüte dich! Seppel konnte die Zeichensprache seiner Rasse am besten von den dreien, und er konnte weit mehr Abwechslung hineinbringen als die anderen Jungen.

Er war freilich auch beständig unterwegs und fegte die ganze Nacht umher; er sah und hörte vieles und hatte darum immer eine Menge zu erzählen.

Huppel machte eine Grashütte ausfindig, sie vertraute sich ganz diesem sicheren Versteck an und kam nur noch heraus, um sich zu äsen. Patt mußte immer andere dabeihaben, sollte er die Läufe rühren. Von selbst verfiel er nur selten darauf, Ausflüge zu unternehmen. Seppel dagegen mußte springen, er mußte von dannen sausen. Gleich einem Springteufel war er immer bereit, emporzuschnellen, sobald ihm nur irgend etwas in den Weg lief. Und manches lief ihm auf den Feldern in den Weg – es sollte keine Woche vergehen, ohne daß Seppel nicht neue Erfahrungen sammelte. Durch einen halbbewölkten Himmel und feuchtigkeitsgeschwängerte Luft gießt die Sonne ihren Wärmereichtum aus. Die Kühe in den Ställen brüllen, sie wittern das Gras. Nach dem rauhen und kälteerfüllten Übergangswetter des April zieht der Mai und damit der Frühsommer endlich ins Land; der Klee beginnt sich zu bestocken, das Gras wird blank, Kastanie, Birke und Buche springen auf, und die Bienen, die lange gehungert und gefroren haben, brummen so zufrieden wie nur im Sommer.

Die kleinen Dorngrasmücken, die sich seit ihrer Rückkehr in Hekken und Gebüsch verbergen mußten, verbreiten sich über das ganze Kirchspiel. Die Anemonen öffnen ihre weißen, der Löwenzahn seine gelben Kelche; um die Wette mit den Blumen krauchen die Schmetterlinge aus der Puppe, und Käfer erstehen zu Tausenden in der Minute. Die vorsichtigen Stare, die lange mit dem Eierlegen gewartet haben, machen sich's in den Bäumen und Nistkästen bequem. Dem Kiebitzpaar draußen im Sommerkorn wurde während der

Frühjahrsbestellung das erste Nest zerstört, die Elstern stahlen ihnen die zweite Brut, nun packt sie ein heftiger und unwiderstehlicher Drang, sich zum dritten Male der unzuverlässigen Erde anzuvertrauen.

Auch den unschuldigen kleinen Seppel erfüllt der Frühsommer mit einem eigentümlichen Wohlbehagen. Obgleich er genügend Erfahrung besitzt, um sich am Tage nicht zu weit hinauszuwagen, gibt er doch seinem Verlangen nach. In seinem einfachen grauen Balg sitzt er mitten auf dem grünen Felde, ja, er gewinnt die Sonne bald so lieb, daß er ohne die geringste Rücksicht auf seine Sicherheit sich auf die Seite legt; seine weiße Brust und sein Bauch sollen auch einige Sonnenstrahlen naschen. So schimmert er durch den jungen Klee.

Eben ist er auf dem Höhepunkt der Glückseligkeit angelangt, als sich seinen Ohren ein schon bekannter, feindlich klingender Laut meldet. Die Läufe haben gerade noch Zeit, seinen braungrauen Rücken in Sicherheit zu bringen, als auch schon zwei langschwänzige Vögel auf seinen Lagerplatz zuschießen. Tiefschwarz glänzen Kopf und Hals wie ein Maulwurfshaufen im Moor, auf den Schwingen aber und dem wippenden Schwanz schimmern sie blau wie der Himmel im Tümpel. Blendend schneeweiß ist ihre Weste; Schwarz, Weiß und Blau stehen mit scharfen, reinen Tönen nebeneinander.

Seppel kennt die Elstern von seinen frühesten Tagen her genau. Damals bauten sie an ihrem kuppelförmigen Nest. Hoch oben auf der Spitze einer Pappel am nächsten Gehöft entstand das Geniste. Wochenlang, ehe Seppel geboren war, hatte das Männchen Lastträger und Zimmermann gespielt. Später mußte es Handlanger und Maurer sein und den Boden des Nestes mit Ton verkitten. Deshalb war es zum Tümpel unterhalb von Seppels Tonhügel gekommen, wo es brauchbares Material fand. Damals hatte es Seppel einen Schreck eingejagt, indem es wieherte wie ein Pferd; aber entdeckt hatte es Seppel nicht.

Nach seinem Erlebnis mit den Krähen hatte Seppel sich immer wenig wohl gefühlt, wenn die Elstern in der Nähe waren; irgend etwas in ihrem Wesen erinnerte ihn lebhaft an die grauen Räuber. Das Elsternnest ist kürzlich fertig geworden; das Paar will jetzt brüten und ist daher von früh bis spät unterwegs. Die findigen Vögel durchsuchen alles, stecken die Schnäbel in die Mauselöcher und zerfleddern die Grasbüschel.

Seppel sitzt wohlgeborgen in seinem Versteck; er hat sich eben mit seinem schlechten Gewissen auseinandergesetzt, als ein Paar dünner, schwarzschuppiger Beine durch den Kleebüschel auf ihn zuspaziert kommen. Der schwache grüne Lichtschimmer in seiner dichten Kräuterhütte, der so beruhigend auf sein verängstigtes Gemüt wirkte, weicht plötzlich einem Kegel blendender weißer Sonnenstrahlen.

Da flammt der alte Zwist zwischen Läufen und Rücken wieder auf – aber diesmal ist er nicht von langer Dauer. Denn schon im nächsten Augenblick überfallen ihn beide Langschwänze, zerren auf einmal heftig an seinen Löffeln, hauen mit den Schnäbeln auf ihn ein und kratzen ihn mit ihren Zehen und Krallen.

So läßt er denn ohne weitere Überlegung die hurtigen Läufe frei und saust förmlich aus dem Büschel heraus. Die Läufe schlagen die Erde unter ihm weg. Kräuter und Blumen fliegen an ihm vorüber, er läuft, was er kann. Hinter sich hört er das bissige Verfolgungsgeschrei der Elstern, gellend ruft es ihm zu, die Jagd gilt ihm, ihm, ihm ... er hat sich ja verleiten lassen, am Tage sein Lager zu verlassen und sich seiner Umgebung offen zu zeigen.

Ein Sausen ertönt hinter ihm – und plötzlich streifen ein Paar schwarze Flügel mit schnellen Schlägen über ihn hin; er hört den Wind dumpf gegen die ausgebreiteten Schwingen heulen. Gleich darauf sind die Flügel wieder da und streifen ihn scharf an der Seite; er spürt den Schlag einer steifen, schneidenden Schwungfeder an seinen empfindlichen Schnurrhaaren, und scharf wie ein Peitschenknall schmerzt es in seinem Trommelfell. Er schlägt einen Haken, aber die Elster macht in der Luft die Wendung mit, und ein plötzlicher Stoß aus der Luft herab geht nur eben an seiner Nase vorbei, so daß er deutlich den Geruch aus dem stinkenden Rachen des weißgesprenkelten Aasvogels spüren kann. Es gilt seinen Sehern ... von all seinem Eigentum wollen die Elstern sie zuerst haben. Von allem, was sie dann mit ihm vorhaben, braucht er nichts mehr zu sehen.

In der Nähe liegt ein Grenzwall; dunkel erkennt Seppel dessen grünen Lauf. Weit sendet der Wall seine Wildflora ins Feld hinaus, bis zu dem niedrigen, starrstehenden Keimwald der Sommersaat. Gerade auf der Grenze, wo beides sich begegnet, verläuft eine flache Furche, eine richtige kleine Landstraße für die Tiere des Feldes, für Käfer und Ameisen und Feldmäuse und aufgescheuchte, einfältige

Häslein. O, hier ist es eben und herrlich zum Hoppeln! Er saust von dannen ...
Wilde, würzige Kamillen, anmutvoll schaukelnde Roggentrespe und weißblühenden Wildkerbel tischt der Wall hier auf. Seppel sieht es, er wittert es in seinem wilden Lauf – allzu schlimm geht es dem kleinen Seppel also doch noch nicht.
Er hätte sich im Grenzwall verstecken, in das erste beste Mauseloch kriegen sollen; aber die Läufe sind so übermütig, sie werden ihn schon herausreißen!
Er gelangt auf das offene, ebene Feld hinaus ...
Die Elstern sind noch immer hinter ihm her. Mit raschen, sausenden Flügelschlägen eilen sie vorwärts und schießen dann mit den Flügeln abstoppend in wiegendem Bogen von hinten auf Seppel herab, die starren, langfahnigen Schwanzfedern als Ruder benutzend. Das Unkraut des Grenzwalls hinderte sie in der Entfaltung ihrer Taktik unerwarteter Überfälle; aber hier können sie ihre unterbrochene Angriffsweise ernstlich wieder aufnehmen. Eine nach der anderen stößt hernieder und reißt Wolle und Hautfetzen mit dem Schnabel aus Seppels Balg.
Sein Pelz erhält tüchtige Risse, in dem einen Löffel sitzt ein großer Kratzer. Und was das schlimmste ist: die Läufe fangen zu seiner großen Verwunderung an, daran zu zweifeln, ob sie diesen zähen Verfolgern noch entwischen können.
In seiner Verzweiflung hält er einen Augenblick inne und erhebt sich auf seine Hinterläufe, um sich nach einem Versteck umzusehen. Die Elstern umflattern ihn in engem Kreise und lassen sich hastig auf den Boden nieder, um ihn mit schnellem Sprunge anzufallen; da aber greift er zu dem Mittel, das ihm bei dem großen Hund geholfen hatte: er täuscht sie, hält sie zum besten, faucht seinen Verfolgern ins Gesicht und kratzt sie mit den Krallen. Und zu seiner großen Überraschung sieht er, daß der Widerstand auf der Stelle wirkt.
Die Elstern weichen zurück und beratschlagen, wie der Angriff nun vorzunehmen sei. Sollten sie sich geirrt haben? War es vielleicht kein Junghase, sondern eine Ratte, die sich hier so trefflich wehrte? Der sausende Frühlingswind, unter dessen Zeichen Seppels Geburt stand und der, als er damals naß und nackt auf den kalten Rasen gesetzt worden war, sein Bestes tat, um die Wolle auf seinem Körper zu trocknen, leistet ihm jetzt Beistand: die Elstern müssen sich bestän-

dig drehen und wenden, um den langen Schwanz unter dem Wind zu halten. Aber die Beute lockt sie: mag er auch hundertmal eine scharfzahnige Ratte sein, sie werden ihn schon unterkriegen – ja selbst wenn er ein Katzenjunges ist!

Mit gellendem Schackern fällt das Männchen ihn von vorn her an, während das Weibchen sich um ihn herumschleicht. Da setzt er wieder in langen, jagenden Sprüngen von dannen, das wütige Kriegsgeschrei der Elstern hinter sich ...

Jetzt aber geht etwas vor sich, was weder Seppel noch seine Verfolger vorausgesehen hatten: in seiner Flucht saust er über eine Wiesenstrecke hin und mitten drin liegt ein Tümpel, an dem die Kiebitze hausen.

Kiewitt kommt ihm entgegen. Taumelnd und schlingernd und nach beiden Seiten schwankend jagt er übers Feld. Der Vogel faucht vor Wut, die Federhaube sträubt sich jedesmal, wenn er sein gelles Kiewitt-kiewitt ertönen läßt!

Es flimmert schwarz und weiß vor des armen Seppels Sehern, je nachdem ob der Kiebitz ihm den Rücken oder den Bauch zuwendet. Jetzt ist er dicht herangekommen, Seppel hört das Flattern der Schwingen und das Tosen und Schwirren des Windes in den gespreizten Schwungfedern ... es durchschauert ihn: jetzt kommt ein zweiter Feind dazu!

Aber der Kiebitz ist in diesem Falle Seppels Freund. Erst kürzlich haben die Elstern sein Nest geleert: in niedrigem Fluge streiften sie über die jungkeimende Sommersaat; das Kiebitzweibchen brütete, die Brust fest auf die tanggemusterten Eier gepreßt, so fanden sie sie und stöberten sie auf. Und mit ungeschicktem Flattern hatte der eine der Langschwänze das Kiebitzpaar in Atem gehalten, während der andere das Nest ausplünderte.

Rachgierig geht der Kiebitz jetzt entschlossen auf die Elstern los. In überlegenem Fluge wirft er sich aus der Luft auf sie herab, kommt polternd auf seinen breiten, leichtbeweglichen Flügeln herbei und kreuzt in kreischendem Schwunge ihre Bahn. In ständigem, plötzlichem Auf und Nieder umtummelt er die Eierdiebe und beschäftigt sie ununterbrochen.

Inzwischen gibt der kleine Seppel Fersengeld; er eilt über die Wiese von dannen, die schwarzen Wolkenfetzen von Kiebitz und Elstern verwirren ihn vollkommen ... er gelangt an einen Graben und weiter an einen Dornbusch, in dessen stachliges Zweiggewirr sein mißhandelter Rücken sich sehnsüchtig bettet. Die Augen glühen, die Flanken beben ... die zitternden Läufe sind dicht unter seinen Leib gezogen; aber in der Ferne vernimmt er ununterbrochen seines Helfers hellklingendes, unverzagtes Kampfgeschrei: Kiewitt-kiewitt-witt-witt!

Nach dem Zusammenstoß mit den Elstern, den das tapfere Kiebitzmännchen zu einem neuen, erfahrungsreichen Erlebnis für Seppel gestaltet hatte, rückte er von der ersten in die zweite Anfängerklasse auf.

Es folgten nun eine Reihe schöner, beschaulicher Tage für ihn, deren Stunden ruhig und ohne die geringsten unbehaglichen Schikkungen dahinflossen. Die Wunden heilten und der Riß am Ohr wuchs zu. Er wurde, um seine Person nicht preiszugeben, so vorsichtig, daß er bei Tagesgrauen und in der Abenddämmerung ganz still mit eingezogenem Nacken und fest angelegten Löffeln seine Äsung suchte; die Sinne saßen wie auf Stengeln, waren immer wach und aufmerksam, besonders den Dingen gegenüber, die aus der Luft über ihn hereinbrechen konnten.

Das Gras wurde immer weicher und saftiger ...

Alle Äcker grünten. Kiewitt wurde schweigsamer – sein Gemahl brütete jetzt zum dritten Male!

Immer sah man die Lerche mit gesträubten Nackenfedern! Seppel hatte sie alle Tage um sich. Er sah, wie sie mit jubelndem Triller gen Himmel stieg und niederfiel, stumm wie ein Stein; dann verbarg sie sich vor ihm oder schlich sich heimlich durch das Gras – immer mit gesträubten Nackenfedern!

Oftmals hing sie auf schnell schlagenden Flügeln, die dem Bogen der Mondsichel glichen, gerade über seinem Büschel niedrig in der Luft und zeigte ihm ihren langen Schwanzfächer mit den beiden weißen Steuerfedern. Dann sang sie für ihn, den Roggen und den jungen Klee!

Jede Nacht brachte neue Vögel mit feinen, sommerfrohen Stimmen ... in einer Mittagsstunde wurde er von einem kleinen, geschwinden Flieger geweckt, der unablässig die Mücken über seinem Kopfe jagte. Zwitt-witt-witt zwitscherte die Schwalbe und zeigte Seppel, was ihrer Meinung nach Interesse für ihn haben mußte: die tiefe Hasenscharte in ihrem Schwanz.

Bald kam auch der Kuckuck, der Zaubervogel des Mittsommers,

scheu und ruhelos strich er an Hecken und Zäunen entlang, rief sein unablässiges Kuck-kuck und war entzückt, wenn das Weibchen antwortend schnarrte, als wolle es vor Lachen bersten.

Die Nächte waren hell, die Luft warm; natürlich – so mußte das Dasein aussehen!

Seppel hat jetzt die Lehmgruben verlassen und treibt sich auf dem offenen Felde herum, auf Äckern und Wiesen, zwischen Grenzscheiden und Zäunen. Er muß auf allen Seiten den Himmel um sich und über sich haben – weit, weit muß er äugen können.

Eines Tages in der Nachmittagsstunde, als er in Nachbars Feldern sitzt, wo er sich's an einem Knick entlang im Weizen wohl sein läßt, hört er die Weizenhalme lauter und immer lauter rascheln; er erhebt sich ein wenig vom Boden und windet – und wittert auch rechtzeitig einen Hund.

Während seiner Bekanntschaft mit Kora hatte er Gelegenheit, sich die Hundewitterung genau einzuprägen. Sie ist nicht so scharf und beißend wie die des Fuchses, dafür aber dicker, fett und stickig. Seine feinfühligen Sinne berichten ihm denn auch schnell, daß der Stinkfritze, der da im Anzuge ist, in keiner Hinsicht hinter Kora zurücksteht.

Tapp, tapp! Jetzt hört er ihn ... es ist ein schwerfälliger, täppischer Köter mit gewaltiger Brust, breiter Schnauze und Pfoten wie Pferdehufe.

Er schlendert am Knick entlang, sein großer Kopf schnuppert an jedem Büschel. Träge und gemächlich tapsen die steifen Beine und stoßen die Klauen tief in den Erdboden. Wäre er herangesaust, so hätte es Seppel durchschauert; dieses langsame Suchen aber übte keinerlei Wirkung auf ihn aus.

Der Hund entfernt sich und kommt wieder näher – er kümmert sich gar nicht um den Hasen! Plötzlich aber senkt sich eine große sabbernde Schnauze witternd in Seppels Versteck. Er sei noch immer nicht gemeint, glaubt Seppel; was soll diese große Schnauze mit ihm, einem so winzig kleinen Ding!

Bei einem Jagdhund hätte die Entdeckung eines Hasen einen kleinen Nervenschock hervorgerufen. Tramp indessen nimmt die Entdeckung mit vollkommener Gemütsruhe auf. Er kennt keine Nerven!

Seppel ist eine Ratte, und Ratten sind zum Fressen da ...! Tramps Augen werden gierig, er öffnet den Rachen ...

Da schüttelt Seppel mit Anspannung aller Kräfte seine Vertrauensseligkeit ab, er springt dem Vieh an die Nase und verpaßt ihm einige schmerzhafte Risse.
Aber das Spiel ist noch nicht gewonnen. Mit schnellem Ruck schlägt Tramp die Zähne in das Grasbüschel, reißt ihn aus der Erde und schüttelt ihn gehörig – Seppel rettet sich noch im allerletzten Augenblick durch einen behenden Satz.
Seppel kam mit dem Schrecken, aber auch mit einer neuen Erfahrung davon ... da Tramp auf dem einen Auge halb blind und der Pflanzenwald am Knick hoch und dicht war, so entwischte er unbemerkt.
Tramp trug das Pech mit größter Ruhe; derartiges war er von Ratten gewöhnt, jede fing man nicht!

Etwa eine Woche später stöberte ein anderes Maul Seppel auf, und diesem entquoll Reinekes strenger, abstoßender Gestank. Jetzt aber besaß Seppel einige Erfahrung, auf die er bauen durfte. Zu seinem Glück versuchte er gar nicht zu täuschen, sondern rettete sich rechtzeitig mit einem Satz. Er huschte in der Dunkelheit durch ein taunasses Roggenstück davon.
Wie war er jetzt doch klug – er kannte das Gekrächz der Krähen, den Schnabelhieb der Elstern und die Witterung des Hundes! Ja, mehr noch: er wußte, daß der fette Dunst und der beißende Gestank zusammengehörten mit einem Rachen voller weißer Zähne!

Die Kühe wurden auf die Weide getrieben – und die Ruhe in den üppigen Büscheln des Klees verschwand mehr und mehr von den Feldern. Die Kühe brachten Gebrüll und Gebrumm, Menschenstimmen und Eimergeklapper mit sich. Und wenn die Kühe gemolken wurden – morgens, mittags und abends –, dann erschienen Hofhunde und fette, milchverwöhnte Katzen.
Da horchte er nach den Kiebitzen hin, die mit klagenden Kiewitts jeden Schritt der den Menschen befreundeten Raubtiere ankündigten; keine Katze, kein Hund kam seinem Lager zu nahe, ohne daß die Kiebitzrufe ihn nicht rechtzeitig gewarnt hätten.
Unverträglich waren die Kiebitze, sie duldeten niemand außer sich auf dem Acker. Sogar Seppel konnten sie nachstellen – o ja, auch in der Beziehung hatte er neulich eine kleine Erfahrung machen müssen!

Hin und wieder stattete er den Lehmgruben einen Besuch ab, und an einem Morgen, als er mit Patt auf dem Tanzstein einen Hopser tanzte, sauste der Kiebitz mit halbgeöffneten, gleichsam schirmenden Schwingen auf ihn zu. Das Frische und Stolze war aus seiner Stimme verschwunden; statt dessen hatte er einen langgezogenen, übelklingenden Schrei angenommen.

Seppel kümmerte sich nicht um den Vogel, sondern hoppelte davon und begann, sich an dem Rand eines Tümpels zu äsen.

Um den Tümpel herum war es sumpfig und schlammig und naß. Das Gras aber war voll und fein. Ein Lehmklumpen, der neben einigen Grashalmen lag, kitzelte ihn plötzlich wollig an der Nase. Und dann war er auch warm; das pflegten Lehmklumpen sonst nicht zu sein! Jetzt erhob der Klumpen sich, bekam Beine ... Beine, die über den Sumpfboden dahinjagten wie die des Kiebitzes. Ein Stücken weiter wurde das Kiebitzküken wieder zum Lehmklumpen ...

Die Kiebitzmama jammerte, und dann kam der Vater eilig herbei, jagte in steilem Bodenflug über Seppel hin und schrie ihm sein stolzes Kiewitt-witt-witt ins Ohr; der Vogel flog bald über seinem Rücken, bald vor seiner Nase, er hörte das Flattern seiner Federfahnen und Schwungflächen und machte, daß er davonkam.

Ja, unverträglich waren die Kiebitze; aber trotzdem lernte er bald, mit diesen Schreihälsen gute Freundschaft zu halten und sich ihre Aufmerksamkeit zunutze zu machen. Tag und Nacht waren sie gleich sicher auf dem Posten. Sie kündeten Katze und Fuchs und Hund und Bussard an, – ja, selbst den Menschen!

Auf die Kiebitze konnte er sich verlassen, wenn er müde und matt nach seiner Nachtfahrt sich zu Schlummer und Ruhe niederlegte ... sie waren seine unfehlbaren Späher.

Er war nun wieder zu Jens Tyrbags Feldern zurückgekehrt; sie waren fruchtbarer als die des Nachbarn, und hier hatte er auch mehr Ruhe. Mit Kora, die hier Wache hielt, hatte er sich seit langem vertraut gemacht; Tramps gieriges Wesen war ihr nicht eigen; Seppel war sich darüber klar: von ihr hatte er nichts zu befürchten. Nur ungern bewegte Kora sich mehr, als irgend notwendig war, und als der Sommer jetzt allzuviel Sonne und Wärme in ihren Pelz brannte, begegnete Seppel ihr fast nie mehr in den Feldern. Er wußte aber gut, wo sie war! Sie hauste unter einem Stück dichter, dunkler Fichten, die dem Steinhaufen, in dem sie wohnte, Schutz gegen Regen und Wind gewährten – hier lag sie und gähnte den ganzen Tag im Schatten.

Nein, da interessierte der zweite Hund des Bauern Seppel in weit höherem Maße. Er war ein Wurm im Verhältnis zu Kora, aber von ganz anderem Temperament.

Auch Lump war eine Hündin – Jens Tyrbag schätzte überhaupt Männlichkeit nicht in seiner Umgebung –, ein kleines Viech mit einem Kopf wie ein Spanferkel, Fuchsohren, vier Stangenbeinen und einem Wickelschwanz! Ihr Leib war rund wie eine Wurst, denn sie gehörte zu den Dorfschönheiten und hatte immer Junge.

Der kleine Hund zeigte sich zur kalten Jahreszeit niemals auf den Feldern – dann lag er daheim auf dem Sofa oder schlief in einer alten Heukiste am warmen Herd. Erst wenn der Sommer in den Lüften schwang und aller Schlamm und Schmutz fest und trocken geworden war, entschädigte er sich. Er war kein Spürhund und Wildfänger von Bedeutung und zog es unbedingt vor, in einem weichen, leicht zu erreichenden Maulwurfshügel zu graben, statt sich die Schnauze an einem zusammengerollten Igel blutig zu stechen. Ungefährlich für Seppel war der kleine Köter indes keineswegs.

Seppel hatte getanzt, bis die Maiensonne ihn aus einem Brummkreisel in einen Erdklumpen verwandelte. Jetzt hält er in einem Kleebüschel sein Vormittagsschläfchen, erwacht, schlummert wieder ein, schläft ein halbes Dutzend Atemzüge lang ganz fest und erwacht wieder: einen Augenblick ist er bei vollem Bewußtsein, er sieht den grünen Acker, überzogen von dem blendend weißen Dunst des Tages – eine Biene umsummt ihn und verstummt, das Summen geht in einem Blumenkelche unter ... ein Triller hoch oben: die Lerche! ... ein Pusten in der Ferne: nun Pferde! Mit halbwachen Ohren vernimmt er, wie der Biene Summen wieder anhebt und schlummert wieder ein.

Er schläft, aber nicht wie der Mensch, nicht wie das Raubtier schläft: losgelöst von seinem Bewußtsein und außerhalb dieses Jammertales – nein, Seppel schlummert leicht wie die Blume im Grase!

Das nächste Mal wird er von den Kiebitzen geweckt – ein Laut, den seine Erfahrung nicht sofort erfaßt, nähert sich geschwind durch das Gras. Er bückt sich noch tiefer; die Neugierde aber gewinnt die Oberhand, er hebt einen Augenblick vorsichtig, mit angelegten Löffeln, den Kopf.

Es ist Lump mit den Fuchsohren und den Stockbeinen, der ein Stück von ihm entfernt glotzend mit erhobenem Vorderbein stehenbleibt, mit seinem spitzen kegelförmigen Rattenrüssel schnüffelnd. Dann senkt er die Schnauze in den Klee hinab – und nun merkt Seppel, wie er sich genau auf dem Wege vorwärtsspürt, den er selbst heute morgen gekommen ist. Er ist zufällig im Kreis gelaufen und hat sich's auf einem großen, frischen Maulwurfshügel behaglich gemacht, der gerade geworfen wurde, als er sich dort ein Lager scharren wollte. Der Hund kann genau jede Stelle auf dem Hügel wiederfinden, auf der Seppels Tanzbeine ihre Spuren hinterlassen haben ... Wieder wagt er sich eben mit dem oberen Rande des einen Auges über den Grasbüschel hinaus und erblickt Lump, rasch trippelnd und hörbar schnüffelnd, auf dem Wege ihm entgegen. Der Kampf zwischen Rücken und Beinen setzt ein und wird so heftig, daß der Rücken zittert. Aber noch hält er an sich; die Läufe meinen, es sei noch Zeit genug!

Lumps Beine dagegen bleiben stehen; er hat nicht die feine Nase des Spürhundes, und er beginnt daher bald zu zweifeln, es hilft ihm auch nichts, daß er mit einer Seitenschwenkung ein kleines Bedürfnis verrichtet. Er muß wieder zum Maulwurfshügel zurückkehren, wo die Ahnung mit weit größerer Gewißtheit aufsteigt.

Lump schnuppert und schnüffelt und trollt sich dann, der Bursche sitzt sicher da unten: einen Maulwurf trifft man ja in der Regel weit eher unter der Erde als oben!

Jetzt schreien Seppels Läufe, daß er die Gelegenheit wahrnehmen soll! Sein Rücken freilich widerspricht; er beruft sich auf den Tag, das Licht und die Elstern; aber die Läufe beschwören Tramps Rachen und Reinekes Fratze herauf ... und im Handumdrehen ist Seppel an dem Punkt angelangt, wo es heißt: drück dich oder lauf – und in diesem Punkt wird Seppel niemals klüger.

Er fährt aber nicht hoch wie der Troll aus der Schachtel, springt nicht empor mit einem »Hallo, hier bin ich«; nein, seine Schlauheit ist erwacht, sein kleines Gehirn beginnt, sich zu beteiligen.

Die Löffel an den Nacken gelegt, mit bebenden Lenden schleicht er heimlich wie die Lerche durch das Gras; es zuckt freilich in den Läufen, sie wollen auslegen; aber noch immer behält der Rücken seinen Willen. In kleinen Sprüngen bewegt er sich dicht am Boden vorwärts, bis er außer Hörweite ist – dann geht es auf und davon mit Gepolter und Gelärm.

Zunächst scharrt er sich ein frisches Tageslager auf einem entzükkenden Platz zwischen zwei Schollen, wo viele Saatkörner hinfielen und die Frühjahrskeime daher dicht stehen, dann aber fühlt er sich mehr zu einer Vertiefung unten am Ackerraine selbst hingezogen, wo der Rücken sich gebührend decken kann.

Lump hat sich eine halbe Stunde damit beschäftigt, den Maulwurfshügel dem Erdboden gleichzumachen, hat aber die Erfahrung machen müssen, daß Maulwürfe im allgemeinen nur selten anzutreffen sind – auch unter der Erde! Lump trottet von dannen und läuft zufällig gerade nach der Stelle hin, wo Seppel eben gesessen hat. Das Lager ist noch warm, und das zerdrückte Strohkissen weist den schönsten Abdruck von Seppels rundem Hinterteilchen auf. Da fängt der kleine Köter aber an, Hals zu geben! Die weidgerechte Suche versteht er nicht, aber Krach machen, das kann er – und nun geht es los, durch den Klee, den Schnauzer immer an der Erde. Das einzige, was herausragt, ist der Wickelschwanz!

Seppel hört das Geblaff; er erhebt sich ein wenig im Lager und verfolgt gespannt mit Augen und Ohren, wie Lump angesetzt kommt. Und er endeckt, daß der Hund jeden seiner Schnörkel und Sprünge findet, und er sieht, wie er sich schnell der Scholle nähert, wo er erst beabsichtigt hatte, sich niederzulassen. Vorsichtig ist er in sein Versteck geschlichen; er weiß, daß er alle möglichen Vorsichtsmaßregeln getroffen hat, um seine Spur zu verwischen. Leise ist er gehoppelt, niemand hat ihn gesehen – und doch: der Spürhund kann seinen versteckten Pfaden folgen und ist hinter ihm her, so verborgen er auch sitzt. Das ist ihm zunächst völlig unverständlich!

Jetzt aber muß der Rücken aus dem Ackerrain hervor, da hilft kein Jammern und Klagen . . . er beeilt sich fürchterlich, jagt durch Frühjahrssaat und über Tümpel – mit Geblaff in den Ohren und Hundegeschnauf hinter sich! Staubwirbel fegen ihm in die Augen; er erreicht einen Graben und hopst hinüber, als der Hund ihm schon dicht auf den Fersen ist.

Da schweigt das Geblaff plötzlich; das Tappen der Pfoten ist nicht mehr zu vernehmen, und das unbestimmte Gefühl der Gefahr ist aus der Luft entschwunden, er mäßigt seine Sprünge und hockt sich schließlich hin, um »Männchen zu machen«. Hoch erhebt er sich auf die Hinterbeine und schaut zurück – wo ist der Lump?

Lump jagte Hals über Kopf in den Graben hinein – und hatte fürchterliche Mühe, aus dem modderigen Wasser wieder herauszukommen. Aber diese Geschichte mit dem Graben war eine große Erfahrung für Seppel!

Dann machte er hierbei noch eine andere, ebenso wichtige Erfahrung: es wurde ihm allmählich klar, daß er auf seinen Wegen eine Fährte hinterließ – und von da ab lief er deshalb nie mehr geradenwegs auf den Ort zu, wo er sich niederzulassen gedachte; erst lief er ein Stück voraus, kehrte um und lief wieder vorwärts, schlug einige Haken, machte Seitensprünge, bis er mit einem großen Hüpfer auf der Stelle landete, wo er zu bleiben gedachte. Auf diese Weise täuschte er seine Feinde und behielt Zeit genug, um den Feind – während der damit beschäftigt war, die Widergänge und Seitensprünge zu entwirren – einem gründlichen Studium zu unterwerfen.

Das war wirkliche Klugheit! Der Mensch nannte es Instinkt; Seppel war sich darüber klar, daß es mehr war: es war das Ergebnis des Kampfes zwischen Rücken und Läufen, ein Ausdruck seiner angeborenen natürlichen Intelligenz.

Der Kniff, sich solchermaßen »im Bette zu verbergen«, glückte natürlich nicht so ohne weiteres, nach Lump waren noch weitere Verfolger vonnöten, um es gründlich in sein Gehirn zu hämmern. Aber Seppel lernte nach und nach die Kunst – mit zunehmendem Alter wurde er hierin geradezu zum Künstler.

Lump hatte jedenfalls etwas Bewegung bekommen. Er war durch und durch mürbe nach dieser Jagd, die erst weit von seinem gewöhnlichen Bereiche ein so klägliches Ende fand.

Was er eigentlich verfolgt hatte, davon hatte er nicht die geringste Vorstellung! Als er aber erst trocken geworden war und sich einigermaßen verschnauft hatte, war er geradezu stolz auf das Ereignis: zum erstenmal in seinem Leben war es ihm gelungen, einen »Maulwurf« aufzustöbern. Er fühlte sich geschmeichelt, seine Köterpfiffigkeit sagte ihm, daß er ein seltenes Glück gehabt habe, denn: nicht jeden Tag konnte man einen Maulwurf über der Erde hetzen! So war es für Lump doch noch ein Erlebnis.

Kirik

Der Rebhahn Kirik liebte nur das Feld; nur für dieses hatte er Interesse ...

Wo das Ackerland über wellige Hügel sein Schachbrett breitete, wo Wiesen und Sumpfland wie überquellende Blumenkörbe die Niederungen füllten, wo Hecke und Zaun mit Graben und Rain abwechselten und Weide und Pappel und ein sturmzerrissenes Schlehengebüsch den einzigen Baumbestand der Gegend bildeten – da lebte Kirik mit seiner Familie. Wenn zur Abenddämmerung der Tau herniedersank, wenn die untergehende Sonne, hinter fernen Wäldern verborgen, den Horizont überlohte und ihren Feuerschein über Saat und Kleefeld warf, wenn die Igel an den Zäunen den Rüssel in die Luft steckten und die Schnecken in den Gräben langsam zum Vorschein kamen, dann schrillte Kirik, hell und voller Würde, seinen eigenartigen Lockruf weit über die Felder.

Ti-ii krähte er ... Ti-ii! Ich bin Kirik, sammelt euch, Küklein, die Nacht sinkt herab, laßt im Kreis uns wärmen!

Wenn aber der Tag zu grauen begann und das am östlichen Horizont segelnde Wölkchen sich in ein zartes Heckenrosenblatt verwandelte, wenn die Schnecken sich in ihr Haus zurückzogen und die Igel an den Zäunen sich wieder zusammenrollten, dann krähte er siegesstolz der Sonne entgegen:

Ti-ii! Ti-ii! Ich bin Kirik, stolz und stark nach dem Schlummer der Nacht, folgt mir, ihr Kleinen, ich führe euch zur Morgenmahlzeit in den Weizenacker, zur Mittagsruhe in die Rüben, zum Sandbade auf die Hänge der sonnigen Lehmhügel und zu erquickendem Trunke an Bach und Tümpel ... Ti-ii! Ti-ii!

Kirik hatte das Recht, solch übermütigen Ton anzuschlagen: er kannte die Äcker, das ganze Kirchspiel! Sein Reich erstreckte sich vom Bache draußen im Westen bis zu dem weißen Kegel auf dem Hügel ostwärts; im Norden reichte sein Gebiet bis hinauf zum Hünengrab, südwärts konnte ihn sein rascher Flügelschlag weit über die Lehmgruben führen.

Zum Hünengrab kam er in der bernsteingelben Dämmerung der regennassen Apriltage; auf der Spitze der runden, reingewaschenen Steine pflegten um diese Jahreszeit lockende Töne in seinen Ohren zu klingen. Hier kämpfte er mit den anderen Hähnen seinen Frühlingskampf um eines schwarzgetupften, grauen kleinen Wesens willen. Während die anderen sich bekriegten, trippelte sie mit langem Hals und blanken, glitzernden Augen unruhig um den Hügel herum. Hier an den moosbewachsenen Hängen des Hünengrabes, wo der Herrgott Unkraut baute und seine Samenzucht in gutem Einvernehmen mit Ameise und Feldmaus trieb, hatte Kirik manchen harten Strauß mit alten, neidischen Hähnen ausgefochten und sich Braut und Gattin errungen.

Aber zum Sumpfloch im Wiesengrunde, wohin der letzte Rest Segge und Vergißmeinnicht geflüchtet waren, wo zur Winterszeit die Spitzmaus unter morschem Eise hin und her schoß, wo das Zittergras um Johanni bebte und flirrte, kam Kirik in den warmen Sommertagen an der Spitze seiner Küken und der Braut seiner Frühlingstage.

Der kleine Sumpf, dessen sauren Untergrund des Bauern Jens Tyrbag Fleiß und Betriebsamkeit nie überwinden sollte, war Kiriks Freistatt und die einzige Wildnis, wo er ungestört von den Menschen die Natur seines Reiches in ihrer Ursprünglichkeit genießen konnte.

Hier mündeten die möhrenroten Dränrohre, hier plauderten und rieselten die erquickenden Quellen, hier konnten die Kleinen am Wasser ihren Durst stillen.

Unter der breitköpfigen, aber dünnhalsigen, ewig zitternden Segge, über der die Mücken schläfrig hingen, war der Lichtschein gedämpft und grünlich, die Riedhalme flimmerten und surrten, und langbeinige Frösche hüpften durch die Gänge, die sich durch die Stengel der Spierstauden schlängelten. Der kleine Sumpf zeigte erst, wieviel Feindseligkeit ein kleines Feldküken auf Äckern und Wiesen umlauert ... der ausgetretene Pfad mit den vielen Fährten war einer der Wechsel Jitjits, des mörderischen Wiesels.

Hünengrab und Tümpel waren zwei Grenzpfeiler von Kiriks ausgedehntem Reiche. Zum Bach dort draußen im Westen kam er nur selten einmal in den Tagen des Spätherbstes, wenn die Luft vom Schrot der Jäger erfüllt war und große, vielversprechende folgsame Küken, trotz eifrigen Rufens und Warnens, sich plötzlich hinreißen ließen, die Kette zu verlassen und bums, plötzlich zur Erde fielen.

An solchen Tagen, wenn das Versteck in den Rüben und auf den kahlen Feldern versagte, konnte es geschehen, daß Kirik mit einem Male wild wurde. Dann rief er die Frau und den Rest der Küken zu sich, und wenn sie wieder schleichende Schritte auf den Stoppeln

vernahmen, schossen sie beizeiten hoch und stiegen gen Himmel wie die Zugvögel. Hoch hinauf unter die Wolken verzogen sie sich – um endlich zwischen Birke und Sumpfweide irgendwo weit drüben im Talgrunde wieder einzufallen.
Den letzten Grenzpfahl seines großen Reiches aber: den hohen, weißen Steinkegel auf der Spitze des Hügels liebte er am wenigsten von allem. Von weitem – da ging es an! Aber nahebei wirkte er auf ihn wie eine Vogelscheuche ...
Diesen Grenzpfahl suchte Kirik nur in den rauhen Tagen des Winters auf, wenn der Schneesturm sein scharfes Augenlicht blendete und Eisschauer seine Flügel geschwächt hatten. Dann erbettelte er, hungrig und verschüchtert, auf dem Dunghaufen oder im Schober ein danebengefallenes Körnlein oder auch nur den Splitter eines Kerns. Man gab ihm das Erbetene, er hatte es bis jetzt immer bekommen – aber welche Mühe hatte es ihn gekostet, den scharfkralligen Helfern des Menschen zu entgehen!

... Das Gold der aufgehenden Sonne ist in der frühen Morgenstunde noch nicht erblaßt.
Der Tau rieselt über Anger und Feld, silbrig schimmern Saat und Gras, Raine und Grabenrand sind feucht und unwegsam. Dichte, weiße Dämpfe steigen von Sumpf und Tümpel auf und ziehen in langen, wechselnden Schwaden an den Hügeln entlang.
Die Lerchen preisen schon den kommenden Tag, der Kuckuck ruft von fern, und schon tönt Antwort aus dem nahen triefnassen Weidenbusch, auf dessen Zweigen das Kuckucksweibchen sich wiegt.
In der Schlagfurche des Saatfeldes kommt Seppel angestiegen; er sucht sein Frückstück nach einer längeren nächtlichen Rundfahrt durch sein Reich.
In kurzen Sätzen hoppelt er davon, alle Sinne gespannt. Zuweilen hält er inne und macht einen Kegel, spreizt die Gehöre und windet. Ehe nicht die nächste Umgebung auf diese Art durchforscht ist, wagt er sich nicht weiter auf seinem Weg.
Oben auf der Höhe eines Maulwurfshügels am Grenzwall steht Kirik! Seine taufarbenen Halsfedern flimmern in schwarzen Wellenlinien, und in den roten Schulterfedern, die den reifen, goldhellen Farbton der Weizenhalme an ihren Kielen tragen, spielt die aufgehende Sonne mit doppelt rötlichem Glanz. Auf seiner falben Brust springt ein Schild tieffunkelnder Prachtfedern heraus, sie

leuchten, wenn er sich bewegt, wie ein Büschel rotbrauner Blüten der Bachnelkenwurz.

Erstaunt bleibt Seppel sitzen und verschlingt ihn mit den Augen; er ist nicht ganz sicher, ob die Erscheinung nicht möglicherweise eine neue Gefahr in sich birgt – soll er sich verstecken, soll er fliehen?

Kirik hüpft auf den Maulwurfshügel hinauf und reckt sich auf den Zehenspitzen kerzengrade in die Luft. Dann schlägt er seinen ampferroten Schwanzfächer auseinander und spreizt ihn schneidig in die Luft; er streckt den Körper unter den leichtgesenkten Flügeln und holt tief Atem – und jetzt schmettert er mit gewaltiger Kraftanstrengung seinen stolzen Lockruf über Seppels Kopf hinweg:

– Ti-ii, kräht er ... ich bin Kirik – und du bist ein kleiner Hase, der kaum gelernt hat, auf seinen Beinen zu stehen!

Ein Zittern überläuft Seppel; er erkennt die Stimme von jenem Abend in den Lehmgruben wieder. Und Kirik fährt unablässig fort ihm sein: Ti-ii- ti-ii, ti-ii gleichsam einzuhämmern ...

Des Kuckucks Augen drüben im Weidenstrunk glänzen rotgold, er wetzt die Flügelenden am Zweige, und aus einem großen Luftsack, der sich unter seinem Schlund bläht, schleudert er sein Kuck-kuck heraus, daß das Echo weit drüben von den Hügeln widerklingt. Nun fällt weißes, warmes Sonnenlicht über die Frühjahrssaat – der große Tag ist endlich erwacht.

Auf dem Feldweg kommt ein Mädchen daher, eine Ziege hinter sich herziehend. Je näher sie kommt, desto mehr sinkt Kiriks Hals in den Körper zurück, seine gereckten Beine werden kürzer, das Hinterteil hebt sich, der Nacken beugt sich nieder: Er wird zum Erdhügel. Seppel betrachtet Kirik und ahmt ihn unwillkürlich nach; nicht plötzlich, nein, unmerklich langsam geht die Verwandlung vor sich ... während die Bauerntochter vorübergeht.

Seppel hört Kirik öfter und immer öfter und kennt ihn schließlich genauso gut, wie er seit langem den Kiebitz und die Lerche kennt.

Kirik lebt ein hübsches Familienleben in Einehe – und jetzt ist die Zeit gekommen, wo er sein Weibchen am liebsten mag; er stolziert immer um sie herum, reckt den Hals und späht umher. Die schwarzgefleckte Henne pickt an Samenkörnern und feinem Gras, sonnt sich oder läuft sorglos mit eingezogenem Hals den Fliegen und Würmern nach. Sie tut sich recht gütlich! Er gönnt sich knapp einen Bissen und denkt nicht an Ausruhen; er bewacht sie und ist immer auf seinem Posten, den Kopf hoch erhoben.

Wenn Seppel des Abends äst, sieht er plötzlich Kiriks Hakenschnabel und roten Hals über einen Stein oder Grabenwall hervorblicken, während seine braunschwarzen, scharfsichtigen Äuglein unverwandt und ohne zu blinzeln nach ihm hinstarren. Ein andermal glaubt Seppel sich allein im Klee, doch plötzlich erhebt sich ein Erdklumpen vom Boden, Beine erscheinen darunter, er bekommt einen Hals:

– Kirik!

Da ist er wieder; aufrecht und unbeweglich steht er da, mit seinen runden, forschenden Augen um sich spähend!

Ein zweiter Erdklumpen, der ruhig neben Kirik liegt, rührt sich nicht; ohne sich stören zu lassen, genießt Frau Kirik weiter ihr Wohlleben; sie fährt in dem warmen, sonnenheißen Sand mit ihrer angefangenen Toilette fort oder kugelt sich auf die Seite und legt sich auf der einen Schwinge zur Ruhe.

Die beiden sind immer zusammen und sehr intim ... will sie in einen Graben, um sich einen Wurm zu suchen, so bleibt er inzwischen oben auf dem Grabenrand sitzen und sträubt die Federn an dem steifen Hals.

Eine Zeitlang aber verliert Seppel die Rebhühner aus den Augen!

Kirik hat für sich und sein Weibchen einen Nistplatz gefunden, und zwar am Fuße des Walls zwischen dem Feld und der niedrigen, feuchten Sumpfwiese. Und als die Fruchtbarkeit des Maientages ein Gewimmel sonnenblinkender Grashalme um die buttergelben Blütenkelche des Löwenzahns aufschießen ließ, begann Frau Kirik Eier zu legen.

Sie legte sie zu einem Häuflein, neben- und übereinander – und das Gelege wuchs täglich um ein Ei. Die Eier hatten einen erdfarbenen, schwach grasgrünen Ton und gingen ganz in Blattscheiden und Halme über. Allmählich war das Gelege mit achtzehn Eiern vollzählig geworden. Es war ein Häufchen mit richtiger Spitze! Als das letzte Ei das Häufchen krönte, war Kirik seines feurigen Scharrens und Rufens müde geworden; aus dem heftigen kleinen Buhlen wurde ein treuer, strebsamer und aufmerksamer Gatte, der nur das Wohl des Nestes im Auge hatte. Er, der erst hitzig und paarungsfroh auf dem regennassen aprilgrünen Erdboden getanzt hatte, schleppte sich jetzt umher, der Liebe und des Kampfes satt. Ein Verlangen nach Ruhe war über ihn gekommen. Das Herausfor-

dernde in seiner Stimme war verschwunden; er rief nicht mehr, sondern kluckte nur leise ... von dem ganzen Acker war für ihn nur das Nest noch da!
Auf dem Wall standen die Pfosten, die den Drahtzaun der Sumpfwiese hielten. Auf der Wiese weideten Färsen und Füllen; sie streckten die knabbernden Mäuler über den Zaun und grasten den Wall ab. So erstanden ihm neue Feinde, gegen die er sich wehren mußte! Er aber fuhr tapfer auf sie los – und kein Kalb und kein Fohlen konnte sich mit dem Maul dem Büschel, der das Nest schirmte, nähern, ohne daß er ihnen nicht schlagend und kratzend, mit heiserem Geschrei, entgegenfuhr.
Eines Morgens hoppelt Seppel, fröhlich und lebensglücklich wie gewöhnlich, am Wall entlang. Er hat eine Entdeckung gemacht, die von ungeheurer Bedeutung für ihn werden kann. Draußen im Feld, am Ende eines Grenzraines, hat er einen fast ganz überwachsenen Steinhaufen gefunden, ein altes Wohnhaus mit viel Gebüsch und Schlehdorn ringsum. In diesem Steinhaufen wohnt keine Seele, denn kein Hund fährt draus hervor und bellt drohend auf! Sollte ihm einmal jemand ans Leben wollen, so ist hier ein Versteck, wo er in Ruhe Atem schöpfen und sich erholen kann. Er fühlt, daß die Neugierde ihm keine Ruhe lassen wird, bis er nicht bei erster Gelegenheit seine neueste Entdeckung näher besehen hat.
Das Wetter ist strahlend, der Himmel hoch, Federwölkchen segeln dahin; eine wohltuende Wärme durchströmt die Luft.
Gerade läuft er an einem Weidenstrunk vorbei – da kommt Kirik mit einem Male aus einem Grasbüschel hervorgesaust.
Kirik kocht vor Wut. Seine Federn sträuben sich, der Nackenkranz richtet sich auf. Eine aufdringliche Maus hat er gestern glücklich ins Jenseits befördert, und eine Natter, die vielleicht auch nicht die reellsten Absichten hatte, ist heute morgen erledigt worden. Nun ist die Reihe an Seppel gekommen, das einfältige Langbein, das mit seinen sinnlosen Bocksprüngen leicht die liebe Ehehälfte im Nest erschrecken kann.
Kirik fährt Seppel an den Kopf, kreischt wütend und läßt ihn Krallen und Flügel fühlen, und als Seppel eilig kehrt macht, erhält er als Zugabe einen Schnabelhieb, der ihm große Wollfetzen aus dem Hinterteil reißt. Seppel stiebt davon – hinein in die Saat, fort von hier ... den ganzen Tag noch erbost er sich über diese Behandlung.

Neulich der Kiebitz, heute Kirik – immer soll er ausreißen!
Der Sommer blies ihm sein Wohlbehagen in die Nase, die Luft war von Schlaf und Essen erfüllt. Schon allein dazusitzen und sich in dem sonnenheißen Lager auszuruhen, war eine Wonne für die Läufe!
Es war auch gar nicht mehr so verlockend, umherzulaufen. Alle gangbaren Pfade waren von Stengeln und Halmen versperrt, die Felder waren zu Wäldern geworden – so dicht, daß er sich mühsam mit den Vorderzähnen einen Weg nagen mußte. Selbst wenn er einen Kegel machte, konnte er nicht mehr über das Sommerkorn hinwegsehen, er mußte sich ganz aufrichten und auf den äußersten Zehenspitzen balancieren, wollte er einen befreienden Blick über die Welt werfen.
Und was noch schlimmer war: die flachen Tümpel rundum in den Äckern, die er sooft mit Vorliebe aufgesucht hatte, um sich einen Mund voll der geheimnisvollen Kräuter zu holen, die gegen Bauchgrimmen und andere Gebrechen halfen – sie waren Segge und Schachtelhalm, zur Wildnis geworden, die er selbst mit Hilfe seiner Nagezähne nicht zu durchdringen vermochte.
Es herrschte eine mehrwöchige Trockenheit und herrliches Wetter! Er, den es sonst nach Wasser nicht verlangte, war geradezu durstig geworden nach den langen, warmen Tagen. Er sehnte sich nach dem kühlenden Windhauch des Abends und den Tautropfen, die alles so frisch und feucht werden ließen.
Eines Nachmittags war es besonders schlimm. Von Huppel verführt, saß er am Rande eines Kleefeldes, dessen riesige Stengel die Wärme festhielten. In der bleiblauen, dunstigen Luft roch er förmlich die starke Wärme, die vor seinen Augen flimmerte und seine Nasenflügel zusammenzog... er war unruhig und konnte nicht schlafen ... die Luft gebar mit jedem Atemzug neue Wärme.
Am Horizont ballten die Wolken sich zusammen; ein pechschwarzer Wolkenschatten wälzte sich heran und bedeckte Kiriks ganzes Reich! Einen Augenblick lang wurden alle Farben klar und rein ... die grüne Erde kleidete sich in ihr giftgrünes Gewand, die Flügel des Kiebitzes blitzten schneeweiß auf, wenn er im Fluge wendete – und Jens Tyrbags schmutziggelbes Gehöft schimmerte wie neugestrichen. Dann verfinsterte es sich mit einem Male – und gewaltige Regenstürze zerpflügten den Roggen!
Ringsumher glitten die Lerchen aus der Luft herab, Schwärme von

Mücken drangen in sein Ruheplätzchen ein, Kühe und Pferde drehten sich im Kreise um ihren Pflock – und als die ersten schweren Tropfen fielen, eilte Kirik ängstlich aus dem Sommerkorn herbei. Er lief mitten auf den Feldweg hinaus und äugte prüfend empor. War es nur Tau oder war es Regen? Dann wurden die Tropfen größer, und einer folgte dem anderen auf dem Fuße; sie wurden zu Schnüren, und der Horizont stand wie eine graue Wand in der Ferne. Kirik begab sich in den Schutz eines großen Klettenbuschs, ihn beherrschte nur der eine Gedanke: das Nest, die Eier, das Weibchen! Seppel aber krümmte den Rücken – nun kam es, das wußte er; er hatte lange das Unwetter in sich gespürt.

Da belichtet der erste Blitz seine Kleehütte; er rülpst vor Schreck und drückt sich fest in sein Lager. Die langen Löffel baumeln schlapp auf den Nacken herab, und von Laufgelüsten ist keine Rede. Das Unwetter bricht herein; er erhält seine Mittagstaufe. Er gibt es auf, die Läufe trocken zu lecken, ist froh, wenn er nur den Körper schützen kann. Ein Tropfen nach dem anderen rinnt von seinem Balg herab, so daß sich unter ihm große Pfützen bilden und er jeden Augenblick an eine andere Stelle rücken muß. Aber nur hinter den Löffeln kommt eine leichte Nässe an seine Haut, und das erfrischt!

Das Trommeln des warmen, weichen Regens hört nach und nach auf . . .

Da steigt eine Lerche trillernd auf und löst den Druck von seiner Brust, er äugt empor und bemerkt einen Streifen Himmelsblau; die dunkle Wand hat sich schon hinter das Bergdorf und den weißen Kegel verzogen; alles um ihn her ist naß; aber das Feld duftet lieblich, die feinen, flüchtigen Duftwolken hat der Regen an die Erde gebannt – und der Mückenschwarm, der ihn während des Gewitters überfiel, beginnt von neuem zu tanzen.

Er muß hinaus, um Luft zu schnappen, und setzt mit einem Sprung in das Sommerkorn hinein, wo er von den neuen, frischen Haferkeimen in sich hineinstopft, was er kann. Hier trocknen Wind und Sonnenstreifen seinen Balg.

Nach dem Regenschauer begann alles um Seppel herum noch mächtiger zu wachsen! Es knospte, schlug aus und blühte – als ließe der Regenbogen selbst vor seinen verwunderten Augen Funken sprühen! Der Roggen wurde höher und bekam dunklere Knie an den grünen Halmen; selbst auf den Zehenspitzen konnte Seppel nicht halbwegs bis zur Ähre gelangen.

Der Roggen war die grüne Erde selbst, die sich um ihn erhob und ihn glücklich und sicher machte. Der Wind, der über die Ähren fegte, sie niederbog und wieder emporschnellte, drang nur als kühler, wohltuender Hauch in die Tiefe hinab, wo Seppel zwischen blaßgelben, wilden Stiefmütterchen und dünnen blauen Vergißmeinnicht hockte. Keine Mücke schwärmte hier, die Sonne brannte nicht, grün wurden ihre Strahlen, ihr Licht schillerte in Streifen und Flecken über seinen grauen Balg und lullte ihn wohlig in Tagesschlaf.

Der Kiebitz schrie sein Kiewitt über Seppels Kopf, die Lerche tirilierte und sang; er genoß das Brüllen der Kühe und den Ruf der Menschenstimmen: das Übermütige und Furchteinflößende dieser Töne schwand, ehe sie zu ihm gelangten.

O wie schön lebte es sich im Roggen, und wie wuchs er, während er hier lebte!

Huppel und Patt

Huppel hieß das Schwesterchen – denn ihre Pfoten konnten besser hoppeln als springen! Noch nie hatte sie einen ordentlichen Hasensprung versucht: solch plötzlichen Sprung ohne Anlauf ... aus erhobener Stellung, allein durch die federnde Kraft der elastischen Hinterläufe ... dann irgendwo draußen auf dem Felde endend. Derartiges konnte sie einfach nicht unternehmen, hatte es wohl auch gar nicht nötig, sie hielt es lieber mit den kurzen Sätzen, den Hüpfern!

Ein scheues und furchtsames kleines Ding war Huppel, die in ihrer ganzen Lebensweise das Gefühl ihrer vollkommenen Wehrlosigkeit verriet. Sie kam am Tage nie aus ihrem Grasbüschel heraus; erst wenn Dämmerung die Erde umfing, schlich sie sich hervor und begann still und vorsichtig ihr Nachtwerk. Selten aber entfernte sie sich weit, und sobald sie genug geäst hatte, versteckte sie sich wieder. Sie war nie darüber im Zweifel, wo sie sich ihr Lager scharren sollte. War der Magen satt und das Auge müde, so überfiel sie ein gewisser Widerwillen gegen die weißen, roten und gelben Blumen, und sie zog die weniger bunten Stellen vor, fühlte sich geradezu angezogen von grauer Rinde, braunem Boden und gelbem Gras.

So leichtsinnig und übertrieben fröhlich Seppel war, so übertrieben vernünftig und bedächtig war sie – und nur selten ließ sie sich dazu verleiten, an seinen wilden, lustigen Quersprüngen teilzunehmen. Sie wollte sich nicht aus lauter Übermut zu einer seiner Unvorsichtigkeiten mißreißen lassen.

Der grundlegende Unterschied zwischen Huppels und Seppels Charakter hatte sich schon bald gezeigt. Bei Seppel hatten die Läufe das große Wort, die wollten hinaus und springen und hüpfen; darum hielt es ihn auch nicht! Aber bei Huppel war es der Rücken, der die Lage immer entschied; der berief sich auf seine Beschützerwürde und wollte das Versteck ausnützen, der zwang die Läufe, sitzenzubleiben. Darum entging sie wohl den Elstern wie der Fähe, und darum fand fast nie ein Hund ihre Lagerstatt – und obendrein hatte sie eines vor Seppel voraus; sie konnte mehrere Minuten lang ihren Atem anhalten. Sobald sie ein Rascheln in ihrer Nähe vernahm, holte sie einmal tief Atem und saß unbeweglich da, machte sich geruchlos und so klein, daß ein großes Glück dazu gehörte, sie aufzufinden.

Huppel gab sich blind und innig der Erde hin, in die sie hineingesetzt wurde; es war, als sei sie von Geburt an der Erde verbunden, der sie einmal, wenn sie selber Mutter werden sollte, ihre Jungen anvertrauen mußte!

Der flüchtige Seppel wußte nichts von diesem Verlangen, das erst durch teuer erkaufte Erfahrung in ihm entwickelt werden sollte.

Aber aus diesem Grunde war er auch aufgeweckter, lernte die Welt besser kennen und erwarb sich die Fähigkeit, nach Überlegung zu handeln. Mut bekam er auch – nicht den tollkühnen, selbstaufopfernden Mut, der der Häsin eigen ist, wenn die Milch sie spannt – nein, den Mut, sein Leben einzusetzen, wenn es übel für ihn stand: um sich selbst zu retten.

Er mußte Erfahrungen sammeln, das Leben bis zu seiner äußersten Grenze auskosten und keine Gelegenheit versäumen, es aufs Spiel zu setzen. Es lag in seiner Natur, da er ein Männchen war.

Patt war freilich auch ein kleiner Rammler, aber von schwerfälligerem Gemüt und bei weitem nicht so aufmerksam und scharfsinnig. Seinen Namen verdankte er seinen großen, flachen Pfoten; sie saßen an den langen, dünnen Läufen wie der Schrubber an seinem Schaft und schlugen beim Sprung hart und schwer gegen den Erdboden . . .

Den Sinn, der seiner Schwester angeboren war: bis zum äußersten Augenblick ihre Wehrhaftigkeit auszunützen, besaß auch er in gewissem Maße. Die Zusammenarbeit seiner Pfoten mit dem Rücken taugte indessen nicht. Er besaß nicht Seppels Schnelligkeit, Entschlüsse zu fassen, und namentlich nicht dessen feines, scharfes Empfinden, auch war er nicht imstande, mit Sicherheit zu entscheiden, wann er verharren und wann er fliehen sollte. Den günstigen Augenblick, in dem das Glück ihm winkte, ließ er oftmals ungenützt verstreichen!

Wäre das Feld von ebensoviel Füchsen bevölkert gewesen, wie es Hunde gab, so wäre er jenen schon längst zum Opfer gefallen – und wäre er mit den Elstern zusammengetroffen, so wäre er nicht nur mit dem Schreck davongekommen. Er war eigentlich nur noch am Leben, weil das Schicksal ihm in so hohem Maße hold gewesen war und ihn niemals einer Prüfung ausgesetzt hatte. Er schlug sich durchs Dasein, ohne besondere Gelegenheit, seine Erfahrungen zu erweitern; am Tage schlief er – und des Nachts interessierte er sich hauptsächlich für seinen Magen. Er machte keine von Seppels vielen verschiedenen Entdeckungen, konnte sich in der Richtung der Hecken und dem Kreuz und Quer der Gräben und Pfade auf den Feldern, in denen er lebte, kaum zurechtfinden.

Er war wie die meisten Hasen; die große Mühle würde ihn packen, sobald sie zufällig eines kleinen Junghasen bedürfte – und das war jetzt zur Sommerszeit immer der Fall.

Auf Jens Tyrbags Acker, versteckt in der Sommersaat oder im Klee, sitzen Patt und Huppel den lieben langen Tag.

Seltener und immer seltener trifft Seppel auf sie. Nur hin und wieder kommt es vor, wenn er nämlich ein Verlangen trägt, seine Geburtsstätte, die Lehmgruben, wiederzusehen. Dann muntert Seppel sie auf, steckt sie mit seiner Lebensfreude an, und nun beginnt ein lustiges Haschen der drei auf den von Kühen abgegrasten Flächen, oder sie suchen sich einen Tanzstein oder lose Maulwurfshügel, wo die eifrigen Läufe lustige Beschäftigung finden.

Jens Tyrbag, der gern selber in der grauen Morgendämmerung seine Pferde führt, belustigt sich hier und da an den kleinen Burschen. Besonders auf den kleinsten von ihnen hat er ein Augenmerk –: wenn das Bürschlein heftig wird oder etwas ihm Verdruß bereitet, fällt es ihm plötzlich ein, Ohrfeigen auszuteilen.

Es ist Patt, den der Bauer beobachtet – nur eines Umstandes kann der kleine Patt sich vor seinen Geschwistern rühmen: er scheint in besonderem Maße die groben Gewohnheiten seines Vaters Lepidus geerbt zu haben. Für seine Lebensmöglichkeiten ist diese kriegerische Veranlagung ohne besonderen Wert; auf der anderen Seite kann ihr aber doch eine gewisse Bedeutung für das Dasein nicht abgesprochen werden.
Im Laufe des Sommers werden die Junghasen mit Vater Tyrbag ganz vertraut; sie entdecken schließlich, daß er hierher gehört ebenso wie Kühe und Pferde. Von ihren Verstecken rundum auf seinen Äckern machen sie mancherlei Beobachtungen, sie lernen das Schlagen des Dreschflegels unterscheiden, das Rasseln der Milcheimer und den kreischenden, falschen Gesang der lebensfrohen Melkmädchen. Sie lernen den holzschuhklappernden Schritt des Menschen kennen und die verschiedenartige Klangfarbe des Hundegebells.
Huppel schläft fest; sie läßt die vielen Geräusche zum einen Ohr hinein- und zum anderen wieder hinausgehen; sie wandert ja so selten umher und hat erst so wenige Erlebnisse gehabt, daß sie die verschiedenartige, wunderliche Sprache der Welt kaum kennt.
Seppel kennt überhaupt keinen richtigen Schlaf! Alle bekannten Laute reden zu ihm, und mit allen unbekannten wünscht er auf das lebhafteste näher bekannt zu werden. Am Tage aber kann er sich glücklicherweise beherrschen!
Patt – nun ja, Patt schläft nicht, wenn er schläft, und ist ebensowenig richtig wach, wenn er wacht; er fühlt sich eigentlich immer gleich schlapp und schläfrig. Aber trotzdem weiß er stets ziemlich genau, was um ihn vorgeht! Er besitzt außer seiner Raufboldneigung noch zwei große Mängel: er schnarcht – und er hört selbst nicht, daß er schnarcht!

Noch steht der Sommermond weiß und rund am Himmel, aber das Himmelsgewölbe blaut bereits und die Erde steigt aus dem Halbdämmer auf. Es geht der Dämmerung und dem Morgen zu . . . dem Tage!
Seppel ist auf den Beinen; er ist unten in den Lehmgruben gewesen und hat ein munteres Spielchen mit den Geschwistern getrieben, jetzt kommt er, von Patt begleitet, an der Grenzscheide zwischen einem Getreide- und einem Brachfeld herauf.

Am Ende des Grenzrains liegt eine alte Hütte. Es war einmal ein Haus mit Fenstern und Schornstein, ein Heim für ein Menschenpaar. Jetzt ist es ein Trümmerhaufen.
Die Gartenhecke aus Schlehdorn und wilder Pflaume, Holunder und Flieder und Eberesche steht noch immer; von dem Garten selbst aber hat das Unkraut Besitz ergriffen, hier gedeihen nur noch Beifuß, Nesseln und Gras.
Die Feldsteine, die der Bauer aus seinem Acker pflügt, häuft er hier auf. Und alles andere Gerümpel findet hier auch seinen Platz; rostige Herdplatten und durchlöcherte Kasserollen und Pflüge von seltsamem, altem Bau. Der Hopfen schmückt das Gerümpel, so gut er es vermag, und die Winde schlingt ihr grünes Spitzenwerk hindurch, während Kornblume und Mohn darin wetteifern, wer unter seiner farbigen Decke am meisten verbergen kann.
Den Feldbewohnern bietet die alte Hütte willkommenen Schutz! Der Regen dringt freilich in die Bude ein, aber zwischen den Steinhaufen läßt sich's wohl sein. Hier wohnt Jit-jit, das mörderische Wiesel.
Drinnen im Garten steht ein Klettenbusch zwischen dem Beifuß und dem Gras; seine steifen, rotgestreiften Stengel ragen wie Flaggenmasten hoch über die Nesseln hinaus und runden ihre Spitzen zu einem Knopf. Der Knopf ist der Anfang der Blüte dieser Riesenpflanze! Mit ihren mächtigen Blattflächen hält sie sich die Nachbarn vom Leibe und spendet ihrer Wurzel Schatten, so daß sie die Trockenheit ertragen kann.
Seppel und Patt hoppeln unter das Blätterdach ...
Eines der großen Blätter hängt vergilbt in Fetzen herab; das hat die Pflanze geopfert, um zwei hinsiechende Konkurrenten ganz abzutun. Zwei gelbe Schnecken kleben schlafend an der Unterseite. Ein smaragdgrüner Schimmer erfüllt die Luft draußen; aber unter der Klette herrscht schwache Dämmerung. Eine kleine Spinne läßt sich von oben herab und warnt Seppel davor, sich hier draußen ein Tageslager aufzuschlagen!
Er läuft weiter ... aus Neugierde und Entdeckerdrang; er hat in jener Nacht, als er zum ersten Male die alte Hütte besuchte, noch nicht genug bekommen; im Gegenteil, hier drinnen kann es vieles geben, was man kennenlernen muß.
Aber Patt bleibt unter der Klette sitzen. Er ist jetzt satt und schläfrig – und der Klettenbusch bietet ihm ja augenscheinlich das herr-

lichste Versteck. Unter ihm sitzt er vor Regen geschützt, der ihm wie die Pestilenz erscheint, und ist vor den Krähen sicher, die seine einzige Erfahrung bilden; ja, er macht sich's schon bequem und gähnt. Ein stiller Sommerfriede, feiertägliche Ruhe heller Nächte liegt über dem Lande; es träumt und schlummert noch. Die Schafe drängen sich in der Herde aneinander, Kühe und Pferde liegen schweigend auf den Wiesen umher; der Lichtschein des nahen Tagesanbruchs schwebt wie ein Riesentautropfen über ihnen.

Da stoßen die Kiebitze ihren Klageruf aus, sie melden und warnen; sie drängen sich zuhauf und schlagen unaufhörlich auf ein kleines, verwegenes Hermelin ein, das in kurzem, scharfem Zick-zack hinter dem Vieh über das abgeweidete Gras fährt.

Jit-jit ist bei der Morgenjagd mit einem Eifer und einer Schnelligkeit, wie man sie nur bei dem geübten, äußerst geübten Arbeiter antrifft. Lautlos ist jede ihrer Bewegungen! Nur ganz flüchtig läßt sie sich sehen und immer im Husch: ihr langer Körper wird beim Laufen zu einem Strich, der durch das Gras schießt – und wenn sie die Spitzen der Maulwurfshügel mit ihrem brandroten Fell krönt, so ist es, als jage ein Sonnenstreif darüber hin! Jit-jits Taktik gleicht der des Falken: plötzlich zeigt sie sich, blitzschnell springt sie herzu, kein Pardon gewährt sie ihrem Opfer.

Nur selten treibt sie sich am Tage draußen herum, desto mehr jedoch während der Morgen- und Abenddämmerung. Im Verhältnis zu ihrer Größe ist sie unglaublich stark – und von Mut und Mordlust beseelt! Zur Zeit hat sie Junge, und da der Fuchs, ihr großer Konkurrent, fast alles an sich reißt, sind die Zeiten schlecht. Zum vierten Mal an diesem Morgen ist sie auf dem Heimweg mit Beute für die Jungen im Maul.

Da vernimmt sie Patts eintöniges, wie Bienengesumm klingendes Schnarchen – und hält mit einem Ruck inne. Von ihrem Wechsel schleicht sie mit erhobenem Vorderkörper und eifrig spähenden Augen durch die Nesseln unter die Klette. Eine Maus, ein Maulwurf und ein halb ausgewachsenes Kiebitzjunges hängen ihr im Maule, und als sie Patt erblickt, kommt der echte Charakter des Wiesels zum Vorschein.

Es will Hasen fangen, jawohl, es will große Puten stehlen, es will sogar mit Freude einem ganzen Lamm an den Kragen gehen – und mit Verachtung schleudert es das schäbige Küken, Maus und Maulwurfswurst von sich.

Ein trockener Stengel knackt unter seinem Tritt ...
Patt erwacht, stellt fest, daß er gut sitzt und ist fest entschlossen, sich nicht vom Fleck zu rühren.
Jit-jit läßt ihm keine große Bedenkzeit; sie springt ihn an und schlägt ihre scharfen Zähne in seinen Nacken ... Patt stößt einen langen, jämmerlichen Klageschrei aus und saust mit seinem Mörder auf dem Rücken davon: aber das Leben sitzt nur noch lose in dem kleinen Burschen, er ist kaum zur Besinnung gekommen, da ist es auch schon vorbei.
Es ist gegen die Natur des Wiesels, sich mit wenig zu begnügen, es möchte am liebsten im Überfluß schwelgen und immer mehr und mehr haben. Ganz dunkel lauert in Jit-jits Bewußtsein die Erinnerung, daß sie in dem Augenblick, als sie auf Patt zusprang, einen zweiten Junghasen blitzschnell hat vorbeijagen sehen. Den muß sie auch haben. In lautlosen Sprüngen huscht sie in der Richtung davon, in der Seppel geflüchtet ist.
Seppel ist drinnen auf Entdeckerreise.
Er hat zur großen Freude seiner zügellosen Beinchen Haufen von großen, scharfkantigen Steinen gefunden, auf denen seine behenden Läufe einen Tanz aufführen wollen, und mehrere schwierige, stark verschnörkelte Pfade, deren er sich beim nächsten Spiel erinnern wird. Und endlich erblickt er am Rande der Nesseln ein lieblich duftendes, würzig grünes Pflänzlein, an dem seine gefräßigen Zähne in größter Eile zu nagen beginnen.
Das bißchen Grün ist der letzte Rest der Kultur des alten Gartens: ein standhafter Petersilienbüschel!
Er gibt sich noch immer dem vollen Genusse hin, als er zum ersten Mal in seinem Leben die heiseren Töne einer Hasenklage vernimmt. Er lauscht gespannt, kann aber nicht verstehen, was es ist und macht sich deshalb auf den Weg, seine Neugierde zu befriedigen – als er ein langes, goldigrotes, seltsam listiges kleines Tier auf sich zukommen sieht. Es bewegt sich in Sprüngen genau wie er – und dieser Umstand flößt ihm Vertrauen ein.
Nun ist es so nahe, daß er seine Witterung in die Nase bekommt; sie riecht streng; widerlicher Dunst und scharfer Gestank verraten es. Sein Mißtrauen wird endlich geweckt, und eiligst huscht er unter einen Grasbüschel in Deckung.
Jit-jit ihm nach und rund um den Büschel ... und so treibt sie es eine ganze Zeit! Sie macht dadurch ihr unerfahrenes Opfer

ratlos; Seppel kann nicht mehr voraussehen, woher die Gefahr droht.

Als er auf diese Weise mürbe gemacht ist, spaltet sich der Grasbüschel plötzlich. Mit voller Kraft springt Jit-jit ihm auf den Nakken; er ist aber dem Hermelin zu schnell, es bekommt nur den Balg zu packen, es gelingt ihm nicht, sich festzubeißen. Seppel setzt in einem Riesensprung davon, die Läufe wirbeln über den Erdboden ... fort, fort ... während Jit-jit, halb reitend, halb laufend, mitwirbelt. Seppel klagt, aber er kann seine eigene Stimme nicht hören; alles in ihm drängt in diesem gefahrvollen Augenblick nur nach den Schlehdornbüschen oben am Gartenzaun.

Vor einigen Nächten erst hat er diese Büsche entdeckt und sie seinem Erfahrungsschatz einverleibt. Jetzt wirft er sich in ihre Arme, um die Rettung zu suchen, die sie ihm versprachen.

Und die Schlehenbüsche enttäuschen nicht des kleinen Seppel Vertrauen! Wie er voll wilder Angst in ihre dornigen Zweige hineinfährt, packen sie seine häßliche Reiterin so fest, daß sie herabgerissen wird und am Gartenzaun hinunterpurzelt.

Im selben Augenblick taucht eine alte Fähe auf dem Wechsel auf, die spitzen Lauscher erwartungsvoll nach vorn gerichtet. In ihren schlauen Sehern spielt es von Verwunderung und erwartungsvoller Freude ... hier ist vielleicht Beute zu machen?

Müde von der Pflege der Jungen lag sie in einer Heudieme und schlief, als die kläglichen Töne des sterbenden Patt sie auf das freundlichste weckten. Sie sprang hoch und jagte in der Richtung, aus der der Laut kam, davon; noch weitere Klagelaute ertönten – und jetzt stand sie mit witternder Schnauze der verwirrten Jit-jit Angesicht zu Angesicht gegenüber.

Das verwegene kleine Hermelin läßt sich indessen nicht verblüffen, es starrt der Fähe scharf in die Augen; der Anblick des Erbfeindes, des großen Nebenbuhlers, erhöht seine Raubgier und Mordlust. Es hat, vom Glück begleitet, seine erste Beute erlegt, es hat die ersten Tropfen Blut geleckt, und jetzt – jetzt kommt Frau Gieremund und will es der Aussicht auf weitere Beute berauben.

Die Fähe ist erstaunt. Ihre Hoffnung und Erwartung, in tiefster Stille und ganz allein einem armen Hasen aus einer Falle im Zaune helfen zu dürfen, ist bei diesem unerwarteten Zusammentreffen plötzlich zu Luft zerronnen. Sie kann nicht fassen, woher diese Hasenklage kommen mochte – sie sieht ja keinen Hasen!

Das Hermelin kann nicht umhin, der Fähe einen Anteil an dem Pech zuzuschreiben, das es betroffen hat, und macht sich zum Kampf bereit, es erhebt sich zu halber Höhe und knistert und funkelt ... aber Frau Reineke schielt böse auf den feuerroten, im Lichte der aufgehenden Sonne goldviolett schimmernden Pelz.
Einige Augenblicke angestrengten Wartens verstreichen ...
Den Wolf hatte der Mensch bezwungen. Und des Wolfes Tod ward des Fuchsen Brot. Dann erlag der Fuchs. Da vermehrte sich das Wiesel, pfuschte erfolgreich Reineke ins Handwerk und wurde kühner und raubgieriger, als es eigentlich in der Absicht von Mutter Natur gelegen hatte.
In keiner Hinsicht steht Jit-jit zurück; sie muß sich von Zeit zu Zeit einen Blutrausch antrinken, der sie in tiefen Schlaf versenkt.
Und dann kommt noch eines hinzu, was für ihre Handlungsweise entscheidend wird: dieser steifohrige Hund wird sich vielleicht nicht damit begnügen, sie ihrer Beute zu berauben! Er wird womöglich sogar in ihren Bau einbrechen wollen; vielleicht will er sich ihre Jungen zum Frühstück zu Gemüte führen?
So fallen die erregten Mutterinstinkte und ihre unersättliche Raubgier zusammen; jetzt wird sie kämpfen – kämpfen, und sei es mit einem Teckel; wie eine Stichflamme schlägt sie aus dem Grase hoch. Sie packt die Fähe an ihrer empfindlichsten Stelle, der schwarzen Nasenspitze – und wie sie Frau Reineke hier gefaßt hat, tummelt sie ihren weit größeren Gegner, wie ein Hütejunge den Stier am Nasenring tummelt. Die Fähe faucht und zischt ... mit jämmerlich gekrümmten Rücken, die Lunte zwischen die Läufe geklemmt, bleibt sie stehen, außerstande, sich zu rühren.
Jit-jits kleine funkelnde Kohleaugen lohen vor Wildheit und Gier, sie stößt eine Reihe kurzer, durchdringender Pfiffe aus, während sie, sich auf die Hinterläufe hebend, Frau Reineke rückwärts davonzerrt. Ein kleines Wasserloch, das die Gewitterregen bis zum Rand gefüllt haben, ist jedoch nahe ...
Da steigt ein Funken Hoffnung und Schadenfreude in die verzweifelten Seher der zerquälten Fähe – hier reicht der Zufall eine hilfreiche Hand!
Alle Kraft zusammennehmend, springt sie in zwei, drei langen Sätzen vorwärts, so daß das Hermelin, wie ein Rüssel an ihrer Nase hängend, durch die Luft schwingt – dann tunkt sie den kleinen, verwegenen Feind in das schlammige Wasser.

Aber Jit-jit hält fest ...
Nun ist die Frage, wer den längsten Atem hat!
Wieder und wieder stößt die Fähe ihren Kopf geradewegs auf den Grund des Schlammloches, doch die Klammer will sich nicht von ihrer Nase lösen. Zum mindesten aber kühlt und stillt das Wasser den Schmerz, und nun zieht sie ihren bösartigen, tollkühnen Angreifer so lange hin und her, bis er das Maul voll Schlamm bekommt und endlich sein Opfer fahren lassen muß.
Beide Gegner haben den Kampfeseifer eingebüßt!
Jit-jit verschwindet im Grase; sie hat vorläufig genug damit zu tun, sich glatt- und trockenzulecken. Auch Frau Reineke findet es am ratsamsten, sich zu trollen. Eine riesige Schmeißfliege setzt sich auf ihre Nase, als sie in das Saatfeld schnürt!
Seppel allein hatte den Vorteil von diesem Kampf: während seine mißgünstigen Verfolger, gelb vor Neid, sich schändlich bekriegten, gab er eiligst Fersengeld, sauste am Feldrain entlang und hinein in den Klee, wo die vernünftige Huppel seit langem zur Ruhe gegangen war.

Der Sommer weht vom Himmel herab ... der Roggen glänzt, der Weizen glitzert, und blank wogen Hafer und Gras. Aus den dichtbelaubten Gärten an den nahen Bauerngehöften leuchten frisch gekalkte Giebel und blühende Zierbüsche; in der Ferne wachsen die Laubmassen der Dörfer zusammen und ragen wie große, schwarze Hügel gen Himmel. Am Horizont entlang zieht der Wärmedunst seine blaue Verbrämung, rote und weiße Kirchtürme heben sich aus der Bläue ab.
Die dänischen Felder liegen in Mittsommerpracht da. Goldschimmer über all dem Grün ... Höhenzüge und Täler prangen im Überfluß.
Die Kleebüschel duften, daß es selbst den Bienen zuviel der Süßigkeit wird; auf den Wiesen wölbt sich das Heu zu haushohen Diemen – und an Bach und Moor entlang ist das Vieh in Reihen angepflockt; das gibt Milch ... selbst den Katzen wird's zuviel!
Schwere, kräftige Stuten, das Fell von Sonnenbrand und kräftigem Futter schimmernd, begrüßen mit lautem Wiehern ihre runden, übermütigen Füllen. Lämmer blöken von den Koppeln herüber, Färsen und Kälber brüllen hinter den Stacheldrahtgehegen. Fliegengebrumm und Mückengesumm durchziehen die Luft, erfüllen

sie mit dem hemmungslosen Glücksgefühl zahlloser Kleinwesen. Alles wächst und gedeiht, blüht und setzt Frucht an ... Sommerrausch hat alle erfaßt!
Die Wärme zittert im Klee, wo Huppel sitzt. Sie hat auf dem Grunde des Stengelwaldes eine kleine Vertiefung aufgestöbert. Über ihr wiegt der Sommerwind ein Walddach herzförmiger Blätter. Eine ungeheure Hummel lärmt an diesem Vormittag über das Feld. Bald ist sie vorn, bald weit dahinten. Die große Hummel sucht gewiß das Feld ab, wie alle Hummeln tun!
Da ist sie wieder! Huppel hört deutlich das Surren und Knistern der steifen Flügel ...
Aber es ist etwas Verdächtiges an dem Insekt! Je mehr es sich ihr nähert, desto besser erkennt Huppel, daß ihr Gehör sie nicht trügt. Nein, es ist doch keine Hummel; jetzt weiß sie bestimmt, daß es ein Mistkäfer sein muß – ein sehr großer Mistkäfer, der umherkrabbelt und unter dem vergeblichen Versuch, aufzufliegen, mißvergnügt vor sich hinbrummelt.
Dieser Mistkäfer ist in Wahrheit eine Mähmaschine, die rund um das Kleefeld rollt ...! Die breiten Zähne ihrer abgenutzten Zahnräder greifen gierig und hart ineinander, die Achsen surren, die Kurbeln hämmern, und knirschend schneiden die scharf geschliffenen Messer. Die wandernde Sense trennt das Gras von der Wurzel – liegt ein brütendes Feldhuhn auf ihrem Weg, oder gibt ein verdutztes Häslein sich unvorsichtig in ihre Gewalt, so wird es unbarmherzig durchschnitten.
Näher und näher frißt sie sich an Huppel heran ...
Vielen Gefahren war Huppel bis jetzt schon ausgesetzt und immer wieder ist sie ihnen dadurch entgangen, daß sie still sitzenblieb. Sie fühlt Platzvertrauen und hält aus. Der Fuchs kann an ihren Büschel auf Fußbreite heranschleichen, sie verharrt. Der Hund, der auf dem Felde sein Wesen treibt, kann im Eifer mit dem Vorderlauf ihre Rückenhaare streifen, sie hält noch immer still. Die Katze kann im Grase ihr gegenübersitzen und das Feld ablauschen, ihre Schwanzspitze kann sich über Huppels Nacken wiegen und ihre empfindsamen Barthaare kitzeln – es ficht sie nicht an, sie bleibt weiter sitzen, nur macht sie sich so platt wie möglich.
Die Maschine hat mehrere Male den Acker umfahren; die nächste Runde schon nimmt ihren Weg über Huppels Lager. Schon fühlt sie, wie die Erde unter den Hufschlägen dröhnt; aber sie kennt sie,

die schrecken sie nicht. Einen Augenblick darauf rasseln die Messer schon dicht hinter ihrem Rücken ...
Das Versteck um sie her lichtet sich immer mehr; die weichen Schattentöne verschwinden, graue Motten und buntfarbige kleine Schmetterlinge stieben auseinander. Das lange, wehende Raigras tanzt einen Augenblick über den schneidenden Messern, dann wankt es und taumelt mit dem ganzen Schwaden schwer hernieder. Das Dach, nein, das ganze Haus stürzt über Huppel zusammen; sie aber läßt es stürzen! Vom Kopf bis zum Schwanz fest an den Erdboden gepreßt, daß die Lichter fast aus den Höhlen treten, drückt sie sich in ihre kleine Vertiefung. Und die Vertiefung rettet sie – die rollende Guillotine geht mit bösem Glucksen über ihren Rücken hinweg.
Um sie her ist es offen und sonnenhell geworden; sie wartet einen Augenblick, daß der Wind das Ganze wieder ins Gleichgewicht bringen soll – dann aber schnellt sie hoch und stürzt in ein nahe gelegenes Roggenfeld hinein.

Saß nicht auch Seppel im Kleefeld – und wie kam er davon?
Seppel kam großartig heraus! Er war viel zu flüchtig, um in Huppels Lage zu geraten. Er wußte nichts vom Platzvertrauen! Tief in den Klee hinein ging er sowieso nicht mehr, der war ihm zu hoch, zu dicht und zu dunkel. Er hielt sich nur an den Außenseiten auf.
Sobald die Maschine mit ihrer ersten Runde begann, wurde ihm klar, daß sie weder eine Hummel noch ein Mistkäfer sein könne, eher schon ein abscheulicher, hitziger Hund – da machte er, daß er fortkam. In leichten, elastischen Sprüngen, mit beweglichem Rükken, die Löffel fest an den Nacken gepreßt, lief er am Feldweg entlang bis zu einem wohlbekannten tiefen Graben. Im ungewohnten Sonnenbrand des Mittags war alles wie Dunst und Nebel um ihn her, er mußte sich an den Grabenrand halten, um seines Weges sicher zu gehen.
Aber er kam ohne andere Widrigkeiten davon als der Kiebitze aufdringliche Verfolgung, und wo ein kleiner Vorsprung in den Tümpel hineinragte, da verbarg er sich in einem Riedgrasbüschel. Große Entdeckungen hatte er an diesem Tage gemacht: einen neuen »Hund« entdeckt, einen ganzen Haufen Tanzsteine und die Petersilie. Und dann hatte er auch das Wiesel kennengelernt!

Im Tümpel und im Bergdorf

Der Tümpel lag in den Außenfeldern in einer Senke zwischen Hügeln.
Schilf und Schachtelhalm bekränzten die Ufer, und von den Erdbuckeln sprühte die Segge ihre Strahlenarme in die Luft, während Entengrün und Tausendblatt das Wasser mit dicker, zähflüssiger Grütze sättigten. Eine vereinzelte kleine Pappel und einige Weidenstrünke standen an dem alten Wasser; Schafe und Fohlen hatten die Rinde zernagt, Färsen und Ochsen das Holz mit ihren Hörnern gewetzt.
Die Wiesenflora drängte sich in ihrer Mitsommerherrlichkeit um den Tümpel: zwischen Flittergras und Baldrian streckten scharfwollige Krautdisteln ihre Schößlinge in die Luft, und auf der Wasserfläche schwammen die Fächer des Süßgrases.
Aus den Sümpfen ragte die Iris empor, der Katzenschwanz schoß in Samen, und an den Pflugfurchen, die an allen Seiten die kleine Wildnis umfingen, kroch die Ackerminze üppig über den schwarzen, fetten Humus.
Die Minze gab dem Ort ihr Gepräge; in großen, buschförmigen Klumpen neigte sie sich über die Erdschollen und erfüllte die Luft am Tümpel mit ihrem süßen Duft. Von dem Duft reifer Sommerfrucht, sonniger Wiesen, warmer, erfrischender Tropfen einer Gewitterwolke flossen die Krausblätter der weitverzweigten Stengel über. Hier mochte die Sumpfelfe die Würzkräuter suchen, die ihrer Speise den Märchengeschmack verliehen!
Seppel schätzte den Tümpel, der so herrlich abseits lag, sehr; er war eine seiner ersten Entdeckungen gewesen, nachdem er für immer die Lehmgruben verlassen hatte. Wenn die Flüge der Wildenten in später Abenddämmerung dem Bach zusteuerten, kam er oft hier herunter, um ein wenig an Espe und Weide zu nagen und an Kuckuckswurz und Krauseminze zu schnuppern. Und wenn die Menschen ihn mit ihrem geräuschvollen Treiben bedrängten, liebte er es, den Lärm des Tages hier draußen abzuschütteln. Wohlverborgen in einem Riedgrasbüschel auf der äußersten Spitze des Vorsprungs genoß er seinen Schlaf, von der Sonne durchwärmt und von dem frischen Hauch der Wellchen erfrischt.
Die zweite Seite seiner Natur, die nachdenkliche und philosophische, konnte sich hier im Land der Ackerminze in Ruhe entwickeln; er

wuchs innerlich, konnte seine Erfahrungen verarbeiten. Auch hier am Tümpel konnte er allerlei erleben.

Bald kamen die Lämmer ganz nahe heran und schnupperten an seinem Büschel; er rächte sich mit Fauchen und Kratzen! Dann zeigte sich Lump und stöberte Kiebitze auf; ihm zeigte er die Hinterläufe. Seppel kannte ihn jetzt und wußte, er brauchte nur einige Streiche und Sprünge zu vollführen, dann war der Köter abgetan. Eines Tages, als Lump ihm hart zusetzte, so daß er von der Landzunge nicht entweichen konnte, jagte er ihm einen gewaltigen Schreck in den Leib dadurch, daß er ohne Zögern gerade von seiner Nasenspitze Hals über Kopf im Wasser verschwand.

Wasser war etwas abscheulich Nasses, das wußte Lump schon. Nun machte auch Seppel die Erfahrung; er hatte aber keine Wahl, er mußte ins kühle Naß hinein!

Er machte übrigens noch eine Erfahrung bei dieser Gelegenheit: mit Wasser ging es genauso wie mit Zäunen und Gräben; es trennte! – Lump blieb auf der anderen Seite sitzen und heulte.

Zuweilen machten auch die Elstern, die jetzt Junge bekommen hatten, einen Ausflug zum Tümpel, wo sie den ans Ufer geschwemmten Schneckenhäusern nachgingen – Seppel wäre noch jetzt ein Leckerbissen für sie gewesen! Und große Raubmöven auf steifen Schwingen, flinke Habichte mit gierigen, spähenden Augen jagten hin und wieder an seinem Büschel vorbei; keines sah ihn aber, keines fand ihn, denn er verstand es jetzt gut, sich unsichtbar zu machen.

Es geschah eines Nachmittags, daß ein großer, blauglänzender Vogel, das Sonnengeflimmer der Tümpelwellen über seiner Brust, ohne von den Kiebitzen gemeldet zu sein, blitzschnell über den Tümpel strich. In plötzlichen Steigungen, in scharfen Wendungen und sausendem Gleiten jagte der Falke einer unglücklichen, heiser quäkenden Wildente nach ...

Ihre beiden flaumigen, schlammbespritzten Entenküken suchten gerade unter Seppels Büschel Schutz und Schirm, während die Alte mit ihrem Leben für sie kämpfte. Als sie ihre Kleinen gerettet sah, stürzte sie sich ins Wasser und verschwand wie ein Taucher vor den Augen des Falken. Seppel aber zitterte, daß sein Hasenherzchen pochte, er nahm die ungebetenen breitschnäbeligen Wesen in Empfang – sonst wollte er freilich unter seinem Busch in Frieden gelassen werden und pflegte zu fauchen, wenn die Entenmutter mit ihrer Schar von Küken angewatschelt kam.

Er war jetzt so groß wie ein Kätzchen, hatte aber noch immer ein wenig von seiner Junghasenwolle hinter den Löffeln sitzen . . .
Wie sah er sonst aus?
Grau war seine Grundfarbe – grau wie die entsamten Stengel und die welken Halme des Grases! Über der grauen Grundwolle aber schufen braune, gelbe, schwarze und weiße Deckhaare einen eigentümlich gesprenkelten und doch seltsam gedämpften Farbton. Sein Rückenstreifen war von dunkler Erdfarbe, die Seiten aber heller, so wie das frischgepflügte Stoppelfeld. Seine Keulen trugen die Farbe des novemberlichen Grabenrandes, und über Stirn, Nasenbein und Backen wuchsen graubraune Büschel wie welke Tümpelränder und Grenzhecken. Nur die Löffel hätten ihn verraten können, wenn er sie aufrichtete! Ihre Rückseite glänzte wie der silberne Vollmond; aber am Tage drückte er sie fest an sein graues Wams, nur des Nachts bewegten sie sich frei über der klug gewölbten Stirn. Des Mondes Glanz lag auf ihnen, denn nur der Mond sah ihn mit emporgestreckten Löffeln – aber ihre kohlschwarzen Spitzen erinnerten an die dunklen Nächte.
Er war auch nicht mehr so unerfahren, sondern wußte schon zu unterscheiden und legte eine gewisse Urteilsfähigkeit an den Tag. Er konnte jetzt auch flüchtig werden, daß es nur so seine Art hatte: weder Kora noch Lump waren mehr imstande, ihn einzuholen!
Meist machte er sich des Nachts Bewegung und ließ den weichen, wolligen Pfoten weiten Spielraum. Vom frühen Abend bis zum ersten Morgengrauen lärmte er umher, lauschte und schnupperte sich vorwärts – um bei dem geringsten Laut sofort davonzustürmen und sich beizeiten unsichtbar zu machen.
Nacht für Nacht maß er sein Reich ab; die langen Sprungläufe waren seine Meßinstrumente – und mit Hilfe dieser Läufe und seiner feinen Sinne legte er Hecke und Graben, Tümpel und Rain in seinem Gedächtnis fest.
Er ging gründlich zu Werke und begnügte sich nicht nur damit, den Anfang der Hecke, die Mündung des Grabens zu verzeichnen; nein, jedes Ding mußte er in seiner ganzen Ausdehnung kennen; er mußte seine Nase an jeden Stein, in jeden Busch stecken, mußte mit seinen Pfoten jeden Quadratzentimeter Erde betreten haben.
Sein ganzes kleines Reich mußte er bis in seine Einzelheiten kennen. Er machte sich Merkmale für alles das, was ihm von besonderer

Bedeutung war: die Lage der menschlichen Wohnungen im Verhältnis zu Grenzscheide und Acker und im Verhältnis zueinander, die Durchfahrten in Hecken, Überführungen über Gräben und Stege über Bach und Fließ. Und Wege und Pfade der Menschen nicht zu vergessen! Er durchforschte das alles gründlich, maß es aus und verzeichnete es auf seine Weise in seinem Hirn.
Huppel kannte nur Jens Tyrbags Feld; Seppel kannte fast das ganze Kirchspiel!
Auf diesen seinen nächtlichen Fahrten hörte und sah er alles, was am Tage auf den Feldern geschehen war. Hier war Dung gestreut worden, dort hatte man mit Jauche gegossen; hier war die Erde Acker für Acker umgepflügt, dort hatte die Egge ihre Spuren gezogen, war die Trommelwalze gegangen.
Auch die Feldgeräte der Menschen lernte er kennen! Die Neugierde trieb ihn zu jedem einzelnen hin. Zum Pflug, der am Vorgewinde in der Furche stak oder im Mondlicht auf der Seite lag und schlief; zur Egge, die während des Schlafes gewöhnlich ihre tausend Beine in das Erdreich gebohrt hatte; zur Walze, die immer in der gleichen Stellung schlief, in der sie ging.
Die Wälle und Gräben waren seine Pfade! Er lief aber weder oben auf ihnen noch unten darin, kaum an ihnen entlang. Er war erfahren genug, um zu wissen, daß in diesen dichten Verstecken Fuchs und Wiesel lauerten. Und trotzdem verstand er es, sie auszunutzen; sie waren ihm sichere Führer auf seinen nächtlichen Ausflügen, wenn er rund um den Steinberg mit dem weißen Kegel lief oder zwischen den vielen verstreuten Ausmärkerhöfen sich hin und her bewegte.
In jedem Gehöft wohnte ein Hund – und im Bergdorf selbst wohnten sogar viele; oftmals setzte er sich des Nachts hin, um dem verschiedenartigen Gebell der Hunde zu lauschen und dadurch hinter ihr Wesen und Temperament zu kommen. Er wußte, wo jeder einzelne Kläffer wohnte, kannte aber von der ganzen Schar selbst nur Tramp, Kora und Lump.
Von den Unbekannten fiel ihm einer besonders auf. Der hatte eine eigentümlich gellende, bissige und hitzige Stimme, die sich nicht wie die anderen im Hof umherbewegte, sondern ständig von ein und derselben Stelle herkam.

Es war der Kettenhund des einen Steinhaufens, der etwas für sich außerhalb des Bergdorfes lag, und auf den Feldern dort umher hatte Seppel vor Hunden Ruhe, wo er sich auch niederließ.
Seppel mußte weit herumstreifen in den Nächten, denn er brauchte sehr kräftige und verschiedenartige Nahrung und eine Mannigfaltigkeit an Kräutern, von denen viele die reinsten Heilmittel gegen die Krankheiten waren, die auch zu seinen zahlreichen Feinden zählten. Er war sehr wählerisch und fraß nur die allerfeinsten Blattkeime, weshalb auch Gras und Saat sehr bald seinen Zähnen entwuchsen.
In höchster Eile nahm er seine Mahlzeit zu sich, jagte in flinken, energischen Sprüngen von Äsungsplatz zu Äsungsplatz, fand mit großer Schnelligkeit die Pflanzen, die er am liebsten äste, hatte mit drei, vier Bissen den Mund gefüllt, warf dann die Löffel zurück und witterte mit der Nase in den Wind, während er kaute und mümmelte. Bellte es plötzlich von einem Hof her oder erklang Rufen und Lärmen, so schoß er im selben Augenblick die langen Löffel in die Luft, die Kiefer hielten inne, er wendete die Seher nach jener Richtung und lauschte.
Und er bedurfte nur weniger Sekunden gespanntester Aufmerksamkeit, um sich über die Natur der Geräusche klarzuwerden, ob sie für ihn ernst werden könnten, ob sie womöglich Gefahr bargen ... dann warf er wieder die langen, verräterischen Lauscher an den Hals zurück und füllte das Geäse aufs neue.
Es galt immer, mit den Sinnen in engster Verbindung zur nächsten Umgebung zu stehen!
War er dann gesättigt, so ging er weiter, nach jedem dritten, vierten Sprung gründlich sichernd. Er verharrte auf der Spitze der Hügel, und an Kreuzwegen saß er lange und machte Kegel. Mit starren Sehern und gespitzten Löffeln lauschte er das Land ab und zog die Luft sichernd mit der Nase ein.

Die gedämpften, goldroten Strahlen der Sonne ergossen sich über die Felder. Auf allen Hecken und Grabenwällen begannen die Blumen sich zu schließen, und an Zäunen und Feldrainen entlang erschienen schwarze Schatten. Die Wassertümpel glitzerten; die Blütenköpfe des Schilfrohrs schüttelten kaum ihre Büschel ... jeder Windhauch des Sommertages war geschwunden.

Das Kirchturmglöckchen des Bergdorfs fing an zu bimmeln und zu klingeln, das Vieh fiel mit tiefem Gebrüll und Gebrumm ein.
Eine weiße Katze mit kohlschwarzem Schwanz glitt wie eine Sternschnuppe über das flache, dunkle Brachfeld; dann war sie plötzlich verschwunden – in den Weizen hinein!
Von den Steinhaufen lärmten die Menschen herüber, mit Grammophonen und Harmonikas um die Wette; draußen aber bei Seppel, auf der Spitze des Grenzwalls waren nur das Abendgezwitscher der Schwalben, das Locken der Rebhühner und ein ferner Kuckucksruf zu vernehmen.
Hier saß er auf seinem kleinen Hinterteil, die kurzen Vorderläufe ruhten leicht auf dem Erdboden, bereit, ihn mit einem Sprung unsichtbar zu machen; die Löffel standen etwas gespreizt und hatten die Muscheln nach auswärts gekehrt; so konnte ihm ringsum nichts entgehen, in Ruhe hing er tiefsinnigen Betrachtungen nach. Seinen mümmelnden Lippen inmitten des üppigen Schnauzbartes sah man den Eindruck an, den die Geräusche auf ihn machten: sie klappten auf, daß der Bart sich sträubte, wenn das Hundegebell sich entfernte und die Wagen davonrollten; näherten sich die Geräusche dagegen, ging es Schnauze und Bart wie den Löffeln, sie sanken tiefer und immer tiefer.
Mehr und mehr verdichtete sich die Nacht um ihn. Mistkäfer sausten mit ihrem Baßgebrumm durch die Luft, und von Saat und Klee stiegen weiße, lautlose Gespenstermotten wie Flügelsamen empor und ließen sich weit, weit forttragen. Eine kühle Brise strich Seppel um die Schnurrhaare.
Jetzt verstummten die Grammophone, es wurde still im Bergdorf; die Gärten schlossen sich dicht um die gekalkten Höfe, und es wurde finster um den weißen Kegel; Seppel hörte Menschen herauskommen, sich räuspern und der Erde den Abendgruß darbringen.
Da setzt er in mächtigem Sprung vom Gemeindewall hinunter auf den Feldweg und läßt eine geraume Weile die lieben Pfoten sich tummeln. Er hüpft hoch in die Luft, gefällt sich in plötzlichen Bewegungen und Wendungen. Mit einem Male hält er so jäh inne, daß die Haare sich wie im Sturmwind um seine Löffel sträuben. Dann folgt er dem Feldweg ein gutes Stück und springt an einem Grenzrain seitwärts ab, der, wie er weiß, zu Äckern führt, auf denen »das Neueste vom Tage« wächst. Die Kiebitze lassen ihren Warnruf ertönen, als er sich im Brachfelde zeigt; da drückt er sich

eilends in den Schutz des Feldrandes und hoppelt im Schlagschatten des Talgrundes weiter.
Grün und glatt wie erstarrter Saft tauchen die winzigen jungen Runkelrüben aus dem Erdendunkel vor ihm auf; die blanken krausen Blätter und die braunroten Wurzeln rinnen wie süße Zuckertropfen den Hals hinunter. Seine große Speisekammer bietet ihm hier einen ganz neuen Leckerbissen, und er schwelgt in freudigem Genuß! Das verfilzte Krautdickicht der Erbsenfelder, in deren Dunkel Feldkröten und Frösche sich tagsüber vor den Störchen verkriechen, verlockt mit den langen, schotigen Früchten auch seine Zähne und macht ihn wählerisch, so wählerisch!
Ja, er ist reich, der kleine Seppel – dies alles gedeiht und wächst doch sicherlich nur um seines unersättlichen kleinen Magens willen!
Matt und dunkelblau wölbt sich die Himmelskuppel über ihm, und aus dem Steinhaufen im Osten, dort wo Tramp seinen Wohnsitz hat, kriecht sein guter Freund, der große, rote Sommermond, vorsichtig hervor.
Die Sommernacht ist so hell und warm! Viele seltsame Laute ertönen rings um ihn her. Sie stammen von den Myriaden der Mükken über dem duftenden Holunder an den Hecken und aus der taubenetzten Tiefe des Saatmeeres, wo Frösche, Spitzmaus und Grillen glucksen und zirpen und spielen. Dies ist in Wahrheit seine Zeit – jetzt kann er auf Entdeckungsreisen gehen, seine Eindrücke sammeln und seine vielen heimlichen Kräuter genießen!
Seppel ist gesättigt. Auf einem Hasenwechsel im Korn hoppelt er munter einher, alle Streiche der Mittsommernacht im Kopfe. Er gelangt auf einen Feldweg hinaus und beginnt mit den Räderspuren um die Wette zu laufen. Und ehe er sich's versieht, erblickt er einen Zaun vor sich, der Weg schwenkt jäh ab und führt geradewegs ins Bergdorf hinein.
Die Neugierde packt ihn!
Sie war es, die ihn zur ersten Walze trieb, zur ersten Egge, zum ersten Pflug auf dem Felde. Nachdenklich hockt er sich hin und wittert dorthin, wo die Klänge des Tages daheim sind.
Das Bergdorf ist ausgestorben, stumm und still ist es, wie es in tiefer Nacht einem Berg geziemt. Breit und offen zieht sich der holprige, sonnengedörrte Weg dahin; er kann ihn bis zu zwei Gärten verfolgen, wo blühender Holunder seine Bahn erhellt. Dann biegt er um. Wohin – das ist es, was Seppel so gern untersuchen möchte.

Das Herz hüpft um die Wette mit den Läufen – so läßt er sich von dannen tragen; die Angst sitzt ihm im Halse; aber die Neugierde zuckt in seinen Hinterläufen ... vorwärts ... vorwärts!
Es ist seine erste eigentliche Reise in die Fremde und das Unbekannte. Er geht drauf los, er kann nicht anders.
Die mächtigen Steinhaufen des Dorfes schimmern zwischen Büschen und Bäumen hindurch. Er wittert bekannte Gerüche, deren er sich von den Dunghaufen auf den Feldern erinnert. Die großen Steinhaufen bauen sich rund um einen offenen Fleck mitten auf dem Berg auf, hier ist es eben, hier ist Platz, hier muß er einige Tanzschritte versuchen. Der Duft von Petersilie aus den Gärten schlägt in dumpfen Wellen unter den Hecken zu ihm herüber. Und viele andere Gewürzpflanzen finden sich da noch; aber nun entdeckt er etwas Heimatliches: er sieht einen Teich blinken.
Der Teich ist das einzige auf dem Berg, das eine Stimme hat, das Wasser besitzt Zungen, die Laute aus der Kehle trillern, unablässig, unablässig. Die Triller werden klarer und stärker, sie betören ihn fast, ziehen ihn spielerisch zu sich heran ... es liegt so etwas Geborgenes und Verläßliches in diesen Trillern, die rund um den ganzen Teich aus dem Wasser brodeln ... Sie stammen von den eingeborenen Kröten des Bergdorfs!
Schon ist er auf einer der kleinen Laufkoppeln am Dorfteich und findet dort Kälber, wie er sie von den Feldern her kennt. Sie sind sehr klein und liegen auf dem Boden. Ein liebliches Kraut, eine Nelke, die sich aus den Gärten hierher verirrt hat, steht im Gras zwischen den kleinen Burschen. Schon lange hatte ihr feines Gewürz Seppel in der Nase gekitzelt, und er eilt zu ihr hin.
Nelke ist eine große Delikatesse – während er sich aber gütlich tut, fühlt er mit einem Mal ein rauhes, nasses Maul an seine Schnauze stoßen. Ein neugeborenes Kalb, das hier draußen angepflockt liegt, vermutet in seiner Unwissenheit in Seppels warmer Schnauze das sehnsüchtig erwartete Muttereuter. Seppel denkt, das Maul sei vielleicht auf die Nelke aus und stopft daher um so eifriger in sich hinein ... dann spürt er etwas, das vorsichtig an seinem einen Löffel zu saugen beginnt: das kleine Möh meint glücklich, endlich eine Zitze ergattert zu haben.
Nun ja, das sind ja Erlebnisse des Feldes, die Seppel nicht weiter erschrecken können. Er zieht nur seinen Löffel wieder an sich, macht ihn steif und schlägt Möh den Lappen um die Nase – dann

schluckt er den Rest der Nelke in einem Haps hinunter und hoppelt außer Reichweite des Kälbchens. Möh legt mißmutig den Kopf auf die Seite und fällt von neuem in tiefen Schlaf.

Alle Tore und Hürden stehen weit offen, die helle Nacht wandert ungehindert aus und ein. Seppel entdeckt, daß der Steinhaufen aus vielen kleinen Steinhaufen zusammengesetzt ist, zwischen denen die Menschen ihre Pfade und Wechsel haben, wie das Hermelin am Zaun die seinen. Er erwählt den breitesten der Pfade, der durch eine große Öffnung mitten in einen solchen Steinhaufen hinein verläuft, und gelangt vor ein großes Tor . . .

Schwere, dumpfe Luft, die der Zugwind hinauszutreiben sich bemüht, läßt seine Läufe innehalten. Er wittert Hund, Katze, Kuh und Pferd. Lange verharrt er und lauscht. Dumpfe, anhaltende Schnarchweisen dringen durch kleine Öffnungen im Steinhaufen zu ihm heraus, zusammen mit anderen Naturlauten von Vieh und Menschen, die sich im Schlaf mit dem Dasein unterhalten. Bald aber gewinnt die Vorsicht Oberhand über die Neugierde; er begreift, daß er am besten tut, sich zurückzuziehen.

Nun geht er dem Hauptwechsel zwischen den Steinhaufen ein Stückchen weiter nach – und jedesmal, wenn er verharrt, um zu lauschen und zu überlegen, spürt er neue leckere Gewürzdüfte: er wittert Thymian, Kohl und Obstbaumrinde . . . Dinge, die ihm das Wasser an den langen Nagezähnen zusammentreiben.

Bald aber nimmt der würzige Duft ab – und als er sich wieder einmal niedersetzt, befindet er sich an einem Ort, wo Wohlgeruch und Gestank miteinander streiten.

Da schreit es plötzlich laut und jammernd von einem Misthaufen her. Die Schreie werden zu Fauchen und Gezisch – und nun schreitet ein Hofhund ein und stellt Nachtruhe und Ordnung wieder her. Er schilt auf die Katzen, und die Katzen auf ihn . . . während Seppel eiligst über den Spritzenplatz aufs Feld zurückflieht.

Leicht betreten ist er, aber jubelnd froh, ein großes Erlebnis hat er gehabt: er ist drinnen im Berg gewesen!

In Gefahr

Am äußersten Rand des Berges wohnt Tramp, eine große, getigerte dänische Dogge!
Mit Vorliebe machte Tramp Pferde scheu, er legte sich dazu in Straßengräben oder hinter Gartenzäunen auf die Lauer und brach plötzlich mit gesträubter Rückenbürste und drohendem Gebell hervor. Er gehörte auch zu denen, die sich auf Radfahrer warfen! Näherte ein Rad sich dem Gehöft, drehte er ihm den Schwanz zu und glotzte, scheinbar gleichgültig, in den Straßengraben hinab – um in dem Augenblick, da der ahnungslose Fahrer ihn erreicht hatte, umzudrehen und ihn mit bösem Gebrüll anzufahren. Sprang der Radfahrer indessen ab, so bekam er Angst und verzog sich eiligst in den Hof.
Er haßte alles, was Beine hatte und umherlief; nur Mistkarren und Milchwagen versetzten seinen bösen, hinterlistigen Sinn in etwas harmonischere Schwingungen!
Rollte ein Milchwagen aus dem Hoftor hinaus, so hüpfte er auf seinen Hinterläufen um ihn herum – und jedesmal, wenn ein Mistkarren aus dem Kuhstall dem Dunghaufen zuschwankte, vollführte er einen wilden Kriegstanz.
Seppel konnte ihn hören, wo er auch saß; – über das ganze Kirchspiel ertönte Tramps trockene, hohl dröhnende Bierfaßstimme!
Tramp begleitete die Leute nur bei schönem Wetter auf die Felder. Nie aber ging er weiter als bis zum Arbeitsplatz, dort stellte er sich auf, mit gebeugtem Kopf und offenem Rachen, die lange, rote Zunge hing ihm aus dem Halse.
Halbe Stunden lang konnte er so stehen und faulenzen, während der Futterknecht melkte oder das Vieh umhertrieb.
Nur wenn die Knechte Mist bereiteten, wurde er lebendig!
Seine Spezialität waren Ratten – niemals war er lebhafter, als wenn eine Miete abgebaut werden sollte. Dann fühlte er sich recht als Hauptperson ... den armdicken Köterschwanz schneidig gen Himmel gebogen, stellte er sich auf, um mit unbeholfenem Sprung die gespreizten Klauen der steifen Vorderläufe unter jede Garbe zu bohren, die hochgenommen wurde. An solchen Tagen überfraß er sich, er stopfte sich dermaßen mit Ratten und Mäusen voll, daß sein Bauch in gerader Linie in den Brustkamm überlief und sein Bauchfell sich stramm wie eine Trommel spannte.

Dank seiner Schwäche für Ratten und seinem törichten Haß gegen alles, was schnell daherkam, besaß Tramp noch immer Seppels volle Aufmerksamkeit. Seppel kannte ihn aus und ein und wußte wohl, daß die Stärke dieses großen Kläffers hauptsächlich in seinem Schandmaul lag.

Aber ein anderer »Dunst« nahm in bedeutend höherem Maße Seppels Interesse gefangen. Der »Dunst« hieß Kaspar – und war ein langbeiniger Köter mit schwerer, tiefhängender Brust und hoher, klangvoll tönender Stimme.

Kaspars Fell hatte die wunderlich fahle Farbe des welken Grases ... von der Schnauze bis zur Schwanzspitze, über den Rücken ebenso wie am Bauch, ja, sogar an der Innenseite der Schenkel, trug das Haar den gleichen, trüben, einförmigen Farbton. Der ganze Hund war wie aus dem schwach ockergelben Flügel seines Hofes herausgeschnitten.

In Kaspar waren zwei Naturen vereinigt! Seine Mutter war eine Kettenhündin von der Broholmer Rasse gewesen; sein Vater ein echter Stöberhund, der bei Gelegenheit gern Geflügel und Lämmer angefallen hatte. Das Fell hatte er von der Mutter, ebenso die langen, hängenden, merkwürdig viereckigen Ohren und die guten, aber schläfrigen Augen; er hatte auch einen Teil ihres Temperaments geerbt: stand er zum Beispiel lange auf einem Fleck still, so sank der Kopf tiefer und tiefer zur Erde herab, bis er schließlich ganz einschlief. Er konnte im Stehen wie im Gehen schlafen.

Wenn aber die Dunkelheit herabsank, dann erwachte seines Vaters Art in ihm, er wurde lebhaft und bösartig ... Seppel hörte ihn oftmals aus dem Tor jagen und wütend bellen! Des Nachts schlich er immer umher, war bald im Hof, bald im Garten, bald auf dem Dunghaufen; er machte von Zeit zu Zeit seine Runde und tauchte plötzlich zwischen den Diemen auf. Ratten rührte er niemals an; es war, als wisse er, daß es unmöglich war, den Hof von ihnen rein zu halten; aber Fuchs und Wiesel, die nach dem Federvieh aus waren, und Hasen, die im Kohl saßen, duldete er nicht – sobald der Wind seiner Nase eine Kunde von ihrem lautlosen Schritt herübertrug, sauste er herbei und schalt. Bei Vollmond zur Mitternacht schimmerte sein gelbes Fell kreideweiß ... Seppel erschauerte, wenn er dem Hof zu nahe und plötzlich den bleichen Wächter erblickte: dort stand er, Kaspar, wie erstarrt in seiner witternden

spähenden Haltung ... nur der fette, üble Dunst verriet, daß Leben in ihm war, dem Mondscheinhund!

Nur mit den Knechten gab sich Kaspar ab. Er schlief und fraß mit ihnen zusammen, folgte ihnen auf den Fersen, wenn sie pflügten, Acker auf, Acker nieder, lief hinter Sämaschine und Egge her und war dabei, wenn gemolken, Grünfutter gemäht oder mit dem Vieh umgezogen werden sollte. Er liebte die Feldarbeit; sie hielt ihn wach und brachte ihm angenehme Bewegung! Wurde er aber von einer Schar flüchtiger Feldhühner oder einem davonspringenden Hasen aufgestört, so überlief ihn solch merkwürdig lockendes und lebenweckendes Gefühl, das er für gewöhnlich nicht kannte. Was ihn in solchem Augenblick entzückte, wußte er nicht zu sagen; es war aber unwiderstehlich, es war erhebend stark und herrlich!

Auch Seppel hatte hier und da auf Kaspar diese Wirkung ausgeübt; aber Seppel spielte Greifen mit diesem großen, ungeschickten Hund! So viel hatte er aber doch merken können, daß Kaspar sich nicht annähernd so leicht wie Tramp oder Lump mit einigen Haken oder Widergängen abspeisen ließ; er war schneller im Wenden und sicherer beim Spüren!

Felder und Wiesen, Wälle und Raine standen jetzt auf der Höhe der Fülle und Üppigkeit. Ein besseres Leben konnte Seppel sich nicht wünschen; jeder Graben bot ihm Schutz und Schirm, jede Hecke lud ihn zur Mahlzeit ein.

Er traf im Saatfeld auf eine Schar anderer Hasen, viele waren so klein, wie er sie nie zu sehen gemeint! Wohl war er ein Alleingänger, aber völlige Einsamkeit war doch nichts für ihn. Er liebte es, die Stimmen anderer Tiere zu vernehmen, er fühlte sich glücklich und ermuntert jedesmal, wenn er einen seiner Stammesgenossen traf. Nun brauchte er nicht mehr weit zu laufen!

Er begegnete auch Huppel und unterhielt sich oft mit ihr; aber Huppel verstand so wenig von alledem, was Seppel ihr zu erzählen hatte; eine längere Unterhaltung wurde nie daraus!

Huppel hatte übrigens, ebenso wie er, einige Pfund zugenommen ... Sie war geradezu hübsch geworden, fand Seppel: sie hatte lange, gelblichrote vorstehende Vorderzähne bekommen und eine tiefe Hasenscharte in der Unterlippe. Sonst aber war sie ganz dieselbe geblieben; Seppel konnte nicht viele Purzelbäume mit ihr schlagen!

Von Patt aber sah man überhaupt nichts mehr – und das mit gutem

Grund: dick und rundlich war der kleine Patt gewesen, jetzt lag er irgendwo, einem leeren Sacke gleich!
Eines Tages begegnete Seppel dem größten Exemplar eines Hasen, das er jemals gesehen. Es war ein Riesenbursche; er traf ihn auf einem Wechsel in der Saat, wo er mit mümmelnden Lippen äste, die Löffel gemütlich gen Himmel gestreckt. Er hatte einen groben, mehlweißen Kopf, einen dicken Schnauzbart und große, herausstehende Augen, einen breiten Rücken und ein riesiges Hinterteil. Es war Lepidus, sein Vater!
Der alte Rammler sah den kleinen Hasen näherkommen und begann sofort seine Zeichensprache mit den Löffeln. Lepidus sprach schnell; die Ohrlappen bewegten sich unablässig und wurden blitzschnell vor- und zurückgeworfen. Seppel antwortete frisch und sprach lange mit dem Alten – bis Lepidus, als die Unterhaltung gerade im besten Gange war, unvermutet abbrach und mit wildem Sprung und vernehmlichem Fauchen und Zischen Seppel überfiel. Er hatte nämlich plötzlich entdeckt, daß Seppel ein Männchen war – und männliche Hasen hatte er niemals ausstehen können! Seppel nahm sich die üble Behandlung nicht sonderlich zu Herzen – er war Schlimmeres gewöhnt! Er gab nur die Prügel weiter, wo er die Übermacht hatte: an seine vielen neuen kleinen Geschwister und Stiefgeschwister.
Seppel hätte übrigens von seinem Vater eine bessere Behandlung verdient! Kaum eines seiner Kinder hatte sich seine Lebensregeln so gut hinter die Ohren geschrieben.

In den Laubmassen der Gärten hängen noch die Farben der Nacht. Aber durch die freistehenden Kronen der hohen Hofpappeln wirft das Morgengrauen tiefe, lichterfüllte Strahlenbündel. Vom Hünengrab leuchten die Bautasteine herab ...
Auf dem Sumpfdeich kräht Kirik; aber er faßt seinen Morgengruß kurz, es scheint fast, als fühle er, was ihm bevorsteht:
Nach einundzwanzig Tagen treuen und ausdauernden Brütens beginnt es endlich, in den lieben Eiern zu rumoren. Seine langen, einsamen Wachen haben ein Ende, und die Küken beginnen auszukriechen.
Als Kirik zu seiner eifrig kluckenden kleinen Frau zurückkehrt, ist kein Zweifel mehr möglich, und er läßt sich dicht vor dem Nest nieder. Hier nimmt er die neu ausgebrüteten Würmchen zum Trock-

nen in Empfang. Es ist ein Gewimmel dort drinnen; hilft er nicht nach, so würde das eine das andere erdrücken und sein Weibchen die untersten Eier des Haufens nicht ausbrüten können.
Es geht alles nach Vorschrift vonstatten – und es ist ein stolzer Augenblick, als er etwas später sein Weibchen und achtzehn gelbbeinige Kinder aus dem dumpfen Versteck der engen Nestvertiefung hinaus in die frische Luft und die Offenbarungen des Lebens führt.

Rotbraun sind sie und gelbgestreift, die piepsenden Kleinen, bunt wie die sonnengeborene Juniflora rund um sie her ... wenn er sein ti-ti kluckt und sie sich plötzlich auf den Erdboden niederdrücken, verwandeln sie sich in einen Büschel aufgeblühter Grasblumen.
Einem von ihnen wird es ein wenig schwer, Schritt zu halten: es ist ein winzig kleines Ding, das ganz verschieden von den anderen aussieht; es legt sich häufig nieder, atmet schwer und sieht aus, als habe es sich schon am Manna der Erde überfressen und leide jetzt an Leibschneiden. Ist dieses Bürschlein ein Feldküken? Ist es wirklich ein echter Nachkomme des stolzen Kirik? Es ähnelt eher einer Weinbergschnecke, die ihre Fühlhörner als Beine gebraucht und ihr hochgetürmtes Haus nach sich schleift.
Das Küken trägt noch immer seine Geburtshaut auf dem Rücken; die Schale, in der es sich von einem Keim zu einem lebendigen Wesen dieser Erde entwickelt hat, ist durch ein Versehen auf seinem Hinterkörper hängengeblieben. Aber mit jedem Atemzug, den es nimmt, wächst es, die Muskeln erhalten immer mehr Spannkraft, die Flügellappen auf seinem Rücken begehren die Luft zu liebkosen. Die Schale beengt und beschwert es.
Die Rebhenne ist so eifrig mit den anderen Kindern beschäftigt, ihnen den Weg durchs Gras zu bahnen, sie zu zählen und sie dauernd zusammenzurufen, daß sie das Jüngste der Familie gar nicht bemerkt. Mit halbgebreiteten Schwingen huscht sie mit ihnen dahin, gewillt, sie zu bedecken und zu beschirmen, so gut es geht, und sie dem Blick dieser oder jener scharfblickenden Krähe zu entziehen oder sie vor den einzelnen verspäteten kalten Tautropfen zu beschützen, die dann und wann von den Gräsern herniederfallen.
Kirik als Vorhut seines Heeres ist ihnen ein ganzes Stück voraus; er untersucht die Gegend, warnt und ermuntert und zeigt den nächsten Weg zur Wohnstätte der schwarzen Ameisen.

Es geht in kleinen Abständen vorwärts ...
Bald erscheinen Rebhenne und Küken wie ein langgestrecktes, seltsam phantastisches Tier, das sich eilig am Deich entlangschlängelt. Bald löst die kinderreiche kleine Familie sich auf, Frau Kirik mäßigt das Tempo, und die Küken sausen wie ein brauner Sturm an ihr vorbei, bis sie mit einigen warnenden Klucktönen die ganze Schar wieder zusammenruft. Dann versammeln sie sich um die Mutter, kuscheln sich mit Wohlgefühl unter ihre Bauchdaunen und Brustfedern und hüllen sich ganz in Schutz und Wärme; wer nicht gleich einen Sitzplatz ergattern kann, muß sich unter ihren schirmenden Flügeln anstellen.
Lange Zeit halten sie die Untätigkeit dort im Dunkel nicht aus, das Licht spielt verführerisch schön auf den grünen Grashalmen um sie her; den Pulsschlag des klopfenden Mutterherzens kennen sie, aber draußen locken andere Töne. Ein kleiner Schnabel guckt heraus, ein Kopf und ein Hals und nun drei kleine, gelbe Krallen. Es ist, als löse sich die Rebhenne plötzlich auf und verwandele sich in lauter Küken. Aus dem Versteck unter ihren Flügeln lugt es hervor und aus der Wölbung ihrer Brust, es preßt sich durch die Ritzen der Schwungfedern, stiebt aus ihrem Schwanz, kriecht aus ihrem Rücken, der sich gleich einem Egel zu krümmen begehrt.
Die vielen Aufenthalte kommen dem Stümpfchen mit der Eierschale gerade recht, dank ihnen glückt es dem Kerlchen, einigermaßen Schritt zu halten. Während die anderen geduldig das Ergebnis abwarten müssen, das die sorgsamen Untersuchungen ihres stolzen Vaters zeitigen, gewinnt es Zeit, sich aus den vielen Schwierigkeiten zu befreien, in die es sich verstrickt. Steine, die im Wege liegen, und über die die anderen kühn hinübergehüpft sind, muß es mühsam umgehen, starre, verwelkte Halme, zwischen denen die anderen leicht hindurchhuschen konnten, bringen es unweigerlich in eine Klemme. Einmal wäre es schon fast seine Schale losgeworden; aber es machte kehrt, wurde frei und lief außen herum. In sorgloser Unwissenheit darüber, welche Gefahren solch einem kümmerlichen Geschöpfchen drohen, hat es sich lange abgemüht. Nun kommt es hinkend, piepsend und atemlos herbei – im rechten Augenblick, um die Burg der schwarzen Ameisen mit einzunehmen.
Auf der Krone des Deiches, seine Kuppel hoch über das Gras wölbend, liegt sonnenbeschienen der rissige Haufen. Vater Kirik springt mutig hinauf – und sogleich fliegt den erschrockenen Küken die

Erde um die Ohren. Er wühlte heftig um und um und hat in kurzer Zeit eine Bresche tief in den Bau geschlagen, dann ruft er die Kinder herbei und verteilt fette, weißlichgelbe Ameiseneier an die hungrigen Mäuler.
Die Kleinen haben zwar noch nie Ameiseneier gesehen, machen aber nicht viel Federlesens mit ihnen; bald sind sie ebenso eifrig wie Kirik, und die Kräftigsten beginnen selber mitzuscharren; auf sie blickt Kirik mit besonderem Stolz ... das müssen Hähne sein! Das Stümpfchen mit der Eierschale frißt so ungeheure Mengen, daß das Panzerwams noch stärker spannt als vorher; mehrmals hat die Mutter nach der Schale gepickt, aber das Küken hat ihre gute Absicht gänzlich mißverstanden; neugeboren, wie es ist, und gar gefräßig, glaubt es, daß seine Erzeuger ihm nur das Ameisenei mißgönnen.
Der Bau der schwarzen Ameisen wird arg mitgenommen. Kirik findet einen so reichlichen Vorrat an Eiern vor, daß es ihm nicht einfällt, vorläufig das Mahl einzustellen. So lange er neue Leckerbissen hervorscharren und finden kann, so lange finden sich auch Schnäbel, sie zu verschlingen!
Den ganzen Vormittag über verweilt er dort mit seiner zahlreichen Familie, und als endlich alle gesättigt sind, lassen sie sich zur Mittagsruhe rundum im Grase nieder.

Der Sommertag ist hell und strahlend warm!
Auf allen Seiten erklingen die verschiedenartigsten Laute rings um Seppel, der, ein ganzes Stück entfernt, seinen Tagesschlaf in einem Saatfeld hält. Kleine Kröten kommen herbei und scharen sich um ihn, Spinnen knüpfen über seinem Kopf ihr Netz ... sein Löffel hat ein paar Maschen gelöst, als er eiligst hineinkroch. Die Nase halb dem Winde zu, legt er den Haarpelz dicht und glatt um sich, entschwindet seiner Umgebung, versinkt in sich und wird ein Klumpen unter Klumpen.
Sein Gehör aber wacht beständig, dessen Schärfe mag sich wohl vermindern, verliert sich aber niemals ganz. Während er seiner Tagesruhe pflegt, Muskeln und Läufe und die vier anderen Sinne sich im Schlaf erneuern läßt, folgt sein Gehör treulich jedem Laut in der Umgebung. Er vernimmt das einförmige Rasseln der Walze vom nächstgelegenen Felde her, der Kiebitze störendes Kreischen und Schreien, der Lerchen Tirili und das Graben des Maulwurfs im

Erdreich dicht neben seinem Lager. Jeden Hahnenschrei und jedes Hundegebell im Bergdorf hört er, jeden Ruf von Mensch, Pferd und Rind ... seine Löffel vernehmen und prüfen sorgsam jeden Laut – und doch schläft er.

Ein großer, blaßgelber Hund trottet hinter der Walze her, Acker auf, Acker ab – mit gesenktem Kopf und wedelndem Schwanz. Er bewegt nur mechanisch die Beine, in Wahrheit schläft er fest. Ein Erbteil aus dem Geschlecht seines vornehmen Vaters, des edlen Jagdhundes mit dem wilden Temperament, ist es, daß er am liebsten stets in Bewegung ist. Sein Sinn ist träge, sein Blut schwer, der Hauptzug seines ganzen Charakters ist der eines Kettenhundes, aber der Tropfen Stöbererblut, der in seinen Adern rinnt, setzt sich immer wieder einmal durch.
Der Acker ist bald zur Hälfte fertig gewalzt, und im Bergdorf läutet es Mittag. Da ergreift der Knecht einen Erdklumpen: Kaspar – Kaspar, sagt er, spuckt auf den Klumpen und blickt gespannt geradeaus – dann wirft er ihn weit ins Saatfeld hinein. Kaspar macht pflichtschuldigst seine drei, vier Apportiersprünge und jagt auch im Korn umher, dessen hohe Halme ihm seltsam angenehm um die Flanken kitzeln.
Als er wieder am Rande der Saat erscheint, sieht er plötzlich den Erdklumpen gleichsam von selbst herankullern!
Da blitzt etwas wie ein Feuerschein in Kaspars schläfrigen Glotzaugen auf, der Stöberhund in ihm erwacht, er gibt Laut, die Springlust fährt ihm in die Läufe ... wie in der Nacht, wenn er Garten und Hof bewacht und strenges Gericht über die Katzen im Bergdorf hält, ist er auf einmal Feuer und Flamme! Und nun auf und davon, dem »Erdklumpen« nach ...
Seppel, der den ganzen Vormittag Kaspars träges Gehabe verfolgt hatte, erkennt erst jetzt den Mondscheinhund wieder. Den wird er schon abschütteln! ... Und während er davonjagt, macht er eine Reihe herausfordernder Nickerchen mit dem Kopf und schleudert die weiße Blume kokett empor.
Er federt leicht auf den Zehenspitzen ... springt so anmutig und elastisch, daß die Pfoten kaum Zeit haben, den Erdboden zu berühren; es kocht in ihm vor Kraftüberschuß, die Läufe bewegen sich dahin, ohne daß er es merkt. Welche Lust ist es doch, Beine zu haben wie er – und einen Rücken, der den Hang hat, sich gleich

einem Egel zu krümmen! Welch Jubel ist es, die kräftigen Schenkel gebrauchen zu dürfen, das Klatschen der Hinterläufe und das Kreischen der Nägel zu hören, jedesmal, wenn er sie vorschnellt, weit an den Löffeln vorbei.

Der Windhauch wogt durch das schwankende Korn und ist im Nu oben über den Hügeln; um die Wette läuft er mit ihm und der Schwalbe, die die Luft nach Mücken durchstreift. Sieht die braunen Flügel der Stare, die sich weit drüben auf den grünen Wiesen niederlassen – rutsch, ist er schon bei ihnen und jagt sie wie Fliegen auf! Das blinkende Fließ zwischen den Sträuchern des Tals, darein alle Gräben münden; das Rauschen schlägt an sein Gehör im selben Augenblick, als seine Läufe über den Kamm der Hügelwelle sausen – aber er hat kaum Zeit, sich zu überlegen, ob er den Weg über die Brücke oder über den Steg nehmen soll, als auch das niedrige Dickicht beginnt und die Bekassinen, die aus dem Ufersumpf aufsteigen, im Zickzackflug über ihm durch die Luft sausen.

Haha, die Läufe sind schneller als der Gedanke, sie sind nicht dumm und bleiben nicht plötzlich stehen! Es ist wahr, was der alte Rammler sagte, das Leben ist am leichtesten, wenn es mit Schwung zurückgelegt wird. Hoppelt man nur in kurzen Sprüngen und tastet sich vorwärts, überlegt man und fragt bei jeder Pflanze um Rat an, dann ist man einfältig; aber alles läuft von selbst, wenn man den Läufen die Dinge überläßt und schnell bei der Hand ist. Dann dürfen Instinkt und Eingebung entscheiden, all das, was niemals in uns lügt, dann kommt man nie auf schlechte Bahn oder in den Rachen des Fuchses. Laß laufen, laß nur laufen – dann gehst du, kleiner Seppel, niemals fehl!

Dann erhält man auch beizeiten Witterung, selbst wenn der Wind noch so schwach streicht. Die kühlen Luftströme sausen einem entgegen, umschmeicheln die atmenden, pumpenden Flanken und geben den Nüstern Nachricht selbst von der schwächsten Witterung. Hei hopp ... spürt er nicht schon die Holunderblüten am Hünengrab in der Ferne – und den wilden Thymian und die Balsampappel? Doch – und jetzt eräugt er die weißen Blütenschirme, die ihm so wohlbekannt sind, um die sich an finsteren Gewitterabenden alle Mücken der Wiesen versammeln, um im Verein ihr Lied zu summen ... wie sind doch die Blüten klein, als er sie jetzt zufällig mit den Blicken streift – und dann nach nur wenigen Atemzügen und Sprüngen: wie groß, wie groß!

Und die jungen Schößlinge an den Spitzen der alten Weidenstümpfe dort auf der anderen Seite des Fließes ... wie jämmerliche Grashalme sehen sie noch hier in der Niederung aus, in der er läuft; aber mit unbändiger Schnelligkeit schießen sie vor ihm in die Luft und wachsen, je näher er kommt: von Büschen werden sie zu Bäumen, sie bekommen Zweige und Stämme – und husch, springt er an ihren Wurzeln vorbei!
Duftwellen von Roggen, von Heu, von Klee, von dem dichten, aufrechten Weizen wie von dem klingelnden Hafer schmiegen sich ständig um ihn und weisen ihm unwillkürlich den rechten Weg. Er schlägt einige Haken und benutzt auch den Vorsprung, um in seiner Spur ein weites Stück zurückzulaufen – und nach ein paar neuen, wilden Sprüngen, die ihn wieder in das Labyrinth des Porsts und Sumpfdickichts zurückgeführt haben, setzt er sich nieder und bringt seinen Rücken in Deckung.
Hinter ihm her jagt Kaspar ...
Kaspar kommt langsam, aber Kaspar kommt sicher! Seine Nase ist nicht erstklassig, und oft verliert er die Spur; aber seine Zähigkeit geht über alle Ufer. Seines Vaters Geist und Leidenschaft treiben ihn über Stock und Stein, jede Fiber unter seiner bleichen, welkgelben Hundehaut nimmt an der Verfolgung teil. Unverdrossen arbeitet er sich vorwärts und verkündet laut nach allen Seiten Klein-Seppels Weg.
Hier ist die Kanaille um das Hünengrab gelaufen! bellt er.
Ja, das stimmt, denkt Seppel, der den Hund in weiter Ferne hört.
Hier hat er sich einen Augenblick Zeit gelassen; er ist unter den Weiden gewesen und hat sich setzen wollen!
Auch das stimmt, meiner Treu, denkt Seppel wieder bei sich.
Dann verstreicht eine lange Zeit, bis Kaspar mit einem Male himmelhoch aufbellt: Hier ist das Biest über den Bach hin- und hergehüpft; es wollte mich zum besten haben!
Hu, durchschauert es Seppel förmlich, wie doch der Mondscheinhund hinter alle meine Schliche kommt! Aber jetzt geht das Bellen gerade auf die Stelle los, wo er sitzt; er wagt nicht länger im Lager zu verhoffen, sondern springt auf und saust davon.
Ebenso mutig und ebenso leicht wie zuvor fliegen die flinken Pfoten über den Erdboden, das Herz tanzt ihm lustvoll im Leibe; er ist jetzt aber vorsichtiger und geht mit seinen Kräften sparsam um, hält sich klüglicherweise auch mehr im dichten Gras, wo er alle mög-

lichen Haken und Widergänge macht, um seine Spur zu verwischen.
Mit flatternden Behängen und schwingender Rute schlägt Kaspar seine langen Läufe hinter ihm in den Boden. Der Wind ist seiner an sich unvollkommenen Spürnase günstig und setzt ihn in den Stand, weiter dazubleiben ... er erscheint wie ein gelber Strom, der sich durch das Korn ergießt. Die Pulse hämmern, der Geifer trieft in kleinen Fäden von seiner roten, dampfenden Zunge – er bellt und blafft und treibt so die Kanaille zu frischer Flucht an.
Aber Seppel hat ja seine geschwinden Läufe – und dann sitzt ihm etwas hinter Augen und Ohren, welches zeigt, daß er ein denkendes Wesen geworden ist!
Von seinen häufigen Nachtausflügen weiß er recht gut, daß, je schneller er läuft und je leichter er auftritt, desto schneller seine Spur geruchlos wird und erkaltet. Dann erinnert er sich auch von seinen Jagden mit Lump her eines Umstandes, daß nämlich große Gräben und Wasser trennend wirken, und als er jetzt während seiner Flucht halb um den Berg herumgelaufen ist, bekommt er eine Idee und legt noch zu.
Er weiß ja genau, wo er sich befindet! Die Lehmgruben liegen auf der einen Seite, die Schlehenbüsche und die alte Wohnstätte auf der anderen – und wenn er in der Senkung vor sich dem Graben nachläuft, kommt er an die Dornhecke, den Tümpel, die Kiebitze. Sein Plan ist fertig ... Da hört er im selben Augenblick vor sich eine neue Hundestimme: den dröhenden, hohlen Baß, der seit seiner Geburt das tägliche Konzert auf seinen Jugendgefilden abgehalten hat. Es ist Tramp, der da bellt; aber wo steckt er?
Seppel verhofft und macht Männchen, hebt sich hoch auf die Zehenspitzen und lauscht mit heftig arbeitenden Nasenflügeln und gespitzten Löffeln; er wittert und späht nach vorn und zurück.
Hinter sich vernimmt er zu seiner großen Freude, daß der Mondscheinhund mehr und mehr verstummt. Ja – und Seppel dreht einen Augenblick beide Lauschtrichter in die Richtung – er ist seiner Sache sicher: Kaspar jault jetzt mehr als er bellt, seinem Gebell fehlt das Feuer; er ist nahe daran, das Spiel verloren zu geben, da er die Spur nicht mehr zu finden vermag.
Aber Tramp, den Seppel irgendwo vor sich in der Landschaft weiß ... wo ist er? Dort hinterm Roggen oder hinterm Hafer?
Lange sitzt Seppel lauschend da; aber des Bergdorfs bösartiger Baßsänger hat leider in diesem Augenblick das Konzert eingestellt.

Seppel hält es nicht für geraten, in der Senkung weiter zu hoppeln, er biegt daher ab und schleicht an einem Ackerrain entlang. Er kommt auf eine Wiese hinaus, die voller unbenagter Grasbüschel steht, und will eben mit seinen halbmüden Pfoten Rat halten, wo er sich am passendsten niederlassen soll, als Tramp mit Gebrüll aus einem der Gräben hervorbricht.

Ein Ratte, eine Ratte! leuchtet es aus seinen hinterlistigen kleinen Schweinsäuglein, und in Erwartung der nahen Beute beginnt ihm das Wasser an Zähnen und Zunge zusammenzulaufen.

Seppel ist auf offenem Feld. Auf allen Seiten ist der Klee teils abgeweidet, teils gemäht – die alte Wohnstätte mit ihrem Buschgarten ist das nächstliegende Versteck. Das große, langbeinige Vieh kommt ihm immer näher; er hat keine Wahl, er muß eilends an einen Ort, wo er ungesehen von seinem Widersacher einige irreführende Haken schlagen und einige seiner unfehlbaren Listen anwenden kann.

Aber Tramp, der die Absicht errät und weiß, daß das Spiel verloren ist, wenn er die »Ratte« aus den Augen verliert, braust wie ein schwarzer Strom mitten durch die Schlehdornbüsche hinter ihm her. Seppel dreht und wendet sich und sucht sich seine früheren Erkundungen an dieser Stelle möglichst zunutze zu machen; es wäre doch spaßig, diesem plumpen Brüllhund einen Streich zu spielen!

Im rechten Augenblick springt er aus den Schlehen heraus und durchjagt die wirren Pfade des Nessellabyrinths, wo er ein gefährliches »Wechselt das Bäumelein« mit seinem rasenden Verfolger spielt, bis er plötzlich kühn und lautlos auf den Haufen großer, scharfkantiger Steine hüpft und ein paar Tanzschritte versucht.

Ein Dunst wie nach Wiesel beißt ihn in der Nase, und für eine kurze Sekunde spürt er wie ein schreckendes Warnungszeichen ein starkes Zucken in einem kleinen Mal an seinem Nacken. Das Zucken bewirkt, daß er die Tanzerei so schnell wie möglich einstellt und herunterspringt, gerade als sein böswilliger Feind das entgegengesetzte Ende des Steinhaufens erreicht.

Tramp poltert über den Haufen hinweg. Jeden Augenblick schwebt er in Gefahr, sich die Beine zu brechen. Er leidet an Zwangsvorstellungen: wo er zuletzt die Ratte gesehen hat, da muß sie stecken – und er stöbert umher und steckt seine Schnauze in alle Ritzen und Spalten, schnüffelt und prustet, daß ein förmlicher Luftzug im Steinhaufen entsteht. Halme und Laub wirbeln hoch.

Inzwischen verschwindet Seppel ungesehen zwischen den Nesseln ... Die Wiesel unter den Steinen verhalten sich noch immer ruhig in ihrem Bau. Nur einige kurze, scharfe Zischlaute, wenn die Hundeschnauze einem von ihnen zu nahe kommt, verraten, daß Seppels Tanzen sie längst aus ihrem Tagesschlummer geweckt hat. Nun sorgt Tramp dafür, sie hellwach zu machen! Und er begrüßt seine Entdeckung der ganzen »Rattenfamilie« mit dumpfem Geknurr und Gebell.

Und da beginnen die Wiesel, sich davonzumachen ...

Behende huschen sie durch die langen, verdeckten Wege ihrer sicheren Festung; Tramp hört sie fortwährend rascheln und die alte Jit-jit katzenartig fauchen. Er giert immer mehr danach, seine Zähne in diese Ratten zu schlagen, und bohrt seine breite Stupsnase in jede Ritze. Einmal hat er Glück, könnte er nur mit seinem Rüssel etwas weiter hinein, so würde er gerade mit der äußersten Spitze seiner Zähne eine der Ratten fassen können.

Da verspürt er einen Biß im Ohrlappen ... und mit lautem Geheul zieht er den Kopf zurück. So schnell geht es, daß Jit-jit, die ihrem bedrängten Jungen zu Hilfe kam, halb mit hinausgezerrt wird. Tramp schüttelt den Kopf, daß die Ohren flattern; aber die aufopfernde kleine Hermelinmutter hat schon lange losgelassen.

Tramp aber gibt den Kampf noch nicht auf! Seine hinterlistigen Augen glitzern rot und gelb, und Geifer schäumt um sein gelbzahniges Maul, ja, er will die Ratten schon lehren – er preßt seine pferdehufbreiten Vordertatzen mit aller Kraft zwischen die Steine und wälzt auch glücklich ein paar beiseite. Aber es bleiben noch immer Schlupflöcher genug für die langen, geschmeidigen Jit-jiter ... Plötzlich kugelt eines der Wieseljungen zusammengerollt aus dem Steinhaufen heraus. Tramp hat nämlich dessen Stumpfschwanz gepackt; es schreit und heult und windet sich wie ein Aal um Tramps Schnauze. Aber Jit-jit folgt dem Jungen auf den Fersen, rasend vor Wut heftet sie sich wie ein spanisches Pflaster an das Maul des Hundes, er muß seine Beute fahren lassen, um seinen Kopf wieder frei zu bekommen; aber da ist der günstige Augenblick verpaßt, und die beiden langen, ungewöhnlich behenden »Ratten« sind spurlos verschwunden. Und so geht es stundenlang!

Was den Wieseln an Kraft fehlt, ersetzen sie durch Geschicklichkeit; ja, zuzeiten machen sie alle auf einmal einen Ausfall und knistern um seine Läufe wie lebendes Feuer und Funken. Er will nach ihnen schnappen, sie schütteln und hoch in die Luft schleudern; sie sind aber zu gewandt, es glückt ihm nicht, einen dieser roten Körper zu packen.

Er muß das Spiel aufgeben und sich damit begnügen, daß der Zufall seine große Erfahrung in bezug auf Ratten bestätigte: nicht eine jede konnte man erhaschen! Mit gesträubtem Rückenfell und steifen Beinen, knurrend und ständig zurückschielend, verläßt er langsam den Kampfplatz ...

Ein Häschen hat ihm eine Nase gedreht – aber er konnte noch zufrieden sein: er war wenigstens dem Schicksal entgangen, wie die Fähe, Frau Reineke, in buchstäblichem Sinn an der Nase herumgeführt zu werden.

Seppel war wieder einmal mit Gewinn davongekommen. Während sein gieriger Verfolger sich mit den Wieseln herumschlug, jagte er denselben Weg zurück, den er gekommen. Als er schließlich merkte, daß seine List Erfolg gehabt hatte, gab er sich seinem Hang zum Philosophieren hin.

Die lieben, hellhörigen Ohren, die schnellen, lautlosen Beine! Wem von diesen beiden sollte er wohl am meisten gehorchen? Sie machten im Verein einen wilden Burschen aus ihm ... heihopp, Hund, Fuchs, Wiesel ... heihopp, große zweibeinige Schnecke, die alle Hasen »Bruder Langsam« nannten ... konnten diese Burschen ihn fangen? ... gab es auf dieser Erde überhaupt jemand, der den kleinen Seppel fangen konnte? Gott weiß, er hatte heute seine Läufe gerührt! Nun wollte er nach seinem alten Plan wieder dem Graben nachgehen, um einen Ort zu finden, wo er den Rest des Sonnentages in Frieden ruhen konnte. Aber gab es einen solchen Ort? – O ja, er hoffte es, er wußte es ... am Tümpel!

Kirik am Sumpfwall ruft gerade seine Küken zusammen, er muß mit ihnen weiterwandern; nach der Mittagsruhe beginnt der Durst sich bei den Kleinen einzustellen. Da richtet er sich plötzlich gerade empor und warnt: es dröhnt im Erdreich, und das Erdreich telefoniert ihm, daß jemand in sausender Fahrt den Wall entlangkommt. Es ist Seppel: er ist auf dem Wege zum Tümpel ... Die alte Henne stößt einen Warnungskluck aus, und Kirik macht sich bereit, dem Einfaltspinsel an den Kopf zu fahren, während die Küken sich in Vertiefungen rundum im Gras verbergen. Seppel aber, der jetzt schlafen will, läßt sich nicht aufhalten – mit einem Husch weicht er Kirik aus und mit einem Riesensprung der Henne –

saust quer durch die Kükenschar und hört etwas wie ein Schneckenhaus unter einem seiner Läufe bersten, dann eilt er durch den Hafer, um sich unten am Tümpel in Sicherheit zu bringen.
Als Kirik und seine Gattin ihre Küken sammeln und sie nach dem Gefühl unter der Brust zählen, da ist eines unter ihnen, das noch eifriger umherspringt, als die anderen, es wird nicht müde, mit dem Flügelläppchen zu schlagen . . .
Es ist das Stümpfchen mit der Eierschale . . . Seppel hat ihm geholfen . . . erst jetzt ist es richtig aus dem Ei geschlüpft!

Die Katze

Der Dunst im Osten weicht! Und wilde Rosen blühen am Himmel auf . . . Der Tag erhebt sich und das Licht wirft Farben; eine Kuppel wölbt sich im Hintergrund über dem weißen Kegel auf dem Berg . . . der Kalk gleißt, die Ziegel erglühen und goldene Scheiben lodern auf. Der erste Lichtstrahl blitzt über das Gras, der erste Schimmer der Sonne umstrahlt mit herbstlichem Goldglanz den reifen Roggen.
Seppel hoppelt mit hochgekrümmtem Leib auf langen, steifen Läufen dahin, um von der nassen Erde soweit wie möglich entfernt zu sein. Er braucht nur an einen Halm zu stoßen, und schon ergießt sich ein Regenschauer über ihn; er zieht wie eine Schnecke einen blanken, weit sichtbaren Pfad nach sich. Nach jedem zweiten Sprung muß er einen kleinen Hopser machen und das Wasser von den langen, steifen Löffeln abschütteln.
Ehe er seine Morgenmahlzeit zu sich nimmt, leckt er Blüte und Blattscheide trocken; er mag nämlich am liebsten das Wasser für sich und das Brot für sich und schätzt den Tau nicht sonderlich, der nur den Blättersaft verdünnt.
Die Schwalben zwitschern, und der Storch schwebt, von seinem Ehegemahl begleitet, auf breiten, schwarzgeränderten Schwingen heran. Die Sperlingsscharen wirbeln unter den Gartenzäunen hervor wie Staub aus einem Sack und fallen mitten im Kornfeld nieder. Die jungen Spatzen sausen Seppel um die Ohren; sie quieken vor Freude und zwitschern und schreien unablässig, während sie flatternd die Ähren umtanzen.
Sie sollen in ein großes, gelbgrünes Meer hinunter, sie sollen sich auf

etwas setzen, das unter ihnen weicht – und sie haben eine Empfindung wie kleine Kinder, die zum ersten Male baden sollen! Während sie mit Flügelschlägen den Körper oben halten, langt jedes mit den Beinchen nach seiner langen, schweren Ähre, die sich mit dem jauchzend piepsenden Spitzenjungen sogleich langsam zur Erde neigt.

Und neue Junge kommen herbei, und andere werden der alten Ähre überdrüssig und suchen sich eine neue ... die Spatzenkinder tauchen ununterbrochen im Kornmeer auf und nieder.

Seppel wird von all dem Gezwitscher ganz wach; er muß fort, sowohl aus dem Weizen wie aus der Gerste, hinaus in ein Außenfeld, um sich dort einen Pott zu scharren.

Der Tag steigt sommerlich heiß mit dem Duft des reifen Kornes empor. Alle Larven der Welt springen und spalten sich – und Bremsen, Libellen und Schmetterlinge kriechen aus der Kapsel.

Eine weiße Katze mit kohlschwarzem Schwanz kommt aus einem nahe gelegenen Gehöft hervorgeschlichen. Gemächlich schlendert sie am breiten Feldweg entlang – sie hat ja nichts zu befürchten, ist sie doch ein hochgeschätzter Helfershelfer Bruder Langsams.

Alle Augenblicke setzt sie sich hin, ringelt den Schwanz possierlich um das Hinterteil und mustert scharf ihr Königreich. Die Rinder stehen in Reihen und weiden, wie es sich gehört; der Tau ist ganz von den Gräsern geschwunden – ja, da ist sie also zum Morgenmelken zu spät gekommen.

Es ist aber schließlich einerlei mit dem Tropfen Milch; die Stimmung steht auf hohe Jagd, obgleich sie auch einer Maus nicht aus dem Wege gehen wird!

Einige Löcher in dem abgegrasten Teil des Feldes verlocken sogleich zum Mäusefang, und so schleicht sich die Katze zum nächsten Kleebüschel ins Versteck. Hier liegt sie behaglich und hält Wache. Das Antlitz legt sich in nachdenkliche Falten; die Ohren stehen zu Anfang aufrecht ... sie genießt augenblicklich nur den Sommer.

Kurz darauf bekommt sie einen merkwürdig steifen Nacken, während die Ohren sich in bestimmte Richtung drehen. Lange wacht sie in Spannung ...

Eine Ahnung von Mäusegeraschel ist unter dem Erdreich zu spüren; so fein sind die Sinne des Schwarzschwanzes, daß er es schon spürt, wenn die Maus nur den Gedanken faßt, ans Tageslicht zu gehen.

Die Katze liegt nicht ungeschickt direkt am Loch; nein, sondern

drei, vier Katzenlängen davon entfernt. Nun erhält sie Kundschaft davon, daß die Maus an der Oberfläche angelangt ist – und reckt langsam den Vorderkörper empor.
Die Maus ist draußen; ja, die Katze vernimmt jetzt deutlich das Rascheln von Mausebeinen im Gras – und sie richtet sich im Nu auf allen vieren auf, streckt Hals und Körper lang aus, während das Jagdfieber in der Spitze ihres Schwanzes zittert.
Drei Schritt vorwärts, dann verharrt sie. Es ruckt in ihr ... die Maus kommt ja von selbst in Reichweite ihrer Krallen. Nur abwarten und lauschen!
Und die Katze zieht sich so lang, so lang, streckt den Kopf in die bewußte Richtung, reckt die Schulterblätter in die Höhe – um dann mit einem Male vorzuspringen und die Vorderkrallen um einen Erdklumpen am Fuße eines Margeritenbusches zu schlagen. Die Maus war hinter dem Erdklumpen; Miez ist daneben gesprungen – und nun schielt sie scheu um sich:
Hatte sie Zeugen, ist jemand da, der sich lustig machen, jemand, der schadenfroh erzählen könnte – dann eilends auf und davon, und hole jenen der Teufel!
Wie ein Nebelfetzen verschwindet sie in einem nahe gelegenen Roggenfeld, stößt auf eine Ackerfurche und schleicht sich auf deren Grund von dannen. Die Glieder gleiten und federn elastisch, ohne einen Laut; ihr Körper, vom Schulterblatt bis zu den Lenden, bewegt sich in ununterbrochenem Wellengang. Der Hals ist gestreckt und die Ohren wachsam nach vorn gerichtet. Scharf durchforscht sie die Umgebung, während sie sich an dem Honigduft des Ackersenfs berauscht.
Plötzlich durchfährt sie ein Ruck – ein kleines Marienkäferchen hat sich in ihre empfindlichen Schnurrhaare verirrt; sie muß stehenbleiben und sich den Bart putzen. Dann gelangt sie an eine Stelle, wo das Korn nur dünn steht – fühlt sich mit einem Male so unbehaglich nackt und eilt hastig weiter. Niemals läuft sie geradeaus, immer geht es in Bogen und Schlingen, den Kopf tief ins Untergras gesenkt.
Ein Stückchen weiter am Rande des Korns hat Seppel ein bequemes Lager gefunden und ergeht sich in Wohlsein. Nur ein Maulwurf weckt ihn hin und wieder, wenn er dicht unter der Erdkruste durch seine Jagdgründe saust. An mehreren Stellen ist der Gang eingestürzt, so daß Seppel einen Zipfel des schwarzen Räubers erblickt.

Honigtrunkene Hummeln umsurren ihn schläfrig, und hoch über seinem Kopf hängt Lerche bei Lerche und gibt sich in jubelnden, fernklingenden Liedern der Sommerlust hin.
Die Sonne brennt Seppel auf den Rücken; er ist von bösen Träumen geplagt und hat einmal auch eine häßliche Erscheinung: aus der Schlagfurche am Feldrand hebt sich langsam ein runder Kopf mit steifen Ohren und gelben Augen. Das Licht fällt in die kleinen Ohren, daß sie rötlich schimmern, und quer durch jedes der schwefelgelben Augen zieht sich etwas wie ein schwarzer Riß.
Im selben Augenblick stürmen alle achtzehn noch nicht flüggen Küken Kiriks über ihn hin . . .
Er wird ärgerlich ob der Störung, jetzt ist doch seine Ruhezeit!
Aber er ahnt nicht, wie das Glück mit ihm ist; die Katze, die eine ganze Zeit auf ihn gelauert hat, ändert plötzlich ihre Absicht.
Kirik ist auf dem Posten! Sobald das Korn sich teilt und die Schwarzschwänzige auftaucht, gellt sein Warnungsschrei über das Feld – und mutig wirft er sich dem »Tiger« gerade zu Füßen, bleibt einen Augenblick liegen und schlägt mit den Flügeln, als sei er todeswund vom Himmel gefallen. Er gibt sich selber zum Opfer . . .
Die Augen der Katze flackern vom Feuer der Beutegier; sie krümmt sich, springt –; aber Kirik ist längst aus ihrem Bereich; er tut, als humpele er mit hängenden Flügeln über die Erde dahin.
Die Katze im Sprung ihm nach mit gespreizten Ohren und wedelndem Schwanze; sie ist ihres Vogels so sicher, als habe sie ihn bereits im Maul. Sie geht dem Rebhahn, der ja kaum laufen kann, sondern nur schreit und in flatternden Hüpfern gen Himmel strebt, wieder an den Kragen – und die Katze gaukelt sich vor, schon beim ersten Sprung den Hahn glücklich mit ihrer Pfote gestreift zu haben!
Ha, sein Flügel ist gebrochen! – Wilder und gieriger wird die Jagd . . . Der unvergleichlichen Verstellungskunst des mutigen kleinen Hahnes glückt es, sie weit von Henne und Küken fortzulocken. Die laufen in entgegengesetzter Richtung davon und Seppel mitten unter ihnen, als gehöre er mit zur Familie. Fort, fort, am Graben entlang, über den Feldweg, hinein in den Hafer und zum Tümpel hinab, wo sich jedes in seinem Schlupfloch zwischen den Büscheln verbirgt.
Nach geraumer Zeit kommt auch Kirik auf halbkreisförmigen Schwingen dahergestrichen und genießt seinen Triumph im Schoße

seiner Familie. Es ist selbstverständlich, was er getan: er hat die Katze auf den Heimweg gebracht.

Denn als die Schwarzschwänzige endlich den Trug entdeckte, war sie dicht am Hofe.

Hatte Seppel Feinde in der Luft, so fehlten sie wahrlich nicht auf der Erde. Und wenn er bisher Zähnen und Klauen glücklich entronnen war, so hatte er dies zum großen Teil seinem freundlichen Geschick zu verdanken.

Es gab wohl kaum ein lebendes Wesen, dem so nachgestellt wurde wie ihm; jedes, aber auch jedes Raubtier hatte besonderes Interesse für ihn. Fuchs und Wiesel, Katze und Hund, die verschlagene Krähe, die freche Elster, der Habicht, der in der Weide des Grenzwalls lauerte, wie auch der Falke, der hoch unter den Wolken ihn erspähte – für sie alle war er ein guter Fang.

Aber Seppel war unter einem guten Stern geboren!

Die Mühle, die für den großen Haushalt der Natur die Nahrung mahlte, brauchte ja nicht nur kleine, sondern auch große Hasen; es war darum nicht mehr als billig, daß sie sich passenden Zuwachs sicherte.

Nach und nach gehörte es für Seppel zur Tagesordnung, daß er Kirik und seiner Schar begegnete. Entweder stießen sie auf ihn, oder er plumpste mitten unter sie – und je mehr die Küken heranwuchsen, desto gnädiger nahm Kirik seine Anwesenheit hin.

Meister Kirik, der ihm den Weg gewiesen hatte, als er an seinem ersten Abc herumbuchstabierte, erteilte ihm nun auch Unterricht in der höheren Schule. Er lehrte Seppel, sich zu verstecken, sich durch Grasbüschel und Rüben zu winden, sich, wenn er in der Klemme war, in Gärten und Gebüsch zu retten und tief in den dichten, zugewachsenen Gräben entlangzuschleichen. Gute Anlagen und Findigkeit besaß Seppel ja schon immer, aber in Kiriks Schule wurde beides noch erweitert.

Wenn die Feldhühner während der Abendäsung um ihn herumwimmelten und sich dann plötzlich drückten, drückte auch er und machte sich ihre Achtsamkeit zunutze, und wenn er dann in seinem Versteck vor sich hindöste und sie plötzlich heiser schreiend ihn umtobten, so war auch er schnell bei der Hand und verzog sich. Es war sein großes Glück, daß er sich so frühzeitig an die Feldhühner hielt. Sonst wäre es ihm wohl trotz seiner Achtsamkeit, Schnelligkeit und List doch eines Tages so ergangen wie Patt.

In den Krallen des Fuchses

Der Sommer wurde wärmer, die Sonne goldener ...

Das reifende Korn erschien Seppel wie eine Wildnis, in der er sich verbergen konnte, sooft er Hals über Kopf aus seinem Bett aufgeschreckt wurde.

Ein besonderer Freund des Kornes war Seppel nicht. Es taugte nicht, wenn es husch-husch gehen sollte, alle möglichen Hindernisse legte es seinen ungestümen Pfoten in den Weg.

Nein, da war das Korn doch eher etwas für Huppel! Sie hatte ihre Freude daran, sie lebte in ihm; es betörte sie mit seinem Duft und ewigen Schlummerliedern – es verschlang sie förmlich mit Haut und Haaren.

Wenn Huppel recht ungestört ihre Tagesruhe halten wollte, so zog sie in den Weizen. Schwer und dunkel mit dichter Ährenfülle war er so recht nach ihrem Herzen. Der Weizen flüsterte nicht wie die Gerste, raschelte nicht wie der Roggen und klingelte nicht in hohen, munteren Tönen wie der Hafer – in dem Plaudern der trächtigen Kolben und knieschweren Halme mit dem Winde lag ein eigener sommerlicher Friede und eine wohltuende Kunde von Geborgensein. Und Sommerfriede und Geborgenheit bekamen so gut, wenn der Magen voll und die Beinchen müde waren!

Alle Augenblicke schwirrten Flügel über ihrem Kopfe; ein flinker kleiner Flieger zeichnete seinen schwarzen Umriß gegen das scharfe, weiße Sonnenlicht ab. Bald war es eine Lerche, bald eine Dorngrasmücke oder ein Hänfling. Oder es war die gelbe Bachstelze, die nun so abgerackert war, daß fast nur noch Schwanz und Beine übriggeblieben waren.

Der allweise Gott hatte ein Kuckucksei in ihr Nest gelegt; und weil es so lange her war, seit das kleine Vogelweibchen Eier gelegt, war es ihm ganz entfallen, daß es nur fünf von der üblichen Anzahl seiner Art gelegt hatte; es glaubte sogar, es habe nur dies eine gelegt: ein Riesenei. Das Männchen war stolz, der Vater eines solchen Burschen zu sein! Obgleich seine ganze sonnengoldene, flammende Pracht dahin und im Kampf um die Nahrung zu bleichen Lumpen und Fetzen geworden war, liebte es sein einziges großes Junges; es hatte einen solchen Appetit noch nie erlebt.

Meist waren es aber Lerchen, die Huppel umschwirrten! Von weit her kamen sie gezogen und waren so wunderlich knollig um den

Schnabel, flink jagten sie über das große Weizenfeld hin, nach rechts und nach links schwenkend – und wenn sie sich der Stelle näherten, wo das Nest sich in der Tiefe verbarg, verlangsamten sie ihre Fahrt und hingen auf den Flügeln, mit den gespreizten Schwanzfedern über die Ähren hinwegfegend.

Nun galt es wohl, das kleine Nest zu finden?

Tag für Tag veränderte sich ja die Gegend, neue Halme schossen in Ähren, neue Blumen entfalteten sich; es nützte ihnen nichts, sich den Ort an einer Rade oder einem Büschel blauer Kornblumen zu merken, die heute blühten und morgen Frucht ansetzten. Nein, sie bedürfen nicht so grober Kennzeichen, ihre Augen waren in ganz anderem Maße auf die Einzelheiten geschult; Gräben, Raine und Grenzscheiden zeigten ihnen den Weg – und waren sie erst in der Nähe ihrer Wohnstätte, dann sprang ihnen jeder Halm, jedes Blatt mit ihnen typischen Verschiedenheiten in die Augen. Sie konnten vom Himmel gerade auf den Rand des Nestes herabschießen, und wenn sie so häufig zögerten und über dem Ort in der Luft schweben blieben, so wollten sie eher damit den Feind irreführen und die Umgebung auskundschaften.

Huppel überließ sie ihren Sorgen ... in dem schweren, dunklen Weizen gab sie sich der Ruhe hin, wie sie nie zuvor getan.

Tief auf dem Boden der Kornwildnis zwischen duftender Winde, blauen Vergißmeinnicht und rotbrauner Kornrade führen verborgene Hasenwechsel dahin.

Die Hasenwechsel waren die allgemeinen Wege des Hasenvolkes; dies hatte sie selbst im Laufe des Sommers ausgetreten, indem es mit den scharfen Vorderzähnen alles niedermähte, was ihm im Wege stand.

Auf diesen Pfaden, die schmal und gewunden verliefen, mußte Seppel sich halten, wenn er weit umherstreifte und in der geheimnisreichen Tiefe auf Entdeckungen ausging. Auf diesen Wechseln gelangte er Abend für Abend zu dem alten Hünengrab, das den ganzen Sommer über in Grabesfrieden dalag, und auf diesen Wechseln schlüpfte er zu den vielen Gewässern und Mergelgruben, die wie Oasen in der gelben Halmwüste ruhten.

Diese Wege waren geheime Gänge ... die sengende Mittagssonne erreichte kaum den Boden, und auch die kühle Morgenbrise spürte man fast nicht auf ihnen. Selbst der Falke war nicht imstande, sie zu erspähen! Der Fuchs aber, das Wiesel und alle Katzen wußten von ihnen. Darum galt es auch, die Nase recht zu gebrauchen und sich ordentlich vorzusehen.

Frau Reineke geht schleichend auf ihren abendlichen Pürschgang. Tief im Korn hat sie das Glück, von hinten eine Maus zu überraschen, und als sie über den Feldweg schleicht, fängt sie einen Mistkäfer im Pferdemist. Nach dieser Mahlzeit gönnt sie sich einen Augenblick der Ruhe, und die benutzt sie, um den Flöhen in ihrem Pelz gehörig die Leviten zu lesen. Dann streift sie weiter durchs Korn, gelangt bald an einen Graben und kommt einer Katze auf die Spur, die aber eilends zum Berg heimwärts flüchtet.
Frau Reineke will zum Tümpel, wo es in der Regel immer eines oder das andere zum Verspeisen gibt – sie springt über den Graben und schlendert auf einem Hasenwechsel durch den Hafer weiter.
Von der entgegengesetzten Seite kommt Seppel daher – und als er bei einer Biegung des Wechsels anlangt, steht er mit einem Male seiner Erbfeindin von Angesicht zu Angesicht gegenüber. Beide sind so überrascht, daß sie sich niederkauern, den Blick starr aufeinander geheftet. Frau Reineke nährt insgeheim ein wenig Hoffnung, daß es vielleicht dem Einfaltspinsel so gehen könne wie so manchem anderen Hasen, der in seiner Verdutztheit geradewegs in ihren Rachen gelaufen ist.
Sie verschlingt bereits Seppels ganze graubraune kleine Person! Mit den Lichtern schätzt sie seine fleischigen Schenkel und seinen langen muskulösen Körper ab. Mit den Lauschern fängt sie jeden Pulsschlag seines Herzens auf; mit der Nase saugt sie seine starke, süßliche, appetitanregende Witterung ein, und mit den Zähnen, an denen das Wasser zusammenläuft, frißt sie ihn ... so überwältigt ist sie von dem Eindruck ihrer Sinneswahrnehmungen! Frau Reineke haßt diese Lampes, die großen wie die kleinen – sie haßt sie, wenn sie weit fort sind oder überlegen von dannen jagen und ihr eine Nase drehen; sie liebt sie aber, daß es vor Lust und Wonne in ihr überkippt, wenn sie einen von ihnen packen kann, so daß seine Flanken kitzelnd zwischen ihren Zähnen zappeln.
Die Spannung zwischen Seppel und der Fähe erreicht schnell ihren Höhepunkt ... die ganze Begegnung dauert höchstens einige Sekunden. Mit schnellem Ruck macht Seppel kehrt und fliegt so rasch davon, daß Frau Reineke seinen Rückzug erst richtig erfaßt, als das

weiße Hasenschwänzchen vor ihren Blicken davonwippt. Seppel ist es so gewöhnt, Fersengeld zu geben; fast bei jedem zufälligen Zusammentreffen hier drinnen im Korn ist es den Sommer über um Kopf und Kragen gegangen – und er verwendet natürlich seine Waffen! Ist er erst flüchtig, so kommt er leicht davon. Verstecke findet er in genügender Zahl, und jetzt versteht er ja auch, seinen Rückzug zu verwischen.

Alle seine Künste erweisen sich hier aber als überflüssig. Frau Reineke weiß Bescheid –: lieber einen Mistkäfer im Rachen als zehn von diesen Lampes auf dem Wechsel. Es wird sich schon noch eine neue Gelegenheit bieten!

Es ging der Erntezeit entgegen ... der Roggen meldete sich bereits, die langen Halme konnten die schweren Ähren nicht mehr tragen; sie standen tiefgebeugt und lehnten sich aufeinander, die Ährenköpfe hingen fast bis zur Erde herab. Die erst so weichen Kolben waren rauh und hart geworden, und die braunen Roggenkörner strebten aus den Spelzen. Ab und zu, besonders, wenn ein starker Wind in der Gluthitze der Mittagsstunden sich aufmachte, hagelte das reife Korn auf Huppel herab.

Seppel aber ging seinen Wechseln nach, trotz Frau Reineke und Vater Lepidus ... er hoppelte jeden Abend und Morgen durch die Triumphbögen des Roggens.

Dann stürzte das Korn über seinem Kopf zusammen, die Ernte begann – und es schien, als sei damit die ganze Unruhe des Bergdorfs auf die Felder hinausgezogen. Das rasselte, schnarrte und polterte um ihn her, der Lärm von der Mühle, vom Windmotor des Stellmachers und dem Amboß des Schmiedes, alles Rufen und Schreien Bruder Langsams, das sich bisher in einem fernen, gedämpften Chorus gesammelt hatte, rückte ihm nun plötzlich auf den Leib. Große Selbstbinder rasselten und schlugen mit den Flügeln: zickezacke ... zickezackezickezacke zischten sie ununterbrochen.

Des Nachts wagte er sich heran und schnupperte an ihnen herum. Sie fraßen Korn, wie er sah; einige von ihnen hatten sich derartig vollgestopft, daß ihnen große Bündel aus dem Halse staken. Er machte einen Luftsprung über den Schwanz des einen – dann witterte er Pferde und Bindegarn, Zaumzeug und Schmiere und Schweiß von den Händen Bruder Langsams. Er erhob sich auf seine Stelzen und prüfte mit mißtrauischem Blick die schlummernde Zickezacke. Bis er endlich begriff, daß er es mit einem dieser wunderlichen Tiere zu tun hatte, die immer schlafen, wenn die Langsamen sie nicht an Beinen und Schwanz zogen.

An einem Tage fiel der ganze Roggen, ihm folgte darauf die Gerste, dann der Weizen und der Hafer – das Unfaßbare geschah: Die Erde wurde kahl und leer!

Überall, wohin er kam, waren die Langsamen auf den Feldern.

Huppel suchte in den dichten Rübenreihen Zuflucht. Lepidus, der den Rummel schon kannte, zog sich ins Moor zurück, wo er nach Gewohnheit das Wesen der Wasserratte, der Fischotter und der buckelnden Hauskatze annahm. Nur Seppel, wenn auch anfangs ebenso benommen wie Huppel, nahm die Angelegenheit schließlich mit seiner gewohnten Überlegenheit und sorglosen Ruhe hin. Freilich brauchte er mehrere Wochen, um seine Topographie zu revidieren; bald aber wurde es ihm klar, daß die Landschaft in ihrer Neubildung doch immer noch einige Freuden darbot.

Jetzt hatte er »freie Pfote«, konnte überall umherspringen – und wenn der Abend kam und auf den Feldern alles still wurde, setzte er in übermütigen Sprüngen über die neuen Stoppeln, mehrere Kameraden gesellten sich zu ihm, und bald ergingen sie sich in lustigem Greifspiel zwischen den Hocken.

Bei dieser Gelegenheit gab er zwei seiner neuesten Nummern als Luftspringer zum besten! Er konnte einen Sprung, bei dem er die Hinterläufe hoch nach hinten warf; auf diese Art pflegte er sich den Schlaf von den Läufen zu schütteln. Einen anderen Sprung pflegte er bei gutem Wetter anzuwenden, wenn er von besonderem Lebensmut erfüllt war: er sprang senkrecht in die Luft und warf die Vorderläufe weit nach vorn. Auch übte er sich in plötzlichen Wendungen; es ging im Zickzack davon und mit einer Schnelligkeit, daß er ein Kreuz von grauen Strichen auf den Erdboden zeichnete. Je dunkler es aber wurde, desto weniger sah man von seinem Körper – zum Schluß konnte man nur einen Schimmer seiner weißen, wippenden Blume unterscheiden.

Der Vollmond ist im Untergehen begriffen; buttergelb färbt sein Schein Jens Tyrbags Weizen, der in langen Hocken aufgestellt ist. Mit rötlichem Flimmer kriecht der Tag über den Horizont und meldet sich durch seine Licht- und Farbtöne. Die Hähne krähen und die Gänse schnattern im Bergdorf weit drüben; jetzt aber schlagen die Rübenblätter wogend über Seppels Kopf zusammen und ersticken alle Laute ... es ist ein windiges, tauarmes Morgengrauen.

Seppel sitzt in einer der dichtesten Reihen; er ist ja immer so gierig auf Rüben! Er stopft Mundvoll auf Mundvoll in sich hinein und genießt die kräftige, frische Morgenstimmung. Er fühlt sich etwas matt in den Socken, denn er und Frau Reineke sind heute nacht hart aneinander gerannt; das gewohnte nächtliche Spiel »Verwechselt das Bäumelein« hat diesmal ernsthaften Charakter angenommen. Frau Reineke wurde natürlich hereingelegt. Seppel kann keiner zum besten haben!

Aber der Frau Reineke bietet sich eine neue Gelegenheit! . . .

Unterm Winde beginnen ganz in Seppels Nähe die Rübenblätter zu rauschen, und zwei steife, breitspitzige kleine Ohren schieben sich zwischen ihnen hoch. Einen Augenblick später zittert auch eine schwarze Nasenspitze langsam empor, und ein Paar funkelnder Augen luchsen hindurch. Das ganze wohlbekannte Fuchsgesicht erscheint plötzlich aus der grünen Tiefe des Rübenackers; der nasse, geifernde, ein wenig herabhängende Unterkiefer verleiht der Fratze ein verschmitztes Grinsen . . . die hinterlistige Frau Reineke kann die Freude, ihrem kleinen Freund Seppel so nahe gekommen zu sein, nicht meistern!

Sie fühlt sich bereits Herrin über sein Leben; der Wind ist ihr günstig, er weht von ihrer Beute her, und das bißchen Abstand, das noch zwischen ihnen ist, kann sie mit ein paar Sätzen einholen! Jedesmal, wenn der nichtsahnende Seppel im Äsen vorwärts hoppelte und den Kopf unter die Blätter steckte, um sich an einer Rübe gütlich zu tun, kriecht sie, den Bauch am Erdboden, schnell hinterdrein. Wenn aber Seppel verhofft, bleibt sie steif und unbeweglich liegen . . .

Der Morgenwind raschelt und klingelt in den Blättern wie in Meereswogen; das plätschert, singt und lacht . . .

Da springt Frau Reineke zu; endlich hat sie den Wettläufer gepackt! Sie hält ihn mit den Vorderläufen unter sich fest, kann aber der Rüben wegen nicht recht zum Biß kommen. Seppels loser, wollig glatter Pelz macht der alten Fähe, deren Klauen und Zähne nicht mehr recht scharf sind, das Festhalten schwer.

Seppel läßt es nicht an Tönen fehlen, die ihr lieblich in die Ohren klingen, er schreit und jammert, daß Huppel, die in der Nähe äst, dahergelaufen kommt. Die Neugierde zieht sie herbei wie seinerzeit Seppel, als das Wiesel Patt raubte; sie muß hin und nähere Bekanntschaft mit diesen Lauten machen. Der Anblick der Fähe mahnt sie zur Vorsicht; aber der Anblick Seppels, der unter deren Tatzen zappelt, bannt sie doch auf unbegreifliche Weise an den Ort.

Und nun beginnt sie, ununterbrochen um den schreienden Seppel herumzulaufen ...

Ihm beizuspringen, vermag sie mit ihren schwachen Kräften nicht; aber ihr weiblicher Instinkt veranlaßt sie, ihrem unglücklichen Bruder eine helfende Hand zu reichen.

Ihre Absicht, die Fähe so lange zum besten zu halten, bis sie ihr Opfer fahren läßt, ist unbewußt; es ist mehr, als müsse sie es tun, es liegt wie eine Familienerfahrung tief in ihrer Natur. Der Erfolg aber ist, daß Frau Reineke, die ihre Gier nicht zügeln kann, Seppel, den sie im Augenblick völlig gelähmt glaubt, fahren läßt und einen plötzlichen Ausfall gegen Huppel unternimmt.

Da setzt Huppel mit ihrem ersten wirklichen Hasensprung davon; ohne Vorbereitung, ohne Anlauf kommt es – von der Stelle, auf der sie steht, führt die federnde Kraft ihrer Hinterläufe sie plötzlich als einen zusammengerollten Klumpen ins Feld hinaus.

Zischend vor Wut saust Frau Reineke ihr nach, während der noch unversehrte und quicklebendige Seppel sich schleunigst aus dem Staube macht.

Frau Reineke konnte hinter Huppel herpfeifen – und Seppel war und blieb weg!

Die alte Fähe schnoberte noch lange dort herum und durchstöberte vergebens die Rüben. Sie war bekniffen wie eine Katze und schämte sich, während sie sich dem Genuß der vielen ausgerissenen Wollhaare hingab. Dies war nicht nur eine Sicherheitsmaßregel, um jeden Verdacht abzuwenden, sondern eine gewisse Befriedigung ... es schmeckte doch wenigstens nach Hasenfell!

Seppel war etwas mürbe von den Püffen und Rissen – und seine Munterkeit war auf mehrere Tage abgekühlt. Er versteckte sich gut, bald auf dem Grund eines trockenen Grabens, bald zwischen den Büscheln und Tümpeln. Hier saß er und wurde weise.

Das Erlebnis in den Fuchskrallen hatte weh getan, er spürte sie weit mehr als damals die des Wiesels im Nacken; aber sie gaben auch eine weit eindringlichere Lehre.

Er hinkte umher und war wohl eine Woche lang invalid ... aber wenn er danach Reinekes stinkend scharfen Dunst witterte, wurde er so unruhig, daß er am ganzen Körper zitterte.

Er bekam Fuchsfieber.

Der Hasenhetzer

Herbstruhe breitete sich über die Äcker aus!
Eine gelbe Sonne, deren Sommerglut von den ersten Schauern der kühlen Septembertage verweht war, und große weiße Wolkensäulen gossen abwechselnd Licht und Schatten über die Erde. Ein frischer Wind flüsterte in den samenschweren Gräsern der Grenzraine und summte in den Pappeln und Weiden der Gehöfte – nun sich die Kiebitze sammelten und die Lerchen verstummt waren, vernahm man wieder das tiefe Wettersurren der Hecken.
Seiner reichen Ernte, seiner fetten, flomengelben Äcker sicher, lag das kleine Bergdorf ruhig da. Die Feldmäuse fraßen sich dick, Kiriks Kücken waren schon groß und stark – und Seppel, Lepidus und Huppel stopften sich um die Wette voll.
Jens Tyrbag ging umher und befühlte das schwere Korn, und Lump, der mit auf den Feldern war, sah nach den Mäusen. Der Kantor, ein leidenschaftlicher Jäger, stöberte die Hühnerkette auf: nein, war die aber groß und zahlreich!
Alles freute sich und rieb sich die Hände!

Im Bergdorf wohnte ein Hund, mit dem Seppel noch keine Bekanntschaft gemacht hatte. Er hatte das Glück gehabt, ihm bisher nicht in den Weg zu laufen, obwohl jener zuzeiten täglicher Gast auf allen Feldern des Kirchspiels war. Es war ein schlanker, hochbeiniger Pointer mit schönem, blankschimmerndem, kreideweißem Fell, auf dem große rote Mohnblumen gleichsam verstreut waren. Er stammte von sehr feinen Eltern, meinte der Knecht, bei dem er lebte ... er war von einem Häusler draußen im Großmoor gezogen, einem der bekanntesten Jäger der Gegend, dessen Hunde so gut waren, daß sie förmlich »vermietet« wurden, wenn feine Leute zur Jagd in das Moor kamen.
Blitz' Abstammung ließ wohl nichts zu wünschen übrig; aber Blitz selbst war ein Hasenhetzer, der, von seiner guten, schnellen Nase geleitet und seiner immer wachen Jagdlust getrieben, sich stundenlang damit unterhielt, die Felder kreuz und quer zu durchstreifen. Was er fing, biß er meist tot, und was er nicht fing, verjagte er, so gut er konnte, weit über die Grenze des Landes hinaus.
Aber nicht nur Hasenhetzer war Blitz, sondern auch ein großer Galan, der sich Nächte und Tage mit Liebesabenteuern vertrieb

– – – und das war ein Glück für Seppel! Blitz gehörte zu den Vollblutgeschöpfen, in denen große Leidenschaften wohnen. Aus regelmäßiger Arbeit, wie andere Hofhunde sie verrichteten, machte er sich nichts; er ließ sich auch nicht darauf ein, Schafe zu hüten oder des Abends beim Eintreiben von Gänsen und Ferkeln behilflich zu sein, so wenig wie er des Nachts Wache hielt oder sich durch Ratten- und Mäusejagd nützlich machte. Er war ein Luxusgegenstand, auf einem Bauernhof ohne Wert ... seine Passionen waren die Jagd und die Liebe.

Der Venus opferte er in noch höherem Maße als Diana; sein feuriges Temperament jagte ihn rund um das Kirchspiel. Und er war nicht wählerisch – er sang seine Serenade voll wogender Leidenschaft vor der verlebten Pudelmadam des Schmiedes wie vor dem jungfräulichen Zwergpinscher des Pastors. Selten aber beteiligte er sich an einer Rauferei! Wenn Kaspar und der hitzige Tramp sich vor dem Tor der Schmiede in wildem Kampf zerfleischten, schaute er ihnen mit blinzelnden Augen von weitem zu – und wenn das Tor knarrte und der Schmied herausfuhr, um den Platz mit dem Vorschlaghammer zu säubern, war er der erste, der den Schwanz zwischen die Beine steckte.

Wenn ihm so die Liebe abhold war, linderte er seinen Kummer auf der Jagd ...

In einsamer Pracht steht zwischen sterbenden Weiden am Rande einer kleinen Mergelgrube ein Hagebuttenstrauch – und nicht weit davon entfernt und frei, so daß die Sonne ihn bescheinen kann, aber in Deckung einiger großer Brombeerranken, sitzt Seppel in seinem Pott. Er lüftet sich leicht im Lager, um nach dem feinen Staubregen des nebeligen Vormittags den Pelz zu trocknen. Ehe er sich am Morgen das Lager suchte, hat er sich tüchtig für den ganzen Tag versehen: eine Portion vollreifer Haferkörner bildete die solidere Kost, später folgten verschiedene Stückchen Möhre und Runkelrübe. Oben an der alten Wohnstätte hat er – nun, da der Wieselbau leersteht – den letzten Rest der Petersilienwurzel verspeist. Der schlanke, hochbeinige Hund stöbert an diesem Nachmittag auf den Äckern herum. Alle Augenblicke bleibt er mit erhobenem Vorderlauf stehen – und fährt von neuem wild umher. Vernehmlich schnaufend und mit peitschender Rute jagt er von der Hügelspitze, auf der Seppel am Morgen gesessen, zum Graben, wo er sein

letztes Blatt verzehrte. Seppel merkt, daß der Hund eifrig und flüchtig ist... so, nun ist er drüben am Zaun, jetzt unten am Wasser! Und jetzt steuert er auf ihn los... nun gilt es, stillzusitzen und nicht die geringste Witterung von sich zu geben.
Trotzdem kann er sich im entscheidenden Augenblick nicht halten. Er kennt den Hund ja nicht; wäre es Tramp, Kaspar oder Lump gewesen, so wäre er sicher noch ein Weilchen ganz ruhig sitzen geblieben, auf seine vielen irreführenden Haken und Widergänge sich verlassend; aber über diesen »Dunst« ist er sich im Zweifel – und wenn Zweifel vorhanden sind, dann bitte schön, Läufe! Beizeiten fährt er daher aus dem Lager, in einem hohen und übermütig kühnen Sprung.
Er saust den Hügel hinab; nicht in der geraden, steilen Richtung, sondern schräg, damit er nicht Gefahr läuft, Hals über Kopf hinunterzustürzen. Frisch und kühl streicht ihm der Wind um die Schnauze und erweckt in ihm das Verlangen nach einem kleinen Rennen. Die Pfoten sind entzückt, sich einmal austoben zu dürfen; so spät am Tage sind sie ganz ausgeruht und nahe daran, von dem vielen Stillsitzen steif und müde zu werden.
Am Fuß der Hügelhänge, im Grund der Schlucht ist ein Graben – ein Sprung, und er ist darüber weg – ja, das wußte er! Er gelangt auf einen neuen Acker: der ist seit langem abgeerntet, und die Pfoten schnarren über die trockenen Stoppeln hin. Ein großer Frosch setzt in flüchtigem Sprung gerade an seiner Nase vorbei; kalte Tautropfen, in den hohlen Stoppeln verborgen, spritzen ihm erfrischend ins Gesicht; weiße Schmetterlinge, die sich ein wenig zur Mittagsruhe niedergelassen haben, fegt er hoch, und große Büschel Samenwolle, die von den reifen Disteln auffliegen, laufen mit ihm um die Wette vor dem Wind.
Hopp, hopp, hopp... schnurrt es behende von seiner kleinen lebenden Maschinerie, die Läufe greifen schneller über den Erdboden, als die Augen die Bodenfläche zu prüfen vermögen; nur seine gute Nase verrät hin und wieder, was es eigentlich ist, das er überfliegt.
Er ist schon über das Stoppelfeld hinweg und ahnt schwach die starken, lieblichen Gewürzpflanzen des fernen Moores: die süße Minze und den Baldrian.
Sein Balg gleitet wie mit Öl geschmiert über seine arbeitenden Knochen... die Lungen saugen die Luft in tiefen Zügen ein, die Pfoten arbeiten mit dem klaren, schnurrenden Laut, spinnen die

Tönekette, die Zeit seines Lebens Seppels Leibmusik gewesen ist – und die langen, gespreizten Löffel hören wohlzufrieden zu, während sie im Takt der Tonkette hin und her pendeln: hopp, hopp, hopp!

Die verrückte Bestie, der wilde Spürer, der Galan vom Berge, ist hinter ihm her. Er läuft anders als andere Hunde, in mächtigen, weitgreifenden Bogensprüngen, und gelingt es ihm, einen Hasen auf offenem Felde aufzustöbern, glückt es ihm fast immer, ihn zu erwischen. Aber es eilt ihm nicht, der Hasenhetzer hat Zeit; der Wettlauf selbst ist ihm eine Lust und das Jagen eine willkommene Spannung, so fliegt die Zeit, die Muskeln spielen – und sein Inneres ist von Entzücken erfüllt, endlich eine Beschäftigung zu haben. Die Niederung nach dem Großmoor zu liegt bereits in ihrer langen, ebenen Ausdehnung vor Seppel ... seine Pfoten wissen es, er hat ihnen das flache Land so oft gezeigt! Die Nase frischt nach einer Reihe saftiger Sprünge sogleich die Erinnerung in ihm auf, daß er, nach rechts abschwenkend, auf dichte, feiste Kohlrüben mit großen, breiten Blättern stößt. Nach rechts also, nach rechts ...! Dort sind Schlupfwinkel.

Er macht eine geschickte Wendung und erlaubt sich, gar übermütig hinten auszuschlagen, als seine wachsamen Ohren ihm auch schon melden, daß sie Menschenlärm in den Rüben vernehmen.

Ein Wupp – und die Richtung ist im Augenblick geändert!

– Der Pfad! schreien die Pfoten, sie besinnen sich jetzt plötzlich auf den Fußweg quer über das Tal ... hopp, hopp, hopp!

Die Leidenschaft des Hasenhetzers ist das Jagen selbst! Die Beute kann ihm eigentlich gestohlen bleiben; er ist nicht Räuber von Beruf, nein, er befriedigt nur seine Leidenschaft, treibt auf seine Weise Sport. Alles laufende Wild, das er erspäht, muß eingeholt, muß zum Stillstand gebracht werden und soll jämmerlich unter seinen Füßen zappeln; er will es lahmlegen, es zur Not auch töten; aber es fressen ... nein, es steckt doch ein Edelmann in Blitz!

Das Moor und das Schilf kann Seppel leider nicht so im Handumdrehen erreichen. Er muß einen Umweg machen; es sind immer noch zu viele Menschen im Wege! Über die Talsenke hinweg geht es in einer Geschwindigkeit, daß der Wind ihm um die Ohren pfeift; aber jetzt meldet sein Hirn plötzlich, daß gerade der Teil des Moores, auf den er zusteuert, zu dieser Stunde voller Torfarbeiter steckt; auf seinen nächtlichen Wegen ist er ja dort vorbeigekommen, hat an allen ihren Geräten Witterung genommen und seine geheimen Wechsel, die er mit Ottern und Fischdieben teilt, zerstört vorgefunden. Er muß einen anderen Teil des Sumpfes wählen und einen noch größeren Umweg machen.

Während er läuft, versucht er, hinter die Natur und Taktik seines neuen Verfolgers zu kommen. Es ist, als jage ihn ein Fuchs! Der Hund verkündet nicht wie Kaspar durch vernehmliches Gekläff, wo er ist; stumm, fast lautlos folgt er ihm auf den Fersen – und er muß zulaufen: er merkt, wie er zuweilen seine ganze Pfotenkraft braucht, um sich das Vieh vom Leibe zu halten. Manche Hasenlist wendet er an, macht Seitensprünge und Widergänge, läuft in seiner eigenen Spur zurück und an trockenen Grabensohlen entlang; der Hasenhetzer aber ist zäher, schnellfüßiger und ihm überlegener als irgendeiner von den Hunden, mit denen Seppel bis jetzt zu tun hatte. Seppel ist es nicht wohl zumute – und jetzt auf einmal bekommt er mehr zu tun, als den Charakter des Verfolgers zu ergründen.

Eine Strecke weiter, gerade in der Richtung, in die ihn seine große Schwenkung führt, liegen nämlich hübsch in der Reihe drei Häuslerbetriebe; soll er innen oder außen an ihnen vorbeilaufen – das muß sofort entschieden werden; er braucht reichlich Platz zu seinem Bogen und muß sich, wenn er die innere Seite wählt, davor hüten, zu dicht an das dort liegende Haus gedrängt zu werden, denn hier wohnt Rauf, der bissige Foxterrier. Er fällt seine Entscheidung und läuft drauf los ...

Blitz aber, der mit den Augen ebenso gut jagt wie mit der Nase, entdeckt beizeiten, daß sein kleiner brauner Vorspringer sich zu dem inneren Bogen entschlossen hat. Und es scheint, als käme Blitz gleichzeitig der Gedanke, das, was man spart für seinen Mund, frißt am Ende Katz und Hund – denn plötzlich entwickelt er ein solches Übermaß an Energie und Schnelligkeit, daß er Seppel überholt, als der eben hinter dem Haus hervorkommt.

Da saust Seppel in den dichten Dschungel des Gartens, mitten hinein in Hagedorn, Brombeer und Dorngebüsch; von seinen kleinen Zusammenstößen mit den Hunden vom Berge weiß er aus Erfahrung, daß sie das Stechen der Dornen in Nase und Fell nicht lieben. Aber in diesem Augenblick weiß er sich keinen Rat mehr, abgehetzt wie er ist!

Von dannen geht es, quer durch den Garten und hinauf über den

Erd- und Dungwall, der sich um das kleine Treibhaus zieht, weiter über die Treibhausfenster auf dem Dach. Blitz ihm nach und Rauf, der außer sich ist über das Eindringen in ihm allein gehörende Gebiete, folgt ebenfalls.

Das Glas kann aber Blitz nicht tragen, er bricht ein; nur Rauf gelangt unversehrt hinauf aufs Dach. Da muß Seppel einen Riesensprung vollführen in ein nahes, dichtes Gebüsch hinab. Er hat völlig den Kopf verloren und weiß kaum, was er tut. Obwohl der Sprung lebensgefährlich ist, geht es gut ab, Zweige und Blätter fangen ihn in ihren Armen auf, ritzen ihn leicht an Lippe und Brauen, setzen ihn aber sonst hübsch und unbeschädigt auf den Erdboden. Rauf aber bleibt sprachlos am Rande des Daches stehen und guckt hinab ... dann endlich beginnt er zu kläffen, damit wenigstens etwas geschieht! Da kommt der Besitzer hinzu; er erblickt nur Rauf oben auf dem Treibhaus, aber weder Seppel noch Blitz; er glaubt, der Teufel sei in den Hund gefahren ... für die zerbrochenen Scheiben und all das andere Zerstörungswerk bekommt der unglückliche Rauf die Schuld. Rauf! Rauf! schreit der Mann wie rasend – und nun bekommt der arme Kerl die ungebrannte Asche zu kosten!

Seppel aber setzt seinen Weg durch die Hecke weiter fort und Blitz mit blutenden Keulen ihm nach. Leider hat der Hasenhetzer sich nicht wesentlich verletzt ... er springt noch wilder und schneller als vorher! Das Moor, das Moor, so spielt es die ganze Zeit in Seppels Gedanken ... das Moor war sein erster Einfall, sein ursprünglicher Plan – und was er sich einmal in den Kopf gesetzt hat, daran hält er zäh fest: er will zum Moor ... und er ist noch immer auf dem Weg dahin!

Und dieses Mal steht das Glück ihm bei. Der Weg liegt offen vor ihm, in meterlangen Sprüngen schießt er pfeilschnell auf den Bach zu; er findet aber nicht wie sonst Zeit, erst mit den Pfoten zu untersuchen, ob das Wasser auch nicht zu kalt ist, er muß gleich ins Bad hinein.

Als er jenseits zum Vorschein kommt, stürzt er sich sogleich zwischen Weide und Porst in das schützende Schilf- und Sumpfdickicht hinein und hört Blitz hinunterpoltern.

Mit einem Male überfällt ihn ein heftiges Zittern, er spürt einen Gestank, schlimmer als den Geruch des Hasenhetzers ... kein Zweifel, es ist wieder ein Unfall: das Fuchsfieber hat ihn gepackt! Frau

Reineke hält ihren Tagesschlaf gerade in dem Teil des Moores, in den Seppel hineingeschlüpft ist, wo keine Torfarbeiter ihren Schlummer beunruhigen. Sie ist einen Augenblick verwirrt über den Spektakel, dessen Ursache sie noch nicht kennt, sie wittert Hasen, scheint ihr – und jetzt plötzlich auch Hund! Sie muß nachsehen, auf ihre Sicherheit bedacht sein – denn aus dem Hasenhetzer kann sich Blitz, der einen recht unbeständigen Sinn hat, auf der Stelle in einen Fuchshetzer verwandeln!

Mit erschlafften Muskeln und klopfenden Pulsen holt Seppel in kurzen schnellen Atemzügen Luft. Er ist unter einem Weidenbusch sitzengeblieben und hat ein Verschnaufen bitter nötig. Alles um ihn her ist still und friedlich. Er kommt wieder zu sich, das Fieber weicht aus seinem Körper, und er sieht das Leben wieder in den gewohnten rosenroten Farben: kein Hund tut ihm etwas, denn kein Hund kann ihn fangen, keine Katze, kein Wiesel, kein Fuchs – nein, auch kein Fuchs, wenn er erst auf den Beinen ist! Das weiß er, daran glaubt er, unendlich siegesbewußt fühlt er sich in diesem Augenblick.

Gleich darauf aber kommt das Fuchsfieber leider wieder! Von seinem Versteck unter der Grauweide zwischen Porst und Winde hört er plötzlich ein fürchterliches Rumoren im Schilfdickicht. Es kracht und knackt dort drinnen – und hier und da trägt der Wind ihm Fuchsgestank und Hundewitterung herüber. Die Verfolgung dauert an, wie er merkt, der Wettlauf, an dem er beteiligt war, geht weiter vom einen Ende des Moores bis zum anderen. Allmählich legt sich jedoch der Lärm, und sein Körper nimmt wieder seine gewohnte Temperatur an.

Aber dies Erlebnis brachte seiner Hasenschläue neue Lehren! Es begann ihm klarzuwerden, was er schon lange geahnt: daß man nicht nur seine Fährte verwischen konnte, indem man in eine fremde trat, nein, war man richtig helle, so konnte man sogar die ganze Gefahr einem anderen aufhalsen!

Es wurde still auf den Feldern. Die Lerchen kamen nach und nach heim und schlüpften zwischen die Stoppeln, und Seppel fühlte an sich selbst, daß der Herbsttag zur Ruhe gegangen war – im Rosenlicht der untergehenden Sonne machte er sich auf!

Er hoppelte dorthin zurück, von wo er gekommen, zu den Feldern des Bergdorfs; dieses Mal schwamm er nicht durch den Bach, son-

dern wählte den Weg über einen der Stege. Als er auf den Hügel gelangt war, auf dem er am Morgen gesessen, sah er einen weiß- und rotgesprenkelten Hund auf mürben Läufen einen Feldweg entlang nach Hause hinken.
Blitz hatte sich endlich einmal die Zunge aus dem Halse gelaufen!
Seppel war jetzt ein ausgewachsener Hase, mit langen Hinterläufen und langen Löffeln und mit einem langen, schön dreieckigen Hasengesicht ... Er trug in sich die ersten Sonnenstrahlen des Jahres und die frischen, reinigenden Regenschauer der Apriltage. Die erste starke Frühlingsmilch des nach dem Winter ausgeruhten Euters hatte ihn getränkt, und die frühesten Lenzkeime hatten seinem gierigen Maul ihr saftiges Grün geopfert. Er war kein Maikind, kein Julihase, keine Spätgeburt aus den letzten Tagen des September; aus der ersten, starken Brunstzeit des Jahres war er entstanden, Frühlingssaat und Sommerflora hatten ihn aufgezogen ... er war der reichen Äcker glücklicher Sproß.

Der ärgste Feind

Dichte, klamme Nebel umfangen an einem nassen, grauen Septembermorgen Wiese und Stoppelfeld ...
Ein Zaun taucht auf, umsponnen von Spinngeweben; es war, als hätten alle Holunderbüsche große, graue Schirmblüten geöffnet.
Die alte Mutter Lepidus schleicht über das Hünengrab – schlüpft durch den offenen Steinsarg unter dem großen Deckstein, wo allerlei Plunder – Flaschenscherben und alter Hausrat – jetzt hineingestopft wird, und weiter an den mit Ebereschen bestandenen Knicks entlang, von denen naß der Tau herabtropft. Sie gelangt an eine Kiesgrube, wo Königskerze an Königskerze mit ihren letzten gelben Laternen über das aufgeregt wogende Meer der Herbstfäden leuchtet; dann hoppelt sie in einen Kartoffelacker und zwischen welkem Kartoffelkraut hindurch. Ein samentragender Löwenzahn, der ihr im Wege steht, wird von ihren scharfen Vorderzähnen abgeschnitten – zur Freude der Pflanze, deren Daunen, vor Nässe außerstande, selbst zu fliegen, sich gierig an ihren Pelz heften.
Endlich hat sie ein Versteck gefunden hinter einer Grenzscheide zwischen Hagebuttenstrauch und Brombeere.

Der Nebel über ihrem Kopf wird immer dünner; ein hoher, sonnenklarer Tag steigt auf!

Ringsum haben es die Spinnen eilig; sie kommen heraus und schütteln die Tautropfen von ihren Fäden. Myriaden roter Fleischbeeren werden, wie die Sonne steigt, aus der Dunkelheit des Blätterhauses sichtbar, die Sträucher sind damit übersät, die Beeren funkeln wie Rubine in der Fassung. Die Stoppelfelder schimmern wieder weiß, und Tausende von spätsommerlichen Glockenblumen, Schafgarben und wilden Möhren recken die vom Nachtfrost gekrümmten Stengel empor und entfalten ihre Blütenblätter wieder stolz und übermütig. Der Himmel ist so blau, wie nur ein Septemberhimmel es sein kann!

Der blaue Himmel ... die roten Beeren dagegen ... der gelbe Blätterwald, durchsetzt von roten Beeren ... und die glitzernde Sonne, die ihre schrägen Strahlen über das Dorngebüsch wirft –: Farbenfeuer des Herbstmorgens!

Die Vögel halten Morgenandacht in der sicheren Festung des Dorngebüschs, Mutter Lepidus unterscheidet Finken, Hänflinge und Stare, und hier und da fallen gesegnete Sperlingsschwärme ohrenbetäubend ein. Gerade ging ein schneidendes Kreischen von Kehle zu Kehle; der Falk war da, er sauste über die Baumkrone hinweg und holte sich seinen Vogel – bald aber ist das Ereignis vergessen, es war ja unabwendbar, wie der Tod es immer ist; die da übrigbleiben, folgen den Gesetzen des Lebens; nach dem Schreck kehrt die gewohnte Laune zurück, und sie stimmen einen Lobgesang auf das Leben an!

Die alte Häsin, die sich nach einer an Jungen reichen Sommerszeit auf den Genuß der Winterruhe vorbereitet, dehnt sich in ihrem Lager vor Wohlbehagen. Sie hat Huppels Natur, sie glaubt ...

Plötzlich erwacht sie, aber zu spät: ein kleiner Mann, die Flinte schußfertig, geht immer um ihr Lager herum.

Sie verhält sich mucksstill, den Kopf ganz in den Körper eingezogen, die langen Löffel hübsch an den Rücken gelegt. Der struppige Schnauzbart ist angezogen, die Haare liegen glatt am Körper; nicht ein einziges Haar kann der Wind aufwehen und sie dadurch plötzlich verraten. Die gelben Augen aber drehen sich im Kopf und folgen jeder Bewegung Bruder Langsams.

Eine Jagdgesellschaft vom Bergdorf, der Küster an der Spitze, hat von Niels' Hütejungen erfahren, wo sie sich am Morgen eingescharrt

hat. In einiger Entfernung hat man sich vorhin versammelt, und die Blutrünstigsten der Gesellschaft haben das Schießeisen fertiggemacht. Nein, halt, sagt da der Küster, der Jäger ist ... keinen Meuchelmord!
Jetzt soll der Schneider als der eifrigste von allen Erlaubnis bekommen zu schießen ...
– Aber nicht im Lager, versteht sich, fügt der Küster hinzu ... laß Lampe erst laufen!
Mit angespannter Aufmerksamkeit verfolgt die Gesellschaft das Gebaren des braven Schneiders auf dem Jagdpfad.
Der Schneider ist der Meinung, daß er mit seinen frommen, treuherzigen Wasseraugen, die niemals sein Gegenüber gerade anzuschauen wagen, einen Hasen, wie er sich ausdrückt, in Zauberbann schlagen kann. Er geht langsam um die Stelle herum, wo, wie er weiß, Lampe sitzen soll, und zieht nach und nach den Kreis immer enger ...
Dann begegnet sein Blick plötzlich dem der alten Mutter Lepidus! Er sieht in ihre großen, runden, gelben Augen, sieht, wie ihre schiefe schwarze Pupille vor Spannung zuckt – und das gibt dem kleinen Flintenträger einen förmlichen Ruck; so nahe, daß die Blicke sich trafen, ist er einem Hasen noch nie gewesen!
Das bernsteingelbe, tiefernste Hasenauge starrt ihn an; es ist, als messe es die Tiefe seiner Seele. Es spricht weder von Furcht noch Beben, es funkelt und blitzt nur von dem Willen, sich durchzuschlagen. Ein Rausch der Spannung erfaßt das Herz des jagdtollen Schneiders, seine Nerven beben, seine Knie zittern – hat hier einer Herzklopfen, so ist er's.
Die Hasenjagd ist erst gestern aufgegangen und der Schneider wohl deshalb ungewöhnlich begierig und hitzig. Die alte Hasenmutter weiß nicht, daß der Friede zwischen ihr und Bruder Langsam aufgesagt ist, und daran liegt es vielleicht gerade, daß sie die Überlegenere und Seelenstärkere ist. Sie vermag jedenfalls das psychologische Moment auszunützen.
Sie verharrt weiter, und ihre Augen suchen sich mit dem festen und siegessicheren Blick, der aus den schwarzen Pupillen leuchtet, an die des Widersachers zu heften.
Der Schneider fühlt das Jagdfieber steigen ... das Herz sitzt ihm fast im Hals, und er wagt kaum, ordentlich Atem zu holen, während er dauernd um den gelben Fleck herumtrabt, den die Sonne

so plötzlich vor ihm im Gras entschleiert hat. Er wagt es nicht, die Situation auszulösen, indem er dem Hasen einen Puff gibt ... er ist in Mutter Lepidus' Zauberbann!

Das Ganze dauert nur Sekunden, die aber den Schneider wie Ewigkeiten dünken; endlich aber naht der kritische Augenblick, in dem seine Nerven nicht länger imstande sind, die Spannung zu ertragen. Sie überspannen sich und werden schlaff, der Blick seiner wasserblauen Augen läßt es die erfahrene alte Häsin blitzschnell erkennen. Da springt sie ... es gibt keine Wahl mehr! Sie springt mit der Schnelligkeit einer Sternschnuppe.

Es flimmert vor den Augen des jagdtollen Schneiders; er sieht gleichsam eine Schar von Hasen durch das Gras rennen! Aber jetzt, da die Lage sich mit reißender Schnelligkeit entwickelt, kann er nicht folgen. Sein erster Schuß saust denn auch wie eine Stahlstange in den Boden, mindestens einen Meter vom Hasen entfernt; das erhöht aber nur die Verwirrung des eifrigen Schützen; er beeilt sich noch mehr – und schießt wieder vorbei, noch ehe die alte Mutter zwanzig Meter weit fort ist!

Es war Frau Lepidus' Glück – das größte, das ihr in diesem Jahr begegnet war –, daß sie auf diese wirkungsvolle, höchst lehrreiche Art vom Beginn der Jagdsaison in Kenntnis gesetzt wurde.

Im Laufe des Sommers, wo nie eine Menschenseele ihr Verdruß bereitet hatte, war sie so zahm und vertrauensselig geworden; von all ihren vielen Feinden waren die Langsamen noch nicht die gefährlichsten. Nun, da die Jagdzeit herangekommen war, trat eine Veränderung ein.

Und wie ihr, so ging es den vielen Älteren ihrer Familie – und als auch die Jungen glücklich die ersten kritischen Wochen überstanden hatten, waren sie fast ebenso klug wie die Alten ... allen ging jetzt das Verständnis dafür auf, daß, wenn der Mensch nicht von Pferd oder Rind begleitet war, man sich vor ihm hüten müsse!

Wer sich die Lehre im Anfang am wenigsten zu Herzen nahm, das war Seppel! Fuchs, Hund, Katze und Wiesel, ja, noch viele kannte er, vor denen er sich hüten mußte; aber Langsam, Langsam – das Wesen ohne Schnelligkeit in seinen Beinen – war der wirklich auch sein Feind?

Aber jetzt verging fast keine Woche, ohne daß er nicht das Knallen einer Flinte vernahm, und es kamen Zeiten, in denen er täglich in Lebensgefahr schwebte.

Hinter den Rüben auf der Haferstoppel saß Seppel in einer Senke, wo die großen rostgefleckten Blätter des Huflattichs am dichtesten standen. Die bei der Ernte verstreuten Körner bildeten einen neuen Keimwald um ihn. Er saß geschützt und gut versteckt.

Die Stare jagten in großen Schwärmen hin und her. Wie eine dicke Wolke stiegen sie plötzlich aus den Rüben auf, wirbelten umher, stoben auseinander und schwebten wie eine Wehe über dem Erdboden. Sie zwitscherten und sangen. Am Rande des Schwarms und hinter ihm her wie im Kielwasser tummelten sich die Schwalben; sie bedurften jetzt der Stare, um zu ergattern, was sie an Mücken und Fliegen brauchten. Sobald der Starenschwarm sich niederließ und auf der Erde zu wurmen begann, hielten sich die Schwalben dicht darüber. Sie fingen die Insekten, die die Stare aufscheuchten.

Dann wimmeln Kirik, seine Frau und achtzehn Küken plötzlich um Seppel. Sie kommen herbei, so schnell die Beine sie tragen ... machen sich ganz klein, ziehen den Hals ein, sinken in Ferse und Knie ein und gleiten lautlos an ihm vorüber.

Jetzt raschelt es in den Stoppeln, er vernimmt Pfotentritte und rasche Sprünge, er legt die Löffel noch fester an den Hals und hebt die Lenden in die Höhe. Das Hühnergewimmel verstummt im Nu, alle werfen sich auf den Bauch und liegen unbeweglich da, in die Richtung schielend, aus der die Laute kommen.

Der Lärm hat aufgehört; die flinken Pfoten halten mit einem Ruck ein! Ein mohnroter Jagdhund, der den fliehenden Hühnern lange auf der Spur war, hat sie jetzt endlich gefunden; er steht ein paar Sätze von ihnen entfernt mit erhobenem Kopf und Schwanz: dort liegen sie, zeigt er durch seine Haltung den Jägern ... dort, wo die rostroten Huflattichblätter sich am dichtesten drängen und die grünen Keimwälder aufschießen, da liegen sie!

Kirik liegt zuvorderst in der Schar, aber mitten drin und Seppel am nächsten duckt sich seine kleine Henne. Sie wagt es, den Kopf zu erheben und herauszulugen: ja, das sind Schritte und Tritte und schnarrende Stimmen, die da ertönen ... die Langsamen sind auf den Feldern!

Sie kommen schnell herbei und gerade auf sie zu, sie umzingeln sie – und jetzt, jetzt will Kirik nicht länger zaudern und gibt das Signal »Auf«, da gackert und schreit es um Seppel, die Schwingen rauschen, die Luft pfeift, und auch er fährt hoch und bringt sich in Sicherheit, während die Jäger drei von Kiriks Küken abschießen.

All dies Rumoren machte Seppel hellhörig! Das furchtsame Gebaren der Feldhühner, das Knallen der Flinten und Kiriks lautes, ängstliches Geschrei gaben ihm Anhaltspunkte für ganz sichere Ahnungen. Das Leben war schwieriger geworden, seitdem die Felder nackt und kahl dalagen.

Er mußte sehr vorsichtig sein und fix auf den Läufen – wieder einmal die alte Lehre!

In den wolkenschweren, windigen Oktobertagen begannen die Krähen zu ziehen; vom frühesten Morgengrauen bis tief in den Vormittag hinein hörte man sie laut davonfliegen. Er duckte sich unter die Rübenblätter vor diesem reisenden Pöbel, der einzeln oder in ungeordneten Rudeln mit rastloser Schnelligkeit von Nordosten nach Südwesten zog. Gegen den Nachmittag begann der Zug von neuem, und dann sah er sie häufig hoch am Himmel ziehen; sie waren ganz still und flogen in langen, gleichmäßigen Stößen dahin. Es waren tagesmüde Vögel, die schon weit gereist waren und noch viel vor sich hatten.

Durch das Geschrei der Zugkrähen klang bald auch das kurze, schnarrende Schnattern der Wildgänse hindurch, und der graue Keil, spitz wie die Fratze des Fuchses, schoß geschlossen durch die Wolken ... Große, wiegende Kiebitzschwärme hingen schimmernd im Horizont; hin und wieder nahte sich ihm ein Schwarm, und wenn er niederglitt, zerstreute er sich rings um ihn her, und jeder Vogel taumelte mit Stoß und Schwung und unter Flügelgeflatter und Schwungfederpfeifen in halsbrecherischem Sturz herab.

Die ehedem so munteren Lerchen hatten jetzt zu nichts mehr Lust als zu einem einzelnen, jämmerlichen Pieps, und je weiter die Tage fortschritten, desto mehr lichtete sich ihre Zahl. Auch sie reisten fort. Jeden Abend, wenn der Lärm des Tages im Bergdorf erstarb, schwangen sich die Stare mit Flöten und Singen in die Kronen der einsamen Feldpappeln ein – und dann sah er, daß schon wieder Rüben- und Kartoffelfelder aufgerissen, seine Schlupfwinkel darin zerstört waren. Der Knick war kein Blütenwall mehr; nur welke Halme und kahle, einsame Stengel waren übriggeblieben. Kirik allein, der Samenkundige, wußte die rote Flockenblume und den Rainfarn unter all den grauen Resten zu unterscheiden.

Dem Seppel wuchs die Winterwolle, er wechselte die Farbe, paßte sich all dem Grau an, das er um sich her sah.

Frieden hatte er aber nicht mehr viel! Werk- und feiertags ging die wilde Jagd. Das Wild war ja lebendes Unkraut der Äcker; man konnte dies Jahr ruhig reinen Tisch machen, im nächsten war es doch wieder da. Drüben, jenseits des Fließes, lag ja das Gut, wo man Rotwild wie Hausgetier und Fasanen wie Hühner hielt; von dort würde das Schicksal schon frischen Vorrat senden.
Nun war auch die Zeit gekommen, das Vieh einzutreiben, Rinder und Schafe tummelten sich überall, und die Hunde vom Bergdorf tobten von einem Ende des Kirchspiels bis zum anderen! Es kam Seppel jetzt zugute, daß er sich im Laufe des Sommers die Mühe gemacht hatte, seine Hunde zu studieren, und daß er daher Natur und Wesen jedes einzelnen genau kannte.
Seppel schläft süß am Tümpel; aber hinter den Hügeln oben in den Rüben braucht Kirik alle seine kleinen Künste, um Frau und Kinder von einem Versteck zum anderen zu führen.
Ein paar Hunde sind ihnen auf der Spur, und nun saust Kirik mit der ganzen Schar eine Rübenfurche hinab. Er huscht unter dem Blattgewölbe in eine andere Furche hinüber und sucht die Stellen, wo die Rüben am dünnsten und weitesten stehen ... da laufen die hellgelben Beinchen ja freier und leichter!
Durch einen dicht verwachsenen Graben führt er sie, in einer Ackerfurche entlang und über ein Brachfeld hinweg, weiter in einer tiefen Räderspur, quer über einen Feldweg – und nun in einer Senke fliegen sie auf, ein weites Stück durch die Luft, bis sie sich in den Seggenbüscheln am Sumpfloch niederlassen. Sie verbergen sich so gut, daß nicht einmal der Falke sie sehen könnte, und bleiben lange Zeit still liegen.
Aber die Hunde finden sie und stehen vor. Und die Jäger kommen heran ...
Kirik mit den Größten und Stärksten schleicht sich nach der einen Seite davon, seine Frau mit den Kleineren und Schwächeren versucht, sich zur anderen zu retten. Da springt ein Hund mitten ins Sumpfdickicht hinein und jagt sie vor die gierigen Flinten.
Trostreich sang ihnen der Wind im steifen Riedgras ... der freie Wind, auf ihn war Verlaß! Er versprach ihnen, sie heute leicht von dannen zu tragen ... sieh, wie er die Wolken trug, die über den Himmel jagten! Brannte die Erde unter ihnen – je nun, ein Sprung in die Luft und die Schwingen gebreitet, ein paar kräftige Stöße und den rotbraunen Fächerschwanz gespreizt! Hat der Wind sie

nicht oft schon gerettet: vor der Katze, dem Fuchs ... also auf in den Wind! ruft der alte Kirik.
Leicht und flink ... graziös befreien sie sich aus den Blätterdecken der Büschel, in festem Vertrauen auf ihre Flugkraft. Wie große, gefleckte Sumpfblumen springen sie mit einem Male aus dem Schilfversteck.
Da dröhnen die Flinten, da prasselt das Schrot und zerfetzt diesem und jenem das Federkleid – und mit den tödlich Getroffenen geht eine seltsame Verwandlung vor sich: sie werden zu Klumpen dort oben in der Luft, zu Erdklümpchen, die sich tollkühn in die Luft gewagt haben und jetzt mit wachsender Schnelligkeit wieder in den Erdenstaub zurücktaumeln.
Und gierige Hunderachen ergreifen die Klumpen – und ein besonders gieriger läuft durch das Schilf und frißt seinen Teil von der Beute. Schnapp, verdammte Töle! bedroht der Jäger den Hund, einen großen, bissigen Kurzhaarigen ...
Aber Schnapp, der während des ganzen bunten Sommers an der Kette lag und keinen Junghasen, ja nicht einmal eine Maus abbekommen hat, heimst jetzt seinen Teil von der wilden Ernte des Jahres ein.
Die Jäger teilen sich. Die mit den Hunden gehen vorweg, um die Hühner aufzustöbern, die sich in Richtung der Lehmgruben verzogen haben, während ein einzelner, ein eifriger Sohn Dianas, erst die Landzunge und die abgegrasten Viehweiden abstreifen will. Aber auf dem Wege dorthin fliegt eines von Kiriks Küken, das sich von der Schar getrennt hat und in einem kleinen Rohrdickicht liegt, auf; der Jäger flügelt es, muß ihm nach und rumort wie ein Besessener nach dem Vogel herum. Dabei kommt er auch an die Stelle, wo Seppel sitzt, und stößt an seinen Grasbüschel – da springt Seppel ab!
Seppel ist nicht gerade ein »Pfarrerhase«, aber immerhin doch ein netter kleiner »Frühstückshase«, so stellt der Jäger fest – und er legt auf ihn an.
Klik, klik! ertönt es nur leise an Stelle des dröhnenden Knalls.
Während der Mann nach Kiriks flügellahmem Küken stöberte, hat er vergessen, seine Flinte zu schließen; so ist etwas feiner Sand von einem ausgetrockneten Maulwurfshügel in den Mechanismus geraten, und die Sandkörner verhinderten die Schlagbolzen, die todbringenden Patronen zu entzünden.

Da soll doch gleich ... flucht der Jägersmann ärgerlich; tröstet sich aber schnell: Na, es war ja nur ein kleiner Lampe!
Des Nachts jagte der Fuchs auf den Feldern, und Wiesel und Katze lagen in den rauhen Gräben auf der Lauer. Am Tage trabte der Jäger umher, und seine Hunde waren auf der Suche, während Falke und Habicht von ihrem hohen Standort nach dem armen Seppel Ausschau hielten. Er ward verfolgt wie niemand sonst; alle wollten ihn haben, alle wollten ihn fressen – unbegreiflich, daß der kleine Bursche noch lebte!

Die ganze Meute des Bergdorfs

Im dunkeln Morgengrauen verläßt Seppel sich ausschließlich auf sein Gehör ...
Eine klamme Feuchtigkeit weht über den Erdboden; selbst die Grasnarbe der abgeweideten Viehkoppeln liegt in verschleiertem Grau. Der Himmel ist wolkenlos und doch grau. Die Lerche, die sich gerade vor Seppel aus ihrem Büschel erhebt, ist kaum zu erkennen; er sieht einen Schimmer ihres hellen Bauches und hört ein leises Zwitschern – alles andere, der braune Vogelkörper und die braunen Schwingen, verschwinden im Grau. Jetzt lüpfen sich die Feldhühner gerade vor seiner Nase und gellen ihm ihren Fliegerruf ins Ohr – aber auch sie gehen unter im endlosen Grau.
Scharfe, heisere Schreie ertönen über seinem Kopfe! Aus der grauen Luft kommen vier Krähen zum Vorschein und lassen sich zur Erde niederfallen. Sie bleiben einen Augenblick mit gerecktem Halse und steifem Schnabel sitzen, dann beginnen sie mit großen, groben Bewegungen umherzuwackeln. Sie sind jetzt ungefährlich, Seppel ist zu groß!
Der Tag nimmt zu – das Grau wird durchsichtiger und blanker! Der Mond wird blasser und kleiner – dann verschwindet er wie in ein Futteral in den Himmel hinein.
Seppel hat bereits das ganze Revier abgestreift und mit Trauer festgestellt, daß die Langsamen schon wieder in einer seiner Speisekammern das Unterste zuoberst kehren ... sie nahmen ihm das Korn fort, als es mit gefüllten Ähren stand, und jetzt pflügen sie auf der Stoppel die Wurzeln zuoberst!

Nun sitzt er auf halber Höhe des Abhanges, wo er geschützt ist, und sieht der roten Sonne zu – wie sie, einer Riesenfrucht gleichend, deren Tautropfen der Wind abschüttelt – langsam aus der dicken, grauen Luft auftaucht. Er schüttelt sich und wärmt sich an den Strahlen – dann läßt er philosophisch den Löffel zur Seite fallen: Wird ihm eine Tagesruhe wohl heute vergönnt sein?
Ende Oktober – als alle Hasen groß geworden waren – veranstaltete das Kirchspiel eine allgemeine Treibjagd.
An diesem Tage versammelte sich das ganze Bergdorf: Hüfner und Häusler, Schneider, Schmied und Malermeister, alles, was eine Flinte tragen konnte!
Aber es waren der Menschen doch noch nicht genug, darum war jedem Gemeindemitglied gestattet, sich einen Gast einzuladen.
Das waren dann gewöhnlich Jäger aus der nahe gelegenen Kleinstadt.
Der eine kam mit seinem Grünkramhändler, ein anderer mit seinem Mehlkunden! Hatte man einen Arzt, der Jäger war, so verstand sich seine Teilnahme von selbst — ebenso wie beim Notar, Tierarzt und Viehkommissionär! Es wurde immer rechtzeitig eine Postkarte versandt, damit man seine Vorbereitungen treffen konnte.
Der Tag kam heran – und die rote Sonne am blanken Himmel versprach das schönste Wetter!
Lange vor der verabredeten Stunde begannen die Schützen herbeizuströmen, zu Fuß, zu Wagen, mit Auto und Rad. Blitz' Herr, der das Vieh an einem Stück Bindfaden herumzerrte, hieß in seiner Eigenschaft als Vorstand des Jagdvereins die Gäste willkommen. Eine ansehnliche Jägerschar war bald versammelt. An Hunden gebrach es schon mehr; man mußte sich mit der »Meute« des Dorfes begnügen, die denn auch so gut wie vollzählig erschienen war.
Kaspar spazierte in seinem heugelben Fell zwischen Kora, Tramp und Lump einher; er hatte einigermaßen Verständnis dafür, was vor sich ging, und kam sich daher recht wichtig vor. Die anderen Hunde nahmen die ganze Angelegenheit mehr wie eine Feuerwehrübung hin und benutzten die Gelegenheit, herumzulaufen und kleinere Geschäftchen zu erledigen.
Nein, da mußte man es schon den Schützen lassen, daß sie ein weit höheres Verständnis dafür bewiesen, was der Tag ihnen bringen sollte. Ein jeder ließ sich denn auch in der ihm eigentümlichen vollen Kriegsbemalung sehen:

Tramps Herr, ein jüngerer Hofbesitzer, trat in Reitstiefeln und Wams auf. Er hatte einen breiten, wohlgespickten Patronengürtel um den Bauch geschnallt und trug auf der Schulter ein altes Erbstück: ein dunkelschäftiges, blankläufiges, schweres Gewehr.

Kaspars Herr oder besser Führer – denn Kaspar war Hofhund bei einer Witwe – machte keine so treffliche Figur. Er trug eine Radlermütze und einen Verwalterrock und hatte die um das Schienbein fest mit Bindfaden zugebundenen Hosen in ein Paar kurzschäftiger, äußerst geräumiger Holzstiefel gesteckt, die laut schlurften. Er guckte und pustete dauernd durch die Läufe seines alten Schießprügels, der so vom Rost mitgenommen war, daß er das Knie zu Hilfe nehmen mußte, um ihn zu schließen.

Diese beiden Herren hatten Jagdtaschen um; der kleine Häusler aber draußen vom Moor – Blitz' Züchter und Dresseur –, der im blauen Arbeitskittel erschien, hatte einen Sack lose über die Schultern gehängt; – in dem wollte er die Hasen tragen.

Die Jäger aus der Stadt waren natürlich tipptopp angezogen. Nur der Viehkommissionär erschien in steifem Hut und langem, braunem Regenmantel; er trug nur die Flinte, im übrigen verließ er sich auf seine Taschen. Der Schneider aber stellte sich mit einem Rucksack ein, den er von einem Hochwildjäger geerbt hatte, und in dem ein ganzer Rothirsch Platz hatte; er packte ein funkelnagelneues Gewehr aus, das die Bewunderung aller erweckte; es hatte drei Läufe und war hahnlos. – Die haut wohl gut hin, fragte der Jagdtolle aus dem Großmoor ... die legt wohl einen Hasen von hier bis zum Sturzacker um? Dann waren noch Koras und Lumps Besitzer da, der alte Vater Tyrbag, der für seine Person nur des Zusehens wegen mitging; er nannte das Jagen Tagedieberei und hatte an Stelle der Flinte einen soliden Knotenstock in der Hand. Mit dem wollte er Reineke eins auf den Kopf geben, wenn der Hühnerdieb ihm zufällig vor Augen käme. Er hatte lange Zeit damit gedroht, sich ganz zu drücken; als man ihm aber versicherte, daß Lumps Tauglichkeit als Spürhund in hohem Grade davon abhänge, daß gerade er, ihr Herr, dabei sei, hatte er es nicht über sich vermocht, aus seiner Drohung Ernst zu machen. Aber kein anderer zog doch die Aufmerksamkeit derartig auf sich wie der Besitzer Schnapps. Nicht etwa, weil er apart gekleidet war oder sonderlich fremd in der Gegend; sondern einzig und allein, weil er mit Schnapp erschien.

Des besonderen Anlasses wegen hatte der Hund nämlich heute einen Maulkorb um, was jedoch den Burschen nicht anzufechten schien. Entzückt darüber, für einen Tag der Hundehütte entronnen zu sein, tobte er umher, seinen Herrn an einer schweren Kette hinter sich herziehend. An der Kette war er allerdings festgemacht; aber der Mann hielt ja das andere Ende – und so mußte er sich also dareinfinden, mit hingeschleppt zu werden, wohin Schnapp wollte. Die Meute wurde losgelassen, und die Schützen begannen, in einer langen, dichten Kette über die Felder des Kirchspiels zu gehen.
In den Rüben dort saß ein kleines, einfältiges Tier, jubelnd froh, ja glückstrunken vom Leben. Durch die Gnade der Mühle hat es sich auf seine schlaue Art durch den Sommer gekämpft und Glieder und Leben heil durchgebracht. Und nun kamen sie, die wohlbestallten Müllergesellen der Mühle hier auf Erden, mit langen Schießgewehren und Hunden in großer Schar.
Sie waren darauf aus, sich ein Vergnügen zu machen, diese ehrenhaften, braven Leute, die heute plötzlich eine Flinte ergattert hatten; alle fühlten sie sich berufen, alle waren sie Jäger, alle rissen sie den Kolben an die Backe und funkten los auf jedes noch so kleine Feldhuhn und jeden Hasen, der ihnen vor die Nase kam. Vorwärts ging es in dichtgedrängter Schützenkette durch die Rüben. Ein Feldhuhnküken wurde aufgeschreckt und fiel auf den ersten Schuß fünf Meter vor dem nächsten Schützen; aber ehe es noch die Erde erreichte, knallten noch fünf andere Schützen drauflos. Da waren eifrige Helfer und auch Pulver genug!
Von den Rüben gelangte man auf ein stark begrastes Stoppelfeld hinaus, wohin sich Seppel beizeiten gerettet hatte. Er saß in einer Ackerfurche, soviel davon so spät im Jahr übriggeblieben war, und duckte sich, zwischen spätblühenden, duftlosen Kamillen und langen, kriechenden Brombeerranken versteckt.
Die Jäger steuerten gerade auf ihn zu, und die Hunde stöberten eifrig umher ... der kleine, naseweise Lump, dessen Aufgeregtheit er so gut kannte, kreuzte beim Jagen nach einer Lerche gerade die Stelle, wo er saß.
Das gab Seppel einen Ruck – und kaum war der Hund vorbei, da schoß er auch schon mit einer solchen Plötzlichkeit heraus, daß er seinen üblichen Vorsprung gewonnen hatte, bevor das Konzert hinter ihm begann.
Huppel aber, die nicht weit davon hinter einem Grabenrand saß,

– verharrte, und das war ihr Unglück! Denn der Feinde waren viele und ihre Reihen dicht.
Sie duckte sich ins Gras und verließ sich mit rührender Innigkeit auf die Erde, der sie einmal ihre Jungen anvertrauen wollte. Und die Erde deckte sie – und deckte sie so gut, daß die Jäger schon dicht an ihren Büschel gelangt waren, als ein Knabe rief:
– Da sitzt ein Hase!
Wäre sie jetzt sofort abgesprungen, so hätte sie Aussichten gehabt; sie aber »glaubte« noch immer, und bisher hatte ihr Grundsatz des Festsitzens ja noch nicht versagt.
Der Schneider, der jetzt wußte, wie man sich mit einem sich drückenden Hasen zu verhalten habe, schnauzte den Jungen an und sagte, er solle nicht stehenbleiben, sondern ruhig weitergehen – dann begann er selbst Huppel einzukreisen. Seine Kreise wurden schnell enger und enger, dann legte er die Büchse an, blieb stehen und schoß im selben Augenblick.
– Seht, so schießen wir heute Hasen! rief er triumphierend dem Küster zu und hielt Huppel am Hinterlauf in die Höhe. Huppel war mausetot; um den Braten nicht zu zerstören, hatte der Schneider sie durch den Kopf geschossen.
Der Küster kam herbei:
– Du solltest dich schämen, sagte er – du hast Lampe im Lager gemordet!
Nun, dieser Ausbruch von Jagdneid war dem Schneider gleichgültig:
– Lampe schmeckt, denk ich, deshalb nicht schlechter!
Inzwischen flüchtete Seppel, die ganze Dorfmeute hinter sich ...
Blitz, der einzige Hund, der noch nicht losgelassen war, zerriß die Schnur, als er den braunen Körper des kleinen Wettläufers erspähte, er setzte in langen Bogensprüngen davon, die Rute schlug um Schenkel und Flanken. Er war freilich stumm beim Jagen, aber er besaß, was den anderen fehlte: Nase und Temperament.
Was sonst das Hundegekläff betraf, so fehlte es daran weiter nicht, denn Seppel war auf dem kahlen Stoppelfeld genau zu sehen, so daß jedes Hundeauge ihn wie einen Stich empfand.
Kaspar begrüßte ihn zuerst; er jagte mit tiefem, schwerem Geläut, das gleichsam stückweise tief unten aus dem Hals gezogen und mit einem Male mit großer Kraft aus der Kehle geschleudert wurde; einen Augenblick später stimmte Lump ein, laut und leidenschaft-

lich erklang das aufgeregte Kläffen des bösartigen kleinen Köters – und dann fiel der Rest der Dorfmeute ein in großem, disharmonisch klingendem gemischten Chor.
Jeder Hund hatte Seppels Wollbalg und wippende Blume vor Augen, und sie folgten ihm mit einer Ausdauer, die nicht hinter der der Schützenschar zurückstand. Was er für ein Getier sei, davon hatten nur Blitz, der mit seinem mohnblumenflammenden Fell zuvorderst im Felde stand, sowie Kaspar und Schnapp, die dem Hasenhetzer am nächsten auf den Fersen folgten, einigermaßen eine Vorstellung. Für die anderen war er eine Ratte, ein Maulwurf, Hühnerdieb oder Kohlräuber, je nachdem ihre angeborenen Eigenschaften als Wachhunde oder ihr Jagdtrieb in der einen oder anderen Richtung in ihnen großgezogen oder entwickelt worden waren.
Von dem Augenblick an, da Seppel davon überzeugt war, daß er aus dem Lager hoch müsse, hatte er sich seinen Fluchtplan zurechtgelegt. Er wollte sich entweder nach dem Knick zu halten oder hinunter nach dem Graben zu; es kam auf die Hunde an – denn er sprang immer in die entgegengesetzte Richtung von dem Orte, wo sie waren. Danach wollte er einen weiten Bogen um den Berg schlagen, entweder nach der einen oder nach der anderen Seite.
Wenn es nur der Graben wurde – denn er schlug seine Bogen am liebsten verkehrt herum!
Ja, er muß den Grabenweg wählen, und weiter die Schlucht entlang bis zur Koppel. Dann quer darüber hin und hinauf zur Weidenhecke, an deren unterem Ende, weit draußen, wieder ein Rübenfeld ist, in dem er sich drücken und etwas verschnaufen kann. Leicht und elastisch laufen die Pfoten über den Erdboden; er fliegt von dannen ... Als er im Schutz der Weidenhecke ist, wendet er seine erste List an. Sie ist plump und leicht zu entdecken, das weiß er; er macht eine scharfe Wendung und läuft, anstatt geradeaus, an der Hecke entlang fort. Er erreicht dadurch zunächst einmal, daß er den Blicken seiner Verfolger entschwindet, was wieder zur Folge hat, daß Tramp und die anderen, die mit den Augen jagen, bald abschwenken und die Verfolgung aufgeben. Aber um so eifriger folgen die, die mit der Nase jagen.
Blitz liegt am weitesten vorn; aber dicht auf den Fersen folgen ihm Kaspar, Lump und Schnapp. Schnapp hat schon längst den Maulkorb abgestreift; der war für seinen Vorgänger, einen Kettenhund, gearbeitet: eine Bulldogge mit Riesenkopf ...

Schnapp hat sich noch nie so frei gefühlt wie jetzt!
Es geht von dannen mit geiferndem Maul und schwingender Rute, immer an der Hecke entlang. Die Nasen sind an der Erde und ziehen hastig die Fährte ein . . .
Seppel hat noch nicht die Spur Herzklopfen! Er hört wohl hinter sich etwas lauteres Gekläff, als er gewöhnt ist; aber er kennt ja die Hunde. In voller Flucht eilt er nun hinter der Hecke hervor über den Hügel hinweg. Auf der anderen Seite liegt das Rübenfeld mit neuen, zahlreichen Schlupfwinkeln. Er wählt eine Reihe, in der die Rüben nicht allzu dicht stehen, dann haben die Pfoten freie Bahn, und das Klatschen der Blätter hindert ihn nicht am Lauschen.
Mitten in der Furche trifft er auf Kirik und Frau, die mit elf Küken um sich in dem warmen, sonnentrockenen Sande baden. Um sie her ist es so friedlich und schön; einen Augenblick lang gönnt auch Seppel sich Ruhe. Vom Springen geht er ins Hoppeln über; dann setzt er sich. Seine Flanken schlagen, seine Nasenflügel arbeiten. Mit leisem Schreckenston fahren die Feldhühner auseinander, klucken sich dann aber wieder zusammen. Sie kratzen leicht die Erde unter sich auf, legen sich auf die Seite und nehmen ihr Sandbad.
Blitz, der den anderen Hunden weit voran ist, kommt wie ein Wirbelwind über sie her, sie stieben auf und auseinander; aber dann ertönt Kiriks Sammelruf, und er zieht mit seiner Kette von Küken ab. Blitz läuft in wilder Hast ein Stück hinter den Hühnern her.
Seppel hatte richtig gerechnet, als er sich bei ihnen niederließ.
Lange dauert es aber nicht, da kehrt Blitz auch schon zu ihm zurück, und der Hund beginnt jetzt, die Rüben zu durchstöbern. Bald erscheinen auch Kaspar, Lump und Schnapp – und zum zweiten Male muß Seppel auf und davon.
Er schlüpft auf der einen Seite des Rübenackers heraus, als die kläffenden Spürhunde auf der anderen die ersten Sprünge machen. Die kurze Ruhepause, die Meister Kirik ihm verschaffte, hat ihn wirklich aufgemuntert: auf dem freien Felde wirft er sich in jubelnder Lebensfreude hoch in die Luft, ja gestattet sich sogar eine Reihe übermütiger, wilder Hakensprünge weit zur Seite! Den wilden Hundechorus läßt er bald wieder weit zurück; nur hin und wieder, wenn er sich ein wenig zu viel Zeit läßt beim Kegelmachen oder wenn er einen ordentlichen Haken schlägt, vernimmt er das angestrengte Atemholen des Schnelläufers und seinen schnellen Pfotentritt; den Hund muß er bei der ersten Gelegenheit loszuwerden suchen.

Seppel schlägt seinen gewöhnlichen Bogen um den Berg als Fluchtweg ein. Sein Weg beschreibt fast einen vollen Kreis, einen weiten und recht unregelmäßigen Kreis, den Kegel als Zentrum gedacht; im Umkreis ist er wohl zwei Meilen groß. Genügt es, den Berg nur einmal zu umkreisen, so betrachtet Seppel das als einen Spaziergang! Die Lehmgruben, der Tümpel, das Hünengrab und das Moor sind einige der Kilometersteine auf diesem Wege, der im übrigen genau wie andere Wechsel seine Winkel- und Schnörkelwege, seine Schlupflöcher und Ruhestätten hat.
Blitz kommt Seppel inzwischen näher. Hier auf offenem Felde, wo das einzige Versteck die Hügel sind, die in weitem Abstand sich übereinanderwellen, kann Seppel nicht recht entwischen. Der Hasenhetzer hat zu leichtes Spiel, weil er fast in einem fort Seppels braunen Körper vor Augen hat und darum manchen Haken abschneiden kann. Sie haben den Berg jetzt gut zur Hälfte umkreist und sind längst an Tümpel und Lehmgruben vorbeigekommen, bald kommen sie ans Moor – da bekommt Seppel plötzlich einen Gedanken: der alte Rammler mit den Horchlöffeln, der ihn so oft angefallen hat, wenn sie sich zufällig trafen, sitzt ja auf dem Sturzacker jenseits der Mergelgrube. Hier sah Seppel ihn am Morgen einen Pott scharren. Der Alte ist reizbar und duldet keinen in seiner Nähe; setzt man nur die Pfoten auf sein Gebiet, dann pflegt er aufzufahren. Seppel will es wagen! Schon einmal hat er den alten Horcher in die Enge getrieben; damals machte es ihm Spaß, diesmal ist er leider dazu gezwungen. Vater Lepidus sitzt hinter einer steilen, überhängenden Pflugfurche in einer kleinen Vertiefung, die sein großer Hinterkörper völlig ausfüllt. Er sitzt mit der Nase gegen den Wind; der glättet säuberlich seinen Pelz und bläst doch die Wärme zwischen den Haaren nicht fort. Der alte Schlaukopf schlummert tief; aber er vernimmt jeden Laut. Gerade hatten Kaspars Klaff und Schnapps Kliff ihn gestört! Es kam ihm merkwürdig vor, daß Schnapp frei war, aber er beruhigte sich ... die Hunde waren ja weit fort!
Jetzt kommt ihm wieder etwas nicht geheuer vor. Und diesmal wird er wachgerüttelt: er hört das Getappel von Pfoten ... von Hasenpfoten – ja, er kennt den Laut von seinen eigenen Freierfahrten! Aber gleich auf dies Klappen folgen harte Tritte ... und er lüpft sich ein wenig:
– Aha, also der ist es, der langbeinige Stromer vom Berg! Gib

nur acht auf ihn und wende kein Auge von ihm ... ach, er ist leicht zu täuschen ...
Der Spürhund jagt Seppel über den Sturzacker vor sich her – da springt Lepidus auf, er hat – ganz gegen seine Gewohnheit – schon viel zu lange gewartet! Er hat das Pech, gerade hinter Seppel aufzutauchen – und groß ist er ja. Blitz ändert den Kurs – und nimmt ihn vor!
Die wilde Jagd geht über die Felder weiter, den Hohlweg entlang, dem Moor und dem fernen Fließtal zu ... während sich Seppel, wohlzufrieden, daß ihm seine List gelang, eiligst in Vater Lepidus' warmes Lager duckt, wo er mit schlaffen Muskeln und fliegenden Pulsen still sitzen bleibt und Vorrat für neue Anstrengungen sammelt.
Die juchheiende und knallende Schützenkette ist weit entfernt; aber die große Masse der vierbeinigen Bergdorfmeute läßt nicht lange auf sich warten! Immer deutlicher vernimmt Seppel Kaspars Sturmgebell, während er mit seinen Pfoten überlegt, ob er das Risiko, sitzenzubleiben, wagen soll. Irgend etwas an diesem Spektakelchorus legt indessen seine Aufmerksamkeit in besonderem Grade mit Beschlag: er vermißt einen Ton, kommt ihm vor, den hohen, gellenden Diskant – ist er vielleicht noch einen »Dunst« glücklich losgeworden, hat der Lump verloren?
Ja, Lump hat dem witterungserfüllten Rübenacker nicht widerstehen können, in dem Seppel herumgehuscht ist; die pfiffige kleine Hündin ist außerdem der Meinung, daß an der ganzen Sache irgend etwas Verdächtiges sein muß – mit einer so reißenden Schnelligkeit ist ein Maulwurf noch niemals umhergetost! Sie ist daher entschlossen ausgebrochen.
Etwas zu lange verweilt Seppel in seines Alten Erdlager – und als er endlich hochfährt, entgeht er gerade noch dem Rachen der bellenden Spürhunde.
Sausend geht es über den Sturzacker und in einem Satz über den Knick – auf der Weide stoßen sie auf die Mutterschafe mit ihren Lämmern.
Seppel hin zwischen die Schafe, die ängstlich blöken und verwirrt mit den dicken Wollschwänzen wippen.
Schnapp ist wild und erregt. Seppel, die Löffel fest an den Rücken gepreßt, verschwindet vor seiner Nase im Gras, ein paar Lämmer im Kielwasser ...

Das Wasser läuft Schnapp im Maule zusammen; irgend etwas muß er fangen, irgend etwas muß er zerreißen! Er wittert deutlich Hase, wo das hinterste Lamm seine linke Klaue setzt; er kommt an die Klaue, er spürt einen Kitzel vom Wollschwanz an der Nase, er öffnet den Rachen und schnappt nach dem einen Hinterbein des Lammes – und nun überkugeln sich die beiden am Rande eines Wassertümpels.
Diesmal hat Schnapp aber einen ordentlichen Hasen erwischt! Feldhühner, die er apportieren soll, rutschen wie Kuchenkrümel durch seinen Schlund; heute aber will er in drei Teufels Namen einen Hasen haben! Sie rollen die Böschung hinunter und ins Wasser hinein – und hier tut Schnapp, was er in seinem erregten Gemütszustand als seine Pflicht betrachtet!
Er ist noch mitten im Fressen, als ein schweißtriefender Jäger, pfeifend und scheltend, allmählich näherkommt:
Schnapp, schreit der Mann ... Schnapp, bist du vom Teufel besessen, Hund!
Schnapp aber mißt ihn mit einem verächtlichen Blick; er faßt es nicht, daß ein Mensch für die zügellose Gier eines armen losgelassenen Kettenhundes kein Verständnis haben kann!
Wieder hat Seppels Schläue einen kleinen Triumph zu feiern und ihm glücklich noch einen Verfolger vom Halse geschafft. Er hat Schnapp noch nie gesehen, nur in den einsamen Nächten gehört; aber er hatte ihn nach der Stimme richtig eingeschätzt: er war gierig und ungebärdig!
Aber gerettet ist Seppel noch nicht; Kaspar hält noch aus – und Kaspar ist sowohl Rinder wie Lämmer so gewöhnt, daß dergleichen seine Jagd nicht im geringsten stört. Schafe zu zerreißen statt Hasen, kann ihm nie einfallen ... er fährt mit gutem Gewissen in Seppels Verfolgung fort: daß er die Kanaille noch fressen muß, ist ihm gewiß.
Seppel flieht nur noch mit halber Kraft. Der Überschuß an Kräften, der ihm jedesmal, wenn Kaspar ihm nachstellte, einen großen Vorsprung verschaffte, ist fast verbraucht; er vermag den Abstand zwischen sich und dem Hunde nicht genügend zu wahren, um einen seiner unlösbaren Knoten hüpfen zu können. Sein ehedem so beherrschter schneller Galopp ist freilich in Flucht übergegangen, aber sein Lauf grenzt jetzt an Wildheit.
Bei der zweiten Umkreisung des Berges vernimmt er fernes Rufen

und Schießen – er verhofft einen Augenblick, um den Weg zu erkunden. Vor sich hört er Tramps tiefes, glucksendes Bellen – und hinter sich Kaspars nun schon heiseres Geblaff; er muß seinen Kurs umlegen, er muß eine Schwenkung nach der Seite machen ... jetzt gilt es das Leben, Pfoten!

Dann läuft er auf eine Grenzscheide zu – eine Scheide, die er besser kennt als irgend etwas sonst! Sie führt nach der alten Wohnstätte und zu den rettenden Schlehdornhecken – ach, erst jetzt, als er sich der Stelle nähert, besinnt er sich: die Büsche sind ja fort! Er muß durch den Nesselwald, der jetzt dünn und verfroren dasteht, und unter die mächtigen Tanzsteine. Das Wiesel hat seinen Bau nicht mehr in diesem Steinhaufen, wie er weiß; mit den ausgewachsenen Jungen durcheilt es jetzt das ganze Kirchspiel; er ist ihm sowohl im Moore wie in den Lehmgruben begegnet, zwischen Mauerresten auf dem Kirchhof wie vor dem Dolmen im großen Hünengrab – er ist dessen sicher, die ganze Wohnung mit den langen Gängen für sich allein zu haben.

Durch eine der vielen gähnenden Spalten schlüpft er hinein und versteckt sich so tief, daß das Licht ihm nicht weiter zu folgen vermag. Hier sitzt er und hört sein Herz gegen den kalten Stein hämmern, der auf eigene, laut vernehmliche Weise das Ticktack dumpf und dröhnend zurückwirft.

Kaspar kommt herbei und beginnt, um den Steinhaufen herumzulaufen; da er aber keine weiterführende Fährte finden kann, ist er überzeugt, daß die Kanaille drinnen sein muß. Da schickt er sich an, fürchterlich aufzuheulen, zu bellen und zu kläffen ...

Die Kette der Schützen rollt da draußen weiter über die Felder hin ...

Hühner und Hasen fallen! Kirik verliert wiederum einige seiner Küken und die Familie Lepidus sowohl Junge als auch Alte ihres zahlreichen Geschlechts. Allmählich gelangt man zu den Rüben, wo Lump, den Wickelschwanz noch mehr geringelt als sonst, eine sehr unterhaltende, aber wenig einträgliche Privatjagd treibt.

Nein, seht nur, hier ist ja Lump, hier ist Lump! ertönt der fröhliche Ruf der »Jäger«, die begierig sind, Neues von der nun so lange Zeit abwesenden Meute zu erfahren.

– Ist Lump hier ... ja, dann gebt acht, dann ist hier Wild! Und der Schneider späht noch wilder und eifriger um sich.

Am Ende des Rübenstückes tritt er beinahe auf einen Hasen. Es ist ein gewaltiger Bursch! Lump hat ihn aufgestöbert und jagt ihn nun zwischen den Beinen der Jäger hin und her. Der Jagdeifer hat seinen Höhepunkt erreicht, alle legen an und schießen auf das Tier, von dem man nur hin und wieder einen Schimmer erblickt. Zum Glück wird keiner der Jäger angeschossen; aber als das Schnellfeuer endlich abbricht, ertönt ein Geheul von dem armen Lump her, der hinter dem unversehrten Hasen einen Purzelbaum schlägt und dann in seinem Blute schwimmend liegenbleibt. Auf diese traurige Art scheidet nun Seppels allererste kleine Lehrerin von der Welt! Jens Tyrbag aber gerät so in Zorn, daß er nicht mehr mitmachen will – und dies gibt den Anstoß zur Auflösung der gemeinschaftlichen Treibjagd.

Als der Schneider heimwärts zieht, hört er Kaspars fernes Bellen. Es kommt drüben von der alten Futtermeisterhütte her, deren Garten und Umgebung man ja eben erst abgesucht hat, so daß keiner Lust verspürt, ihn dorthin zu begleiten. Aber der Schneider ist jagdtoll; er geht allein. Er ist sehr gespannt darauf, was es wohl sein kann, das den Hund so außer Rand und Band bringt: eine Katze – nein, ein Hofhund wie Kaspar jagt wohl nicht mehr nach Katzen!

Als er den Steinhaufen erreicht, beginnt er sofort – von einer eifrigen Hundenase geleitet – sich einen Weg zu Seppel zu bahnen; er wirft den Rock ab und rückt die Steine weg, als ob er Schmied wäre, einer immer größer als der andere.

Seppel zieht sich rückwärts immer tiefer in sein Versteck zurück; aber wie schlank und geschmeidig er sich auch macht, und wie fest die Pfoten die zusammengezogenen Schulterblätter halten, so ist das Ende vom Lied doch, daß es ihnen nicht mehr möglich ist, sich auch nur um Haaresbreite zu verrücken.

Außen am Steinhaufen setzt der Schneider indessen seine Anstrengungen fort; er wuchtet die Feldsteine zur Seite, daß der ganze Bau erdröhnt, und rundherum auf allen Seiten erklingen emsige Pfotentritte ... ach, in Zukunft werden andere sich auf den Tanzsteinen ergehen!

Auf einmal steckt eine Hundeschnauze ihre nasse, schwarze Nasenspitze durch eine kleine Ritze in der schweren Deckenwölbung über Seppel. Er zahlt es ihm herzhaft heim: Mit Gefauch und Pfotenschlägen; aber der Hund wird dadurch nur eifriger und immer eifriger und fängt an zu knurren und zu bellen. Da lüften

zwei Fäuste vorsichtig den großen Stein, der sein Hinterteil bedeckt, und ein Paar listiger Menschenaugen schaut herein:
– Ha, ha, ein Hase ... freilich, da sitzt ja der Bursche! Und dem Schneider kommt plötzlich ein Gedanke: – Den wollen wir mal lebendig fangen! Sonst schießt man womöglich noch daneben ...
Der Schneider schnallt den Büchsenriemen ab und bindet ihn um Kaspars Hals; der ungebärdige Hund könnte ihm leicht im Wege sein – und einen Augenblick später findet sich Kaspar an einen Baum gebunden.
Wieder lüftet der Schneider vorsichtig den Stein, schiebt sachte einen Arm zu Seppel hinein, packt seine langen Löffel und zerrt ihn heraus ... Seppel gibt ein dumpfes Zischen von sich – und während sein Rücken sich in schneller Folge krümmt und wieder reckt, wirft er in hastigen Schlägen die scharfen, gespreizten Klauen seiner kräftigen Hinterläufe über seinen Kopf empor, wodurch es ihm gelingt, seinem Verfolger empfindlich den Arm zu zerkratzen. So ist Seppel noch nie in der Klemme gewesen – und er zappelt, daß ihn der Schneider, um ihn in seine Gewalt zu bekommen, fest gegen seine Brust pressen muß. Mit der einen Hand hat er ihn an den Löffeln gepackt, mit der anderen versucht er, sein Hinterteil festzuhalten, aber Seppel reißt ihm die Knöpfe von seiner Weste, ja seine Klauen reißen durch das Hemd bis auf die nackte Haut.
Unwillkürlich hockt sich der Schneider hin und versucht, Seppel zwischen Knie und Brust in einen Schraubstock zu zwängen; Seppel aber setzt hart auf hart! Auf den eifrigen Fäusten entstehen lange Risse – und als der Schneider gerade meint, ihn mit gutem Griff gepackt zu haben und den Kopf niederbeugt, um sich seinen Gefangenen anzusehen, zappelt Seppel von neuem so heftig, daß er mit den Hinterläufen das Schneidergesicht zu packen kriegt.
Die Schmisse, die er ihm beibringt, tun niederträchtig weh – die Schneidernase beginnt zu bluten, er muß Seppel mit der einen Hand fahren lassen, um sich an die »Gurke« zu fassen – und als er die Hand zurückzieht und entdeckt, daß sie voller Blut ist – Blut von seinem eigenen – löst er verblüfft die andere Hand.
Im selben Augenblick windet Seppel sich, geschmeidig wie ein Aal, aus seiner Umarmung – und entwischt trotz Kaspars wildestem Protest und zur großen Bestürzung des unglücklichen Jägers schnellstens den Blicken beider.

In der Novembernacht

Seppels Reich lag jetzt in rauher Furche da; schwarz in schwarz zogen sich die Äcker dahin ... aber sein tiefes, erdgeschütztes Novemberlager auf Jens Tyrbags gestürztem Brachland war so gut wie ein Haus! Immer dunkler wurden die Nächte.

Frühzeitig mußte er sich des Abends von seinem Lager erheben, um noch soviel wie möglich in den Wanst zu stopfen. Er hatte nur eine Stunde Zeit – dann senkte sich die Finsternis über die Erde und verschluckte die zarten Keime der Roggensaat und des diesjährigen Klees.

Noch können seine Augen die gelben, welken Halme unterscheiden und den Gräben folgen, wie sie sich über die Felder ziehen, noch sieht er deutlich die Weiden auf dem Knick und die vereinzelten, trotzigen Dornbüsche ringsumher an Rainen und Pfaden, die für ihn »Merksteine« in der Landschaft bedeuten. Die Dämmerung um ihn her wird aber immer dichter, dampft wie ein schwarzer Nebel aus dem Erdboden auf und häuft eine Schicht auf die andere: wie eine Schneewehe schließt sich die Finsternis um ihn.

Massig wälzt sich die Nacht von Pflugland und Wiese, von Stoppel und Klee seinem Blick entgegen; er, dessen Auge gerade auf das Halbdämmer eingestellt ist und in der Schummerstunde und im Morgengrauen, wenn kaum eine Katze etwas unterscheiden kann, jeden Klumpen eines Maulwurfshügels zu erspähen weiß, ist in den langen, mondlosen Novembernächten ohne jede Hoffnung. Ja, diese Nächte machen ihn zum tiefsinnigen Philosophen.

Er muß versuchen, neue Wege zu finden, um sich zu orientieren.

Es gelingt ihm auch!

Während er in frühester Morgenstunde oder bei Anbruch des Abends oftmals auf einen Hügel hoppelt, um Ausschau zu halten, nimmt er dorthin den Weg niemals zur Nacht. Das Dunkel verschlingt ja jede Anhöhe; er unterscheidet von der Spitze nie etwas anderes als schwarz in schwarz. Nein, in den dunklen Nächten hält er sich in den Senken und Talgründen: der schwache Widerschein, der vom Himmel niederfließt und sich wie ein Licht um die Konturen der Hügel legt, zeigt ihm immer, an welcher Stelle seines kleinen Reiches er sich befindet. Schon von weitem hört man das seltsame Rascheln in der gestutzten Krone der großen, einsamen Wegepappel. Sehen kann er sie nicht, kommt er aber in diese Gegend, so weiß er, daß er, wenn er dem Klange nachgeht, von dem verwickelten, aufgewühlten Meer des Sturzackers auf feste, ebene Wegbahn gelangt. Und ist er erst dort, dann ist alles klar – alle Wege, alle Wechsel gehen seine Pfoten fast blindlings.

Er hat viele solcher »Läutbojen« ringsum in seinem Reich: da ist das surrende Schlehdorngebüsch oben an der Grenzscheide, die in gerader Richtung nach Osten und nach Westen führt, so weit, wie er noch nie gekommen ist. Da ist der Flüsterbaum draußen am Kreuzweg, wo Landstraße und Feldweg sich treffen: es ist ein Baum mit dichter Krone und langen Zweigen, die so dicht stehen, wie die Wolle auf den Schafen ... Dieser Kronengesang im Winde ist leicht zu hören! Dann ist der Flötenstein nicht zu vergessen, ein hoher, scharfkantiger Kilometerstein, draußen jenseits des Berges unten am Straßenbogen! Er warnt ihn mit seinem eigentümlich pfeifenden Gesang. Der Ton klingt kantig wie Schotter.

Aber er weiß noch viele andere Lautzeichen: den Windmotor im Garten, dessen schnurrendes Spielwerk immer rundherum geht und heiser schnarrt und krächzt, das Pfeifendach mit dem verrosteten Wetterhahn – und dann den singenden Stacheldraht, der so lose in seinen Krampen hängt, daß er immer schreit! Er wird nicht so leicht irregehen und unversehens über einen Steinhaufen kullern, kopfüber in einen Graben plumpsen oder mit der Stirn gegen ein Heckentor oder einen Busch rennen; er weiß immer aufs Haar, wo er sich befindet.

Nach und nach wurde es hier draußen, wo er saß, friedlich und still. Die kalten, regnerischen Tage hatten seit langem die Kühe von den Weiden vertrieben, und das Jungvieh und die Stiere brachte man nun auch in die heimatlichen Ställe. Niemand begrüßte ihn mehr mit Gewieher und Gebrüll, wenn er des Abends sein Lager verließ, um zu äsen, und kein behagliches Wiederkäuen im Klee ließ sich mehr hören, wenn er gegen Morgen wieder heimkehrte. Es wurde immer öder und stiller auf den offenen Feldern! Zuletzt begann es ihn nach ein wenig Gesellschaft zu verlangen.

Die vielen Junghasen, die er früher angetroffen ... wo waren sie wohl geblieben? Auf Patt, mit dem er seinerzeit Greifen gespielt, konnte er sich kaum mehr besinnen; er war ja damals nur ein Junghase, und alles war so neu und stürmte dermaßen auf ihn ein, daß nichts so recht in seinem Hirn haftengeblieben war. Aber

Huppel hatte er besser gekannt, ebenso den alten Schlaukopf und diesen oder jenen von den vielen anderen, mit denen er an stillen Abenden oder in friedlicher Morgenstunde übermütig herumgetollt war.

An dem ersten Abend, als er auf Jens Tyrbags Saatfeld nicht mehr wie sonst einen graugelben Hasen, mümmelnd, zusammengekrümmt, mit angelegten Löffeln, vorfand, erfaßte ihn ein merkwürdiges Gefühl. Huppel war niemals eine Vagabundennatur gewesen wie er; sie war immer gerade in dieser Senke anzutreffen gewesen – fast wie eines seiner »Merkzeichen«.

Auch kein knochiger Hund zeigte sich mehr! Des Berges stolze Meute war kläglich zusammengeschrumpft – und mehrere ihrer besten Angehörigen waren sehr behindert:

Lump hatte Seppels Mutter durch einen Zufall aus der Welt geschafft. Schnapp, der Schafdieb, war jetzt wieder an seinen Steinhaufen gekettet und heulte. Auch der Hasenhetzer war verschwunden – für lange Zeit, ja vielleicht für immer außer Spiel gesetzt! Vater Lepidus, der diese Art von Schnelläufern zu behandeln verstand, hatte ihn schön angeführt; man fand ihn, steif wie ein Stock und bewegungslos, hinter einem Steine liegen. Der Tierarzt konnte nicht versprechen, wieder einen Hund aus ihm zu machen. Der Hofknecht, der Blitz so gut kannte, gab der allgemeinen Auffassung durch die tiefsinnigen Worte Ausdruck: »Er hat sich gewiß das Herz aus dem Leibe gelaufen.«

Seppel ward immer dreister und näherte sich dem Berg mehr und mehr. Seinen Besuch dort oben im Sommer hatte er oft wiederholen wollen, immer aber war ihm ein Hund oder eine Katze in die Quere gekommen. Der liebliche Duft der Gärten, von Obstbäumen und würzigen Kräutern strotzend, saß ihm noch wohlverwahrt in der Nase. Wie nun die Äcker umgewühlt dalagen und seine heimlichen Pflanzen dahingewelkt waren, wanderten seine Gedanken so manche Nacht zu den Gewürzgängen des Bergdorfs. Sollte er sein Glück noch einmal versuchen?

Hinter einem Weidenstrunk, der mutig mit dem Winde kämpft, sitzt Seppel eines Nachts einsam in seinem Reich.

Der Sturm siedet und kocht in der Weide und pfeift und flötet in den peitschendünnen Zweigen, er reißt und wühlt auch in Seppels wollenem Balg und schüttelt seine langen, schwarzzipfligen Ohrlappen.

Wenn der Herrgott seine schwarzen Wollhaufen wäscht und der Regen in Strömen niederrauscht, muß Seppel eiligst seinen langen Harmonikakörper zusammenziehen und die Sturzseen in einer Ackerfurche abschütteln. Das Wetter geht über seinen Kopf hinweg und zerfetzt die Wurzeln des Queckgrases. Die Regenschauer jagen wie mit Pfotenschlägen dahin und prasseln mit kalten, peitschenden Tropfen herab; das Wasser rinnt von den Furchenkämmen herunter und sammelt sich in seinem Lager zur Pfütze. Jeden Augenblick muß er aufstehen und seinen Balg ausschütteln. Auf die großen Schauer folgt dann das feine Geriesel des Sprühregens; es spritzt in seine Augen, daß er niesen muß und sorgsam den Schnauzbart putzt. Er erhebt sich aus der Ackerfurche, hoppelt weiter und setzt sich in den Schutz seines lieben Hünengrabes: hier ist es erträglich, er lauscht dem altweisen Gespräch seiner drei großen Surrbäume mit dem Wetter. Es arbeitet tief unten in ihren Wurzeln, daß die Erde förmlich unter ihm erzittert.

Schwärzer, immer schwärzer werden die Wolken, während die Nacht verstreicht – ein Wunder, daß er sich seine gute Laune in all dem trostlosen Dunkel erhält!

Es brechen karge Zeiten für Seppel an: auf den Feldern gibt es nichts mehr zu knabbern! Nach den herabgefallenen gelben Blättern der Espe ist er mindestens drei-, viermal schon ausgewesen.

Und wieder erinnert er sich der Gewürzwälder und Krautgärten des Bergdorfs. Gerade bei solchem Wetter – ja, man könnte wohl ein wenig Kohl in seinem Leib vertragen!

So begibt er sich denn auf den Weg . . .

Den kleinen, winkligen Wechsel, über den er im Sommer hineingeschlüpft ist, kann er nirgends entdecken; will er ins Bergdorf, so muß er den großen, breiten Hauptwechsel der Langsamen benutzen, der auf der einen Seite hinein- und zur anderen hinausführt. Schon hat er ihn entdeckt – hoppelt hin – und siehe: im nächtlichen Dunkel verdichtet sich der Berg vor ihm zu einem ungeheuren Hünengrab, der Kirchenkegel und der Kalk der weißen Menschenhöhlen schimmern durch.

Da hält er inne und läßt den Blick hin und her schweifen, prüft jeden Lufthauch, der von drinnen kommt, mit den langen, hohlen Gehörtrichtern, er saugt schnüffelnd mit geblähten Nasenflügeln die Luftschwaden ein, die über den Weg ziehen.

Es ist aber nichts Verdächtiges in der Menschenkolonie zu wittern.

Ein Herz gefaßt . . . und Seppel tritt ins Bergdorf ein!
Drinnen zwischen den menschlichen Wohnstätten ist es noch finsterer als auf dem offenem Feld. Die gewaltigen Steinblöcke, die hohen, langgestreckten Zäune, die großen, alten Bäume, gegen die er, selbst in völlig aufgerichteter Stellung, klein wie eine Feder erscheint – alles greift nach dem Dunkel und saugt gierig den Sturm in sich ein. Das behagliche, eintönige Flackern, womit der Feldwind oft tagelang sein Ohr unterhält, ertönt hier drinnen nicht; hier heult und poltert es von allen Seiten um ihn her, her sind alle Laute losgelassen.
Die hohen Hofbäume: Esche und Walnuß und die reiserstarrende alte Weide singen in schöner Eintracht mit den gestutzten Pappeln und geschnittenen Hecken der Gärten. Alle diese Geschöpfe, die ein langes Leben hindurch die Qual erdulden mußten, von Stierhörnern und Ziegenmäulern und von gleichgültigen, unüberlegten Menschenhänden mißhandelt zu werden, geben denselben Grundton von sich wie des Sturmes ewiges »Huijjj«. Aber durch das Stöhnen der Hofbäume, das Seufzen der Pappelreiser und das sehnsuchtsvolle Surren von Ranken und Hecken klingt das tiefe, dumpfe Poltern der Bodenluken und Haustüren und das Zischen und Heulen der Telefondrähte.
All das, was kein Leben in sich trägt, was nichts von den Sorgen und der Pein des Daseins weiß . . . was keine Grundstimmung hat und keine Langmut braucht – das heult und schreit und knirscht widerwärtig, es läßt sich gleichgültig gehen und peinigt die Lebenden mit seinem Lärm.
Überwältigt von dieser Sturmsprache bleibt Seppel sitzen und thront einen Augenblick unschlüssig mitten auf dem Wege. Er spricht seine Zeichensprache mit dem Sturm – und entdeckt nach und nach, daß er hier in der geschützten Umgebung doppelt hellhörig geworden ist und deutlich vernimmt, wie das Vieh im nächstgelegenen Stall wiederkäut und der Kettenhund schnarcht. In wenigen Sprüngen ist er an den nächsten Steinblöcken vorüber und schlägt am Dorfteich den Weg an den Kälberpferchen entlang ein.
Hier ist es morastig, schmutzig und naß! In der Luft, die ihm entgegenwogt, wittert er wieder die sonderbar zusammengesetzte Atmosphäre, der er sich von seinem ersten Besuch her erinnert. Plötzlich drängt es ihn, an einem Ding zu schnobern, das er zu kennen glaubt! Es ist seine große Klette draußen vom Rain, unter der er

und Patt seinerzeit versteckt saßen, und die er so manchesmal vermißt hat – schau, schau, hier liegt sie, aber in einer Stellung, wie er sie nie zuvor gesehen hat: sie steht kopf, mit der Wurzel in die Luft, die schlaffen, welken Blätter und eingeschrumpften Stengel ruhen auf den großen, schweren, kugelrunden Kletten. Und daneben – ein Haufen ist immer größer als der andere – trifft er alle Gewächse des Knicks, der Wiesen und der Felder, trocken und verwelkt liegen sie da, Halm an Halm, und ziehen ihn durch ihren Gewürzduft an. Hier ist das also hingekommen! Neugierig hoppelt er umher – und findet den Dorn und die Schlehenreiser, in deren verfilzte Tiefe er sich vor dem Wiesel rettete, sie sind aufgehäuft, welk und trocken, stark duftend wie all das andere. Und die großen Feldsteine, deren seltsame, bucklige Leiber er so gut von den Feldern her kennt – hier findet er sie wieder; die Langsamen haben auch sie in ihre Höhlen verschleppt.

Als er aber auf seinem Weg in die Nähe des ersten richtigen Misthaufens kommt, erhebt er sich auf die Pfoten: da hat er wieder die echte, unverfälschte Witterung der Langsamen vor sich, so stark und gepfeffert, wie er sie nie auf den Feldern verspürte.

Bei jedem zweiten, dritten Sprung bringt dieser oder jener Laut ihn zum Stillstehen. Bald kräht ein Hahn und schließt mit einem tiefen: Gok gok! Seppel kennt ihn, er wohnt in dem Gehöft, das nach dem Moore zu liegt. Bald schnattern die Gänse in einem Pferch, und eine vereinzelte Jammerstimme vom anderen Ende des Dorfes klingt auf. Es ist ein Gänserich, Seppel kennt auch ihn, da er seit Ausgang des Herbstes jede Nacht diese Klagerufe ausgestoßen hat: Yaah, yaah – tief und sorgenvoll klingt der Seufzer, wie der Äquinoktialsturm zwischen hohen Hügeln und in Schilf und Röhricht seufzt – die Menschen haben seine einzige Gans geschlachtet ... sein Ehegemahl, mit dem er nun ein Jahrzehnt verheiratet gewesen.

Seppel ist auf dem Wege zu dem leckeren Kohl, und die Würze der Petersilie kitzelt ihm bereits in der Nase; er durchforscht die Wege und Gärten und lauscht auf jeden Schnarchton im ganzen Dorf. Alles ist ruhig – ruhig trotz dieses Chaos von Lauten!

Dann klemmt sich Seppel durch die Dornenhecke in den Kohlgarten! Er wählt unter den krausen Blättern aus, versteht auch richtig das zu finden, was am frischesten und grünsten ist, und läßt das Gelbe, Verwelkte hübsch fallen. Alle Augenblicke hält er im

Knabbern ein, sichert und horcht nach allen Seiten ... alles ruhig, ruhig trotz der Tonwirren, alles ist, wie es in der Nacht sein soll.
Aber zwischendurch, wenn die Wolkenfetzen auseinandergerissen werden und die Erde sich ringsum voll erleuchtet vor ihm ausbreitet, wenn er seine eigenen Schnurrhaare erblickt und den Schlagschatten seiner Löffel, wenn der weiße Mond den Blick auf ihn heftet, wird ihm merkwürdig unruhig und ängstlich zumute.
Heftig und unwiderstehlich überkommt ihn dann der Drang nach dem Feld, wo er freie Bahn hat. Er muß zum Schlupfloch hinaus und den Weg hinunter – und nun schnuppert er weder an Klette noch Strohdieme; der Hunger ist gestillt, er ist zum Platzen satt, was will er also hier zwischen den heulenden Steinblöcken, nein, fort, fort ... vorüber an den wiederkäuenden Kühen und dem schnarchenden Kettenhund, vorbei an Kaspars Hof und Jens Tyrbags Wasserturm ... hinauf aufs Feld, wo das Flackern des Sturmes in seinen langen Löffeln frei ist von Seufzern und Jammern und erfüllt von dem tiefen, einförmigen Brausen, das seinen Ohren die lieblichste Musik bedeutet.
Manches Mal war Seppel noch Gast im Bergdorf! Der Hunger trieb ihn, wenn er im Dunkel der Nacht einsam auf den Feldern saß und der leckeren Dinge im Bergdorf gedachte.
Jedes Schlupfgäßchen unter dem Flechtzaun hindurch, jede Krautmiete, darinnen Kohl und Sellerie verborgen waren, jeden Diemenplatz, an dem ein wenig Hafer abfiel, machte er ausfindig. Die Hunde mochten um ihn her blaffen und bellen – was machte er sich daraus! Die Katzen mochten miauen und seltsam unheimlich schreien – er nahm es kaum wahr; er war sich ja der Überlegenheit seiner Pfoten und Sinne voll bewußt! Ohne auch nur die Löffel aufzurichten, fuhr er in seiner Mahlzeit fort.
Oft traf er Lepidus, den alten Schlauberger, auf seinen Streifzügen – und einmal, in einer weißen, mondklaren Nacht, als er auf Jens Tyrbags Weidenplatz saß und mit seinem eigenen langohrigen Schatten Zeichensprache hielt, glitt plötzlich ein zweiter Schatten neben den seinen, der hatte eine ungewöhnlich spitze Schnauze und ganz niedrige, hinterlistige Ohren – er spürte das Fieber fast, ehe er den gewaltigen Hasensprung machte, mit dem er Hals über Kopf verschwand.
Außer Reineke lag aber auch der eine oder andere Bruder Langsam in diesen Mondnächten nach ihm auf der Lauer. Mehrere Hasen

wurden auch geschossen. Seppel aber erschien niemals dort, wo es wache Augen und gute Flinten gab; er besuchte die Stellen, wo ein schlaftrunkener Knecht mit verrosteter Donnerbüchse saß, die dem Kerl nicht losging, oder er wählte den Ausweg, diese oder jene Katze, die auf Liebespfaden wandelte, statt seiner in den Tod zu schicken.
Die Menschen fingen ihn nicht, und ihre Hunde erst recht nicht.

Lepidus' Tod

Der Winter pochte an die Tür!
Vom Osten her sandte er große, schneebeladene Wolkenmassen, die sich von den Regenwolken des Herbstes durch ihren bläulichen Schein unterschieden. Er überzog die Wasserlachen mit Eis, puderte die schwarzen Maulwurfshügel auf den Wiesen und ließ die Sturzäcker wie weiße, funkelnde Schachbretter schimmern. Die Grabenweiden surrten unheimlich, und die Telefondrähte sangen wild und gellend, während der Winter vom düsteren, schwarzbeladenen Horizont eine zerfetzte Wolke nach der anderen heraufjagte.
Seppel ist wetterkrank und war es schon seit mehreren Tagen; noch rumort es bös in seinem Magen. Seine feinen Sinne haben lange den Schnee vorausgefühlt. Nun sitzt er am Rande der Mergelgrube im Schutze von Sumpfweide und Hartriegel ...
Die festgefrorenen Kämme der Ackerfurche liegen ringsum wie ein wogendes Meer ... Er erblickt ein vereinzeltes Gehöft zwischen pechschwarzen Bäumen weit drüben in der Ferne – sonst überall nur öde, kahle Felder, zitternde, welke Gräser am Grabenrand in der Senke und oben am Grenzwall zerzaust und verkrüppelt einen kleinen, zitternden Dornstrauch.
Es verfinstert sich ... tief unten vom Horizont her über den ganzen Himmel hinweg. Weit greift das Wolkendunkel nach allen Seiten um sich und wirft ungeheure Schlagschatten über die Felder. Losgerissene, weißgraue Wolkenfetzchen jagen dahin ...
Seppel hat sich frühzeitig aus seinem Lager erhoben und sich noch bei Tageslicht sattgeäst; nun will er das Unwetter im Lager abwarten. Die gestutzten Pappeln am Rande der Mergelgrube seufzen dunkel und dumpf unter dem Druck des Sturmes, aber mit einem

Schnurren im Ton, den jedes Hasenohr versteht. Die Telegrafenstangen und -drähte weit drüben auf der Landstraße singen wilde, wehmütige Lieder.

Da tanzt die erste kleine Schneeflocke wie eine Motte durch die Luft. Seppel erfaßt nur einen Schimmer von ihr, als sie gerade vorübersegelt. Die nächste schwirrt auf seine Knurrhaare und eine dritte zwischen seine Lichter – und jetzt stürzt es von allen Seiten auf ihn herab. Die schwarzen, drohenden Wolkenballen verschwinden vor seinen Blicken, wie der verkrüppelte kleine Dornstrauch und das zitternde Gras: der Ausblick, den er von seinem Lager aus genossen, rückt ihm dicht auf den Pelz ...

Der Sturm strammt ihm den Schnauzbart um die Backen, und in Flankenpelz und Rückenhaare wirbelt er förmlich hinein. Die Schneewehen werden dichter, sie stehen um ihn her wie Mückenschwärme, sie stechen und zwicken, sie klatschen hart und naß auf, sie machen den Sturm sichtbar, die Luft wimmelnd lebendig.

Er kuschelt sich in seinem laubgefütterten Lager zusammen, drückt sich fest gegen dessen Boden, um ihn vom Schnee freizuhalten.

Aber die Flocken fauchen und zischen ihm in die Lichter, verbrämen sein Bett und türmen sich um ihn auf; seine Flanken sind bereits verschlungen, seine Hinterschenkel folgen, jetzt fressen sie seinen Kopf, seinen Hals, seine Löffel, und nun stülpen sie sich auch über seinen gekrümmten Rücken. Das Schneewetter wächst über ihm zusammen!

Es ist kein Schlamm und Matsch; es ist Stöberschnee, fein und weiß wie Mehl. Ganzen Wolken krempelt der Sturm auf einmal das Innere nach außen und schleudert es mit geballter Faust auf die Erde.

Draußen tobt das Unwetter ... der Bauer Jens Tyrbag entzündet seine Lampe, und der Schneider legt in seinen Torfofen tüchtig ein; er ruft die Katze herein, die kleine Miez kann in der Sofaecke liegen – und der Kettenhund wird losgemacht, er soll sich in die strohduftende Wärme der Tenne flüchten. Draußen aber auf dem Feld sitzt einsam in der Nacht in dem wehenden Gestöber der immer verfolgte, immer gehetzte kleine Hase ... die Maus hat ihr Loch, die Eule ihren Scheunengiebel, die Krähe ihren Schlafbaum im geschützten Wald, der Fuchs seinen Bau und das Wiesel seinen Steinhaufen; aber was hat Seppel?

Seppel hat seine Gemütsruhe, seine Geduld und Fügsamkeit, seine

gute Laune – und seinen dicken, wollenen Balg! Er versteht sich auf das Glück des Lebens: das Heute zu genießen und sich dem Augenblick ganz hinzugeben. Er sehnt sich nicht nach dem Frühling, er seufzt nicht nach dem Sommer; er nimmt, was das Dasein ihm zu bieten hat an Sorgen und Freuden, tagaus, tagein. Auch unter Gestöber und Schneesturm!
Seppel ist im Laufe der Zeit ganz Philosoph geworden.

Gegen Morgen beruhigte sich das Wetter, Seppel steckte den Kopf zum Atemloch seiner Schneehütte hinaus. Weiß war es ringsum, weiß, weiß ... glitzernd, blendend weiß alles, was er erblickte! Er kannte seine Felder und Koppeln nicht wieder. Der Berg und sein hoher steinerner Kegel waren fort; nur ein Haufen reifbepuderten Reisigs war noch übrig! Und wo waren die Bruchweiden, hinter denen er sich gestern eingescharrt, und das lange, zitterige, welke Gras, das er gerade vor sich in der Senke gesehen ... wo der kleine, bebende Dornstrauch?
Der weiße Regen hatte alles verschlungen!
Er mußte sich auf den Hinterläufen aufrichten und sich weithin umsehen. Ja, da tauchte es nach und nach auf: Der weiße Berg dort drüben war der ferne, einsame Hof, und ein kleiner schwarzer Wolkenfetzen, der drohend über dem Hügelkamm draußen im Horizont hing: das war ja das dichte, bebende Krauswerk des Dornenzwergs. Im selben Augenblick betrachtete er zwei Bäume; er schaute sie aufmerksam an und fühlte genau, daß er sie kennen müsse. Ja gewiß, das waren ja gerade zwei Merksteine: »die buckligen Ulmen«, die an der Landstraße den Kreuzweg bezeichneten. Bald tauchten auch die Steinhaufen des Berges unter den überschneiten Dächern auf, er entdeckte die Baumstämme der Gärten und unterschied die Mühle und den Kirchturm, die sich frei aus den weißen Blöcken heraushoben.
Aber zu Hause fühlte er sich noch immer nicht! Es war ihm noch, als sei er in ein fremdes Land geraten; seine Äcker und Wiesen, seine Kleebüschel und manches noch nicht untergepflügte Rübenkraut waren verschwunden ...
Er erhob sich im Lager und begab sich auf Wanderung über den Schnee. Man trat so weich hinein, aber es hoppelte sich sehr schwer darin. Er ging der Senke nach, wie er es gewöhnt war, und gelangte an einen Zaun, der ihn weiter über die Felder führte. Von dort er-

reichte er seine Geburtsstätte, die alten Lehmgruben, deren Schlupfwinkel der Schnee verschüttet und fast unkenntlich gemacht hatte, nur die steifen Stengel des entsamten Wildkerbels ragten empor. Als er an ihnen schnupperte und sein Kinn an ihnen rieb, begann er, sich mit einem Male doch wieder zu Hause zu fühlen.

Allerorten, wohin er kam, huschten die Mäuse hin und her! Der Schnee zwang sie, sich auf der Oberfläche zu bewegen und ihre braunen Wurstkörperchen zu zeigen. Mit hochaufgerichteten Schwänzen sprangen sie umher. Als er kurz darauf über die Landstraße hoppelte, begegnete er einer wahren Volksversammlung von Mäusen an einem Pferdeapfel! Am Ausgangspunkt der Lehmgruben hörte er den alten Windmotor schnarchen und bekam so den Graben zu fassen, der das Wasser durch die Felder leitete. Jetzt wußte er ungefähr, wo eine seiner Speisekammern liegen mußte. Richtig: da tauchte das kleine Weidengestrüpp am Tümpel auf – und dort lag das Eis, dick und gelb, über Kiewitts Wiese; ein Husch über den Graben: hier mußten die Haferstoppeln und der Klee sein.

Hier begegnete er Kirik und seiner kleinen, verhungerten Kette, die ratlos umherlief, außerstande, sich zurechtzufinden. Das Volk hatte sich verteilt: jedes Huhn suchte auf gut Glück für sich. Sie kratzten tüchtig und erhielten sich dadurch warm; aber Körner für den Kropf gab es nur wenige.

Meister Kirik besaß keinen Ortssinn . . . er, der so oft Seppel geholfen, mußte sich jetzt von ihm helfen lassen. Seppel konnte den Rebhühnern den Weg zum Roggenfeld und zum Klee weisen, und er konnte die tiefen Futterlöcher scharren, in die sie voller Dankbarkeit hineinschlüpften.

Sie kamen nun allzuhauf zum Feld des schlechten Ackerwirts. Hier lag die Hafernachlese Haufen bei Haufen, weit verstreut freilich und halbverfault, aber doch noch brauchbar. Und die Vögel wie auch Seppel segneten diesen armen Bruder Langsam, der noch nicht eingefahren hatte –: sein Hunger wurde ihr Brot! Seppel bahnte sich den Weg zu dem großen Haufen und begann sogleich zu scharren. Und zugleich mit ihm taten sich Goldammern, Stieglitze und Zeisige gütlich, während Kirik und Frau in schnellem Lauf an den gedeckten Tisch kamen.

Als Seppel so den Weg gewiesen und die erste Schneedecke beiseite geschafft hatte, konnte Meister Kirik den Rest gut selbst besorgen. Nach rechts und links kräftig auskratzend, brachte er die Nachlese ans Tageslicht.

Seppel meinte aber bald, er kenne einen noch besser besetzten Tisch, denn nur einige rasche Sprünge von hier entfernt hatte »der schlechte Wirt« einen Rübenacker gehabt. Die Rüben waren fort – das wußte Seppel wohl; aber das grüne Kraut war glücklicherweise zurückgeblieben.

Es war ein großes Erlebnis für Seppel, daß seine tüchtige kleine Nase ihm fast genau die Stelle wies, wo tief unter dem Schnee ein freilich schon angenagtes, aber doch noch ganz brauchbares, saftiggrünes Blatt versteckt lag. Hätte er sich auf seine Seher verlassen müssen, so wäre es wohl kaum so günstig abgegangen; die rechneten nämlich schon auf Rüben, wenn sie des ersten kleinen Klumpens, der wie ein Buckel unterm Schnee aufragte, ansichtig wurden.

Kurz darauf waren es wieder die Feldhühner, die ihm nachkamen und sich sein Futterloch zunutze machen konnten – und auf diese Weise zahlte Seppel nicht wenig von seiner Schuld an Meister Kirik zurück.

Wollte der Winter ihn denn rein zu Tode hetzen?

Einen Monat voll Frost und Kälte hatte er schon erlitten, ehe der Wind eines Tages endlich ein wenig weicher um seine Knurrhaare fegte. Sein lieber Sturzacker kam hier und da zum Vorschein, sein grüner Roggen – ach, wie eingeschrumpft und jämmerlich sah der doch aus. Der hatte sicher auch Not gelitten.

Aber nur eine armselige Spanne Zeit dauerte das Tauwetter an; bald spürte er wieder die sicheren Vorahnungen in seinem Körper, der Wind schnitt wie die Zähne von Fuchs und Hund. Ein Schneesturm löste den anderen ab, und das Gestöber dauerte mitunter Tag und Nacht an.

Da lag nun des kleinen Seppels üppiges Land weiß und kalt in der Winterkälte erstarrt: Äcker und Wiesen, Weiden und Moore flossen ineinander über, der liebe Roggen, der gastfreie Klee, der treue Knick mit seinen entschlummerten Gräsern – fort, verwischt das Ganze. Nichts ist indes so schlimm, daß es nicht auch sein Gutes hätte! Der Schnee wurde bald so fest und hart, daß die Wehen Brücken bildeten über Dornenhecken und Drahtzäune. Seppel konnte des Nachts ungehindert überall in die Gärten des Dorfes und selbst in die innerste Umhegung gelangen, wo der krausblätterige Grünkohl stand. Bis hinauf zu den zugeschneiten Obstbaumkronen, wohin seine Nagezähne sonst nie reichten, legten die Schnee-

wehen eine feste Rampe. Seppel saß wie ein Vogel in den Baumkronen und konnte sich so den Winter erträglich gestalten.

Über die öden Schneefelder trottet ein anderer Hase. Nicht leichtfüßig und in behenden Sprüngen wie Seppel – nein, hinkend und humpelnd und sich dahinschleppend!

Einst war auch er auf den Schneewehen emporgehoppelt und in langen, ausholenden Fluchtsprüngen über Sturzacker und Wiese gejagt, und keiner hatte ihn übertreffen können im Aufstöbern von Rübenkraut oder im Aufscharren der Schneedecke nach Klee oder Wintersaat.

Aber der Mensch hatte ihn schließlich gelähmt ... endlich war es Bruder Langsam gelungen, ihm seine Schnelligkeit zu rauben.

Lepidus war von einem dieser an den Kohlgärten lauernden Stümper böse zugerichtet worden ... der alte Schlaukopf, der während seiner häufigen Besuche jenseits des Flußtales in dem Obstgarten des Gutsbesitzers derart gehaust hatte, daß der Obstgärtner einen Preis auf seinen Kopf aussetzte, war nun endlich von seinem Geschick ereilt worden.

Er wußte es selbst sehr gut! Seine Sinne waren plötzlich von einer Furcht erfüllt, die er früher nicht gekannt – und jedesmal, wenn er einen Hund bellen oder einen Menschen näherkommen hörte, fühlte er, wie die Unruhe seinen Körper schüttelte. Er, dem ein Fuchs nicht mehr gegolten hatte als eine Katze, bebte jetzt förmlich, wenn sein feines Ohr oder seine Nase ihm Kunde vom Erbfeind gab.

Er war wehrlos, das wußte er ja; er war völlig preisgegeben! Er kam sich wie eine Schnecke vor, die nur hinzuschleichen vermochte ... er, der vor des Gutsherrn Meute Schnelligkeit und Zickzack des Blitzstrahles hatte nachahmen können.

Der zusammengeschossene Hinterlauf schweißte und brannte, als stäke er unablässig in einem Klumpen Brennesseln, und wenn er den Erdboden damit berührte, war es, als kratzten und rissen die Hunde- und Fuchszähne der ganzen Welt daran. Das Wundfieber war in vollem Gange, und die Knochenhautentzündung jagte ihm mit unerträglich beißendem Schmerz durchs Gebein; der Lauf war geschwollen, doppelt so dick wie die geballte Schneiderfaust.

Der Schneider hätte nur eine Stunde lang einen kleinen Bruchteil von dem erleiden müssen, was sein armes Opfer tage- und wochenlang auszustehen hatte, dann wäre er in Zukunft des Nachts in seinem

Bett geblieben. So verfluchte er nur sein Pech – und als er am Morgen lauter Schweißfährten im Schnee fand, tröstete er sich: »Schrot hat er genug gekriegt – und vielleicht mehr, als ihm gut war!«

Fünf Tage und Nächte hindurch verhielt Lepidus sich ruhig im Windschutz einer Anhöhe, wo er mitten auf offenem Feld sein Lager im Schnee gegraben hatte. Er wagte es nicht, sich in den Schutz des Knicks zu begeben oder sich in der Wärme des Röhrichts im Moor zu verbergen, denn gerade dorthin lenkte der Fuchs, wie er wußte, nächtlicherweile seine Schritte.

Der harte Frost drang ihm ins Gebein und brachte das angeschossene Glied zum Erstarren, er war wie ein kühlender Umschlag, der die glühheißen Schmerzen stillte. Hunger empfand Lepidus nicht; nur den Durst des Fiebers, so daß er ständig Schnee lecken mußte!

Eines Abends in der Schlummerstunde humpelte er schließlich davon, die langen Lauschohren hoch aufgereckt; er muß sich noch mehr vorsehen als gewöhnlich. Er will zur Roggensaat; endlich verspürt er Lust auf etwas Äsung.

Am selben Abend schleicht Frau Reineke aus ihrer Höhle. Sie ist so hungrig, daß sie selbst einen Regenwurm begierig verzehrt hätte. Der weiße Sternenschimmer des Winterhimmels wölbt sich über ihr. Ihre Knurrhaare erstarren zu Eis, und der Frost schneidet kalt in ihre Schnauze. Bei jedem Schritt schreit der Schnee unter ihren Branten ...

Schwarze Silhouetten ragen von Hecken und Bäumen hervor, und die Schlagschatten der Straßenpappeln greifen weit über die schlohweißen Felder. Hier und da löst sich ein dunkler Klumpen gleichsam aus dem Schatten und trollt sich über den Schnee von dannen. Es sind Hasen, die den Rübenmieten und Saatstücken zustreben.

Frau Reineke bleibt stehen und bewegt leise die Lunte – dann setzt sie sich hin und beobachtet die Hasen.

Die Lepidusse waren doch feige Gesellen, die sich niemals wie eine Ratte oder Katze zur Wehr zu setzen wagten. Sie liefen nur, sie gebrauchten ihre Läufe, um Frau Reineke an der Nase herumzuführen. Sie verachtete die Langohren, aber im Grunde ihrer Seele nährte sie doch eine heimliche Bewunderung für sie ... denn sollte sie sich selber gegenüber ganz ehrlich sein, so mußte sie zugeben: die Hasen waren ihr an Schläue und Schnelligkeit über!

Mit besonderer Hingebung erledigte sie darum auch jeden Junghasen, der ihr in den Weg kam; sie fraß ihn, nicht nur, weil ihr Magen Ansprüche stellte und weil er ihr so gut mundete, sondern auch weil die Erfahrung sie davon überzeugt hatte, daß, wenn sie ihn nicht jung verzehrte, sie seiner niemals mehr habhaft wurde – und dann war nur später ein Spaßvogel mehr vorhanden, über den sie sich die Platze an den Hals ärgern konnte.

Na, überhaupt diese Hasen – und unter ihnen besonders der alte Gauner mit den dicken Hinterschenkeln, dem rostroten Schulterfell und den langen Stecken von Läufen, all ihre Lebtage waren sie ihr ein Dorn im Auge gewesen! Niemals konnte sie heimlich und für sich in der Nacht jagen gehen, ohne daß dieser schnelle, schlaue Rammler sie nicht entdeckte. Auf welchem Acker rund um den ganzen Berg sie auch erschien, in spätester Dämmerung, am frühesten Morgen oder in den Sturm- und Mondscheinnächten, die ihr die liebsten waren ... immer stieß sie früher oder später auf ihn. Wie ein schwarzer Warnungsschatten hielt er sich in ihrer Nähe. Schnupperte sie am Graben in der Senke entlang, so paßte er vom Hügelkamm aus auf sie auf; verschwand sie in einer Mergelgrube, so sah sie bestimmt seine langen, forschenden Löffelspitzen dort im Dunkel davonhuschen, wo sie wieder hervorkam – und wagte sie sich, von Hunger gepeinigt oder von ihren Mutterpflichten getrieben, zu den Gehöften des Berges, um nachzusehen, ob vielleicht ein Huhn ausgesperrt oder ein Kalb oder ein Ferkel auf den Dunghaufen geworfen sei, immer konnte sie sicher sein, in diesem oder jenem Garten, dessen Dornenhecke voller Schlupflöcher war, diesen frechen, verschlagenen Burschen plötzlich erscheinen zu sehen.

Was suchte er hier auf dem Berge? Er fraß doch nicht Amseln oder tote Ferkel; er fürchtete sich ja mehr vor den Hunden als sie und wagte nicht einmal, sich einer jungen Katze zu nähern. Was er wohl vorhatte, wenn er auf den Hügelkämmen lauerte oder rund um die Mergelgrube sprang, in die sie in rechtmäßiger Ausübung ihres Gewerbes hineingeschlichen war? Weshalb war der feige Springinsfeld immer so sehr darauf aus, erst sie in den Bau oder ins Tageslager in Saat und Klee verschwinden zu sehen, ehe er sich selbst in Sicherheit brachte, bevor die Menschen sich mit dem Tag erhoben?

Weiter schleicht sie durch die Nacht ...

Der Halbmond hängt schräg am Himmel, von einem breiten Strahlenkranz umgeben. Zuweilen pfeift es in der Luft über ihr von ziehenden Tauchern, die in Fließ und Tümpel nach offenem Wasser suchen. Sie schnürt an einer Hecke entlang und weiter über eine Anhöhe; hier entdeckt sie plötzlich eine Hasenfährte und verfolgt sie nach alter Gewohnheit einige Sprünge weit. Da merkt sie, daß ein Schweißgeruch von der Fährte aufschlägt. Der Geruch wird immer aufreizender; instinktiv packt sie ein glühendes Interesse für das wohlbekannte, viergepunktete Fährtenbild. Alle andere Beute ist ganz vergessen. Über einen Kilometer weit folgt sie schon der Fährte – und nun geht sie unwillkürlich vom Trab in Galopp über.

Lepidus hat Frau Reineke schon lange kommen hören; er ist in wildester Flucht! Aber er merkt wohl, daß es viel zu langsam geht. Stengel und Halme, die aus dem Schnee emporragen, pflegte sonst der Windhauch zu beugen, wenn er vorüberhetzte – jetzt bleiben sie steif wie Stöcke. Auf die Schmerzen im Lauf achtet er im Augenblick kaum; er ist zu sehr darauf bedacht, sich zu retten. Die alte Wohnstätte, an der er vorüberhumpelt, ist ganz verweht und sieht aus wie ein mächtiger Schneehaufen; aber drüben auf der windgeschützten Seite findet er zwischen einigen Stachelbeersträuchern ein erträgliches Versteck. Der Drang aus der Junghasenzeit, sich einzuschmiegen und im Dunkel zu sitzen, überfällt ihn mit unwiderstehlicher Gewalt ... er, der alte Zauberhase, der die Meute außer Rand und Band gebracht hat drüben im Revier des Barons, kriecht nun wie ein Kaninchen ins Versteck.

Nicht lange sitzt er dort unter den fürchterlichen Schmerzen, die jetzt mit doppelter Macht durch den Lauf zu jagen beginnen, als auch schon Frau Reineke, von seiner Schweißfährte herbeigezogen, um den Giebel schleicht und über ihn herfällt. Es geht so schnell und so geschickt, daß Lepidus nur einige klägliche Sprünge zu machen imstande ist. Viel herumgejagt wurde er sein ganzes Leben lang, hat sozusagen unaufhörlich Feinde um sich gehabt; noch niemals aber hat er, selbst während der wildesten Verfolgung, die Hoffnung verloren. Jetzt verläßt sie ihn plötzlich, denn sein Bein läßt ihn im Stich; zum ersten Mal in seinem Leben beginnt er zu klagen, und lautes Wehgeschrei, wie von einem Säugling, ertönt durch die Nacht.

Und Frau Reineke knufft ihn und drückt ihn nieder und schüttelt und peinigt ihn ... Frau Reineke ist unbarmherzig, wie die Natur unbarmherzig ist. Lepidus schlägt um sich und reißt mit seinen scharfen Nägeln dicke Büschel aus ihrem Balg; sein glatter, lose-wolliger Pelz ist fast nicht zu packen ... es dauert eine Ewigkeit, bis Frau Reineke endlich den stolzen alten Rammler abgetan hat. Da taucht aus einem Loch in dem Schneehaufen ein schlankes, schlohweißes Tierchen auf, dem gleichsam ein Mistkäfer an der Schwanzspitze hängt. Von der Hasenklage angelockt, huscht das Hermelin auf die Stelle zu und hebt sich auf die Vorderläufe, den kleinen Kopf am Ende des langen, schmächtigen Halses hoch in die Luft streckend. Seine kleinen, kohlschwarzen Augen sprühen, während die rattenähnlichen Zipfelohren angespannt sichern. Es hört Lepidus' letzten Seufzer und erblickt Frau Reineke vor sich, die lustig zu schmausen beginnt ...

Einmal schon hat ein Fuchs Jit-jit um einen Hasen betrogen; jetzt käme es ihr gerade zupaß, sich ihren Hasen wiederzuholen! Sie will versuchen, sich zum Schmause einzuladen ...

Frau Reineke erinnert sich dieses Teufels von Hermelin sehr wohl – und diesmal ist sie fest entschlossen, sich nicht an der Nase herumführen zu lassen ...

Es kommt zum Kampf um die Beute, wie immer, wenn hungrige Raubtiere einander begegnen.

Frau Reineke packt zunächst Jit-jit im Nacken und schüttelt sie mehrere Minuten lang durch und durch; aber als sie das Wiesel von sich schleudert, ist es ebenso lebendig wie zuvor. Jit-jit will jetzt ihren alten Trick versuchen; aber die Fähe ist vorbereitet: Jit-jit fährt bei ihrem Vorstoß mit dem ganzen Kopf und dem halben Oberkörper geradewegs in Reinekes Rachen, um einen Augenblick später von dieser Welt verschwunden zu sein.

Die Mühle war in dieser Nacht ungeheuer freigebig gegen Frau Reineke; nach langen, kargen Zeiten gönnte sie ihr endlich einmal eine ordentliche Mahlzeit!

Zukunftsbilder

Die Erde war nicht mehr weiß und hart, sie war weich, fett und schimmerte schwarz. Sie blieb an Seppels Klauen hängen und klumpte sich an seinen Pfoten, so daß er die Beine lang machen und hochläufig hoppeln mußte, um nicht unterm Bauch schmutzig zu werden.

Die Luft war von Milde erfüllt, die Sonne überflutete Seppel mit Wärme; er saß im Lager und schnitt Gesichter und spann mit den Knurrhaaren.

Im Kleeschlag hatte das Wasser klare Pfützen gebildet; die grünen, frischen Blätter schossen aus dem Schlamm empor; Seppel erblickte sich selbst darin. Und wie sprudelnde, singende Strahlen all des befreiten Wassers stiegen die Lerchen ringsum jubelnd gen Himmel; sie waren stolz und übermütig, und die Männchen jagten sich zum Scheine.

Die Elster schleppte Zweige zur Hecke; ihr kugelrundes Nest im Dorngebüsch wuchs ... es schien Seppel, als säße eine große, schwarze Katze im Baum auf der Lauer.

Hoppelte er zum Tümpel hinunter, dann strichen die Kiebitze in langen, wiegenden Bogen über die Wiesen, und jeder einzelne zauberte gleichsam eine Reihe losgelassener Wellen vor seinen Blick: er sah schaumige Kämme, wenn der Vogel aufstieg und seinen weißen, schimmernden Bauch zeigte, und tiefe, grünschwarze Wellentäler, wenn er sich taumelnd niederwarf, so daß der smaragdfunkelnde Rücken und die Flügeldecken sichtbar wurden.

In dem kürzlich noch ganz verwehten kleinen Mergelloch standen die Weiden schon mitten im Schlamm, und in der Schneewehe unter der Böschung sah Seppel sein Schneesturmlager aus den stockfleckigen, eingesunkenen Massen wie Eingänge tiefer Schächte hervorgähnen. Das Goldammermännchen pfiff in der Krone der Weide, und sein graues Weibchen hörte begeistert zu ...

Über dem Hünengrab aber, wo die hohen Espen sich mit den vielen wilden Kirschbäumen um den Platz stritten, strich ein rotfunkelnder Turmfalke hin und her und liebkoste die Luft mit seinen spitzen Flügeln. Das Hünengrab hatte von allen Stellen zuerst den Schnee zum Schmelzen gebracht; es schien eine innere Wärme von dem großen Erdhügel auszugehen; ringsum rieselte das Schmelzwasser herab, und zwischen den Sandwegen, die der schwindende Schnee

zurückließ, keimten bereits Frühlingsgras und Krautblättlein hervor.
Seppel war viel unterwegs; aber er traf nie mehr die Feldhühner in einer Kette vereinigt; sie hatten sich paarweise abgesondert. Kirik kratzfußte wieder vor seiner kleinen Frau; die Kinder hatte er vor die Tür gesetzt, nachdem er die Felder zwischen sich und ihnen geteilt hatte. Heiter und ungebärdig war er und immer auf den Beinen, denn ein anderer Rebhahn, ein alter Kraftbursche, der sich im Laufe des Winters dem Volk angeschlossen hatte, tat sein möglichstes, um Kirik auszustechen. Morgens und abends hatten sie sich in den Federn, liefen mit sprühenden Augen und schleppenden Schwingen umher und krähten um die Wette.
Frau Kirik aber hatte nicht den geringsten Zweifel, welchen sie zu erwählen habe!
Seppel war von früh bis spät beschäftigt. Es steckte ja ein Entdecker, ein Wanderer in ihm! Von dem welken Grasbüschel am Rand des Lehmhügels aus, an dem er geboren war, hatte er sich nun allmählich sein ganzes Geburtsland zu eigen gemacht, es durchlaufen und durchkreuzt bei Tag und Nacht, es bis in seinen fernsten Winkel kennengelernt. Vom Tümpel im Südosten bis zum Moor im Nordosten und rings um den weißen Kegel wußte er, wo jeder Graben und Zaun verlief, wo Wege und Wechsel waren, und wohin sie führten. Er kannte die Hunde, er kannte die Katzen, er kannte Fuchs und Wiesel und Krähe und Falk – und er kannte die Menschen.
Jetzt war er so groß und erfahren, daß er sich nicht mehr müde hetzen ließ ...
Wie sein heimgegangener Vater, der alte Lepidus, begann nun auch er nach der Ferne zu trachten. Es war ihm schon zur Gewohnheit geworden, sich zum Tagesschlummer jenseits der Außenfelder niederzulassen, und wenn er nächtlicherweise den Berg mit seinem hohen Kegel umkreiste, so zog er die Kreise weiter und weiter. Früher hatte er in aller Bequemlichkeit diese Rundfahrt in einer halben Nacht vollführen können, jetzt hatte er sie bereits so weitläufig angelegt, daß er gut mehrere Tage dazu brauchte.
Aber trotzdem fand er es trostlos und einsam im Umkreis des Berges; alle anderen seiner Art waren entweder abgeschossen oder davongejagt, und jetzt hatte er mehr als je zuvor das Verlangen, mit anderen Hasen in Berührung zu kommen.

Oftmals lief er im Morgengrauen umher und hatte Erscheinungen ... bald auf dem Sturzacker, bald in der Roggensaat glaubte er Hasen sitzen zu sehen. Dann durchströmten ihn Lebensfreude und Verlangen nach Spiel, er näherte sich der Stelle in meterlangen Sprüngen und machte dann einen hohen Begrüßungssprung, während er mit den Löffeln Zeichensprache trieb und die Vorderpfoten gegen den Bauch schlug. Ach, dabei schnupperte er dann nur an einem dicken Stein oder einem braunen Maulwurfshügel – er war wie Adam allein in seinem Paradies!

Er strebte von dannen ... der Rammlertrieb, der weitumfassende und unzuverlässige, machte sich in ihm bemerkbar! Er mußte hinaus, um andere Hasen zu sehen und zu spüren, hinaus, um sich neue Gegenden zu unterwerfen. Wenn der Wind vom Westen wehte, vernahm er oft einen starken Duft von Gewürz und lieblichen Leckerbissen ... diese Witterung zog ihn an – dem Flußtal und den fernen Wäldern zu. Aber ein Anlaß war nötig, um ihn weiter fortzutreiben. Er bedurfte eines Anstoßes, der ihn mit gewaltiger Kraft aus dem natürlichen Kreislauf schleudern konnte, in dem er sich täglich bewegte ... er mußte hinausgeworfen werden, um des Lebens zweifache Möglichkeiten zu erproben: als Nahrung in die Mühle zu wandern oder ein Weiser der Weisen zu werden und Lepidus ein würdiger Nachfolger.

Die Nachtfröste sind vorüber, die Tümpel aufgetaut ... und die Sterne spiegeln sich in ihnen!

Es ist stilles, mildes Wetter und für Seppel so hell wie am Tage. Er geht überall weich und geräuschlos. Den Abhang des Knickwalls wie die Wellenberge des Sturzackers, die welken Haferstoppeln und den grünen Roggen greifen seine Pfoten ohne ein Scharren, ohne jedes Geräusch. Die große Kora schläft nicht mehr auf der Tenne, sie ist des Nachts draußen, steht in der Einfahrt und läßt hier und da ihre tiefe Stimme vernehmen: wuu-wuu! Dann antworten die Hunde ringsum im Bergdorf: – Seppel kennt jeden einzelnen schon am Tonfall! Vom Grenzwall oben auf der Anhöhe kräht Kirik. Bald antwortet ein zweiter kleiner Hahn weiter entfernt. Und ein dritter ruft noch weiter drüben. Dorthin muß Seppel ...

Wie wohl er sich doch fühlt, wenn er davonhoppelt und mit gutem Appetit an den Frühlingskeimchen äst. Zwischen den einzelnen Happen steigt das primitive Gefühl von Lebenskraft unbändig in ihm hoch, er tobt mit solcher Schnelligkeit über die Felder, daß ihm der Tau wie Sprühregen um die Ohren fliegt. Aus sitzender Stellung kann er in weniger als einer Sekunde einen blitzschnellen Start vollführen. Und in wildester Fahrt kann er so plötzlich stoppen, daß die langen Deckhaare auf dem Rücken nach vorn überschwippen. Er kann rennen, daß Bäume und Büschel gleichsam mitrennen ... er ist der einzige Schnelläufer im Lande!

Einen »Schneider« nennen ihn die Menschen; ein Hase, der läuft, wenn er nur ein Gebell von weitem hört, so spotten die Hunde!

Sie sollten wissen, wie er sich selbst beurteilt: Er fühlt sich im Bewußtsein seiner überlegenen Schnelligkeit und Wendigkeit als ihrer aller Herrscher, erhaben über all das bellende Kroppzeug! Man hält ihn für einfältig, ohne Schläue und Urteilskraft – ja – vielleicht kommt es daher, daß er immer noch lebt, obwohl alle ihn in Jagdtasche und Kochtopf haben wollen!

Er hoppelt auf einen unbepflanzten, grasbewachsenen Knick hinauf, erhebt sich auf die Hinterläufe, so hoch er kann und hält weithin Ausschau wie so oft:

Alles, was seinen Sehern herrlich erscheint und seinen Läufen wohl einen Spaziergang wert, gibt es in seinem Reich! Äcker und Wiesen, Moore und Tümpel, kleine blinkende Seen und hohe, gewölbte Hügel, Hecken und Knicks und dort drüben große, weithin sich dehnende Wälder. Dunkel und schwer kann die Luft über dieser seiner Väter Erde hängen; aber sie kann auch ein einziges Spiel warmer, glitzender Strahlen sein, die helle Lebenswonne verbreiten.

Die Nacht ist vom Kiebitzschrei erfüllt, die Vögel rufen rings um ihn her. Sie sind übermütig und trotzig; unablässig vernimmt er ihren Flügelschlag ... und im Grase zu seinen Füßen spielen die Mäuse! Eine Rastlosigkeit liegt in der Luft ... Saus und Gebraus fegt über seinen Kopf hinweg; es schnurrt und klatscht, er vernimmt seltsame Laute, von den zurückkehrenden Zugvögeln herrührend: Pfeifen und Schnarren, Zischen und Trompeten ... alles hat Eile.

Das Dunkel schließt sich dichter. Das Hühnergegacker hört auf. Dann einen Augenblick lang große, tiefe Stille ... nur ein vereinzeltes Licht blinkt von einem Hof herüber.

Zu Seppels Unglück hoppelt er vom Knick herab auf die Landstraße hinaus, als gerade ein großes Ungeheuer mit vier Augen heransaust! Er kommt in seinem gewöhnlichen Schlendrian mit allem möglichen Unfug im Kopf daher, allerhand tolle Sprünge kribbeln in seinen Läufen. Buh, heult das Auto und brummt in verhaltener Raserei wie der große Stier des Feldes.

Seppel hat keine Zeit mehr zu irgendeinem Seitensprung; um nicht überfahren zu werden, setzt er Eilzugsgeschwindigkeit auf. Er fühlt sich entschieden etwas wirr im Kopf, sein bißchen Gehirn und all sein lustiger Sinn verkriechen sich wie gewöhnlich eiligst in die rettenden Läufe.

Welchen Weg wollen die Läufe, fragt jede Fiber seines Körpers! Sie wollen dort laufen, wo der Weg am ebensten ist, wo keine Hindernisse drohen, wo sie die größte Schnelligkeit erreichen können... die lieben, immer pflichttreuen Läufe!

So geht es die Straße hinauf, vor dem Auto her. Und seine Läufe versagen nicht, nein, selbstverständlich nicht – an ihnen hat er niemals gezweifelt: Er merkt, daß er der Gefahr entrinnt, das Ungeheuer kann nicht mit; er kann sich erlauben, mit den Läufen nach links und rechts auszuschlagen, von der einen Seite des Weges auf die andere hinüberzusausen und während der Fahrt seine Verfolger zum besten zu haben, indem er seine Zeichensprache mit ihnen spricht.

Das Auto aber hat es eilig – und bald bekommen die Läufe zu spüren, daß sie einer derartigen Schnelligkeit noch nie begegnet sind! Sie sehen den Sommerweg vor sich, grasbewachsen, voller Schotterhaufen und anderer Hindernisse und Unebenheiten, die nur den Lauf behindern würden, wenn sie darauf zusteuern würden – sie halten sich also getreulich in der Mitte der Kunststraße. Bald aber vollführen sie keine Tollheiten mehr, sondern sind nur darauf bedacht, hübsch zu laufen, was sie vermögen!

Dumme Läufe, sie hätten ja nur eine Sekunde zu opfern, die Fahrt so viel zu vermindern brauchen, daß sie Zeit zu einer Wendung oder einem Seitensprung über den Graben gewonnen hätten. Jetzt wagen sie aber nicht mehr, sich irgendwie aufzuhalten.

Einen Kilometer nach dem anderen frißt Seppel, immer vor dem Auto her...

Das brummende Ungeheuer kommt ihm aber immer näher, und der Augenblick ist nahe, wo die mutigen Läufe ihm eingestehen müssen, daß sie nun nicht mehr können! Da schwindelt es Seppel; er verliert die Besinnung; wenn die Läufe aufgeben – dann ist es aus mit ihm!

Das Auto ist ihm dicht auf den Fersen, und das Licht der Laternen überflutet ihn blendend hell ... jetzt hat Bruder Langsam den einzigen Schnelläufer des Landes eingeholt! Da duckt er sich mit plötzlichem Ruck mitten auf der Straße, er erstarrt zu einem Erdklumpen, zu Stein und drückt sich gegen den Erdboden; nun, da die Läufe das erstemal in seinem Leben versagen, muß die Erde helfen.

Und die Erde hilft auch ...

Fauchend fährt das Auto über ihn hin, die geräuschlos laufenden Räder an ihm vorüber. Wie ein willenlos neugeborenes Wesen bleibt er sitzen – verständnislos, aber unversehrt!

Bald darauf erscheint ihm die Welt wieder in hellem Lichte; das Auge nimmt die umstehenden Bäume und Kräuter auf, er erblickt einen gelben Huflattich und einen winterdürren Johanniskrautbusch; er hört die Kiebitze lärmen und das Ungeheuer in der Ferne davonsausen. Aber ist er nicht verletzt? Irgend etwas Klebriges, Nasses rinnt über seine Backe. Er läßt die Frage an die Zunge weitergehen. Und die Zunge leckt an der Backe hinauf und erhält etwas Scharfes, Öliges und Fettes zur Antwort. Das stammt nicht von ihm, dessen ist er gewiß – das gehört zu dem vielen, was über seinen Verstand geht und mit Pferd und Hund und Kuh und Bruder Langsam in Verbindung steht!

Dann streckt er vorsichtig erst einen Löffel und dann den anderen in die Luft, er versucht, den Rücken zu strecken, ja, der ist heil – und er erhebt sich glückstrunken. Kann er sein Hinterteil fortbewegen, kann er springen? Jawohl, auch das!

Da wird er toll vor Freuden; er schüttelt den Straßenstaub ab und jagt quer durch die Felder, scharrt sich an einer gemütlichen Ecke ein und beginnt, die mürben Pfoten, die lieben, siegreichen Läufe gehörig zu pflegen!

Er entdeckt, daß er weit, weit fortgeraten ist. Als er sich wieder erholt hat, entdeckt er weiter, daß er weder Gräben noch Hecken kennt, er ist auf fremden Äckern in fremder Gegend, wo aber Hasenspur an Hasenspur steht.

Eine der Spuren zieht ihn besonders an; es ist ihm nicht möglich, lange still sitzenzubleiben, er muß hoch und mit der Nase an der Erde ihr folgen. In Bogen und Schlingen jagt er den Acker auf und ab, und je weiter er die Spur verfolgt, desto toller und sonnetrunkener fühlt er sich. Er eilt über den Sturzacker, ohne die vielen spitzen Kämme zu spüren, fährt über Weizen und Roggen, ohne die frischen, saftigen, blaugrünen Blätter auch nur anzusehen – eine schwellende Lebenskraft brennt in ihm, der er sich mit Haut und Haaren hingibt! Bis er an eine Hecke gelangt und darüber weg geradewegs auf eine kleine, graue Häsin zuhoppelt, die sich an einer Runkelrübe gütlich tut.

Nach einem hohen Begrüßungssprung läßt er sich vor der Mausgrauen nieder, die Augen strahlen, und er zittert vor Eifer ... er küßt die Erde, über die sie geschritten; er macht seine schönsten Krummsprünge vor ihr, während seine Löffel in ununterbrochener Bewegung spielen.

Die kleine Häsin ist etwas spröde, aber Seppel läßt sich vor ihr nieder und beginnt, sie zu liebkosen und ihr die Schnurrhaare mit den Vorderpfoten zu putzen.

Bald darauf putzt die kleine Graue auch ihm den Bart.

Da spüren sie ein Kribbeln und Krabbeln im Erdreich unter sich – und einen Augenblick wird ihre Aufmerksamkeit während des Liebesspiels von einem großen Regenwurm gefesselt, der nach Aufhören des Frostes mühselig an die Oberfläche klimmt.

»Der kleine Pflüger« ohne Kopf, ohne Schwanz, ohne Beine, nichts als ein langer, fleischiger Faden, der beiderseits spitz und kegelförmig endet, schlängelt sich über die Erde hin und begrüßt Seppel auf der Grenze seines neuen Reiches als vollgültigen Vertreter der Mühle:

Iß und trink Tau, kleiner Seppel, spring über Kraut und Stein und schwing dein Tanzbein, genieße die Lust des Lebens zur Lenzes- und zur Sommerzeit, und in des Herbstes und des Winters langen, dunklen Nächten, da philosophiere dir Gleichmut und Zufriedenheit mit deinen Lebensumständen herbei. Schaffe neues Leben aus deinem eigenen, setze Junge in die Welt und dünge das Gras, das du äsest, auf daß es dir neue Halme aus seiner Wurzel gebäre, trage die Samen der Klette, die sich in deinem Balg verfilzen, weit umher und lege sie ins Erdreich, wenn du dir dein Lager scharrst. Sei ein Glied im All, sei Einsiedler im Dasein; doch vergiß niemals, daß du jeden Tag, den du lebst, bereit sein mußt zu sterben, um Platz für andere hier auf dieser Welt zu schaffen.

Schroff der Waldgesell

Die Geschichte eines Dachses

Die Menschen machten sich so viel um ihn zu schaffen. Die Zoologen behaupteten, er gehöre zu den Mardern, die Jäger nannten ihn eine Art Bär und die Gärtner ein alles fressendes Schwein. Er war alles dies zusammen - im übrigen ganz etwas für sich.

Ein Trotteltier

Er war der Älteste aus einem Wurf von dreien, ein gedrungener, weißgrauer Bursche. Irgendwann mitten im Winter war er zur Welt gekommen. Tief unter der Erde in einem frostfreien Kessel hatte er auf einem Lager von Moos und Laub gelegen und um die Wette mit seinen Geschwistern an seiner Mutter gesogen – sein Haar war so schütter gewesen, daß die rote Haut überall durchschimmerte. Ohne sich der Gefahr auszusetzen, daß man ihn kränkte, konnte man ihn sehr wohl mit einer schimmeligen Wurst vergleichen.

Neun Tage waren er und die Geschwister blind, und als sie endlich die kleinen, tiefsitzenden Ferkelaugen öffnen konnten, entdeckten sie, was sie schon lange geahnt hatten, daß sie mehr mit Hilfe ihrer Nasen die Umgebung wahrnahmen. Wenn eine schwüle Wärme sich auf sie senkte und die Hitze ihrer Leiber zunahm, dann wälzten sie sich auf den Rücken herum, und nun gingen die Schnauzen an einem zottigen Bauch entlang auf Entdeckung aus, bis neue Wärme in verdichteter Form durch ihren Hals strömte.

Die Milch schenkte ihnen Schlaf und das Wohlsein langer Stunden. Erst als sie ihre eigenen, spröden, fast pfeifenden Klagetöne begriffen, quälte die Erde sie von neuem. Aber daran mußten sie sich gewöhnen.

Eines Tages unterschieden sie ein schwaches Licht. Das Licht erlosch rasch, sie hörten ein hohles Gepolter und stellten das Pfeifkonzert ein, während sie die niedrigen Gehörtüten, nicht größer als ein Nagel, hochrichteten. Das Gepolter stürzte heftiger über sie, und die warme Luft, die sich rasch in Strahlen von Milch verwandelte, schlug wachstumspendend um sie zusammen.

Von da ab ging es mit den Schimmelwürsten schnell voran. Die unverhältnismäßig breitmäuligen Köpfe nahmen Form an, die weißen Nägel bräunten sich und wuchsen um die Wette mit den Zähnen. Die warme Luft verdichtete sich jetzt nicht mehr nur zu Tropfen, sondern ließ Nahrung auch in festerer Form über sie rieseln jedesmal, wenn die Fähe auf ihren Frühjahrswanderungen draußen etwas Gutes erwischt hatte.

Die Alte hatte ihre eigene Art, ihnen ihren Fang zu bringen: sie verschlang die Beute, stellte darauf den Verdauungsvorgang ab und eilte zum Bau zurück, wo sie die Nahrung hochrülpste. Dieser Brei machte die Knochen stärker und härter, die Füße begannen den Körper zu tragen, sie krochen im Kessel umher, kratzten sich am Bauch und schnappten nach ihren Lenden, das Gebot dieser Welt, in die sie gesetzt waren, bereits ahnend: auch das Ungeziefer hat seine Berechtigung.
Eines Tages, als die Sonne schien, trieben die Flöhe sie aus der Erdenwärme hinaus. O, *das* war eine Art von Wärme, die sie geradezu erhob; im Bau hatte sie sie nur niedergedrückt! Die Haare sträubten sich, sie sielten die Leiber in goldenen, heilenden Strahlen und sogen von der Luft, die ihnen das Atmen leicht machte, soviel wie sie vermochten, ein.
Sie gelangten nur eben bis vor die Einfahrt – hier verließen die Läufe die sandige Erde, sie kippten auf die Seite, streckten die Branten von sich und lagen in ihrer schlotterig hängenden, faltenreichen, auf Zuwachs geschnittenen Schwarte, sie glichen Hundewelpen.
Nesselkeimlinge und Klettenpflanzen machten den Raum um sie eng, aber es sollte manch ein Tag ins Land gehen, ehe sie sie wahrnahmen. Dahingegen dauerte es nicht gar so lange, bevor sie sich von dem nächsten Baum angezogen fühlten und jede Gelegenheit ergriffen, um sich an seinem Stamm zu reiben. Späterhin entdeckten sie noch einen Baum und hinter diesem einen neuen wiederum – schließlich hatte jeder seinen Juckpfahl, was nur ein Glück zu nennen war; denn sie waren alle streitbar und auch eigensinnig.
Nun eilte das Leben schnell vorauf; sie konnten kaum mitfolgen, die ganze Nacht mußte zu Hilfe genommen werden – und dieser Umstand machte sie tagsüber schläfrig. Sie kamen zu der Erkenntnis, daß die Ruhe im Innern der Erde ihre Vorteile bot: hier war man am geborgensten.
In vielen Bauen hatte die Dachsmutter gewohnt; aber keiner hatte eine bessere Lage gehabt als just dieser. Der Waldhügel bildete ein Hufeisen, das sich zum Südosten hin nach einem grabendurchzogenen Moore zu öffnete und an dessen Fuße Farne, Erlenstrünke, Himbeer- und Bickbeerensträucher fast unmittelbar ansetzten. Ein Hochwald in seinen besten Jahren, licht und mit Durchblicken und doch in der Höhe dicht und geschlossen, mit einem üppigen Grund

von Waldgras und Anemonen, erhöhte die Fruchtbarkeit des Hinterlandes.
Es gebrach der unterirdischen Burg nicht an Platz, und die vielen langen Gänge berichteten von ihrem Alter. Und von oben bis unten gähnten Steige aus dem Erdreich auf mit flachen Absätzen davor.
Hoch droben auf der Hügelkuppe hatten abgeschiedene Vorfahren eine Art Turmbau innegehabt – der lag jetzt größtenteils in Trümmern und bildete tiefe, von Laub gefüllte Krater. Im Kriege der Menschen gegen die Dachse war er einmal ausgehoben worden. Es erging nämlich den Unterirdischen der Gegend also, daß jedesmal, wenn ein Stammherr jenes Gutes, zu dem er Wald gehörte, in seine starken Mannesjahre kam oder ein Oberförster im Wald aufräumen wollte, für die Dachse eine Zeit der Bedrängnis anbrach, und da konnte es geschehen, daß die weitere Existenz der Sippe an einem Fädchen hing – bis die Wildkrallen der Menschen sich abwetzten und die des Hügelvolkes damit wieder wuchsen. Es lebte auf, vermehrte sich und wühlte neue Röhren im Höhenzug aus.
Es war gegen Ende einer solchen Notzeit, als Schroff in dem untersten Kessel der sichersten aller Dachsfesten zur Welt kam.
Die alte Dachsfähe hatte bislang herbeigetragen, was die Jungen brauchten; aber die Speisen reichten fast nicht mehr aus, und die seltsame Anrichtung verursachte ihr auch allerlei Beschwerden. Die kleinen Bürschchen wackelten jetzt ganz schön umher, saßen gar auf ihrem Hinterteil und rangen miteinander – war es nicht wohl an der Zeit, mit ihnen einen kleinen Gang zu unternehmen und sie mit dem Rascheln des welken Laubes bekanntzumachen?
Mit größter Vorsicht bereitete sie die Ausfahrt vor, lag lange innerhalb der Röhrenmündung verborgen, spähte und lauschte.
Die langen Stöße des abendlichen Windes schüttelten Knospenhüllen von den Buchen und trockene Nadeln von den Tannen. Seufzend fuhren sie durch die jung belaubten Wipfel des Waldes. Es war kühl und dunkel im Hochwald, nur die weißen Schnittflächen der gefällten Stämme leuchteten gespenstisch. Hier und da schwirrte eine Fledermaus über eine Lichtung.
Als alles still war und kein welkes Blättchen in den Reisern raschelte, die über dem Boden verstreut lagen, zeigte sich ein dunkler Schatten in der Einfahrt. Erst war nur eine weiße Blesse zu unterscheiden, dann eine schnuppernde Schnauze – gleich darauf aber verschwand der Schatten wieder.

Der Mondlicht bahnte sich einen Weg durch das Laubgehänge, blinzelte auf dem Schotter des Waldweges und überglänzte ein paar lauschende Hasen, die als Trolle vermummt zwischen den alten Stümpfen saßen – da tauchte der Kopf abermals auf, der Rüssel umkreiste die Röhrenmündung, und jetzt wälzte sich so etwas wie ein großer Stein schwerfällig aus dem Erdreich hervor.
Die Dachsenmutter saß auf dem Absatz vor der von der Dämmerung verschlungenen Röhreneinfahrt und suchte sich auf der Brust die Flöhe ab, daß man das Kratzen der langen Nägel hören konnte.
»Gugugu«, grunzte sie zwischendurch und sah mit Befriedigung den Jungen zu, die rings um sie herauswackelten.
Der Himmel troff vom goldenen Strahlenlicht des Mondes. Frei stehendes Gebüsch schwamm gleich Inseln auf dem Nebelmeer des Moores, und während tosende Froschchöre sich plötzlich erhoben, um ebenso plötzlich wieder zu schweigen, zogen die Schattenrisse der Enten schnatternd über die Baumwipfel hin.
Schroff machte sich kräftig an seinem Juckpfahl zu schaffen. Er reckte und streckte sich, die Zunge schoß in kleinen, raschen Sätzen im Takt mit dem Auf und Ab am Pfahle vor und zurück, bis er mit einem Mal entdeckte, daß er allein auf dem Platz geblieben war und nun in schwerfälligem Galopp eilends die andern einzuholen suchte, die der Mutter artig gefolgt waren, hinaus auf ihre erste, kurze Nachtwanderung.
Mutter Grimmi wühlte in der Erde und rief die Jungen zu sich, auf daß sie von den Leckerbissen des Waldes kosten sollten. Bald eine saftige Wurzel, bald einen Regenwurm, der, von der Kühle der Nacht hervorgelockt, so unvorsichtig gewesen war, sich mit der Spitze über den Rasen hervorzuwagen. Wie ein Feinschmecker einen Spargel schlingt, so schlabberte der Glückliche unter der Nachkommenschaft den Wurm in sich hinein.
Zunächst waren Regenwürmer ihre Hauptnahrung, aber sie nahmen auch viele Larven, Schnecken, Mistkäfer und Maikäfer zu sich. Obwohl Schroffs Lebenserfahrung nicht groß war – so viel hatte er bereits verstanden, daß er sich regen mußte, falls er durchkommen wollte – er konnte immer fressen.
Von der Kühle in den Senken ging es über den Schutz der Hügel quer durch den eisigen Erdschweiß des Moores – wie geborgen fühlte man sich nicht auf dem Rückweg durch den Hochwald, der

hielt noch die Sonnenwärme vom Tage gefangen und hüllte ihre taunassen Bäuche mit seinem warmen Hauche ein.
Bevor sie zur Ruhe gingen, rannten sie hinaus und herein und spielten. Ringkämpfe sagten ihnen am meisten zu, und wenn sie Schroff auf den Rücken legen konnten, dann würgten sie ihn mit Wollust. Seine gespreizten Branten ragten aus dem Knäuel hervor, er kreischte auch auf – aber dann war er an der Reihe, einen unter ihm Liegenden zu muffeln.
Halb und halb ermüdet krochen sie schließlich zu einem Klumpen zusammen, streckten alle vier Pfoten empor und gaben sich dem stillen, friedevollen Genuß des Sonnenaufgangs hin. Ein wenig schlaftrunken waren sie vielleicht, aber sie wußten, was ihrer in dem schwülen Alkoven harrte. Die Sonne blinzelte gelb und verheißungsvoll, liebend gern wären sie draußen geblieben, um sich von ihr schmoren zu lassen, aber dazu ließ die Mutter ihnen keine Ruhe.
Marsch jetzt – hinunter in den Bau!
Sie gehorchten; aber Schroff fuhr sie an. Wunderlich und eigenwillig war er, und jetzt, wo das Wetter so gut war ... nein, jetzt *wollte* er eben nicht. Da stieß sie ihn mit den Branten um und legte die Stirn gegen seinen Podex – und er schoß in die Tiefe hinunter, wo ein so unerfahrenes Dachsenjunges hingehörte.
Zu immer späterer Stunde wurden sie abends aus dem Bau gerufen, und immer länger durften sie in der Morgendämmerung spielen, während die alte Dachsfähe, die im Anfang nur wenig Nahrung zu sich genommen hatte, jetzt auf kurzen Ausflügen in die nähere Umgebung des Baus sich ihren rasch zunehmenden Vielfraßneigungen hingab.
Eines Morgens wälzten und tummelten sie sich wieder miteinander herum und kreischten unbekümmert auf. In einem einzigen Knäuel drängten sie sich heran, bissen und knurrten und schüttelten sich tüchtig, bis es von neuem wieder losging. Schließlich hatten sie genug und zuckelten auf dem Wechsel dahin, der an der Steilung vom Bau hinwegführte, und hier trafen sie einen drolligen Burschen, den sie bisher nicht gesehen hatten.
Der Fuchswelp, der im selben Unschuldsalter war wie die Dachsenjungen und in der Nachbarröhre beheimatet war, hatte sich von dem Hallo stark angezogen gefühlt, und jetzt kam er auf Besuch. Er hob die Standarte und setzte eine pfiffige Miene auf, die jedoch

immer mehr in Verdutztheit überging, je mehr die Eigenartigkeit der Spielkameraden ihm klar wurde. Die Lunte senkte sich langsam immer mehr, und die Lauscher legten sich nach hinten – schließlich gab er Fersengeld, die Lunte zwischen die Läufe steckend.

Nach ein paar Abenden stellte er sich wieder ein, und jetzt hatte er zwei weitere Schwenkluntеn als Begleitung mitgebracht. Die jungen Dachse, die von trägerer Gemütsart waren, gafften sie nur an und verstanden nicht, daß die kleinen Rotbälge sie zu einem Spiel einluden.

So ging es eine Weile.

Eines Morgens ließ Schroff sich schließlich, ohne es recht eigentlich zu wollen, zu einem Gegenbesuch herbei. Sich wie ein Ferkel gebärdend, mit dem Rüssel im Erdreich wühlend, kam er nahe an den Fuchsbau heran, und die frechen Gesellen warfen sich unverzüglich auf ihn.

Sie zerrten ihn am Bürzel, zupften an seiner Rückenbürste und machten Bocksprünge über ihn hinweg. Er zog gleich einem Igel den Kopf ein und nahm es zu Anfang gelassen hin, daß sie ihn anfielen. Kaum aber hatten sie ihn dann beim Wickel, schob er erst den einen, dann den anderen mit der Schnauze von sich, stand mit einem Ruck auf und schüttelte sich, um sich dann knurrend und mit grätschenden Läufen mit seinem ganzen Gewicht auf die Zunächstliegenden zu werfen.

Jetzt war er zornig. Das aufdringliche Gebaren der Rotbälge kränkte ihn. So sprang man denn doch nicht mit ihm um, einen gewissen Anstand forderte er. Aber die fröhlichen Gesellen nahmen ihn nicht ernst, sie fuhren gegen ihn los, schubbsten ihn und prüften ihn, ob er einen Knuff wohl vertragen könne. O ja! Gegen Schmerzen war er weniger empfindlich als sie, und das Ende vom Liede war denn auch, daß er sich auf dem Waldplatz behauptete.

Freiwillig kam er später nicht wieder. Aber jetzt war er entdeckt. Seine schwerfälligen Sprünge und seine Gabe, die Besucher in einem Schwarm um sich zu versammeln, indem er sich an einem Stein auf sein Hinterteil aufrichtete und sie in seine Arme nahm, belustigte die Spaßmacher. Das Träge seiner Bewegungen, das Schnaufen und Grunzen reizte sie, sie liebten es, dem Kamerad Schroff einen kurzen Besuch zu machen, oder ihn zu überraschen, wenn er bedächtig seine Kräuter und Schnecken studierte, denen *sie* nicht die geringste Beachtung schenkten.

Keinem von ihnen war seine unerschütterliche Ruhe mit in die Wiege gegeben worden. Wo er zuckelte und trottete, sprangen sie auf leichten Zehen. Und schnüren konnte er überhaupt nicht. Ein Trotteltier war er, das immer irgend etwas knabbern mußte – nichts machte ihnen größeren Spaß, als ihn wütend zu machen.

Eine Zeitlang noch fand sich das Trotteltier damit ab, gute Miene zu den Possen der Fuchswelpen zu machen. Als Schroff aber größer wurde, langweilten ihn die albernen Einfälle dieser Lümmel unglaublich. Es fesselte ihn weit mehr, im Erdreich zu wühlen und zu wuseln und aus seinen Anstrengungen Nutzen zu ziehen – früh begann er, seine eigenen Wege zu gehen.

Die kleinen Füchse hatten soviel anderes im Kopf, um das er sich nicht kümmerte – und dann waren sie ein paar rechte Ferkel, diese Reinekes, die allenthalben ihren Kot abwarfen. Das kränkte seinen Reinlichkeitssinn. Warum konnten sie nicht wie er sich ein Loch graben, darin sie ihr Bedürfnis verrichteten? Dies vor allem trug dazu bei, sie diesem vierbeinigen Ackerbauer zu entfremden.

Lange hatte der Frühsommer verschwenderisch Sonne und Trockenheit gespendet. Die Bauern auf den Äckern außerhalb des Waldes blickten zum Himmel und beteten – ob er sich nicht bald erbarmte? Und endlich öffnete er dann seine Schleusen.

Dicht und steil fiel der Regen Stunde um Stunde. Das Korn und die Halme des Grases flimmerten und zitterten, nicht vor dem Wind, sondern vor den schweren Stürzen und Schauern. Im Walde lief das Wasser schäumend an den Baumstämmen nieder, und unter den langen, herabgebogenen Hängeästen breiteten sich wie unter einer Dachtraufe ganze Seen. Es klatschte immer im gleichen Tonfall, in gleichbleibender, anhaltender Stärke. Tropfen hüpften und sprangen von dem tausendblättrigen Gewölbe hoch droben, sie schlugen gegen neue Blätter, rieselten auf ihnen entlang, bogen sie nieder und fielen klatschend auf die noch tiefer sitzenden. In den Dickungen des Unterholzes tranken die lichtverlassenen Kräuter hörbar gluckend das Naß, und an den Hügelhängen stürzten die Wildbäche brausend dahin, einer neben dem andern.

An diesem Abend ließen die Plagegeister Schroff in Frieden. Die Fähe ging zu Bau, so, als sei es Winterszeit. Schläfrig, verdrossen schnarchten die großen Welpen den ganzen Tag hindurch, draußen gab es nicht einen Flügel, mit dem man hätte spielen können. Alle Wechsel lagen verödet, die Luftwege, die sonst unablässig von

Schwingen durchpflügt wurden, gähnten leer. Die Vögel nahmen ihr Gefieder in acht, sie saßen kerzengerade auf den Zweigen, Hals und Rücken in eins zusammengeschoben. Nur der Zaunkönig rief gellend quer durch all das schwere, düstere Platschen des Wassers hindurch.

Die große Wässerung hielt die ganze Nacht an, und als sie schließlich gegen Morgen abnahm, hatten die Graubälger im Dachsbau einen gewaltigen Hunger auf Schnecken. Die Alte hatte in der Türöffnung gelegen und gefaulenzt und das Wetter beobachtet – endlich ließ sie sie hinaus. Sie fanden schnell, was sie suchten; aber der Wald war klamm und scheußlich und das Tröpfeln von den Kronen unangenehm. Sie mochten die Nässe nicht und zogen sich, ehe sie sich dessen versah, in den warmen Alkoven zurück.

Späterhin sollten sie zwar wohl erfahren, daß die Nässe dem Erdreich Nutzen gebracht hatte. Der jetzt so weiche Rasen und die lebendigere Erdschicht hatten ihnen so viel zu eröffnen, und mit jeder Nacht wurden sie dieser Rede gegenüber immer hellhöriger. Regenwürmer mochten ganz gut sein, aber fette Raupen schmeckten besser, und dann waren noch die Puppen und die Nachtmotten – die waren eine Erquickung für die Zunge. Auch Käfer, die sich versteckt hielten, hatten sie Lust hervorzuscharren und mit einem Haps zu greifen, sowie sie davonfliegen wollten. In einem solchen Augenblick offenbarten die plumpen Burschen eine überraschende Behendigkeit.

Und lebhafter und rascher wurden ihre Bewegungen, je mehr die Nacht voranschritt und die Jagd erfolgreich war. Nicht immer brauchte Schroff hiernach den leichtfüßigen Reinekes nachzustehen. Aber es war doch das beste, wenn er sich von diesen fernhielt; seine Mutter machte sich nichts daraus, ihn in dieser Gesellschaft zu sehen. Er sollte ihr folgen und Lehre annehmen und sich im übrigen nur den Wanst füllen und in sich hineinstopfen, solange noch Zeit war.

Das Dachsvolk wohnte mitten im Walde, wo tiefe Schluchten sich zwischen hohen Hügeln dahinwanden. Alle Schluchten liefen in dem großen Waldsumpf aus, von dem jede Familie ihren Teil mit Beschlag belegt hatte und mit jener Halsstarrigkeit ihr Besitzrecht geltend machte, die der Sippe eigentümlich ist. Dickstämmige Eichen mit Fußsäcken aus Hasel und Dorn krochen an den Hängen aufwärts, dazwischen ragten uralte Buchen auf. Spechte und Spechtmeisen liefen hier tagsüber geschäftig hin und her, aber in der

Dämmerung spielte der Baummarder, der in den hohlen Stämmen seine Unterschlupfe hatte, dem Eichkätzchen manchen Possen. Wenn dann die nächtliche Dämmerung in die helle Sommernacht hinüberglitt und das trockene Laub zu lärmen begann, brach das Hügelvolk von den Bauen auf.

Der Zackenrand des ganzen Horizonts glüht von den wilden Wolkenrosen, die der Sonnenuntergang zum Erblühen gebracht hat; sie schwellen in kräftigstem Rosa und in einer Flut von Abstufungen. Gegen das goldene Licht, das immer mehr entschwindet und immer fahler wird, wächst der Abendflor der Wolkenrosen. Der Mond tritt aus dem graublauen, violettgefleckten Dickicht des Osthimmels herauf – gleich einem scheuen Stück Hochwild taucht er nach und nach auf, steht dann plötzlich da, voll ausgebuchtet, rund, und späht über das Moor.

Zaghaftes Pfeifen von hier und von da, ein gleichbleibendes Pfeifen, rufend flehend, ... die flüggen Jungen der kleinen Horneule, die ringsum im Nadeldunkel verteilt sitzen. Der ganze Springbrunnen blasser, fahler Mondstrahlen umspielt sie, während sie ihre drolligen Köpfe drehen und auf die langsam dahinwandernde Dachsfamilie hinabschauen.

Gugugu, wiehert die Alte leise und anhaltend, um die Schar zusammenzuhalten.

Sie läßt sich Zeit, steckt die Schnauze in alte Laubhaufen und unter Grassoden, dann schnauft sie jedesmal, ihre Nasenlöcher sind voll. Gemächlich pflügen die Jungen, mit dem Rüssel stoßend, die vom Grase schwellenden Grabenböschungen hinter ihr auf. Ein vielfältiges Gemisch von Insekten, Fröschen und spröden Wurzeln des Huflattichs geht dabei in ihren Schlund. Und nie versäumen sie die Gelegenheit, die Branten in einen morschen Baumstumpf zu schlagen und ihn mit den Krallen zu zersplittern – Tausendfüßler und Kellerasseln, vielleicht auch einmal eine Blindschleiche, die man sich gern einverleibt, pflegen darin versteckt zu sitzen.

Auf dem Heimwege begegnet ihnen ein Igel; Schroff hat heute nacht so viele Leckereien vor der Schnauze gehabt – hier ist wohl etwas, das ihm leicht entgehen könnte. Aber der Igel wittert Raubzeug, rollt sich zusammen und faucht – und im nächsten Augenblick ist der graue Bruder um eine Erfahrung reicher.

Alle Dachsjungen scharen sich um dieses Riesenexemplar von einem Borstenwurm; aber ihr kleiner Nebenbuhler in der Insektenwelt

des Moores hält unangefochten die Stellung, bis der Tunnel unter den Spierstauden seiner vorsichtigen Schnauze nichts mehr von dem Nachtteufel mit den langen Klauen berichtet.
Ein schmaler Wiesenstreifen läuft am Fuße der Hügel dahin – hier werden die Kühe des Försters tagsüber auf die Weide geführt. Mutter Grimmi kennt den Ort und ändert die Richtung. Sie kehrt die Kuhfladen um, trottet von einem zum andern und spornt ihre Graukinder an, sich im Schnappen der Mistkäfer zu üben. Damit vergeht eine lange Zeit.
Eine verdrießliche Hummel, die aus dem Moos auftaucht und über einen Stein hin rennt, verkündet schließlich den dämmernden Tag. Dies Gebrumm hat sie nun Sommer für Sommer so und nur so vernommen, seit sie ein Milchdachs war; sie weiß, was es bedeutet: Ein Hummelnest verbirgt sich in dem verlassenen Mauseloch unter dem Stein. Dahingegen fehlt ihr das Gehör für den Gesang der Nachtigall; hätte diese mitten zwischen ihren kleinen schwarzen Eiern gesessen und gesungen, wenn Grimmi das Erdnest überfallen und sie in sich hineingeschlabbert hätte, dann hätte sie angestrengt gelauscht – jetzt geht der geistvolle Nachtigallengesang zu dem einen Ohr hinein und aus dem andern wieder heraus, während sie mit den Jungen heimwärts trottet.
Noch ist die Familie keineswegs sehr verfressen, aber als nun allmählich die kleinen Branten mit den ehedem so breiten Fersen, die drollige Abdrücke von Ballen und Nagelspitzen in den ausgetrockneten Pfützen der Wechsel hinterlassen, sich zu recken beginnen und die Form der Tritte eines alten Sohlengängers annehmen, wächst auch der Appetit. Der Hochsommer, der sich seiner Ernteflut entgegenneigt, mästet sie, und sowohl die Mutter als auch die Jungen fressen jetzt wie die Drescher. Die Nacht reicht nicht mehr aus, sie machen auch am Tage kleine Versorgungsfahrten, und auf einer solchen haben sie ein Erlebnis.
Rundlich und gedrungen, jetzt aber brauner und zottiger als früher, walzen sie in langer Reihe – mit der Graumutter vorweg und Schroff als letztem – auf einer Grabensohle dahin, als er merkt, wie ein übler Dunst sich von hinten nähert und ihm einen Stich versetzt. Der lange Sohn des Försters, der des Vaters Kühe hütet, hat den Aufzug entdeckt und sich einen Spaß daraus gemacht, ihm mit der Peitsche eins überzuziehen. Er schlägt Lärm, und die Graukutte eilt unverzüglich ihrer bedrängten Braunkutte zu Hilfe.

Ein paar Tage später, als sie wieder an dem Ort vorbeikommen, erhält die Dachsfähe rechtzeitig Witterung von dem Friedensstörer und läuft jetzt hinter den Jungen her, sie mit der Schnauze vorwärtsstoßend. Der junge Bursche sieht deutlich, daß es der Dachsmutter darum zu tun ist, die Jungen schleunigst vorüberzuführen. Wieder macht er sich den Spaß, der wandernden Familie nachzusetzen, um ihnen mit der Hüterpeitsche eins über den Rücken zu ziehen. Aber schon bei dem ersten Knall macht die alte Insektenjägerin fauchend kehrtum und fällt gegen ihn aus, so daß er schnellstens die Beine in die Hand nimmt und sich aus dem Staube macht.

Noch eifriger als vordem pufft sie die Jungen vor sich her. Als aber der Bursch von neuem auf seinen bloßen Beinen übermütig herbeiläuft und die Peitsche über ihnen schwingt, verfolgt sie ihn bis ganz zu seinen Kühen zurück. Jetzt wurde der Hütejunge vorsichtig und hielt sich zurück – aber noch oben am Bau, in dem die Jungen verschwanden, wurde die Drohung wiederholt. Die alte Grimmi stand auf dem Absatz vor der Röhre und fletschte die Zähne.

Im Walde wurde es immer finsterer, und draußen auf dem freien Felde begann das Gestirn des Tages das Korn auf den Hügeln zu versengen – es spiegelte wider, was es in den langen Sommertagen sah: weiße Luft und gelbe Sonne. Die Kartoffeläcker blühten, und an den Hecken entfaltete der Holunder seine Blütenschirme, die Kaprifolie entsandte ihren starken, süßen, ganz exotischen Hauch, selbst von den Nesseln wallte eine seltsam reife Strenge auf. Die düsteren Töne bekamen das Übergewicht: die Waldränder jubelten nicht mehr, und die Grabensenken ließen kein frohes Lachen mehr erschallen wie in den lichtgrünen Lenztagen – sie schwollen über von starren Halmen und samentragenden Stengeln. Aber Drossel und Lerche sangen noch immer, und die Zitterespen schwätzten – es war Sommer, reifer Sommer.

Die eintönigen nächtlichen Wanderungen der Dachsfamilie wurden in letzter Zeit oft unterbrochen, man machte lange Aufenthalte, während derer Schroff und die Geschwister auf eigene Faust umherzuckelten. Sie hörten auch ständig ein Brummen und hier und da einen schreckenden Schrei, und der bohrende Rüsselschaft der Alten und die schweren Branten fegten sie ohne weiteres beiseite, wenn sie ihr im Wege waren.

Ihr friedlicher Trott in der mütterlichen Spur war vorbei. Die

Dachsrüden, deren Interesse für das andere Geschlecht nach dem Gesetz der Natur erwachte, spielten ihnen noch gröber mit. Es entwickelte ihre Selbständigkeit, daß sie weit herumkamen, in andere Röhren guckten und mitunter einen oder zwei Tage hintereinander auf eigenen Beinen stehen mußten.

Während dieser Götterdämmerung bekam Schroff es häufig mit einem eigentümlich stacheligen, bösartigen Dachsrüden zu tun, der ihm Furcht einflößte, wenn er auf ihn losfuhr oder auch nur so tat, als sei er – Schroff – Luft, außerdem mit einem zweiten Wildfang, nicht so draufgängerisch wie der erste, mit einem plumpen, fast zwergenhaften Körper, aber breit in den Schultern und mit dicken Gliedmaßen – ein richtiger Sohlengänger.

Der nächtliche Ulk wurde ärger und ärger, die armen kleinen Mistkäferfresser wußten kaum, wo sie geduldet waren. Schließlich versteckten sie sich im innersten Winkel des Baus. Hier schliefen und schliefen sie und gelangten auf ihre Weise zu der Erkenntnis, daß Schlaf auch eine Nahrung ist – für einen Dachs.

Da endlich erschien eines Morgens die Mutter wieder, und jetzt brachen andere Zeiten an. Die Zeit des reifen Korns war nahe, und der Hafer stand halbreif auf dem Halm. Allabendlich zu später Stunde trottete sie mit ihnen zum Acker des Försters und ließ sie dort weiden. Sie bogen die Ähren mit den Vorderfüßen in ihren Fang und bissen dann die Halme ab oder strichen sie ab. Schroff widersetzte sich zu Anfang, ihm war der Weg ein wenig zu lang; aber als er erst von den grünen, milchigen Körnern gekostet hatte, wurde er einer der eifrigsten und schmatzte wie ein Ferkel.

Bald strotzten sie von guter Mast, so daß die Haare ihnen starr vom Körper wegstanden. Rücken und Flanken gingen in einer Wölbung ineinander über, sie nahmen fast die Form einer Schildkröte an, und der Kopf und die kurzen Läufe waren fast verschwunden. Jetzt trotteten sie hinaus und trotteten wieder nach Hause, sie rannten sehr ungern, dazu war die Schwarte zu gespreizt und das Fett zu überquellend.

Kein Wunder, daß der Kessel allmählich zu eng wurde, so daß eines der Trottelviecher ständig mit dem halben Körper draußen im Gang schlafen mußte. Schon längst hatte die Dachsfähe eine Sackgasse nebenan in Besitz genommen und sich hier einen Alkoven ausgehöhlt; aber was half das! Die Jungen wuchsen und wuchsen – und eines Tages nahm Schroff das Bett der Mutter in Besitz.

Wohl sperrte sich die Alte und beförderte ihn wieder hinaus; aber am nächsten Morgen lag er wieder da. Da bezog sie eine neue Blindröhre und machte sich da einen Kessel. Das ging leicht; denn viel Arbeit war schon von andern, dahingeschiedenen Dachsgeschlechtern getan.

Als aber Mutter Grimmi zum drittenmal den Nachkommen Platz machen mußte, begann sie sich anderwärts nach Wohngelegenheit umzutun. Sie hatte einen tückischen Hintergedanken dabei, behielt das Geheimnis aber vorläufig für sich –: die Brut des Jahres wollte sie nicht um sich haben, da die neue zum Frühjahr das Licht der Welt erblicken sollte.

Die Buchen bräunten sich, und die Eichenblätter wurden fahl und grau. Rundum verfärbte sich der Waldboden und wurde gelb: Maiblumen, Anemonen, die starren Gräser. Die Nesseln dunsteten den Dachsjungen streng in der Nase, und müde und überreif taumelten die ehemals so aufrechten Adlerfarne hin und her. Die Nächte wurden feucht und finster, sogar die alte Mutter konnte die Wechsel nur mit Hilfe der Nase finden, so schwarz, so schwarz war es hier unten unterm Blätterdach.

Bei klarem Wetter aber und Mondschein stand der Wald in einem andern Licht als im Sommer, die Strahlen wirkten greller und grünlicher, durchdringender als sonst. Obwohl das Sommerlaub düster und drohend gewirkt, wenn der Mond sich darauflegte, hatte doch ein durchsichtiges Dunkel anheimelnd unter ihm gespielt – jetzt warfen die welkenden Blätter einen starren, fast sandfarbenen Schimmer um sich, der Wald erstarrte in einer aufdringlichen, phantastischen Gespensterstimmung.

Dann begann das Laub zu fallen, ja oft kam es in Stürzen nieder. Willig lösten sich die Blattstiele von Ast und Zweig. Der kleinste Hauch, die geringste Feuchte, wodurch die welken Fähnchen sich lockerten – und wahre Blattschauer fegten dem Förster um den Kopf, wenn er durch eine der Schluchten aufwärtsstapfte. Nächtens wateten die Dachse in Laub. Es war trocken, es raschelte ... der Duft erinnerte die Alte an das winterliche Bett.

Die Gemeinschaft des Sommers lockerte sich immer mehr. Die großen Jungen folgten der Mutter aus dem Bau, wenn die Nacht tief und schwer über die Schwelle der Einfahrt trat; aber meistens wimmelten sie jeder für sich durch das altbekannte Familienrevier, um gegen Tagesanbruch sich wieder zu versammeln.

Auf diesen einsamen nächtlichen Wanderungen benutzte Schroff einen Lieblingswechsel, den er selbst ausgetreten hatte. Er war nicht lang, aber er führte an einen guten Ort. Der Wechsel war sein, und Schroff knurrte, wenn jemand sein Besitzrecht hier mißachtete.
Der Wechsel wurde von Nacht zu Nacht immer weicher. Die zähe Ackerwinde, unter der er sich dahinschlängelt, war in ihrem hinterlistigen Streben nach oben ertappt und angehalten worden, sie hing mit schlaffen, fahlen Blättern nieder. Die Schnecken – wo verbargen sie sich? Im Moore gingen sie nicht mehr um. Fand er eine in ihrem Winderschlupf unter dem Laubmull, dann hatte sie das Haus geschlossen. Unfruchtbar lag das Moor, selbst die Kranichsbeeren, das Ziel des Wechsels, waren zu Ende gegangen. Er watete und sank ein, und das war nicht nach seinem Sinn. Die Besuche in dem Bräuhaus der Moorfrau wurden immer spärlicher.
Alle Blätter lagen jetzt unten, an den Böschungen hin bildeten sie Kissen, polsterten die Schluchten weich aus und hingen an Spinnweben, Nesseldickungen und kleinem Gestrüpp. Mutter Grimmi hatte an Tagen, wo das Laub trocken lag, nach Sonnenaufgang viel zu tun. Sie scharrte einen Arm voll zusammen, preßte das Bündel unterm Kinn fest und verschwand damit rücklings in der Röhreneinfahrt. Die Jungen taten es ihr nach, nicht weil sie an ihrem Beispiel lernten; es saß in ihnen, sie fühlten den gleichen Trieb.
Viel schaffte es bei ihnen noch nicht. Eine Schwester war natürlich wie alle Fähen die hartnäckigste, wie auch die Arbeit ihr am besten von der Hand ging, wohingegen ein anderes – ein Ableger des starken Geschlechts – nur mit der Schnauze irgend etwas vor sich zusammenschaufelte; es war leichter so, als rückwärts einzufahren. Schroff bemächtigte sich all dessen, was die andern angeschleppt hatten, und bettete es in einem Winkel für sich zurecht.
Allmählich hatten sie sich eingerichtet, und jetzt, da die Novemberschauer einsetzten, war es zwischen den vier Wänden warm. Das viele gute Futter, von dem sie nur so strotzten, wirkte einschläfernd auf sie, und keines von ihnen bemühte sich nach draußen, wenn die Witterung nicht danach war. Eine gewisse Kiesätigkeit stellte sich auch ein. Die Beeren, die sie vordem dankbar gepflückt und geschluckt hatten, wie auch gewisse Äpfel und Birnen im Garten des Försters, zu dem ihnen längst schon der Weg gewiesen worden war, wünschten sie in gefrorenem Zustande vorgesetzt zu bekommen, bevor sie Lust verspürten, sich am Moste zu erquicken.

Eines Abends, anläßlich eines solchen Besuches in jenem Garten, wurde Schroff von einem Hunde angefallen, der ihn auf einem alten Storren in die Hocke zwang. Hier saß er und fauchte das Vieh an, das sich ihm in voller Kriegsbemalung mit gesträubter Rücken- und Nackenbürste vorstellte. Wäre seine Erzeugerin nicht zufällig in der Nähe gewesen und hätte sich aus alter Gewohnheit in das Spiel gemischt, so wäre es ihm wohl schlecht ergangen – jetzt deckte sie knurrend und unaufhörlich die Zähne fletschend seinen Rückzug.

Aber das sollte auch die letzte Zärtlichkeit sein, die Mutter Grimmi ihm zuteil werden ließ. Sie schlief über Tag nicht mehr bei ihnen im Bau, sie vermißten sie nicht und sie nicht jene, und wenn sie im Dunkel der Nacht einander begegneten, pflegte sie an ihnen vorbeizusehen und diese an ihr. Zwar erkannten sie sich gegenseitig an der Witterung – doch das war alles.

In einer rauhkalten, mondklaren Dezembernacht zuckelte sie am Bau vorüber, aus dem Schroff in diesem Augenblick ganz zufällig austrat – da hielt sie an und heftete einen Augenblick lang ihre tiefsitzenden, kleinen, stechenden Seher auf ihn. Er fühlte nichts bei dem Blick – und auch ihr war er offenbar schon völlig fremd.

Mit gutem Gewissen überließ sie die Braunkutten ihrem Schicksal. Sie hatte nichts versäumt, um ihnen einen Begriff davon zu geben, wie ein Dachs sich seine Nahrung verschafft, und sie hatte ihnen auch eine Ahnung davon vermittelt, daß es Feinde gab, vor denen man sich zu hüten habe.

»Hütet euch vor dem großen Kontrolleur und seinen Helfern«, könnte sie beim Abschied gesagt haben, »und haltet euch an eure Nahrung!«

Aber dergleichen müßige Ermahnungen waren ihr versagt.

Die Braunkutten

Durch die blattlosen Baumkronen jagte das dezemberliche Schlickerwetter. Sich groß zu rühren, verspürten die Braunkutten nicht viel Lust; aber ab und zu traten sie doch noch ein wenig aus.

Eines Morgens aber, als sie heimkehrten, hatten sie Einquartierung bekommen: vier Dachsjunge, die so lange ihrer mütterlichen Wärte-

rin an der Schwarte gehangen hatten, daß diese sie schließlich vertreiben mußte, lagen in den Kojen.
Die armen Obdachlosen waren umhergeirrt und hatten die Schnauze in jede Röhre gesteckt, auf die sie stießen. Drohungen und Gebrumm war ihnen überall begegnet. Sie hatten es gelernt, sich über das grobe Mundwerk der Leute hinwegzusetzen und ihren Mut zusammenzunehmen – da waren sie vor die Tür gesetzt worden.
Das gleiche geschah umgehend auch hier. Das Besitzrecht verleiht Kräfte und steckt tief in den Tieren. Umgekehrt fühlten die Neuankömmlinge wohl, daß sie ein Anrecht auf das Bettstroh nicht hatten. Sie hätten sich, wenn sie einen Begriff von Gemeinschaft gehabt hätten, durch die Übermacht geltend machen können; aber sie verdrückten sich eiligst, einer nach dem andern.
Am nächsten Morgen lagen sie wieder da, sie wußten keinen andern Ausweg – aber diesmal nahmen sie den Rausschmiß keineswegs so feierlich, sie blieben im Bau und schauten sich um. Die festen, von Wurzeln abgestützten Wölbungen zeigten Kiesadern, die die Wände in Streifen durchsetzten – in diese gruben sie sich ein, und die Jugend, die schon da war, nahm dergleichen nicht allzu genau.
So richtete man sich denn allmählich ein und brachte vor der Ankunft des Winters auf Dachsenart Ordnung in die Dinge. An dem langen Korridor, der sich durch das Erdreich wand mit einem Ausgang an jedem Ende, lagen die sieben Kammern. Drei davon waren geräumig und von einer Schnauze gepolstert worden, die sich darauf verstand, ein Winterlager zu bereiten. In diesem lagen die Jungen der fürsorglichen Grimmi. Eine enge Sackgasse, die man rücklings befuhr, führte in entgegengesetzter Richtung von den Kammern hinweg – hier hatten *diese* ihr Erdklosett. Die übrigen Räumlichkeiten schienen kaum so gut zu sein, viel Moos gab es hier nicht, wohl aber Schutz und Wärme und Trockenheit – eben die Hauptsachen. Auch die Gäste hatten sich umsichtig einen Abtritt gesichert, sogar zwei, die von alters her vorhanden waren – Dachse sind sehr reinliche Tiere.
Die Winterschläfrigkeit stieg ihnen langsam zu Kopf. Sie hatten kaum Lust, ins Freie zu trotten. Ein paarmal in der Woche höchstens oder dann und wann einmal ein kurzer Gang.
Schroff machte es sich in dem väterlichen Kessel gemütlich, dessen er sich mit dem Recht des Stärkeren bemächtigt hatte. Viele wohlbekannte Töne lebten im Sausen der Kronen über ihm; aber einer

klang fremd und neu, er besaß eine seltsame Tiefe und warnte wie ein Knurren. Der Dachs fuhr lange fort, auf dieses Schnurren und Brummen zu horchen, das bald die andern Stimmen übertönte, bald mit ihnen verschmolz. Er vernahm die Vorwarnung des Winters; sie sollte für ihn später immer ein tönendes Zeichen bleiben – jetzt schüttelte er sich das Sieden des Schnees aus den Ohren und faulenzte weiter.

Sie ruhten alle auf der Stirn, den Kopf zwischen den Vorderläufen heruntergebogen und mit dem Kinn auf der Brust – eine Stellung, die sich völlig von der des Fuchses oder Hundes unterscheidet. Der Hirnschädel hatte einen scharf vorspringenden Knochen, an dem die starken Halsmuskeln befestigt waren – dadurch verteilte sich der Druck. Je fester der Winterschlaf wurde, desto mehr krümmten sie sich zu einer Kugel zusammen, hatten überhaupt an Gewohnheiten viel Ähnlichkeit mit dem Igel. Nur war ihr Schlaf nicht ein Winterschlaf wie der ihres stachelhäutigen, kleinen Jagdgefährten, sie erwachten regelmäßig oder schlenderten wohl auch umher, wenn die Lust sie anwandelte.

Eines Nachts jagte Schroff aus der Koje. Er fühlte sich bei weitem nicht ausgeschlafen, aber ein wenig Luft konnte guttun – und er zuckelte nach oben.

Uuh, was für eine Kälte schlug ihm da ins Gesicht! Und was war das? Er konnte keinen Ast wiedererkennen. Der Wald war weiß, in einen Pelz wie aus Hasenwolle und Distelflocken gehüllt. Schroff wurde zurückgescheucht, rutschte wieder hinunter, tauchte aber von neuem auf.

Lange lauerte er in der Röhrenmündung und witterte nur. Die Kälte legte sich ihm um die Wangen, sie biß ihn in die Schnauze ... es schauderte ihn geradezu. Gut, daß er seine Toilette im Hause hatte – plötzlich fiel es ihm ein. Darum war er wohl überhaupt aufgestanden.

Der Winter trabte über Feld und Moore, blieb eine Zeitlang weg, um noch verbissener und mit vermehrter Kraft zurückzukehren. Inzwischen schlief der Bursche, schlief fest und schwer, und als er schließlich eines Tages erwachte, war es still im winterlichen Wald. Nicht ein Zweiglein rührte sich. Ein wenig Meisengezischel, vereinzelt auch das Schmettern eines Spechts, sonst nur der Schnee, der lautlos in dünnen, verstreuten Flocken von dem überzogenen, graublauen Himmel niedersank.

Dem Tage folgte eine stille Nacht ohne das leiseste Sieden in den Baumwipfeln – so still, daß er, ausgeschlafener als das vorige Mal, witternd den Kopf heraussteckte und ein wolliges Fransenflöckchen sich wie eine Mücke auf seine Nase setzen sah; deutlich war das weiche, zaghafte kleine Klatschen zu vernehmen.
Einen Winterwald, in die Umarmung des Frostes gepreßt, das sahen seine Augen. Trotz des Halbdunkels blendete der Glanz des Schnees, und er tauchte in seinen Bau zurück. Dumpfig war es da unten; der befreiende Atemhauch, den er oben gespürt hatte, lockte ihn von neuem an die Luft, und jetzt wagte er sich weiter hinaus.
Erst glaubte er, die ganze Erde sei in Mondschein verwandelt worden. Aber es war kalt, wenn man auf sie trat. Jetzt ballte sich das unter den Branten zusammen, und dann piekte es zwischen den Nägeln. Was war das nur! Die Sonne im Sommer hatte es ebenso gemacht, nur hatte sie sein Behagen vermehrt – dieser gewaltige Tau, der sich auf seinen braunen Laubteppich gelegt hatte, so daß es nicht mehr darin raschelte, war nicht nach seinem Sinn.
So etwa wurde der Schnee, der erstarrte Regen, für Schroff eine Erfahrung – er zeigte ihm ungern die Schnauze, lieber sein Hinterteil. Und wie ihm, so erging es auch den andern Gefährten – aber sie kamen alle durch den Winter. Sie magerten allmählich ab, je mehr der Fettsack unter dem Bürzelansatz einschrumpfte, und dann begann auch der Hunger sich einzustellen.
Eines Morgens wurde er durch einen Wetterumschlag geweckt. Auf dem Weg nach draußen, um die Gliedmaßen zu strecken, und in der eitlen Hoffnung, einen frischen Regenwurm zu finden, fiel er in seinem schlaftrunkenen Zustand über eine zusammengerollte Fuchsfähe, die wie ein Haufen zusammengefegten Laubes im schützenden Winkel gleich innerhalb der Röhreneinfahrt lag. Sie hatte Wochen hier zugebracht, ohne daß die sieben Schlafratzen das geahnt hatten, und ihre Schnur stand dicht bei dicht von der Tür in den Schnee hinaus und wieder zurück. Federleicht schnellte sie hoch und wand sich vor seiner Nase dahin; als er aber abgezuckelt war, schlüpfte sie ebenso federleicht wieder hinein.
Eine von Schroffs Bekanntschaften aus der Kindheit, eine von denen, die meistens auf seinem Rücken geritten hatten, die aber herangewachsen waren genau wie er und jetzt nun ihre liebe Not damit hatten, ihren Platz im Dasein zu finden.
Enttäuscht über das Ergebnis seiner Morgenwanderung, kehrte der

Frostknochen bald wieder zurück – da wurde er von neuem durch die freche Mieterin überrascht, die jetzt wie eine vom Wind entführte Feder hinter der Hügelkuppe verschwand.
Schroff ging halb schlafend umher, so daß der Anblick und der Dunst der Gieremund keinen Eindruck auf ihn machten – und er und die übrigen Dachse schlummerten kurz darauf wieder so fest, daß sie kaum das Rascheln und Huschen vernahmen, das hiernach draußen im Gang ganz üblich wurde. Die Ranzzeit des Fuchses war angebrochen, und das Geraschel steigerte sich zu einem Wirrwarr – da wurden sie knurrig. Sie liebten Ruhe und Einsamkeit und fuhren den Verliebten draußen wütend an den Kragen. Der Ort für das Stelldichein wurde daraufhin der »Feder« zu unfriedlich – und sie verzog sich.
Schon wich der Schnee des Winters dem Regen – einem Regenguß, der an den Stämmen niederschüttete und in den Niederungen Lachen bildete. Er kam auf dem Rücken des Sturmwinds in langen, weißgrauen Wogen und wurde von den Wolken gleichsam ausgespuckt. Alles nahm aufs neue Farben an: Tannennadeln und rotes Laub, Moose und Flechten – selbst das welke Dachschilf und die ockergelben Weidenzweige glänzten aus der Nässe hervor.
In einem solchen Schlickerwetter empfanden die Braunkutten die Wärme unten im Schoß der Erde doppelt, dem die Tag- und Nachtgleiche des Frühlings ihren Hymnus sang.
Nach überstandenem Winterschlaf waren sie sehr abgefallen. Steif in den Gliedern, wankten sie am späten Abend heraus. Ein schwarzgestreifter Kopf neben dem andern stülpte den breitlippigen Rüsselschaft auf, während grünlich glänzende Punkte paarweise im Dunkel umherirrten und die Bewegungen der Köpfe verrieten. Die niedrigen Lauscher mit dem kleinen Zipfel beugten sich vor – sie witterten lange und lauschten.
Der Wald tönte weich und wiegend. Nicht mit dem Surren steifgewordener Zweige, wenn das Schneegeschauer spukt. Wie Schimmel lagen die Reste des Reifs auf dem roten Fallaub, der Südwind hatte sie noch nicht zu schmelzen vermocht. Bald aber würde die Sonne Macht bekommen – der junge Lenzmond kündigte schon rundum, soweit man blicken konnte, die neue Zeit an.
Die jungen Dachse hatten viel zu tun, um Larven unter dem Moos zu finden und im Laub nach Regenwürmern zu wühlen. Sie überraschten Schnecken und frühjahrswache Kröten, die zu den feuchten

Niederungen im Waldmoor unterwegs waren. Schnell wurden sie lebendig wie alle Jugend, sie gingen lieber und geschwinder im Trab als im Galopp.

Noch immer hing die Schneeschmelze in der Luft, und viele Stämme spiegelten sich im Wasser. Das Mondhorn nahm von Nacht zu Nacht an Umfang zu – an den Schrägen, den Böschungen, auf Lichtungen und Wegen, überall wo sie hinkamen, dehnten sich fließend starre, stille Mondschatten, die stummen, düsteren Erinnerungen an ein winterliches Dunkel, das jetzt schwand.

An einem Morgen im Tagesgrauen sah Schroff einen bräunlichen Vogel mit langem Stecher, der zwischen den tropfenden Wipfelzweigen hin- und hertaumelte. Auf seinen niedrigen Ständern huschte er umher und bohrte und rumorte, während seine seltsam hochsitzenden Augen wachsam um sich blickten. Plötzlich wurde die Schnepfe still und heftete den Blick auf ihn:

Ein Sohn des Halbdunkels wie auch sie! Schwarzgestreift über dem Schädel, wie ein ausgewachsener Dachs, aber noch immer mit einem Rest von braunen Zotteln in der Schwarte, wodurch die alte Waldkundige ihn als vorjähriges Junges erkannte. Sein übriges Fell trug den ungewissen Ton der Dämmerung wie ihr eigenes Gefieder. Jedes einzelne Haar spielte in drei Farben, die sich alle in Dunkel und Grau hielten. Der Mond mochte ihn noch so hell mit seinem weißen Antlitz bescheinen – er trat deswegen doch nicht aus der Dämmerung heraus.

An diesem Morgen säuberte Schroff seine Schlafkammer, schob die Streu, zu Bündeln zusammengerollt, rücklings unter sich weiter und erneuerte das Lager. Eine Sauarbeit, die Zeit erforderte – nicht zum wenigsten deshalb, weil zwischen ihm und den Gefährten beständig Reibereien entstanden. Solange sie geschnarcht hatten, war alles so einigermaßen glatt zwischen ihnen abgegangen; jetzt, wo der Trieb in sie gefahren war, trat das Halsstarrige und Eigenartige ihres Charakters deutlicher zutage. Man merkte, daß sie älter geworden und daß sie alle miteinander geborene Einspännernaturen waren.

Aber vorläufig hatten sie vollauf damit zu tun, sich ihr Auskommen zu suchen; die Erde hielt noch knauserig an dem ihren fest, und oftmals mußten sie sich damit zufriedengeben, das Sternengefunkel anzugaffen und sich das Maul zu lecken. Als dann der nächste Frühlingsneumond den dunkelblauen Dunstschleier durchbrach, um mit

jeder Nacht anwachsend sich zum Rund zu füllen, da setzte das Wachstum plötzlich und überströmend ein.
Wie herrlich war es dann in der Frühlingsnacht! Die Luft war lau und frisch. Das Erdreich barst von Graskeimlingen und neuen Wildkerbelblättern. Schroff labte sich gehörig am Grünfutter. Auch Nesselbrut und Löwenzahn und namentlich den Geißfuß knaupelte er in sich hinein, so daß der grüne Saft ihm um die Mundwinkel schäumte.
Zwar lief er auf Bärenbranten und schaukelte beim Laufen so, als stamme er vom Geschlecht der Bären ab. Er hatte auch viel von dem Humor des Bären, aber mehr doch von des Schweins Gepflogenheiten. Daher zog ihn auch der Waldboden zur Zeit so lebhaft an.
Die Würze überwinterter Krautstengel, der verdichtete dumpfe Dunst vergangenen Laubfalls stieg ihm in die Nase, es war, als komme die Erde ihm mit ihrem starken und fruchtbaren Atem entgegen und vertraue ihm an, was sie außerstande war, dem Menschen zuzuflüstern: daß er und sie ganz und völlig eins waren. Viele bleich aufgedunsene Raupen überließ sie ihm und Würmer, die ihm wie Butter mundeten. Unter den schwellenden Buchenknospen und den ersten zottigen Blättern der Ebereschen fraß er sich Kräfte an und steigerte seinen Appetit.
Eines Nachts aber hätte er infolge seiner Ferkelgewohnheiten beinahe das Leben drangegeben. Die Waldarbeiter hatten in langen Reihen Eicheln gesät und dabei einige auf dem Weg verloren. Diese fand er und wurde dadurch zu der Stelle hingezogen. In den losen Pflanzenrillen war es leicht zu graben, er suchte Würmer und begann zu wühlen, fand darauf wieder gleich unter der Erdrinde eine Eichel. Kein Wunder, daß er auf den Einfall kam, weiterzugehen. Wie ein Schwein setzte er den Rüssel an und pflügte Furche für Furche auf, bis ganz zur letzten hinunter.
Als der Förster die Zerstörung entdeckte, wurde er zornig, radelte in der Dämmerung zum Dachsbau und stellte sich hier auf den Anstand. Er schoß am ersten Abend den schlafmützigen Bruder und am zweiten einen der winterlichen Gäste; der sank wie ein Lappen in sich zusammen, und wenige Minuten später war sein prall gefüllter Bauch so zusammengefallen, daß das Tier wie ein großer Pfannkuchen auf dem Erdboden lag.
Half es? Nicht im geringsten.
Aber der lange Sohn des Försters, ein Jagdtoller, durfte bei den

Kulturen mit der Büchse Wache halten und saß oftmals bis tief in die Nacht hinein.

Es kam auch irgendein Wesen und raschelte hier und da, Schüsse fielen – aber es blieb nie etwas auf dem Walplatz liegen.

Einfältig war Schroff vielleicht, aber nicht beschränkt, und eine gewisse Vorsicht hatte er als Erbteil mitbekommen.

Das Knallen, der menschliche Geruch, der drückend war und dumpfig warm, der einem Atemnot und Brechreiz verursachte, wirkte ebenso abschreckend auf ihn wie auf alle wilden Tiere ... er gab seine Eicheln preis und verzog sich in die Tiefe des Moors. Die schwellende Jahreszeit war angebrochen.

Noch war er ein harmloser Geselle, der von Wurzeln und Waldschnecken lebte und die Forstleute damit foppte, indem er ihre eingelegten Eicheln aufpflügte; aber das war auch alles an Verdruß, was sie ihm nachsagen konnten.

Eines Nachts entdeckte er ein Entengeniste in einer Graskaupe. Es lag voll von Eiern, und die »Schnecken« mundeten gut. In einer andern Nacht grub er eine Maus aus – die mundete besser! Welch eine eigentümlich starke und kräftige Würze barg diese »Raupe«! Und dabei lag das Tierlein, trotz seiner Haardecke, weich auf der Zunge. Auch die Witterung reizte – und dazu war der Mundvoll auch noch warm. Er erhitzte das Blut.

Der kleine Nager war lange Zeit hindurch sein einziger Raub, bis er eines Tages auf einen neuen stieß. Jetzt wurden sie in die Kost einbezogen – ebenso wie das bißchen Ei, das er zufällig erwischte.

Einen Nestplünderer, einen Eierdieb nannte ihn der Förstersohn aus diesem Grunde. Warum doch gleich so heftig! Die große Allmacht schenkte ihm dies alles ja zu eigen. Er fand nicht einfach nur seine Beute, er zauberte sie durch seine Umsicht und unerschütterliche Gründlichkeit hervor.

Der Juli nahte heran, und nun hatte er die Schlaffheit des Winters längst überwunden, er hatte sich starkgefressen, sein Leib strotzte in voller Kraft. Er bewegte sich jetzt rasch und leicht ohne Schnaufen und Stöhnen – ein Sommerdachs war er und bis jetzt weder überfett noch träge.

Da begann plötzlich seine Freßlust nachzulassen, und er verfiel auf Narrenpossen. Ging am Tage aus, schnüffelte herum und legte nachts ganz ziellos weite Strecken zurück. Hummeln, Mistkäfer und Schnecken bemerkte er kaum; er lief mit erhobenem Kopf, die

Schnauze nach oben gestülpt, er hielt oft an und guckte nach den Sternen. Seine starre Haarschicht wogte bei seinen Bewegungen, und die Rückenbürste sträubte sich bei jedem täuschenden Laut, er fühlte sich mutig, aufgelegt, kampfbereit und konnte von einem Augenblick zum andern im Gegensatz zu früher sein angeborenes Phlegma abschütteln.

Düster und mächtig wölbte sich der Wald über ihm, und die Kräuter des Moores schlugen um seinen Bauch zusammen. Die Fruchtlosigkeit blieb auch bei ihm nicht ohne Wirkung – eine Gattin suchte er sich und wurde als Buhle immer aufdringlicher. Vom Kampfplatz, wo die alten Dachsrüden sich schlugen, hörte er ein stärker werdendes Brummen, regelmäßig unterbrochen von einem unheimlichen Schrei, wenn die umbuhlte Schönheit der Aufdringlichkeit des Kurschneiders müde wurde. Dann setzte er im Galopp von dannen.

Er schnaufte und fauchte, daß man es weithin hören konnte, und allein dadurch erhielten seine älteren, erfahrenen Nebenbuhler Kunde von seinem Herannahen. Ein jugendlicher Stutzer, ein Brausekopf, den man nicht ernst zu nehmen brauchte!

Wieder kam er den beiden wilden Burschen vom Vorjahr in den Weg: dem stachelhaarigen, auffallend langgestreckten Höhlenrüden und dann dem wunderlich gedrungenen Pfropfen, der eine so dunkle Decke hatte, daß es Schroff nicht leicht wurde, ihn zu unterscheiden, wenn er sich zu dicht an ihn herangewagt hatte. Geschmeidig und rasch fuhr er seinen glücklicheren Widersachern an die Kehle; aber Hiebe bekam er in diesem Jahr überall. Unbegreiflich, daß er eine solche Behandlung aushalten konnte.

Zum Schluß nahmen sich die beiden wilden Strolche vor, ihm nachdrücklichst einen Denkzettel zu verabreichen. Der Stachelhaarige, der so auffallend leicht auf seinen Nagelspitzen lief, konnte unablässig einen Biß in der Flanke anbringen, wohingegen der andere, der die Fersen tüchtig ansetzte, hinternach hinkte.

Chooh, chooooh! hustete der erstere, kurz und hart, jedesmal, wenn er nach den Bissen einen Mund voll Haare aus dem Schlund spuckte, fiel dann mit erhöhter Geschwindigkeit gegen den Knirps aus und hustete ihm abermals sein Chooh, chooooh in die Ohren, wie in unheimlichem Triumph den starken Atem ausstoßend.

Schroff kreischte und wich zur Seite aus, aber dem Nachzügler, der einen Richtweg eingeschlagen hatte, war dadurch eine Gelegenheit gegeben. Seine schwarzen Seher glänzten grünlich, der Schlund krachte auf und legte die Zahnreihen bloß. *Ilt, ilt . . . kilt,* zischelte dieser Plattfuß. Das Gefauch funkelte ihm förmlich aus der Kehle. Der Eifer preßte ihm den Hals zusammen, er packte ihn an der Brust . . . ilt . . . ilt . . . kilt. Er rang wie ein Bär.

Schließlich entwischte ihnen Schroff. Er verbarg sich in einem Dikkicht von Adlerfarnen und hatte vorläufig genug damit zu tun, sich seine Schrammen und Wunden zu lecken.

Als die Dämmerung nach einem von Fliegen durchsummten Tag am dichtesten war und das kleine Gevögel flatternd Schutz unter den Tannen suchte, wo es sich eilig nach den besten Schlafplätzen für die Nacht umtat, während Ricke und Kitz sich in den Dickungen aus dem Lager erhoben und lautlos aus dem düsteren Schlupfwinkel austraten, sah man hier und da auf einer schmalen Wegbahn plötzlich Erdhaufen auftauchen. Er hatte ein schimmeliges Aussehen wie braune, mit Sand gemischte Erde und schien unklar und verwischt wie die verdichtete Dämmerung selber. Er drehte sich auf dem Platz ein paarmal um seine eigene Achse, schob sich darauf langsam weiter und verschwand unter den Tannenästen wie eine Ratte unter einer Stalltür.

Der mürbe geklopfte Schroff war auf der Rückwanderung in seinen Bau begriffen, ohne jedoch auch nur die kleinste Gelegenheit zu versäumen, sich seiner Reisekost zu versichern. Er war lange unterwegs gewesen – der ganze Rest seiner interessanten, aber stürmischen Sternguckerzeit war damit hingegangen, seinen Bau wiederzufinden, das einzige, wonach ihn jetzt noch verlangte. Aber wo lag er? Das eben war die Sache.

Wo er auch auftrat, flogen die kleinen Vögel erschrocken auf, und die vielen rostroten Kröten, die sich jetzt bei Anbruch der Dunkelheit zu rühren begannen, erstarrten und verwandelten sich in welke Blätter, ringsum im Grase verstreut; sie spürten sein Kommen.

Finster war es jetzt überall für den, der mit den Augen eines Tagvogels sah, aber ihm, dessen Blick das Dunkel durchdrang wie das Auge der Eule, zeigte die Natur alle Abstufungen des Tages. Nur gedämpfter, auf die schwachen Lichttöne des Mondes abgestimmt und in den dichten Wärmenebel der Herbstnacht gehüllt. Die Reife dampfte ihm in die Schnauze, wo er auch das Schnupperwerkzeug ansetzte, und erzählte, daß der Sommer alt geworden war und sich jetzt willenlos hinstreckte. Die Nesseln, die bisher voll würzigen

Duftes gewesen, stanken, und die Pilze, die sich auf dem Waldboden geduckt hatten und nach denen er immer begierig suchte, riefen nach ihm.
Eine stille, eine schweigende Nacht. Erwartungsvoll stand jeder Baum, jeder Halm und jedes Blatt. Daher klang sein Rascheln im Welklaub so grauenhaft, daß es seine eigenen Ohren peinigte. Warm – wärmer als in den hellen Sommernächten, die jetzt weit hinter den Horizont zurückgesunken waren – eine drückende Wärme, die nur dem Herbst eigen ist.
Das Dunkel unter dem Wipfeldom verbreitete sich nach unten weiter wie das Waldesdickicht am Tage. In ihm verschwand er völlig. Aber wie auf einer Lichtung ein Blatt, ein Busch, der Rand eines Storrens oder ein Spinngewebe plötzlich mondbeschienen hervortreten kann, wird auch er hier und da vom Strahl eingefangen. Nicht in voller Größe – das geschah selten. Nur ein Streifen des Rückenhaars oder die Hälfte seines Kopfes mit der Blesse mochte irgend etwas Schimmeliges in der Finsternis offenbaren. Feierlich wanderte das goldene Auge des Himmels durch die wolkenlose Dunkelheit, während die Erde ihren Herbstschweiß aussonderte; je höher aber der Mond stieg, desto mehr öffnete sich ihm der Wald.
Auf einer Lichtung zwischen Baumstümpfen und Steinen lag eine Anhöhe. Zwei Walnußbäume, die ein Oberförster mit ein wenig Phantasie einmal zu pflanzen sich den Spaß gemacht, ragten zu jeder Seite in die Höhe, und auf der Kuppe des Hügels thronte ein Eichenriese, der an der Wurzel hohl war.
Die Hohleiche beherbergte ihn eine Weile, eine Notwohnung war es immerhin, und er schlug sich so einigermaßen durch, bis um die Reifezeit der Walnüsse ein alter Dachsrüde ihm verkündete, daß er in seinem Bereich zu bleiben habe.
Ach, er hatte ja keinen »Bereich«. Nur einen Bau, den er nicht finden konnte, einen kurzen Wechsel, der zu einigen Kranichsbeeren führte, und dann noch einen längeren, an dessen Ende viele Reihen erdgeborener Eicheln lagen – dieser Wechsel waren die *seinen*, er hatte sie selbst getreten.
Während seines unablässigen Suchens lief er ständig einer schlanken, langschwänzigen Erscheinung in die Quere, deren Balg im Mondlicht rötlich schimmerte. Die Begegnung war immer unerwartet. Plötzlich tauchte der Rotpelz auf und verschwand ebenso plötzlich wieder, leicht wie eine Feder. Die strenge Witterung, die die *Feder*

hinterließ, stieg ihm weit stärker in die Nase, als es zur Winterszeit in seinem schlaftrunkenen Zustand der Fall gewesen. Die Witterung war von der seinen nicht nur so ganz verschieden, sondern sie erhöhte unversehens noch sein Mißtrauen und Unbehagen.

Scharrte er nach Mäusen und war der Beute nahe, weshalb er vor dem Zuschnappen einen Augenblick lang lauschte und lauerte, um sich zu überzeugen, daß der rechtmäßige Besitzer des Ortes ihm nicht in die Flanke fiel, dann lief die Fuchsenwitterung dem Mäuseduft oft genug den Rang ab, und siehe, da stand die Feder auf dem Sprung, die Gaunerfratze und die gebleckten Fangreihen ihm zugewandt. Erst wenn die Maus durch seinen Schlund glitt, verschwand der Spuk.

Eines Abends, als die Dämmerung sich längst in alle Grotten und Winkel verkrochen hatte, hörte er etwas huscheln, nachdem er seinen Buckel aus dem Notversteck frei gemacht hatte. Nicht das gefährliche Menschengehuschel, der Ton rührte von Pfoten her. Vor seiner Tür stand offenbar ein Obdachloser.

Er ließ die Schnauze offenstehen vor Überraschung. Weit hinter dem Rüssel fiel der kurze Unterkiefer herab, die Fänge blinkten, und die kleine, dicke Zunge leckte hin und her unter knurrendem Protest. Dann schielte er garstig nach dem Gaste, das Weiße in den Augenwinkeln kam zum Vorschein, die Backen schwollen an und der Hals sträubte seine Bürste.

Frau Gieremund begegnete ihm mit ihrem berühmten Humor. Wippte mit dem Fang und schürzte ihn auch – puh, welch einen Dunst dieser Schneckenschlecker ausströmte! Aha, hier also wohnte er – Gott behüte, sie wollte nicht zur Last fallen.

Allmählich war es für ihn nichts Besonderes mehr, nächtlicherweile dem Spuk zu begegnen. Und dann schoß die Fuchsstandarte immer brausend in die Höhe – das Zeichen eines weniger guten Gewissens! Immer foppte sie ihn mit ihrer Lunte. Sorgte dafür, daß diese ihm um die Nase fächelte, wenn sie aus dem Hinterhalt kam und plötzlich vor ihm dahinsprang, oder wenn sie bei einem zufälligen Zusammentreffen auseinandergingen, nachdem sie sich ein wenig angeknurrt und gefaucht hatten. Lebwohl, fächelte dann die Feder und zeigte ihm, daß sie nicht nur mit einer Vogelschwenkung aufwarten, sondern auch peitschend die Lunte schwingen konnte.

Die Frechheit der jungen Fuchsfähe begann Schroff auf die Nerven zu fallen, und schwache Ahnungen tauchten auf von etwas, das ihm einstmals mißhagt hatte, ja ihm so ganz und gar zuwider gewesen war. Es war nicht greifbar, so viel meisterte sein flacher Hirnkasten nicht. Mehr instinktiv, eine nebelhafte Empfindung, die tief in seiner Natur verankert schien.

Sie waren ja auch so ganz verschieden.

Der eine langsam, vorsichtig, gründlich, die Dinge schwerfällig und ernsthaft anpackend. Ein gesunder, starker, wenig geistvoller Erdbewohner – immer im Gleichgewicht. Sie dagegen voller Pfiffigkeit und Kniffe. Flüchtig, leichtfüßig ... eine Gaunerin, deren unberechenbarer Sinn immer Pläne schmiedete, weshalb sie viel in Gedanken dahinging, obwohl sie sonst gar lustig durch die Welt hüpfte.

Reineke Vogelfängers Wendigkeit bewunderte Schroff recht eigentlich. Wohl war er nicht so ungeschickt, wie die Leute gemeinhin glaubten, aber ein Luftspringer wie der Fuchs stak nicht in ihm. Nur sein Hals konnte sich an Behendigkeit mit dem des Reineke messen, und ohne diese Behendigkeit des Halses würde er niemals einen fliegenden Mistkäfer oder Maikäfer erwischen. Mit Hilfe des Halses verlängerte er den Rüssel und warf ihn bei seinem Wühlen in der Erde bald auf die eine und bald auf die andere Seite. Je eifriger er ihn anwandte, desto weniger Schritte brauchte er zu machen.

Sein Gegenspieler glaubte, daß er den Rüssel immer am Erdboden halte, nein, er tauchte ihn nur hier und da in die Pflanzenwelt ein und schnupperte so mit jedem Schritt die nächste Umgebung im Kreise ab. Die Feder erwischte viel in einer Nacht, übersah aber auch viel. Er ersetzte durch Gründlichkeit, was ihm an Geschwindigkeit fehlte.

Der Duft des fallenden Laubes nahm zu. Mit jeder Nacht wurde er stärker. Den ganzen September über hatte er ihn schwellend überflutet; er kam von den Baumkronen herab, aus dem Gewimmel des Buschwerks im Niederwald – jetzt lag er dicht über der Erde und schwelte, wohin Schroff auch kam, stark, herb und fettig. Viel von seiner eigenen Witterung gespensterte in diesen Laubdünsten, so wie sie auch in seiner Schwarte hing oder seine primitiven Zufluchtsstätten unter den Reisighaufen und alten Strünken anfüllte. Die Ebereschenbeeren rieselten auf ihn herab wie die überreifen Vogelkirschen im Sommer; er fand auch Nüsse unter den Haselbüschen und Brombeeren am Moorrand – kurz, er holte sich die Nahrung, wo er sie nun am besten ergattern konnte.

Lange war er gewandert, seit die beiden Grobiane ihm im Farndickicht den Laufpaß gaben; aber er war nicht weit gelangt ... nur auf die andere Seite des großen Höhenzuges, an dessen Südhang die meisten Dachse sich aufhielten. Von hier stammte er ja, hier hatte er seine tiefe, stille Wohnstatt, die ihm noch nicht aus dem Gedächtnis entschwunden war. Im Gegenteil – jetzt, da die Jahreszeit herandrängte und seine Notschlupfe ihm zu luftig wurden, trat der Winterbau als Ziel ihm immer deutlicher vor Augen.

Bis dahin war er hartnäckig in Tälern und Niederungen umhergetrottet und hatte vergessen, daß sich das, was er suchte, in einem Hügel verbarg; da, eines Nachts, stieg er endlich die Anhöhe hinauf, schlurrte über den Höhenzug und weiter durch den Hochwald – und plötzlich lag der hufeisenförmige Südhang offen vor ihm. Er kannte dessen Abfall, dessen Ausblick, die vielen Wechsel wieder. Dort wuchsen die Bäume, unter denen er gespielt, dort stand sein Juckpfahl, ah, er rieb sich mit Wollust an dem trockenen Stamm.

Alles beim alten! Kein Brummen mehr, keine Ausfälle. Er fand seinen Bau. Scheinbar stand er leer, die winterlichen Gäste und seine Nestschwester hatten offenbar etwas Besseres gefunden. Die tiefe Kerbrinne in die Röhre hinein nahm er im Galopp. Jetzt wackelte er an den leeren Kammern vorüber – doch als er dann seinen Kessel erreichte, lag die Feder darin. Sie fuhr hoch und konnte ihren blitzschnellen, scharfen Biß anbringen, bevor sie in den Gang hinaussprang.

Schroff nahm das Schnappen für Mutwillen, für eine Erinnerung an alte Narrenpossen – da er nun aber vom Platz nicht weichen wollte, wurde sie böse und griff ihn an.

Da legte sich der Halsstarrige, den die leichtlebige Fuchsfähe noch immer nicht ernst nahm, wie in seiner Jungenzeit platt auf den Bauch. Mit gebeugtem Nacken, die Stirn gegen die Erde gedrückt, ließ er die Fähe ruhig ihre Wut auf seinem widerhaarigen Rücken austoben. Als sie den Schlund voller Haare hatte und sich in dem Bewußtsein zurückzog, daß das Trottelvieh nun bekommen hatte, was ihm zustand, hob er tückisch die Schnauze aus dem Versteck, und jetzt zahlte er in stumpfen, reißenden Bissen seiner ungebetenen Spielschwester mit gleicher Münze heim.

Da entfernte sie sich mit einem bösen, haßerfüllten Blick.

Die Wacholderschlucht

Die schönen Farben des Oktober – der glücklich Heimgekehrte sah sie nicht. Getrost schlief er über Tag in seinem dunklen Kessel, den er gereinigt und ausgelüftet und mit frischem Laub versehen hatte. Als die Herbstnebel kamen, erhob ein Traumwald sich um ihn. Naß war es, und Tropfen über Tropfen trommelten fortgesetzt auf seinem Dach. Der gelbe Schein des bunten Wipfelgewölbes schien sich in der Luft zu verteilen, alles spielte in Gold – dies gedämpfte, phantastische Licht war es, was die Traumstimmung schuf.

In der Dämmerstunde erreichte das Geheimnis seinen Höhepunkt; da wallte es wie von einem roten Dampf unter den braunen Kronen, und alle herben Düfte des Herbstes wurden frei. Sobald das Dunkel tiefer wurde, stiegen sie verstärkt aus dem Erdreich auf, und wenn sie am kräftigsten waren, wurde er durch sie geweckt, und er schlurrte hinaus. Pechschwarz war es, so daß er weder das welke Laub noch die Stämme zu unterscheiden vermochte; aber er vertraute seiner Nase und den Dünsten und alledem, was für ihn als Wegweiser genügte. Die Pilze auf dem Waldboden riefen: Hier stehen wir! Hier stehen wir! Dreieckige Bucheckern kitzelten ihm unter den Fußsohlen – er fletscherte und schmatzte hörbar.

Fett wurde der Bursche, rundlich und voll. Mehrere Tage hintereinander schon konnte er jetzt faulenzen und Vorschuß auf die Ruhe nehmen, die seiner harrte – da meldete sich das Schicksal und erteilte ihm einen Rüffel.

Die Herbstjagden standen bevor. Man wollte zusehen, daß man ein paar von den vielen Dachsen ins Jenseits beförderte – der Oberförster hatte die langen Reihen frischgesäter Eicheln nicht vergessen, die diese Schurken im Frühjahr aufgepflügt hatten. Wie rasch doch eine solche Tiergattung, die auf Grund ihrer nächtlichen Lebensweise der Aufmerksamkeit entging, wieder zu Kräften kam! Der Gutsherr hatte doch wahrlich gut aufgeräumt, als ihm dergleichen noch Spaß machte.

Alle Röhren für die bevorstehende Treibjagd zu verstopfen, war unausführbar. Man mußte es bei den meistbegangenen sein Bewenden haben lassen.

In dieser Nacht war der Wald voller Unruhe, viel dumpfige Menschenwitterung wehte ringsum durch die Luft; aber Schroff war viel zu jung, um sich groß damit zu befassen. Seit der Begegnung mit dem Sohn des Försters in seiner frühesten Jugend war er mit dem Herrn der Erde in keine nähere Berührung gekommen. Dem Zusammentreffen mit dem großen Kontrolleur, das für seinen Bruder verhängnisvoll geworden war, war er glücklich entgangen. Ab und zu hatte er wohl einen Schimmer des merkwürdigen Tieres aufgefangen, das nicht auf seinen vieren lief und nicht zu dem Schwarm gehörte, der mit »Vogel« bezeichnet wurde; da es aber geschwätzig war und sich benahm, als sei der ganze Wald nur um seinetwillen da, hatte er es klüglich gemieden.

Gegen Morgen, als er heimkehrte und zwischen den beiden Jungbuchen, die auf dem Absatz vor dem Bau emporwuchsen, schlafmützig dahinschlenderte, rannte er mit der Schnauze gegen ein Bündel Pfähle an, die ihm den Weg versperrten. Er begriff es nicht. War er nicht zu Hause? Er versuchte eine andere Tür, mit dem gleichen Ergebnis. Kam aus dem Gleichgewicht, wurde unruhig und machte sich jetzt davon.

Er lief bergab – das ging am leichtesten. Schlappte darauf wieder in die Höhe in dem Glauben, daß die Tür nun frei sein würde. Unbegreiflich, daß ein Baumstumpf auf den Einfall kommen konnte, an einem so unbequemen Ort hochzuschießen. Er pflanzte die Nägel darauf, rüttelte und ruckelte, wurde wütend, fauchte und zerrte mit den Zähnen daran und kam auf den Gedanken, sich einen Ausweg zu erzwingen, gab es dann wieder auf – der Tag war schon nahe.

Dann rannte er abermals davon, aber diesmal bergauf ... lief zum Nachbarbau. Geschlossen! Die Ruinen der Turmhöhle – noch nachdrücklicher versperrt! Da befiel ihn die Angst. Seine Gemächlichkeit, sein Phlegma, das ihn sonst an den Waldboden fesselte, bekam Beine zum Laufen, und er jagte im Ferkelgalopp durch den Hochwald davon.

Faul und bedächtig trabte er für gewöhnlich dahin; jetzt hatten die Umstände ihn gewandelt, die schwarzen Kohlenaugen funkelten, und jedesmal, wenn er anhielt und lauschte, fingen die niedrigen Lauscher begierig den Wind auf – und er setzte wieder von dannen, so daß das Laub hinter ihm aufstob.

Allmählich wurde es Tag, und hinter ihm unten im Moor, über das jetzt der Trieb dahinging, begannen die Schüsse zu fallen. Mit diesem Geknall hatte er einige Erfahrung ... also die Beine in die Hand genommen! Fort!

Natürlich konnte er der Versuchung nicht widerstehen, den ersten Abhang hinunter zu verschwinden, der auf seinem Weg lag, und er geriet an Stellen, wo er vor nicht gar so langer Zeit gewesen war. Hätte er sein Hirn angestrengt, was dem Dachs sonst nachgerühmt wird, so würde er das entdeckt haben. Dergleichen machte die Feder besser als er, sie war flink im Begreifen, er zu schwerfällig und langsam. Und Ruhe mußte er haben ... Ruhe und Zeit; er eignete sich nicht dafür, im Handumdrehen zu handeln ... dann machte er Unfug.

Er erreichte den Tannenwald, unter dessen tief herabhängenden, dunklen Ästen er sich unsichtbar machte. War dies hier nicht der Bau? Dicht und dunkel umschloß er ihn – so ein Tropf war er plötzlich geworden. Aber der Jagdlärm rückte immer näher und rüttelte ihn wach – er erkannte den Trug und flüchtete. So hatte er denn wenigstens eine Richtung.

Er trat auf eine Lichtung aus. Gelbe Ahornblätter lagen über grauen, und Schnitzel von schwarzen Walnußschalen mischten sich dazwischen. Ein süßlich herber Geruch kratzte ihm in der Nase, während er hier ziellos schlenderte. Da erwachte er, er kannte den Ort wieder. Eine frei stehende alte Eiche auf der Kuppe einer Anhöhe rauschte im Winde, bis tief zu ihm hinab – ohne Zögern zwängte er sich seitlich in das Loch zwischen den Wurzeln.

So rettete er sich.

Aus tiefvioletten, kalten Regendünsten stieg der Oktobermond fahl wie eine reife Aprikose herauf; ein Schwall von Violett wirbelte am Abendhimmel über ihm empor. Die Dämmerung gaukelte in Dickungen und Tiefen des Hochwaldes, bis sie in der erwartungsvollen Stille erstarrte. Auf Fledermausflügeln kam die Finsternis. Lautlos, rasch ballte sie sich um Baumstümpfe und Hügelhänge und floß mit den Stämmen und dem Waldboden zusammen.

In dieser Nacht wagte er sich hinaus.

Nach Verlauf von vierundzwanzig Stunden schien ihm der Wald wieder in seinem alten Gleis, und jetzt war er seiner selbst auch wieder völlig sicher. Er handelte nicht mehr nach seiner Eingebung, sondern überlegte lange und faßte einen Entschluß: ein Winterschlupf an Stelle des alten, den der Wald zurückgenommen hatte, war vonnöten. Gut – also mußte er ihn selber graben!

Es lag nahe, ihn in der Anhöhe zu suchen, aber die Erde erwies sich als recht störrisch, wo er auch mit den Branten ansetzte. Er folgte daher einem ausgetretenen Wechsel, der von den Walnußbäumen aufwärts durch eine lange Schlucht führte, mit Wacholder an den Steilhängen und hohen Tannen auf der Höhe. Das Mondlicht legte alles klar und bloß – und jetzt entdeckte er an einer Stelle, die ihm für seine Zwecke wohl geeignet schien, ein dunkles, gedrungenes Wesen von seinem eigenen Schlag, das unter Stöhnen und Schnaufen sich mit einem Stein abmühte, der ihm im Wege lag.

Der Einsiedler der Schlucht, ein wunderlicher Heiliger, an den Schroff, wenn er die menschliche Gabe des Gedächtnisses besessen hätte, üble Erinnerungen hätte haben müssen, begegnete ihm hier. Jetzt, wo die galanten Nächte längst vorüber waren, erkannten weder er noch der zwergenhafte Dachsrüde einander wieder; sie hatten trotz früheren Begegnungen nicht das geringste miteinander auszustehen.

Schroff traf auch *Kilt* in einer anderen Lage und einer anderen Stimmung als das letztemal. Wenn nicht die Leidenschaften ihn ritten, war er ein Mann des Friedens; er arbeitete und war jetzt bei seiner Lieblingsbeschäftigung.

Ein Tausendsasa von einem Gräber, soviel begriff das unerfahrene Trotteltier sogleich ... und vom rechten Schlage! Von ihm konnte er lernen – so also ging es zu:

Die Hinterläufe waren weit gegrätscht, der Bürzelbesen schwippte eifrig auf und nieder, während der Leib aufquoll, sich krümmte und reckte, so daß das Rückgrat unter der gesträubten Bürste scharf hochstand.

Und was für Schaufeln waren seine Branten! Unter den heftigen Anstrengungen wurden sie gleichsam flach auseinandergezogen, die Nägel wuchsen und zerrten vernehmlich am Heidekraut. Die stumpfe Schnauze hing genau über der Stelle, die Lauscher waren angelegt, die Seher zugekniffen, und tiefe Runzeln furchten die Stirn.

Der große Kontrolleur hatte auch die Absicht gehabt, Kilt auszusperren. Kilt sollte erschossen werden, aufgeschärft wie ein Kalb und die Schwarte über der Schuppentür des Försterhauses ausgespannt – aber der Alte war ihnen zu schlau gewesen. Er wohnte in einem Bau, der mehrere Stockwerke in die Erde gegraben war. Die Hauptsteige hatte man versperrt; da er aber in der Nacht vor der Jagd gar nicht zum Walde gegangen war, hatte er dort ja sicher gelegen. Nun war aber der Haken dabei, daß er späterhin nicht

nach Dachsenart hinausgelangen konnte, sondern einen Luftschacht benutzen mußte, das heißt, er war durch den Schornstein ins Freie geklettert.
Jetzt hieß es für ihn, hinter den Ferkeln reinen Tisch zu machen – er liebte viele Ausgänge und viel Platz und eine gründliche Ordnung in seinen Angelegenheiten.
Als der Stein, der in die Röhre gesteckt worden war, endlich unter dumpfen Stößen den Abhang herniederrollte, machte er sich mit dem nächsten zu schaffen; er schlurrte dann beim ersten Hahnenschrei vom Hühnerhof des Försters hinein und begab sich zur Ruhe. Die übrigen Röhren von den höher gelegenen Stockwerken hatte er vor einigen Nächten freigelegt – und eine von ihnen nahm Schroff sich jetzt die Freiheit zu befahren.

Kilt war ein echter Waldbewohner. Von dunkler Färbung, plump, schwerfällig, stark. Die Kraft saß nicht nur in seinem Körper und den Gliedmaßen, auch in den Kiefern saß sie und nicht zuletzt in den Zähnen. Durch Raub hatte er seine Kräfte nicht erlangt, er war ein friedlicher Pflanzenfresser wie alle andern von seiner Sippe hier drinnen in der Waldestiefe, wo es nur Bucheckern und Beeren und Käfer und Schnecken zu erwischen gab. Diese oder jene Maus scharrte er hervor, aber noch hatte er niemals einen Vogel auf dem Nest finden können; sollte dies einmal geschehen, so mußte er schon über ihn fallen, und das war selten. Er hielt sich an den Bereich, der seiner Art zugewiesen war.
Als unermüdlichen Insektenjäger hatte die Natur ihn ausgerüstet, und stand ihm der Sinn danach, so überfüllte er nur gar zu gern seinen Wanst mit Engerlingen, ja er war so eifrig, daß er in ausgesprochenen Maikäferjahren die großen, braunen Käfer von den Bäumen schüttelte. Er verzehrte sie scheffelweise. Mit Vorliebe stöberte er auch Hummelnester und Wespenschlupfwinkel auf, Kröten und Frösche und die Stiele des Steinpilzes. Wo diese Leckereien anzutreffen waren, wußte er aufs genaueste. Schließlich hatte er noch seine Walnüsse – und die wünschte er unter allen Umständen für sich allein zu haben.
Da die Walnüsse längst alle geworden waren, gab es vorläufig nichts, worüber der alte Feinschmecker und sein Untermieter hätten in Streit geraten können. Jeder ging seinen Geschäften nach, und Kilt war so friedfertig, daß er Schroff getrost bei sich wohnen ließ,

wie man es einem jüngeren Dachs nun gestatten konnte: hübsch aus dem Wege in einer Kammer des obersten Stockwerks, wo der Hausherr ihn weder hörte noch witterte.
Allmählich lernte Schroff seinen Wirt als einen Schwerarbeiter kennen ... einen richtigen Hügeltroll, der es liebte, sich in seinen ausgedehnten Bau zu vertiefen, und der eine Vorliebe für das Graben hatte. Er richtete sich einen Dachsbau nach dem anderen ein; er konnte einfach nicht müßig sein. Sooft Schroff in seine Nähe kam, hörte er ihn ächzen und schnaufen; er arbeitete für seine Sippe, während so viele unter ihnen bummelten. Offenbar kurzsichtig, immer gegen das Tageslicht blinzelnd, an das er nicht gewöhnt war – denn er führte seinen Beruf im düsteren Höhlendunkel aus –, tauchte der vierschrötige Geselle mit den breiten Branten hier und da aus dem Erdinnern auf. Dann schüttelte er sein starres Fell mit den drei weißen Halfterstreifen über dem schwarzen Kopf und trabte sogleich wieder in die Tiefe zurück, um trotz der vorgeschrittenen Jahreszeit seine Arbeit fortzusetzen: die zahlreichen einzelnen Geschleife des Hangs mit langen Gängen und gewundenen Umgängen zu verbinden. Schroff sah mit jugendlicher Geringschätzigkeit solch unnützem Gehabe zu. Bisweilen wurde er von Mitgefühl ergriffen und wollte seine hilfreichen Klauen darbieten; aber Kilt fauchte ihn an und verjagte ihn, er wollte es allein machen.
Dann zog sich Schroff in seine bescheidene Kammer zurück, die fern von dem dumpfen Arbeitslärm des Alten lag. Nichtsdestoweniger hörte er unablässig dessen Scharren und Kratzen und Scheuern von der Erde, die hinten ausgeführt wurde.
Eigentlich verstand er die Absichten des Gräbers gut: der Wald war ja nicht immer mit grünem Blattwerk behangen, es wurde braun und rot, es wurde welk und trocken, und eines Tages stand ein weißer Wald da, in den Frostpelz des Reifs gehüllt – da tat es gut, einen tiefen Kessel für sich zu haben. Darum wohl grub dieser Kilt – die Kälte kannte er.
Wofür der Junge dahingegen noch kein Verständnis hatte, das war der Sinn für Besitz, der während der Arbeit entwickelt wurde. An einem selbstgegrabenen Bau hielt man störrisch fest. Die Mühsal, ihn einzurichten, schuf das Bewußtsein des Anrechts, das man späterhin nicht leicht preisgab. Und wie mit dem Bau, so auch mit den Wechseln, die man austrat. Jeder hielt sich an den eigenen. Ein wenig Erfahrung hatte Schroff wohl in dem letzteren Punkt; aber

er sollte noch weitere in seinem Leben machen und schließlich auf diesem Gebiet einer der rechthaberischsten Gesellen werden.
Schließlich legte sich die Geschäftigkeit in den Schächten unter ihm. Der Eremit und fromme Vegetarier der Waldschlucht, der große Kröten-, Würmer- und Maikäferfresser spürte das Nahen des Winters. Die Natur forderte ihr Recht.
Seit Ende Oktober hatte Kilt an seinem Fett gelitten. Leib und Schenkel gingen ineinander über. Der Herbstmond hatte ihm zugesehen, wie er mit der gleichen Schnelligkeit wuchs und anschwoll, die er von sich selber kannte, und als er im November wieder hervorlugte, spiegelte er sich in der Fülle von Kilts Fett. Die Drüse, von der er im Winter zehren sollte, trat hervor und näßte ihn golden um Bauch und Bürzelbesen: er ging in einem Dunst, der für ihn gleichbedeutend war mit winterlicher Traulichkeit und Alkoven.
Eine Zeitlang hatte er dann die Bauerei eingestellt; das fallende Laub versetzte ihn immer in Großreinemachestimmung. Arme voll frischer Blätter hatte er hinuntergeschleppt, die alten Notdurftlöcher mit Erde zugedeckt und die neuen eingerichtet.
Jetzt, wo die Tage sichtlich kürzer wurden, beschlich den Eiferer eine nicht abzuschüttelnde Schläfrigkeit. Seine gewohnte Arbeitsstimmung verließ ihn; er wurde träger und fauler, schlief während der Arbeit ein und hing stundenlang über einem Haufen zusammengescharrter Erde, mit dem er sich rückwärts hineinschieben wollte. In der Dunkelheit der Novembernächte und dem schmutzigen Wetter verspürte er keine Lust, sich herumzutreiben, dafür schnarchte er lieber tagaus, tagein. Der Vollmond weckte ihn wie gewöhnlich. Dann trottete er ein bißchen draußen herum, während der Kessel ausgelüftet wurde, trank ein wenig, suchte sich Eckern und nahm von seinen Wechseln und Dickungen Abschied.
Eine Nachts hing der Dezembermond über dem Wald ... Als Kilt nach Hause kam, war die Kälte allerorten spürbar, und so verstopfte er die Einfahrten von innen. Blieb dann liegen und machte es sich gemütlich, während der Sturm draußen heulte – da wurde ihm seine Stube doppelt traulich und lieb. Manches Kind des großen Kontrolleurs vernahm alle Geister des Abgrundes in einem solchen Wetter, dessen verwirrtes Treiben es beben und schaudern machte. Er aber fühlte eine Wonne bis ganz in die Nagelspitzen hinein; hier lag er gut und ließ den gewaltigen Erdatem über sich hinwegziehen; der war in *ihm*, wie er in diesem.

Oben in seiner Giebelkammer war sein junger Untermieter schon lange in den Winterschlaf gekrochen.

Die Sonne hatte sich noch nicht erhoben, aber der östliche Himmel war heftig errötet, als ein grauhaariges, rüsseliges Wesen auf niedrigen Läufen und mit flachen Branten sich selber nachdenklich auf einem Kreuzweg sitzend und nach einer Drossel in einem Gebüsch Ausschau haltend fand. Erst als der Vogel davonflog, erwachte Schroff und kam zur Besinnung; er kratzte sich hinterm Ohr und schlurrte weiter.
Nach dem Winterschlaf in seiner nicht besonders komfortablen Kammer fühlte er sich noch ein wenig steif an allen Gliedern und zu einem weiten Gang nicht aufgelegt.
Viel Sinn hatten seine Wege auch noch nicht, aber diese oder jene Puppe ließ sich wohl hervorscharren, und dann mußte er im übrigen an die frische Luft ... er brauchte Luft und abermals Luft, mußte den milden, weißen Frühlingsbrodem einziehen, das Paarungsgeheul der Eulen hören, das Liebesgekreisch der Marder und ebenso das lockende Gepfeif der Mäuse. All dies machte ihn ganz wach, so richtig herrlich wach – er hatte ja auch lange genug geschnarcht.
Eine graue, unbestimmte Feuchte hing in seiner Schwarte und stand dicht zwischen den Stämmen. Aber wie war sie hell, von einem geweihten Schein erfüllt, der von den Göttern gesandt schien ... den uralten und ursprünglichen, die zu ahnen auch ihm gegeben war. Er mußte sich hüten, mußte auf dem Posten sein innerhalb wie außerhalb des Baues. Was ihm an Bösem, was an Gutem begegnete, was ihm an Schickungen auf seinem Lebensweg zugedacht war – alles gab ihm das Gefühl, daß dahinter *etwas* liege, das er nicht zu begreifen vermochte. Nur seinem Tagewerk nachgehen und seinem Instinkt folgen und handeln, wie er ihm geboten: ein Gebot der alten, primitiven Götter.
Der Morgennebel nahm zu. Er dampfte sichtlich in dem Südwind, die Luft schwitzte. Ein besonderes, dämmeriges Halbdunkel herrschte. Unscharf, schwebend waren die Bäume nur zu ahnen. Nur die ersten hatten eine richtige Rinde, mit grünem Moos und gelben Flechten. Dicht hinter ihnen wich schon das Rindenbraun zurück in den grauen Dunst, und hinter diesen war der Wald wie mit Rauch erfüllt. Geheimnisvoll kündigte der Lenz sich an.

Nacht für Nacht war die Milde des Frühlings stärker zu spüren, Kamerad Schroff wurde lebendiger – und an dem Morgen, als er die langnagligen Branten des alten Wunderlings hinter sich hörte, schwankte er nicht mehr wie vordem, er rannte ... rannte. Zwischen den Wacholderbüschen reinigte er sich, scharrte nur ein wenig mit den Hinterläufen, und das Loch war bereit. Erleichtert verschwand er im Bau.

Kilt kam vom Waldsumpf mit schwarzer Erde unter den Sohlen. Hier, wo die Adlerfarne zur Hochsommerzeit in Schwaden um seinen Leib zusammenschlugen, wo das Geißblatt auf natürliche Weise eine für die Menschen undurchdringliche Einfriedigung schuf – hier lag er und sonnte sich, während die Bäume ausschlugen und sich mit ihrem jungen Laub behängten und die Schnepfe auf ihrem Brautzug gen Norden der blauen Anemone ihren Abschiedsgruß entboten hatte. Der gelbgrüne Zitronenfalter, der wie auf frisch aufgesprungenen Buchblättern flog, verlebendigte ihm das Wunder der Apriltage, während er sich in Kissen von Himmelsschlüsselchen und Veilchen wälzte. Zwischen den Haselbüschen hier unten und einer vereinzelten, vergessenen Espe wohnten die letzten Überreste des Waldgeheimnisses – das Mystische, zu dem er selbst gehörte.

Je weiter der Frühling voranschritt und je mehr der alte Gräber zu Kräften kam, desto öfter hatte Schroff ihn des Nachts über sich, wenn er sich etwa auf dessen eigensten Bereich hinaufwagte. Wo der Boden geborsten war und die Regenwürmer dicht unter dem Humus saßen, oder in den dichten Stangenbuchen, wo die Mäuse ihre Wohnstatt hatten, duldete der Graubart ihn nicht, er mochte sich an die unfruchtbaren, windzerzausten Hügelkuppen halten, an die sauren Sumpflöcher des Moors, wo *er* sich selten sehen ließ, weil er es nicht schätzte, daß ihm Nasses an die Klauen kam. Sich einen Zugang zu Kilts Gebieten zu erzwingen, dem fühlte Schroff sich nicht gewachsen, er wich der größeren Kraft und hungerte so halb und halb. Im vorigen Jahre hatte seine zottigbraune Jugendwolle ihm noch ein Vorrecht gegeben – jetzt war seine dunkle Dachsschwarte dem andern ein Dorn im Auge, und schlimmer war es noch, daß er dem alten Plattfuß zu stark roch.

Was war es auch für ein Geselle, den er da oben wohnen hatte? Kilt schienen mit einem Male die Augen aufzugehen – indes die Fruchtbarkeit um ihn herum zunahm, wurde ihm sein Einmieter immer unbequemer.

Spürte der Alte schon die Brunst in sich? Ahnte er, daß er einen gefährlichen Nebenbuhler beherbergte? Was früher nicht geschehen war, das traf jetzt häufig ein: der ehedem so gutmütige Kilt saß grämlich in der Einfahrt von des Jungen Wohnung und verwehrte ihm den Zutritt, wenn er des Morgens heimkehrte.

Da foppte denn der Geselle seinen Meister und schlich durch eine Hintertür in eines der unteren Stockwerke; Kessel fand er in Hülle und Fülle, und selten wurde er überrascht. Der Einsiedler, dessen Arbeitslust noch nicht zurückgekehrt war, pflegte sich nach dem nächtlichen Trott schläfrig zu fühlen und setzte seinen Mittagsschlaf über alles. Ihm aber so auf der Nase herumtanzen, das sollte die Jugend doch nicht tun, und das gab er an einem Nachmittag dem Burschen zu verstehen.

Schroff wurde mit Gewalt vor die Tür gesetzt. Den Abhang hinunter ging die wilde Jagd noch unter drohendem Gebrumm; als aber die Verfolgung bergan fortgesetzt wurde, ward nur ein vereinzeltes Keuchen aus einer engen Brust noch laut. Zum erstenmal während ihres langen Beisammenseins spitzte Schroff die Lauscher: der Ton dieses eigentümlich pfeifenden *ilt, ilt ... kilt* verband ihn mit einem Erlebnis, das wehgetan hatte.

Er verzog sich, kam aber wieder – und eines Tages dann zu später Abendstunde, als er vom nächtlichen Gerenne schon genug bekommen und sich zeitiger zur Ruhe begeben hatte als gewöhnlich, wurde er von einem unangemeldeten Besuch aufgestört. Von Gebrumm und Geschelt, geschweige denn einem Vor-die-Tür-Setzen war nicht die Rede. Die Geduld des Hausherrn hatte ihren äußersten Punkt erreicht, er heftete seine kurzsichtigen Bärenaugen auf seinen Mieter: was war er für ein Kerl – begriff er denn nicht, daß er sich zu packen habe? Nun wohl, dann kannte Kilt ein Mittel, wodurch er mit Erfolg, wenn es sich um einen der eifrigen kleinen Helfershelfer des selbstbestallten Kontrolleurs handelte, sich einen allzu aufdringlichen Gast mit Erfolg vom Halse zu schaffen pflegte.

Viel lockeres Erdreich gab es hier in dem obersten Stock unter den hohen Tannen; ständig fielen Erdbrocken von der Decke herunter, und ein solcher Haufen lag gerade im Gang vor dem Eingang zur Kammer.

Auf *seinen* Kessel Beschlag zu legen, auch nur so viel wie einen Winkel seiner sommerkühlen, wintertraulichen Kellergänge an sich zu reißen, die er mit soviel Fleiß und Mühe durch all die Jahre

ausgegraben hatte! Der Graubart fühlte sich bis in sein Innerstes gekränkt – und jetzt packte der Gräber zu.
Von der Eingebung bis zur Tat war der Weg nur kurz. Er bohrte den Rüssel bis über die Stirn in den Erdhaufen und schleuderte in ruckartigen Stößen Erdmull in die Luft, ganz wie ein Maulwurf. Dann kehrtum – und blitzschnell setzten die Hinterbranten mit ihrer Schleuderarbeit ein. In wenigen Augenblicken war der Gang versperrt und der arme Schroff lebendig begraben. Klapp, klapp, hörte er es draußen dumpf schallen ... jetzt fiel Erde auf seinen Sargdeckel.
War Schroff früher nur ein mäßiger Erdarbeiter gewesen, so legte er jetzt eine Geschicklichkeit und einen Eifer an den Tag, den selbst ein Meister Kilt anerkannt haben würde. Aber schnell wuchs die Sperre zu einem Wall an, der geübte Bergarbeiter tat nichts halb. Halsstarrig fuhr er fort, Erde hinter sich aufzuwerfen, er war ein reinlicher Herr und duldete nur seinen eigenen Gestank. Schließlich riegelte die Füllung die Röhre wie ein Pfropfen ab.
Die Luft in der Kammer wurde allmählich beengend, und bevor Schroff sich's noch versah, nahmen die Kräfte mit Windeseile ab. Ein Dachshund in der gleichen Lage wäre draufgegangen. Aber der Umstand, daß das Wetter lange trocken und windig gewesen war, wodurch die Poren im Erdreich offenstanden, besserte seine Aussichten. Hätte ein Sturzregen sie kürzlich geschlossen, so wäre sein Schicksal besiegelt gewesen.

Bedächtig und in seine eigenen Betrachtungen versunken, schlurrte Kilt nach wohlausgeführter Tat auf dem Hohlweg dahin. Die kleinen, plierigen Seher huschten von rechts nach links, die niedrigen Lauscher taten es ihnen nach, oft hielt er an und stieß die Schnauze in den Erdboden. Immer wieder fiel dabei etwas ab, und er führte sich schmatzend einen Regenwurm oder einen Laufkäfer zu Gemüt.
Das Frühlingsgrollen des Waldes kannte er gut, er hörte es kaum mehr, wenn er so dahinging und wühlte. Heute nacht aber mischte sich fortgesetzt ein eigentümliches Dröhnen in den Ton – das machte ihn stutzig. Bald fingen seine Gehörtrichter nicht mehr das Rauschen der Laubkronen ein, sondern das scharfe Zischen und Sieden der Tannen.
Wieso konnte er auch nur so blöde dahingehen. Was wollte er doch

nur im Tann? Nach den Ameisen sehen – oder sich vielleicht davon überzeugen, daß sein Erdpfropfen hielt?
In Wellen kam das Sausen des Windes, starb hin, wuchs aber wieder aus der Nacht empor. Dann plötzlich wurde es zu Stößen, ein Sturm hub heftig an, und von dem Unwetter wurde er nach Haus getrieben, nicht ohne einen Knuff ins Hinterteil davonzutragen von einem gestürzten Stamm.
Die Nadeln kreischten, so peitschten sich die Tannen gegenseitig ins Gesicht. Ein fortdauerndes Dröhnen tönte über den Kopf des Todgeweihten in der Giebelkammer unter der Hügelkuppe hinweg. Die Erdkruste reckte und streckte sich, und jedesmal wenn ein Krach ertönte, ward dem Gefangenen wohler zumute.
Mit einemmal erzitterte die Erde ... ein Bersten und Brechen ... die Wurzeltrossen der alten Tanne, die das Deckengewölbe des Dachsbaus umspannten, wurden gesprengt. Ein Spalt öffnete sich, der Sturm fegte herein ... Schroff vernahm ein Brüllen, Tosen und Splittern. Dann stürzte der Baum, wodurch sich das Dach des Gefängnisses hob, und er schoß in den grauen Morgen hinaus, erkannte aber die Umgebung nicht wieder.
Der Wald stand nicht mehr auf seinen Wurzeln, die gewaltigen Tannen lagen nebeneinander, wie auf einer gezogenen Linie ausgelegt, die Wurzeln in die Luft spreizend. Der so glücklich Befreite hatte im ersten Augenblick ein Gefühl, als sei er zu einer anderen Welt auferstanden ... eine neue Gegend mit vielen überwinterten Würmern und Käfern und Puppen lag um ihn her und wartete sein. Aber Schroff war viel zu verwirrt, als daß er seiner Freßlust hätte nachgeben mögen, der Schrecken saß ihm noch im Blut, und wenn *der* ihn ritt, dann konnte er laufen.
Er hetzte durch den Wald, das Wetter im Rücken. Sein starres, bürstenähnliches Fell wehte im Wind wie ein Spinnweben. Nachtdunkel und Mondblässe wechselten sich in allen Haaren ab, schwarze Schlagschatten krochen über seinen Kopf heran und zauberten einen mondbeschienenen Waldboden auf ihm hervor. Aber von dem Mummenschanz der Natur hatte er im Augenblick nur wenig Nutzen, die Sonne schien, es war hellichter Tag.
Er fand einen Wechsel, eben und ausgetreten, und verbarg sich hier und da in Niederungen und buschigen Schlupfwinkeln. Er folgte dem Wechsel immer weiter; es war, als könnte er nicht genug Luft durch seine Lungen atmen ... Hüpfen und Traben wechselten mit

dem gewöhnlichen Schlendergalopp ab, bis er endlich die Ereignisse der Nacht abgeschüttelt hatte und ganz allmählich in einen gemächlichen Trott überwechselte.

Er erwischte manche Schnecke, ließ sich auch Zeit, eine ausgescharrte Maus zu verzehren. Die Ruhe zog in ihn ein – er wurde wieder Dachs.

So lief er wochenlang umher und suchte hier und schnüffelte da und betrachtete die Welt sozusagen als sein eigen. Die Neugier trieb ihn, und allmählich, während die Kräfte zunahmen, bewegte er sich immer weiter von den Dachshügeln fort und geriet in die Bereiche anderer Dachse. Es bekam ihm selten gut. Er mußte sich immer wieder trollen, erwischte keine nennenswerte Nahrung – und bei diesem Suchen verirrte er sich, vom Hunger getrieben, völlig.

Er fand kümmerliche Zufluchtsorte unter Reisighaufen und gemauerten Überführungen und gelangte bei seinem Umherirren eines Nachts an den Rand des Waldes, von wo aus er auf offenes Feld austrat und hier seinen Weg fortsetzte. Wäre es nicht ständig bergab gegangen, dann hätte er sich nicht so weit fortgewagt.

Bald schlug das grüne Getreide um seinen Kopf zusammen und erinnerte ihn daran, daß die Zeit gekommen war, wo man sich mit Wollust in Gras und Kräutern begrub. Ein betäubender Duft, der ihn zeitweilig zu winterlicher Ruhe einschläferte und dann wieder zu lenzhaftem Leben weckte, schlug ihm entgegen. Er roch förmlich die Sonne, den frischen Regen und die reiche Kraft der Erde in diesem grünen Korn, und er fand in der Erdwürze, die zwischen den Stengeln faulend stand, Ahnungen von all dem, was in seinem Dasein eine Rolle spielte.

Selbst fette Kornwitterung unterschied er in der Erdwürze und schwache, aber erregende Brunstgerüche, herbsüß wie der zaubrische Honigbalsam der Bienenwabe. Sie zerrten an ihm, er tastete mit dem Rüssel nach dem flüchtigen Eros, um jeden Spritzer schnuppernd einzuholen, und bohrte dann die Schnauze in ein Hummelloch, wobei er kräftige Stiche in die Nase bekam.

Dieser Mittsommer! Dieser Mittsommer! Mit seinen Leckereien von Löwenzahn und Mistkäfern und Eidottern in Schalen brachte er den Wanst wieder in Bewegung – jetzt hieß es sich mästen und sich ein wenig Rundlichkeit anfressen.

Das Ackerland

Auf einer baumlosen, steinarmen Landzunge, die eine Meeresbucht unterhalb des Ackerlandes abgelagert hatte, war den größten Teil des Sommers ein Dachs umhergezogen. Tang und angespülte Fische des flachen Strandes, die Käfer unter den Kuhfladen von dem frei laufenden Jungvieh und nicht zuletzt die Eier der Watvögel hatten ihn angelockt, und in seiner Arglosigkeit hatte er sich immer weiter und weiter hinausgewagt, bis der beflügelte Eros ihn eines Tages überrascht und ihn völlig auf den Holzweg gebracht hatte.

Jetzt hatten die Paarungslaunen sich gegeben. Er begriff plötzlich nicht einen Deut von allem. Was rannte er wie irre draußen auf einer offenen Landzunge umher? Bei hellichtem Tage! Das Gekreisch der zahlreichen Watvögel peinigte ihn, und machte er sich auf die Socken, so hatte er sogleich die Kiebitze, die Möwen oder das umherstreifende Jungvieh auf den Fersen hinter sich. Keine Würmer, Frösche oder Beeren, nur Mistkäfer unter dem Dung, und diese Kost wurde ihm zu weichlich, nachdem der Appetit jetzt ernstlich zurückgekehrt war.

Die Sonne brannte hier draußen, der Regen stürzte hernieder – der Trieb der Sippe, sich zu rechter Zeit die Wärme und Behaglichkeit eines winterlichen Unterschlupfes zu sichern, feierte gewaltige Orgien in ihm.

Vorläufig hatte er sich unter einem der Erdbuckel der schwarzen kleinen Ameisen eingegraben und lag hier in einer Höhle, die gerade groß genug war, ihn zu decken. Einige Jäger kamen über ihn und standen und hatten ihren Spaß an ihm. Er lag nicht wie Hund oder Fuchs seitlich zusammengerollt, sondern ineinandergebogen, auf der Stirn ruhend.

Er hörte das Gelächter, hob den Kopf hoch und blickte auf. Der Lärm mißfiel ihm, er war schläfrig und an die gewaltige Naturstille der Landzunge gewöhnt – und wieder beugte er den Kopf auf die Brust hinunter, schauerte zusammen und schlief ein.

Das Getöse dort oben hielt an. Stimmen krächzten ... man verhandelte über die Methoden, wie man ihm den Garaus machen wollte. Er fand die Angelegenheit unheimlich. Hatten sie ihn entdeckt oder standen sie nur wie zufällig zusammengelaufenes Vieh zusammen – und abermals guckte der schläfrige Dachskopf hoch, die Seher blinzelten, ein Rüssel schnupperte: Tatsächlich, da waren

sie, die Biester ... und sich seinem Schicksal in die Gewalt gebend, schob er sich abermals unter der Bülte zum Schlummer zusammen.
»Der Dummkopf macht es wie der Vogel Strauß«, sagten die Jäger, »wenn er nur den Kopf versteckt, dann meint er, er sei sicher!«
Einer von ihnen hatte einen Stock. Er hatte soeben den Stock um seiner Festigkeit und Haltbarkeit willen gepriesen. Der Stock war auf einer Weltumseglung im Fernen Osten gekauft worden. Einen ähnlichen Stock gab es auf der ganzen Welt nicht.
Jetzt sollte Meister Grimbart aufgestochert werden. Sie stellten sich auf – und der mit dem Stock begann.
Der friedliche Bewohner der Landzunge begann zu knurren: Was sollte das bedeuten – griff das »Vieh« ihn jetzt an?
Ja, der Stock bohrte und trieb ihn hoch. Die Luft begann zu husten, und dicke Spritzer sprangen vor und hinter ihm im Grase hoch, aber er kümmerte sich um nichts.
»Was heißt denn das?« Die Jäger hatten aus lauter Übereifer vorbeigeschossen, und der mit dem Stock, der sie sofort verhöhnte, rannte hinter dem Dachs drein. Was das Pulver nicht vermocht hatte, würde der Stock zuwege bringen – das wollte er ihnen zeigen. Er schwang ihn und trieb voran – da sprang das Wunderwerk in drei Stücke auseinander.
Jetzt waren die Jäger an der Reihe. Ein schadenfrohes Gelächter ertönte. Der Witzbold sammelte die Stücke zusammen, rannte hinter den Lachern drein und verdrosch sie.
Alles miteinander Ferienspäße und Belustigungen für die jungen Leute vom Gut. Das Dröhnen der Schüsse, die Striche über den Rücken, das wilde Hallo verfehlten ihre Wirkung auf den Flüchtigen nicht. Schroff nahm die Beine in die Hand.

Von einem Hügel kam er, in einem Hügel war er geboren ... durch zahllose Geschlechter war es ihm eingeschärft worden, daß er, wenn er sich Nachstellungen entziehen und in einen Unterschlupf im Schoß der Erde gelangen wollte, diesen am besten fand, indem er bergauf lief. Dergleichen vergaß er, wenn er sich nach seiner Nase richtete und sein bißchen Nachdenken ins Feld führte, und noch gründlicher hatte er es verschwitzt, wenn er aus dem Kurs kam. Erst wenn die Verhältnisse ihm derart zusetzten, daß er nicht ahnte, was er tat, trugen die Beine ihn von selbst den rechten Weg. Auf das Geflimmer, den Lichtschein des Meeres, war, als er hier austrat, die erste Eingebung zurückzuführen. Wünschte er sich diese Helle, wenn er von dannen flüchtete, mit dem Feind an den Fersen? Nein, Dunkel begehrte er – und dem Strande gegenüber tauchte schwarz das Land auf. Von dannen also dem Dunkel entgegen, das sanft fallende Äcker und hohe Böschungen schufen.

Er landete in einer ausgetrockneten, mit Steinen angefüllten Mergelgrube. Ein paar alte, dickstämmige Holunder, deren Rinde die Hörner des frei laufenden Viehs zerschlissen hatten, und eine eingegangene, flechtenumkleidete Grauweide ragten aus dem Haufen auf. Steine schichteten sich auf Steine, von Farnblättern und Himbeergesträuch unterbrochen... Geröll und Steinblöcke, Feldstein und Flint. Falken und Jungkrähen hatten die Wipfel mit ihrem weißen Kot gesprenkelt. In diese steinerne Burg mit ihren zahlreichen Ausfallstoren zog er sich eine Weile tief zurück, benutzte sie nur als Standquartier, während er die Umgegend durchforschte, und eines Nachts schließlich fand er einen Weg aufwärts zu einem Gestrüpp aus Schlehdorn und Hasel und klingelnden Zitterespen, die sich an einem kilometerlangen Erdwall hinzogen.

In dem Wall, der aus heidinscher Vorzeit schon hier so gelegen, war reichlich Platz, und zum ersten Male gelang es Schroff, sich ein Loch zu scharren, das allmählich einer Röhre nicht unähnlich wurde. Besser als das Versteck im Dolmen, gar nicht zu reden von dem Ameisenhaufen, aber dennoch nicht der Hügelbau, nach dem ihm der Sinn nun einmal stand. Das Gewimmel von kleinen Bäumen und Gräsern versah es mit einem traulichen, gleichsam strohgedeckten Dach.

Hier wohnte er leidlich und schlief über Tag im Halbdunkel; erst wenn *seine* Zeit sich näherte, sah er vor sich am Ende des Einstiegs einen hellen Fleck, über dem die Zweigschatten des Schlehengestrüpps phantastisch zuckten. Wenn die untergehende Sonne den Horizont dort draußen berührte, vermochte sie gerade hierhinein zu scheinen. Der Fleck war für ihn ein Zeichen, daß jetzt seine Zeit anbrach, er fühlte sich aufgelegt und hörte seinen Magen knurren, und hatte er dann lange genug gefeiert, dann reckte er sich nach der krummgeschlossenen Lage, schüttelte sich das Erdgeriesel vom Kopfe – und watschelte hinaus.

Das Ackerland um ihn her schwoll von Korn, und der ganze dichte Knick hüllte sich in die Fülle des Spätsommers. Durch dessen Tiefen von überreifem Grün führten ihn seine nächtlichen Wege.

Bedächtig, so daß die Klauen über das Erdreich schleiften, und mit hängendem Wanst schüttelte und zwängte er sich durch das Stengelgewirr, Beifuß, Rainfarn und samenschirmiger Wildkerbel mischten sich mit Brombeere und wilden Rosen. Seine starre Schwarte kam ihm an diesem Ort so recht zustatten. Hätte es nur nicht so etwas wie Dornen gegeben, vor ihnen hatte er alle Hochachtung – daher trat er auch so vorsichtig auf.
Die Schnecken saßen oder hingen dicht wie Früchte um ihn. Bei jeder einzelnen, die er pflückte, sog er den Duft von Hagerosen und Blütenzipfeln der Nesseln ein – das erhöhte den Genuß und die Wonne der Nacht.

Ohne es zu ahnen, hatte er sich in der Nähe eines seiner früheren Zuchtmeister niedergelassen, und eines schönen Abends begegnete er diesem. Aber der stachelhaarige Dachsrüde beachtete ihn kaum; es war jetzt so lange her, seit sie sich zuletzt gesehen hatten, und die Tage, die beide in Harnisch gebracht, lagen hinter ihnen.
Die Begegnung wiederholte sich – und Schroff wurde bemerkt. Der alte Schlingel hob die Nase in die Luft und trug eine wichtige Miene zur Schau, so, als wisse er viel. Das erregte die Neugier des Jungen.
Choo wohnte zuoberst in der Feldhecke, in einem Hügel, der Aussicht über das bebaute Land gewährte. Sein langgestreckter Bau lief unter Schlehdorn und Weißdorn und wilder Kirsche dahin, und die Geschleife mit ihren Aus- und Eingängen bargen sich unter einer wahren Wildnis von Brombeerranken. Am äußersten Ende wetteiferte die wilde Flora der Felder darin, die dichten Außenwerke seiner Festung abzudichten, und wo diese aufhörte, traten ein Rüben- und ein Kartoffelacker an ihre Stelle. Aber Früchte waren eigentlich nicht so unbedingt nach Choos Sinn.
Ein Feldweg schlängelte sich unterhalb der Höhle bis zu einigen Höfen hin. In dessen Wegstaub waren immer Spuren von seinen Branten zu erkennen. Er hatte erstaunlich lange Nägel, wahre Fangklauen, sonst aber eine zierliche Pfote, die sich nicht dazu herabließ, allzuviel in der Erde zu wühlen. Spät, später als andere Dachse ging er aus dem Bau. Sehr vorsichtig bewegte er den Rüssel im Kreis um die Röhrenmündung. War er aber erst einmal dem Höhlendunst entronnen, dann erschien er plötzlich auffallend leicht und behend. Er besaß Hirn und Erfindungsgabe – das sah man an seinem trabenden Gang. Schroff fühlte sich von diesem geschwinden

Genossen angezogen, der sich leise und geheimnisvoll in den Feldern umherbewegte, und eines Nachts folgte er ihm von weitem.
Der alte Gauner murkste unter einigen kleinen Tannen herum und bekam Witterung von einem Vogel. Die Schnauze stülpte sich mümmelnd nach oben. Ein Stückchen weiter oben saß ein Schwarzdrosselnest; aber wenn er sich auf die Hinterläufe stellte, konnte er immerhin so gerade heranreichen. Er vertilgte einige längst verlassene Eier bis auf eines, das er übersah – das holte sich Schroff, als er am Platz ankam.
Unterdes latschte der Stachelhaarige auf seinen behenden Pfoten weiter über die Felder und führte den schwarz- und weißgestreiften Kopf suchend über das Gras. Die kleinen Lauscher befragten voll Eifer die Luft ... die Steinkohlenaugen plierten.
Schroff kam, den Rüssel am Boden, herbei, wie seine Mutter es ihn gelehrt, jede Raupe, jeden Büschel nach Larven, Schnecken und Raupen untersuchend. Dergleichen Kleinkram schien Choo nicht zu interessieren. Eine fette Maus oder Ratte, die feldeinwärts huschte, das mochte hingehen. Sonst aber galt sein Suchen edlerem Wild: dem einen oder andern unschuldigen kleinen Junghasen oder spät brütenden Fasan. Überraschte er einen solchen auf dem Nest, dann schnappte er ihn, wenn er konnte, auf alle Fälle aber tat er sich an dessen Eiern oder Küken gütlich.
Plötzlich kam etwas Aalartiges über den nächtlichen Pfadfinder. Der Muff von einem Körper mit den langen Deckhaaren streckte sich lang aus, und der Schweinebesen am Hinterteil reckte sich – jetzt *schlich* Choo, und der Lehrling tat sein Bestes, um seine Bewegungen nachzuahmen.
Aber das Schleichfach war Schroffs Sache nicht so unbedingt; er hatte zu grobe Nägel, zu plump, er tat besser daran, sein Vertrauen auf seine Gründlichkeit und seine durch und durch erprobten Forschungsmethoden zu setzen. Warfen sie auch keine Junghasen ab, so doch bisweilen Eier!
In Abständen ließ Choo ein mißbilligendes Gebrumm hören, das ihm galt; er verzieh dem Tolpatsch aber, wenn die Hasensasse, von der er Witterung erhalten hatte, sich als leer erwies. Zuerst wollte der erfahrene Jäger das nicht glauben, sondern kämmte lange mit den Nägeln das Gras durch, dabei schnaufend die süße Witterung einsaugend, aber dann warf er mit einem Ruck den Kopf auf: er wußte etwas Besseres.

Im nächsten Augenblick setzte er in Hüpfern von dannen, ja in Sprüngen, und bei jedem Sprung stippte er die Nase in den Wegstaub. Mit weitgrätschenden Läufen bumste er dahin. Ohne sich's verdrießen zu lassen, schloß Schroff sich ihm an und gelangte ungefähr gleichzeitig mit seinem neuen Meister zu den Höfen.

Es war tiefe Nacht. Alle schliefen – nur der Wind heulte. Vieles hielt das Trotteltier zurück. Die Witterung stieß ab, aber sie zog zugleich auch wieder an – und Choo war schon dabei, sein Vorhaben auszuführen.

Jeder hat sein Sonderfach! Choos besondere Gabe bestand darin, daß er mit der Schnauze jede Hühnerluke hochheben konnte. War die Luke widerspenstig und klemmte infolge Alters und Feuchtigkeit im Falz, so scheute er sich nicht, die Zähne zu gebrauchen. Auf diese Weise verschaffte er sich seine frischgelegten Eier! Einmal geschah es, daß die Falluke hinter ihm niederfiel, er aber konnte die Nägel darunterbohren und die Luke auch von innen her hochschieben. Von da ab war er Fachmann in diesen Dingen.

Guhuhu, grunzte er, so, als schwätze er mit sich selber . . . diese Hühnerställe müßte man doch wohl erobern können! Er ging lange um einige von ihnen herum und stieß an allen Ecken mit der Schnauze an, obwohl es ihm so vorkam, als gäben einige Ecken den Stoß wieder zurück. Aber er fuhr fort – Ausdauer gehörte nun einmal zu seinen Lebensgewohnheiten.

Eine der Schiebeluken unten zahlte ihm dann endlich seinen Lohn für die Mühe. Er nahm die Zähne zu Hilfe – und der Duft von den Herrlichkeiten, nach denen es ihn verlangte, stieg ihm frisch und ungehindert in die Nase. Er trat ein, fing sich sein Teil und fraß sich satt. Und auch Schroff eilte herbei, fing und fraß sich satt – und beide schlurrten dann noch vor dem Morgengrauen in ihre Baue zurück.

Als frommer Pflanzenfresser hatte der Missetäter angefangen – jetzt plünderte er jedes Vogelgeniste, auf das er stieß. Und kam er über einen Junghasen, dann schlug er mit Begierde zu. Mit Behutsamkeit klopfte er ein Loch in alle großen Eier und trank sie aus; ehedem zermalmte er sie ebenso wie die kleinen mit Schale und Dotter zwischen den Zähnen. Ein hartgesottener alter Praktikus war er geworden mit einer guten Erfahrung, die ihn dahin belehrte, daß er nur der menschlichen Spur nachzugehen brauche. Es war eine Tatsache, die alles echte Raubzeug schnell erfaßte: wo der große

Kontrolleur und sein vierbeiniger Helfershelfer traten, da wurde einem oftmals der Weg zu einer Beute gewiesen.

Dieser verhältnismäßig leichtfüßige Dachs mit den langen Nägeln, der seine hellere Schwarte einer reichlicheren Einwirkung des Sonnenlichts verdankte, lebte ausschließlich im Ackerland. Seit unvordenklichen Zeiten hatte die Sippe hier außerhalb des Waldes gelebt, und in einem baumbewachsenen, dornigen Hang, an den das Wasser ehemals reichte, lag ihre unterirdische Stammburg. Nach und nach hatte sich das Land gehoben, wodurch die großen buckligen Strandwiesen entstanden waren, die sich vom Fuße des Abhangs wie eine Halbinsel in die Bucht vorschoben.

In seiner Jugend besuchte Choo oftmals diese Landzunge, deren trockene Kuhfladen er umdrehte, um Mistkäfer zu finden. Jahrelang waren Insekten, Korn, Kartoffeln und süße Rüben seine tägliche Nahrung gewesen, und hätte ihm damals jemand gesagt, daß er sich lieber an einem ordentlichen Beefsteak oder einem Nest voll halb ausgebrüteter Eier stärken solle, so würde er den Rüssel umgestülpt und eine überdrüssige Fratze geschnitten haben. Dann war es ihm ergangen wie dem Bären, der Pferde anfiel, wie dem Tiger, der zum Manntöter wurde – er hatte eines Tages Blut geleckt.

So wie sein spinnwebgraues Fell eine auffallend helle Färbung trug, so war auch sein Gemüt ungewöhnlich, es war lebhaft und beweglich. Wohl lebte er wie ein Dachs und führte sich als solcher auf, schlief viel; wenn er aber wach war und auf Fang ausging, dann zeigte er eine Umsicht wie nur ganz wenige seiner Artgenossen in den Wäldern. Es war, als hätten seine reicheren Jagdgefilde ihm einen Wink von diesem oder jenem gegeben, worauf sich seine ärmeren Jagdgenossen nicht verstanden; ein leichterer Zugang zu vielseitigerer und kräftigerer Kost hatten seine Leichtfüßigkeit begünstigt und bewirkt, daß er zu den individuellen Abweichungen der Art gehören sollte.

Der treuherzige Schroff lernte viel von dem alten Verbrecher, auch wie er auf die sicherste Weise nach wohlbeendetem Raubzug seinen Eintritt in die Röhre bewerkstelligte. Während des Jagens konnte er nicht langsam und vorsichtig genug zu Werke gehen. Es galt, sich hier keinerlei Übereilungen zuschulden kommen zu lassen. Und schleichen war eine Tugend. Wenn aber das Werk vollbracht war und der Tag im Anmarsch, wenn man auf dem gemächlichen Heimweg den Raub verdaute, ging es nicht an, in den Bau zu schlendern,

so als habe man nichts ausgerichtet. Choo wußte, daß Gefahren zu lauern pflegen, wenn ein Dachs zu oder von seinem Bau geht. Daher blieb er immer in einiger Entfernung davor stehen, blieb lange in Deckung und witterte und lauschte, um dann plötzlich in einem gewaltigen Lauf sozusagen mit der Tür ins Haus zu fallen.
So trieb es der alte Schurke nachtaus, nachtein, und wollte Schroff ihm die letzte Wegstrecke nachfolgen, so mußte er die Beine in die Hand nehmen.
Eines Morgens geschah es, daß Choo mitten in dem üblichen Vorwärtsstürmen plötzlich anhielt, so daß der Junge ihm die Nase pladauz ins Hinterteil stieß – da bekam Schroff eine Tracht Prügel für seine allzu große Bereitwilligkeit, gute Lehren anzunehmen. Roch er denn nicht den Jäger? Choo wollte den Grünschnabel nicht mehr an seinem Hintern haben.
Der Erntelärm überflutete die Äcker, und das Getreide fiel unter singenden Sensen und klappernden Maschinen. Die Jahreszeit der Junghasen war vorüber, und an Eiern gab es nur die, die man in einem Hühnerstall ergattern konnte. Schroff schwelgte in Kartoffeln und knabberte Rüben. So saftige Wurzeln hatte der Wald ihm nie zu bieten gehabt; aber für den alten Feinschmecker hatte dergleichen wabbeliges Futter nur geringe Anziehung, nur die Brombeeren und Wurzeln fanden noch eben Gnade vor seinen Augen.
Zu den Höfen ging er nicht zur Zeit. Er befriedigte sein Verlangen nach Fleisch, indem er angeschossenes Wild aufstöberte. Die Jäger knallten tagsüber, nachts trottete er in ihrer Spur. Dank seiner sicheren Ortskenntnis gelangte er weit herum – und daß die Gegend fast leer von Dachsen war, worauf er außerhalb der Brunstzeit besonderen Wert legte, begünstigte sein Suchen noch.
An einem Flüßchen lag ein kleines Haus. Es hatte seit langem schon sowohl des Meisters als auch des Lehrlings Interesse geweckt; denn es duftete lieblicher als irgendeine Blume. Von seinem Aufenthalt auf der Landzunge entsann sich Schroff dieses Geruchs. Er erinnerte sehr stark an Vögel. Choo wußte haargenau, in diesem Haus war Entenbraten zu holen. Sie trafen nachts regelmäßig außerhalb des Hauses zusammen; jetzt kam die Zeit des Winterschlafs heran, und der Wanst wollte gefüllt sein – ein wenig Fleisch nach all diesem schlaffen Futter würde guttun.
An einem Herbstabend, der Mond spiegelte sich im Bach, hörte Schroff ein Nagen und Kratzen vom Hause drunten. Eine schwere

Falluke wurde hochgeschoben und klappte wieder herunter, und dabei blieb es. Zum Schluß gelang dem erfahrenen Fachmann der Einbruch, und es war ein Glück für Kamerad Schroff, der längst schon Blut geleckt hatte, daß er noch rechtzeitig herankam, um mit hineinzuschlüpfen.

Indessen war die Luke nicht ganz aus dem Falz gerutscht, sondern hatte sich, da dieser zu weiten Spielraum ließ, ein wenig festgehakt, und als nun der Schafskopf in seinem Eifer mit dem Rücken dagegenstieß, fiel die Luke mit einem Krachen herunter.

Sie kümmerten sich nicht darum, viel zu sehr in Anspruch genommen von dem Verlangen, ihre Raubgier zu befriedigen; erst als sie übersatt hinausstrebten, fanden sie den Weg versperrt.

Das Entenhüttchen war selbstverfertigt und aus roh zugehauenen Feldsteinen errichtet, die nur mäßig zueinander paßten und mit Mörtel gefügt waren. In Mannshöhe war ein viereckiges Loch frei gelassen, in dem einstmals ein Fenster gesessen hatte. Schroff wurde unruhig, lief in der Entenhütte rund herum, witterte mit einemmal den frischen Luftzug von der Öffnung und richtete sich schnaubend auf den Hinterläufen an den Wänden hoch. Er setzte ab, fiel herunter, aber das nächste Mal griffen die Klauen zu. Er kletterte dem Luftzug nach, sich die Fugen und Vorsprünge der unebenen Wand zunutze machend, und hopste in die Freiheit hinaus.

Der Alte hätte auf dem gleichen Weg entwischen sollen, dergleichen aber paßte nicht für seine feinen Pfoten. Er hielt sich an seine Art und wuchtete die ganze Nacht hindurch mit der Luke. Leider konnte er diesmal die Klauen nicht darunterschieben und war genasführt. So grub er sich denn hinter einigen Geräten in einem Winkel ein in der Hoffnung, man würde ihn übersehen und dem Fuchs die Schuld zuschreiben.

In der nächsten Nacht stellte sich Schroff wieder an der Falluke ein. Was nun – war er nicht ausgelernt? Er stellte fest, daß das Ding sich nicht wie ein Kuhfladen heben ließ, wenn er mit dem Rüssel darunterfahren wollte. Irgend jemand mußte es festgekeilt haben. Er riß und biß und hinterließ die herrlichsten Pfotenabdrücke im Modder. In der dritten Nacht versuchte er es wieder – da brannte ihm einer einen Schuß Schrot auf die Schwarte. Wie Sonnenfeuer piekten und stachen diese geheimnisvollen Bienenstacheln.

Auch diesmal kam er gut davon; aber Meister Choo sah er seither niemals wieder.

In dem Loch in der Feldhecke wurde es kalt. Die Jahreszeit warnte ihn davor, im Winter hier zu bleiben. Die Blätter fielen, und die Schläfrigkeit meldete sich – er fror. Gewohnt, wie er es war, sich einzumieten, wo es sich gerade traf, schlurrte er eines Nachts in verdächtigen Absichten zur Höhe hinauf. Sie war bis auf den Grund umgegraben; der ganze Bau des großen Fleischfressers war auseinandergerissen und das Unterste zuoberst gekehrt.

Der Steilhang

Ein wenig unterhalb des Böschungsrandes unter dem Gefilz von Baumwuchs und Gestrüpp lag die Dachsburg, von der der heimgegangene Federviehtöter stammte. Sie war von Geschlechtern errichtet worden, und im Laufe der Jahrhunderte waren solche Wagenladungen von Ton und Kies ausgeführt worden, daß die Absätze gleich Schwalbennestern über die Schrägen hinaushingen. Ein Stück entfernt wand sich die Bucht einwärts; der Strand war übersät von Tanghaufen, daher pflegten auch die Dachse dieses Material für ihre Baue zu verwenden. Aber sie waren reinliche Tiere, einer wie der andere – womit sie im Herbst die Betten polsterten, das schleppten sie im Frühjahr hinaus, und dadurch entstand so etwas wie eine Bindung, die all die locker ausgescharrte Erde festhielt.
Hinter jedem Absatz gähnte ein tiefes Loch, und gleich Umgängen führten Wechsel hoch über dem Fluß des Steilhangs, wie in die Schräge eingehauen, von einem Bau zum andern.
Tief und geheimnisvoll hausten sie hier. Ein Wirrwarr von Schlehengesträuch und abgewehtem Reisig filzte den Pflanzenwuchs ineinander. Anmutig grünte der Busch zur Frühlingszeit, blühte im Sommer und quoll im Herbst von Fliederbeerdolden, Nußtrauben und den roten Beeren des Dorns schier über. Da glühte der Spindelbaum aus dem Gebüsch hervor, als sei es wilder Wein, und seine tiefroten, violetten, bisweilen bläulich schimmernden Lappen funkelten inmitten all des dunklen Brauns und blassen Gelbs. Über die eine Plattform ließ der wilde Apfel seine Ernte rieseln, über eine andere senkte die Hagerose ihre roten Birnen, eine dritte ward von fruchtstrotzenden Brombeerranken eingehüllt, und Schlehensträucher säten ihre Kernfrüchte auf eine vierte.

Die Musik der Meeresbucht war für die Dachse vom Steilhang eine Lust; sie hatte ihr Gemüt heller gestimmt als das der Waldgefährten – frische Luft und aufstachelnder Lebensatem waren ihre Begleitung, er wirkte wie Balsam und erfüllte sie mit Rausch und Drang, sobald sie aus der dumpfen Luft aufstiegen und ihn in sich einsogen.

Viele Töne kamen mit den Lüften brausend zu ihnen herein: der Riesenchor des Entengeschnatters, der Schrei des Reihers und das Foppen der Wildgänse und über allem das Kreischen der Möwen. Die Möwen fingen Fische und fette Quappen; sie ließen sich häufig auf das Gras der Landzunge in der Bucht hinunterfallen, und mitunter ging auch einer oder der andere Vogel dort zur ewigen Ruhe ein. All dergleichen heimsten die Dachse als Strandgut ein.

Wenn sie dann so eine ganze Nacht umhergestreunt waren und mürbe in den Schenkeln sich auf ihren Tangmatratzen zur Ruhe begaben, dann genossen sie immer die Musik der Meeresbucht; gedämpft und fern ertönte sie zu ihnen nieder: das Plaudern der Wellen, das Platschen des Wassers zwischen dem Geröll der Brandung und das Zischeln und Sieden der hochleckenden Wasserzungen – all dies verschaffte müden Beinen Linderung, es schenkte dem Auge Schlaf, einen langen, guten und anhaltenden Schlaf. – – –

Zum Steilhang hier am Strande kam ein müder Wanderer.

Als das nasse Wetter des Novemberabends mit einer Ahnung von Frost in den Tropfen statt der Sonnenflecken vom Sommer durch das Loch im Knickwall zu Schroff hineindrang, hatte er sich schleunigst verzogen. Er verließ sich auf einen uralten, fast überwucherten Wechsel und gelangte jetzt endlich aus der Burg hinaus.

Die Nacht brütete über dem Land und tauchte den blattlosen Steilhang in tiefes Schwarz, die Sturzäcker dahinter schienen noch schwärzer. Der November hatte die Wolle der Felder und den Pelz der Wälder gerupft, er hatte die Fruchtbarkeit und Fülle in den Gräben gefressen. Es war kahl, wohin Schroff auch sah. Nächtliches Gewölk jagte eilends über die blinden Lachen der Landzunge ... zwischen den faserigen Rändern und den sturmzerfetzten Rissen der Wolken leuchtete hier und da die kühlweiße Sichel des neuen Mondes auf.

Vorsichtig schlurrte er von Röhre zu Röhre; er war nicht allzu kühn, wenn er so ohne weiteres die Schwelle eines fremden Volkes überschreiten sollte. Am besten war es schon, sich die Verhältnisse

anzusehen – Kilts Mittel, sich von einem aufdringlichen Gast zu befreien, saß ihm immer noch als ein Schrecken in den Adern.
Alles war wie ausgestorben. Die Absätze schleimiggrün von Algen oder teilweise verfallen. Viele Einfahrten mit herabgefallenem Laub angefüllt, andere, in die er den Kopf steckte, wickelten Spinnweben um seine Schnauze – ein Zeichen dafür, daß die Röhre leerstand. Endlich entschloß er sich, einen Gang gründlicher in Augenschein zu nehmen, und so gelangte er immer tiefer in den Steilhang hinein.
Er war in einer großen Dachsansiedlung geboren mit mehreren Bauen nebeneinander; er hatte sich einen Winter bei dem Abgrundgeist Kilt aufgehalten, diesem emsigen Höhlengräber der Wacholderschlucht; aber nie noch sah er etwas Ähnliches wie dieses Gebiet von Bauen. Geschlechter hatten daran gegraben und andere Geschlechter sie ausgebessert, und neue Geschlechter hatten für die Verbindungsgänge zwischen ihnen gesorgt. Scheidewände waren im Laufe der Zeiten niedergerissen und von neuem errichtet worden, wie es die Verhältnisse innerhalb der Familien nun erforderten. Hier am Steilhang hatte man gelebt und gestritten fast auf Menschenart.
Dann kam der Sohn des Försters als Jagdgehilfe in die Gegend; seine fixe Idee waren Dachse – jetzt sollte hier ausgemistet werden. Er schoß sie vom Morgen bis zum Abend auf dem Anstand. Richtete sich auf einem dicken Ast eines nahen Baumes einen weichen Ansitzplatz ein, von wo aus er die Wechsel beschießen konnte. Hatten die Bewohner sich am Abend auf die Arbeit hinausbegeben, dann legte er in den meistbefahrenen Röhren Säcke aus, deren Öffnungen mit Faßbändern weit offengehalten und deren Böden in den Eingängen versenkt wurden. Hier drinnen blieben die Heimkehrer in der Morgenstunde stecken; sie wurden hervorgeholt und verprügelt.
Viele bekam er, aber nicht alle. Da benutzte er Hunde als Belagerungstruppe. Sie hielten die Belagerten in Schach, während er sich von oben zu den armen Schlafmützen niedergrub. In Fangeisen fing er sie und dies mit gutem Gewissen: ein Junghase, dem die Krähen den Garaus gemacht hatten, war auf der Plattform vor einer Röhre gefunden worden – danach konnte kein Zweifel darüber bestehen, daß ein so ausgeprägtes Raubtier wie der Dachs alle Junghasen tötete, deren er nur habhaft werden konnte.

Irgend jemand soll in dieser Welt ja die Schuld haben, und ganz ohne Schuld an den irrigen, aber so echt menschlichen Schüssen des jungen Jägers war Choos Lehrling ja keineswegs; es schien also, als habe das Schicksal, das früher oder später alles Lebendige schlägt, die Vergeltung für seine Schurkenstreiche hier für ihn bereit. Aber vorläufig sollte er deren Druck in keiner Weise zu fühlen bekommen.

Schroff richtete sich also ein, wie so häufig schon; er reinigte einen Kessel von dem schimmeligen Tang und mooste ein, in dem Kies der Plattform grub er Rinnen aus, ganze Laufgräben, in denen er sich ducken konnte, wenn er aus- und eintrat.

Aber dann konnte er auch nicht mehr schaffen. Er war schwer in den Gliedern, sommermüde und schläfrig. Das Gesetz der Natur, das einen Dachs dazu ermahnt, zu Bau zu gehen, wenn es die Wildgänse meerwärts schickt, hatte sich schon lange gemeldet. Er hatte aber auch in diesem Jahre die Pfoten gerührt. Rundlich wie im Vorjahre fühlte er sich nicht. Er ächzte auch nicht unter seinem Fett; im Gegenteil, er hatte nur Körnerfutter zu sich genommen.

In einem der besten Alkoven, tief unter einem festen Kellergewölbe, so tief, daß der Frost nie zu ihm hinuntergelangen konnte, hielt er seine erste lange Winterruhe. Die Stürme der Wintersonnenwende heulten, der Tauschnee klebte an Reisig und in Spalten, jeden ragenden Baum schmückte das Wetter mit einem scharfen weißen Strich den ganzen Stamm hinunter. Der Schnee wirbelte um das Steilufer; er kam aus der Luft, aus der Erde – ein abscheuliches Rauchwetter.

Wie hatte er es doch traulich da unten in der Tiefe! Das Wurzelgewebe gab hin und wieder einen Erdklumpen frei – der dann berichtete, wie es da oben tobte. In wildem Lauf jagte das Schneegetümmel über Land. Das war ein Ritt! Ein menschliches Auge sah nur die fliegenden Mähnen der weißen Pferde und die langen Strahlen des Atems in den Lüften. Zäune und Knicks wurden in Sprüngen genommen; jäh ging es in mächtigen Sätzen hoch in die Luft. Hier und da bäumte sich eins der Rosse, kam wieder auf alle viere und sank in den Raum zurück, wo alles unaufhaltsam weiterjagte. Der Hügel auf dem Ackerwall mit Choos zerstreuten Wohnstätten bog abermals seinen Rücken hoch, die zugeschneite Landzunge schien bis ins Meer hinaus verlängert. Die Kälte nagte, der Sturm biß – aber Schroff ließ den Winter toben und vertraute seiner aufgesparten Kraft. Solange er das Fleisch auf den Schinken und über den Rippen halten konnte, schlief er getrost.

Dann wurde mit dem Kommen des milderen Frühlingswetters der Schlaf leichter; jetzt mußte er seinen geheimnisvollen Fettbeutel anbrechen und von ihm zehren – oft aber riefen Durst und Verdauungsstörungen ihn wach. So neu es auch war, von der Böschung aus zu gaffen, das klingelnde Eis vom Meer und nicht das Rauschen des Waldes zu hören – er strebte so schnell wie möglich wieder in die Kasematte hinunter.

Niemand hatte um diese Zeit des Jahres auf der Landzunge etwas zu suchen, und niemand bemerkte die Spuren im Schnee von seinen kleinen Gängen rund um den Steilhang – der Umstand, daß die ausgestorbene Dachskolonie kein Interesse mehr in der Gegend wachrief, hatte für ihn seine Vorteile.

Mit der Schneeschmelze, die ruckweise einsetzte, stellten sich seine großen Ahnungen ein. Zuerst gingen sie unter in Steifheit, Schlaffheit und Mangel an Appetit. Die ganze Maschinerie drinnen in seinem Körper kam nur langsam knirschend wieder in Gang, und so sollte es sein: nach der langen Fastenzeit mußte er mit Maß vorgehen.

Allmählich, indes die Natur aufbrach, rang es auch in ihm. Er nahm seine alten Gewohnheiten wieder auf, trottete allabendlich vom Bau, blieb länger und immer länger draußen und schlenderte gegen Morgen leichter und freier wieder heimwärts.

Und während Tage und Nächte sich ablösten und seine Freßlust zunahm, wurden in immer höherem Maße die Ahnungen zu Wirklichkeit. Felder und Hecken, Höfe und Dörfer traten nach wochenlangem Nebel wieder aus der Erde hervor. Der Roggen, der über die fernen Hügel daherkroch, leuchtete dem Auge mit seinem grünen Schein entgegen, und die Schollen der Sturzäcker breiteten sich kohlschwarz aus. Das Licht war zurückgekehrt.

Jetzt schwelgte er in wildem Kerbel, der von Nacht zu Nacht immer saftiger wurde. Er trabte auf den kleinen Äckern zwischen den Haferstoppeln umher, um sich einen Büschel Neuklee zu holen. War er denn ein Reh geworden, ein Wiederkäuer? Hatte er sich in ein Schwein verwandelt? Dem jungen Frühjahrsgrün konnte er wie gewöhnlich nicht widerstehen. Erquickend wie die Frucht des Herbstes stieg ihm der Duft in den Rüssel; es war auch in dem oft kohlrabenschwarzen Regendunkel nicht zu verfehlen.

Durch die Gerüche ging er dem Frühling nach – auf diese Weise kundschafteten er und die Eulen ihn am besten aus. Die munteren Vogelschwärme des Tages und die Menschen empfingen ihn durch das Auge. Er war schön, das sahen die Goldammern und Bluthänflinge, die im Steilhanggestrüpp nisteten; er hatte Farben, die der, der nur nächtens draußen umgeht, nicht kannte. Dafür hatte die Lenznacht eine Unzahl von Gerüchen zu bieten. Viele Blumen schlossen sich freilich und sparten die Duftsäfte auf; es waren ja auch nicht die Blumen, auf die Schroff aus war, wenn er auch einen spröden und saftigen Stengel nicht verschmähte. Die Schneckenwitterung unter dem Laub, der Erdatem fesselten ihn, der aus Mauselöchern, Äckern und Rasen so verschieden ausströmte – je schwerer und fetter, desto rascher schritt das Frühjahr voran.

Er führte hier auf dem Hang ein sehr geregeltes Leben. Ging nur nachts aus. Keiner merkte etwas von seinem Dasein, ausgenommen wenn er sich einen Übergriff erlaubte. Aber den schob man dem Fuchs in die Schuhe.

Er hatte ja das Pech gehabt, Gefallen am Fleisch zu finden. Hunderte von seiner Art wußten nicht, daß sie ihren kräftigen Schlund für etwas anderes hatten, als die armesdicken Baumwurzeln damit durchzubeißen, wenn sie ihre Baue gruben. Die hübschen runden Dolchfänge, die knuppigen Sägezähne – die hatte Gott der Herr ihnen nur verliehen, damit sie sich mit ihrer Hilfe einen Weg durch den Waldboden erarbeiten sollten, um unter einer alten Eiche, Buche oder Tanne tief sich zu verklüften. Hunderte von seiner Art hatten sich mit diesem Gedanken zufrieden erklärt, Hunderte liefen umher und drehten Kuhfladen um, um Käfer zu fangen, suchten unter den Pilzen nach Schnecken, wühlten in alten Stünken – aber er wußte etwas Besseres: das Beißwerkzeug, das er besaß, war mehr als eine Grabemaschine, es war ein Fanggerät, eine herrliche Schere, die das lebende Fleisch festzuhalten vermochte, während Zunge und Schlund sogen.

Ein Fänger von Bedeutung wurde Schroff indessen nie, und Wild fiel niemals für ihn ab. Er begnügte sich mit dem, was er durch einen Zufall an zahmem Federvieh bei seinen nächtlichen Besuchen in Kükenhocks und Entenställen ergattern konnte, wo er sich unter Holzkisten oder Drahtgewebe einen Zugang scharrte. Es hieß, daß er die Beute zuschanden biß. Möglich war es schon; er packte sie von der Seite, am Rücken oder Hals – wo er nun am leichtesten ankommen konnte. Aber er fraß sie doch in der Regel immer und wußte nichts von der Mordlust des Fuchses oder Marders. Ein wenig frisches Fleisch liebte er, aber nicht tagtäglich, nur hier und da einmal – zum Hausgebrauch.

Träge, starrköpfig ... eintönig! Nicht nur ein Trotteltier, sondern auch ein Gewohnheitstier! Scheinbar von höchst verschlafener Gemütsart, aber doch in gewissen Augenblicken gefährlich und schwellend von Tatkraft!

Aber vorläufig ist sein Gemüt voll Ruhe. Er schläft gut, schläft getrost und lange, und wenn er gegen Abend erwacht, kann er sich Zeit lassen, sich den Schlaf aus den Augen zu reiben, daliegen und dösen und horchen.

Das Gekreisch der Möwen über dem Strande verstummt; lautlos und sacht kommen die Schatten geschlichen und umfangen den Ruf des Kuckucks mit ihrer Gespensterstimmung. Die goldene Dämmerung geht in Nacht über, in das helle Zwielicht, das allein dem Norden eigen ist.

In dem dämmerigen Rachen des Einstiegs zwischen Wurzelfasern der rundum wachsenden Bäume läßt der Einsiedler seine Schnauze sehen. Er umkreist die Öffnung, wagt sich nun mit der Schnauze weiter vor und tastet aufs neue witternd die Luft ab. Das geringste Verdächtige – und die Schnauze verschwindet mit einem Ruck, um erst lange nachher vorsichtig wieder aufzutauchen. Geheimnisvoll bewegt sie sich im Kreise, ein blanker Punkt am Ende eines schimmeligen Schafts, der länger und rundlicher wird, je mehr sich vom Kopf ausmachen läßt. Es blinkt hier und da vom Rüsselschaft, wenn der Mond der Schnauze ein wenig von seinem Glanze verleiht.

Schließlich wagt sich der unterirdische Herr des Steilhangs so weit vor, daß der Oberkörper die Röhre mit einem unbestimmten Dunkel anfüllt, und wie er vorhin die Öffnung gründlich untersucht hat, erforscht er jetzt die nächste Umgebung außerhalb des Tors.

Ein Mückenchor ... ungeheuer; er breitet sich zu allen Seiten aus, über das Ackerland, steigt in die Luft hinauf, hoch über die Kronen der Bäume. In der lauen, schweigenden Nacht hat nur er allein das Wort. Über einem dunklen, tiefen Unterton zittert ein hohes, feines Pfeifen, das unermeßlich langgezogen wird. Mücken ... nur Mücken.

Dann schlurrt Schroff getrost aus seinem gewundenen Laufgraben aufwärts, der vom Bau in die frische Luft hinausführt. Das Licht des Mondes fällt in seine Schwarte und gießt silberne Ströme über seinen Hals und die Rückenhaare. Ein Windstoß bläht die Haare auf und gräbt Löcher, in deren Tiefe die Haut zum Vorschein kommt. Er schüttelt sich, bürstet sich hinter dem Lauscher und am Hals, reibt die Seher mit den Vorderbranten und wischt sich ungeschickt über die Nase. Dann knabbert er am Hinterteil und leckt sich die Schenkel, steckt dann plötzlich die Schnauze in die Luft und hockt sich hin und lauscht.

Das Gestrüpp rauscht leise, die Vögel sind zur Ruhe gegangen, eine wohltuende Stille hat sich über die Natur gelegt. Und der Tau kühlt Wurzeln und Blätter ... Zeichen, die er versteht: jetzt sitzen die Regenwürmer oben im Rasen, und die Schnecken wandern.

Am Grat des Steilufers entlang geht der abendliche Weg. Puh, ihm ist es zu warm! Weiße kleine Motten schwirren in fliehenden Sätzen von den Schlehdornbüschen auf. Brummende Mistkäfer stießen bei jedem Schritt, den er tut, aus dem Grase hoch, sausen in die Lüfte davon und werden in der Abendröte zu Vögeln.

Die langen Nägel an den breiten Vorderbranten haben es eilig, und der Rüssel sucht, ein lautes Schnalzen verkündet die Richtung seines Weges. Er vertieft sich in die Käferjagd, zuckelt auf die Landzunge hinaus und streicht von den Eiern der Watvögel seinen Zoll ein, wagt sich aber niemals weiter hinaus, als daß er wieder heimfinden kann. Oben im Ackerland holt er sich auch vieles Gute. Das Korn, das hohe Gras, das dichte Laubwerk der Bäume und Büsche verhüllen seine kleinen Schurkenstreiche. Besser als hier scheint es ihm niemals gegangen zu sein. Keiner, der ihm in die Quere kommt, keiner, der ihm den Zugang zu den Wechseln verwehrt. Er kann murren und schnurren und herummurksen, wie er will – die Einsamkeit des Steilhangs ist seiner Einsiedlernatur gerade recht.

Dann plötzlich verändert sich das Bild. Die alte Unruhe! Das Erwachen der Leidenschaft! Das Spiel der Triebe! Die leeren Baue, die ihn ehedem entzückt hatten, martern ihn jetzt fürchterlich. Er wird wütend auf sich selbst, brummt seinen eigenen Schatten an und ist oft im Aufbruch begriffen, fort von diesen düsteren Kellertiefen, deren Öde er nicht mehr aushalten kann; aber entweder wird er bei einer zufälligen Begegnung mit dem gefährlichen Plauderwesen den Weg zurückgewiesen, dessen üble Witterung seinen Respekt durch einige brennende Bienenstiche erhöht hat, oder ein kläffender Köter, der ihm auf den Fersen ist, wird ihm zur deutlichen Mahnung.

Wieder irrt er umher, und jetzt wird er beobachtet. Die Leute der Gegend erhaschen hin und wieder den Schatten eines »grauen Hundes« oder »eines schimmeligen Viehs«, ohne daß indessen ihre nächtlichen Gesichte dem Dachsjäger zu Ohren kamen.

So ging es schließlich wie im Vorjahr. Der Verführer Eros lockerte seinen Griff um ihn, und er fand den Weg zu seinem alten Gott zurück, der stärker als je forderte, daß er ihm huldige. Die Sehnsüchte schlugen in Hunger um, seine Begierden galten Haferrispen und süßen Rüben, das Wasser lief ihm im Munde zusammen nach Eidechsen und Heuschrecken. Die eifrige Gottheit, die in seinem Bauch saß, nahm auch Frösche entgegen, ja nach einem frischgesetzten Junghäschen war der Götze förmlich wild.

Er nahm sein gewohntes Sommerleben unter dem Weißdorn und den Holundersträuchern, zwischen Wäldern von Nesseln und Riesenausgaben von Kletten, zwischen Zikadenspeichel, Gespenstermotten und gierig stechenden Mücken wieder auf.

Mehrere Haferfelder und ein Rübenacker, so lang, daß er niemals bis zu dessen Ende gelangt war, liefen auf den Steilhang hinaus – und er ging am Fuß des Hangs entlang und um die Landzunge herum, dann fand er den Weg an einem Steindamm hin über eine schilfumkränzte Einbuchtung zu einem ungeheuren Garten, wo zum Herbst die Erde von niederfallenden Früchten geradezu troff.

Durch eine Hasenlücke unter der Dornenhecke erzwang er sich Zugang. Keine Spur roch er, weder vom Hund noch von Menschen. Aber die Lücke war eng; wollte er wieder hinaus, nachdem er sich mit süßen Äpfeln vollgepfropft hatte, mußte er sich ganz winzig machen und die Äpfel noch einmal der Erde anvertrauen.

Ein betriebsamer Unternehmer hatte in seiner Jugend das Stück Land erworben und es bepflanzt. Der Mann hatte Glück im Verdienen gehabt, aber kein Glück in seinem sonstigen Leben. Die Kinder starben, die Frau starb, und jetzt folgte er in seinen besten Jahren nach, gerade als er die Früchte des Gartens genießen und sich an dem Ergebnis seines Fleißes freuen sollte. Sein ganzes Wirken hier mit dem Garten schien zwecklos.

Er war es ja, *er*, den die Früchte hatten erfreuen sollen ... seine Frau und die Kinder ... und nicht ein Tier, nicht einen sauertöpfischen Dachs. Die Früchte fielen in Mengen hernieder und lagen zu Haufen unter den Bäumen – und an Stelle der Toten fraß Schroff sie.

So kann es gehen – und so ging es jenem großen Kontrolleur und dem armseligen Dachs: des einen Tod, des andern Brot. Traurig, traurig ... nach der Meinung der Menschen. Die Natur – die Allmutter – sieht diese Sache vielleicht anders an.
Es war ein Garten so köstlich, daß er sich zwei lange Herbstmonate daran gütlich tat – im dritten lief er dann in eine Schlinge und hätte fast das Leben drangegeben, kam aber noch heil davon, wie alle, deren Stunde noch nicht um ist.
Zu rechter Zeit suchte er seinen Winterschlupfwinkel, müde vom ewigen Herumtrotten in den langen Nächten, außerdem verfressen und überfett, fast speckig. In diesem Jahre hatte er Flomenfett, von dem er zehren konnte, während er sich dem schlafähnlichen Dösen hingab und dalag und entspannte. Das Bett war mit weichen Moosbüscheln gepolstert, mit trockenem, welkem Gras, das er selbst geerntet und ins Haus gerollt hatte. So gut und weich war sein Lager, so behaglich, wie ein bequemer Dachs es nur verlangen konnte!

In seinem tiefen Kessel hier im Schoß der Erde ruht Schroff geborgen. Das krachende Geräusch des Winterfrostes in den dicken Gewölben, das bald so trauervolle Heulen und bald so disharmonische Pfeifen des Sturmwetters in seinen langen, öden Fluren und den großen, unbenutzten Räumen klingt in seinen Ohren wie einschläfernde Musik. Er kuschelt sich ein und läßt sich's wohl sein, während er gleichsam in weiter Ferne das Getrommel der Regenschauer auf sein laubgedecktes Dachgewölbe hört, in das sich das Poltern und Dröhnen des Sturmes mischt, der im Gestrüpp am Hang zerrt. Ein armer, verhudelter Reineke kann wohl in aller Eile einmal sein Haus betreten und sich in einem der vielen leeren, immer gerichteten Betten ein Nickerchen erschwindeln; aber der Gast kommt still und geht still wieder und dringt niemals bis in seinen Alkoven vor.
Doch will es das Geschick, daß auch andere den Weg finden ... gefährlichere Gäste, die etwas zu rächen haben und die sich nicht davor scheuen, den Bäcker für den Schmied zu hängen.
Drei Feldhuhnnester wurden in diesem Sommer bei der Heumahd zerstört, der Hofhund leerte das vierte; der Jäger aber erfuhr nichts davon.
»Wo sind nur die Rebhühner geblieben? Im vorigen Jahre gab es doch so viele« – da erzählte einer der Leute von »dem grauen Hund«.

»Da haben wir den Eierdieb, straft ihn, stochert ihn auf!« – längst schon hatte der Dachsjäger seine Maßnahmen getroffen.
In welchem Bau der Missetäter haust, ist leicht zu erkennen. Die Geschleife, der Kehricht vor dem Eingang geben Bescheid, und jetzt zur Winterszeit steigt ein schwacher Brodem aus dem Luftrohr über dem Schlafkessel. Mannsstark rücken sie ins Feld: zwei Jäger und ihre Hunde. Mit dem schärfsten will man beginnen. Gelingt es Fix aber nicht, das Vieh hinauszuwerfen, dann stehen ein paar Männer mit Spaten und Hacken bereit.
Schweigend beziehen die Jäger ihre Posten, und der Foxterrier fährt zu Bau. Er hat das Röhrengebiet schon früher besucht. Damals roch es nach gar nichts, jetzt merkt er sofort, daß es bewohnt ist.
Fix schnuppert sich durch den Hauptgang vorwärts. Jeden Augenblick erwartet er, Reinekes Mondscheinfratze vor sich zu sehen; es riecht im übrigen nicht schlecht nach ihm, aber die Witterung eines andern Erdbewohners ist ebenfalls zu spüren. Diese Witterung liegt unter der herben und hellen des Fuchses und ist fade und fettig und dunkel. Wenn es an der Decke entlang vom Reineke dampft, so schleppt sich der schwere Dunst des Dachsrüden am Erdboden hin – und je weiter Fix hineingelangt, desto mehr sielt er die Schnauze in Dachswitterung.
Ein Besuch in einem Bau ist für ihn eine alltägliche Sache. Das hat ihm immer Spaß gemacht. Die Finsternis unter der Erde empfindet er als angenehm; seine Gelenkigkeit läßt ihn wie geschaffen erscheinen, in diesem Festungsbereich umherzukrauchen. Und sich zu balgen – sich zu balgen ist seine Leidenschaft. Der stechende Raubtiergeruch reizt ihn gewaltig und bringt ihn sofort in Harnisch.
Das Getrippel unter ihm wird schneller, der Dunst im Bau garstiger; er hämmert gegen seinen Kopf und lädt ihn mit dem Mut der Tollkühnheit. Endlich gelangt der Hund ins innere Kastell – da, gleich dahinter, liegt die Schlafmütze krummgeschlossen, dem Eintretenden das Hinterteil zukehrend.
Ein hohler, drohend knurrender Wirbel begrüßt den Hund und entfesselt das Kriegsgeheul in seinem Hals. Er tobt, hüllt sich in ein Donnergetöse von Gebell, aber der unterirdische Festungskommandant läßt sich nicht einschüchtern. Unaufhörlich rollt sein düsteres, dumpfes Knurren in den Ohren des Terriers, eine Warnung an den Friedensstörer von dem meist so wunderlichen und mürrischen, aber eigentlich braven Gesellen.

Der Hund geht drauf los, darauf erpicht, dem murrenden Brummbären einen roten Balg für einen grauen zu verpassen – außerdem weiß er von seinem Herrn, wie gern der seine starke, unsichtbare Schrotklaue in einen Dachs schlagen möchte. Er muffelt dem Gegner mit der Schnauze in der Rückenbürste und zerrt an ihm, ohne zu merken, daß der Berserker, der wie gewöhnlich auf der Stirne ruht, sich mehr und mehr zusammenkrümmt und die Verteidigungsstellung des Igels einnimmt.
Ein Phlegmatiker, ein Träumer steckt in Schroff. Aber an Mut gebricht es ihm nicht, und viel Schläue ist auch auf dem Grund seiner Natur zu erkennen. Jede Störung versetzt ihn in Zorn, und hier, wo er in seinem Zuhause ist, fühlt er sich doppelt gekränkt. Er hat seinen Schlachtplan bereit.
Während der Kläffer damit beschäftigt ist, die großen, gelbroten Flöhe auf den Trab zu bringen, die immer sein stichelhaariges Hinterteil plagen, schiebt er den Kopf tiefer unter den Bauch hinein, und plötzlich steckt er die Schnauze zwischen den Hinterläufen wieder hervor und bringt seinen stumpfen, reißenden Biß an.
Der Hund, der von diesem tückischen Manöver nichts geahnt, bricht in ein Heulen aus; den einen Vorderlauf fast ganz abgebissen, den anderen garstig zugerichtet, schleppt er sich nach oben.
Jetzt hat er eine Weile Frieden, dann geht es von neuem los – und diesmal hat er sich mit zweien von den immer willigen Helfershelfern herumzuschlagen. Sie sind indessen bei weitem nicht so große Waghalse wie der erste, sondern gebrauchen vor allem die Schnauze.
Unter dem Schnee und dem Laub ist die Erde noch nicht gefroren, also gehen jetzt die Männer mit Spaten an die Sache heran und graben gerade vor den Hunden einen Schacht. Es hob die Kriegerlaune der kleinen Burschen; im letzten Augenblick kletten sie sich fest, und indem man an den Hunden zerrt, zerren die Jäger auch Schroff hervor. Plötzlich wird er an dem einen Hinterlauf gegriffen und in die Höhe geschleudert und aus seinem trockenen, warmen Bett hinaus in den nassen Schnee geworfen. Als er diesen um die Klauen spürt, schüttelt der die Pfoten wie eine Katze, die in etwas Nasses getreten ist – dann ist ihm, als krachten und brächen alle Baumstämme des Hochwaldes um ihn zusammen.
Wie sie aber mit ihrem Schießprügel pfuschten, das hat er nie erfahren können, das ging über seinen Verstand. Er verschwand in

eine andere Röhre, und jetzt war der Tag so weit vorgeschritten, der Bau, in dem er sich verbarg, in einem solchen Grad zwischen Schlehen und Weißdorn verfilzt, daß die Jäger jede weitere Verfolgung aufgaben.

Am nächsten Tage wollte man weitermachen. Aber der Bauer, dem der Steilhang gehörte, weigerte sich plötzlich zuzulassen, daß man ihm seinen ganzen Windschutzgürtel an den Äckern entlang zerstörte. Außerdem konnte irgend etwas in ihm, so sagte er geradeheraus, sich nicht damit aussöhnen, daß man auf so gewalttätige Weise ein Tier aufstörte, das in seinem ruhigen Winterschlaf lag.

Die Heimfahrt

Frühzeitig stieg Schroff im folgenden Frühling aus dem Bau. Seit der unsanften Behandlung, die ihm im Winter zuteil geworden war, hatte er auf irgendeinem Stückchen schmutzigen Tang gefroren, das weder Behaglichkeit noch Wärme schenkte. Sich von dort zu verziehen, hatte er weder gewagt noch auch recht gekonnt, er war zu träge und schlaftrunken.

Dann setzte plötzlich nach einem überwältigenden Schneefall dieses Winters die Schneeschmelze ein und nahm so geschwind ihren Fortgang, daß er fast irre wurde. Hier unterhalb seines Steilhangkessels pflegte ein Sturzbach zu tosen, dort an einem Sturz über die Böschung ein Stück entfernt sollte er ein Geriesel summen und eine Quelle glucksen hören. Aber es brausten Wildbäche und gluckten Quellen nah wie fern, mit gesträubtem Rücken mußte er Ströme durchwaten; aber die eilenden Wasser waren nicht gesonnen, auf sein Verschwinden zu warten, sie schäumten ihm um den Bauch – und das war abscheulich.

In seinem ganzen bisherigen Leben hatte es bisher geheißen: auf und davon. Kaum daß er etwas Gutes gefunden hatte, einen Kessel, in dem es ihm gefiel, mit Ruhe, Einsamkeit und doch einem mäßigen Zugang zum täglichen Brot, da ertönte auch schon das strenge Gebot des Schicksals: auf und davon! Ein Umzug stand wieder bevor mit allen seinen Unannehmlichkeiten; gut, daß er auf seinem Rücken und ohne daß er davon wußte, den ganzen Krämerkasten mitschleppte.

Wie war es ihm hier doch ergangen! Wie in seiner fernen Jugend in dem Bau vor dem Waldsumpf ... Ach, die weiche, warme Erde unter den sicheren Wurzeln der Altbuche – bisweilen, wenn er mit einem Ruck erwachte, war es, als läge er von neuem darin.
Aber jetzt war es nicht an der Zeit, hier noch länger zu verweilen, seine angeborene Vorsicht sagte es ihm. So als sei das, was ihm vor Monaten widerfahren war, gestern geschehen, saßen Unruhe und Lärm ihm im Genick.
Seine erste Ausfahrt galt Choos Wohnungen, dann ging es weiter zu seinem eigenen Sommerloch im Feldwall. Hu, hier war es garstig, voll von hereingewehtem, mit Erde gemischtem Schnee! Er hätte in derselben Richtung weitergehen sollen, in dieser lag ja die Heimat; aber der Wind kam den verkehrten Weg, und die glückliche Eingebung blieb aus. Er besichtigte von neuem seine Sommerröhre, gab aber dann entschieden diese Zufluchtsstätte auf und landete gegen Morgen wohl oder übel in seiner Winterwohnung.
In allen den vielen, zum Teil eingefallenen Eingängen staken allmählich Weißdornzweige und Lattenstümpfe; man hatte ihn aufs Korn genommen, falls er sich dazu verleiten lassen sollte, sich niederzulassen. Als die Wechsel aber anfingen, die Witterung des großen Kontrolleurs und seines noch invaliden Gehilfen auszuströmen, wurde seine Eingebung klarer, und jetzt verschwand er.
Der wundervolle Garten nahm ihn in seinen Schutz, und hier genoß er den Dornröschenschlaf, in dem der noch immer nicht veräußerte Besitz befangen war. Unter einem großen Komposthaufen grub er sich ein und lebte einen Mondwechsel lang fett von den zahlreichen Mäusen und obdachlosen Ratten. Die Obstbäume schlugen aus, während er im Garten wohnte. Hätte er für die Blüte ebensoviel Sinn gehabt wie für die Frucht, er hätte den schönen Anblick sicherlich gepriesen.
Eines Morgens kam er spät von einer Nachtfahrt zurück. Saftige Wurzelknollen, auf einem Gartenweg verloren, führten ihn an einen Streifen losen Erdreichs – und wie seinerzeit die Eicheln des Försters, so pflügte er jetzt ein Beet frischgelegter Kartoffeln auf. Eine Stimme in ihm warnte ihn davor, weiterzumachen; es war hellichter Tag – und während er umherlief und wühlte, um ein sonniges Fleckchen zu finden, wo er die Morgenstunden verschlafen konnte, hatte er plötzlich den Gärtner auf den Fersen und mußte schleunigst unter einer Laube Schutz suchen.

Ein Donnern dröhnte plötzlich über ihm – dann wurde alles still. Er glaubte, die Gefahr sei überstanden – da hätte er sich beinahe einen Spaten in die Stirn gerannt. Glücklicherweise haute er daneben.
Er strebte zu seinem Bau im Komposthaufen, fand ihn aber um- und umgekehrt wie den Hügel des alten Hühnerräubers – und jetzt mußte er aus dem Garten hinaus. Rastlos eilt er dahin; er wirft bei jedem zweiten Schritt die Schnauze in den Wind. Die Erde dröhnt unter seinem täppischen Galopp.
Ein Hund setzt hinter ihm drein und jagt ihn weiter an der Bucht entlang; er verbirgt sich in einer großen Abwässerröhre und entkommt.
Wohin sollte der Nachtgärtner sich jetzt wenden?
Hier lagen so viele Außengehölze, in deren Nähe um diese Jahreszeit niemand etwas zu suchen hatte. Eingefriedigte Viehweiden wanden sich um sie herum; junge Pferde und Färsen schweiften umher. Wohin er auch in diesen Holzungen kam: voller Schlupflöcher und Gäßchen, geheimer Pfade und Wechsel in das dichte Gestrüpp hinein, aber keine Witterung von seinesgleichen zu spüren.
Es hieß nur wandern jetzt. Er, der für dergleichen nicht geschaffen war, mußte, durch die Verhältnisse gezwungen, seine Sohlen abwetzen und wie ein Reineke von Busch zu Busch streifen. Er stieß auf Dachsparadiese, kam auch hinein, schnaufte froh überrascht – und fand dann nicht einen einzigen Dachstritt auf seinem Wege.
Aus gutem Grunde hatte ihn die Lust angewandelt, den Tag draußen zu verbringen: in Steinsetzungen, zwischen Nesseln oder unter altem Reisig; aber dadurch geschah es, daß er häufiger als sonst in Versuchung geführt wurde.
Früher hatte er seine nächtlichen Ausgänge gehabt, hatte Kuhfladen umgekehrt, Mistkäfer gefressen und Engerlinge aufgestochert; die gemästeten Würste hatten ihm immer gut gemundet. Ein Vogelnest leerte er ebenfalls ganz gern, Eier liebte er überhaupt sehr, war aber den Vogelweibchen sonst nicht weiter gefährlich. Jetzt hatte sich bei ihm so vieles verändert; er hatte bis zu einem gewissen Grade seine Lebensweise umgestellt. Trug das nächtliche Schlurren dem Wanst zu wenig ein, so nahm er, wenn er eine Gelegenheit dazu fand, den Tag zu Hilfe.
Henne und Hahn von einem Haus in der Nähe besuchten oftmals

sein Gesträuch. Eines Mittags weckten sie ihn. Ihn kam ein Verlangen nach Fleisch an, und er setzte dem Hahn nach, dessen Krähen ihn reizte. Er folgte ihm bis zur Tür des Hühnerstalles, wo ein kreischender Mensch, der stürmisch mit den Händen klatschte, ihm in die Quere kam. Aber die Henne war noch da, und jetzt ging es hinter ihr her, rund ums Haus, auf den Dunghaufen hinauf und wieder herunter – dann mischte sich hier auch ein Hund ins Spiel, und vor dessen Zähnen flüchtete er.

Im Getreide suchte er Rettung. Es gewährte ihm ein Versteck und Behaglichkeit und bis zu einem gewissen Grad auch Sicherheit. Die Tiefe des Kornfeldes entsprach während seines Aufenthaltes im Ackerland den Dickungen des Waldes, und hier und da grub er sich unter Steinen und in Rainen schattige Keller wie auf der Landzunge.

Aber bald begannen die Erntemaschinen zu klappern, und der Zug der Holztauben, die ihm eine ganze Menge darüber hätten berichten können, wo seine Heimat lag, ging in regelmäßigen Zeiträumen über die Weizen- und Erbsenfelder hinweg – die große Ruhe im Korn war vorüber.

Da kam er auf dieser seiner Odyssee an eine gefährliche Stelle. Er war um das Ackerland zwischen Wald und Meer herumgewandert, von Strandgehölz zu Strandgehölz und näherte sich nun dem Inneren der Bucht, wobei er bis zum Kern des Jagdreviers des großen Gutes gelangte.

Hier wohnte ein Mann, dessen Amt es war, Junghasen und Fasanennester zu bewachen und den Dachsen ohne Schonung den Garaus zu machen. Er führte eine genaue Liste über die Baue, die es hier gab, und hatte sie auf einer Karte eingezeichnet. Regelmäßig prüfte er die Baue und steckte kleine Stöckchen in die Röhren, die jeder Eintretende bei seinem Einwechseln überrennen mußte. War ein Stöckchen nach draußen gefallen, so hatte die Röhre einen Insassen gehabt; im entgegengesetzten Fall pflegte der Gast noch drinnen zu sein. In diesem Fall benutzte er Hunde, Eisen und Schlingen. Neben jedem Eisen hatte er eine Keule stehen, mit dieser erschlug er das gefangene Tier. Schüsse kosten Geld und bringen Unruhe ins Revier.

Viel Wasser war auf den Strand gespült, seit der Aufseher zuletzt einen Dachs gesehen. Es kam wohl vor, daß ein Fuchs ganz plötzlich einmal auftauchte, um ebenso rasch wieder zu verschwinden, aber

der gestreifte Sohlengänger gelangte nur selten einmal in seinen Bereich.
Schroff wurde denn auch unmittelbar nach seiner Ankunft nicht bemerkt. Er »fing« seinen ersten Hasen ... er fing mehr und lernte es, totes Getier zu schätzen; denn dieses Jagdwild war so sicher vor dem Raubwild, daß die Krankheiten überhand nahmen. Die eingegangenen Hasen lagen weit herum auf den Wiesen verstreut. Erst der Umstand, daß mehrere dieser Hasen ihres Gescheides entledigt wurden, gab dem kundigen Wildaufseher einen Wink. Unterdes hatte Schroff Zeit gehabt, sich einzurichten.
Die fahrbaren Röhren scheute er. Seine angeborene Vorsicht war nicht geringer geworden, und in der Erdentiefe war es ihm bislang noch zu eng. Sein Sommeraufenthalt im Feldlager hatte ihn abgehärtet und ihn mit frischer Luft reichlich verwöhnt. Daher richtete er sich vorläufig so einfach wie möglich ein. Zu einer langen Röhre, dem Überrest eines verfallenen Baus, der sich wie ein Darm unter Gehölz und alten Bäumen in ein großes Wildgehege hineinwand, scharrte er sich einen Zugang und machte sich am entgegengesetzten Ende einen Ausgang. Mitten in der Röhre lag er dann und schnarchte.
Als aber die Mücken im September aufhörten, ihn zu quälen, wurde der Durchzug ihm zu arg, da stopfte er die Röhre an dem einen Ende zu und ließ nur eine schmale Öffnung für die Zufuhr frischer Luft frei.
Die kleinen Bäumchen des Niederwaldes begannen das Laub abzuwerfen und den Blick in die Holzung freizulegen – die frisch gescharrte Erde grinste hindurch. Dem Mann, der Dachsskalpe herbeizuschaffen hatte, versetzte es förmlich einen Ruck, als er die Röhre entdeckte. Ein Fangeisen mit Steinen zu beiden Seiten kam dem erfahrenen Raubwildjäger natürlich als erstes in den Sinn – da fiel ihm ein, daß der Jagdgehilfe draußen am Steilhang an Stelle seines invaliden Fix einen neuen, sehr viel versprechenden Hund bekommen hatte, den er gern so bald wie möglich an einem Dachs erproben wollte. Hier war eine Gelegenheit.

Da waren sie nun wieder und verdrängten ihn aus seinem Bau, seine frechen, listigen Erbfeinde. Er mied sie wegen ihres Dranges nach lauter Unruhe und Lärm und haßte sie für ihr Eindringen in seine Bereiche. Wie aber sie loswerden? Über der Erde machten sie sich breit, und unter der Erde konnten sie ihn auch nicht in Ruhe lassen – Herrgott, die Wipfel der Parkbäume, das Kronengewölbe der Wälder wurden ja nicht für seine schwerfälligen Trampelbeine erschaffen!

Einem Winterdachs war der Hund oftmals begegnet. Garstig genug war es wohl, ihn anzugreifen, niemals war er willig, sich vors Tor setzen zu lassen. Ein schwerer, ein hartnäckiger Verteidiger seines Baus – jetzt aber fand der Hetzer einen geschickten, schnellen, einen leicht beweglichen Sommerdachs vor.

Erst lief der Hund auf eine Sperre von Laub und Erde und erkannte, daß der Räuber sich verschanzt hatte, aber durch die schmale Öffnung witterte er den Feind und ging kampfesfroh ans Werk, das Hindernis aus dem Wege zu räumen. Die lose Erde gab seinen Pfoten willig nach, er kam immer näher an das Vieh heran; aber die weggescharrte Erde häufte sich jetzt hinter ihm auf, und als er endlich am Ziele stand, hatte er, ohne es zu ahnen, das Tor hinter sich geschlossen.

Schroff lag auf dem Bauche, dem Einbrecher zugekehrt, mit dem Kopf auf den vorgestreckten Vorderfüßen, knurrend und zähnefletschend. Er ließ es an einem warmen Empfang nicht fehlen. Mal für Mal zuckte der Hund unter den heftigen Angriffen zurück und stampfte dadurch die Sperre hinter sich weiterhin fest. Seine mittlerweile zerfetzte Schnauze und der blutende Behang nahmen indessen dem Haß gegen diesen hinterlistigen Widersacher nichts an Bitterkeit – und langsam wich Schroff zurück, um dann von neuem auszufallen. So verstrich eine Zeit.

Plötzlich macht er kehrtum, mit einer Behendigkeit und Schnelligkeit, die nur ein Kenner diesem scheinbar trägen Höhlenbewohner zugetraut hätte. Der Hund setzt ihm nach. Greift ihn am Hinterteil, aber er stößt ihn weg. Und jetzt werden die Hinterläufe in Tätigkeit gesetzt. Kies und Erde spritzen dem Burschen ins Gesicht. Er bekommt die Schnauze voll, den Schlund voll. Er niest, reibt sich die Seher … büßt seine Vorteile ein. Aber der mit den langen Klauen fährt fort.

Die Jäger standen oben und machten immer längere Gesichter. Im Anfang hatten sie den Hund die ganze Zeit hören können. Sein Kläffen und Heulen, das Kampfgetümmel. Dort unten unter ihren Füßen war das Jüngste Gericht angebrochen.

Dann ging es wie sooft schon: Der Abend kam, und sie wurden des

langen Wartens überdrüssig. Nach dem Hunde zu rufen, das wußten sie, würde nichts helfen, sie feuerten ein paar Schüsse ab und trotteten heimwärts.
Früh am Morgen kamen sie wieder zum Orte zurück. Sie legten das Ohr an die Erde und meinten bestimmt, Bellen und Scharren zu hören. Es wurde Verstärkung herbeigerufen, und sie gruben und gruben und fanden den Hund tot.
Schroff hatte viel von Meister Kilt gelernt.

In weiter Ferne bräunte sich ein großer Wald. Sehen konnte Schroff ihn nicht. Aber der starke, herbe Duft des fallenden Laubes, der, vom Wind getragen, durch die Luft ihm entgegenwogte, sandte ihm eine Kunde, in der er sich nicht täuschte.
Als die Dunkelheit am dichtesten wurde, wagte er sich auf die Fahrt. Dieses Herumstreunen sagte ihm auf die Dauer nicht zu, er war kein Reineke mit angeborenen Landstreichergelüsten, sondern mehr als irgendein anderes Raubtier seßhaft. Daß die Gegend ihm freigebig erschien und ihm ein Wohlleben im Übermaß bot, das war ihm nicht genug, er entbehrte die Ruhe und Behaglichkeit und das Rumoren anderer Dachse um sich her. Als Einsiedler war er freilich geboren, aber ganz konnte er seinesgleichen doch nicht entbehren. Das Leben hier draußen wurde ihm zu roh und forderte ein zu entschiedenes Draufgängertum – die Sehnsucht nach den Waldhügeln drinnen in dem großen Baumschutz, unter dem er zur Welt gekommen, war geweckt und durch die herbe Witterung des Fallaubes verstärkt, die ihm immer erregender entgegendampfte. Sein üblicher Schlendrian ging in Galopp über, der Bürzel hüpfte auf und nieder wie ein kleiner, weit nach hinten sitzender Reiter.
An der Beweglichkeit des Menschen gemessen – von einem Rehbock ganz zu schweigen – hatte er während seines Umherschweifens keine großen Entfernungen zurückgelegt. Die Zeit war damit vergangen, daß er umhertrödelte, sich dem Schutz und alter Erfahrung anheimgab. Einmal setzte er sich's in den Kopf, nicht allnächtlich bei seinem Pflügen nach Würmern von den Alten Verdruß erleiden zu wollen, an *einem* Ort mußte er wohl auch für *seine* Läufe einen Platz finden – darum verzog er sich.
Jetzt hatte er nun einen andern Einfall gehabt, und wie immer war auch dieser plötzlich über ihn gekommen. Nur so überwältigend heftig, daß er im Lauf einer halben Nacht, indem er den geraden

Weg einschlug, alle seine mühseligen Winkelgänge beiseite ließ. *Das* paßte ihm jetzt in seinen Kram! Er hatte sogar noch Zeit gefunden, unterwegs etwas Mundvorrat an Rüben und herabgefallenen Hafergarben einzuheimsen, deren Körner er sich einverleibte wie das Schwein seinen Treber, und als er satt war, wurde er in doppeltem Maße vom Höhlendrang gepackt. Heute Nacht wollte er nach Hause, zur Geborgenheit des Waldes, zu Gefährten – zu all denen, um die er sich einstmals wenig scherte, deren dunkle Farbe er aber trug, und deren mürrischer, halsstarriger Sinn wie ein Keil in seinem eigenen saß.

Gegen Morgen gelangte er ans Ziel. Der Wald trat aus der Dämmerung wie ein riesiger Höhenzug, der Ankömmling hörte das gewaltige Brausen der Wipfel, erkannte es wieder und tauchte darin unter wie in einem Bau.

Das war auch vorläufig der Bau, mit dem er sich begnügen mußte; als aber die Ausholzung in Gang gekommen war, und der Wald voll stand von Reisighaufen, fand er leicht einen Unterschlupf. Die Schläfrigkeit, die sich mit der Jahreszeit einstellte, nahm indessen zu, und schließlich wußte er keinen andern Ausweg, als sich unter einem alten, fast verfallenen Rindenschuppen einzurichten, der großen Stapeln nicht abgeholten Brennholzes als Schutz gegen Regen diente.

Er glaubte sich hier wohlgeborgen und begann Moos zu rupfen und Laub zu sammeln, um für eine Weile hier zur Ruhe zu gehen, aber da spielte ihm der mutwillige Waldgott einen Schabernack.

Das Brennholz wurde abgeholt. Ein Alpdruck ritt ihn: würden sie sich nun wieder zu ihm hineingraben – er schoß heraus und nahm sein Landstreicherleben wieder auf, bis ein früher Schneefall ihn überraschte und seine wenigen, aber vertrauten Wechsel auslöschte. Als dieser Schrecken überwunden war, wußte er weder aus noch ein. Wo war das Schuppenloch, sein bislang trockenster Zufluchtsort? Er mußte es finden und suchte und suchte und kam wohl oder übel wie in seiner Jugend weit herum, bis er eines Morgens in seiner Heimatgegend vor der Wacholderschlucht landete.

Er erkannte den Ort nicht wieder. Der Tannenwald war verschwunden. Die Hügelkuppe war von einer dichten Buchenpflanzung bestanden, die schon recht gut angewachsen war. Von seinem Umherirren, bei dem er sich oftmals als Erdarbeiter versuchte, hatte er allerlei Erfahrungen darüber gewonnen, was es kostete, sich eine

Wohnung zu graben, so daß er dankbar die laubgefüllte Tiefe unter einem großen Tannenstorren hinnahm, der wie eine Riesenspinne mit den vom Regen blank gewaschenen Luftwurzeln dalag. Er merkte sogleich, wie der Humus unter seinen Klauen nachgab, und mit einem Male plumpste er in einen Kessel, der am Ende eines unterirdischen Laufgrabens lag. Eine regelrechte Gräberarbeit sollte jetzt geleistet werden, aber sie ging leicht vonstatten, hier brauchten keine Wurzeln durchgebissen zu werden, man brauchte sich nicht zwischen ihnen durchzuscharren – so kam er doch endlich zu einem passenden Schlafplatz.

In der folgenden Nacht untersuchte er die Umgebung näher. Die Erde im Gang fühlte sich unter den Klauen leicht an, diese Erde war sicher schon früher von Nägeln bearbeitet worden – und plötzlich war er durch den Pfropfen gelangt, den ein geübter Gräber vor einigen Jahren fest eingehämmert hatte. Er unterschied Licht von einem Ausgang zur Schlucht hin, deren eigenartig geformte Wacholderbüsche im Schein des aufgehenden Mondes ihm bekannt vorkamen.

Was war denn das? Es war ihm gelungen, einen Bau herzustellen, ähnlich dem, aus dem er im Gebüsch entkommen, nicht aber einen Winterkessel – und er watschelte zurück, um auf irgendeine Weise den Schaden auszubessern.

Da entdeckte er eine Nebenröhre, die sich durch die Erde hinabschlängelte, und indem er dieser nachging, geriet er in ein ganzes unterirdisches Labyrinth mit einer Menge verschiedener Ein- und Ausgänge. Kessel lag hier neben Kessel, oftmals einer über dem andern, und es wimmelte von Luftschächten und Fluchtröhren, deren letztere, die seine Aufmerksamkeit besonders auf sich zogen, eine Hilfe in einer plötzlichen Klemme boten. Er preßte sich durch eine von diesen hindurch, und als er irgendwo inmitten der Buchenschonung an die Oberfläche kam, fuhr ihm ein kleiner Zaunkönig an die Nase. Der hatte sich sein kugelförmiges Winternest, aus welken Blättern gefügt, in dem Gewimmel der lose niederhängenden Wurzeln eingerichtet.

Der Vogel gab ihm ein Zeichen, das er nicht unbeachtet ließ:

Ein Mann des Friedens wohnte hier, ein vorsichtiger Herr und kein Freibeuter oder Töter wie Choo.

Kilt grub und grub, wie er immer getan; aber mit dem Erfolg war es nicht weit her. Er war jetzt auf dem einen Auge blind und grub daher schief. Diese winklig verschnörkelten Gänge zuunterst in seiner Burg waren indes von Vorteil für ihn, die Dachshunde, die von Tod und Untergang begleitet waren, verirrten sich in den Gäßchen, blieben hängen und waren leicht einzuschließen. Hätte Schroff Anstalten gemacht, dem Alten eine Pfote zur Hilfe zu reichen, so wäre das Angebot sicherlich angenommen worden. Aber der Bursche hatte lange genug herumgetobt und konnte sein Geschick preisen: hier fand er einen Winterschlupf von einer Ausdehnung, wie er kaum Ähnliches auf dem Steilhang gesehen.

Die Burg, Kilts Lebenswerk, war so groß, mit vielen Ausgängen und schönen Vorwerken, daß er nie mehr in jene Teile gelangte, die er in seinen ersten Jahren gebaut hatte. Schroff hatte daher Frieden und tat, als sei er hier zu Hause, ja er hielt sich schließlich für befugt, das Besitzrecht geltend zu machen. Hier wohnte *er*, hier hatte er lange gewohnt! Der alte Halberblindete ging durch ein Tor etwas weiter entfernt an der Hügelseite hinaus, er hatte, der alte Schwerarbeiter, ganz wie ein alter Geizhals seine verschiedenen Herrlichkeiten fast vergessen und wußte nicht mehr, was er besaß, so daß also der ehemalige Mieter immer größere Teile von des Strebers Werk für sich in Anspruch nahm.

Wieder lebte nun der Vagabund in seiner Heimat, deren nähere Einzelheiten er gründlich erforschte, bis er an der Waldesstimmung und der Herbstluft merkte, was bevorstand.

Der Laubfall schritt in Windeseile voran. Er bekam noch eben einen Rest von den überreifen Ebereschenbeeren ab und konnte auch noch die letzten kümmerlichen Walnüsse einheimsen – da nahm die Trägheit überhand, er richtete sich ein und lag und lauschte auf das düstere Mittwinterlied des Waldes. Wenn der Wipfel dann ohne Blätter stand, dunkel und moosig, wenn der Waldboden mit seinem sauren Humus öde dalag und das Fallaub von schweren Regenschauern fest verkleistert war, dann wanderte ein Dachs ungestört darunter hin. Und was gab es dann nicht alles, worin man wühlen konnte! Die Mäuse hatten allerlei Vorteil von dem milden Wetter. Leicht war es, ein Mäusenest auszugraben – sie vermehrten sich unaufhörlich. Kein Mond! Der ganze Wald eins mit der feuchten Dunkelheit und dem überzogenen Himmel, ein ungeheures Dikkicht von Finsternis.

Durch die Töne, die von den Orgelpfeifen der Hohlwege herniederbrausten, ihrer zu gedenken – das wiegte ihn in Schlaf.

Im nächsten Frühjahr ging es mit Kilt stark bergab. Obwohl er im Gegensatz zu Choo zu der trägen, aber kräftigen Dachsart des Waldgebietes gehörte, hatte ihm das Leben doch härter zugesetzt.
Im Laufe des Sommers fiel er zusammen, sein Fell wurde schütter, seine Nägel lang, der zottige Hügeltroll hatte sich zu seiner Zeit nicht geschont, er hatte nicht auf der Lauer gelegen oder Raubzüge unternommen.
Mit kleiner Arbeit und kleinem Zeitvertreib gehen die Tage so manchen Dachses – Meister Kilt aber hatte *gearbeitet.* Warum? *Sein* Geheimnis, welches zu ergründen der Nachwelt überlassen bleiben mag. Man kann vermuten, daß die Parasiten der Sippe, die großen rotgelben Flöhe, die Triebfeder seines Fleißes waren. Sie ließen sich jedenfalls nicht mit seinem Sinn für Reinlichkeit vereinen. Wenn er im Frühjahr den Kessel von altem Bettstroh säuberte, fanden sie, von der Wärme angezogen, doch wieder den Weg zu ihm hinein, weshalb er vermutlich lieber die Mühe auf sich nahm, sich neue Räume einzurichten. Dadurch hatte er für eine Weile vor den Schmarotzern Ruhe, bis sie die Schlafkammer wieder verseucht hatten und ihn dazu zwangen, von neuem umzuziehen.
Jetzt merkte er kaum das Ungeziefer. So vieles andere nagte, und er war auch zu schlapp. Die Zeit in Frieden mit sich selber und der ganzen Welt zu verschnarchen, war seine Lust. Den ganzen Tag lang konnte er, mit dem Kopf drinnen unter dem Oberkörper und auf der Stirne ruhend, schlafen, schlafen.
Der hilflose Zustand des alten Kauzes und sein hohes Alter hatten ihn gutartig und umgänglich gemacht. Schroff aber, der auf der Höhe seiner Kraft stand, wurde immer draufgängerischer und nahm sich frech immer größere und größere Rechte.
Im Herbst geschah es dann, daß eine Dachsfähe, die in Wohnungsnöten war, den neuen, selbstbestallten Besitzer ernsthaft in die Schranken wies. Er mußte sich mit dem obersten Stockwerk in der Burg begnügen. Monat für Monat rückte sie dem alten Stinkpott näher – es war am wärmsten dort unten bei ihm.
Noch eine kurze Zeit nach der Schneeschmelze vermochte Kilt aus dem Bau zu treten. Er stand und schüttelte den Kopf über ein paar junge Dachse, die sich draußen tummelten. Sehen konnte er sie nicht, der lohende Schein in seinem dunklen Seher war erloschen, ein grüner Schimmel lag darüber. Aber seine Lauscher waren für

Lautwahrnehmungen noch geöffnet, und er hörte an dem Schnaufen der Jungen, daß sie ihren Spaß hatten.
Obwohl er ganz blind war, hatte er doch jetzt Gesichte – das hatte er früher nie gekannt.
Die frische Feuchte des Morgennebels, die helle Würzigkeit des jungen Laubes, der Brodem der Schluchtsohle oder gewisse Empfindungen, die durch die Witterung wachgerufen wurden und dem Bauchfell Wärme oder Kälte vermittelten – all dergleichen, auf das er früher nie geachtet, gaukelten ihm diese Gesichte vor. Er konnte sich in sie einleben, so daß sie ihm die Vorstellung eingaben, daß er noch immer mithalten konnte, und daß erhöhte seinen Lebenshunger und verlängerte seine Tage.
An alten Dachsen war der Wald reich, sie verendeten in den Bauen, und er machte keine Ausnahme, nur sollte sein Abgang aus dieser Welt besonders dramatisch werden.
Immer unbeholfener tastete er umher, schließlich konnte er nicht mehr hinauswatscheln – der Hungertod war ihm gewiß. Da wollte es das Geschick, daß der Förster eines Abends die Jungen der Dachsfähe erschoß, und in ihrem Drang, die Milch loszuwerden, ließ sie den zahnlosen Greis saugen. Sie nahm ihn als ihr Junges an und brachte ihm Nahrung. Als ob er diesen Lohn des Himmels für all seine Arbeit verstünde, machte er dieser einzigartigen Haushälterin willig Platz.
Aber die Illusion mit dem großen Jungdachs hielt sich nur eine gewisse Zeit. Das Junge mußte ja einmal, wie alle ihre anderen während ihres langen Lebens, dahin gelangen, daß es auszog. Als daher die drängende Milch aufhörte, kam für ihn die Stunde, und ausgezehrt und müde von den Jahren schlummerte der abgelebte Burgherr ein.

Choo hatten die Menschen einen Räuber genannt, einen garstigen Banditen ... diese schmeichelhaften Beinamen konnten bisweilen auf sie selber passen. Auf Kilt waren sie nicht anzuwenden. Ein Streiter war er alle seine Lebetage gewesen, ein Zankteufel vielleicht auch, wenn man ihn in dieser Stimmung antraf. Sonst aber harmlos, launig, voller Achtung vor den Wechseln anderer, aber auf seinem Recht bestehend, wenn es sich um seine eigenen handelte – eine Persönlichkeit, die ihre eigenen Wege ging und die man am besten sich selber überließ.

Ja, so hatte er gelebt, der große Höhlengräber. Die Fledermäuse wußten davon zu pfeifen ... die Eulen schrien es hinaus; denn sie hatten ihn am besten gekannt.

Die starken Jahre

Ein dunkles, untersetztes Wesen auf kurzen, kräftigen Läufen trottelt bedächtig auf dem Wechsel in der Sohle der Wacholderschlucht einher. Die Rüsselschnauze taucht unablässig in das Erdreich und untersucht Kaupe und Büschel. Eine seltsame, querköpfige Schwerfälligkeit, die an einen Bären erinnert, liegt über der ganzen Gestalt.
Scheinbar ein umgänglicher Geselle, aber schlau von Natur und wild und widerspenstig, wenn die Kriegslaune ihn befällt.
Schroff ist jetzt in seinem starken Alter, und sein Gemüt wird immer seltsamer und querer. Mürrisch und schroff nach außen, innerlich sich selbst genug – ein echter Walddachs.
Ein grober, starrer Pelz von rußiger, grauschimmeliger Farbe hüllt ihn in ein Gemisch von Nachtdunkel und Mondblässe, das unbestimmter war als früher. Die Nägel sind fast so lang wie Menschenfinger, krumm wie Säbel und scharf. Würde er es verstehen, die Pfote nach Bärenart zu Schlägen und Ohrfeigen zu gebrauchen, so wäre es höchst unangenehm, in seine Nähe zu kommen, aber in dieser Hinsicht kennt er seine eigene Kraft nicht. Nur wenn es gilt zu graben, bieten ihm die Klauen eine Hilfe.
Kürzlich verließ er seinen Winterschlupf, ist kaum so recht zu Kräften gelangt, aber er kommt schnell auf die Beine – und nun nimmt das Jahr seinen Lauf.
Wenn die Wärme der Frühlingssonne sich mit dem Schutz der Hügel paart, verschwindet er nur ungern zu früh in den Kessel hinab. Die Morgenstunde der anderen Jahreszeiten genießt er gern in seiner Kellertiefe, wo er sich entweder zur Sommerszeit an der Kühle erquickt oder im Winter an der Traulichkeit, die hier unten herrscht. Aber dieses Wohlbefinden ist nichts, an der Stille des Waldes gemessen, die von den ersten wärmenden Sonnenstrahlen des Frühlingstages erfüllt ist.
In dieser liegt er nicht zusammengerollt mit dem Kopf unter der

Brust, er tut genau das Entgegengesetzte, entfaltet sich, öffnet sich derart, daß selbst die Haarschicht sich sträubt. In der Regel wirft er sich auf den Rücken herum, streckt den Rüssel und alle vier Läufe in die Luft und starrt auf seine bärenartigen Branten, die sich in den Fesseln wiegen, während er die Klauen unter den Wonnen der Sonnenstrahlen krümmt.

Guh, guh! Viel Gicht und Winterschmerzen weichen aus dem Körper an einem so stillen Lenztag mit blauem Himmel. Und die Luft – ja gewiß empfindet er auch die Luft und Lieblichkeit darin: frisch, ermunternd und gleichzeitig mit einer Ahnung von gesundem Schlaf. Und dann die Frühlingstöne im Walde, das Murren der Kronen, das Trommeln des Spechts. Guh, guh, sagt er voll Wohlbehagen und mischt sein Grunzen hinein.

Die Sing- und Flötenzeit des Frühlings liebt er, sie wirkt auf sein Raubtiergemüt und stimmt es heller. Er empfängt auf seine Weise auch den erwachenden Wald; die stumme Regenzeit des Herbstes kann ihn wohl einsam machen und bedrücken.

Im Alltag hält er sich an seine Nahrung und sammelt in seinen Wanst, was er an Eidechsen und Wurzeln, Käfern und Larven findet. Nur wenn die Fleischgier ihn überkommt, treibt er ein wenig Jagd. Dann kann die Raubgier ihn gefährlich machen, wenn das Glück ihm hold ist. Aber mehr als ein Gelegenheitsnimrod wird nicht aus ihm.

Daß das Dasein im Walde sich armseliger und karger gestaltet als auf den reichen Feldern, hat er erfahren; um sein kärgliches Futter muß man sich schlagen und darum an seinem Anrecht auf Wechsel, kleine Sümpfe und Eichelbäume festhalten. Wohl ist der Wald ein gemeinsamer Besitz, so im allgemeinen genommen, aber einen Teil von ihm, der einem bewohnten Bau zunächst liegt, wünscht der betreffende Bewohner für sich zu haben. Daraus ergeben sich so viel Neid, so viel Händel, die immer durch das Recht des Stärkeren entschieden werden. Längst schon hat er die Dachsfähe vor die Tür gesetzt und die ganze unterirdische Burg mit Beschlag belegt, er duldet keinen innerhalb seines Gebietes. Die Jungen und Schwächeren müssen sich vor ihm trollen, so wie er seinerseits auch einst hatte die Beine in die Hand nehmen müssen.

Wie kann er anders sein? Er ist ja nur ein Tier, ein Dachs, dessen Fassungsvermögen auf seinen Empfindungen beruht; aber gerade deshalb wirkt der Hochsommer so überwältigend und unfehlbar auf ihn, die Reife der Zeit spürt er an allen Ecken. Sie tönt von dem Wogen der Adlerfarne, von dem düsteren, schweren Rauschen der Eichkronen, sie duftet zu ihm hinein vom Getreide auf den Äckern, von den Blütenkränzen der Moorminze wie auch von den samengefüllten Zacken der Nesseln. Waldboden und Gras dampfen ihm in die Nase, sobald das Bingelkraut sich auf die verwelkten Anemonen legt und der Hochwald von der Fäulnis der Stinkmorchel angefüllt ist. Die Reifezeit des Jahres – unabwendbar ist ihr Kommen, und auch ihn bringt ihre aufreizende Fülle in Bewegung.

Barsch und verschlossen trottet er für gewöhnlich herum. Ein kaum vernehmliches Grunzen entschlüpft ihm hier und da, aber das ist mehr, als ihm ins Bewußtsein dringt. Jetzt brummt und knurrt er immer, nicht gemütlich, so als rede er mit sich selber, eine schläfrige Grämlichkeit hat ihn ergriffen, und eines Tages geht es ihm auf, daß das Unbegreifliche abermals geschehen ist: er entbehrt die Gesellschaft.

Von jetzt ab ist er ununterbrochen in Bewegung.

Querköpfig, böse, mit seitlich abgedrehten, zurückgestülpten Lauschern, mit so stark vorquellenden Sehern, daß das Weiße wie ein schimmernder Ring erscheint, stürmt er durch Dickungen und über die Hügel. Er trägt den Kopf hoch über die Kräuterstengel, und die eifrig witternde Schnauze krümmt sich am Ende des Rüssels wie ein Wurm, während die Lippen mümmeln.

Ein teuflisches Schreien durchschneidet die dunkle Augustnacht, und da ist er hellhörig, sein Brummen grollt von Leidenschaft und Zorn, und bald mischt er seine Schreie ins Konzert. Laut tönende, rohe Klagelaute, der eine in den andern gezogen, klingen aus in einem dunklen, dumpfen Grunzen, ein Zeichen für die Nebenbuhler, daß es kein Grünschnabel ist, der sich hier nähert.

Dann geht es los. Mutig tritt er als ein Ringer in den Kreis, er wagt das Fell in regelrechten Kämpfen, und manch einem Springinsfeld gibt er gehörig eins auf die Nase.

Endlich in einer Nacht gewann er dann den Preis des Sieges, und von nun ab wird er ein getreuer, pflichtbewußter Liebhaber. Er huldigt nicht wie Reineke der freien Liebe, sondern hält die Gottesgabe fest, die die weise Allmacht ihm zugeführt hat durch Dickicht und Dorn.

Auf die Flitterwochen versteht er sich, für diese will er sich wohl

schlagen. Sonst aber schenkt er seiner Gattin keine besondere Aufmerksamkeit – und was späterhin folgt, das liegt außerhalb seines Fassungsvermögens.
Vom Himmel plumpst er auf die Erde nieder, steckt wieder den Rüsselschaft ins Laub und begreift nicht, was die Schnauze oben in den oberen Luftschichten über den Krautstengeln zu suchen gehabt hat. Das Interesse für das Flüchtige im Äther entschwindet ihm aus dem Sinn und wird durch ein handgreiflicheres ersetzt, das sich in dem Duft der davoneilenden Laufkäfer und der fetten Raupen offenbart. Die Begierde, der er jetzt unterliegt, zieht ihn zu alten Wechseln, die ihm und niemand anderem gehören.
Den Tag verschläft er, aber nachtsüber schlurrt er bedächtig dahin wie je, wühlt, schnüffelt, raschelt ein wenig hier und grunzt ein wenig da, wie um sich mit sich selber zu unterhalten. Äußerst mißtrauisch und vorsichtig. Hält ständig inne und lauscht. Die niedrigen Lauscher stehen dann aus der Schwarte hoch, die kleinen Ferkelaugen bekommen einen nachdenklichen Schein, während er im Knabbern innehält und lauernd verharrt. Nur das Rauschen des Waldes und ein fernes Hundegebell! Was gehen diese Schlafmützen ihn an?
Wird er aber vergrämt – und das kann geschehen –, dann zuckelt er eiligst von dannen und verbirgt sich im nächsten Gestrüpp oder Graben oder zwischen dichten, kühlen Farnen, bis er wieder zur Besinnung kommt und barsch und unzugänglich das Recht auf sein streng privates Reich behauptet.
Mehr und mehr spreizt das Fett seine Schwarte auseinander, aber immer noch hat er nicht genug – unglaublich, was der Freßsack in sich hineinstopfen kann. Ein unangenehmer, süßlich schwerer, fauliger Geruch steigt hinter ihm vom Wechsel auf.
Früh senkt sich das Herbstdunkel nieder, und wenn es am dichtesten ist, pflegt er allnächtlicher Gast auf den Feldern zu sein. Hier draußen gelangt er leicht an die Nahrung: Getreide und Rüben und Mäuse in weichem Erdreich – er kehrt in einem kurzen Augenblick ein Mauseloch vom Untersten zuoberst.
Wohlbekannte Töne erreichen sein Ohr. Das Rütteln des Windes in der Dornenhecke, das Sausen der Pappeln, die Klage des Holunderstrauchs oder die Seufzer eines anderen vom Wind gepeitschten Wesens erzählen eins wie's andere von entschwundenen Tagen. Um dergleichen Kleinigkeiten schert der Wald sich nicht. Seine Bäume

pflegen im Chor zu seufzen, zu sausen und zu heulen. Draußen im Ackerland dagegen pfeift, heult, schreit und kichert jeder Busch auf seine Art, während der Wind um jeden aufragenden Wipfel mit sich selber Greifen spielt.
Noch im September geht er regelmäßig aus. Wenn die Kirchenglocken den Untergang der Sonne ausläuten, kommt er. Dann aber werden die Nächte länger und immer länger, immer nasser und kälter; er weiß nicht, was er in den langen, dunklen Stunden mit sich selber aufstellen soll, und verweilt daher solange wie möglich in seinem warmen Bau. Dort verstreicht die Zeit schnell – überfett und mit der Sommerfülle vollgestopft, wie er jetzt ist, wirft er sich dem Schlummer in die Arme. Er kann so faul und träge werden, daß er häufig auf dem Weg nach draußen in der Mündung der Röhre in Sinnen verloren steht und stundenlang auf der Schwelle säumig liegt. Das Heulen und Rütteln der Stürme in der Zeit der Tag- und Nachtgleiche, das Kluckern des Regens auf dem nassen Erdreich wirken einschläfernd auf ihn, er liegt und lauscht und schnauft, bis er sich endlich aufrafft. Dann gleitet seine gestreifte Fratze aus der Öffnung der Röhre hervor, er schüttelt die Erdkrumen aus seiner Schwarte und setzt sich auf dem Absatz hin, um sich den Schlaf aus den Sehern zu reiben.

In diesem Jahr stellt sich frühzeitig Kahlfrost ein, und dann fiel der Schnee. Er konnte nichts aus der Erde scharren, lief statt dessen über die Waldwege und suchte nach einem Pferdeapfel oder war eifrig damit beschäftigt, sich ein paar Eicheln unter dem Laube zu erschnuppern. An den Sonnenhängen der Tannenhügel latschte er über die gefrorenen Ameisenhaufen, groß wie Hünengräber; die trockenen Nadeln krachten unter ihm, aber wenn er auch den ganzen Schober um- und umkehrte, nichts Lebendes war zu sehen. Er mußte also schlafen und von seinem Fette zehren.
Viele Dachse verloren in diesem Winter ihre ganze Kraft, und viele gingen an Ermattung ein – denn der Winter wurde lang.
Wie ein prall gefüllter Sack war er im Herbst zu Bau gekrochen, wie ein geleerter kam er wieder zum Vorschein, als die Luft endlich milder wurde. Sein schildkrötenhafter Leib war flach geworden wie ein Brett, der Rücken fiel auf, und der Rüssel hatte sich gleichsam verlängert. Er war zu keinem Trab imstande, sondern wankte und schwankte – nur der Umstand, daß er noch jung war, rettete ihn.

Dann setzte die liebliche Würmerzeit ein. Von einem notgedrungenen Maßhalten, denn die Gerichte waren spärlich, ging er allmählich in Völlerei über, und regelmäßig verließ er für einen oder zwei Tage seine vielstöckige Burg, ohne jedoch wieder in sein altes Landstreicherleben zu verfallen.
Auf einem dieser Ausgänge trottete er in einer mondhellen Nacht durch das Waldesdunkel unter einige Tannen. Ein niedriger Erdwall friedigte den Ort ein, und im Wall gab es nur einen vereinzelten, schmalen Durchgang. Alle Wechsel führten dorthin, und der, dem er folgte, wand sich auch bis zu der Öffnung hin.
Als er gerade darin stand, stieß er unverhofft auf einen Fuchs, der von der entgegengesetzten Seite kam. Daß er doch nie den Schleicher hören konnte! Wie es dem Waldgespenst zukam, das die Feder nun einmal war, tauchte sie immer plötzlich auf. In einem Satz hielt sie inne, zeigte ihm ihre grinsende Fuchsenfratze und steckte die Lunte zwischen die Läufe; aber ihr Fauchen verriet Widerwillen, als sie sich zögernd zurückzog und dem Dachsrüden Platz machte.
Als er aber an ihr vorüberlief, stutzte er bei einem Geräusch, das wie das Aufeinanderschlagen von Zähnen klang, er machte im Nu kehrtum und heftete seinen stechenden Eberblick auf die Waldgefährtin, deren funkelnde Seher und ganze pfiffige Fratze ihm mit einem Male bekannt vorkam.
Aus seiner ehemaligen Gespielin hatte sie sich zu einem listigen und verschlagenen Schleicher entwickelt, mit den Umständen des Lebens wohl vertraut und dank den mütterlichen Pflichten durch die Jahre reich geworden an vielseitiger Erfahrung. Mit verstecktem Spott betrachtete sie das schwerfällige Trotteltier – hüpfte darauf durch die Wallöffnung und verschwand unter dem Tannendunkel.
Das sollte nicht ihre einzige Begegnung bleiben. Im Gegenteil, sie stießen immer häufiger zusammen, nachdem die schlaue Fuchsfähe, die immer nach neuen Zufluchtsstätten Ausschau hielt, eine Entdeckung gemacht hatte, die mit dem Ort verknüpft war.
Die Feder huldigte dem Nomadenleben und zog beständig um, bald hierhin, bald dorthin. Das begünstigte ihre Lebensweise und schützte sie vor Gefahren, wenn sie als Vagabund auftrat. Schroff hatte kein Verlangen mehr nach dem Schweifen. Nun er in seine heimatlichen Gefilde zurückgekehrt war, fühlte er sich noch mehr an die Heimat gekettet und rührte sich, abgesehen von seinen kleinen Ausflügen, nicht mehr aus seinem Bereiche fort. Die uralten

Dachswechsel rund um die Schlucht hatte er in seinen Besitz genommen und ebnete sie durch sein allnächtliches Schlürfen ein – diese und dann die vielen neuen, die er sich durch Dickungen und Sümpfe hindurch bahnte, wollte er ganz für sich allein haben. Er bestand auf seinem Besitzrecht sowohl an dem Bau, den Wechseln wie auch den Jagdgründen und blickte jeden einzigen schief an, der die Stätten nicht respektierte, wo er regelmäßig des Weges zog. Und er wurde reizbarer und immer reizbarer auf diesem Gebiet – namentlich den leichtfüßigen Gauner, die Feder, schätzte er nicht auf diesen seinen Wegen. Der Fuchsgestank stieß ihn ab und scheuchte auch die Käfer fort.

Ein früher Morgen ... die Eulen jagten aus aller Kraft, es galt, die Jungen für den Tag zu versorgen, ständig hatte Schroff eine der lautlosen Alten mit gereckten Griffen unten im Gras um sich. Er kümmerte sich nur um sein eigenes Tun, und die Eulen rumorten für sich – so, nun mochte es für diese Nacht genug sein!

Plump! Plump! Die Pfoten klatschten gegen den Erdboden. Der kleine Bürzel stand nach hinten ab wie ein zusammengeschnürtes Wurstende. Er hatte es eilig – die weißen Backenstreifen und die Strichblesse an der Stirn leuchteten in der Dämmerung.

Plötzlich bei einer Schwenkung um einen großen Baumstumpf herum schoß das rote Waldgespenst vor ihm davon. Die Fähe, die den gleichen Wechsel benutzte, nur in entgegengesetzter Richtung, hatte richtig geraten: besser, schleunigst beiseite zu treten, denn hier kam ein Kerl mit Gewicht.

Hu! grunzte der Schlafrüssel für einen Augenblick überrascht und sogleich geneigt, Verdruß zu hegen. Seinem Gemüt fehlten die vielen Übergänge, die dem Wesen des Fuchses eigen waren – und es schmeckte immer nach Beleidigung, *ihn* zu erschrecken.

Die Feder setzte sich in die Hocke, wickelte sich in ihre Lunte und hob die eine Vorderpranke; ihre spitze Gaunerfratze mit den hochgestellten spitzen Lauschern war dem Dachs zugekehrt. Was harrte ihrer? Wollte der Schneckenschlucker Händel anfangen? Oder hatte er am Ende hier in der Nähe etwas Leckeres vergraben, das des Stehlens wert sein konnte? Sie hatte immer Hintergedanken.

Gu! Gu! Gu! ertönte es jetzt im Takt mit den Pfoten. Meister Grimbart hatte sich beruhigt und setzte seinen Heimweg fort, er würdigte das Gespenst nicht auch nur eines Blickes.

Auf das Federvieh der Förstersfrau hatte er Anspruch – darüber war er nicht einen Augenblick im Zweifel. Allnächtlich besichtigte er den Hühnerstall und verfolgte die Aufzucht. War der Kasten über die Glucke mit den Küken gestülpt worden? Lag nicht vielleicht eine Ente unter dem Reisighaufen und brütete? Die ganze Schar von Federvieh hier in Hof und Garten gehörte mit zu seinem Gebiet genauso wie die Hummelnester an der Schluchtwand, die Mäusenester in den Buchenschonungen und die Mistkäfer unter den Kuhfladen auf dem anstoßenden kleinen Acker.

Aber die rote Gaunerin kümmerte sich den Kuckuck um sein Recht. Sie schnürte, wo sie Lust hatte, und jagte, wo es ihr paßte, und als sie sich zur Sommerzeit in einem alten Fuchsbau nah bei der Schlucht ansiedelte, war es nicht verwunderlich, daß sie oftmals in dem Revier des Alleinherrschers angetroffen wurde. Er betrachtete sie als einen Wilddieb, der ihm das Leben sauer machte, und die Fähe ihrerseits ahnte sehr wohl, daß sie nicht gern gesehen war.

Sooft sie sich trafen, wies ihm die Feder grinsend ihre weißen Fänge, dann klappte ihr fetter Genosse den Rachen auf und ließ seine stumpfen, sägezahnähnlichen Zahnreihen aufeinanderschlagen, während er schmatzte und schnarrte. An einem warmen Empfang sollte es nicht fehlen!

Seine grämliche, rechthaberische Natur wurde von dieser Waldstreicherin gereizt. Er fand sie frech und aufdringlich ... trollte sie sich endlich auf dem Wechsel, auf dem er heranschritt, so tat sie es so herausfordernd, daß er sie im Verdacht hatte, ihm eine Nase gedreht zu haben.

Meister Grau und Madame Rot konnten nicht miteinander. In den Augen der Füchsin stellte der Dachs Ansprüche und machte zur Unzeit Lärm, obwohl er ihr in keiner Hinsicht besonders fähig erschien. Wie er die Pfoten schleifte ... Ein Sohlengänger war er und demgemäß auch von plattfüßigem Gemüt; sein Fuß schritt nur leicht, wenn das Geschick ihm geneigt war. Seine Grundstimmung war Querköpfigkeit, und alles, womit er zu tun bekam, behandelte er, als sei es ihm zuwider, alles erledigte er schwerfällig und wuchtig, was jeder Reineke wie im Spiel abtat. Keine Erfindungsgabe zeichnete den heimtückischen Gesellen aus, keine vergnüglichen Fuchsenstreiche, gar nicht zu reden von den Teufelskünsten eines Marders – nein, der Döskopp war nur dazu gemacht, hier auf Erden herumzumurksen.

Das tat der Döskopp denn auch und ersetzte wie immer durch Fleiß und Gründlichkeit, was ihm an Behendigkeit und Phantasie fehlte. Er mühte sich mit Storren, grub Tunnels durch Steinwälle und andere Waldeinfriedungen und bahnte neue, wegsame Pfade ... ein Unternehmer, den die leichtsinnige Landstreicherin geehrt haben, dem sie hätte danken müssen. Aber sie sah bei jeder Gelegenheit über ihn hinweg und hänselte ihn.

Schon fiel das kleine Laub, und säuerliche Herbstdüfte strichen von den trockenen Kappen durch seine Röhren zu ihm hinunter. Sie kündigten die Winterruhe an, wenn Moos und Blätter seinen Alkoven füllten.

Eines Morgens auf dem Heimweg in die Burg stieß er ein paarmal mit dem Rüssel in den Waldmeister. Er duftete nicht mehr, war aber so starr, daß er ihm in den Schnauzenknorpel stach – Zeichen, die er verstand. Der Wald wurde immer stiller. Kein Morgenlied der Vögel. Selbst die Drossel schwieg – sie hielt doch sonst am längsten aus. Das Gurren einer Holztaube konnte wohl noch sein Ohr erreichen, bevor er in der Tiefe verschwand. Es stürmte gen Himmel, brach aber ab, bevor die Taube noch den Schlußton hatte erklingen lassen – und wurde nicht wiederholt.

Unten in der Höhle traf er die Feder an, sogar ganz drinnen in seinen eigenen vier Wänden – und jetzt entfesselte der Zorn ein Unwetter in ihm. Hatte er es vorher versäumt, die Örtlichkeiten in seiner unterirdischen Festung zu besichtigen, so wurde es bei dieser Gelegenheit gründlich nachgeholt – das freche Ding sauste unter einem Donnerwetter von Gefauch und Gebrumm zur Tür hinaus.

Bald trottete er wieder nächtlicherweile unter kahlen Bäumen und hatte Revier und Wechsel für sich. Der Novemberwald war zu karg und auch zu kahl für die rote Landstreicherin – sie kannte bessere Orte. In rostfarbenen Sümpfen, an öden Stränden vagabundierte sie umher, während er Eckern und Eicheln schmatzte. Die Herbstdünste der Buchen machten keinen Dachs irre, sie dampften vom Waldboden auf, soweit wie der Kronenschirm reichte, und zogen in langen Schwaden durch den Wald.

Immer kürzer wurden die Ausflüge, das Fett belastete ihn. In gewissen Augenblicken stutzte er beim Tröpfeln der Regentropfen auf das viele Fallaub. War sein Plagegeist wieder da? Er mußte sich wohl an diese klopfenden Tatzen gewöhnen – die alte Spukmusik des Herbstwaldes.

Der Tauschnee fiel auf seine große Erbburg, still, anhaltend, dicht. Er deckte Kräuter und Büsche, bevor der Winter sich ernstlich breitmachte. Die faserigen Flocken folgten dicht aufeinander ... scheinbar ein Wetter aus Nichts; aber die Schicht auf den Wacholderbüschen wuchs immer mehr an, der grüne Schein ward verhüllt, und von den Beerenbüschen und den wilden Pflanzungen war bald nichts mehr zu sehen. So ging es allgemach, bis der Winter seinen Eisrachen auftat und die Zähne bis auf den Grund in Erdreich und Gewässer hieb – da wurde sein Schlaf, der ehedem unruhig war, fest und war nicht zu erschüttern.

Aber eines Tages erwachte er und entrollte sich aus seiner krummgeschlossenen Lage. Pechschwarz war es um ihn, wenn auch warm und trocken. Er streckte die Läufe und schob den Pfropfen aus Heu und Moos, der ihn gegen Zugwind schützte, beiseite, ein ungewisses graues Licht sickerte von weither zu ihm hernieder. Er hörte ein Murren und Brausen – Geräusche, bei denen er eingeschlummert war.

Draußen schwirrte das Schneegestöber über Äcker und Sumpf. Es kleidete den Wald vom Wipfel bis zur Wurzel in Weiß, und Gestrüpp und Busch staken bis zum Halse darin. Der Himmel hatte so üppig gestreut, daß das Laub an den Stangenbuchen seine kupferne Glut eingebüßt hatte. In den Dickungen stand das Wild und schlotterte, die Krähen flatterten ohne Ziel umher und legten sich seitlich in den Wind; es geschah, daß das Gellen der Häher sein Ohr erreichte – so schwer wurde es dem Vogel, durch die Schneedecke bis auf den Waldboden hinunterzugelangen, daß er am Rande seines Einstiegs entlang nach Nahrung suchte.

Der Winterschlaf umfing ihn aufs neue. Weich abgedämpft sandte das Waldesrauschen die Töne des Wetters weiter, alles dampfende Gestöber und die heulenden Wirbel machten auf der Schwelle zu seinem Hause halt.

Er hatte den Pfropfen nicht ordentlich zugestöpselt. Ein unangenehm kalter Zug weckte ihn von Zeit zu Zeit, so daß er dalag und grunzte und seiner Gewohnheit treu vor sich hin schalt. Irgend etwas in ihm zog ihn hinaus, etwas anderes bedeutete ihm: bleib in deiner Wärme. Erst in der Nacht, als das Wetter sich legte, machte er einen kleinen Weg in das Schneeland hinaus. Kalt um die Klauen und bis hoch hinauf um die Tretballen. Der Mond so frostklar, daß er ihm in die Augen stach. Und was nicht alles von Zwieseln und

Gabeln und Ästen und Zweigen rieselte und in nassen Klumpen zwischen seine warmen Haare trudelte – nein, so hungrig, daß er weiter gehen mochte als nur einmal »ums Eck«, war er nicht.
Einen Wechsel konnte er nicht finden. Nur eine Hasenfährte, die frisch duftete und sein Verlangen nach Fleisch weckte, verfolgte er bis an einen Storren. Plötzlich wurde der Storren lebendig, wurde zu einem Hasen und verschwand – da machte er kehrt, grätschte in der ungewohnten Winternacht über die unbestimmten schwarzen Mondschatten und trottete eiligst zurück.
Aber auf dem Heimweg wurde es ihm nicht erspart, seine alte Bekannte aus den Sommernächten zu sehen und sogar zu wittern. Die Fuchsfähe hatte dem Hasen nachgestellt und knurrte böse, während sie die grinsenden Fänge bleckte. Jetzt war sie es, welche meinte, daß er ihr ins Gehege komme – das klappernde Zahngerät mußte gehörig bewegt werden, bevor es ihr gefiel, sich zu verziehen.
Die Feder, die keinen Fettbeutel hatte, an dem sie zehren konnte, litt Not. Aus dem Schnabel der Eulen hörte man ein einziges Hungergeheul. Die Hasen schauderten – sie wußten alle, es kam die Zeit, wo man schlank wurde. Nur der Döskopp, der rasch wieder im Bau verschwand, in dem die Wärme durch die Gänge heraufzog, so daß die Frostluft vor dem Einstieg flimmerte – der machte sich's behaglich, das Mastschwein.
Ein Dachsrüde, schwer wie Blei, war im Herbst in Winterschlaf gegangen – ein wenig schlotterig und mit langen Nägeln nach dem untätigen Winterdasein watschelte er im Frühjahr hinaus. Und bald war alles wieder beim alten: der Schnepfenzug wurde von der Blüte der blauen Anemonen abgelöst. Die Eulen verstummten und machten sich ans Brüten. Dann entfalteten die Bäume des Niederwaldes, die immer so früh am Werke sind, die Blätter. Das Laub schlug allerorten aus. Das erste Schwarzdrosselgelege wurde flügge, der zweite Satz Junghasen hoppelte herum – und die Fuchsfähe hatte immer mehr zu tun, sie hatte gerade in diesem Jahr einen ungewöhnlich großen Wurf Welpen.
Eine Unzahl von Plänen tobte der Feder durch den Schädel; sie konnte sich nicht durchfinden, geschweige denn sie bändigen. Ideen und Einfälle wimmelten in ihrem Hirn herum, und eins stand dem andern im Wege.
Sie war auf dem Wechsel zu einem entfernt liegenden Insthaus

unterwegs, wo einige eigenwillige Hühnchen nachts in den Bäumen des Gartens saßen. Die Entdeckung war alt, und die Aussicht, eines von ihnen zu erwischen, durchaus sicher, wenn sie beizeiten käme, bevor die Nacht herabsank – jetzt versuchte sie es. Aber dann kreuzte ein Junghase ihren Wechsel, und es kam ihr plötzlich so vor, als sei etwas Außergewöhnliches an dem Huschen des Hasen zu bemerken. Schleifte er nicht einen Hinterlauf nach? Das mußte sie näher untersuchen. Jetzt schoß eine junge Drossel hoch. Ungeschickt, hilflos – und sie bekam einen neuen Einfall und verlor sich an die Drossel unter einer laubigen Dickung. Hierbei kam sie einem Wiesel mit einer Maus im Maul in die Quere, und sie setzte in Sprüngen dem glücklichen Räuber nach, um zwei Fliegen mit einer Klappe zu schlagen – und so konnte es fortgehen mit dem Ergebnis, daß sie das Insthaus erst erreichte, wenn die Nacht längst schon die Dämmerung abgelöst hatte.

In ganz anderem Maße bedächtig, aber mit Ausdauer ging Schroff zu Werk. Die Erfahrungen, die er im Hinblick auf die Aussichten für einen Fang geerntet, saßen fest; und hatte er sich's beim Aufbruch in den Kopf gesetzt, nunmehr in des Försters Garten zu gehen und sich ein Huhn zu holen, dann ließ er sich nicht von seinem geraden Wege dorthin weglocken. Er war gründlich und ohne jede Gabe, sich von Zufällen anregen zu lassen. Wohl sah er, als er den Gartenweg hinauf zu den Kükenhocks schlenderte, daß die Mohrrüben brauchbar waren, und er roch rote Erdbeeren am Ufer des sumpfigen Tümpels, aber diese Verführer trieben ihn nicht auf Abwege, erst das Huhn – in einer andern Nacht würde er sich gern den pflanzlichen Genüssen hingeben.

Indes der Sommer verstrich, und als er und Frau Gieremund immer anspruchsvoller wurden, traf er die Feder ständig in seinen Jagdgründen. Schroff, der von Natur aus starrköpfig und kurz angebunden war, erboste sich darüber, daß man ihm auf die Zehen trat, und ärger wurde es, als er immer wieder den »Wilddieb« mit einer Beute im Fang antraf.

Ein paar Mäuse – die hätte er auch brauchen können! Eine junge Holztaube, ein großes Fasanenküken – alles dies hätte er ebensogut verzehren können. Er hörte an dem Gefauch der Füchsin, daß der Rachen voll war, und fing auch eine schwache Witterung von der Beute auf, wenn die Feder Seiner Wohlehrwürden Platz machte und sich schleunigst vom Wechsel trollte, dann plierte er mit den

Augen in die Richtung der lauernden, immer sprungbereiten Waldgefährtin und erhielt schließlich Gewißheit.
Früher hatte ihn nur der Fuchsgestank abgestoßen und dann die Frechheit, daß der leichtfüßige Windbeutel die Wechsel benutzte, die er ausgetreten hatte. Jetzt, nachdem er ein, wenn auch bescheidener, Anbeter der Göttin Diana geworden war, wurde der Neid rege, und schlau wie er war, fand er allmählich heraus, daß er vielleicht ohne große Schwierigkeiten zu einer Beute kommen könnte, indem er von seiner Gewohnheit abwich, eigene Wege zu gehen, und hier und da die Wechsel der roten Petze benutzte.
Eines Nachts hatte er sie mit zwei Gösseln im Rachen angetroffen; da führte ihn der duftende Fuchswechsel an einem Feldzaun entlang bis zu einem Hof. Er schlurrte in den Garten, als ein Stecken ihm einen Schlag über den Rücken versetzte; er kam nicht einmal dazu, den Gruß mit einem Knurren zu vergelten, als ein Hund ihm auch schon an die Schenkel fuhr und ihn zu überstürzter Flucht zwang. Das Vieh kläffte – das mochte hingehen. Ihn aufhalten konnte die Kanaille nicht; aber plötzlich biß sie sich an seinem Backenfell fest. Da wurde er böse. Ein Ausfall, ein Biß, wodurch das Vieh einen Vorderlauf einbüßte. Das Kläffen ging in Geheul über, und er, Schroff, verzog sich seinerseits waldeinwärts.
Aber solches Unrecht vergaß er nicht. Er ließ die Gieremund sein Mißgeschick entgelten, die Bösartigkeit in ihm schlug ein.
Die Zeit des Übermuts, wo er nur brummte und kreischte, hat er schließlich hinter sich, und hungriger denn jemals zu Beginn des Sommers streift er umher – da begegnet er von neuem der Fuchsfähe mit Beute in der Schnauze, und diesmal kommt sie frech auf dem Pfad vom Försterhaus herbei. Wieder und wieder ist er dieser Begegnung ausgesetzt, und immer baumelt ein fetter Rattenhintern der Feder aus dem Schlund. Er bekommt plötzlich Witterung von ihr, verrät aber nicht mit einem Zucken, daß er den Braten riecht.
Dies Waldgespenst ist doch auch immer eher unterwegs als er, liegt oftmals einen ganzen Tag am Hof und lauert! Er will sich nicht noch einmal sein Rückenfell gerben lassen, nicht einmal der Dämmerung vertraut er sich an – er kommt bei Nacht.
Ratten mag er gern, sie haben wie die Mäuse einen besonderen, kernigen Geschmack, sie sind nur niemals so wie jene auszuscharren. Die eine oder andere fangen – doch, es ist vorgekommen, wenn der Bazillus, den der Förster, um sich von der Rattenplage zu

befreien, ihnen einzuführen pflegte, seine Wirkung getan. In der letzten Zeit ist er immer vergebens ausgezogen – jetzt schließt er aus dem triumphierenden Grinsen der Fuchsfähe, daß es oben im Menschenbau wieder von Ratten überfließen müsse.
Es ist späte Nacht, und der Mond steht im Untergang; dann bescheint er gerade den Dunghaufen, wo die von Bazillen angesteckten Nager zu sitzen und sich zu wärmen pflegen. Aus alter Gewohnheit geht er nahe an die Hühnerluke heran, nein, die ist versperrt; aber mitten auf dem Treppenstein zum Hühnerstall liegt eine herrliche fette Ratte. So eine verendende, verdächtige Beute ihren Jungen zu überreichen, könnte der schlauen Fähe niemals einfallen. Aber Schroff packt sie mit Begeisterung in Erinnerung an die toten Lockhasen und verzehrt sie unter einem Busch im Garten.
Ihn befällt auf dem Heimweg ein fürchterliches Bauchgrimmen. Er erbricht sich und leidet an Durst. Er trinkt jede Pfütze leer und erbricht sich abermals, ja es strömt ihm aus beiden Enden.
Ein Glück für ihn! Die Bazillenkur hinterließ immer einige immune Viecher, für diese bediente sich der Förster der Meerzwiebeln – Schroff wurde wieder einmal davon überzeugt, daß der tückische Fuchsbalg in der einen oder andern Weise ihn zum besten gehabt hatte.

So lebten die beiden jahrelang miteinander, ein gespanntes Verhältnis, wie es bei den Menschen in entsprechender Weise auch vorkommt. Der große Kontrolleur glaubt im allgemeinen, daß er allein von allen Geschöpfen die feineren Gefühle zu meistern verstehe; aber auch die Tiere können intrigieren. Und wie sie an physischem Bau und Trieb dem *homo sapiens* nahestehen, besitzen sie auch in ihrem dumpfen, unbewußten Instinkt alle Ansätze zu seinen hochentwickelten Tugenden und Lastern. Durch die Entwicklung, die seit dem Morgen der Zeiten stattgefunden, hat allein der Mensch den Höhepunkt erreicht, aber viele seiner stärksten Eigenschaften, seine unvergänglichsten, die sogenannten tierischen Triebe – Schläue, Neid, Zerstörungswut – toben mit der gleichen Kraft in denen, die seiner Klasse am nächsten stehen.
Der Fuchs und der Dachs haben es lange bewiesen – und in einem Frühling wurde das Maß dann voll.
Die schlaue Landstreicherin, die jahraus, jahrein mit tückischen Absichten um die Schlucht geschnürt war, hielt endlich die Zeit für

gekommen, sich einzumieten, und Schroff, der anfing, hinfällig zu werden, merkte erst zu spät, was die Glocke geschlagen hatte. Er hörte ein Rascheln, schleichende Schritte... Sie verschwanden, tauchten aber in verstärktem Maße auf, um wieder wegzubleiben, bis ihm mit einemmal ein Talglicht aufging. Das rote Gespenst hatte sich früher schon in der Burg gezeigt; jetzt war der Spuk wieder da, nur in zahlreichen kleineren Ausgaben.

Etwas Bösartiges und Verdrießliches hat Schroff nie angehaftet, wenn er sich in seiner Jugend mit den Fuchswelpen einließ; zuzeiten konnte er geradezu komisch sein – jetzt kam er jämmerlich zu kurz. Er rannte den Gespensterchen nach; aber sie hielten ihn für einen alten Poltergeist, mit dem sie ihren Schabernack treiben konnten und dem zu entkommen keine Schwierigkeiten machte. Durch die langen Korridore ging die wilde Jagd, einige ihm voran, andere hinterdrein. Er konnte den unterirdischen Galopp nicht durchhalten. Sie waren hier, sie waren da, sie waren überall, schlugen ihm ein Schnippchen, foppten ihn, während sie bei ihrem köstlichen Greifenspiel gegenseitig nacheinander schnappten. Dann gab er es schließlich auf und zog sich zornbebend in seine Gemächer zurück.

In der herrlichsten Zeit des Jahres, als die Sonne brütend über der Schluchtsohle stand, den Löwenzahn zum Erblühen brachte und jedes Nesselgestrüpp und jeden Wildkerbelbüschel zum Duften, mußte er nun diesen Ärger mit den verrückten Fuchswelpen haben. In einer Zeit, wo alle Vögel Eier legten und von Eiern sangen, damit er nicht vergessen sollte, was sie ihm mitzubringen hatten, wo Mistkäfer, Maikäfer und Laufkäfer nur zu bereit waren, zum Vorschein zu kommen, wo die Morgensonne lieblich schien und die Nachtluft lau war, hell und spröde, und alles dazu angetan, daß auch er ein wenig von der Köstlichkeit des Lebens merken sollte – da wurde er von diesen Teufelsviechern gequält, die sich im Nachbarbau eingenistet hatten.

Gerade am Morgen, wenn er süchtig nach Schlaf zurückkehrte, fingen sie so recht zu toben an. Es stank von ihnen, und frech waren sie auch, die ganze Burg dröhnte von ihrem Versteckspiel in den Röhren. Natürlich störte ihn das Getöse. Schlimmer war es aber, daß es, wenn es plötzlich einsetzte, ihn aus dem Schlaf scheuchte; er machte sich auf einen Angriff gefaßt – und dann war nichts.

Mochte es mit den Fuchswelpen noch hingehen – aber von der Mutter mußte er bitteren Ärger dulden. Sie schnürte auf seinen

Jagdwechseln, bediente sich der Nester, die er kannte, und er fand manche Feder von erwischten Brutvögeln, die alle nach Fuchs rochen.
Den ganzen Vorsommer über schleppte sich das Verhältnis so einigermaßen hin; aber jetzt näherte sich die Zeit, da die Paarungslaunen erwachten, seine Querköpfigkeit nahm zu – da kam die Auseinandersetzung ganz wie von ungefähr.
In der hellen Juninacht kommt die Feder bei ihrem Jagdpfad durch das trockengelegte Waldmoor genau an die Stelle eines Grabens, unter dessen ausladendem Gras er rumorte, und in dem Glauben, es sei ein Hase, dem sie leicht beikommen könne, sprang sie drauf los, das Überraschungsmoment ausnutzend. Es wurde ihr nicht viel Zeit gelassen, sich ihre Beute anzusehen; so ging es ja oft, und gerade in ihrer Entschlußkraft lag ihre Stärke. Rücksichtslos pflanzte sie die Fänge in einen Rücken und begann an ihm zu rütteln, und ehe sie auch nur ein Wort begriffen hatte, befand sie sich mitten in einer wilden Prügelei mit dem alten Poltergeist.
Langsam und plump war er wohl im Alltag, aber in gewissen Augenblicken konnte er, wenn Not am Mann war, sowohl behende als auch geschwind sein. War seine Sicherheit in Gefahr, dann fehlte es den Läufen nicht an Beweglichkeit – und jetzt, da der Kampf ihm so überraschend und gegen seinen Willen aufgezwungen war, streifte er die Bedächtigkeit ab und setzte wie der Bär seine Kräfte ein. Er tummelte den Reineke. Der Rotpelz hatte ihn am Nackenfell zu fassen. Er aber stemmte die Pfoten fest gegen das Erdreich und wandte sich um, so daß er der Fähe in die Kehle beißen konnte. Und er hielt den Griff fest, wie sehr sie auch aus Luftmangel zappelte. Dann verendete die Feder, und er behielt die Burg – die Zeit räumte darin für ihn auf.

Der Starrkopf

An einem Frühlingstag stand seine Spur deutlich auf dem aufgeweichten Waldweg. Er schenkte der Erde den Abdruck einer ordentlichen Pfote zur Erinnerung; denn jetzt war er alt und unzufrieden, und vieles andere noch als nur Ungeziefer plagte ihn. Einstmals trieben der Hunger und das Verlangen nach frischer Luft ihn hinaus; jetzt wurde er von seinen eigenen Flöhen förmlich aus dem Winterschlaf gejagt. Und je älter er wurde, desto zahlreicher wurden sie.

Gemütskrank, verdrossen und griesgrämig war er von Natur aus; aber die Jahre verschlimmerten seine Laune ständig. Alle Dachse hatten diese Veranlagung; aber in seinem Alter wurde Schroff so grämlich wie alle andern zusammen.

Die vielen bösen Mächte, die die Erde hervorbrachte, plagten ihn ärger als je zuvor, und was am meisten nagte, das war ihr fortgesetzter Versuch, seine Wechsel zu sperren. Er hatte einen uralten Wechsel, der in des Försters Garten führte. Quer darüber pflanzten sie eine Hecke. Er könnte den Wechsel verlegen und einen Umweg machen; aber das war gegen das Gleichmaß in seiner Natur. Er grub sich unterwärts durch.

Auch nicht einmal das bißchen Tunnel gönnten sie ihm; regelmäßig fand er ihn gesperrt. Dicke Pfähle, ganze Baumstämme schossen im Laufe nur eines einzigen Tages empor. So mußte er denn alle Kräfte anspannen und die ganze Nacht schwer arbeiten – aber noch war er Dachs genug, um diesen Wald zu roden.

Allabendlich zu später Stunde zeigte er sich im Garten und holte sich das Seine an Stachelbeeren, Johannisbeeren und Pflaumen, je nach der Jahreszeit. Man klatschte in die Hände und verscheuchte ihn, machte auch den Hund los, daß er den Harnisch anlegen und dem Krummbein einen warmen Empfang bereiten mußte. Es waren *seine* Pflaumen und *seine* Stachelbeeren!

Auch an den Weg, der sich zwischen den Stauden dahinwand, hatte er ein Besitzrecht, und auf dem wollte er die Pfoten des Försters nicht dulden. Durch Steinwürfe und Büchsenknall suchte man ihn zur Vernunft zu bringen – erst als die Stauden ausgerissen wurden und der Weg verschwand, verzog er sich.

Allmählich bildeten sich Sagen über ihn. Man sprach von *dem wütenden Dachs.*

Bald trieb er am Waldrand in der Nähe des Holzkutschers sein Unwesen. Abends, wenn die Kinder herauskamen, um Schafe und Kühe umzusetzen, lief er auf die Koppel und drehte die Kuhfladen um. Er ging auf die Kinder los, knurrte und fletschte die Zähne, so daß sie nach Hause rannten.

Bald brachte eine Holzsammlerin Kunde von ihm. Sie erzählte von einem großen Dachs, dem sie am hellichten Tag im Wald begegnet

sei. Er sei sehr zudringlich gewesen, habe gebrummt und wollte sie anfallen. Auch sie nahm Reißaus.
Die guten Menschen machten sich immer so viel um ihn zu schaffen. Die Zoologen behaupteten, daß er zu den Mardern gehöre, die Jäger nannten ihn eine Art Bär und die Gärtner ein alles fressendes Schwein. Er war alles dies zusammen: Marder nach dem Bau des Gebisses, Bär an den Branten und Schwein im Rüsselschaft ... im übrigen ganz etwas für sich.
Noch hielt er sich beweglich; er kam ein gut Teil herum und kehrte dabei – ebenso wie ältere Leute – mit Vorliebe an die alten Stätten zurück. Sehr verändert! Ein Dachsalter reicht weit: Täler gerodet, Moore beackert ... andere noch als er hatten tüchtig gelichtet!
Eines Abends besuchte er die Dachshügel und folgte dem Weg am Wiesenzug entlang, wo die Waldkühe zu weiden pflegten. Alle Augenblicke bog ein Wechsel ab und wand sich durch eine Schrunde bergan. Der Rüssel hatte viel zu tun, wenn er an eine solche Stelle gelangte, und oftmals folgte er auch dem Pfad ein Stückchen aufwärts. Aber dann wurde es zu mühselig. Die Lenden begannen zu murren; sie machten sich nichts aus allzu großen Beugen. Auch im Rücken zwackte es, und die steifen Läufe begehrten ebneren Boden.
»Ah so! Ah so!« knautschte er, hob den Kopf und schnupperte in der Luft. Noch war es wohl gut sein dort oben auf den gewundenen Viehwechseln der Hügelhänge! Viele trockene Kuhfladen voller Mistkäfer, kleine Schlammpfützen, in denen Frösche umherhüpften, und ein Reichtum an Regenwürmern und Schnecken! Jetzt wollte er nun aber hoffen, daß einiges von den Leckerbissen früher oder später hier auf dem Grunde landen möge.
Lange stand er und tauchte die Nase in den Wind; die kleinen Äuglein forschten umher – dann machte er Kehrtum und latschte zum Walnußhügel. Die herbe Blattwitterung hing niedrig in der Luft und machte es ihm leicht, sich bis zur Stelle hinzutasten. Die Hohleiche, unter der er schnupperte, als er jung war, hatten die Waldleute gefällt, und viel wildgesäter Mischmasch scharte sich an dem Platz. Er fand auch die Tannenholzung, in die er bei der Treibjagd flüchtete, konnte sich aber nicht mehr einbilden, daß sie ein Bau sei.
Überhaupt pflegte er das Leben in der frischen Luft mehr als früher und zeltete unter Reisighaufen und Wegüberführungen wie in sei-

ner Jugend. Dadurch wurden seine Möglichkeiten begünstigt, den Drang nach Fleischnahrung zu befriedigen, der mit den Jahren gestiegen war. Bisweilen konnte er ihm schier nicht entrinnen und wurde jäh davon befallen; da aber die Klauen abgewetzt und die Zähne noch stumpfer geworden waren, knabberte er jetzt mehr an den Opfern, als daß er sie riß. Manch ein Huhn entkam ihm.
Leise brummelnd nach einer solchen Enttäuschung kam er eines Morgens auf seinem Wechsel dahergeschlurrt. Er hätte einen andern wählen können, hatte sich nun aber einmal dazu entschlossen, diesem zu folgen – da stand mit einem Male jemand vor ihm auf dem Pfade. Er blinzelte mit den kleinen, bösartigen Sehern, bekam auch Wind – tatsächlich, meiner Treu, ein Sohlengänger wie auch er.
Der Oberförster wollte nicht ausweichen, sondern langte ihm mit seinem Stock eins über die Nase; bei dieser Behandlung kullerte er bewußtlos um. Aber nur einen Augenblick, dann kam er wieder zu sich, bekam jetzt aber einen Schubs ins Hinterteil. Gnädig davongekommen, aber das verstand er nicht. Warum sollte er beiseite gehen, hier auf dem Wechsel war er zu Hause – und brummend und zähnefletschend setzte er seinen Weg fort.
Die Zeit kam näher, wo er Huhn Huhn sein ließ und mit erhobenem Rüsselschaft böse durch Dickicht und Dorngestrüpp brach. Seine Reizbarkeit wuchs, seine Gefährlichkeit nahm zu – aber weiter kam er nicht.
Die garstigen Brunstlaute ... ach, sie wurden mehr zu langen, langweiligen Klageliedern. Klage und Vorwurf im Ton überdeckten das Drohende; oft sollte man meinen, die Stimme rühre von einem alten Rammler her, der sich in Todesnot befand.
Daß *er* Lust hatte, ein Drohgebrumm auszustoßen, wenn er hörte, daß Dachsbranten der Erde die Nähe eines Nebenbuhlers anvertrauten! Natürlich gefiel ihm der Lärm so wenig wie je, aber er geriet doch deshalb nicht in Zorn.
Wie ein magerer, trockener Knochensack trottete er umher, ebenso schroff und streitsüchtig wie immer; aber der alternde Jeremias hatte sozusagen mit sich selber abgerechnet.
Das Sonnenbad im Frühjahr war jetzt seine Lust, und das gönnte er sich bis weit in den Sommer hinein; die Sonnenwärme linderte das Stechen und Prickeln, das er noch heute in den Narben fühlte von dem Schrot, das man ihm aufgebrannt hatte. Sonst war die Einsamkeit des Kessels seine Wonne. In diesem machte er sich's gemütlich,

für diesen lebte und atmete er, mit sich selbst beschäftigt und sich selbst genug – man zieht sich auch in der Dachswelt nicht an seinem eigenen Schopf in die Höhe.
Es ging auf die Dauer nicht mit diesen Tagesausflügen, es ging nicht, in den Dickungen und unter Adlerfarnen herumzuliegen – mehr und mehr von seinesgleichen hatten es auf die Burg abgesehen und haderten mit ihm, weil er den besten Bau im Wald bewohnte. Daß er durch sein Draufgängertum jedem Eindringling gegenüber behauptete, er habe ihn einstmals selber eingerichtet, kümmerte die neuen Geschlechter nicht. Jetzt waren sie es, die die Erde bevölkerten und dafür sorgten, daß junge Dachse zur Welt kamen.
Ein riesiges Röhrengebiet, tief, warm, mit vielen Kesseln, Notausgängen und Ausfallöchern! Hier war Platz, und den nahm er in Anspruch, ein alter Starrkopf, Stinkpott und Poltergeist. Wie lange sollte er denn noch den Platz wegnehmen dürfen?
Ein schmaler Pfad wand sich durch die Schlucht hinab, von Farnen und Nesseln überwuchert. Er führte zu den guten Blaubeergründen, und es war ja jetzt gerade die Zeit, wo die süßen Erdtrauben reiften – das erzählte ihm sein ständig wachsendes Verlangen nach etwas Neuem in dieser Art von Nahrung. Er war nach hier draußen unterwegs; der Mond schien, der Wald lag im Schweigen des August, als er ein starkes, entschlossenes Weibchen seiner Sippe traf.
In seiner Eigenwilligkeit forderte er freie Bahn, ja er faßte es nach Gewohnheit als eine Kränkung auf, andere Nutzen aus seiner Rackerei ziehen zu sehen. Wer hatte diesen gewundenen, verborgenen Wechsel ausgetreten? Er auf seinen langen, flachen Branten. Mit diesen besserte er auch die Burg aus, um es bequem zu haben. Darum machte er sich aus dem Gerenne Fremder dort auch nichts.
Es kam zu einer Prügelei, und er mußte weichen – in derselben Nacht noch wurde der Nebenbau belegt. Die Dachsfähe, die in ihren besten Jahren war und wie alljährlich einen starken Wurf zur Welt gebracht hatte, zögerte nicht damit, den Sieg auszuschlachten, sie rückte ihm Nacht für Nacht immer näher, es andern überlassend, die Wohnungen einzunehmen, die sie verließ. Als er eines Tages schlapp wurde, vermeinte sie mit Sicherheit, er sei tot, und tauchte in den moosgepolsterten Alkoven unter:
»Äääh«, murrte er dann . . . »äääh!«
Zum Wütendwerden! Er lebte noch immer. Lag genau in dem Kessel, den sie brauchen konnte, und nahm Platz weg. Latschte auf

steifen Gliedern auf den Wechseln dahin, halbblind, stocktaub, aber noch mit Nägeln bewaffnet von der Länge einer ganzen Brante und mit gelben, stumpfen Fängen, die wegen Mangels an harter Arbeit mit den Nägeln wetteiferten. Eine ärgerliche Gestalt, auf die man beständig stieß, mit schütterem Haar, gesträubter Bürste, krummrückig, humpelnd – aber doch bereit, bei der kleinsten Gelegenheit aufzubegehren.

Sein Schicksal wurde dem Kilts ähnlich – aber Kilt war auf seine alten Tage gutartig und umgänglich geworden, Schroff wurde immer mürrischer und hielt störrisch an seinem eingebildeten Recht fest.

Einmal hatte seine Dachsmutter ihm einen Blick zugeworfen. Es war in einer Dezembernacht. In diesem Blick hatten Unruhe und Sorge gelegen – aber die Fähigkeit, dergleichen zu begreifen, geschweige denn zu erinnern, fehlte ihm völlig. Im Augenblick gab es für ihn nur das eine, daß er jetzt gelebt hatte, seine Kenntnis war durch teuer erkaufte Erfahrungen gut unterbaut – er konnte, ohne es zu wollen, den gleichen Blick vergelten.

Von der Kenntnis des großen Kontrolleurs zeugte der Blick, ihm, der mit dem Lichte kam und mit dem Lichte wieder ging. Schroff fürchtete ihn noch immer, wenn er auch jetzt sich wohl darauf verstand, sich seine Leute anzusehen und nicht mehr wie Hirsch und Rehbock außer sich geriet, wenn er bei seinem täglichen Gelaufe dem Erhabenen begegnete.

Was war es, das den Menschen so gefürchtet machte?

Sein Wesen, seine Gewohnheiten, seine Zahl!

Und dann hatte er Helfershelfer. In jedem Haus, jedem Hof tischte der Mensch einem Hunde auf, einer Katze ebenso. Der Mensch liebte diese Verräter, sie waren seine heiligen Tiere, das Pfand für seine Herrschaft über die freie Natur; der Mensch hatte ein unbewußtes Verständnis dafür, daß Katze und Hund seine Mitschuldigen waren – ebenso wie im Menschen selber siedeten und brodelten in diesen beiden halbzahmen Wesen alle ungebändigten Eigenschaften der Wildnatur, sie trugen sie nur nicht offen zur Schau.

»Hütet euch vor dem großen Kontrolleur und seinen Helfershelfern! Und haltet euch von den Hühnerställen fern!«

War dies die Mahnung, die hinter dem besorgten Abschiedsblick seiner Mutter lag? Schroff hatte einen Teil von ihren Lehren nicht umsonst ganz gut beachtet, aber immer noch war er ein Dachs. Sein ganzes Leben lang hatte er geschnarrt und gewütet, gebrummt und geschimpft. Und er ließ es auch nicht mehr.

Er ging auf seinen eigenen, hoffnungslosen Wechseln dahin, die an solche Orte führten, die längst von andern Dachsen verlassen waren. Ganz altmodisch suchte er nach Pferdeäpfeln; die andern wußten: was die »Pferde« heutzutage abwarfen, das war meist Brennöl.

Als Dachssonderling – und das will etwas heißen – hatte er geendet. Hätten die weisen Professoren ihn für ihr Rockefeller-Institut für hypermoderne tierpsychologische Forschung erwischen können, so wäre festgestellt worden, daß er ebenso wie viele Menschen im Greisenalter an fixen Ideen gelitten hatte.

Wenn er vom Walde kam, so war er brummig und verschlossen, vom Moore hochgestimmt – und so wie er war, so sollten alle sein.

Noch einen Winter hielt er aus, aber im folgenden Frühjahr war seine Hinfälligkeit offenbar. Grauhaarig selbst an solchen Stellen, wo er früher eine Farbe hatte wie ein Steinpilz, und mit großen kahlen Stellen in der schwarzen, zähen Schwarte. Sonderbarerweise war die Bresthaftigkeit nur im Äußeren zu spüren – er lebte immer weiter.

Lästig jedem, der ihn traf. Langweilig in all seinem Tun – die launigen, erfinderischen Füchse namentlich konnten ihn nicht ertragen. Immer das gleiche, halbschnarchende Gegrunz ... gu, gu!

Alles war ihm im Wege, alles nahm er sich zu Herzen. Die Jüngeren hörten ihn an Stecken nagen, die die Leute sich einen Spaß machten, in die Einstiege zu pflanzen – Alltägliches für die andern, wie auch einst für ihn selbst. Das Schild vor dem Eingang zu des Oberförsters Garten, auf dem »Privat« gemalt stand, hatte ein Spaßvogel eines Tages in seinen Bau gestellt. Obwohl er sich mit Leichtigkeit einen Weg außen herum hätte bahnen können, gab er die Röhre beleidigt auf und stieg durch einen seiner »Schornsteine« in die Tiefe.

Durch das weiche Futter des Moores – Schnecken, Eier, Beeren und Bienenwaben – erholte er sich auch in diesem Sommer.

Er hielt sich mit seinem langen Leben für einen Günstling des zottigen Waldgotts. Siehe da, die andern starben, schlaue, starke Füchse gingen vor ihm zu den ewigen Jagdgründen ein, von dem Zusammentreffen mit berühmten Stammesgenossen, die er hatte dulden müssen, hatte die Vorsehung ihn gütig befreit. Sie spukten schon längst in der großen Stille. Nur ihm, den sie für faul und unbrauch-

bar gehalten hatten – ihm war es noch immer vergönnt, sich an den irdischen Herbsteicheln zu laben.
Querköpfiger als je trottelte er auf seinen niedergetretenen Wechseln dahin. Das Wetter war ihm nicht genehm, Steine und Halme ihm im Wege, selbst Windbrüchen oder Ästen gegenüber, die der Sturm herabgeschleudert, pochte er auf seinem Wegerecht. Er verstand nicht die Strafe der Vorsehung … er hätte bei einer der vielen heiklen Gelegenheiten vor Jahren schon abkratzen sollen – vieles wäre dann für ihn wie für andere glücklicher verlaufen.

Zum vierzehnten Mal in seinem Leben hatte er nun den dunkelsten Tag des Jahres gesehen, wo der Himmel scheel blickt und der Wald tückisch und alles nebelig und grau ist. Aber ebensooft hatte er auch des Jahres hellsten gesehen: den Mittsommertag mit hoher Luft und aufreizender Wärme, die die helle Nacht erfüllt und die Johanniskäfer in den Sümpfen zum Glühen bringt. Noch lebt er, noch ergötzt er sich an dem stillen nächtlichen Geraschel des Falllaubes, an dem Humusgeruch, der von welken Farnen und trockenen Reisern aufwallt, an dem hohen Sausen in den Wipfeln – alldem, was er liebt.
Er weiß, daß er mißfällt, daß er lärmt und schnarcht und dahingeht und laut vor sich hin brummelt. Er schleift auch die Pfoten furchtbar nach – unerträglich, das mit anzuhören, wenn man auf Mäuseraub aus ist. Aber wer beachtete die eigenen Gebresten!
Je mehr sie an ihm herummäkeln, seine originellen Einfälle und Absonderlichkeiten als Bosheit auffassend, desto barscher, hartnäckiger und kurz angebundener wird er.
Seine Querköpfigkeit verschafft ihm schließlich einen derart üblen Ruf innerhalb der Sippe, die er zu einem Teil auch selbst in die Welt gesetzt hat, daß sie sich gegen ihn zusammenrottet. Früher gehörten Zänkereien zu den Auftritten der Nacht, jetzt klingt es nach etwas anderem als nur nach Lärm. Man überfällt ihn hier und da auf dem Wechsel, aber man kabbelt sich nicht mehr mit ihm, noch macht man irgendwelche Spiegelfechtereien oder brummt ihm nach dem Maule, nein, jetzt setzt man die Zähne an.
Noch aber hat der alte Rüpel einiges zu bieten, wenn er nur in seinem eigenen Bereich sein kann. Seine weithin führenden, sehr ergiebigen Sumpfwechsel haben sie ihm seit langem genommen und sich mehr und mehr seiner Burg bemächtigt, die einstmals in ihrer

ganzen Ausdehnung als die seine galt; noch aber wagt sich niemand in den Keller, den wärmsten, der mit dem Ausgang der Sohle der Schlucht am nächsten liegt, so daß es ihm leicht ist, aus- und einzufahren. Früher benutzte er diesen Bau seines Wohltäters, des verstorbenen Kilt, nur im Winter, jetzt gefällt es ihm, sich immer dort aufzuhalten. Drinnen am Ende des langen Ganges ist es ihm leicht, dem Eintretenden die Stirn zu bieten, sein großer Kopf und der Oberkörper füllen die Türöffnung zum Alkoven aus.

Sollten sie ihn lebendig begraben? Es waren welche da, die instinktiv darauf lauerten. Da kam die Vorsehung, die immer ihre Pflicht kennt, jenen zu Hilfe.

Es war *sein* Wechsel auf der alten Waldspur durch die Buchenpflanzungen. Bäume, einst zur Zeit seiner fernen Väter gepflanzt, wuchsen ein Stück davon entfernt; sie waren allmählich herangewachsen, es wurde zwischen ihnen ausgeholzt – und eines Morgens, als er ein wenig spät noch unterwegs war, begegnete er einem vollbeladenen Leiterwagen, der die Stämme abfuhr. Er rollte näher und näher. Schroff witterte Pferde, hörte aber nur ein schwaches Gepolter ... in gemächlichem Tritt kam das Schicksal auf ihn zu.

Aber er rührte sich nicht vom Fleck. Es war *sein* Wechsel, von ihm in seinen besten Jahren getreten und jedesmal begangen, wenn es ihm gefiel, ihn zu begehen.

Die Pferde ihrerseits witterten ihn auch, und ihr Widerwille, auf etwas Lebendiges zu treten, verleugnete sich denn auch nicht – da ging er auf sie los und pflanzte die Zähne in die vordere Köte des zunächstgehenden Tieres. Das Pferd hob sich auf die Hinterbeine und machte dadurch die Durchfahrt frei.

So! Das war nach seinem Sinn, sein Recht auf den Weg war unbestritten. Er schlurrte heran und kam so rechtzeitig unter den bäumenden Gaul, daß er einen eisenbeschlagenen Huf gegen den Schädel bekam.

Auch das andere Pferd wurde jetzt unruhig, und beide begannen auszuschlagen. Der Waldkutscher, der in dem Morgendunst Seine Hochwohlgeboren nicht gesehen, nahm den Aufenthalt für ein Zeichen, daß die Viecher Lust hatten, sich zu drücken. Er zog die Zügel an und nahm die Peitsche zu Hilfe, wodurch das Vorspann anzog und zwei schwere Räder über Kamerad Schroff hinwegrollten.

Dort lag er nun, überfahren, in den letzten Todeszuckungen, seiner Natur getreu – im Tode wie im Leben.

Inhalt

Bildnachweis

Ernst Bachies — Bavaria *Seite 113*
Beringer & Pampaluchi *Seite 192, 256*
Helmut Ctverak — Bavaria *Seite 320, 368*
Hermann Fischer, Braunschweig *Seite 240, 369, 384, 385, 433, 496, 497*
Helmut Heimpel *Seite 177*
Helmut Heimpel — Bavaria *Seite 512, 513*
Keystone *Seite 128*
laenderpress *Seite 304*
Alexander Niestlé — Bavaria *Seite 112, 193, 241, 257, 321, 432*
Georg Quedens, Norddorf/Amrum *Seite 65*
Reinhard/Rieser — Bavaria *Seite 449*
J. Roedle, Pfrondorf-Tübingen *Seite 176*
Walther Rohdich — Bavaria *Seite 129*
O. Schmid-Amriswil — Bavaria *Seite 448*
Silvester/Walther — Bavaria *Seite 305*
Carl Albrecht von Treuenfels, Neu-Horst *Seite 48, 49, 64*